SAR

LES LARMES DE LA DÉESSE MAORIE

traduit de l'allemand
par Jean-Marie Argelès

ARCHIPOCHE

Ce roman a été publié sous le titre
Die Tränen der Maori-Göttin
par Lübbe, Cologne, 2011.

Notre catalogue est consultable à l'adresse suivante :
www.archipoche.com

Éditions Archipoche
34, rue des Bourdonnais
75001 Paris

ISBN 978-2-3773-5298-2

PROLOGUE

Nouvelle-Zélande

Parihaka

1894

Lentement, le crépuscule descendit sur les montagnes et la mer. Le soleil qui, en cette journée d'hiver, était resté bas dans le ciel, plongea dans les flots, ses derniers rayons baignant d'une lumière rouge et or le majestueux mont Taranaki. La cime enneigée servait de décor impressionnant au village de Parihaka.

— On dirait un gardien, disait toujours la mère d'Atamarie, sa beauté nous ravit et nous nous sentons en sécurité dans son ombre.

Ce qui étonnait un peu Atamarie : ne lui avait-on pas appris à l'école que le mont Taranaki était un volcan et n'avait rien de pacifique ? Sa dernière éruption datait de cent cinquante ans et il pouvait s'en produire une nouvelle à tout moment. Sa mère, cependant, s'obstinait en dépit de ses objections.

— Mais non, Atamarie, les dieux vont vivre en paix, le temps des guerres est terminé, disait-elle, avant de lui raconter, ainsi qu'aux autres enfants, la légende du dieu Taranaki qui, avec un autre dieu des montagnes, s'était disputé l'amour d'une déesse des forêts, Pihanga. Celle-ci s'étant finalement décidée en faveur de son rival, Taranaki, ulcéré, s'était retiré sur la côte avec les autres dieux de la montagne, amenant ainsi la guerre dans leur monde et dans celui des hommes. Mais l'espoir subsistait qu'un jour Taranaki change d'humeur et que, les dieux se réconciliant, les hommes jouissent d'une paix durable.

La plupart des enfants écoutaient ces histoires bouche bée, mais Atamarie s'intéressait, elle, davantage à l'activité volcanique du mont Taranaki et à ses répercussions sur le pays. Ses matières préférées à l'Otago Girls' School de Dunedin étaient les mathématiques, la physique et la géographie. C'était plutôt son amie Roberta qui goûtait les histoires romantiques.

Aussi, en cette soirée, Atamarie ne prêtait-elle qu'une oreille distraite aux récits et aux chants des anciens de Parihaka évoquant la constellation Matariki qui apparaîtrait cette nuit ou durant les prochaines et aiderait le soleil, épuisé au terme de l'hiver, à reprendre des forces. Pour Atamarie, il s'agissait des Pléiades qui, tous les ans, apparaissaient fin mai ou début juin dans le ciel. C'était le solstice d'hiver. Elles avaient jadis servi aux Maoris à traverser la mer séparant Hawaiki, leur pays d'origine, et Aotearoa, le pays où ils vivaient désormais et que les Blancs appelaient Nouvelle-Zélande. Elles étaient très belles.

Mais Atamarie s'intéressait tout autant au fonctionnement des fours enterrés que les habitants de Parihaka remplissaient de légumes et de viande lors de la cérémonie de la nouvelle année célébrée dès l'apparition des Pléiades. Elle observait avec passion les trous que les hommes avaient creusés le matin, des *hangi*, dans lesquels, en raison de l'activité volcanique de Taranaki, rougeoyait une espèce de foyer. On enveloppait la viande et les légumes dans des feuilles déposées dans des paniers que l'on plaçait ensuite sur les pierres brûlantes. On recouvrait le tout de linges mouillés avant de refermer la fosse avec de la terre. Les aliments cuiraient pendant des heures et seraient prêts quand Matariki brillerait dans le ciel.

Atamarie contemplait les étoiles avec autant de passion que les autres enfants. Elle était heureuse de vivre cette fête pour laquelle elle était spécialement venue sur l'île du Nord. Elle se demandait, à vrai dire, si les Pléiades se montreraient durant ses brèves vacances. Sa mère, Matariki, et son beau-père, Kupe, avaient pris ce risque.

« Il faut que tu connaisses la fête de la nouvelle année à Parihaka ! » avait écrit Matariki, qui tenait son nom de la célèbre constellation. Atamarie, elle, tenait le sien du lever du soleil, autre phénomène naturel.

Tout ce qui avait trait à Parihaka possédait, pour ses parents, un charme particulier. Ils avaient vécu dans ce village longtemps avant sa naissance, à l'époque où le prophète Te Whiti prêchait la paix entre les Blancs, les *Pakeha*, et les Maoris. Kupe avait été emprisonné après la prise d'assaut du village par les Anglais qui avaient ensuite exproprié les habitants. Matariki s'était alors enfuie avec un homme, le futur géniteur d'Atamarie. Bien plus tard, Te Whiti était revenu à Parihaka avec un certain nombre de ses partisans. Ils avaient reconstruit le village et étaient sur le point d'en refaire un centre spirituel pour les autochtones de la Nouvelle-Zélande, désormais moins animés par des rêves que par le souci de conclure des traités et des accords solides. Matariki et Kupe avaient acheté leur terre au gouvernement de Taranaki, même s'ils persistaient à trouver injuste de devoir payer les Blancs pour disposer de leur pays d'origine. Désormais avocat, Kupe avait déposé des recours et il était vraisemblable que Te Whiti et sa tribu obtiendraient des indemnisations et qu'à la longue ils récupéreraient leurs terres.

En tout cas, les gens revenaient, et Parihaka comptait à nouveau des enfants à qui Matariki faisait classe dans une école neuve. Il était encore trop tôt pour envisager d'ouvrir un lycée. C'est pourquoi Atamarie fréquentait une école de Dunedin, passant ses week-ends soit chez ses grands-parents, soit dans la famille de son amie Roberta. Elle ne venait à Parihaka qu'aux vacances, heureuse de retrouver ses parents et la vie libre du village, loin des règles et des interdictions scolaires. Pourtant, au bout de quelques semaines passées à tisser du lin, à danser, à jouer des instruments de musique traditionnels, à pêcher et à travailler dans les champs, elle en avait son compte. Certes, le mot d'ordre de Parihaka : « Nous voulons faire du monde un lieu meilleur » répondait à ses inclinations, mais elle avait de tout autres idées à ce sujet que les personnes qui enseignaient les arts traditionnels. Dès qu'elle suggérait d'améliorer le cadre à tisser, par exemple, ou la nasse servant à la pêche, sa proposition était rejetée, rejet souvent accompagné de propos inamicaux sur les origines *pakeha* d'Atamarie. Matariki s'en indignait plus que sa fille qui se moquait de savoir combien de ses ancêtres appartenaient à l'un ou l'autre peuple. Il lui importait juste de ne passer à filer que le temps strictement nécessaire et de ne pas laisser échapper trop de poissons. Elle serait heureuse, à la fin des vacances, de retrouver l'école de Dunedin, une institution moderne où les enseignantes développaient l'esprit créatif de leurs élèves.

Mais l'heure était venue de fêter l'apparition des Pléiades. Les anciens en étaient à leur troisième nuit de veille alors que c'était parfaitement inutile, la constellation se montrant dès le coucher du soleil.

— C'est un temps d'attente, un temps du souvenir, Atamarie, lui expliquait Matariki. Les anciens songent au passé, au présent et à l'avenir, à l'année à venir et à l'année écoulée… Peu importe que les étoiles se montrent le jour même ou un autre.

Atamarie n'y comprenait goutte, mais comme personne ne l'obligeait à veiller… Une fois le repas avalé, tandis que les adultes continuaient à faire de la musique et à bavarder, les enfants se retiraient dans les maisons servant de dortoir et, blottis les uns contre les autres, se racontaient des histoires. C'était presque comme à l'internat de Dunedin, sauf qu'il n'y avait pas à craindre l'irruption d'une surveillante.

Ce fut donc en compagnie des autres enfants que, ce jour-là, elle regarda le soleil s'enfoncer dans la mer de Tasman. Les terres étaient plongées dans une lumière diffuse, seule la neige brillait encore un peu sur le sommet conique de la montagne. Le ciel s'obscurcit lentement et, soudain, Atamarie aperçut les sept étoiles ! Nettes et étincelantes, elles émergèrent des flots, conduites par la plus grande d'entre elles, Whanui. Les enfants, aussitôt, saluèrent la constellation par le chant que Matariki, leur maîtresse, leur avait enseigné :

Ka puta Matariki ka rere Whanui.
Ko te tohu tena o te tau e !

Matariki est de retour ! Whanui prend son vol.
C'est le signe d'une nouvelle année !

— Un signe heureux ! s'écria Matariki en prenant son mari et sa fille dans ses bras.

Kupe était venu de Wellington pour fêter le Nouvel An avec elles. Candidat à un des sièges réservés aux Maoris au Parlement, il était un homme très occupé. Il embrassa Atamarie et sa femme pendant que celle-ci interprétait les signes.

— Des étoiles si nettes annoncent un hiver court. Nous pourrons semer dès septembre. Si elles étaient au contraire voilées et proches les unes des autres, comme se réchauffant mutuellement, l'hiver serait rude et la végétation ne repartirait qu'en octobre.

Atamarie fronça les sourcils. Sa professeure de Dunedin se serait contentée d'expliquer le phénomène par la présence de quelques nuages. Mais elle avait pour l'heure d'autres interrogations.

— Pourquoi les grands-mères pleurent-elles, maman ? C'est pourtant une bonne chose que les étoiles soient arrivées et, avec elles, une nouvelle année !

— Oui, mais les anciens pensent encore à l'année écoulée. Ils adressent aux étoiles les noms des personnes qui sont mortes depuis leur dernière apparition, et ils prient pour elles. Ils pleurent les morts pour la dernière fois avant que ne débute une nouvelle année.

Les anciens venaient d'ouvrir les *hangi*, aidés par Kupe et les autres hommes. Une odeur aromatique monta vers le ciel.

— L'odeur nourrit les étoiles, continua d'expliquer Matariki, elle leur redonne des forces après leur long périple.

Atamarie avait l'eau à la bouche, mais, avant de manger, tous durent, afin de saluer les étoiles, se livrer à diverses cérémonies, jeunes et vieux chantant et dansant les *haka* traditionnels. Les adultes firent enfin circuler des pichets de bière et de vin, des bouteilles de whisky. Matariki et Kupe, comme toujours, se laissèrent aller à la mélancolie, évoquant l'ancien temps avec leurs amis. À les en croire, la vie à Parihaka n'avait alors été qu'une longue fête, le village rempli de jeunes gens venus de tous les coins d'Aotearoa, avec, tous les soirs, des rires, de la musique et de la danse.

La plupart des adultes passèrent la nuit dehors, auprès des feux, mais Atamarie et les enfants finirent par s'endormir afin d'être, le lendemain, en pleine forme pour la suite des festivités. On allait de nouveau danser, chanter et jouer. Les garçons sortiraient les cerfs-volants, des *manu*, construits selon une tradition maintenue vivante à Parihaka. Quelques spécialistes avaient, ces dernières semaines, dispensé leur enseignement dans le village.

Mais, à l'arrivée d'Atamarie, la construction était terminée, si bien que, le moment venu, elle se retrouva les mains vides alors que ses camarades attendaient avec fièvre le moment où ils lanceraient vers le ciel leurs *manu*, intermédiaires entre le monde et les étoiles, entre les humains et les dieux. Bien sûr un peu frustrée de n'avoir pu suivre le stage, elle attendait avec impatience de voir voler les engins. Contrairement aux autres filles, elle n'admirait pas spécialement les décorations bariolées, en plumes et en coquillages, ni les peintures artistiques donnant aux *manu* des visages. Elle était en revanche curieuse de découvrir comment ces lourds assemblages de bois et de feuilles pouvaient s'élever dans les airs.

Elle se dirigea vers un garçon qui préparait son cerf-volant, un engin de très grande taille, décoré avec amour de losanges et de signes propres à la tribu.

— Il n'a pas de queue, observa-t-elle.

— Pourquoi un *manu* devrait-il avoir une queue ?

— Parce que les cerfs-volants des *Pakeha* en ont une. Je l'ai vu sur des photographies.

— Le *tohunga* n'en a pas parlé, dit le garçon avec un haussement d'épaules. Il a juste dit qu'on avait besoin d'une barre et d'une corde, ou de deux si on veut diriger l'engin. Mais il ne nous a pas encore montré comment faire. Il dit que c'est trop difficile.

Le garçon avait néanmoins accroché à sa construction deux cordons de lin.

— Il faut d'abord que le truc soit en l'air, observa à nouveau Atamarie. Comment ça marche ? Pourquoi un *manu* prend-il de la hauteur ?

— C'est grâce au souffle des dieux. Le *manu* se sert de leur force vitale pour danser.

— Grâce au vent, donc. Mais s'il n'y a pas de vent ?

— Si les dieux ne lui accordent pas leur bénédiction, il ne vole pas. À moins qu'on ne le lance du haut d'une falaise. Mais alors il ne transmet pas de message aux dieux, il ne monte pas en dansant, il glisse vers le bas. Et puis, bien sûr, il disparaît, dit le garçon tout en démêlant les cordes, Atamarie l'aidant à tenir droit son lourd engin.

— Il est presque aussi grand que moi, dit-elle. Tu crois qu'on pourrait... euh... tenir dessus à califourchon ? Et voler avec ?

— Il paraît qu'il y en a un qui a essayé, s'amusa le garçon. Un chef des Ngati Kahungunu-Nukupewapewa. Il voulait prendre d'assaut le Pa Maungaraki, mais n'y arrivait pas, car ses guerriers étaient arrêtés par les murs du fort. Il a alors construit un *manu* géant en feuilles de *raupo* et lui a donné la forme d'un oiseau aux ailes déployées. Puis il a attaché un homme dessus et il a lancé le cerf-volant du haut d'un rocher dominant le *Pa*. L'homme a atterri dans le fort et a pu ouvrir les portes aux assaillants.

— Ton cerf-volant est aussi un *manu* en *raupo*, tu as dû faire un sacré bout de chemin pour en trouver, je ne vois pas où il en pousse ici, remarqua Atamarie, le *raupo* étant une espèce de roseau, dit roseau à massette, poussant dans des eaux peu profondes.

— Oui, dit le garçon avec un sourire espiègle, comme si elle avait révélé un secret, il n'a pas été simple d'en trouver. Mais peut-être que ça en valait la peine.

— Rawiri ! Qu'est-ce que tu fabriques ? Tu ne veux pas faire voler ton cerf-volant ?

Le garçon sursauta en entendant le *tohunga*. Il avait effectivement manqué, tout comme Atamarie, l'envol des premiers cerfs-volants. La plupart des garçons avaient déjà présenté leurs engins au vent et, fascinés, les regardaient monter dans les airs. Les prêtres de Parihaka priaient et chantaient, demandant que les cerfs-volants transportent leurs vœux jusqu'aux étoiles. Durant quelques instants, Atamarie se perdit dans le merveilleux spectacle des *manu* de toutes les couleurs dans un ciel aussi clair que la veille. Le professeur avait lui aussi lancé le sien, gigantesque, et le conduisait d'une main habile parmi la foule des cerfs-volants plus petits. Rawiri, pendant ce temps, restait aux prises avec ses deux cordes, incapable de venir à bout d'un engin aussi encombrant que le sien.

— Tu veux que je le tienne en l'air ? demanda Atamarie.

Il acquiesça. Elle prit le cerf-volant et le vent le lui arracha des mains avec une telle violence qu'il faillit la renverser. L'engin monta droit dans les airs, mais, quand Rawiri tenta d'influer sur sa trajectoire en tirant plus fort sur sa corde droite que sur l'autre, il plongea à pic vers le sol. Atamarie et lui se précipitèrent, consternés.

— Rien d'essentiel n'est cassé, se rassura Atamarie en constatant que seule la décoration avait un peu souffert de la chute.

Rawiri entreprit de réparer la décoration.

— Le *tohunga* dit que c'est très important. Le cerf-volant voit avec ses yeux qui sont des coquillages et la peinture est notre message adressé aux dieux.

— La priorité est d'abord d'arriver aux dieux ! Essayons à nouveau. Le message, on l'enverra quand on saura si ça marche.

Elle n'avait pas envie d'attendre que Rawiri eût arrangé sa décoration. Elle préféra examiner plus attentivement comment évoluait le cerf-volant du *tohunga.* Celui-ci jeta avec un malin plaisir un œil sur le *manu* endommagé de son élève : il lui avait bien dit qu'il était trop difficile, pour un débutant, de construire un cerf-volant dirigeable ! Atamarie fut piquée au vif :

— Il faut fixer les cordes un peu plus à l'extérieur, proposa-t-elle. Et plus bas. Le mieux, d'ailleurs, serait d'en avoir quatre.

Rawiri parut blessé dans son amour-propre, mais, après un nouvel échec, se rangea finalement à son avis. Le succès fut stupéfiant ! L'engin bondit une nouvelle fois dans les airs, semblant avoir gagné en stabilité. Rawiri tenta une prudente manœuvre et il obéit sans problème à la commande.

— Ça marche, il vole, il vole ! Il va où je lui dis d'aller ! triompha Rawiri. Tu veux essayer toi aussi ? demanda-t-il, magnanime, à Atamarie.

Sans hésiter, celle-ci saisit les cordes. Elle était la seule fille à faire voler un *manu*, mais cela ne la gênait pas. Le cerf-volant, entre ses mains, se mit à décrire de larges cercles, opérant des descentes et de brusques ascensions.

— Je crois qu'elle est vraie, la légende des Ngati Kahungunu, s'écria Rawiri. On peut voler là-dessus. Comme un oiseau. Il suffit d'avoir un cerf-volant plus grand et les dieux avec soi.

Atamarie acquiesça. Bien sûr qu'on pouvait voler : il s'en était fallu d'un poil que le vent ne l'emportât elle aussi. Mais…

— Il faut aussi que ça marche sans vent, répondit-elle d'un ton décidé.

LES CADEAUX DES DIEUX

Nouvelle-Zélande

Dunedin, Christchurch,
Lawrence, Parihaka

1899-1900

1

L'École normale était installée dans une annexe de l'université de Dunedin. Atamarie trouva le bâtiment hideux. Mais bon, ce n'est pas ici qu'elle allait étudier. Le *college* qui venait de l'admettre au nombre de ses étudiants était bien plus imposant. Sa tante Heather avait parlé de style gothique à son sujet. Une imitation bien sûr : quand on construisait des cathédrales gothiques en Europe, les Blancs n'avaient pas encore colonisé la Nouvelle-Zélande. Elle se demanda s'il lui faudrait apprendre le nom de tous les styles architecturaux lors de ses études au Canterbury College. Le programme prévoyait des cours de « construction », mais c'était tout de même autre chose que l'architecture, non ? Bon, elle aurait de toute façon le temps de s'occuper de ça. Pour l'instant, elle voulait annoncer sa réussite à Roberta et apprendre d'elle comment s'était passée sa première journée à l'université.

Elle s'assit sur une marche de l'escalier de l'entrée. Elle était de bonne humeur malgré la fatigue du voyage en train. Aller de Christchurch à Dunedin n'était plus un problème désormais, en dépit de la distance. C'est du moins ce dont Atamarie et Roberta voulaient se persuader depuis que, s'étant décidées pour des études différentes, elles avaient pris conscience que leurs chemins allaient se séparer pour la première fois depuis neuf ans. Elles s'étaient connues quand leurs mères, dirigeant de concert le bureau de l'une des organisations militant en faveur du droit de vote pour les femmes, vivaient encore toutes les deux sur l'île du Nord. Une fois ce droit acquis, les deux jeunes femmes s'étaient mariées. La mère d'Atamarie était partie pour Parihaka, avec Kupe, tandis que Violette, la mère de Roberta, avait suivi Sean, son époux, à Dunedin, la ville d'origine de ce dernier. Roberta, qui devait fréquenter comme Atamarie l'école Otago, les avait bien entendu accompagnés.

L'une et l'autre, quelques semaines plus tôt, venaient de conclure leurs études secondaires et jouissaient désormais d'un autre droit arraché par les féministes : les universités de l'île du Sud étaient ouvertes aux femmes sans aucune restriction, même lorsqu'elles choisissaient, comme Atamarie, une spécialité plutôt inhabituelle.

Elle entendit du bruit à l'intérieur du bâtiment scolaire. La journée de travail était terminée. Peu après, les premiers étudiants sortirent. Presque exclusivement des jeunes femmes, habillées à l'ancienne : jupes serrées et sombres, corsages aux couleurs sobres, sévères vestes de tailleur. Quelques-unes, pourtant, portaient des robes sans fioritures, tombant comme des sacs, des robes dites de « réforme » qui, aux yeux d'Atamarie, étaient aussi ennuyeuses et dignes de vieilles filles que la capote, apparemment inévitable, que toute jeune femme en promenade se devait de porter. Alors qu'il était possible de se vêtir autrement. Atamarie et Roberta ne portaient pas non plus de corsets, mais des robes à la coupe élégante venant de chez Lady's Goldmine, la boutique de mode la plus célèbre de Dunedin. Elles appelaient « grand-maman » Kathleen Burton, une des propriétaires du magasin, alors que seule Atamarie était de même sang qu'elle, son père naturel, Colin, étant en effet un fils de Kathleen.

Ce jour-là en tout cas, Atamarie portait une robe de réforme au tissu imprimé à fleurs ainsi qu'une mantille vert foncé et un gracieux chapeau de paille. Elle constata que les regards des quelques étudiants masculins s'attardaient sur elle avec plaisir, ceux des femmes étant plutôt inamicaux. Il était sans doute inhabituel, voire interdit, de s'asseoir ici sur ces marches. Roberta apparut enfin ! Atamarie bondit sur ses pieds pour l'embrasser. Elle avait failli ne pas la reconnaître tant son amie avait fait d'efforts pour se conformer à la tenue vestimentaire du lieu. Elle avait mis une robe bleu foncé, la moins voyante possible, et un court manteau noir.

— Mais tu as l'air d'une chouette ! lui lança-t-elle. Vous êtes obligées de vous habiller comme ça ? On dirait que tu as extirpé ce chapeau du plus profond des coffres de mémé Daldy.

Amey Daldy était une féministe fort appréciée de leurs mères mais qui n'était pas connue pour son extravagance en matière de mode. Roberta eut un sourire confus, ce qui, en dépit de la décence de sa tenue, attira sur elle l'attention de ses condisciples. Roberta Fence était une beauté. Ses cheveux drus, serrés pour l'heure dans un chignon mais lui tombant habituellement en longues boucles sur le dos, étaient d'un châtain soutenu. Son visage en forme de cœur, d'une beauté classique, était empreint de tendresse et de douceur. Elle avait des lèvres pleines et des yeux qui, sans avoir le bleu turquoise spectaculaire de sa mère, étaient du bleu profond et clair des lacs des Hautes Terres.

— Nous devons paraître sérieuses, dit-elle. Mais les étudiantes de manière générale aussi, non ? ajouta-t-elle avec un regard désapprobateur pour l'accoutrement de son amie.

— De toute façon, je ne passe pas inaperçue, quelle que soit ma tenue. Et ne viens pas me dire que la chouette est l'oiseau de la sagesse. Si tu veux savoir, je trouve les perroquets bien plus futés.

Roberta prit en riant le bras d'Atamarie. Son amie lui avait manqué durant les deux journées où celle-ci s'était rendue à Christchurch. Elle n'avait eu en son absence que peu d'occasions de rire.

— Est-ce que tu as au moins obtenu une place à l'université ? s'enquit-elle, tandis qu'elles se dirigeaient vers un café.

— Évidemment. Ils n'ont pu faire autrement ! C'est moi qui avais les meilleures notes. Mais ce fut amusant : le professeur Dobbins m'a d'abord prise pour une espèce de mirage, dit-elle en imitant les tics et la dégaine de l'universitaire. « Monsieur Parekura Turei…, ah mais non… euh…, mademoiselle ? » Le type avait perdu les pédales. Et dire qu'il avait été si heureux de ce premier étudiant maori. Il s'attendait probablement à voir un guerrier gigantesque, avec plein de tatouages.

— Et c'est alors qu'il t'a vue ! s'amusa Roberta.

Atamarie n'avait rien d'un guerrier maori. Sans être petite, elle était frêle, et son ample robe ne laissait guère deviner ses formes féminines. De plus, personne, au premier coup d'œil, n'aurait pu reconnaître en elle une Maorie. Elle avait certes la peau plus foncée que la plupart des Blancs, les yeux un peu bridés, mais elle avait sinon hérité la beauté classique de sa grand-mère Kathleen, ses pommettes hautes, son nez droit et ses lèvres finement découpées.

— Mais comment a-t-il pu ? Ton prénom…

— Il faut bien admettre que beaucoup de noms maoris masculins se terminent eux aussi par un *i*. Et ce type est ingénieur, pas linguiste. Je m'en suis tout de suite aperçue, quand il ne trouvait pas ses mots. Je me suis alors présentée, lui ai montré mon bulletin de notes…

— Qu'est-ce qu'il a dit ?

— Tant qu'il ne me regardait pas, ça allait. Je n'ai pourtant pas un air terrifiant, non ? Mais chaque fois qu'il levait les yeux de son papier, il semblait se demander s'il avait toute sa tête. Et puis il a voulu savoir si j'étais bien au courant de ce qui m'attendait, avant de débiter tout le programme de l'année : principes du bâtiment et des travaux publics, arpentage, dessin industriel, géométrie pratique, théorie et pratique de la construction de machines à vapeur…

— Et qu'est-ce que tu lui as répondu ?

— Qu'est-ce que tu veux que je lui réponde ? Je lui ai dit que je m'intéressais aux machines volantes. Puis je lui ai un peu parlé de Cayley[1] et de Lilienthal[2], pour qu'il ne me prenne pas pour une espèce de… de… de tête en l'air !

— Un vrai miracle qu'il ne t'ait pas envoyée balader au lieu de te porter aux nues, remarqua Roberta, hilare, en ouvrant la porte d'un café.

— Oncle Sean aurait porté plainte contre l'Institut. Mais le professeur Dobbins a supporté l'épreuve avec courage, un homme très gentil, souriant. Il a même dit qu'il trouvait ça très bien que ses étudiants veuillent prendre de la hauteur. Admise, j'ai donc pu rejoindre les autres… et couper le souffle à l'étudiant chargé de montrer l'université aux nouveaux : il a certainement mis plus de temps que le professeur à reprendre ses esprits !

Existant depuis douze ans, le Canterbury College of Engineering avait connu des débuts modestes : deux enseignants à temps partiel et vingt-deux étudiants ! Depuis, le nombre d'étudiants avait grandi dans des proportions raisonnables. Atamarie était la première femme à y être admise.

— Et comment ça s'est passé sinon ? À quoi avez-vous passé votre temps, Heather et toi ?

— Il a d'abord fallu qu'on trouve une chambre. Mais ce n'a pas été compliqué : Heather et Chloé connaissent à Christchurch deux femmes qui, comme elles, vivent ensemble. Deux femmes très sympathiques qui tiennent

1. Mathématicien britannique. (*Toutes les notes sont du traducteur.*)
2. Pionnier allemand de l'aviation.

une librairie. Comme ça, j'aurai sous la main tous les ouvrages scientifiques dont j'aurai besoin. La maison est belle, tout près de l'université, la chambre est spacieuse. Imagine-toi que je dois les prévenir de mes visites masculines !

Toutes deux pouffèrent. Cette restriction était fort libérale : habituellement, il était formellement interdit aux étudiants d'accueillir chez eux des amis de l'autre sexe. Les amies de Chloé et d'Heather avaient manifestement l'esprit aussi large que ces dernières !

— Tu ne comptes tout de même pas déjà prendre un petit copain ! s'indigna Roberta.

— Robbie, soupira Atamarie, je suis l'unique femme dans cette école d'ingénieurs. Si je ne veux pas sombrer dans la solitude, il faut bien que je lie amitié avec des garçons. Ce n'est pas pour autant que je vais coucher avec eux !

Roberta piqua un fard. La jeune femme était certes avertie des choses de la vie, ayant déjà passé des vacances à Parihaka et observé les mœurs légères des Maories. Mais elle se serait exprimée avec plus de précautions. Elle n'avait encore pas eu d'expériences pratiques avec l'autre sexe, tandis qu'Atamarie avait à l'occasion échangé des baisers à Parihaka. D'un tempérament plus romantique, Roberta était capable de tomber amoureuse, mais elle le gardait pour elle.

— Et puis nous sommes allées aux courses. À Addington. Rosie y tenait beaucoup. Malheureusement, il n'y avait pas de trot ce jour-là. On s'est quand même bien amusées. Lord Barrington nous a invitées dans sa loge, nous avons bu du champagne. Nous avons même pu parier.

— Atamie !

Roberta était aux cent coups. Elle avait grandi dans le monde des courses, un monde qu'elle avait toujours haï, sa mère lui ayant très tôt appris que les paris et le whisky pouvaient ruiner une famille. Elle parlait d'expérience : le père naturel de Roberta avait été accro aux deux.

— Ne fais donc pas cette tête ! C'est lord Barrington qui a insisté. Heather a perdu, mais moi j'ai gagné. Deux fois. Ce n'était pas très malin, j'ai toujours misé sur le cheval aux jambes les plus longues et au corps le plus aérodynamique. C'est de la physique, sans plus. Mais la troisième fois, ça n'a pas marché, le canasson n'a jamais été dans le coup, je crois qu'il était tout simplement fainéant. En tout cas, il me reste assez pour payer le café ! dit Atamarie en riant et en commandant une assiette de gâteaux. Nous avons aussi visité une galerie, mais j'ai oublié le nom de l'artiste. Heather était enthousiasmée en tout cas. Au fait, tu sors ce soir ? Ou bien, en plus de devoir s'habiller comme les chouettes, doit-on aussi se coucher avec les poules quand on veut devenir prof ?

— Les chouettes sont des nocturnes, répliqua Roberta. Bien sûr que je viendrai. C'est un vernissage, pas une virée en boîte de nuit ! Comment s'appelle l'artiste déjà ?

Atamarie haussa les épaules. Elle avait oublié elle aussi. Mais elle n'était pas la seule à Dunedin. Il y avait, dans cette ville, beaucoup de gens riches capables de s'offrir des œuvres d'art, mais rares étaient ceux qui montraient un réel intérêt. Les vernissages dans la galerie d'Heather et de Chloé étaient néanmoins très courus. Chloé était une hôtesse douée et la renommée d'Heather, artiste, dépassait largement les frontières de la Nouvelle-Zélande. Les deux femmes vivaient ensemble depuis dix ans et nombre de leurs clients pensaient qu'elles étaient sœurs. Ce qui était faux, Chloé ne devant son nom de famille, Coltrane, qu'à un mariage malheureux avec le frère d'Heather.

Après une brève pause, pendant qu'étaient servis le café et les gâteaux, Roberta, visiblement en proie à une lutte intérieure, osa poser la question qui lui brûlait les lèvres depuis des jours.

— Sais-tu, par hasard, si… ton… hum… ton oncle viendra aussi ?

— Lequel ? répondit insidieusement Atamarie.

Roberta rougit une nouvelle fois.

— Euh, eh bien… Kevin ?

Elle avait tenté de donner à sa voix le ton de l'indifférence, comme si elle avait eu de la peine à se rappeler le prénom. Mais c'était peine perdue. Atamarie la connaissait trop bien. Elle savait exactement, des deux jeunes frères de sa mère, quel était l'élu. Roberta était amoureuse depuis des mois de Kevin, l'aîné, qui, comme son grand-père, avait reçu le prénom d'un saint irlandais. Mais, bien entendu, personne ne devait l'apprendre. Espérer que ce jeune médecin en vogue remarque l'amie de sa nièce, sans même parler de lui faire des avances, était déjà chose insensée. Au moins tant que Roberta et Atamarie étaient encore à l'école. Mais maintenant qu'elle était étudiante… Les parents de Roberta appartenant à la meilleure société de Dunedin, la jeune fille serait sûrement invitée à des concerts, des bals, des vernissages et des représentations théâtrales. On rencontrait Kevin Drury à chacune de ces manifestations. Il avait ouvert, quelques années plus tôt, avec un ami, un cabinet médical à Dunedin, et sa clientèle ne cessait d'augmenter, une clientèle cossue où les femmes prédominaient. Il était extrêmement beau avec des cheveux noirs bouclés et des yeux bleus très vifs. Il était de surcroît un hardi cavalier, ne manquant pas un concours d'obstacles, montant parfois lui-même son cheval.

Le frère de Kevin attirait beaucoup moins l'attention. Patrick avait suivi des études d'agronomie dans l'intention de reprendre un jour la ferme de ses parents. Dans l'immédiat, il travaillait comme conseiller auprès de l'Association des éleveurs et du ministère de l'Agriculture de l'Otago. La région, ancien centre de la recherche d'or, se transformait peu à peu en région agricole. Or tous les propriétaires fonciers et tous les éleveurs de moutons n'étaient pas des spécialistes de la pâture ou de la production lainière. Beaucoup rêvaient certes de devenir eux aussi des barons des moutons, alors que leur seul mérite, jusqu'ici, était d'avoir été des chercheurs d'or chanceux.

— Kevin viendra à coup sûr, répondit Atamarie. À vrai dire, à en croire Heather, il a une nouvelle amie, très belle, paraît-il. Elle aimerait qu'elle lui serve de modèle.

Heather peignait de préférence des portraits de femmes, tableaux qui lui avaient valu ses plus grands succès.

— Kevin est lui aussi très beau, soupira Roberta, comme incidemment.

Atamarie lui posa la main sur le bras en riant.

— Il est peut-être le prince charmant, Robbie, mais tu n'as rien de Cendrillon ! Si tu t'attifes un peu, si tu arrêtes de regarder tes pieds, de rougir et de perdre la parole quand tu le vois, tu les éclipseras toutes.

— Pour cela, il faudrait qu'il me regarde, murmura Roberta. Mais il…

— Alors tu dois t'y prendre autrement. Évanouis-toi ! Laisse-toi tomber et moi je crierai : on a besoin d'un médecin ! Il sera bien obligé de te regarder.

Au lieu d'éclater de rire, comme à l'accoutumée, Roberta se contenta de mâchouiller sa lèvre inférieure.

— Tu ne me prends pas au sérieux.

— Peut-être que c'est toi qui prends cette histoire trop au sérieux. C'est ça le problème. Car tu… tu ne veux pas seulement quelques baisers de lui, n'est-ce pas ? Tu cherches un mari qui t'aime. Dans ce cas, tu te trompes d'adresse. Kevin est sympathique, drôle, je l'aime beaucoup, Robbie. Mais il n'est pas en quête d'une épouse, du moins pas pour l'instant, il a été très net à ce sujet avec grand-maman Lizzie, il a dit qu'il se marierait bien sûr à la longue, que c'était ce qu'on attend d'un médecin établi. Mais, dans un premier temps… Grand-maman Lizzie pense qu'il est comme grand-papa Michael qui avait dû jeter sa gourme avant de s'intéresser à elle. J'ignore ce qu'elle entendait par là, mais une chose est certaine : Kevin ne veut pas se marier pour l'instant. Il ne cherche que des aventures !

2

Heather Coltrane n'avait pas exagéré quand elle avait parlé de la nouvelle amie de Kevin Drury. Juliette, comme il la présentait sans s'arrêter à un nom de famille, était extraordinairement belle. Il était difficile de déterminer à quel groupe ethnique appartenaient ses ancêtres. Elle n'était certainement pas une Blanche, mais ses traits n'étaient pas ceux d'une Maorie. Elle avait des cheveux noirs tombant en boucles drues sur ses épaules, une peau légèrement mordorée, des lèvres pleines ainsi que, sous de lourdes paupières, des yeux bleus étonnamment lumineux.

— Elle fait plutôt penser à une créole, estima Heather qui, ayant beaucoup voyagé, avait rencontré des gens de différentes sphères culturelles. Et ne trouvez-vous pas étrange qu'il ne la présente que sous son prénom ? Où peut-il bien l'avoir croisée ?

Heather saluait la mère de Roberta, Violette, et son beau-père, Sean, qui venaient d'arriver à la galerie peu après Roberta et Atamarie. Cette dernière, sans complexe, s'était aussitôt dirigée vers Kevin et sa nouvelle amie, leur adressant quelques mots, tandis que Roberta semblait vouloir s'enfoncer sous terre. C'est à peine si, lors de la présentation, elle avait réussi à prononcer un ou deux mots, mais, de toute façon, Juliette n'avait pas l'air décidée à retenir les noms des jeunes filles qu'elle rencontrait. En revanche, elle échangeait quelques mots avec les messieurs qui, agglutinés autour d'elle, se disputaient l'honneur de lui offrir du champagne ou des hors-d'œuvre.

— En tout cas, pour ce qui est de l'origine du mousseux, c'est la France qu'elle préfère, remarqua Chloé en embrassant Violette. C'est déjà son troisième verre. Si elle continue comme ça, elle dansera sur la table avant la fin de la soirée.

— Un tantinet demi-monde, n'est-ce pas ? s'interrogea Violette.

Sean sourit. Sans doute un mot nouveau qu'elle expérimentait ! Jeune fille, elle avait reçu en cadeau un dictionnaire, l'unique source de sa formation. Des années durant, elle l'avait lu et relu jusqu'à faire siens les termes les plus rares.

— En tout cas, elle n'a que de très lointains rapports avec une baronne des moutons, s'amusa Heather. Lizzie et Michael ne vont pas être enchantés.

Les parents de Kevin et de Patrick, Lizzie et Michael Drury, possédaient un élevage de moutons dans l'Otago, espérant, bien entendu, que leurs fils épouseraient un jour des femmes capables de gérer avec eux une exploitation. Mais, réfractaire au travail à la ferme et ne s'intéressant pas aux filles des riches éleveurs des Plains, Kevin ne ressemblait à personne de sa famille.

En tout cas, la mystérieuse Juliette fut au centre des conversations de la soirée. C'étaient surtout les femmes qu'intriguaient les origines de la jeune femme. Les hommes étaient trop occupés à l'admirer. Les formes rondes d'un corps pourtant mince les fascinaient tout autant que l'exotisme de ses traits. Kevin, sans toutefois négliger ses admiratrices habituelles, était visiblement très fier de sa conquête. Juliette en remorque, il allait d'une dame à l'autre, charmeur, parlant de choses et d'autres, tandis que Juliette gardait son sourire énigmatique, mettant en échec toutes les tentatives pour la faire sortir de sa réserve.

— Avec le corset, on a vraiment meilleure allure, soupira Roberta en voyant la jeune femme passer avec grâce non loin d'elle.

Elle-même était pourtant ravissante dans sa robe d'un bleu aigue-marine dont la coupe mettait en valeur sa taille bien prise. Un corset aurait bien entendu été plus efficace encore, mais, libre de cette cuirasse, elle pouvait respirer à son aise et se mouvoir avec grâce et naturel. Juliette, qui, de plus, portait une jupe moderne, très étroite, ne pouvait en revanche que marcher à petits pas.

— Mais, dans un corset, on s'évanouit plus vite, la taquina Atamarie. Il te reste toujours cette option. Tiens, Robbie, regarde un peu ce tableau-là, il a de quoi donner le vertige. Mets-toi devant et laisse-toi tomber !

Les tableaux étaient effectivement déprimants, mais Roberta ne se sentait de toute façon pas dans son assiette. Elle poursuivait le couple de regards malheureux. Atamarie finit par la secouer.

— Allez, rigole un bon coup, Roberta ! Regarde, Patrick est là, lui aussi. Nous ne lui avons même pas encore dit bonjour.

Patrick Drury était un homme à l'esprit large, amical, en présence de qui Roberta n'était habituellement pas timide. Elle se retrouvait souvent placée à ses côtés lors de repas en société, car, généralement seul, il passait en outre pour être d'un commerce agréable. Sa profession l'obligeait d'ailleurs à converser poliment avec tout un chacun. Dans les grandes fermes d'élevage, il entrait en contact aussi bien avec des nobles britanniques qu'avec des chercheurs d'or mal dégrossis. Atamarie avait toujours eu le sentiment qu'il appréciait la compagnie de Roberta. Depuis quelque temps, même, son regard s'illuminait quand il l'apercevait. Autrefois, elle n'avait sans aucun doute été qu'une fillette à ses yeux, mais maintenant il voyait en elle une jeune et jolie femme.

Ce soir, pourtant, il avait un comportement inhabituel, semblant distrait et ne s'occuper de Roberta et d'Atamarie que par politesse. Celle-ci s'aperçut très vite que le jeune homme avait le même problème que Roberta : il ne quittait pas des yeux Kevin et Juliette, comme fasciné par la beauté aux cheveux noirs. Il n'avait en l'occurrence pas la moindre chance.

Il était loin d'être aussi bel homme que son frère. S'il avait hérité de Lizzie les boucles d'un blond foncé et les yeux d'un bleu de porcelaine, il était plus petit et moins imposant que Kevin. Certainement pas l'homme qu'une femme comme Juliette regarderait assez longtemps pour déceler son être intime.

Atamarie renonça donc à faire converser Roberta et Patrick, car ils s'entraîneraient mutuellement sur une mauvaise pente. Elle partit avec son amie à la recherche d'un serveur, tandis que Patrick restait accroché aux pas du couple.

Au centre de la galerie, Roberta et Atamarie croisèrent Rosie, la bonne d'Heather et de Chloé, plantée là, un plateau avec des verres de mousseux dans les mains, semblant s'ennuyer. Prenant deux verres, Atamarie lui sourit :

— Où en est ta pouliche, Rosie ?

Le joli visage de la jeune femme rayonna. Elle ne sortait de son indifférence que s'il était question de chevaux. Elle s'acquittait à peu près passablement de ses fonctions de bonne, ayant aidé, enfant, sa sœur Violette dans ses tâches ménagères, avant d'avoir été un certain temps la femme de chambre de Chloé. Mais elle n'était vraiment heureuse et adroite qu'avec les chevaux de trot. C'est Chloé qui l'avait formée à ce travail quand, avec son mari de l'époque, elle gérait un haras. De toutes les bêtes, il n'était resté que Dancing Rose. Rosie en était attristée, mais, l'année précédente, Chloé avait fait couvrir la jument qui avait donné naissance à une pouliche. Chloé s'opposait de moins en moins à la voir un jour disputer des courses, son mari d'alors, Colin Coltrane, qu'elle n'avait pas revu depuis des années, étant devenu un inconnu sur les hippodromes de l'île du Sud. Elles ne risquaient désormais plus de l'y rencontrer. Rosie attendait en tout cas avec impatience le moment où, attelée à un sulky, la pouliche trotterait sur les traces de son ancêtre Diamond.

Pendant qu'Atamarie écoutait d'une oreille bienveillante ses rêveries, Roberta parlait avec Kathleen Burton et son mari, Peter. Comme toujours, le révérend eut un effet apaisant sur la jeune fille qui se rappelait combien elle s'était sentie en sécurité dans le presbytère après que sa mère avait réussi à échapper à son mari violent. Elle remarqua aussi que le révérend était aujourd'hui du petit nombre des hommes présents n'accordant pas une attention particulière à Kevin et à Juliette. Il s'enquit plutôt de ses études ainsi que de celles d'Atamarie, trouvant passionnant que celle-ci voulût devenir ingénieur et incitant Roberta à venir enseigner dans sa paroisse quand elle aurait terminé ses études.

— Nous sommes en train de construire une école ; les gens s'établissent désormais et ont des enfants !

Il s'était jusqu'ici principalement occupé des problèmes psychologiques et matériels des nouveaux immigrants qui revenaient frustrés des champs aurifères. La ruée vers l'or s'était entre-temps calmée dans l'Otago. C'étaient les mines d'or et de diamant d'Afrique du Sud qui attiraient désormais les aventuriers européens. Les chercheurs d'or échoués à Dunedin après leur échec avaient trouvé un autre travail, souvent avec l'aide du révérend, et construit leur maison dans les environs de son église. Sa paroisse gagnait en importance, et il se satisfaisait de ses fonctions normales de pasteur, assurant le catéchisme, les baptêmes et les mariages.

Heather et Chloé, en ayant terminé avec leurs obligations d'hôtesses, finirent par rejoindre le groupe qui s'était formé autour de Kathleen et du révérend.

— La vente n'est pas fameuse, regretta Heather. Il s'agit pourtant de véritables petits bijoux, dit-elle encore, contemplant d'un air admiratif l'un des tableaux peints avec minutie.

— Eh bien, je trouve, moi, que, pour des bijoux, ils brillent trop peu, observa Atamarie. Peut-être que vous devriez démarcher les entrepreneurs de pompes funèbres. Je les vois très bien dans les salles de réception…

— Tu ne comprends rien à l'art, lui rétorqua Heather.

— Aux modifications cubiques du carbone, en revanche, oui, dit Atamarie sans se laisser démonter. Combien de ces drôles de tableaux faut-il vendre pour se payer une bague comme celle-ci ? ajouta-t-elle en montrant le doigt d'Heather, attirant du même coup l'attention de Kathleen et de Roberta sur le mince anneau d'or rehaussé de diamants.

— Quelle pièce merveilleuse ! s'exclama Kathleen. Et quelle allure tu as dans ton nouveau tailleur ! Je regrette juste qu'il ne soit pas de ma collection.

En dépit de la flatterie, Heather rougit un peu. Elle n'était pas d'une beauté irrésistible avec ses fins cheveux d'un blond cendré, en apparence rebelles à toute coiffure. Elle les avait portés courts en Europe, durant un certain temps, mais ici cela aurait paru trop extravagant, même pour une artiste. On chuchotait déjà bien assez à propos de son faible pour les amples jupes-culottes à l'orientale ainsi que pour les vestes et les corsages osés qui allaient avec. Autrefois, Heather avait eu des traits doux, l'air d'une madone. Ils étaient maintenant presque sévères, son regard exprimant plus l'intelligence et l'ironie que la docilité de naguère.

— Je trouve que celle de Chloé lui va beaucoup mieux ! dit-elle. Allez, Chloé, montre-la-leur !

Chloé était d'apparence plus féminine que son amie. Elle portait une robe Empire rouge de la collection de Kathleen, un rouge qui semblait se refléter dans le diamant de sa bague.

— Des bagues en diamant, sourit le révérend. Quelle élégance, mesdames, je m'aperçois que j'exerce une pression bien trop faible sur vous quand je collecte en faveur de ma soupe des pauvres. Vous me semblez riches comme Crésus !

— Heather a vendu quelques tableaux, expliqua Chloé avec quelque gêne. Et elle s'est dit… eh bien, cela fait près de dix ans qu'existe la galerie… que nous devrions fêter ça.

— Il y a déjà si longtemps ? s'étonna Kathleen qui, s'apprêtant à compter tout haut, se ravisa.

Il était évident qu'Heather et Chloé ne fêtaient pas leur affaire commune mais le début de leur amour.

— En tout cas, ces bagues sont magnifiques, se reprit-elle. Et les diamants sont devenus tout à fait accessibles depuis qu'on en trouve tant en… Où est-ce donc, Peter ? En Afrique du Sud, c'est ça ?

— Près du cap de Bonne-Espérance, acquiesça le révérend, l'air soudain sérieux, mais je crains fort que ce nom ne revienne fréquemment dans les conversations. Une guerre a commencé là-bas !

— Une guerre ? demanda Atamarie, soudain intéressée.

Elle n'avait jusqu'ici entendu parler de guerre qu'en cours d'histoire. Bien sûr aussi à travers les récits de ses parents qui se souvenaient des derniers combats entre Maoris et *Pakeha*. Il lui paraissait inconcevable qu'on pût se ruer les uns sur les autres, armés de fusils ou de javelots.

— Entre qui et qui ? s'enquit-elle.

En temps normal, Roberta, indifférente à la politique, ne se serait pas intéressée à ce problème, même si Atamarie et elle avaient rêvé, enfants, de devenir premières ministres de la Nouvelle-Zélande. Mais, Kevin s'étant joint à eux, elle avait soudain retrouvé de l'entrain. Juliette s'était elle aussi approchée afin de jeter un œil sur les bagues, sans d'ailleurs sembler le moins du monde impressionnée. Elle avait sur elle des bijoux autrement voyants et tout aussi brillants. Les dames en faisaient d'ailleurs des gorges chaudes : ne s'agirait-il pas de pierres en strass ? Ce qui serait une énorme maladresse dans la bonne société de Dunedin, empreinte de calvinisme, où l'on ne portait que peu de bijoux, mais alors des vrais !

Patrick se mêla lui aussi à la conversation, visiblement heureux de pouvoir enfin se manifester. Juliette n'avait pas échangé un seul mot avec lui jusqu'ici.

— Entre l'Angleterre et les Boers, répondit-il. Ces derniers sont en fait des Néerlandais, mais, depuis qu'ils sont en Afrique du Sud, ils se nomment des Boers ou des Afrikaners. Ils revendiquent certains territoires alors que l'Angleterre a conquis ce pays depuis quelques siècles.

— Et personne ne s'en est soucié jusqu'ici, ajouta le révérend. Le problème est né de ce qu'on vient d'y trouver des diamants et de l'or en grandes quantités. Mais on s'en soucie soudain pour de très nobles raisons bien entendu : l'Angleterre pourrait-elle tolérer que les indigènes y soient traités moins bien que du bétail ? Que les immigrants chercheurs d'or n'y aient pas le droit de vote ?

— Depuis quand les chercheurs d'or s'intéressent-ils à la politique ? s'étonna Kathleen. C'est à peine si la plupart savent lire et écrire. Ils se fichent pas mal de savoir qui gouverne !

— En réalité, c'est l'inverse qui est vrai, sourit Kevin. C'est la politique qui s'intéresse à l'or.

Roberta était fascinée par l'éclat moqueur de ses yeux bleus et les deux fossettes dans ses joues bronzées. Tentant de répondre avec naturel à son sourire, elle se souvint des conseils d'Atamarie, le matin même. Elle devait, d'une manière ou d'une autre, attirer son attention. Par exemple en disant quelque chose. Si possible quelque chose d'intelligent. Elle se creusa la tête.

— Mais la Nouvelle-Zélande n'est tout de même pas concernée par une guerre menée par l'Angleterre en Afrique du Sud ? finit-elle par demander, rougissante, tous les regards s'étant tournés vers elle.

— Cela dépend de ce qui va passer par la tête de notre Premier ministre, estima Heather. M. Seddon est connu pour ses idées bizarres, et pour ses revirements.

Seddon avait donné bien du fil à retordre aux femmes en lutte pour obtenir le droit de vote.

— Indépendamment du fait que tout le monde est concerné quand des guerres sont menées pour de l'or et des diamants, observa pour sa part le révérend.

Roberta ne put s'empêcher de rougir de nouveau. Sa remarque n'avait donc pas été si futée que ça.

— Vous pensez vraiment qu'on pourrait envoyer des Néo-Zélandais combattre en Afrique du Sud ? s'enquit Atamarie, voyant plutôt le problème sous l'aspect de l'aventure.

— Pourquoi pas ? répondit Kevin en jouant distraitement avec les doigts de Juliette qui avait posé sa main sur son bras gauche.

Kathleen, attentive, constata que, de toute la soirée, Kevin et Juliette n'avaient pu s'empêcher de se tenir les mains.

— Qu'on envoie des troupes d'Angleterre ou de Nouvelle-Zélande, il faut de toute façon les transporter là-bas en bateau, ajouta Kevin. Bien entendu, on ne peut contraindre personne. Mais, s'il y a des volontaires…

Roberta se sentit soudain angoissée.

— Mais… tu… vous, se reprit-elle au dernier moment, songeant à associer les autres hommes présents à sa préoccupation. Vous ne comptez pas y aller tout de même ?

Les hommes se mirent à rire, ce qui la rassura, mais elle fut gênée de voir que Juliette faisait chorus.

— Pas sans mon autorisation, dit celle-ci en attirant Kevin contre elle. Il existe d'autres champs de bataille que Le Cap pour se conduire en héros…

3

— Tu crois vraiment que ta… liaison avec cette Juliette est favorable à ta réputation ? lança Lizzie Drury en entrant dans le cabinet de Kevin.

Elle avait pourtant eu l'intention de parler tranquillement avec son fils. Mais, ayant vu la cause du scandale quitter la maison comme si de rien n'était, elle était sortie de ses gonds.

— Mon Dieu, on renifle à cent pas que cette fille est du demi-monde. Où l'as-tu ramassée ? Et quelle idée t'a pris de l'emmener à… à des invitations comme celle d'hier ?

— Un peu de calme, je t'en prie, maman ! s'écria Kevin en se retournant brusquement. Ne me parle pas sur ce ton ! Et moins fort, les patients ne vont pas tarder à arriver !

Il tendit l'oreille d'un air soucieux dans la direction de son appartement, au-dessus du cabinet.

— Des patients ! On est dimanche aujourd'hui, Kevin. Et, si ça peut te rassurer, la jeune dame est déjà partie.

Le mot « dame » sonnait plus comme une insulte que comme un titre honorifique.

— Elle a au moins assez de savoir-vivre pour s'esquiver avant l'arrivée de la bonne.

Une légère rougeur colora les traits pleins d'assurance de Kevin. Il était sans aucun doute contrarié que ses parents aient vu partir Juliette. Connaissant bien sa mère, il savait ce qu'elle pensait de ses diverses connaissances féminines. En fait, Lizzie ne voulait plus aborder le sujet Juliette après avoir fait sa connaissance lors d'une soirée. Mais, ce matin, elle avait été si pressée qu'elle n'avait pas pris le temps de déguster le petit-déjeuner de l'hôtel. Dès qu'il avait été une heure raisonnable pour une visite, un dimanche matin, elle avait traîné Michael jusqu'à l'imposante maison en pierre de la Lower Stuart Street, où Kevin et Christian avaient leur cabinet.

— Juliette avait… euh… oublié quelque chose dans… dans mon appartement, et comme…

— Je préfère ne pas demander quoi, plaisanta son père.

Michael avait les mêmes yeux et, quand il souriait, les mêmes fossettes que son fils. Lui aussi, plus jeune, n'avait pas donné sa part au chat et, face à Lizzie justement, il n'avait pas toujours eu l'excuse facile.

Kevin tenta de ne pas se laisser intimider.

— Juliette est une jeune dame extrêmement honorable, sachant se conduire en société. Il m'a paru tout à fait opportun de me faire accompagner par elle pour la réception offerte par les Dunloe. M. Dunloe fut d'ailleurs fort impressionné.

— Ce qui en dit long sur les talents de cette jeune femme, le coupa Lizzie d'un ton caustique. Il est possible que M. Dunloe ait été impressionné. Mme Dunloe en revanche m'a semblé plutôt gênée.

Constatation un peu exagérée. Claire Dunloe avait certes jeté quelques regards indignés à la robe rouge trop voyante et aux bijoux clinquants de Juliette, mais, sinon, il ne s'était rien produit de remarquable. Juliette se tenait à table de manière parfaite, savait bavarder pour ne rien dire et, cette fois, avait fait preuve de retenue dans sa consommation de champagne. Elle était néanmoins apparue, à cette réception du directeur de banque et de son épouse, comme un corps étranger exotique. Lizzie, elle, avait la conviction que cette jeune femme était de la dynamite en puissance.

— En tout cas, la société jase à son propos, répliqua-t-elle à son fils. Et si bruyamment qu'on en a eu des échos à Tuapeka !

Tuapeka, à proximité de laquelle se trouvait la ferme Drury, était située à environ quarante miles de Dunedin et, depuis 1866, s'appelait Lawrence. Lizzie et Michael ne venaient que rarement à Dunedin, mais l'invitation d'un directeur de banque ne se refusait pas.

— J'ai même entendu dire qu'elle avait chanté au vernissage d'Heather et de Chloé !

Kevin tiqua. Cette scène ne faisait pas partie de ses meilleurs souvenirs, Juliette ayant sans aucun doute exagéré. Mais le vernissage avait été terriblement ennuyeux, les tableaux lugubres et les gens peu diserts. En revanche, le champagne avait coulé à flots et Juliette ne savait y résister. Les conversations s'étiolant, elle s'était tournée vers les musiciens et le trio avait fini par l'accompagner. Elle avait chanté un tube américain en vogue. Pour autant qu'il s'en souvînt, les réactions n'avaient pas du tout été négatives. Il avait lui aussi déjà vidé quelques verres. Les Burton et les Dunloe, les McEnroe et les McDouglas avaient en revanche eu l'air surpris. C'est Chloé, en hôtesse avertie, qui avait sauvé la situation en échangeant quelques mots avec la chanteuse, avant de la présenter à ses invités : Juliette LaBree était américaine de naissance et membre d'une troupe de variétés en tournée à Wellington. Du moins, quelques semaines plus tôt.

— Comment cette jeune dame honorable est-elle donc venue de Wellington ? demanda Michael d'un ton plus intéressé qu'inquisiteur.

Juliette l'avait incontestablement impressionné, comme elle impressionnait tout être masculin, du balayeur au directeur de banque. Et les messieurs avaient beau faire chorus avec leurs dames pour déclarer qu'elle n'appartenait pas à la meilleure société, ils n'en jalousaient pas moins un peu Kevin pour sa belle prise.

— Juliette… eh bien… euh… en avait assez de la troupe. Elle se plaît en Nouvelle-Zélande. Elle préfère chercher ici un nouvel engagement.

— Ah bon ? ironisa Lizzie. Elle ferait mieux, alors, de chercher à Auckland ou à Wellington. Et pas à Dunedin, la métropole de l'Église d'Écosse, la ville de l'île du Sud la plus petite-bourgeoise. Qu'a-t-elle l'intention de chanter ici, Kevin ? Des cantiques ?

— Avec la voix qu'elle a, elle peut tout chanter ! Et puis Dunedin a changé ces dernières décennies, au cas où tu ne t'en serais pas aperçue, maman. La ruée vers l'or est passée par là !

— Je me souviens, observa-t-elle avec un rire méprisant. Il y a encore les ruines des bordels à Tuapeka.

— Et c'est toi qui as, là-bas, levé bien haut l'étendard de la vertu ?

Lizzie fusilla son fils du regard.

— Jamais, à Tuapeka, je ne me suis pros…

Elle se tut, honteuse. Elle n'avait certes jamais parlé à ses fils de son passé peu glorieux à Londres et à Kaikoura, mais Kevin n'était pas sot et n'avait besoin de personne pour deviner le vraisemblable. Pourtant, quand Lizzie avait rejoint Michael sur les champs aurifères, elle était devenue honorable depuis longtemps, dans la mesure, bien sûr, où l'on pouvait qualifier d'honorable la vente de whisky distillé au noir.

— Kevin, ta mère et moi nous n'avons pas été des anges, intervint à propos Michael. Mais c'est justement ce qui nous permet de juger Juliette LaBree. Elle fuit quelque chose, Kevin. Crois-moi, je connais ce genre de regard. Il est probable qu'elle a été renvoyée de la troupe. Et elle était en route pour l'Otago, pour les champs aurifères près de Queenstown. Des hommes et des pubs en veux-tu, en voilà…

Kevin baissa pavillon.

– Et quand bien même… Mais tu avoueras qu'elle est ravissante, papa ! Je me fiche de ce qu'elle a été avant, c'est tout ce que je désire savoir d'elle. Je ne compte pas l'épouser demain, de toute façon !

Il jeta un œil sur la massive horloge de son cabinet. Il n'ignorait pas que ses parents étaient invités à une matinée, une présentation de mode chez Lady's Goldmine. Lizzie ne s'en laisserait pas priver.

Elle comprit le signe.

– C'est bon, Kevin, nous nous en allons. Mais, telle que je vois Juliette LaBree, ce que tu veux toi n'a guère d'importance. L'unique question est de savoir ce qu'elle veut, elle.

Ce que Juliette LaBree voulait, c'était avant tout du calme. Elle avait de la peine à se l'avouer. Elle avait cependant longtemps aimé son existence agitée, elle n'avait rien imaginé de mieux qu'aller de ville en ville, de théâtre en théâtre, d'un homme à un autre. C'est ce dont elle avait toujours rêvé pendant son éducation de fille de la bonne société. Elle ne s'était intéressée ni aux livres, ni aux chevaux, ni aux fêtes familiales, ni aux pique-niques. Son apparence exotique n'était pas seule à la différencier des filles sages des plantations autour de la paroisse de Terrebonne, en Louisiane. Elle aimait la vie, elle brûlait d'assister à des concerts, à des représentations théâtrales. La Nouvelle-Orléans, pas très lointaine, était à cet égard la ville idéale, et les parents de Juliette n'étaient pas non plus des enfants de chœur. Sa mère était une créole des Antilles, venue un jour de la Jamaïque à La Nouvelle-Orléans. Comment ? Juliette n'avait guère d'illusions à ce sujet. Sans doute avec un homme. Mais le père de Juliette, tombant sous son charme, l'avait emmenée avec lui dans sa plantation où il n'avait cessé de l'aimer et de la gâter.

Juliette fut la prunelle de ses yeux. Rien n'était trop beau pour sa jolie fille. Elle eut les meilleurs enseignants. Elle ne s'intéressait au demeurant qu'à la musique, même si elle apprit le français ou la danse de salon. Quand elle eut dix-sept ans, il s'était agi de lui trouver le mari idéal. Son père le trouva dans une plantation proche, au sein d'une vieille famille qui avait survécu à la guerre civile sans trop de pertes financières. Une immense fortune ! Mais le jeune homme était si exsangue que, chaque fois qu'elle lui rendait visite, elle cherchait les vampires sévissant dans la plantation. La vaste demeure était pour elle comme un tombeau.

Peu avant le mariage, elle s'enfuit à La Nouvelle-Orléans, puis à Tennessee. Elle avait emporté dans sa fuite pas mal d'argent et elle avait la ressource de mettre en gage ses vêtements et ses bijoux. Pourtant elle chantait dans des clubs, plutôt pour le plaisir, et ne tarda pas à devenir une petite vedette. Puis, ayant eu maille à partir avec un chef de la mafia, elle dut quitter rapidement la ville, sans argent cette fois. Elle ne fit pas la fine bouche pour survivre à New York, jusqu'au moment où s'offrit à elle la possibilité de passer en Europe : elle chanta pour les passagers d'un paquebot de luxe à destination de Londres, avant de gagner Paris. Artiste ambulante, elle parcourut la moitié du continent durant trois années, profitant de chaque nuit, de chaque journée. Elle tombait rarement amoureuse, sa vie était un pur enchantement.

Vint ensuite l'engagement qui la conduisit en Australie d'abord, puis en Nouvelle-Zélande. Une troupe d'opéra, mais sans grand professionnalisme. Juliette n'avait pas refusé ses faveurs au directeur, jusqu'au jour où il lui avait trouvé une remplaçante. Une longue histoire. Juliette avait fini par fuir, emportant une partie des recettes, trouvant qu'on l'avait de toute façon mal payée. Elle était donc passée sur l'île du Sud et avait dû constater que la vie citadine y était encore plus prude que dans le Nord. Il n'existait pratiquement pas de spectacles de variétés et, si des pubs ou des hôtels engageaient des jeunes femmes pour chanter et danser, il ne s'agissait pour l'essentiel que de bordels améliorés.

Juliette avait été fort heureuse de rencontrer, par hasard, Kevin Drury et de constater avec surprise, au bout de quelques semaines ensemble, qu'il ne l'ennuyait pas. Au contraire, elle appréciait la sécurité qu'il lui offrait, il était extraordinairement beau et ne manquait pas de savoir-faire. Il s'entendait à la satisfaire. Lui-même était emballé par son art de rendre les hommes heureux. Il ne posait pas de questions, se montrait généreux. À peine émettait-elle un vœu qu'il l'exauçait, du moins dans la limite de ses moyens financiers.

Juliette avait eu tôt fait de découvrir qu'il était aisé. Son cabinet prospérait, mais il n'était bien entendu pas un gros entrepreneur, devant de plus partager ses revenus avec son associé. Il hériterait néanmoins un jour. La ferme de ses parents passait pour être un modèle du genre. Or Juliette remarquait avec stupéfaction que ses propres exigences étaient à la baisse. On n'avait plus besoin de louer un local entier pour danser avec elle, elle ne désirait plus de bijoux de grand luxe qu'elle mettait ensuite en gage. Certes, les événements auxquels Kevin l'emmenait avaient un caractère provincial, un vernissage à Dunedin, un concert à Christchurch… Elle était habituée à des manifestations plus brillantes. Mais, d'un autre côté, elle n'avait auparavant jamais remporté un tel succès que dans ce trou. À Memphis, à New York, à Paris et à Berlin elle avait été une beauté parmi beaucoup d'autres, alors qu'ici les hommes étaient à ses pieds.

Elle se mit à rêver de s'établir enfin, d'appartenir pleinement à cette bonne société et de donner un bon coup de pied dans la fourmilière. Quand elle aurait organisé d'authentiques réceptions, l'île du Sud entière en parlerait. Le salon de la jeune Mme Drury attirerait les artistes et les musiciens, les journaux décriraient les habits qu'elle porterait à cette occasion. Ils auraient naturellement besoin d'une demeure plus représentative. De toute façon, quand ils auraient des enfants, ils ne pourraient plus vivre dans un appartement loué, ne serait-ce qu'en raison du nombre des employés de maison. Juliette nota qu'elle avait plaisir à forger des projets. Devrait-elle écrire à ses parents et les informer de son nouveau séjour au fin fond du monde ?

Le seul bémol dans ce beau rêve était que, jusqu'ici, Kevin ne faisait pas mine de demander sa main. Juliette s'était un peu renseignée entre-temps : le jeune médecin passait pour un homme à femmes. Il ne songeait apparemment pas à fonder un foyer, ce qui la plongeait dans un dilemme. Pour le pousser à se marier, elle devait tomber enceinte, mais elle ne désirait pas d'enfant si tôt. Elle se voyait bien passer encore une ou deux années à jouir de la modeste vie nocturne de Dunedin en compagnie de Kevin, mener par le bout du nez la gent masculine de la ville et alimenter les regards jaloux des dames. Un enfant mettrait des freins à tout cela et retarderait pour le moins son éclosion comme hôtesse brillante et centre de la vie sociale.

Mais, s'il n'était pas possible de faire autrement…

Elle était un peu nerveuse depuis qu'elle avait croisé la mère de Kevin dans la cage d'escalier. Celle-ci n'avait rien dit, mais les regards qu'elle lui avait adressés étaient éloquents. Déjà lors du dîner chez les Dunloe. Or il ne s'agissait pas de sous-estimer cette Lizzie Drury. Juliette aurait juré que cette dame habillée avec goût n'avait pas un passé irréprochable. Il était possible que le mari eût, comme il se disait, gagné sa fortune comme chercheur d'or. Mais sa femme lui avait-elle tendu la pelle ou bien avait-elle contribué par d'autres moyens à l'enrichissement familial ?

Lizzie, en tout cas, l'avait regardée d'un air entendu et il ne faisait pas l'ombre d'un doute qu'elle mettrait tout en œuvre pour détourner Kevin d'elle. Juliette voyait déjà les premiers fruits de cette opposition. Il n'était pas allé avec elle à cette revue de mode, l'événement de la saison au centre des discussions des dames de Dunedin. Depuis peu, il préférait sortir seul avec elle plutôt que de l'emmener dans des manifestations publiques. Juliette sentait venir le commencement de la fin et elle était fermement résolue à s'y opposer !

Un soir, Kevin l'ayant fait attendre parce qu'il avait encore des patients dans son cabinet, elle ferma derrière elle la porte de son appartement et fouilla le tiroir de sa table de nuit. Médecin, Kevin, pour éviter d'avoir une descendance non désirée, ne se fiait pas à ses partenaires, ce qu'elle avait trouvé fort agréable au début. Elle aussi, bien sûr, était familière des méthodes de calcul des jours fécondables et, en cas de nécessité, elle recourait aux injections vaginales. Kevin, lui, se fiait aux capotes. Juliette avait autrefois connu des hommes qui, avant de faire l'amour, enfilaient ces espèces de boyaux qui la dégoûtaient parce que fabriqués avec des intestins de mouton. Kevin utilisait pour sa part des modèles plus modernes, en caoutchouc, épais et encombrants, parfois incommodes, mais rassurants.

Elle en trouva sans peine tout un paquet, et même un second. Il les achetait en gros, pas possible ! Elle décida de n'en traiter qu'un seul paquet, ses dernières règles remontant à une quinzaine de jours. Ses jours fécondables étaient imminents. Deux ou trois séances suffiraient.

À l'aide d'une aiguille, elle perça les premiers boyaux. Dans deux mois tout au plus Kevin la conduirait à l'autel.

4

Atamarie ne se serait jamais attendue à envier un jour à Roberta son insipide cursus universitaire. Non qu'elle eût une seconde envisagé de faire classe à des enfants plutôt que de construire des machines volantes ! Non, mais, au bout de deux mois à Christchurch, elle s'ennuyait à mourir. Le soir, ses cours terminés, elle se retrouvait seule dans sa chambre ou bien, seule encore, elle errait en ville, alors que Roberta lui racontait ses agréables rencontres et excursions avec ses camarades d'études. Elle s'était déjà fait des amies et semblait heureuse, mis à part, naturellement, son amour sans espoir pour Kevin.

Atamarie, en revanche, ne parvenait à lier connaissance avec personne. Ses camarades de l'école d'ingénieurs lui battaient froid. Ils avaient commencé par considérer d'un œil suspicieux l'unique élève femme avant de murmurer entre eux qu'elle était la « chouchou » des enseignants. Ils ne pouvaient s'expliquer autrement ses notes mirobolantes. Elle était de loin la meilleure de sa promotion. À cela s'ajoutait que les mœurs demeuraient marquées par les conceptions victoriennes : il était impensable que jeunes gens et jeunes filles se fréquentent en dehors de la présence d'un chaperon. Aucune université au monde n'envisageant de surveiller les activités de loisir de ses étudiants, les contacts entre gens de sexe différent restaient difficiles. Dans les établissements où les femmes étaient majoritaires, elles se regroupaient entre elles, à moins que l'une d'entre elles, tombée amoureuse, n'organisât des rencontres secrètes avec son ami.

Atamarie, elle, était seule dans son cas et, son institut étant abrité dans un bâtiment à part, les contacts fortuits avec des étudiantes d'autres facultés n'étaient pas possibles. Elle se retrouvait donc exclue des plaisirs qu'offrait aux étudiants une métropole animée comme Christchurch : promenades en bateau sur l'Avon, régates et excursions dans les Plains. Elle ne vivait plus que pour d'occasionnels week-ends à Dunedin, ou des visites de parents ou d'amis. Heather et Chloé venaient parfois assister aux courses en banlieue, à Addington. Sean venait lui aussi pour ses affaires. Le reste du temps, Atamarie s'absorbait dans ses études, ce qui améliorait encore ses résultats et accroissait la jalousie de ses condisciples.

Le professeur Dobbins était en revanche ravi par cette étudiante toujours volontaire pour participer à des travaux et à des projets de recherche. Les études en elles-mêmes plaisaient à la jeune fille. Le soir, elle dévorait les livres de Lilienthal et de Mouillard consacrés à la théorie et à la construction d'appareils volants. Elle lisait aussi des romans et, surtout, des journaux. Les histoires romantiques la fascinaient moins que la vie réelle. Elle tombait ainsi en permanence sur le pays dont il avait été question lors du vernissage : l'Afrique du Sud.

Elle apprit que ce pays avait d'abord été colonisé par des Néerlandais, la Compagnie des Indes orientales souhaitant posséder un avant-poste afin de ravitailler ses bateaux sur la route de Java. Ensuite, les colons avaient pénétré plus avant. Un jour, la Compagnie avait fait faillite, si bien que les Britanniques avaient occupé le pays sans même avoir à combattre. Comme on pouvait s'y attendre, cela n'avait guère été du goût des colons, qui s'appelaient désormais des Boers, mais ils s'étaient résignés. Cela d'autant mieux que les Anglais manifestaient de la patience à leur égard. Atamarie s'indignait qu'il eût été permis aux Boers de traiter les autochtones noirs comme des esclaves. Les Hottentots n'avaient aucun droit. Les Britanniques avaient apparemment misé sur de lentes évolutions… jusqu'au moment où l'on découvrit de l'or et des diamants !

Ces découvertes eurent les conséquences habituelles : des milliers et des milliers d'Européens sans ressources accoururent chercher fortune. La population augmenta brutalement, les agglomérations qui se constituèrent sur les lieux d'extraction devinrent aussitôt des lieux de misère et de vices. Les Boers, plus cultivateurs que commerçants et très religieux, ne savaient comment réagir. Les nouveaux arrivants se plaignirent bientôt des représailles auxquelles ils étaient ou prétendaient être exposés, plaintes auxquelles la couronne britannique réserva un accueil favorable. C'en fut vite fait de la tolérance manifestée envers les républiques boers du Transvaal et d'Orange. Les Anglais affirmèrent leur droit à diriger l'ensemble du pays. Le Premier ministre de Nouvelle-Zélande, Richard Seddon, accueillit cette décision avec enthousiasme. Quand la guerre parut inévitable, il tint un discours émouvant devant le Parlement, demandant à l'Empire de constituer un contingent néo-zélandais de cavalerie.

— La Nouvelle-Zélande combattra pour un drapeau, une reine, une langue et un pays ! proclama-t-il.

Atamarie ne comprenait pas pourquoi cela était nécessaire, les Britanniques se mêlant en effet de plus en plus rarement des affaires de la Nouvelle-Zélande, et elle se demandait pourquoi la réciproque ne serait pas vraie. Certes, l'Angleterre était la patrie d'origine, mais la réalité était tellement différente dans les îles néo-zélandaises ! Elle estimait son pays indépendant. Pourtant, elle exceptée, tout le monde semblait enchanté à l'idée de défendre les droits des gens dans un pays dont on entendait parler pour la première fois. Le Parlement, à l'unanimité moins cinq voix, promit aux Britanniques de les aider. Les bureaux de recrutement furent submergés par les volontaires et il se trouva même quelques tribus maories pour proposer des troupes.

Plusieurs des camarades de cours d'Atamarie se portèrent volontaires, mais ne furent pas acceptés. Au moins dans un premier temps, on préféra recruter des gens servant déjà dans la petite armée néo-zélandaise.

— On ne pourrait d'ailleurs pas gagner la guerre avec des imbéciles, déclara-t-elle lors d'une de ses visites à Dunedin, au printemps.

C'était la fête de la paroisse du révérend Burton. Il n'avait pas donné suite aux demandes de certaines de ses ouailles qui voulaient verser au profit de la guerre les gains du bazar et de la tombola.

— Que Seddon finance lui-même son aventure! avait-il grogné. Nous ne toucherons nous-mêmes pas un penny de ce que vont rapporter l'or et les diamants de là-bas. Je ne voudrais d'ailleurs pas de cet argent souillé de sang. Mais les gens sont devenus fous, dit-il au spectacle de quelques membres de sa paroisse brandissant des drapeaux anglais.

— La Nouvelle-Zélande est simplement heureuse que d'autres accueillent les chercheurs d'or! plaisanta Sean. Tous ceux qui débarquent à Johannesburg ne débarquent pas dans l'Otago. Mais ne généralisons pas! Tout le monde n'est pas d'accord. Kupe, par exemple, a voté contre au Parlement.

Atamarie, l'apprenant, éprouva de la fierté pour son beau-père.

— Les organisations féministes sont divisées, ajouta Violette qui dirigeait l'annexe de la Women's Christian Temperance Union à Dunedin, une association qui avait largement contribué à l'obtention du droit de vote pour les femmes. Certaines sont patriotiques, d'autres condamnent cette effusion de sang inutile. Moi, en tout cas, je ne voudrais pas envoyer mon fils mourir dans un pays dont je n'ai pas la moindre idée. Mais beaucoup brûlent, bien sûr, d'envoyer des femmes là-bas afin de montrer que nous aussi nous savons affronter des situations périlleuses.

— Mais juste en tant qu'infirmières, non ? s'étonna le révérend. On ne va pas leur mettre un fusil entre les mains, tout de même…

— Mais si, répliqua Violette crânement, ce qui déclencha l'hilarité générale, personne ne pouvant s'imaginer la petite et frêle Violette un fusil à la main. Et, s'agissant de l'Angleterre, les femmes n'y ont même pas le droit de vote. La plupart des universités leur sont fermées… C'est pour ça qu'il vaut la peine de lutter, pas pour de l'or et des diamants !

Atamarie applaudit, tandis que Roberta, à son habitude, n'avait d'yeux que pour Kevin qui venait d'arriver avec Juliette, vêtue d'une robe d'été bleu foncé à la toute dernière mode. Elle était donc, à l'évidence, devenue cliente de Lady's Goldmine.

— J'ai peur qu'il ne l'épouse, confia Roberta à Atamarie un peu plus tard. Il y a tellement longtemps qu'il est avec elle, c'est obligé. Et je… j'accompagne mes parents presque à chaque manifestation publique, j'essaie de dire quelque chose. Vraiment ! Mais il… il ne voit qu'elle !

— Réellement ? s'étonna son amie qui trouvait en vérité que le couple n'était pas aussi uni que naguère, par exemple en cet après-midi.

Juliette n'était plus sur les talons de Kevin, elle papillonnait d'un homme à l'autre, privilégiant les célibataires et les veufs, mais ne prêtant aucune attention à Patrick qui la suivait toujours d'un regard enamouré. Kevin ne cherchait plus, lui, à la maintenir à distance des autres hommes. Il n'y avait plus entre elle et lui de petits contacts lascifs. Le jeune homme paraissait en revanche ouvert à de nouvelles conquêtes. Il était même présentement en train de flirter avec une jeune fille de la paroisse qui lui proposait un couvre-théière confectionné par ses soins.

— Oui, je trouve que les liens se distendent, ajouta Atamarie en entraînant Roberta, comme incidemment, vers Kevin.

— Un couvre-théière, tonton? le taquina-t-elle, enjouée. Tu comptes fonder un foyer?

Le jeune homme se retourna et gratifia les deux jeunes filles de son sourire irrésistible.

— Mon problème est de savoir comment aider la paroisse. Il faut bien que j'achète quelque chose. Au cas où vous seriez en train de compléter votre dot, je vous l'offrirais avec plaisir.

— Pas question, rétorqua Atamarie. Du moins pas dans l'immédiat. Tu sais bien que nous poursuivons nos études.

Kevin regarda du coup les deux jeunes filles avec un peu plus d'intérêt. Ce n'était plus des écolières, naturellement, elles étaient devenues de belles et grandes jeunes filles. Sa nièce était mignonne et Roberta était une authentique beauté. Cette dernière faillit rentrer sous terre quand il lui adressa la parole.

— Ah, mais bien sûr, la future enseignante. Mais ne voulais-tu pas devenir médecin?

Elle rougit. Elle avait le béguin pour Kevin depuis des années et elle avait d'abord rêvé de travailler avec lui. Mais cela lui avait passé rapidement.

— Je ne supporte pas la vue du sang, avoua-t-elle. J'essaie de m'y habituer car les enfants se blessent parfois, mais, la semaine dernière, j'ai, pour la première fois, été devant une classe, et une fillette s'est mise à saigner du nez…

Elle s'était trouvée mal, mais était finalement parvenue à garder son contrôle.

— Eh bien, je ne suis pas loin, la consola Kevin. Si tu enseignes à Caversham, mon cabinet n'est qu'à quelques minutes. Tu n'auras qu'à m'envoyer tes petits patients ou bien, ajouta-t-il avec un sourire complice, tu me les amèneras en personne. Un spectacle agréable entre deux malades, ce ne sera pas de refus !

Roberta fut comme transfigurée, comme s'il ne s'était pas contenté de lui adresser un compliment, mais qu'il avait déposé le monde à ses pieds. À cet instant, Juliette aperçut son ami en pleine conversation avec les deux jeunes filles. Elle s'approcha comme sous l'effet du hasard.

— Viens, Kevin, la tombola commence. C'est toi qui vas choisir un billet pour moi. Je n'ai pas de chance à ce jeu-là.

Il se laissa entraîner sans résistance et Atamarie traîna de même une Roberta à demi paralysée.

— Vous avez vous aussi besoin d'un porte-bonheur ? dit-il de bonne humeur. Alors je vais offrir trois billets à chacune des trois plus belles dames de la paroisse. Ce sera ma contribution à ses bonnes œuvres. Mais je vous préviens : si vous gagnez ce service à thé, jamais personne ne vous épousera !

Le premier prix était un horrible service à thé, d'au moins cinquante pièces.

— Pourvu qu'on ne l'ait pas ! dit Atamarie en riant et en prenant connaissance de ses billets : trois numéros perdants.

Jouant les mijaurées, Juliette feignit d'être trop maladroite pour déplier ses billets. Kevin l'aida et se tordit de rire quand le deuxième se révéla être gagnant.

— Un couvre-théière. Sans doute celui que je viens de voir. Je te souhaite bien du plaisir, Juliette !

Celle-ci le regarda d'un air indigné et ouvrit le dernier billet. Perdant !

Roberta avait toujours en main ses trois billets, comme incapable de se décider à les déplier.

— Allez, à toi ! s'impatienta Atamarie. Même si tu gagnes ce service : avant chaque mariage, tu sais bien qu'on s'amuse à casser la vaisselle !

Roberta ouvrit coup sur coup deux billets perdants, puis elle gagna… un cheval en peluche.

— Eh bien, un cheval ! se réjouit Kevin. Ça peut toujours servir. Quoique je préfère les chevaux en chair et en os.

— Mais ceux-là, je ne peux pas les prendre avec moi à l'université, dit Roberta, se repentant aussitôt de sa remarque stupide, car il n'était pas question que Kevin apprît qu'elle avait décidé de ne plus se séparer du cheval en peluche.

— Pourquoi ? Les chevaux sont des animaux intelligents !

D'une seule plaisanterie Kevin venait de la sortir d'embarras. Elle était au septième ciel.

— C'est bien ce que je pensais ! annonça négligemment Atamarie, quand Kevin avec sa Juliette – ou plutôt Juliette avec son Kevin – quitta la fête.

La jeune femme, visiblement fort mécontente de voir son ami passer autant de temps avec ces filles, l'avait poussé à partir sans plus attendre.

— Son affaire avec Juliette a du plomb dans l'aile, c'est évident ! D'ailleurs, quelle raseuse ! De quoi peuvent-ils bien parler ensemble ?

Juliette n'aurait jamais cru qu'il pouvait être aussi difficile de tomber enceinte. Quatre mois s'étaient écoulés depuis qu'elle avait percé les capotes de Kevin. On était en février et l'été touchait à sa fin. Kevin s'intéressait de moins en moins à elle, c'était indéniable. Il ne l'invitait plus qu'à des manifestations ridicules comme cette fête paroissiale. En plus, il en profitait pour flirter avec d'autres femmes, quand il ne parlait pas de cette guerre à l'autre bout du monde ! Elle commença à réfléchir à des alternatives. Il n'y avait pas beaucoup de célibataires en valant la peine à Dunedin, mais elle avait retenu deux ou trois veufs. Aucun d'eux n'arrivait à la cheville de Kevin, bien sûr, même pas Patrick, son frère, qu'elle n'aurait pas de mal à embobiner. Il lui tapait même parfois sur les nerfs à tourner sans arrêt autour d'elle. Juliette n'envisageait plus, désormais, de quitter Dunedin. Elle avait pris goût aux commodités de la ville, à la largeur des rues, aux possibilités d'achat, aux collections de Lady's Goldmine par exemple ! Son expérience du climat en Nouvelle-Zélande depuis neuf mois la dissuadait absolument de tenter de survivre dans un campement de chercheurs d'or ! Non, Juliette était fermement décidée à s'établir. Et le meilleur moyen d'y parvenir était d'avoir un enfant.

Revenant un soir d'un concert où elle avait exceptionnellement accompagné Kevin et où ils avaient rencontré les Dunloe et les Coltrane ainsi que leur fille, belle comme le jour, qui ne laissait pas son amant indifférent, loin de là, elle tortilla des hanches pour se glisser hors de sa robe du soir. Elle avait pris de l'embonpoint ces derniers temps…

Allongé sur le lit, Kevin se releva pour l'aider à ôter son corset.

— Incroyable, murmura-t-il en ouvrant son soutien-gorge. On dirait qu'ils ont encore grossi !

Il lui embrassa les seins, les suça, une caresse qu'elle aimait habituellement. Mais, aujourd'hui, c'était presque douloureux. Ils étaient raides, avaient durci. La bouche de Kevin descendit le long de son corps ; il baisa son ventre et ses hanches, puis la déposa sur le lit. Il tâtonna dans le tiroir de la table de nuit, à la recherche d'un préservatif.

— Tu crois qu'on en a besoin aujourd'hui ? murmura-t-il.

Ni l'un ni l'autre n'aimait ces boyaux, mais ils connaissaient tous les deux les cycles féminins. On pouvait être tranquille deux ou trois jours avant ou après les règles. Et aujourd'hui…

Juliette réfléchit une fraction de seconde. Il avait raison. Elle n'en avait pas besoin aujourd'hui. D'ailleurs ses règles auraient déjà dû commencer. Kevin laissa les capotes où elles étaient et continua à caresser Juliette. En temps ordinaire, cela suffisait à la rendre humide, mais pas aujourd'hui ! Patient et imaginatif, il caressa à nouveau sa poitrine, décrivit du bout des doigts des cercles sur son ventre qu'il trouva plus dur que d'ordinaire, et…

Kevin s'immobilisa. Puis il remonta la flamme de la lampe à gaz. Son visage perdit l'expression douce et rêveuse qu'il avait quand il faisait l'amour pour céder la place au regard scrutateur du médecin.

– Juliette, tes seins qui ont grossi et le reste, dis… Juliette, tu ne serais pas enceinte par hasard ?

5

— Non, pas question, je ne l'épouserai pas !

Kevin avait espéré qu'il répondrait ainsi aux vœux de sa mère, mais elle gardait l'air pincé, tournant entre ses doigts un verre de vin. Kevin était si furieux que, vingt-quatre heures après sa découverte, il avait laissé le cabinet aux bons soins de son associé pour gagner Lawrence. Ses parents, stoïques, avaient écouté son récit jusqu'au moment où Michael avait posé la question du mariage.

— Elle a monté son coup ! s'exclama Kevin. Je n'ai aucune idée de la manière dont elle s'y est prise, mais elle m'a roulé dans la farine. Alors qu'elle disait ne pas vouloir d'enfant.

— On n'a pas toujours le choix, temporisa Michael.

— Mais bien sûr qu'elle a préparé son coup, fulmina Lizzie. Je l'ai craint dès le début. Mais maintenant, elle te tient, Kevin. Bien entendu que tu vas l'épouser.

— Quoi ?

Kevin et Michael crièrent d'une seule voix. Puis ce fut la tempête.

— Je ne l'épouserai pas. Je ne me laisserai pas faire !

— On ne peut tout de même pas le forcer, Lizzie !

Elle soupira, mais foudroya les deux hommes du regard.

— Évidemment que non. Il peut aussi la quitter. Et que fera-t-elle alors ? Seule avec un enfant ?

— Je paierai, dit Kevin, sans enthousiasme mais soulagé.

— Il y a des arrangements, ajouta Michael. Songe à Matariki.

Matariki était tombée enceinte des œuvres de Colin Coltrane à dix-huit ans, mais s'était séparée de lui et avait élevé Atamarie seule. Ce n'avait pas toujours été simple, elle avait même dû se faire passer pour veuve. Mais en définitive tout s'était bien terminé, en partie grâce à l'argent de Lizzie et de Michael.

— Eh bien oui, triompha Kevin, Matariki n'a pas été obligée de se marier !

— Ce n'était pas la même chose, objecta Lizzie.

— Ah bon ? Parce qu'elle était descendante d'un Maori ? Parce que, chez eux, cela ne compte pas autant ? Comment cela s'est-il passé, au fait, pour toi et Matariki ? Et pour son père ? Qui n'a pas voulu épouser qui ?

— Tu mériterais une claque, Kevin, répliqua sa mère furieuse. Même à ton âge. Mais puisque tu veux savoir : c'est moi qui n'ai pas voulu épouser Kahu Heke, le père de Matariki. Et la grossesse de Matariki n'a eu absolument rien à voir avec ses origines. La différence tient simplement à ce que… eh bien, que c'est Colin qui avait mis Matariki enceinte et pas le contraire…

— Cela aurait effectivement été un miracle médical, se moqua Kevin.

— Et une catastrophe humaine, dit Lizzie, sérieuse. Je regrette de m'être aussi mal exprimée. Mais dis-le toi-même, Michael, aurions-nous confié notre petit-fils à Colin ? Nous avons été très heureux que Riki ne veuille pas de lui comme père pour Atamarie. Et maintenant, voilà que cette Juliette… a un enfant de Kevin dans le ventre.

— On pourrait la dédommager, proposa Michael.

— Comment tu vois ça ? s'exclama Lizzie en hochant la tête. Tu veux lui acheter une maison à Dunedin, assurer son indépendance financière mais la tenir à l'écart de la bonne société ? L'enfant devra-t-il grandir comme un paria ?

Michael devint écarlate. Jadis, il avait laissé Kathleen dans la même situation. Il avait certes réussi à lui transmettre ses économies, mais cela ne l'avait pas sauvée : la somme avait servi de dot et Ian Coltrane l'avait utilisée pour financer leur émigration. En échange, il avait donné son nom à Sean, mais, de longues années durant, il avait fait sentir à Kathleen qu'il la tenait pour une putain.

— Elle pourrait aller dans une autre ville, dit Kevin.

— Et ainsi nous les perdrions de vue, elle et l'enfant ? Et quoi encore, Kevin ? Tu rachèterais ta liberté, et le pauvre petit se débrouillerait comme il pourrait ? Qui sait ce qu'en ferait cette Juliette ?

— Allez, allez, Lizzie, tenta Michael, cette femme n'est pas un monstre tout de même. Il est possible qu'elle ne veuille pas d'enfant, mais une fois qu'il sera là.

Lizzie vit en pensée un taudis à Londres, un trou répugnant qu'elle partageait avec une autre prostituée, Hannah, mère de deux enfants négligés au point qu'elle avait volé du pain pour eux, ce qui lui avait valu d'être bannie.

— Ah oui ? Ça marchera comme ça ? Elle se débrouillera ? Vous vous la baillez belle, vous deux !

— Mais l'instinct maternel, ça existe, pontifia Kevin de sa voix de médecin.

— Oui, chez les chats, railla Lizzie, chez les chevaux, les phoques… Mais ta Juliette se souciera de lui comme d'une guigne. Elle prendra peut-être ton argent, mais ce qu'elle en fera ensuite… Kevin, tu dois l'épouser !

— Et si nous la payons afin qu'elle nous laisse l'enfant ? demanda Michael à contrecœur, car, vu l'âge de Lizzie et le sien, il n'avait aucune envie de renouveler l'aventure d'une éducation.

— Elle ne le laissera pas, Michael. Elle pourrait, si elle y était prête, avorter.

Kevin eut l'air effaré : durant ses études, on lui avait présenté l'avortement comme le pire des crimes.

— Ne me regarde pas comme ça, Kevin. Elle sait que ça existe, ne la prends pas pour plus naïve qu'elle n'est ! Si tu la quittes, c'est sans doute ce qu'elle fera. Autre bonne raison de l'épouser. Si c'est pour toi un tel péché.

— Mais je ne veux pas ! Si je l'épouse… Je n'ai jamais eu l'intention de me marier. Et puis, une femme comme elle. Ce n'était qu'un jeu. Mais à présent, si j'épouse Juliette, ma vie sera foutue.

Perspective que ni Lizzie ni Michael ne purent contester, celui-ci voyant les choses avec un peu plus de décontraction : Kevin devrait certes s'accommoder d'avoir à ses côtés une femme un peu déplacée dans la bonne société, mais elle était belle et possédait à coup sûr d'autres qualités. Cela ne compromettrait pas sa position. Il y aurait des bavardages bien sûr, certains devineraient les raisons réelles de ce mariage, mais plus d'un habitant de Dunedin avait un passé qui n'avait rien à envier à celui de Juliette LaBree, loin de là. Il n'y aurait pas de questions indiscrètes.

— Tu devrais seulement la contrôler, conseilla-t-il à son fils. Sinon, elle te ruinera. Ne dis pas le contraire, Kevin, Jimmy Dunloe m'a révélé que tu t'endettais !

— D'après Claire et Kathleen, elle laisse une fortune dans leur boutique, renchérit Lizzie. Il faut que tu mettes un frein à ça, Kevin, même si ce n'est pas facile. Explique-lui que tu n'es pas propriétaire de plantations.

Entre-temps, les origines de Juliette avaient cessé d'être un secret, ce qui avait soulagé Kevin : au moins un point ne donnant lieu à aucun soupçon !

— Si je me marie, il faudra que j'achète une maison, soupira Kevin.

C'était la première chose qu'avait exigée Juliette après la découverte de sa grossesse, prétendant ne rien avoir remarqué et se montrant, au moins en apparence, aussi épouvantée que lui.

— Voilà que ça commence, soupira Lizzie à son tour. Mais bon, pour l'achat d'une maison, nous pouvons peut-être t'aider. Tant qu'on reste dans les limites du raisonnable. Le mieux serait un gentil cottage, par exemple à Caversham.

Kevin avait la tête qui lui tournait quand il quitta ses parents et revint à Dunedin sous une pluie battante. Affalé sur son cheval, enveloppé dans son ciré, il luttait contre le vent et ses pensées. Il aurait dû faire des projets d'avenir, mais il n'arrêtait pas de ruminer. Il ne voulait pas épouser Juliette ! Plus il y réfléchissait, plus cette idée le terrifiait. Le grand amour n'avait jamais été au centre de ses préoccupations. Quand il pensait au mariage, il envisageait une liaison paisible et agréable avec une femme convenable. La société avait des idées très arrêtées sur ce que devait être une épouse de médecin. Ce devait être une femme faisant preuve d'engagement social, peut-être aidant concrètement aux soins, et se souciant sincèrement du sort des patients. Il était hautement souhaitable qu'elle eût bon goût en matière culturelle. Kevin, lui, ne voulait pas d'une godiche à ses côtés. Il souhaitait une épouse ouverte sur le monde, sensuelle, une jeune femme moderne, ayant peut-être suivi des études. En réalité, il avait toujours eu en vue une jeune fille comme Atamarie ou son amie. Comment s'appelait-elle déjà ?

Juliette correspondait mal à cette image, même s'il était conscient qu'elle saurait s'adapter. Mais le voulait-elle ? Il en doutait. Ces dernières semaines, ils s'étaient souvent querellés sur le point de savoir si telle ou telle manifestation exigeait l'achat d'une nouvelle robe ou si la nouvelle voiture devait être une simple et traditionnelle « voiture de docteur » ou quelque chose de plus représentatif, convenant mieux aux excursions du week-end. Et il allait falloir maintenant lui expliquer que ses parents financeraient peut-être un cottage à Caversham, mais certainement pas la demeure de ville qui abritait présentement son cabinet et son appartement, et qui était justement en vente. Juliette avait évoqué cet achat sitôt sa grossesse connue.

Kevin n'avait pas peur d'épouser une femme qu'il n'aimerait que modérément, il pensait seulement avec épouvante aux querelles qui l'attendaient. À propos de la maison, de l'aménagement, des domestiques éventuels. Il n'avait eu jusqu'ici qu'une femme de ménage qui tenait en ordre son intérieur, mais Juliette ne voudrait certainement pas plus cuisiner que s'occuper du bébé. Et elle n'était guère ouverte aux arguments de la raison. Il y avait déjà eu des larmes et des cris. Elle lui reprochait d'avoir brisé sa vie en la mettant enceinte. Ce même prétexte lui servirait à exiger toujours davantage. À cela s'ajoutait la nature volage de Juliette : ces dernières semaines, il avait commencé à douter un peu de sa fidélité. Devrait-il nourrir des soupçons une vie entière ?

Kevin ressemblait à son père à bien des égards. L'un et l'autre charmeurs et insouciants, ils fuyaient les difficultés. Cela ne signifiait pas pour autant qu'on ne pût se fier à eux, au contraire. Michael était resté fidèle des dizaines d'années à son premier amour et Kevin avait montré de la détermination à réaliser le rêve de sa vie. Il était un excellent médecin. En réalité, Michael avait toujours eu besoin de Lizzie pour régler ses problèmes et Kevin n'avait jamais eu à affronter de vraies difficultés. Ses parents avaient financé ses études, la bonne société de Dunedin lui avait ouvert les bras. Durant cette longue chevauchée, il prit conscience qu'il ne voulait ni ne pouvait se battre à l'avenir. En tout cas ni chez lui, ni contre son épouse.

La pluie cessa lorsqu'il arriva à Dunedin. En traversant Caversham, il retrouva presque sa bonne humeur.

Un quartier agréable, la paroisse du révérend Burton ! Il se voyait bien ouvrir un cabinet ici et la jolie copine d'Atamarie serait encore plus près en cas de saignement de nez d'un élève… Son sourire se figea quand il s'imagina Juliette dans un de ces cottages en train de cuisiner ou de jardiner. Inimaginable ! Il ne pouvait engager un tel combat. Mais un autre peut-être ?

Une idée absurde lui traversa la tête quand il longea un bâtiment morne décoré de drapeaux anglais et néo-zélandais et portant une inscription au-dessus de la porte d'entrée : BUREAU DE RECRUTEMENT DE DUNEDIN. Trois hommes attendaient sur le trottoir, le bureau ne devait pas être ouvert. Kevin les interpella :

— Vous êtes volontaires pour la guerre du Cap ?

Les hommes – des fils d'ouvriers à en juger par leurs vêtements modestes et leurs casquettes à carreaux – lui répondirent en souriant :

— Oui, monsieur !

— S'ils nous prennent, précisa l'un d'eux.

Kevin récapitula ce qu'il savait de la guerre des Boers : les combats n'avaient débuté que le 12 octobre, mais la Nouvelle-Zélande avait déjà expédié en Afrique du Sud les premiers deux cent cinquante volontaires. Arrivés au Cap le 23 novembre, ils avaient aussitôt été envoyés dans le nord où ils avaient connu leur baptême du feu début décembre, livrant des combats sévères avec courage. L'île du Sud avait elle aussi entrepris de rassembler des troupes après l'embarquement de ces premiers volontaires du Nord. Dans les jours à venir, un transport de troupes devait lever l'ancre à Lyttelton avec, à bord, un régiment formé et financé par de riches bourgeois de Christchurch. Ne voulant pas être en reste, Dunedin recrutait à son tour.

À cet instant, les stores du bureau de recrutement se relevèrent et la porte fut bientôt ouverte de l'intérieur.

Kevin ne fit ni une ni deux. C'était peut-être une idée folle de fuir les combats domestiques en se lançant dans une véritable guerre, mais c'était pour le moment la seule issue s'offrant à lui. À l'exception de ses parents, personne n'était au courant de la grossesse de Juliette. Elle pourrait feindre de ne remarquer son état qu'après son départ. Il ne passerait pas pour une crapule de l'avoir abandonnée. Et la bonne société pardonnerait sans aucun doute plus facilement un faux pas à une fiancée de soldat qu'à une cocotte ! On verrait alors si elle l'attendrait ou chercherait un autre père pour son enfant. Lui, en tout cas, ne voulait plus se casser la tête à ce sujet.

Il entra dans le bureau de recrutement d'un pas décidé.

6

L'incorporation de Kevin dans les Otago Mounted Rifles fut d'une simplicité enfantine. Il suffit au jeune médecin d'énoncer sa profession pour faire briller les yeux de l'officier recruteur.

— Nous avons toujours besoin de médecins ! Sauriez-vous par hasard tirer également ?

— J'ai grandi dans un élevage de moutons, monsieur. Dans ce monde, tout le monde sait tirer.

Ce n'était vrai que depuis quelques décennies. Auparavant, il était rare qu'un berger *pakeha* ou maori possédât un fusil, car les rares voleurs de bétail n'auraient pas eu la bêtise de se lancer dans une rixe. Il n'y avait pour ainsi dire pas de gibier non plus. Avant l'arrivée des Blancs, les rongeurs étaient inconnus sur l'île. Les oiseaux familiers des Plains étaient plutôt passifs. On les piégeait et, le jour, il suffisait de se baisser pour capturer les nocturnes. Mais un bateau débarqua un jour de premiers lapins, qui, privés de prédateurs, proliférèrent. Un véritable fléau. Le lapin figura bientôt au menu des fermes et des villages maoris. Les garçons apprenaient dès huit ou dix ans à tirer un lapin.

— Et monter à cheval ? demanda encore l'officier.

Avec un sourire, Kevin montra son cheval attaché devant le bureau.

— Mon cheval est volontaire lui aussi.

La signature fut ensuite une simple formalité. On rassembla les Mounted Rifles dans un camp proche de

Waikouaiti où on les habilla. Vêtu de kaki, Kevin sourit intérieurement : au moins son père ne pourrait lui reprocher d'être devenu une redingote rouge, comme on appelait les soldats anglais dans l'Irlande d'autrefois. La guerre moderne exigeait des tenues de camouflage. Puis les hommes reçurent une formation de base sommaire au terme de laquelle ils élurent eux-mêmes leurs officiers, pratique habituelle dans les régiments de volontaires. Médecin, Kevin obtint aussitôt le grade de capitaine. L'embarquement ne tarda guère, puisque, entre l'inscription de Kevin et son départ, ne s'écoulèrent que trois semaines. Suffisamment longtemps pour qu'il se sentît comme sur des charbons ardents. Il était repassé par son appartement pour prendre quelques effets personnels et échanger quelques mots avec son associé. Il se montra d'une grande magnanimité. Christian pouvait garder le cabinet : à son retour, il devrait de toute façon repartir de zéro. Il n'y mit qu'une condition : que son ami garde le silence !

— J'écrirai à ma famille dès que je serai en mer, ne te fais pas de souci. Mais maintenant… je… je ne voudrais pas avoir de discussions à propos de cette guerre. J'ai tout simplement besoin… besoin d'un peu de temps pour moi.

— Tu pars à la guerre pour être seul ? se moqua Christian Folks. Intéressant ! Mais te faut-il vraiment fuir à l'autre bout du monde pour échapper à cette Juliette ? Putain, moi qui te l'enviais !

Folks n'était pas une « proie » pour Juliette. Dès la fin de ses études, il avait épousé une amie d'enfance.

— Elle a ses qualités, dit Kevin, énigmatique. Mais parfois… bon sang, je préfère ne pas en parler. Boucle-la simplement trois mois, d'accord ? Peu importe qui t'interroge. Dis juste que je… Ma foi, dis que je transhume avec des Maoris.

— Ils transhument en été, Kevin. Nous sommes en automne. Et ta mère n'en croira pas un mot. Avec quelle tribu pourrais-tu être parti ?

Lizzie et Michael entretenaient des relations de bon voisinage avec la tribu des Ngai Tahu et, adolescents, Kevin et Patrick étaient effectivement partis en pérégrination avec elle. Mais elle se livrait rarement à cette coutume, et jamais avec l'ensemble de ses ressortissants. La principale raison poussant les Maoris à nomadiser était la faim. Quand les provisions de la récolte de l'année précédente étaient épuisées, ils partaient pêcher et chasser dans les montagnes. Les Ngai Tahu n'en avaient pas besoin. Ils avaient leurs champs, élevaient des moutons et, les mauvaises années, extrayaient un peu d'or. La présence d'or dans la rivière proche de l'Elizabeth Station était un secret bien caché, connu d'eux et des Drury seulement.

– Alors raconte n'importe quoi, ça m'est égal. Pourvu qu'on me fiche la paix !

Là-dessus, Kevin partit, attiré par l'aventure.

Lizzie et Michael, pendant trois semaines, ne furent pas inquiets de ne pas avoir de nouvelles de leur fils ; c'était dans ses habitudes.

– Il lui faut un peu de temps pour digérer tout ça, dit Michael quand la deuxième passa sans qu'ils aient reçu signe de vie.

– Il doit surtout expliquer à miss Juliette que la naissance d'un enfant n'a pas de lien obligatoire avec une demeure en centre-ville, répliqua Lizzie. Cela ne doit pas être facile pour lui. Cette fille l'a à sa botte. J'espère qu'il y arrivera et qu'il ne nous réserve pas un tour à sa façon.

Patrick lui non plus n'entendit pas parler aussitôt de la disparition de son frère. Il vérifiait l'état des moutons qui, à la fin de l'été, rentraient dans les fermes à leur retour des Hautes Terres. Il conseillait, recommandait des ventes ou des achats et, parfois, aplanissait des différends entre propriétaires et bergers maoris. Kevin serait en pleine mer quand il reviendrait.

Ce furent en définitive Juliette et Roberta qui s'inquiétèrent de son absence. Celle-ci, affolée, avertit Atamarie dans une lettre, mais n'osa pas demander à Christian s'il savait où était passé son associé.

« Je deviens folle quand j'imagine ce qui a bien pu lui arriver », écrivit-elle. Atamarie, elle, n'arrivait surtout pas à s'imaginer quel danger épouvantable pouvait menacer son oncle sur l'île du Sud. En tout cas rien qui pût expliquer une disparition totale. Il aurait certes pu être victime d'un accident, voire mourir, mais la nouvelle en serait parvenue à Dunedin. « Toujours est-il qu'il n'est pas parti avec miss LaBree, poursuivait Roberta. Je l'ai aperçue récemment. Elle avait mauvaise mine. »

Atamarie devina, à ces mots, la solution de l'énigme. Kevin avait donc abandonné Juliette. Mais alors pourquoi était-il passé dans la clandestinité ? Sans s'inquiéter pour autant, elle assura à Roberta qu'il réapparaîtrait bien un jour. Et, avec un peu de chance, Juliette aurait alors elle aussi disparu.

Folle de rage, Juliette n'était pas exagérément inquiète. Elle n'arrivait pas à croire que son ami eût laissé en plan son appartement et son cabinet pour recommencer sa vie ailleurs. Il n'avait ni emporté ses affaires, ni fermé son compte : la banque continuait à lui faire crédit à son nom. Il avait sans doute besoin d'un peu de temps pour se faire à cette nouvelle situation. Elle espérait juste que cela ne durerait pas trop longtemps. Elle n'avait pas envie de passer devant le prêtre avec un gros ventre.

Quand la lettre de Kevin arriva enfin, elle tomba des nues. Aveuglée par la colère, elle fourra quelques affaires dans une valise et se demanda si elle allait louer une voiture pour se rendre à Lawrence. Mais ce serait trop cher. Elle réfléchit quelques minutes et se rendit à Caversham, où Patrick avait trouvé une location. Un lieu quasi rural, avec des écuries. Patrick possédait trois chevaux, deux montures paisibles pour ses longues pérégrinations dans le pays et une jeune jument qui était ce jour-là seule dans l'écurie, Patrick étant parti avec les deux autres.

Juliette eut la chance de tomber sur le jeune homme qui s'occupait des bêtes durant les absences de leur maître. Un Irlandais qui savait certainement mener un attelage. Il était bien sûr tombé amoureux de Juliette lui aussi.

La demande de Juliette le laissa néanmoins sceptique.

— Oui, je sais que vous êtes une connaissance de M. Patrick. La… euh…

— L'amoureuse de son frère. Mais M. Drury est absent pour le moment et je dois impérativement parler à ses parents. Je voulais demander à Patrick de m'y conduire, mais il est lui aussi en déplacement. Sois donc assez gentil d'atteler ce cheval. Je… ou plutôt les Drury te paieront.

— Mais le cheval est encore très jeune. Et ce n'est pas un petit trajet. Il faut que je prévienne ma mère. Et je ne sais si M. Patrick sera d'accord.

— Ce sera pour lui un plaisir de me rendre un service, dit Juliette d'un air majestueux. Nous pourrons passer chez tes parents sur notre chemin. Mon Dieu, n'en fais pas une telle affaire ! Tu mènes simplement le canasson d'une écurie Drury à une autre et personne ne te le piquera en route. Allez, attelle cette bête !

Le jeune Randy finit par capituler, mais le trajet s'avéra d'une longueur insupportable. Ayant peur de surmener la jeune jument, il la laissa au pas pendant plusieurs heures. La route était pourtant en bon état et l'on aurait pu avancer d'un bon train en dépit de la pluie qui avait repris. Juliette commença à s'énerver. Il pleuvait donc sans arrêt dans ce pays ?

— Ce sont les larmes de la déesse maorie, observa le jeune garçon en réponse à ses plaintes. C'est marrant : les Maoris disent que le ciel et la terre vivaient autrefois en couple. La divinité du ciel s'appelait Rangi, et celle de la terre Papa. Mais ils se séparèrent et c'est la raison pour laquelle Rangi pleure presque tous les jours.

Juliette tourna les yeux vers le ciel.

— Reprends-toi, Rangi, murmura-t-elle. Tu n'es pas la première qui voit son chéri l'abandonner. Il n'y a pas de quoi chialer toute la journée !

Rangi, loin de répondre, fit tambouriner avec plus de force encore la pluie contre le toit précaire de la chaise. Le mince manteau de Juliette était trempé et elle regretta de n'avoir pu convaincre le garçon d'atteler l'autre voiture, plus confortable. Il avait prétexté qu'elle était conçue pour deux chevaux !

Contrariée, elle parcourut pour la centième fois les quelques lignes par lesquelles Kevin lui expliquait sa disparition. Ne parlant pas du mariage, il n'invoquait que ses motifs patriotiques. Une pure connerie ! Il n'avait jamais manifesté de sympathies particulières pour la mère patrie de la Nouvelle-Zélande. Et quant à ce pays ici ! songea-t-elle en contemplant le paysage noyé de pluie.

Ils étaient en train de longer les anciens lieux de fouille.

— Gabriel's Gully, annonça Randy qui s'ennuyait ferme lui aussi, en désignant une surface désertique couverte d'une herbe maigre, interrompue de loin en loin par les cabanes en ruines d'une agglomération. La végétation repousse lentement. Les chercheurs d'or ont retourné la terre jusqu'à détruire toutes les racines.

— Ils se sont au moins enrichis ? feignit de s'intéresser Juliette.

Elle connaissait la réponse, toujours la même, d'un champ aurifère à l'autre : peu de gagnants pour des milliers d'existences brisées.

— Pour les parents de M. Patrick, ça a néanmoins suffi pour une ferme. On ne devrait maintenant pas tarder à arriver. M. Patrick dit qu'ils n'habitent qu'à quelques miles de Lawrence. Nous demanderons notre chemin en ville.

À Lawrence vivaient les quelques personnes restées une fois la ruée vers l'or terminée. C'était maintenant une bourgade champêtre où les fermiers des environs venaient se ravitailler. Elle n'offrait guère qu'une épicerie, un pub et un café, mais chacun savait, bien sûr, où se trouvait la ferme des Drury. Les rares passants examinèrent avec curiosité la femme dans la chaise. Elle ne tarderait pas à être au centre des conversations.

Le chemin devint de plus en plus raide et sinueux. La jument, épuisée, mit un temps infini à parcourir les derniers miles. Juliette commença à s'inquiéter : comment allait-elle revenir à Dunedin si cette bête peinait déjà à l'aller ? Elle n'avait pas un regard pour le paysage pourtant splendide, forêts de hêtres austraux entrecoupées de ruisseaux, de petits étangs et de pentes rocheuses.

– Ah, voilà la cascade ! s'écria soudain Randy. La maison ne doit pas être loin !

Effectivement, quelques minutes plus tard, elle se montra au-dessus de la cascade et du petit étang, une maison en rondins, solide et d'apparence douillette. Mais Juliette fut déçue. Elle s'attendait à une demeure cossue, semblable aux villas des plantations de son pays natal. Les Drury avaient la réputation d'être fortunés. Bon, peut-être que c'était le style de construction local… Elle décida de ne pas se laisser décourager. Il fallait que ces gens l'aident à trouver une solution pour elle et ce maudit enfant. Une solution dont elle n'avait pas la plus petite idée.

Ayant stoppé devant la maison, Randy ne fit pas mine de l'aider à descendre de la chaise et frappa aussitôt à la porte, d'abord désireux de se mettre au sec, lui ainsi que la jument. Michael, en pantalon de denim élimé et en chemise de bûcheron, ouvrit.

– Mais qui êtes-vous ? Par un temps pareil ? C'est toi, Patrick ? dit-il à la vue de la jument. Mais non ! C'est la lady ! Mais dites-moi, qu'est-ce qui vous amène si loin de chez vous ?

Lizzie, accourue sur ses talons, aperçut d'abord Randy. Elle pâlit.

— Est-il arrivé quelque chose à Patrick ? s'effraya-t-elle. Tu es bien son garçon d'écurie ? Qu'est-ce que tu fabriques ici ?

— Ce n'est rien, madame Drury. M. Patrick est toujours en tournée. Mais la lady m'a dit que c'était urgent et alors…

Lizzie, à cet instant, vit Juliette qui descendait avec gaucherie de la chaise, sa jupe étroite l'entravant. Elle alla à sa rencontre, sans apparemment être gênée de se montrer dans sa robe d'intérieur, trop grande pour elle et démodée. Il était inconcevable que cette petite personne rondelette à la coiffure négligée fût une cliente appréciée de la boutique Lady's Goldmine !

— Miss LaBree ! s'écria-t-elle. Mais, bonté du ciel, où est donc Kevin ? Comment a-t-il pu vous laisser partir seule par ce temps ? Mais entrez ! Et toi, comment t'appelles-tu déjà ? Randy, n'est-ce pas ?

Ce dernier, penaud après que Michael eut remarqué que le trajet avait été trop rude pour la jeune jument, déclara vouloir d'abord mener le cheval à l'écurie, espérant que M. Patrick ne lui en tiendrait pas trop rigueur. Michael s'occupa du garçon et du cheval pendant que Lizzie invitait Juliette à entrer. L'intérieur de la maison n'était guère plus prestigieux que l'extérieur. Il y avait certes quelques meubles de salon certainement importés d'Angleterre, mais les autres étaient des tables et des chaises de fabrication grossière. Lizzie voulut aider Juliette à enlever son manteau, mais celle-ci entra aussitôt dans le vif du sujet.

— Eh bien vous semblez ignorer où se trouve Kevin, n'est-ce pas ? Cela vous aurait-il échappé ? dit-elle en se défaisant elle-même après avoir lancé sur la table la lettre de Kevin.

Lizzie parcourut des yeux les quelques lignes. Elle pâlit à nouveau, luttant contre la panique. Kevin était parti combattre, on allait lui tirer dessus… Elle s'effondra sur une chaise.

— C'est vous qui avez eu cette idée ? demanda sèchement Juliette qui n'avait pas remarqué son épouvante.

Lizzie la foudroya du regard. Elle faillit partir d'un rire hystérique.

— Bravo pour l'instinct maternel ! jeta-t-elle. Si vous en aviez un tant soit peu, miss Juliette, vous sauriez qu'aucune femme normale n'envoie son fils à la guerre ! Pour échapper à un mariage ! Quel imbécile ! S'ils vont maintenant me le tuer…

— Il est médecin capitaine, répondit Juliette, sereine. Personne ne va lui tirer dessus. Je ne me fais pas de souci pour lui.

Avant que Lizzie, furieuse, eût pu lui répondre, Michael entra dans la pièce.

— Miss LaBree, dit-il, lui baisant la main avec plaisir. Quel bon vent vous amène ?

— Le voilà, le bon vent, dit Lizzie en lui tendant la lettre. Je suppose qu'il y a la même qui nous attend au bureau de poste. Nous avons sous-estimé les problèmes de notre fils. Nous avons cru qu'il était pris d'une panique momentanée. Mais non. Plutôt que d'épouser la lady, il préfère se faire tuer.

Michael s'assombrit lui aussi à la lecture de la lettre, mais reprit ses esprits plus rapidement que sa femme.

— Ce n'est pas très flatteur pour vous, miss Juliette, sourit-il. Mais bon, ne te mets pas dans un état pareil, Lizzie, il est médecin. Il travaillera dans un hôpital, loin derrière les lignes, s'il a de la chance. Reste à savoir ce que nous allons faire de ce qu'il nous « lègue ».

— Ne parle pas comme ça, murmura Lizzie.

— De ça, au moins, vous êtes au courant, dit Juliette d'un ton amer en posant une main sur son ventre.

— Oui, dit Michael. Kevin nous a informés qu'il serait père. Nous lui avons conseillé de vous épouser. Il a donc choisi une autre solution pour au moins reporter le problème. Quelles sont vos intentions, miss LaBree ?

— Je suis totalement sans ressources, se contenta-t-elle de dire avec un haussement d'épaules. Je comptais que Kevin…

— Kevin va toucher une solde, je suppose, répondit Michael avec calme. Il va certainement vous faire parvenir l'argent, pour vous et l'enfant. Vous pourrez en vivre modestement. À son retour…

— Je… je devrai élever l'enfant… à Dunedin ? Sans père ? s'exclama Juliette, stupéfaite.

— Ma foi, vous pourrez expliquer que Kevin vous aurait bien entendu épousée s'il avait su pour l'enfant. Il a en fait bien manigancé son affaire, Lizzie, il faut le reconnaître…

Peu à peu, Lizzie surmontait sa panique. Michael et Juliette avaient raison. Médecin, Kevin ne courrait pas grand danger, et cette guerre… L'Angleterre envoyait des centaines de milliers de soldats contre une poignée de paysans rebelles. Ce ne devrait pas donner lieu à un bain de sang, du moins pas du côté des Britanniques.

— Michael, arrête ! Je peux fort bien comprendre que miss Juliette n'ait pas grande envie de passer sous les fourches caudines. J'aurais une autre proposition, miss Juliette : vous pouvez rester ici, à Elizabeth Station, et y mettre l'enfant au monde. La guerre ne durera pas éternellement. Elle est peut-être même déjà finie, tellement les Anglais sont supérieurs.

Michael, qui avait visiblement éprouvé du plaisir à asticoter Juliette, fronça les sourcils.

— Ils l'étaient déjà face aux Irlandais, observa-t-il avec fierté. Ça ne nous a pas empêchés de résister pendant des années, nous…

— Ils n'ont pas déployé contre les Irlandais des troupes venues de la moitié de l'Empire, objecta Lizzie.

Et puis, excuse-moi, chéri, mais les Britanniques pouvaient plus facilement s'accommoder de quelques distillateurs clandestins dans les montagnes que renoncer à un pays plein de mines d'or et de diamants aux mains de fanatiques.

La joute oratoire des deux époux offrait à Juliette le temps de préparer une réplique, mais, chose rare chez elle, elle resta sans voix. Rester ici ? Plusieurs mois dans ce désert ?

— Alors, qu'en dites-vous, miss Juliette ? s'enquit enfin Lizzie.

— Ici ? Mais ici on ne peut pas mettre un enfant au monde, sans médecin, sans sage-femme.

— Mes trois sont nés ici, sourit Lizzie. Et il y a un village maori à quelques miles d'ici. La sage-femme est excellente, bien meilleure que bien des collègues *pakeha*.

Juliette la regarda, horrifiée. Cela allait de mal en pis. Passer plusieurs mois seule avec ces deux êtres était déjà une perspective peu réjouissante. Mais fréquenter en plus des indigènes ?

— Kevin viendra vous chercher à son retour, poursuivit Lizzie qui peu à peu voyait luire les chances d'une issue heureuse à la fuite singulière de Kevin.

Juliette resterait peut-être chez eux jusqu'à la naissance, mais certainement pas un mois de plus. Elle s'occuperait alors de son enfant. Sûrement pas son vœu le plus cher, mais peut-être se trouverait-il d'autres possibilités. Matariki et Kupe n'avaient par exemple pas d'enfants : peut-être élèveraient-ils leur nièce ou leur neveu à Parihaka. C'est sans pitié que Lizzie contemplait la jeune femme lutter contre le désespoir : au bout de quelques jours dans ce trou, elle serait morte d'ennui.

— Vous avez le temps de réfléchir, reprit Lizzie. Vous n'êtes pas obligée de rester ici tout de suite.

Elle pensait dans son for intérieur que Juliette trouverait à Dunedin une solution, certes terrible et interdite, mais définitive à son problème. Dans son métier antérieur l'ombre des faiseuses d'anges ne cessait de planer sur elle et sur les autres filles. Et bien des enfants, songeait-elle, auraient mieux fait de ne pas naître. Agité des mêmes pensées, Michael, éduqué dans la religion catholique, voyait cette perspective d'un œil moins favorable.

— C'est stupide, Lizzie ! Juliette… je vous appelle Juliette, miss LaBree, si vous n'y voyez pas d'inconvénient. Vous restez ici pour l'instant, nous ne vous laisserons pas repartir par ce temps, avec Randy comme seul accompagnateur. Non, il n'en est pas question. Courage, jeune femme ! Vous allez avoir votre bébé, et quand Kevin reviendra, ce qui ne saurait tarder, il pourra toujours vous épouser.

La porte s'était ouverte pendant qu'il parlait, sans qu'aucun des trois n'y eût prêté attention. Cela ne pouvait être que Randy. Mais ce fut un homme en culotte de cheval et en ciré qui entra dans la pièce et enleva de sa tête son suroît dégoulinant de pluie.

Patrick, rentrant à Dunedin et passant non loin de Lawrence, avait décidé, vu le temps, de coucher chez ses parents. Il avait été surpris de trouver sa jument dans l'étable… et Randy.

Debout, il regardait tour à tour les trois présents, lissant d'une main ses cheveux mouillés.

— Il n'est pas obligé ! dit-il calmement. Kevin peut rester où ça lui chante. C'est moi qui vais épouser miss LaBree !

7

L'arpentage n'était pas la matière favorite d'Atamarie, mais un élément important des études d'ingénieur. En Nouvelle-Zélande, il jouait un rôle déterminant. Seule une petite partie du territoire avait été mesurée. De nombreux lauréats de la filière passeraient probablement leur vie professionnelle à cartographier et ne s'en plaignaient pas. Atamarie, elle, avait de plus hautes ambitions, toujours fascinée par la navigation aérienne. Malgré son manque d'envie, elle réussissait dans l'arpentage où, comme dans l'ensemble des matières, elle surpassait ses camarades d'études. Son application lui valut d'ailleurs une récompense, le professeur Dobbins lui réservant une surprise à l'automne de l'année 1900 :

— Figurez-vous qu'on va dès cette année ouvrir un nouveau parc national, déclara-t-il à la classe. Dans l'île du Nord, sur le mont Egmont.

Atamarie dressa l'oreille. Le village de Parihaka n'était pas éloigné du mont Egmont. Elle connaissait ce dernier sous son nom maori : le mont Taranaki. C'était le capitaine James Cook qui, ne se donnant pas la peine de demander aux indigènes comment ils appelaient cet imposant volcan, l'avait ainsi baptisé.

— Mais, avant d'en arriver là, il reste un important travail d'arpentage à fournir, poursuivit le professeur. Comme l'État n'entend pas consacrer trop d'argent à cela, on s'est adressé à l'université, à notre propre université, cela s'entend ! J'ai accepté cet honneur avec d'autant plus de plaisir que cela va me permettre de mettre sur le terrain mes meilleurs étudiants. Nous allons organiser une expédition de plusieurs semaines et arpenter des régions encore inexplorées. Là-haut, en effet, il n'y a guère…

Il feuilleta ses notes.

— Il n'y a guère de végétation sur cette montagne, intervint Atamarie. La neige y demeure la plus grande partie de l'année. Arpenter y est difficile en raison des pentes abruptes. Et le mont est ceint d'une forêt tropicale. Il y pleut continuellement, c'est une des régions les plus humides du pays. Les Maoris disent que Rangi pleure à cause de la querelle des dieux…

— La querelle de quels dieux, miss Turei ? s'étonna Dobbins. Vous paraissez connaître cette région. Y êtes-vous déjà allée ?

Atamarie reconnut avoir déjà escaladé le mont, en compagnie d'une *tohunga* qui avait raconté aux enfants de Parihaka l'histoire de l'amour malheureux du volcan et accompli quelques rituels destinés à ramener la paix entre les dieux.

— Et la forêt tropicale est elle-même entourée de terres arables, très fertiles, des terres volcaniques, continua-t-elle. Elles sont en permanence l'objet de conflits. Il est possible que les fermiers *pakeha* s'opposent à cet arpentage. En tout cas, ils ne céderont pas un pouce de terrain.

— Voilà qui nous apporte de grands éclaircissements, miss Turei, sourit le professeur. Je vous en remercie vivement. Je suis donc particulièrement heureux d'avoir décidé de vous associer à l'expédition. Si cela vous chante, bien entendu, et si vos parents l'autorisent. Sinon, seuls des étudiants des classes supérieures participeront au projet. Dans votre cas, nous avons bien évidemment envisagé…

Le professeur s'interrompit. Il n'était certainement pas opportun d'aborder la question sous l'angle du sexe. Lui et ses collègues s'étaient longuement demandé s'il était convenable d'envoyer à cette expédition une fille seule au milieu d'un groupe d'étudiants. Puis il s'était rallié à l'idée que la formation scientifique de la jeune fille prévalait sur l'éventuelle préservation de sa vertu. La jeune fille et ses parents auraient à décider si elle participerait au projet en compagnie ou non d'un chaperon.

— Mais maintenant que vous vous révélez de surcroît être une grande connaisseuse des lieux…

— J'irai avec plaisir avec vous. Mais si vous cherchez des gens connaissant vraiment les lieux, renseignez-vous à Parihaka. Les Maoris sont établis depuis des siècles dans la région !

— Et ils sont capables de vous tirer dans le dos quand vous planterez vos pieds d'équerre sur une pente raide, ricana un étudiant.

Atamarie se contenta de lui lancer un regard noir, se disant que c'était la jalousie qui parlait en lui.

— Les Maoris soutiennent le projet du parc, lui vint en aide Dobbins. Miss Turei a raison. S'il y a opposition, c'est de la part des fermiers établis là-bas. Mais le parc ne touchera pas à leurs terres. Il couronnera juste le mont Egmont. C'est une excellente occasion de revoir l'arpentage de superficies de cercles. Monsieur Potter, exposez-nous donc ce que vous savez à ce sujet !

Atamarie savait que l'automne n'était pas la saison rêvée pour escalader le mont Taranaki. Il pouvait déjà neiger sur les hauteurs et la montagne se trouvait généralement sous une couverture nuageuse. Il ne gèlerait certes pas dans la forêt, mais elle prévoyait un séjour de trois semaines humides. Elle ne s'inquiétait pas, en revanche, pour ce qui était de l'autorisation parentale. Le chaperon n'existait pas dans le vocabulaire des Maoris et ses grands-parents avaient l'habitude de vivre avec des jeunes femmes indépendantes. Lizzie se préoccupa juste de savoir si la tente d'Atamarie était imperméable et si son sac de couchage serait chaud. Matariki, elle, invita le « corps expéditionnaire » à faire étape à Parihaka.

Ce furent effectivement les mauvaises conditions climatiques qui retardèrent Dobbins et ses étudiants. Ils effectuèrent certes en train la plus grande partie du trajet les menant à Blenheim, mais la traversée sur le bac entre les deux îles fut plus agitée encore qu'à l'ordinaire. Ce n'est pas sans un malin plaisir qu'Atamarie observa la plupart de ses camarades s'agripper au bastingage, le visage verdâtre. Seul un jeune homme sembla insensible lui aussi au mal de mer, peut-être parce qu'il s'intéressait davantage à la technique de la navigation à vapeur qu'au contenu de son estomac.

– On devrait pouvoir lutter contre le roulis, expliqua-t-il au professeur peu intéressé par ce problème en raison des nausées qui l'affectaient. Au moyen de stabilisateurs, des nageoires latérales en quelque sorte…

– Il serait déjà opportun, intervint Atamarie, d'en préserver les parties réservées aux passagers, par exemple en les rendant pivotantes, de manière qu'elles restent horizontales en permanence.

– On a déjà essayé, l'informa le jeune homme. Henry Bessemer, en 1875. Mais ça n'a pas marché.

Déçue, Atamarie fit une moue dont elle savait qu'elle agissait de manière irrésistible sur les jeunes gens. D'ordinaire, elle ne s'intéressait guère à ce don, mais elle aurait aimé attirer l'attention de cet étudiant dégourdi. Malheureusement, l'esprit entièrement occupé par son problème d'équilibrage du bateau, il regardait par-dessus bord, cherchant un emplacement possible pour ses nageoires.

– Il existe déjà un brevet pour des stabilisateurs, Pearse, annonça Dobbins qui dut, hélas, mettre précipitamment une main devant sa bouche. Mon Dieu, plus vous parlez de ça et plus je me sens mal. Vous chercherez à Christchurch, je crois que cela date de deux ans.

L'étudiant soupira, l'air préoccupé.

— Je n'en aurai pas l'occasion. Je n'ai plus droit à une carte de bibliothèque, dit-il en s'éloignant.

Atamarie suivit l'étudiant Pearse qu'elle examina plus en détail : il avait des cheveux bruns et courts, un visage arrondi et ne semblait guère plus âgé qu'elle.

— Vous avez donc déjà terminé vos études ? s'étonna-t-elle. Vous avez pourtant l'air jeune. Auriez-vous commencé plus tôt que les autres ?

— Non, en fait, je n'ai pas fait de véritables études. J'ai juste assisté à quelques cours magistraux. En deuxième année principalement, le professeur m'y ayant gentiment autorisé. Je n'étais qu'aide laborantin à l'Institut. Mes parents n'ont pas les moyens de me payer des études. Mais j'ai donc pu passer quelques mois à Christchurch. Et maintenant cette expédition… Le professeur Dobbins a la grande obligeance de m'y associer. L'Institut m'indemnise aussi un peu. Mais après, ce sera fini, je devrai retourner à Temuka, une petite ville sur la côte orientale de l'île du Sud. Quand j'ai eu vingt et un ans, j'ai obtenu dans les environs cent acres de terre. Je serai donc fermier.

— Je suis navrée, souffla Atamarie. Pour ce qui est des études, je veux dire. Cent acres dans le Canterbury, c'est certainement très…

Ne trouvant pas le mot juste, elle se tut, découragée.

— Non, ne vous forcez pas, mademoiselle ! dit-il en riant. Au moins, ça me change ! Les filles des Canterbury Plains, elles, ont les yeux qui brillent dès qu'on leur parle de ces quelques mètres carrés. En fait, tout ce qu'on peut dire de ces terres, c'est qu'elles sont plates.

Atamarie avait plaisir à cette conversation qui prit presque la tournure d'un flirt.

— Je suis de l'Otago, beaucoup plus montagneux. Si, dans votre désespoir, vous voulez atterrir quelque part…

— Pas par désespoir, dit-il. Tout au plus… Mais, excusez-moi, je ne me suis pas présenté. Pearse. Richard Pearse[1].

— Atamarie Parekura Turei.

— Je sais. On vous connaît au College. Vous êtes la seule fille. Et la meilleure de sa promotion. Comment voyez-vous cette rotation de certaines parties des bateaux ?

— Oubliez ça, c'est trop compliqué ! Mais je penserais aussi à des citernes qu'on aménagerait sous le pont et qu'on remplirait d'eau. Pour servir de contrepoids.

— Sur les côtés ! s'enflamma Pearse. En forme de U. L'eau s'écoulerait d'un côté à l'autre et compenserait ainsi le roulis.

Atamarie était intéressée, mais aurait aimé ramener la conversation au ton plus léger du badinage.

— Déposez un brevet ! sourit-elle. Quand tous les vapeurs du monde en seront équipés, vous aurez un argent fou et vous pourrez continuer vos études.

— Ah mais non. C'était votre idée ! Et quelqu'un a déjà dû l'avoir. C'est ce qui m'arrive à chacune de mes inventions. Je n'ai pas de chance, dit-il, baissant la tête.

— Ça viendra ! l'encouragea-t-elle en montrant, au nord, la côte qui se profilait. Tenez, regardez, voilà Wellington. Dans une demi-heure nos malades seront délivrés de leurs maux. Est-ce que vous savez si nous reprenons dès aujourd'hui la route ?

— C'est peu probable, compte tenu de l'état de la plupart des nôtres. Sauf s'ils se remettent plus vite que prévu. Sinon, il y a ici aussi une université…

— Nous pourrions nous y rendre et demander s'ils attribuent des bourses. Je demanderai la première. Ils seront alors soulagés de voir arriver un homme !

---

1. Pionnier néo-zélandais de l'aéronautique, il a donné son nom à l'aéroport de Timaru.

Le groupe devant rester une nuit à Wellington afin de rassembler les équipements, les étudiants furent logés dans des familles d'autres étudiants. Atamarie passa une soirée curieuse chez une étudiante en médecine d'origine néerlandaise. Ni Petronella ni ses parents n'avaient encore aperçu un Maori, si bien qu'ils s'attendaient à voir apparaître un personnage trapu et aux cheveux de jais.

— Mais vous n'êtes pas tatouée du tout! constata Mme Van Bommel, mi-soulagée, mi-déçue. Je croyais que sous les yeux, au moins…

— Je ne suis qu'un quart de Maorie. Et on ne pratique plus guère le *moko* dans ma tribu. De plus, chez les femmes on ne tatoue plus que le pourtour de la bouche. C'est le signe que les dieux ont insufflé le souffle de la vie à la femme et non à l'homme.

Transportées par cette histoire, Mme Van Bommel et sa fille pressèrent Atamarie de leur raconter d'autres légendes et traditions de son peuple. Elle avait espéré pouvoir retrouver Dobbins et les étudiants, notamment Richard Pearse. Mais rien à faire. Les Van Bommel n'avaient pas du tout l'intention de laisser leur invitée aller goûter à la vie nocturne de Wellington. Atamarie ne se serait pourtant pas perdue dans la ville. Elle y avait vécu avec sa mère pendant des années et elle avait même réussi à explorer l'intérieur du bâtiment du Parlement! Encore une histoire que les deux femmes trouvèrent palpitante. Elles finirent par admirer Atamarie sans restriction, en dépit de sa couleur de peau et de cheveux.

— Quel drôle de cursus pour une jeune femme, et en compagnie de tous ces jeunes hommes! Tu n'es pas terrorisée? Ils ne te poursuivent pas de leurs assiduités? Moi, en tout cas, je serais morte de peur, s'exclama Petronella.

— Ils ne me poursuivent de rien du tout! Au contraire, ils ne m'adressent même pas la parole, répondit Atamarie qui se sentit soudain heureuse que l'un d'eux eût enfin fait exception.

Repensant au sourire amical de Richard Pearse et à ses propos sensés, elle sentit son cœur battre plus vite, grandir sa motivation pour l'expédition qu'elle avait jusqu'ici certes considérée comme un honneur, mais aussi comme une corvée en pareille saison.

Le lendemain, ils repartirent par la ligne de chemin de fer North Island Main Trunk en voie d'achèvement. Atamarie s'assit en compagnie du professeur et de Richard, une place que personne ne lui contesta. On allait sans doute à nouveau chuchoter à propos de son arrivisme, alors que s'insinuer dans les bonnes grâces de Dobbins était le dernier de ses soucis. Elle ne s'intéressait qu'à son assistant qui l'expédia d'emblée au septième ciel en lui souriant et en lui libérant un bout de banc.

— Vous m'avez manqué hier soir, miss Turei, dit-il, j'avais pensé que vous mangeriez avec nous.

Elle décrivit alors la famille Van Bommel et l'intérêt qu'elle avait montré pour la culture des « indigènes ».

— Si cela avait été possible, j'aurais emmené Petronella. Mais ses parents ne l'auraient pas permis. Deux jeunes femmes et douze hommes, ce n'est après tout guère mieux qu'une seule femme et douze hommes.

Cela donna à réfléchir à Richard qui sembla découvrir qu'il devait être plutôt inhabituel pour une femme de voyager en compagnie de tout un cours d'étudiants mâles.

— Et vos parents ne s'en formalisent pas, eux ? Enfin… euh… je ne pense pas que vous soyez ici en danger…

Atamarie lui parla alors de Matariki et de Parihaka.

— La tradition du chaperon est inconnue des Maoris, dit-elle en riant. Et ma mère a beau avoir reçu une éducation *pakeha*, elle a confiance en moi. Et puis, à l'université, je suis toute la journée seule avec des hommes. Il serait bien plus aisé de m'y rencontrer en cachette avec l'un d'eux qu'ici où nous sommes toujours ensemble.

En dépit de son exactitude, une telle remarque aurait eu, à vrai dire, peu de chances de rassurer une mère *pakeha* ! Le professeur interrompit leur conversation pour signaler à ses étudiants que cette ligne de chemin de fer représentait un tour de force de la technique. Elle longeait d'abord la rivière Rangitikei et il ne tarit pas d'explications sur les problèmes qu'avait dû représenter la pose des rails dans ce paysage accidenté, s'attardant sur les difficultés de la construction de ponts en région montagneuse. À son grand regret, la plupart de ses étudiants ne s'intéressaient pas à ses explications, tout à leur malêtre quand le train s'engageait sur des ponts étroits audessus d'abîmes. Seuls Richard et Atamarie débattirent avec sérieux des avantages comparés des ponts suspendus et des ponts en arc métalliques.

Ils furent tous deux déçus, la ligne s'interrompant à Palmerston, de devoir poursuivre à cheval. Richard ne fut pas enchanté par cette perspective :

— Combien de temps serons-nous en route ? demanda-t-il, bien que sautant en selle avec agilité.

— Trois jours environ, répondit Atamarie en familière des lieux. Si nous ne traînons pas. Mais, si vous voulez mon avis, poursuivit-elle, en observant le groupe des étudiants qui approchaient de leur monture avec un respect confinant à la crainte, on en aura pour un petit moment.

Effectivement, certains étudiants se révélèrent de piètres cavaliers. De plus, la voiture transportant les appareils de mesure les retarda. Atamarie et Richard se seraient pour leur part accommodés de chevaux un peu plus fougueux que ces montures de location.

— Vous venez d'une ferme à moutons ? demanda Atamarie à son compagnon lors d'un nouvel arrêt, dû à la maladresse du professeur qui avait embourbé le véhicule. M. Dobbins est certes un ingénieur génial, mais il n'est pas du calibre de Ben Hur.

— Je ne suis guère plus habile que lui, avoua le jeune homme avec indulgence. Je suis certes un campagnard mais je n'ai pas une grande expérience des animaux. Nous cultivons plus que nous n'élevons. Mon père est dur à la tâche, mais il n'est pas un bon éleveur. Il est cultivateur. C'est la tradition familiale. Et, à Temuka, il a pu acheter pas mal de terre avec peu d'argent. Dans les Cornouailles, nous n'en avions pas tant. Nous sommes une famille nombreuse, neuf enfants, autant de bouches à nourrir…

— Neuf enfants ! C'est presque une équipe de rugby !

— Un orchestre plutôt, sourit Richard. Mes parents s'intéressent à la musique. Nous avons tous appris à jouer d'un instrument. Moi, par exemple, du violoncelle.

Atamarie fut impressionnée. À l'exception de quelques vagues tentatives avec des instruments à vent maoris, elle n'avait pas reçu de formation musicale.

— Vous jouez bien ? s'enquit-elle.

— Non. Je ne suis vraiment bon qu'en mathématique et en physique. Et en construction mécanique. J'aimerais être un inventeur, avoua-t-il si bas qu'on l'aurait cru honteux.

Atamarie n'était pourtant pas d'humeur à se moquer de lui.

— Vous le serez ! Pour déposer un brevet, vous n'avez pas besoin d'être diplômé de l'université. Et vous pouvez commencer là où vous vous trouvez. Par exemple, on peut certainement améliorer les machines agricoles ! Ou la technique du remorquage, remarqua-t-elle avec un sourire, montrant Dobbins et l'un de ses étudiants de troisième année en train de résoudre sur un plan théorique l'enlisement de leur véhicule.

— C'est un levier qu'il faudrait. Venez, nous allons nous rendre utiles. Si vous avez déjà embourbé une charrette, vous devez savoir comment la sortir.

Atamarie finit par atteler deux chevaux supplémentaires devant la charrette pendant que Richard montrait à deux étudiants comment disposer deux leviers à des endroits bien précis. L'opération réussit sans coup férir, et Richard remplaça lui-même une roue endommagée, permettant ainsi à Atamarie de constater qu'outre son savoir théorique il disposait d'une grande adresse manuelle.

À la fin de l'épisode, Atamarie et Richard, également couverts de boue, reçurent les félicitations du professeur sous l'œil toujours aussi méfiant de leurs compagnons. Richard était comme elle quelqu'un de marginal pour eux. Il les traitait avec courtoisie, mais ne s'était lié d'amitié avec aucun.

Quand ils repartirent, chevauchant côte à côte, Richard parla technique, exposant à Atamarie ses idées sur l'amélioration des machines agricoles, heureux de l'intérêt qu'elle lui manifestait. Celle-ci ne vit pas la journée passer, en dépit des arrêts incessants et de la pluie. On aurait déjà dû apercevoir les montagnes, mais le mont Taranaki restait caché derrière des nuages bas.

— À quoi bon un parc national ici ? grogna un des étudiants, qui en avait assez de cette chevauchée sous la pluie. Le paysage n'est pas si différent que ça de celui des Plains.

Ils traversaient effectivement des terres agricoles, des prairies vallonnées, très semblables à celles de l'Otago. De loin en loin, ils longeaient des champs moissonnés, mais le pays appartenait pour l'essentiel à des éleveurs de moutons. Les bêtes, regroupées, attendaient stoïquement sous la pluie, leur épaisse toison de laine les protégeant de l'humidité.

— Elles ont de la chance, constata Richard dont le manteau était trempé. Où dormirons-nous au fait ?

Il n'avait visiblement nulle envie de monter une tente. Mais le sort sourit à la troupe cette nuit-là. En début de soirée, ils trouvèrent une ferme dont les propriétaires voulurent bien mettre un hangar de tonte à leur disposition. Les citadins, parmi eux, froncèrent certes le nez, dégoûtés par l'odeur du fumier et de la lanoline, mais tous furent au fond soulagés de ne pas avoir à installer un campement. La fermière leur prépara même un repas et son mari leur permit d'allumer un feu. À la veillée, la famille les rejoignit afin de bavarder un peu.

— Alors, ça va devenir un parc national, là-haut ? demanda le fermier d'un ton aimable. C'était à l'origine un territoire maori, n'est-ce pas ? Et le gouvernement l'a annexé, mais il n'y pousse pas grand-chose. Quoique… Cette ferme modèle des Maoris, comment s'appelle-t-elle déjà ? Les gens de l'endroit en ont fait un sacré truc !

— Parihaka, précisa Atamarie. Mais ils n'ont pas fait de cultures dans la forêt tropicale. C'est plutôt la terre qui l'entoure qui est fertile. Et ce sont surtout des fermiers *pakeha* qui la cultivent.

Parihaka n'avait effectivement gardé que quelques-uns des centaines d'hectares dont la cité avait eu besoin pour nourrir plus de deux mille personnes et des centaines de visiteurs hebdomadaires. Le gouvernement avait recruté de nouveaux colons, leur vendant des terres maories. Les autochtones ne disposaient plus que de lopins qu'ils cultivaient en revanche selon les méthodes agricoles les plus modernes. Suscitant l'envie de maints voisins blancs.

— D'ailleurs, les Maoris n'ont rien contre ce parc. Au contraire des colons blancs. Il paraît que ceux-ci ne sont pas enchantés, qu'il y a des protestations, reprit le propriétaire des lieux en ouvrant une bouteille de whisky qu'il tendit à Dobbins. Préparez-vous donc à installer un campement, professeur. Il est fort improbable que quelqu'un vous offre l'hospitalité là-bas. Mais qui a eu cette drôle d'idée de prévoir un arpentage en plein automne ?

Deux des étudiants avaient eux aussi sorti des bouteilles de leurs bagages, les faisant circuler à la satisfaction générale. Cela rappela à Atamarie les réunions de jeunes gens à Parihaka ou les fêtes autour des feux des Ngai Tahu. Ici, à vrai dire, l'atmosphère était quelque peu tendue. Les étudiants de deuxième et de troisième années faisaient bande à part, se disputant les faveurs du professeur, qui, de son côté, pour des raisons de politesse, s'entretenait avec le fermier alors qu'ils avaient peu de chose en commun. Atamarie put ainsi marquer à nouveau des points car elle s'entendait à merveille avec leur hôte, lui parlant de Parihaka et de l'élevage de son grand-père qui, à sa grande surprise, n'était pas un inconnu pour lui.

— Michael Drury ? Mince, fillette, le monde est petit ! J'ai un descendant de son meilleur bélier ! Le champion national, Heribert. Vous savez bien sûr que…

Atamarie savait. Un portrait du champion immortalisé par sa tante Heather était accroché dans le salon des Drury.

La conversation roula ensuite sur la récolte de la laine et la tonte, si bien que Richard et le professeur envisagèrent de concert une utilisation éventuelle de l'électricité pour les machines à tondre. Trouvant cette conversation très intéressante, Atamarie, sous l'effet du whisky, s'enhardit. Richard lui plaisait de plus en plus et il était grand temps qu'il vît en elle une femme. Il y avait tout de même deux jours qu'ils étaient ensemble à parler boutique ! Elle décida de prendre l'initiative : feignant d'avoir froid, elle s'appuya comme incidemment contre son nouvel ami.

S'en apercevant au bout de quelques minutes, celui-ci lui sourit. Elle espéra qu'il l'entourerait de son bras, mais le fermier sabota ses approches.

— Eh bien, ce fut une soirée agréable, dit-il soudain. Mais je dois prendre congé. Je me lève aux aurores demain et vous avez, vous aussi, une longue journée devant vous. Installez-vous confortablement dans le foin, il est loin du feu qui s'éteindra de toute façon. Ah oui, et miss… quel est votre nom déjà ? Mary ? Ma femme vous attend chez nous, elle a préparé la chambre d'amis.

Atamarie voulut décliner l'offre, mais les fermiers hospitaliers ne s'en laissèrent pas conter. Il était exclu que la jeune femme passât la nuit avec douze hommes dans un hangar à tonte ! Elle se soumit donc à son destin et n'en fut qu'à moitié insatisfaite. Elle n'aurait de toute façon pas pu partager la couche de Pearse. Il fallait avancer lentement, elle n'était pas dans un village maori où une fille et un garçon qui se retiraient ensemble risquaient tout au plus de s'exposer à des taquineries. Elle serait déconsidérée si elle se jetait au cou de Richard. D'ailleurs, il refuserait, il était sans conteste un gentleman.

Le confort du lit la consola. Elle eut même de l'eau chaude, ce qui lui permit de se débarrasser de la boue qui lui collait encore au corps et de se laver les cheveux. Elle serait en beauté le lendemain matin. Peut-être verrait-elle enfin s'allumer l'étincelle désirée dans les yeux de Richard ?

Au réveil, il ne pleuvait plus si fort. Il y avait même de temps à autre une éclaircie qui découvrait la chaîne des montagnes Pouakai surmontées par le sommet enneigé du mont Taranaki. Le spectacle était à couper le souffle. Une rivière aux eaux d'une transparence cristalline descendait en dansant le long des pentes, sautant par-dessus des rochers avant de couler au milieu des prairies. Même Pearse, au moment de franchir le cours d'eau, interrompit sa conversation animée avec Atamarie au sujet des automobiles dont un premier exemplaire venait récemment d'être introduit en Nouvelle-Zélande. Ni l'un ni l'autre ne l'avait encore vu, ils en avaient juste étudié les caractéristiques techniques.

— Cette région est très plaisante ! dit-il en montrant le mont devant eux. Cette montagne est particulièrement fascinante. C'est un volcan, n'est-ce pas ?

Faut-il s'attendre à des éruptions ? Nous devrions peut-être conseiller d'installer des séismographes.

Atamarie soupira, ayant espéré des réactions un peu plus euphoriques, voire un peu plus romantiques. Taranaki inspirait à certains des épanchements lyriques et elle se serait par exemple attendue à ce qu'un jeune homme amoureux se livrât à des comparaisons entre sa bien-aimée et la déesse Pihanga. Mais c'est en vain que, toute la journée, elle avait espéré recevoir de sa part des compliments.

En se contemplant dans un miroir, le matin, elle avait été assez satisfaite. La chevauchée de la veille et une nuit bienfaisante lui avaient rosi le teint. Elle avait gardé sur elle l'odeur des pétales de roses que son hôtesse attentive avait disposés entre les draps. Ses cheveux blonds avaient le brillant de la propreté. Elle avait presque regretté de devoir les peigner et les tresser compte tenu de la dure journée à venir. Elle avait changé de robe de cavalière, la première étant encore humide et tachée de boue. Ce n'était à vrai dire pas vraiment une robe, mais une ample jupe-culotte et un corsage conçus tout exprès par Kathleen pour sa petite-fille qui se refusait absolument à monter en amazone.

Les ouvriers agricoles, à son passage, la saluaient de sifflets admiratifs et, dans les yeux de certains étudiants, brillèrent même quelques étincelles concupiscentes. Dobbins en personne se fendit d'un bienveillant « Que vous êtes belle, miss Atamarie ! ». Seul Richard garda son impassibilité. Il finit néanmoins par commenter la coupe de la jupe.

— Très pratique et… très élégante, si je puis me permettre. La coupe souligne à merveille le drapé ! Au fait, connaissez-vous les récentes machines à coudre ? J'ai assisté, l'année dernière, à une démonstration, c'était extrêmement intéressant !

Les heures suivantes, il l'entretint d'un enfileur d'aiguilles automatique que, plus jeune, il avait inventé pour sa mère. Atamarie et lui s'aperçurent qu'ils étaient des expérimentateurs-nés. Il avait même construit un zootrope[1] pour ses sœurs. L'idée d'images animées les fascinait l'un et l'autre. Voyager avec ce garçon était extrêmement divertissant.

Mais tout de même ! Peu à peu, elle attendait plus de lui que de longues conversations. Il aurait été tellement romantique de chevaucher dans cette campagne vierge qui évoquait un pays de rêve. Les moutons avaient eux aussi disparu du paysage. Les prairies dans lesquelles se dressaient des rochers blancs semblaient avoir été lavées de frais, les bois offraient à l'œil toutes les nuances du vert. Atamarie expliqua que, pour les Maoris, chacun des arbres avait sa personnalité et, lors de la halte de midi, elle lui demanda de toucher l'un d'eux pour tenter de découvrir son âme. Richard se contenta de lui lancer un regard amical mais embarrassé avant de changer de sujet, abordant le problème des scies à moteur.

Il avait sinon une attitude très courtoise, d'excellentes manières, ne la laissait manquer ni de pain ni de thé, tout en exposant ses idées à propos de matières isolantes qui permettraient de conserver longtemps la chaleur des breuvages. Atamarie trouvait tout cela fort intéressant, mais ne put s'empêcher de se demander si elle était aussi ennuyeuse que son compagnon.

Le soir, ils ne trouvèrent malheureusement pas de ferme susceptible d'accueillir le groupe, mais Atamarie fut réconfortée par le fait qu'ils allumèrent un nouveau feu de camp. Peut-être cela lui permettrait-il de serrer Richard de plus près. En réalité, c'est elle qui l'aida à monter sa tente. Car le génial inventeur n'arrivait pas à ajuster les piquets conformément à la notice d'emploi.

1. Jouet optique, inventé en 1834, donnant l'illusion du mouvement d'un personnage dessiné.

— Il n'y a rien à réfléchir, vous n'avez qu'à faire comme moi, se moqua-t-elle en les ajustant en un tournemain.

— Pourtant, ce n'est pas idéal sur un plan statique, objecta-t-il. Sans parler du poids de ces piquets. On pourrait imaginer un tout autre système, une tente ronde peut-être, avec une monture flexible… du bambou…

Il développa son idée pendant le repas, paraissant ensuite trouver tout à fait agréable qu'Atamarie s'appuyât contre lui tandis qu'il s'entretenait de séismographes avec le professeur. De temps en temps, il lui souriait et, lorsqu'il lui remplit sa tasse, il ne retira pas sa main quand elle lui toucha les doigts d'une main précautionneuse. Mais sans cesser une seconde de parler avec Dobbins.

Elle en arriva à la conclusion que ce garçon était peut-être timide. Ses propres tentatives d'approche n'étaient pas non plus de la plus grande habileté. Elle était encore vierge bien qu'ayant passé l'été à Parihaka au milieu de garçons et de filles affranchis. Elle n'était pourtant pas prude. Bien sûr, elle était toujours influencée par l'éducation reçue à l'école de filles et les sages conseils de sa grand-mère Lizzie : « Ne le fais que si tu en as vraiment envie. Pas parce que le garçon en a envie lui et qu'il insiste. L'amour peut être quelque chose de merveilleux, mais ne t'abandonne pas à l'idée que tu dois t'offrir à quelqu'un. Tu n'es pas une boîte de chocolats ! Considère au contraire que c'est l'autre qui est un cadeau, et uniquement si tu estimes que les dieux t'ont vraiment accordé la grâce de t'avoir conduite jusqu'à cet homme. Alors, tu pourras te donner à lui. »

Esprit prosaïque, Atamarie remplaça dans sa tête les dieux par une sphère de tirage : elle ne dormirait avec un homme que si elle voyait en lui le gros lot. Elle n'avait jusqu'ici, hélas, rencontré que des lots de consolation. Jusqu'à ce jour ! Elle avait avec Richard, elle le sentait, de grandes affinités. Enfin quelqu'un avec qui parler ! Qui partageait ses goûts ! Et qui, pourtant, paraissait indifférent au fait qu'elle fût une fille.

Elle s'enroula en soupirant dans son sac de couchage froid et humide, seule dans sa petite tente inconfortable. Quel gâchis ! À quelques yards seulement, son cadeau divin devait geler autant qu'elle. Elle aurait peut-être dû faire quelques sacrifices aux esprits de ses ancêtres ou danser un *haka*…

8

Le lendemain soir, une désagréable surprise attendait le groupe. Après une longue chevauchée, cette fois au travers d'une terre fertile, ils arrivèrent, sur le flanc est du Taranaki, à la ferme qui devait servir de base pour l'arpentage. Mais le fermier avait changé d'avis. Dobbins et ses étudiants crurent comprendre de ses propos furieux que le gouvernement envisageait de construire une route à travers ses terres. Il avait donc retiré son accord et ce fut à Dobbins et à sa troupe de payer les pots cassés.

— Et ne vous avisez pas de monter vos tentes sur mes terres ! Allez dans la forêt. Et soyez assurés que je contrôlerai avec précision chacune de vos mesures ! L'État ne recevra pas une parcelle de terre de moi !

— Alors que l'État lui a permis de voler ses terres aux Maoris, commenta Atamarie avec amertume. Il aurait bien mérité qu'il les lui reprenne.

— Pas de déclarations politiques, miss Turei, la réprimanda Dobbins d'un ton amer.

Il avait visiblement compté sur une grange sèche, voire une vraie chambre. Il n'était plus de la première jeunesse et, après une nuit sous une tente humide, il avait les membres rompus.

— Poursuivons jusqu'à la forêt, nous y trouverons certainement cette nuit des insectes intéressants qui, pour ceux d'entre vous qui se spécialisent dans les sciences naturelles…

— Professeur, nous pouvons aller à Parihaka, le coupa Atamarie. Ma mère nous a invités. Elle en serait heureuse. Tous, là-bas, seront heureux.

Une partie des étudiants trouva l'idée excellente, mais le professeur demeura sceptique.

— Je m'interroge, miss Turei. Votre mère sera certainement très heureuse de vous voir. Mais une troupe de treize personnes, avec quatorze chevaux…

— …et arrivant en pleine nuit, ajouta Richard, circonspect.

Il déploya néanmoins une carte pour découvrir le trajet. C'était encore loin, ils n'arriveraient pas avant minuit, car il fallait presque contourner la moitié de la montagne.

— Mais c'est Parihaka, professeur, s'amusa Atamarie. Jadis, lors de chaque pleine lune, ils avaient deux mille visiteurs. Et les tribus maories viennent toujours en groupes. Quand ils pérégrinent, ils le font tous ensemble, hommes, femmes, enfants. Treize hôtes, c'est pour eux une plaisanterie ! Plus tôt nous partirons, plus vite nous serons arrivés !

Le professeur finit par céder, avant que quelqu'un ne se fût avisé de mettre la chose aux voix. La majorité se serait à coup sûr prononcée pour cette solution qui permettrait d'avoir un toit sur la tête. Quelques-uns de ces jeunes hommes de Dunedin vivaient leur première expédition sous tente, et une nuit sous la pluie leur avait suffi.

Richard, avec sa carte, et Atamarie, montrant comment s'orienter aux étoiles, prirent la tête. Le ciel s'était heureusement dégagé et la lune éclairait le chemin. Il suffisait d'ailleurs d'aller en direction de la mer, Parihaka étant situé entre le volcan et la mer de Tasman.

— De quelle tribu s'agit-il, au fait ? s'enquit Richard.

Cette fois, les autres étudiants manifestèrent de l'intérêt. Certains n'avaient encore jamais eu le moindre contact avec des Maoris et leur curiosité était grande.

D'autres, comme Richard, connaissaient des tribus résidant à proximité de leurs fermes. Leurs parents avaient embauché des bergers ou du personnel de maison indigènes. Mais aucun n'avait encore passé la nuit dans un *marae*.

— Ce n'est pas une tribu, c'est Parihaka ! expliqua Atamarie. Le lieu a été fondé par Te Whiti, un ancien chef et prophète, après les guerres pour les terres. Le but était d'accueillir les réfugiés. Puis le village s'est développé en une espèce de… comment dire… une espèce de village modèle. En même temps, cela avait quelque chose de sacré. On voulait d'une part montrer aux *Pakeha* que les Maoris étaient capables de parfaitement gérer. Parihaka avait des écoles, un hôpital, une banque, un bureau de poste…, le tout sur le modèle *pakeha*. D'autre part, on respectait les anciennes coutumes en matière d'art, de musique et de religion. Et Te Whiti prêchait. Il se prononçait pour les droits des Maoris, contre les expropriations sans indemnité, voire en dépit de la volonté des propriétaires légitimes. Mais il voulait aussi la paix. Il voulait que les Maoris et les *Pakeha* apprennent les uns des autres. Durant des années, les visiteurs vinrent par milliers l'écouter à Parihaka lors des pleines lunes. Quasiment chacune des tribus de l'île se construisit un *marae* à Parihaka…

— Les *marae*, ce sont des maisons ? demanda Dobbins.

— En fait, plutôt une espèce d'habitat, des lieux de réunion, des maisons, des garde-manger. À Parihaka, il y avait en général une maison de réunion par tribu. Afin de manifester sa présence ou, comme dit ma mère, de respirer l'esprit de Parihaka et de l'emporter ensuite dans tous les recoins de l'île. Je n'étais pas encore née, mais mes parents m'ont raconté combien c'était merveilleux. Paix et amour. Beaucoup de travail, mais aussi de la danse et de la musique.

— Mais alors sont arrivés les arpenteurs, se souvint Dobbins, car les journaux étaient à l'époque remplis de nouvelles à ce propos, y compris sur l'île du Sud.

— Oui, le gouvernement a voulu installer des fermiers *pakeha* dans la région et il leur a donc vendu sans scrupules les terres des tribus qui vivaient là depuis des siècles. Te Whiti et ses gens ont protesté, de manière pacifique et, parfois, très imaginative.

— Je me rappelle qu'ils labouraient les pâturages, n'est-ce pas ? sourit Dobbins.

— Et ils ont entrepris d'enclore les terres maories. Ce qui, bien entendu, a mis le gouvernement en rage. Pour finir, Parihaka a été pris d'assaut et détruit. Te Whiti et ses partisans ont passé quelque temps en prison, quelques-uns y sont morts. À sa libération, Te Whiti est revenu à Parihaka ainsi que de nombreux habitants d'avant. Mes parents y ont acheté de la terre, on ne pourra plus les chasser. Et maintenant Parihaka devient… ma foi, on pourrait appeler ça un « centre spirituel ». On y enseigne des techniques artisanales traditionnelles, on y célèbre les anciennes fêtes. La visite est agréable, mais je n'aimerais pas y vivre ! Alors qu'on a déjà inventé le métier à tisser, j'ai dû m'échiner à utiliser des techniques de l'âge de pierre !

La pluie s'était arrêtée durant le trajet, Matariki y aurait certainement vu un signe favorable des dieux. Les cavaliers descendirent vers le village qui s'étalait dans la plaine au-dessous d'eux. Le volcan en arrière-plan, la mer de Tasman où se reflétaient la lune et les étoiles devant eux, le spectacle était impressionnant. Pourtant, ce qui stupéfia en premier lieu Dobbins et les étudiants, ce fut moins la beauté du paysage que l'éclairage des principales rues.

— Diable ! s'écria Dobbins, ce village est en avance sur une bonne moitié de l'île du Sud. Et tout le monde n'est pas encore au lit ! Il y aurait donc une fête tous les soirs ?

Parihaka n'était toujours pas entouré de palissades, il se voulait un village ouvert, pas une forteresse. Autour de feux allumés sur la première place de réunion étaient assis quelques fêtards attardés qui accueillirent les visiteurs sans surprise particulière. Une bouteille de whisky ne tarda pas à apparaître.

— Asseyez-vous et buvez un coup, on va voir s'il y a quelque chose à manger, lança une jeune femme dans un excellent anglais. Ils doivent déjà être au travail dans la boulangerie pour le pain de demain, mais il leur en reste certainement d'aujourd'hui.

Un peu plus tard arriva un comité d'accueil moins éméché, mais tout aussi aimable. La mère d'Atamarie en était, une femme mince, pas très grande, aux longs cheveux noirs ondulés, coiffés selon la tradition maorie.

— Ah, quelle joie de te revoir un peu chez nous, Atamie ! s'exclama-t-elle en donnant à sa fille l'étreinte traditionnelle, fronts et nez accolés. Kupe est de nouveau à Wellington et je me sentais un peu seule. Attends, nous allons montrer à tes amis les nouvelles résidences pour invités, puis tu viendras chez moi.

Le Parihaka nouveau était fait de cabanes rebâties à la hâte et sans décoration, mais aussi de maisons de réunion ornées de belles sculptures sur bois. Des maisons d'habitation modernes – avec des chambres à plusieurs lits, fonctionnelles, et même l'eau courante – étaient à la disposition des invités.

— Elles manquent un peu d'âme, regretta Matariki. Nous aurions préféré loger nos hôtes dans des maisons communes conçues dans le style des anciens Maoris. Mais beaucoup préfèrent le confort à la tradition… Nombre d'entre eux sont d'ailleurs des *Pakeha*. Nous ne voulons pas les entretenir dans l'idée que nous ne maîtrisons pas les techniques modernes.

Le professeur et ses étudiants renoncèrent volontiers à la bénédiction des esprits, assurant que de tout leur voyage ils n'avaient eu pour dormir de lieu aussi confortable.

– Restez tout le temps qu'il vous faudra. Vous pouvez procéder à vos arpentages en partant d'ici, peu importe après tout que vous commenciez par l'est ou l'ouest. Le mieux est de vous conformer aux conditions climatiques : par beau temps, passez quelques jours en forêt et, sinon, dormez ici. Demain soir, en revanche, nous serions heureux que vous assistiez à notre *hangi*, notre fête traditionnelle. Nous utilisons, pour nos fours, l'activité volcanique, cela sera peut-être intéressant pour vous autres techniciens.

Atamarie fut certaine que Richard aurait aussitôt l'idée de dix perfectionnements, mais, ce soir, tous étaient trop fatigués pour penser à autre chose qu'à dormir. Atamarie se pelotonna sur sa natte dans la maison de ses parents. Bien que chauds partisans des traditions maories, Matariki et Kupe avaient reçu une éducation *pakeha* et dormir avec toute la tribu dans la maison commune ne les enchantait pas. Ils préféraient une atmosphère plus intime. Ils logeaient donc dans une petite cabane en rondins près de l'école.

– Tout se passe bien jusqu'ici ? demanda Matariki avant d'envoyer sa fille au lit. Tu t'en tires avec tous ces jeunes gars ?

– À merveille, souffla sa fille avec un sourire de bonheur. C'est la plus belle excursion à cheval de ma vie !

Elle bâilla. Matariki lui rendit son sourire, un peu étonnée tout de même. Trois jours sous la pluie et sa fille, habituellement peu proche de la nature, qui parlait de la plus belle excursion de sa vie ? Elle résolut d'examiner d'un peu plus près, le lendemain, les autres participants. Il y en avait manifestement un parmi eux qui était pour sa fille un rayon de soleil.

Les habitants mirent des guides à la disposition des arpenteurs. Comme l'avait annoncé le professeur à Christchurch, les Maoris soutenaient le projet.

— Ici, vous n'avez pas à redouter d'affronter un fermier en furie si vous intégrez au parc un ou deux mètres carrés de bonne terre, leur déclara Matariki. Toutes les terres entre le volcan et Parihaka nous appartiennent, le gouvernement de Seddon lui-même nous les a concédées. Elles sont en effet beaucoup moins fertiles que celles entre le village et la mer qui, désormais, appartiennent pour une bonne part à des fermiers blancs. Nous les avons cultivées jadis, mais nous sommes moins nombreux à vivre ici.

Elle avait l'air un peu peinée à ces derniers mots, mais Dobbins l'assura que le village était extrêmement impressionnant, avec ses boutiques, sa banque, sa boulangerie. Atamarie fut heureuse d'entendre sa mère annoncer, pour le soir, un *powhiri*, une cérémonie d'accueil pour des tribus amies.

— Est-ce que je pourrai danser moi aussi ? demanda-t-elle en se mettant en selle.

Elle avait revêtu son équipement professionnel, avec jumelles, cartes, piquets d'arpenteur ainsi que sa vieille robe de cavalière. Matariki s'étonna à nouveau : sa fille savait certes danser le *haka*, mais, ces dernières années, elle ne s'était, à vrai dire, pas véritablement passionnée pour ces danses. Signe supplémentaire qu'elle avait le béguin pour un des jeunes gens du groupe. Elle n'arrivait pourtant pas à remarquer que l'un d'eux lui lançât des regards brûlants. Plus tôt, pendant le petit-déjeuner, Atamarie s'était assise auprès du professeur et de celui qui semblait être l'étudiant préféré de ce dernier, un grand jeune homme mince aux cheveux bruns et drus. Mais il n'y avait pas eu de flirt entre eux. Matariki était curieuse de voir comment la soirée se déroulerait.

— Bien sûr que tu pourras danser. Je vais voir si je trouve une robe de danse à ta taille. Mais ne viens pas te plaindre si tu gèles dedans !

Le temps resta clair toute la journée et les étudiants furent fascinés par la forêt tropicale. Les zones végétales changèrent brutalement au pied du volcan : à l'instant encore ils traversaient un paysage découvert, avec des champs et des prairies, parfois un bosquet de conifères, un paysage tout à fait européen, et voici qu'ils se retrouvaient soudain dans un demi-jour fantomatique, entourés de fougères de la hauteur d'un arbre, de plantes grimpantes et de lichen.

— Je ne serais pas étonné de me trouver nez à nez avec un serpent se balançant au bout d'une branche, plaisanta un des étudiants devant un arbre *kamahi* aux étranges racines aériennes. Ou avec un singe… comme dans la jungle.

— M. Kipling décrit la jungle de l'Inde, sourit le guide qui ne manquait pas de culture, mais ici la végétation est fort différente, de nombreuses plantes d'Aotearoa sont endémiques. Comme le *rimu*. L'arbre doit être protégé d'urgence, les *Pakeha* en ayant abattu beaucoup pour leurs maisons et leurs meubles. Jadis il y en avait des forêts entières, et certains d'entre eux existaient depuis des centaines d'années. Et n'ayez pas peur des serpents et des singes, ici, il n'y a que des oiseaux et des insectes. Ah oui, une espèce d'escargot aussi, dit-il, écrasant un moustique.

Le professeur expliqua de son côté que la cime du Taranaki était l'une des plus symétriques au monde et que ce serait fort utile pour l'arpentage. Les étudiants grimpèrent sur des collines pour déterminer des points de repère qu'ils reportèrent sur les cartes. Richard accompagnait Dobbins et recueillait les résultats des divers groupes. Atamarie était associée à un jeune homme de troisième année assez suffisant. Le dénommé Porter McDouglas ne prit véritablement acte de la présence de la jeune fille à ses côtés que lorsqu'elle lui eut montré qu'il avait commis une grossière erreur. Il la considéra alors comme un insecte encombrant, acceptant néanmoins qu'elle se chargeât d'une bonne partie du travail, la laissant volontiers grimper à sa place les pentes broussailleuses. N'étant jusqu'ici que peu sorti de Christchurch, il ne prenait visiblement aucun plaisir à courir les bois.

— Demain, nous irons plus haut encore, le réconforta Atamarie durant le trajet de retour, la végétation sera moins fournie. Il y aura plus de buissons et d'herbe. En revanche, les pentes seront plus escarpées.

— Nous attendons de vous un plus grand engagement sportif, monsieur McDouglas, signifia le professeur à qui n'avait pas échappé la différence de comportement entre la jeune fille et le jeune homme. Prenez exemple sur cette jeune dame. Au fait, miss Turei, comptez-vous toujours danser ce soir ?

Heureuse de sa journée et du compliment, Atamarie entra dans le village où flottaient déjà les senteurs aromatiques émanant des premiers fours enterrés que l'on venait de découvrir. Matariki attendait sa fille, pour lui remettre le costume de danse traditionnel, et elle l'observa avec joie dénouer ses cheveux, les ceindre d'un bandeau aux couleurs de Parihaka et revêtir la tenue.

— Lequel de ces messieurs comptes-tu impressionner ? demanda-t-elle incidemment, se sentant confirmée dans ses soupçons par la soudaine et inattendue rougeur de sa fille.

Laquelle ne se fit pas prier pour raconter, n'ayant jamais eu de grands secrets envers sa mère et sachant que celle-ci, à demi maorie, trouvait naturel que sa fille vécût des expériences sexuelles.

— Il est si merveilleux de parler avec lui ! Il a les mêmes aspirations que moi, les mêmes objectifs professionnels.

C'est un inventeur, maman ! Je pourrais l'aider, collaborer…

— C'est donc un cadeau des dieux. Mais quel est le problème ?

— Il n'a encore jamais essayé de m'embrasser. Il garde ses distances. J'ai peur qu'il ne s'intéresse pas à moi.

— Mon enfant, tu n'es pas ici en train de fêter la nouvelle année, tu participes à une expédition scientifique. Ce n'est pas l'occasion rêvée pour se tenir par la main. Il est très correct de sa part de rester sur sa réserve. Il attend sans doute que l'expédition soit terminée.

— Oui, bien sûr, concéda Atamarie, c'est ce que je me suis dit. C'est juste que… eh bien, il… C'est comme s'il ne me voyait pas.

Matariki fronça les sourcils. Elle soumettrait, dès ce soir, ce jeune homme à un examen approfondi.

La cérémonie d'accueil n'était pas une mince affaire. Elle pouvait durer des heures. Cette fois, néanmoins, elle fut quelque peu abrégée, les visiteurs n'ayant pas, comme lors d'une visite d'une tribu, à exécuter leur propre part du cérémonial.

— Le *powhiri* sert à accueillir mais aussi à intimider, expliqua Atamarie au professeur et donc aussi à Richard, car elle avait pris place entre eux deux. On souhaite la bienvenue aux visiteurs qui arrivent généralement en groupe, avec des guerriers armés, mais on leur montre en même temps ce dont on dispose en matière de technique militaire et de combativité, ajouta-t-elle en montrant avec un sourire les jeunes hommes en train d'exécuter un *haka* martial, frappant le sol de leurs javelots et grimaçant à l'intention de leurs supposés adversaires.

Le *haka* fut suivi du salut adressé par la doyenne des prêtresses sous la forme du *karanga*, un cri guttural établissant un lien spirituel entre le ciel et la terre, entre hôtes et invités.

— Maintenant, cela va être plus pacifique, commenta Matariki.

Effectivement, les jeunes filles se levèrent pour danser le *haka powhiri*. Matariki ne quitta pas de l'œil sa fille qui, en dépit de son manque d'exercice et des fatigues de l'excursion, suivit le rythme. Les ailes de l'amour…, songea-t-elle en tournant son attention vers Richard. Elle ne tarda pas à comprendre ce que signifiait l'étrange remarque d'Atamarie.

Le jeune homme, qui venait d'expliquer qu'il était issu d'une famille musicienne, contemplait la danse avec intérêt et même plaisir. Mais il n'avait pas d'étincelles dans les yeux quand ceux-ci effleuraient la jeune fille, pas un soupçon de désir comme dans ceux de quelques autres étudiants, pas d'adoration. Il ne semblait pas amoureux d'elle.

Mais cela pouvait encore se produire. Matariki était optimiste, elle aussi avait attendu longtemps avant que sa sympathie initiale pour Kupe devînt de l'amour. Depuis sa toquade catastrophique avec Colin Coltrane, elle estimait que mieux valait, en matière amoureuse, se fier aux affinités de goûts et d'opinions qu'à l'attirance sexuelle. Affinités qui, dans le cas présent, semblaient réelles. Matariki sourit aux deux jeunes gens quand, encore échauffée par la danse, sa fille vint s'asseoir à côté de Richard. Ne s'étant pas rhabillée, elle allait bientôt être frigorifiée. Matariki décida de lui apporter une couverture. Mais Richard ne lui en laissa pas le temps.

— Vous avez dansé d'une façon merveilleuse, miss Atamarie ! déclara-t-il de sa chaleureuse voix de ténor. Vous ressembliez vraiment à une Maorie, alors que, sinon, vous tenez plutôt de la partie *pakeha* de votre famille avec vos cheveux blonds.

Il avait donc remarqué qu'elle était blonde, se réjouit Atamarie. Un vrai progrès ! Mais, immédiatement, elle se moqua d'elle-même. Elle perdait la raison dès qu'elle se trouvait près de ce Richard, comme Roberta en présence de Kevin. Richard chevauchait à ses côtés depuis des jours : la couleur de ses cheveux ne pouvait lui avoir échappé.

— Mais vous devez avoir froid, miss Atamarie. Permettez-moi d'aller vous chercher une couverture.

Il se leva avec empressement et la jeune fille se dit que là, ce devait vraiment être un progrès. Dommage qu'elle dût justement recouvrir ses charmes. Elle fit glisser la couverture sur ses épaules d'un geste lascif en s'attaquant au *hangi*, préparé dans le four du même nom, qu'on venait de lui apporter sur de larges feuilles.

— C'est toujours aussi bon, constata-t-elle en passant sa langue sur ses lèvres.

Dans les romans que lisait Roberta, ce geste passait pour être excitant. Richard n'y prêta pas attention, tout à son intérêt pour la technique du *hangi*.

— C'est effectivement excellent, mais il doit être très pénible de creuser ces fours au préalable. Il devrait pourtant être possible d'amener en surface la géothermie, à l'aide d'espèces de pompes à chaleur…

Atamarie, renonçant à l'impressionner, se consacra à l'absorption d'énormes quantités de viande et de légumes, affamée par cette longue journée en plein air, tandis que les jeunes filles et les jeunes gens maoris jouaient leur musique traditionnelle.

Fasciné par les diverses flûtes, Richard finit par se saisir d'une *tumutumu*, un instrument à cordes dont il tira quelques sons acceptables. Atamarie joua de son côté un air sur une *nguru*.

— Mais c'est très joli ! sourit Richard. On joue vraiment de cette flûte avec le nez ?

— Oui, et je trouve toujours qu'on a vraiment l'air gourde ainsi, provoqua-t-elle.

Elle avait bu pas mal de bière et les bouteilles de whisky avaient repris leur ronde. Ses inhibitions tombaient, à défaut de celles de Richard.

C'est alors que le jeune homme créa la surprise.

— Mais vous ne pouvez avoir l'air gourde, miss Atamarie. Vous êtes l'un des êtres les plus intelligents que je connaisse ! Mais ne vous êtes-vous pas demandé si cela ne changerait pas la tonalité et ne faciliterait pas le jeu si l'on écartait un peu les perces et si on munissait l'instrument d'un canal ?

Arrivant près du groupe sur ces entrefaites, Matariki vit avec stupéfaction les yeux de Richard se mettre enfin à luire. Dans ses yeux brillaient les étoiles si longtemps désirées tandis qu'il contemplait Atamarie jouant de la *nguru* puis de la *putorino*, plus compliquée encore.

— C'est drôle, dit-elle à une amie à qui elle venait de raconter les déboires amoureux de sa fille, moi qui me suis toujours dit qu'on avait l'air incroyablement gourde quand on souffle dans ces flûtes avec le nez…

9

Même s'il montra ce soir-là plus d'enthousiasme à l'égard d'Atamarie, Richard resta en tout point un gentleman. Il ne se laissa pas arracher plus que de légers contacts de leurs doigts ou de leurs épaules, Atamarie ne sachant d'ailleurs pas s'ils l'électrisaient autant qu'elle-même. D'autres étudiants étaient moins réservés. Répondant aux invitations des filles maories qui, la danse finie, s'étaient jointes à eux, ils disparaissaient avec elles dans les champs ou les collines alentour.

Le lendemain matin, cela leur valut une sévère réprimande du professeur bien que cela n'eût ému personne au village.

— Il n'est pas admissible que vous abusiez à ce point de l'hospitalité de ces gens ! Et d'ailleurs nous ne sommes pas ici pour une partie de plaisir ! Il est 9 heures, messieurs et vous sortez seulement du lit. À cette heure, je voulais déjà être à mi-pente du mont Taranaki !

— Mais ils n'étaient pas dans leurs lits, ils étaient dans les champs, ricana Atamarie. C'est ce qu'on appelle la recherche de terrain !

Elle était en verve, ayant passé le petit-déjeuner à bavarder avec les filles. Elle avait donc appris sur ses compagnons d'excursion plus que n'en savaient leurs propres mères et, montant en selle, se demanda comment elle pourrait utiliser ce savoir contre son prétentieux partenaire de travail. Puis elle fut contrainte de se concentrer sur sa monture et les chemins. Ce jour-là, ils devaient traverser la ceinture de la forêt et poursuivre leur montée en empruntant des étendues couvertes de touffes de tussack qui cédaient ensuite la place à une végétation alpine. Atamarie fut heureuse que sa mère lui eût prêté sa vigoureuse jument cob qui gravissait les pentes raides avec plus d'aisance que les chevaux de location du reste de la troupe.

Porter râlait contre le manque d'endurance de sa jument mais persistait à la faire grimper sur chacune des collines d'où ils devaient prendre les mesures, collines qu'Atamarie aurait escaladées à pied beaucoup plus rapidement.

— Qui sait ce qui se cache dans ces buissons, maugréa-t-il quand Atamarie le lui reprocha.

— Vous n'avez pas eu peur des buissons où vous avez passé la nuit avec Pai, plaisanta-t-elle. C'était pourtant beaucoup plus dangereux. La plupart des animaux de ce pays sont en effet nocturnes. Lesquels craignez-vous le plus ? Les oiseaux ou les escargots ?

Quand la pente devint plus raide encore, Porter finit par concéder qu'il ne lui restait rien d'autre à faire qu'à grimper en personne. Atamarie était fascinée par les formations rocheuses ou laviques du haut desquelles s'offraient parfois des plongées merveilleuses sur la mer ou la plaine fluviale.

— Les dieux sont avec nous, plaisanta-t-elle en apportant à Richard et au professeur de premiers résultats. Un temps aussi clair à cette saison !

— Mais il gèle, ronchonna Porter.

— Nous sommes en montagne, monsieur McDouglas, observa le professeur. Il y fait généralement froid, vous devriez revoir vos cours sur les zones climatiques, j'y reviendrai lors de votre examen de fin d'études. Partez maintenant, mais soyez prudents, les pentes sont escarpées et cachent parfois des abîmes comme vient de me l'apprendre notre guide. En cas de besoin, faites appel à ses services. Ah mais non, il est déjà parti avec un autre groupe. Soyez donc vigilants.

— Vous n'êtes pas près de tomber dans un trou, miss Atamarie, vous vous mouvez avec une telle élégance, minimisa Richard.

Atamarie rayonna, mais le professeur tiqua, se demandant s'il devait réprimander cette tentative de flirt. Puis il se ravisa :

— Vous pourriez vous aussi grimper un peu, Richard. Faites-vous donc une petite image de ce paysage, afin que nous ne soyons pas amenés à inscrire des erreurs sur nos cartes. J'aimerais vous accompagner, mais escalader est trop fatigant pour moi. Alors que vous… Vous pourriez peut-être accompagner miss Turei ?

Richard rougit légèrement puis répondit avec courtoisie, comme toujours.

— C'est pour chacun de nous un plaisir d'accompagner miss Atamarie. Eh bien, Porter, battons-nous pour avoir le privilège de peut-être lui tendre la main dans une montée.

Porter ne donna pas l'impression de considérer cela comme un privilège, mais les accompagna néanmoins vaillamment jusqu'au sommet du Lion Rock, un rocher entre mer et montagne, l'endroit idéal pour avoir une vue d'ensemble des points de repère. Atamarie pensa fugitivement que ce serait le décor idéal pour un premier baiser, mais Richard, se contentant de porter une inscription sur une des cartes, entreprit de comparer ses notes avec celles d'Atamarie. Elle se réjouit toutefois qu'il lui demandât sans arrêt le nom en maori des sommets et des rivières avant de les transcrire consciencieusement. Il sentait aussi peu qu'Atamarie l'esprit de Parihaka, mais il n'avait pas les oreilles bouchées et, durant les quelques heures passées au village, il avait compris l'importance pour ses habitants de la préservation de leur héritage.

Puis Atamarie aperçut quelque chose qui lui évoqua d'abord un mirage, ensuite la manifestation d'esprits. Avant que son sang ne se glaçât dans ses veines. Un être ressemblant à un oiseau géant se dressait au sommet d'une falaise en face d'eux. Elle le crut statique dans un premier temps, puis aperçut une espèce de visage et la créature se mit à pivoter sur place avant de tourner en rond. S'inclinait-elle devant le ciel ou dansait-elle un *haka* ? Atamarie eut l'impression d'entendre, apportées par le vent, des bribes de paroles ou de chants. Elle n'était pas la seule. Richard leva la tête lui aussi. Juste à temps pour voir la chose se mettre en mouvement et se diriger vers le vide, dans un esprit manifestement suicidaire.

— Richard, regarde ! hurla avec terreur Atamarie en saisissant le jeune homme par le bras.

Ensuite, la chose ayant sauté dans l'à-pic, elle comprit, en voyant le vent le porter, qu'il s'agissait d'un cerf-volant, un *manu* d'énormes dimensions, aux formes traditionnelles, intermédiaire entre homme et oiseau.

— Un planeur ! s'écria Richard, époustouflé. Mais il ne peut pas fonctionner, il va s'écraser. L'envergure ne suffit pas pour de telles dimensions…

— Il vaudrait pourtant mieux que ça vole, remarqua Porter qui s'était saisi de sa longue-vue. Un homme y est accroché !

Atamarie le vit elle aussi. Un coup de vent fit monter le cerf-volant qui se mit effectivement à planer. L'homme était accroché à son engin comme un crucifié. Il s'y était sans doute attaché.

— Il s'envole ! cria Atamarie, fascinée malgré elle. Ça marche, il vole… Il… Peut-il diriger ?

— Non, dit Richard, il ne peut même pas vraiment planer. Les ailes sont trop petites, et la forme n'est pas idéale. Elle est bonne pour les cerfs-volants des enfants, mais elle n'est pas adaptée au poids de l'homme. Surtout s'il bouge, le truc va tout de suite partir en vrille… et la vitesse initiale…

Atamarie cessa de l'écouter. Voyant qu'il avait raison, elle dévala la pente en courant. L'engin avait décollé correctement, peut-être grâce à un coup de vent favorable, mais il ne tenait pas l'air. La force ascensionnelle était insuffisante. Le bon départ l'avait néanmoins un peu éloigné de la paroi. Il tombait certes, mais pas comme une pierre, il tournoyait, exactement comme l'avait prédit Richard. Avec beaucoup de chance, l'homme pourrait peut-être survivre à une chute en mer.

Atamarie jeta un rapide coup d'œil en arrière, dans la direction de Richard et de Porter qui assistaient, hypnotisés, à la scène.

— Qu'est-ce que vous fichez plantés là ? Venez, il faut sauver cet homme, hurla-t-elle.

Richard sortit de sa torpeur et dévala à son tour la pente, tandis que Porter se résignait :

— De toute façon, il sera mort quand il sera en bas !

Atamarie se tapa la tempe d'un doigt tout en courant. Pourquoi l'homme devrait-il mourir en vol ? La violence du choc contre l'eau et les vagues seraient les seuls dangers. Elle se lança à fond dans la descente. Si ce type s'était attaché à son engin, il se noierait avant de pouvoir se détacher. Et même s'il se libérait, le ressac le précipiterait contre les falaises. Heureusement qu'il avait pris la direction de la baie et non de la pleine mer. Les falaises qui l'entouraient affaibliraient le déferlement des vagues. On pourrait peut-être sauver cet homme en lui lançant une corde.

Le cerf-volant toucha l'eau quand les étudiants étaient encore à mi-pente. Sans trop de violence. C'est une aile qui plongea la première et qui se brisa. Atamarie se demanda dans quelle matière l'engin était construit. Il n'avait tout de même pas été monté en écorce, conformément à la tradition ? Ensuite, tout en continuant à courir comme une folle avec ses deux compagnons, elle dut se résigner à voir l'homme lutter pour sa survie. Le bris de l'aile lui avait dégagé un bras et il tentait désespérément de dénouer les cordes l'attachant à l'engin qui, par chance, flottait. Mais les vagues, inexorables, jouaient avec lui, le poussant d'un côté puis de l'autre. L'homme s'enfonçait sous l'eau, puis réapparaissait. Atamarie n'arrivait pas à voir s'il bougeait encore.

Richard ôta précipitamment sa veste quand ils arrivèrent sur la rive, pas une plage de sable en pente douce ni une falaise escarpée, mais une côte parsemée de rochers plus ou moins gros.

— Je suis bon nageur ! souffla-t-il. Je vais le sortir de là, mais nous aurons besoin de votre aide…

Il plongea du haut d'un des rochers sans donner plus de précisions, Atamarie comprit pourtant ce qu'il voulait dire. Entrer dans l'eau n'était pas un problème, autre chose d'en ressortir sans se blesser. Un sauveteur tirant quelqu'un mal en point n'avait pas l'ombre d'une chance. Elle examina la côte tandis que Richard se rapprochait du malheureux à grandes brassées, sous l'œil intéressé de Porter.

— Nous avons besoin de cordes, cria Atamarie à ce dernier. Il faut faire quelque chose ! Allez, bougez !

Porter avait sur le dos un sac contenant des équipements d'alpinisme destinés à secourir quiconque serait tombé dans un ravin ou à assurer des arpenteurs prenant des risques.

Atamarie le fouilla et en sortit des cordes et des pitons. Richard venait d'atteindre l'engin volant. Il était grand temps ! L'homme avait cessé de ramer avec son bras libre et de lutter. Il paraissait avoir perdu connaissance.

— Il faut que Pearse coupe ses liens, observa Porter. J'espère qu'il a un couteau…

Atamarie fut certaine que Richard, enfant ayant grandi à la campagne, ne serait jamais parti camper sans couteau de poche. Effectivement, il en avait un dans un sac en cuir accroché à sa ceinture. Réussissant à le sortir malgré la houle, il délia le malheureux en un éclair. Il adressa un signe de victoire à Atamarie. L'homme était donc en vie. Le tirant derrière lui, Richard nagea en direction de la rive.

Entre-temps, Atamarie avait adopté une tactique. Elle montra à Porter une minuscule crique un peu plus loin.

— Il ne faut pas qu'ils heurtent un rocher. Nous allons tendre une corde à laquelle ils pourront s'accrocher et progresser. Là, entre ces deux blocs ! Enfoncez un piton ici, et un autre là-bas ! Allez, dépêchez-vous, Porter ! Si je le fais moi-même, ça va me prendre des heures ! ordonna-t-elle en lui fourrant un marteau entre les mains.

En dépit de sa mollesse, Porter était un gars robuste. Deux coups de marteau lui suffirent pour fixer le premier piton. Il voulut discuter l'emplacement du second, mais Atamarie le brusqua :

— Ne perdez pas de temps ! Allez-y, tapez ! Et vous ne tomberez pas à l'eau si vous vous avancez un peu plus ! Bon Dieu, Porter, cet homme est en train de se noyer ! Et Richard va se rompre les os s'il est projeté contre ces roches. Enfoncez donc ce piton, nom de nom, et attachez-y une corde !

Porter obéit en rechignant, pendant qu'Atamarie s'entourait la taille d'une deuxième corde. Un homme aurait été plus efficace pour la suite de l'opération de secours. Porter était beaucoup plus fort qu'elle, mais elle ne pouvait prendre le risque de voir ce nigaud relâcher le blessé ! Elle noua donc le bout de la corde à celle qui était tendue entre les deux rochers, puis confectionna un autre nœud coulant à l'intention de Richard avant de se laisser glisser dans l'eau. Les vagues s'engouffrèrent dans sa jupe, prêtes à la projeter contre la rive, mais, grâce à la corde, elle réussit à maintenir sa position sur l'eau.

Richard comprit aussitôt sa manœuvre. Tenant d'un bras l'homme inconscient, il s'agrippa de l'autre main au nœud coulant. Atamarie prit le blessé à bras-le-corps, un jeune Maori aux longs cheveux noirs. Elle pourrait de la sorte le tenir hors de l'eau en attendant du secours. Effectivement, Porter avança à son tour à l'extrémité du rocher, s'accrochant à la corde, et aida Richard à se hisser.

Celui-ci se jeta sur le rocher, hors d'haleine, puis, sans perdre un instant, s'encorda lui aussi avant de se remettre à l'eau, venant à la rescousse d'Atamarie, en dépit des objections de Porter qui estimait possible de hisser le blessé et la jeune fille en même temps.

— Mais non, Porter, haleta Richard. Tu n'as jamais entendu parler de la poussée d'Archimède ? Atamarie parvient à maintenir la tête de l'homme hors de l'eau, mais si tu les tires tous les deux en même temps, il sera trop lourd pour elle. D'autant qu'il est trempé et qu'il lui glissera des mains. Je vais le soutenir, et toi, tu aideras Atamarie à sortir. Ensuite, à deux, vous nous tirerez de là.

Quelques minutes plus tard, Richard et le jeune Maori étaient allongés sur le rocher, le premier toussant et crachant, le second inerte.

— Je vous l'avais dit, il est mort, constata Porter.

Atamarie eut envie de le gifler. Elle mit le blessé sur le ventre et entreprit de chasser l'eau de ses poumons. Malgré sa maladresse, elle réussit, au bout de quelques secondes, à le faire expectorer et recracher.

— Eh bien, voilà ! s'exclama-t-elle. Nous, les Maoris, sommes un peuple de navigateurs, nous avons la peau dure !

— Il s'en est quand même fallu de peu, grogna Richard. On va le secouer, il va revenir à lui. Je pense qu'il n'a rien d'autre, mais il est possible qu'il se soit aussi cogné la tête quelque part.

À cet instant, le garçon ouvrit les yeux. Abasourdi, il eut devant lui le visage rayonnant de fierté d'Atamarie et ses cheveux blonds trempés.

— Ha… Hawaiki ? demanda-t-il d'une voix faible.

— Mais non, ce n'est pas si simple, protesta Atamarie. Si j'en crois ma mère, il faut d'abord aller au cap Reinga, puis attacher une corde à ce fameux arbre *pohutukawa*, descendre en rappel et… Ou alors, tu prends un autre *manu* ! Comme tu es un pur esprit maintenant, ça devrait marcher, tu ne pèserais rien.

Le jeune homme ne savait s'il devait sourire ou se fâcher.

— Il voulait voler jusqu'à Hawaï ? s'étonna Porter. Voilà ce que j'appelle de l'optimisme ! Sur des centaines de miles ? Lilienthal, lui, s'est contenté de cent pieds !

— Lilienthal a parcouru près de mille pieds, rectifia Richard. Lui aussi avec un simple planeur. Mais avec des ailes courbées. La force ascensionnelle est alors…

— Hawaiki, rectifia à son tour Atamarie. Pour les Maoris, c'est un peu comme le paradis. Mais, pour les âmes des défunts, ce n'est pas la porte à côté ! Ils doivent d'abord aller tout au nord de l'île, puis descendre en rappel. Bref, il a cru qu'il était mort.

— Rawiri, parvint à dire le garçon en posant un doigt sur sa poitrine. Et toi…

Atamarie lui sourit, se souvenant du jour où un garçon et elle-même avaient fait voler un cerf-volant. Elle avait toujours devant les yeux son visage enfantin ! À l'époque, il était déjà mince et de haute taille pour un Maori. Il avait de grands yeux noirs et brillants sous de longs cils. Aujourd'hui encore. Il avait aussi gardé son tendre regard. Il n'était pas tatoué, et ses lèvres étaient pleines, paraissant douces.

— Tu voulais déjà voler jadis ! dit-elle en riant. Moi aussi. Tu te rappelles ? Et… est-ce que c'était ton premier essai aujourd'hui ?

— Vous ne pourriez pas parler de manière compréhensible ? gémit Porter.

Ayant commencé à converser en anglais, Atamarie et Rawiri étaient passés au maori.

— Excusez-moi, dit le garçon en se redressant. Vous… vous m'avez sauvé. Merci. Mais… mais où est le *manu* ?

— Le cerf-volant, traduisit Atamarie.

— Je n'ai pas pu le sauver, dit Richard en montrant la mer. Ça n'en valait de toute façon pas la peine. Il ne te portera pas avec la forme qu'il a. Tu devrais davantage t'inspirer des oiseaux que des statues de dieux. Et maintenant on préfère les biplans, au moins pour ce qui est des planeurs.

— Mais les dieux…, protesta Rawiri. Le *manu* était dédié aux dieux. Il n'aurait pas dû s'enfoncer dans la mer, il…

— Alors les dieux de l'air auraient dû être plus vigilants, assena Atamarie, irrespectueuse. Au fait, avec quoi l'avais-tu garni ?

— Avec de la toile à voiles. Assez chère…

— Et lourde, commenta Richard. Elle ne convient pas du tout. Surtout quand il pleut. Lilienthal a fini par utiliser du shirting, une toile de coton cirée qui…

— Peut-être que la mer va le ramener, réfléchit Atamarie tout haut, le regard tourné vers la baie, sensible à l'argument du prix. C'est même très vraisemblable et si le vent ne tourne pas, il devrait…

— J'aurais dû prendre des écorces d'*aute* ou des feuilles de *raupo*, elles caressent le visage du dieu du ciel, regretta Rawiri. Ces matériaux *pakeha*, les dieux ne doivent pas les aimer ni chanter pour eux.

— Chanter ? s'étonna Richard.

— Les dieux guident les *manu* en chantant des *karakia*, des sortes de prières, l'informa Rawiri.

— En tout cas, ils ne semblent pas faire de grandes différences entre les diverses sortes de matériaux, soupira

Atamarie. Mes ancêtres sont venus sur Aotearoa avec l'*Elizabeth Campbell*, et c'était un bateau à voiles. Il n'y a donc pas chez les dieux de réserves fondamentales quant à la toile de voiles, sinon les *Pakeha* auraient débarqué je ne sais où.

Peu intéressé par cette discussion, Richard avait entre-temps rangé les cordes et le reste du matériel dans le sac à dos de Porter qui en avait lui aussi assez de la mythologie maorie.

— Putain, qu'il fait froid, gémit-il. Vous n'êtes pas frigorifiés ?

Atamarie prit soudain conscience que sa robe était trempée. Les péripéties du sauvetage lui avaient fait oublier le froid.

— C'est exact, nous devrions regagner le camp le plus rapidement possible. Le professeur a peut-être des affaires sèches dans la charrette. Pour vous, certainement, dit-elle avec un regard d'envie pour les jeunes hommes, se doutant que le professeur ne s'était pas chargé d'une robe de rechange pour sa seule étudiante. Tu peux te mettre debout ?

Rawiri acquiesça. Il s'en était tiré à bon compte, à part quelques contusions et écorchures. Il était presque sec, s'étant, malgré le froid, revêtu du kilt traditionnel des Maoris en fibres de lin durcies. Il était torse nu et Atamarie put noter qu'en dépit de sa minceur il disposait d'une musculature impressionnante. Richard n'était pas moins imposant, au contraire. Il avait enlevé sa chemise, découvrant de larges épaules et de puissants pectoraux. Bronzé, il avait dû travailler dans la ferme de ses parents durant l'été.

Elle baissa les yeux avec gêne quand il se retourna vers elle : pourvu qu'il n'ait pas surpris ses regards intéressés ! Mais il n'avait que la courtoisie en tête, comme toujours.

— Tu dois être gelée, Atamarie. Tiens, prends ma veste !

Geste touchant, car la veste était leur unique vêtement sec, Porter n'ayant pas songé à retirer la sienne avant le sauvetage.

— Oh, s'écria-t-il, excuse-moi, je t'ai tutoyée, mais…

— N'en faisons pas une affaire, viens ! répondit-elle en lui tendant la main pour qu'il l'aide à se relever.

Puis elle s'enveloppa avec délices dans la veste bien chaude.

Quelques heures plus tard, ils étaient assis auprès du feu à Parihaka, dégustant du poisson et des patates douces, le tout accompagné de thé chaud. Le retour dans leurs vêtements trempés leur avait paru interminable. Il y avait bien entendu déjà eu, au camp du mont Taranaki, un feu auprès duquel ils avaient tant bien que mal tenté de sécher leurs habits, entreprise déjà problématique pour les pantalons en denim des garçons mais désespérée pour les jupes d'Atamarie. Ils finirent par se résoudre à rentrer au village à cheval. Atamarie était morte de froid quand elle put enfin se changer. Porter, pour la première fois en cette journée, se montra réellement utile : ayant trouvé une bouteille d'excellent whisky dans ses bagages, il remplit avec une inhabituelle libéralité les gobelets de ses compagnons.

En contrepartie, Richard et Atamarie le laissèrent sans commentaires se présenter comme le héros du jour, l'homme qui, à lui seul ou presque, avait sauvé Rawiri.

Ce dernier, portant à présent des habits *pakeha* bien plus chauds, était assis à côté d'Atamarie et de Richard, écoutant, fasciné, leur conversation, tandis que Matariki observait avec amusement que sa fille se rapprochait de son objectif. Dans les yeux de Richard brillait la lueur dont elle avait regretté l'absence ces derniers jours. Atamarie rayonnait de bonheur et, finalement, les deux, se tenant par la main, partirent dans les collines environnantes.

— Je trouve quand même leurs sujets de conversation un peu insolites, remarqua Emere, l'amie de Matariki. Je ne voulais pas être indiscrète mais, quand je suis passée à côté d'eux, ils parlaient de la systématique de la technique de vol, ou quelque chose de ce genre, et ils estimaient que les fondements physiques du vol, d'après Lilienthal, devraient permettre de concevoir des engins volants mus par des moteurs. Ce n'est pas d'un romantisme délirant…

Atamarie et Richard, cependant, parcouraient la campagne illuminée par la lune, examinant si, en descendant en courant le flanc des collines, on pourrait fournir aux voilures d'un planeur le bon angle d'incidence, s'il aurait été possible d'éviter la chute de Lilienthal à Gollenberg grâce à un meilleur calcul des données du décollage thermique et si l'on pourrait réellement parcourir de plus longues distances de vol en augmentant l'angle d'incidence au prix d'un ralentissement de la vitesse.

Quand il prit congé de la jeune femme devant la maison de ses parents, Richard déposa un chaste baiser sur sa joue.

— Tu es la fille la plus merveilleuse que j'aie jamais rencontrée, chuchota-t-il. Tu sais… Eh bien, jamais je n'aurais cru pouvoir à ce point partager les pensées et les sentiments d'autrui… Atamarie…

Se dressant sur la pointe des pieds, elle répondit au baiser, mais, plus audacieuse que lui, elle embrassa ses lèvres.

— Un jour, murmura-t-elle, un jour nous volerons ensemble…

Elle traversa le jardin puis la maison d'un pas allègre.

— Il m'aime ! dit-elle à sa mère. Oh, maman, il m'aime ! Nous sommes faits l'un pour l'autre. C'est le seul homme avec qui j'aie tant de choses en commun !

Rawiri ne pensait plus à la défaite qu'il venait de subir. D'accord, les dieux n'avaient cette fois non plus pas su apprécier son art à sa juste valeur, ils n'avaient pas accordé à son vol leur bénédiction. Il n'avait sans doute pas trouvé les justes tonalités quand il avait chanté pour invoquer le vent. Peut-être aussi que les gens de Christchurch avaient raison, ce *Pakeha* aux boucles noires et cette fille étrange qui était maorie tout en ne l'étant pas. Il était possible que les dieux rejettent les formes de son cerf-volant. Il lui faudrait essayer autre chose.

Peut-être que d'autres problèmes se cachaient là derrière, peut-être que les *karakia* ne suffisaient pas, qu'il fallait connaître mieux le savoir révélé aux hommes par le dieu Tawhaki. On avait parfois l'impression que les *Pakeha* faisaient meilleur usage de ce savoir. Rawiri avait la tête qui lui tournait quand il se remémorait les cours de Richard sur la force ascensionnelle, le décollage thermique, l'angle d'incidence et l'aide à l'accélération initiale. Il n'avait pas osé demander plus d'explications, en tout cas pas de ce *Pakeha* à qui il devait la vie. Il questionnerait la fille le lendemain matin, cette fille si belle avec sa peau claire, cette fille qui lui était apparue comme un signal du paradis quand il s'était réveillé d'entre les morts. Atamarie – lever du soleil. Enfant déjà, elle avait cette lueur dans les yeux quand elle parlait de voler. Il ne s'en était alors guère aperçu, mais maintenant… peut-être bien que les dieux lui avaient refusé aujourd'hui leur bénédiction, mais ils lui avaient malgré tout envoyé Atamarie.

Une fille qu'il pourrait aimer, une fille qui partagerait ses rêves. Il tourna le visage vers les étoiles et remercia les dieux de leur offrande.

Un jour, ils voleraient ensemble.

FEMMES FORTES

Afrique
East London, Wepener

Nouvelle-Zélande
Dunedin, Lawrence

1900-1901

1

Pendant que son frère préparait son mariage avec Juliette LaBree en Nouvelle-Zélande, Kevin Drury partit pour Albany, dans l'ouest de l'Australie, avec un contingent de troupes néo-zélandaises. Située sur la Grande Baie australienne, la ville avait autrefois abrité une colonie pénitentiaire de sinistre réputation. Kevin avait encore dans les oreilles les récits de ses parents qui avaient en définitive eux aussi commencé en Australie, comme détenus, leur vie hors de l'Europe. En réalité, ils avaient échoué dans la Terre de Van Diemen, une île australienne, et leur description des conditions de leur détention différait. Si Michael les avait trouvées extrêmement rudes, Lizzie s'en était au total satisfaite. Elle ne s'était enfuie que pour échapper au harcèlement que lui faisait subir son patron. À la vue des plages et des pentes boisées, Kevin fut tenté de donner raison à sa mère : la vie ne devait pas être si terrible que ça ! Le climat, de plus, semblait agréable. Divers transports de troupes étaient déjà à l'ancre dans le joli port naturel, les Australiens continuant eux aussi à envoyer des troupes en Afrique du Sud.

L'unité de Kevin ne resta finalement que peu de temps à Albany, l'équipage se contentant d'embarquer des vivres et de procéder à de légères réparations. S'étant lié d'amitié avec le vétérinaire de la troupe, Vincent Taylor, Kevin trouva le temps d'une petite incursion commune en ville pour renouveler leurs provisions de whisky et d'une excursion de caractère plus scientifique dans l'intérieur du pays. Vincent fut fasciné par la faune australienne, Kevin étant pour sa part moins enthousiasmé par les serpents, les araignées et les insectes venimeux.

— L'Afrique n'est pas dépourvue non plus de bêtes sauvages, se moqua son nouvel ami, des lions, des rhinocéros, des guépards…

— Je ne risque pas trop de les voir entrer dans ma tente de premiers secours. Ce qu'on ne peut pas dire des mignonnes bestioles d'ici. Au fait, tu pourrais donner un petit coup d'œil à mon cheval ensuite ? J'ai eu l'impression qu'il avait un drôle de pas. Mais peut-être que cela tient à moi : je lui aurai communiqué ma peur de marcher sur un serpent !

En vue de la traversée vers l'Afrique, Vincent obtint pour le cheval de Kevin une place sur le pont où le sien était installé.

— Peut-être que nos montures auront peur et que, par gros temps, ce ne sera pas très confortable, mais en bas ce n'est pas acceptable. Je me suis plaint. Il n'y a pas d'air. Mais les chefs disent, comme de juste : si les hommes s'en accommodent, les animaux n'ont pas à faire les difficiles. Les soldats sont eux aussi serrés comme des sardines. Sauf que les chevaux ne se sont pas portés volontaires !

Vincent ne paraissait pas participer à l'aventure avec un grand enthousiasme lui non plus. C'étaient des raisons économiques qui l'y avaient poussé et – comme il l'avoua à Kevin après leur quatrième whisky lors de leur troisième nuit sur l'océan Indien – un amour malheureux.

— Je ne l'ai vraiment pas épousée pour son argent, certainement pas, même si je n'ai pas dit non quand son père a proposé de financer mon cabinet. J'aurais évidemment mieux fait de m'interroger sur cette générosité.

Plus tard, j'ai compris qu'il avait été heureux de se débarrasser d'elle. Il a en quelque sorte racheté sa liberté. En tout cas, elle m'a fait porter des cornes à rendre jaloux un bélier. Je n'ai d'abord rien vu, je l'adorais, elle était belle, une baronne des moutons. Mais toute la ville a fini par en faire des gorges chaudes. Mary sautait sur tout le monde, depuis les bergers de son père jusqu'au marchand du coin. Je suppose que c'est maladif chez elle. Chez les juments, on parle de chaleurs permanentes.

— Chez les femmes, de nymphomanie. Mais cela n'a rien à voir avec le système folliculaire.

— Peut-être que si quand même, objecta Vincent. En tout cas, elle n'est pas tombée enceinte. Heureusement! Cela a rendu le divorce plus aisé. Le papa n'a hélas pas réagi avec beaucoup de compréhension quand il a récupéré sa princesse entreprenante: j'ai perdu mon cabinet et ma réputation! Cet engagement à l'armée m'a semblé une bonne idée. Ça met du beurre dans les épinards car on ne dépense presque rien de sa solde. Tu peux être sûr d'une chose: je n'ai peur ni des lions, ni des guépards, ni des rhinocéros. Même pas des serpents. Comparés à Mary Ann, ce sont de mignonnes bestioles.

La traversée de plus de quatre semaines se déroula sans incident. Comme tous les officiers, Kevin et Vincent étaient confortablement logés, partageant une cabine de première classe. Vincent accordait tous ses soins aux chevaux. Kevin le regardait agir avec une certaine inquiétude, ayant entendu dire que les Boers n'étaient pas d'une extrême douceur avec leurs bêtes et qu'ils nourrissaient même une authentique haine envers les grands chevaux des Anglais. Ces gens n'avaient que des poneys qui, malgré leur vaillance et leur robustesse, étaient inférieurs aux pur-sang de la cavalerie anglaise. Aussi les Boers s'employaient-ils en priorité à blesser ou à tuer les chevaux de leurs adversaires. Se pouvait-il que Vincent ait plus de patients que lui?

Pour sa part, il mit à profit le voyage pour s'informer de l'équipement des hôpitaux de campagne. Il devait en outre dispenser des cours de soins d'urgence aux futurs combattants.

— Dans le veld, vous serez souvent livrés à vous-mêmes avec des camarades blessés, expliquait-il, répétant ce qu'on lui avait appris durant sa courte formation. Le veld, c'est-à-dire la steppe sud-africaine, ce sont des étendues plus ou moins grandes, peu ou pas habitées. Les unités de choc adverses s'y replient et on n'enverra pas toujours un hôpital de campagne à votre secours quand vous les y poursuivrez. Alors, soyez attentifs, ce cours pourrait vous sauver la vie, à vous et à vos camarades…

Enseignant comment poser des attelles et des garrots, il trouvait cette formation utile, beaucoup plus que les exercices de tir qui l'avaient précédée et qui n'avaient arraché aux fils de fermiers qu'un sourire las, tandis que les ouvriers de la ville disposaient de trop peu de temps dans cet apprentissage pour espérer se tirer d'affaire dans un combat. Kevin avait repéré deux ou trois de ces derniers qui suivaient ses cours avec profit. Il demanda qu'ils lui fussent adjoints comme infirmiers quand on constituerait les équipes sanitaires. Il rencontra le plein accord de ses supérieurs qui, au moins dans un premier temps, se montrèrent gens raisonnables.

— Mais vous devez bien comprendre que vous serez au front avec des officiers de carrière anglais, observa un *sergeant* lors d'une soirée conviviale. Ils ne sont pas tous gens de raison. Ce Buller, par exemple, le commandant en chef, on entend à son sujet les trucs les plus dingues ! Il paraît qu'il se déplace avec une cuisine d'hôtel au complet, qu'il réquisitionne par gallons entiers le vin des exploitations locales et qu'il emmène des troupeaux d'animaux avec lui pour que nul ne meure de faim. En revanche, il envoie à la boucherie des milliers de soldats pour prendre d'assaut une colline sans intérêt stratégique. Nous devrons veiller à nos hommes.

Les échos de la guerre étaient, sinon, positifs. Après les succès initiaux des Boers qui avaient conquis des villes comme Kimberley, Ladysmith et Paardeberg, l'offensive anglaise avait libéré la plupart des villes au cœur des républiques boers. Les Néo-Zélandais avaient remporté de premières victoires. Après des engagements initiaux assez improvisés qui leur avaient valu de lourdes pertes à Jasfontein, ils s'étaient repris quelques jours plus tard et se battaient comme des lions. Le 15 janvier, ils avaient repoussé une attaque des Boers contre leur camp. La colline de l'affrontement reçut le nom de New Zealand Hill.

— Il ne doit pas être très civilisé ce pays, lança à ce propos Vincent, sceptique, si on en est encore à donner un nom aux montagnes, alors que, chez nous, la moindre colline a deux noms, le maori et le nôtre.

— Les premiers habitants avaient bien dû donner un nom à leurs montagnes, remarqua Kevin. Sauf que les Boers s'en fichaient. Ils ne savent même pas le nom des tribus qui étaient là avant eux. Sinon, tu crois qu'elles se seraient donné le nom d'Hottentots ou de Cafres, ces tribus ?

— Il serait intéressant de savoir de quel côté elles sont dans cette guerre, reprit Vincent.

— Elles se tiennent à l'écart, expliqua le *sergeant* qui, apparemment, en savait un peu plus sur l'Afrique du Sud que les autres officiers.

Bien que militaire de carrière, il n'avait encore jamais été au contact d'un ennemi, les guerres contre les Maoris remontant désormais à quelques décennies. Il s'était porté volontaire dans l'espoir d'enfin entendre des balles lui siffler aux oreilles.

— Les Anglais souhaitent d'ailleurs que tous les indigènes restent en dehors du conflit, poursuivit-il. C'est pour cette raison qu'il n'y a pas, de notre côté, de régiments maoris, alors que leurs jeunes donnent l'assaut aux bureaux de recrutement. On n'entend pas rendre les choses plus compliquées qu'elles ne le sont déjà.

Le contingent néo-zélandais arriva enfin dans la petite ville d'East London. Ils auraient primitivement dû toucher terre à Beira, comme les contingents qui les avaient précédés, mais un message radio avait averti le major Jowsey, son commandant en chef, qu'on aurait plutôt besoin des cavaliers dans l'État libre d'Orange, l'une des républiques boers insurgées. Des lignes de chemin de fer venaient d'y être attaquées dans le sud et l'est.

East London donnait, en dépit de la guerre, l'impression d'une ville paisible. La côte, une succession de plages de sable, de collines et de falaises rougeâtres, était magnifique. Le fort était entouré de maisons coquettes, blanchies à la chaux, avec, au loin, des fermes. Grâce au climat subtropical, les rues étaient bordées de palmiers et de massifs de fleurs de toutes les couleurs. C'était, à l'embouchure de la rivière Buffalo, le seul port fluvial d'Afrique du Sud.

La perspective du débarquement des chevaux inquiétait Vincent, mais il fut agréablement surpris de constater que tous les dockers parlaient couramment l'anglais ; même les ouvriers bruns de peau qui montaient les rampes destinées au déchargement du bateau se faisaient comprendre sans problème.

— Je croyais qu'ils parlaient le néerlandais ici, dit Kevin à l'un des officiers anglais qui accueillaient les nouvelles troupes. Et je croyais les indigènes plus noirs de peau !

— East London est anglaise à l'origine, expliqua en riant le colonel. C'était un poste militaire, une base contre les autochtones, les Xhosas, un peuple guerrier bien que moins agressif que les Zoulous. Après la guerre de Crimée, des colons allemands sont arrivés, ils parlaient anglais car ils avaient servi dans la Légion germano-britannique. La cité est l'une des rares fondations anglaises d'origine, très peu de Boers s'y fourvoient. Ils n'aiment d'ailleurs pas résider sur la côte. Boer veut dire paysan, et on peut prendre le mot au pied de la lettre. Ils vivent de préférence à l'intérieur des terres, n'aiment pas les étrangers et arrêtent l'école dès qu'ils peuvent lire la Bible. La navigation et le commerce ne les ont jamais intéressés. Après la faillite de la Compagnie des Indes orientales, le négoce du Cap est passé entre les mains des huguenots, qui étaient arrivés entre-temps, et des Juifs. Et maintenant des Anglais. Le centre commercial est d'ailleurs plutôt Durban. East London est une ville agréable, mais un peu endormie.

— Et les indigènes n'ont pas élevé d'objections ? Contre tous ces immigrants, ces changements de propriété ?

— Les indigènes sont très différents d'une tribu à l'autre. Dans leur apparence extérieure comme dans leur comportement. Dans la région du Cap ils se sont toujours montrés très coopératifs. À vrai dire, les Néerlandais les avaient déjà presque exterminés. Ces petits hommes bruns que vous voyez s'affairer ici sont des Indiens, des troupes auxiliaires de l'armée. Ils travaillent aussi comme infirmiers, nous vous en attribuerons quelques-uns. Ils sont très obéissants, travailleurs et habiles.

— Vous dites qu'il n'y a plus d'autochtones noirs ? Mais un des buts de cette guerre n'est-il pas aussi de mettre un terme à l'esclavage ?

— D'un certain point de vue, oui, murmura le colonel. Et il y a bien entendu des indigènes encore. Mais les Xhosas ici et les Zoulous dans la région de Durban ne constituent pas une force de travail très fiable. Ils sont noirs comme du charbon et furent de grands guerriers. Nous pourrions sans peine les recruter pour massacrer les Boers. Ils ont leurs traditions en la matière, ils aiment ça. Ne me demandez pas pourquoi nos chefs reculent devant cette perspective, ils ont sans doute peur qu'ils se tournent ensuite contre les Anglais. Le travail agricole, en revanche ! Couper la canne à sucre dans les plantations près de Durban par exemple… Ils se croient au-dessus de ça ! Pour les y obliger, il faut les asservir, ce que font les Boers. Comme vous le disiez à l'instant, c'est aussi un peu pour ça que nous sommes ici, dit, avec un sourire ironique, le colonel qui n'ignorait donc pas que la principale raison de cette guerre résidait dans l'existence des trésors du sol. En tout cas, ici, nous n'imposons de joug à personne, nous laissons les gens libres de faire ce qu'ils veulent. La plupart vivent à l'intérieur des terres et se livrent à leurs propres cultures, à l'élevage.

Kevin alla rejoindre Vincent qui surveillait le déchargement des chevaux. Il était très satisfait de leur état et particulièrement de celui de sa jument, Colleen. Kevin descendit lui-même son cheval blanc du bateau.

— Quand poursuivrons-nous notre route ? demanda-t-il et il fut heureux d'apprendre qu'on comptait accorder quelques jours d'acclimatation aux troupes.

— Ils ont retenu la leçon du premier contingent qu'ils ont aussitôt envoyé au combat, expliqua le *sergeant* Willis qui fixa pour le lendemain un exercice avec les chevaux.

Vincent s'y opposa, estimant que mieux valait que les chevaux se dégourdissent d'abord lentement les pattes, sans cavalier. Ils le pourraient dans les grands paddocks entourant la caserne.

— Ici, on appelle ça des « kraals », expliqua à Kevin son nouvel ami, le colonel Ribbons, à l'évidence un autochtone. C'est aussi le nom des villages indigènes.

— Ce qui en dit long sur l'importance qu'on accorde aux Noirs, commenta Vincent. Imaginons un peu ce que nos Maoris nous jetteraient à la figure s'il nous venait l'idée d'appeler *marae* nos parcs à bétail.

— La coexistence n'est guère pacifique ici, remarqua Ribbons en haussant les épaules. Dans le fond, chacun est en conflit avec quelqu'un. Sur le plan personnel pourtant, il existe parfois des liens très forts entre familles noires et familles blanches. La plupart des régiments boers ont des pisteurs noirs, des hommes habiles et loyaux. Même chose du côté anglais. Il n'existe certes pas, officiellement, de troupes auxiliaires noires, mais certains officiers ne peuvent accomplir un pas sans leurs « boys ». Quelques-uns servent également au mess. Que diriez-vous si je vous y conduisais ? Nous boirions un verre au succès de votre traversée. Si, demain ou après-demain, vous en avez envie et si vos chevaux ont retrouvé leur forme, je serais heureux de vous offrir un tour dans le veld. Il y a dans les environs des animaux très intéressants.

Les premiers jours en Afrique du Sud ressemblèrent plus à des vacances qu'à la guerre pour Kevin et Vincent, même si Kevin et deux de ses collègues durent constituer leurs hôpitaux de campagne et Vincent s'occuper des chevaux. Ce dernier était le seul vétérinaire à East London, les autres étant partis avec les troupes combattantes. Les fermiers des environs venaient donc le consulter.

— Seuls les Boers ne s'intéressent pas à mon activité, se plaignit-il presque, quand, le troisième jour, il partit en excursion avec le colonel et Kevin.

— Les Boers ? s'étonna Kevin, je croyais qu'il n'y en avait pas ici.

— Il n'y en a que très peu, en fait, confirma le colonel. On les appelle des Boers du Cap. Ils vivent en bonne intelligence avec les Anglais, il y a même, exceptionnellement, des mariages mixtes !

— Exceptionnellement ? demanda Kevin en riant.

— Une fille boer qui entre par le mariage dans une famille anglaise, c'est une aberration pour ces gens-là, un peu comme si elle prenait un amant noir. Le père, alors, se détourne totalement de sa fille. Ces gens restent à distance, comme si nous, les Anglais, nous étions le diable en personne. Il arrive plus souvent qu'un jeune Boer à l'esprit rebelle tombe amoureux d'une Anglaise. Mais là aussi, il y a des difficultés. J'ai pour gendre un Boer, un vigneron, je parle donc en connaissance de cause. Nous n'avons absolument rien contre Pieter, mais depuis que Joan l'a épousé, nous ne la voyons pratiquement plus. Lui-même ne passe presque jamais nous voir. Je pense que sa famille doit lui rendre la vie impossible s'il lui prend l'idée de rendre visite à ses beaux-parents. Dans le village, on accepte Joan à condition qu'elle ne prononce pas un mot d'anglais. À l'église, par exemple, on évite Pieter. Il aimerait bien y assumer une fonction quelconque – l'église est très importante pour les Boers –, mais il n'a pas la moindre chance. Et pourtant, je vous le disais, les Boers du Cap sont les modérés parmi les modérés, ils ne prennent pas parti dans cette guerre. Les autres…

— En tout cas, ils n'ont pas voulu que je soigne leurs poneys, poursuivit Vincent qui semblait ne pas avoir entendu l'histoire. Leur voisin anglais a tenté de m'introduire auprès d'eux, cela faisait plusieurs jours qu'il voyait, dans son kraal, cette pauvre bête avec une patte enflée. Un phlegmon ! Il faut des pansements au phénol. Le Boer le soigne en pissant dessus. Ce qui n'est pas fondamentalement une erreur, mais il faudrait aussi sonder la blessure. Si elle est profonde, le… euh… le liquide ne pénètre pas jusqu'au fond.

— Les Boers ont leurs remèdes maison, rigola le colonel. Pas moyen de les en détourner ! Ne vous faites pas d'illusions. Ils n'ont d'ailleurs que peu de médecins. Les chevaux ne sont pas seuls à mourir de maladies pourtant guérissables. Ils emmènent leurs femmes avec eux quand ils partent à la guerre. Je suis sérieux : elles conduisent leurs charrettes à bœufs derrière les troupes et soignent leurs hommes, amputation y compris. Un peuple rude, les femmes également. Et pieux. Quand le cas est désespéré, ils prient.

Kevin brûlait d'impatience de rencontrer personnellement un de ces Boers. Il commença toutefois par faire la connaissance de la faune locale. À peine sortis d'East London, ils entrèrent dans ce qu'on appelle le « bushveld », un paysage légèrement vallonné, essentiellement couvert d'une herbe ressemblant au tussack néerlandais, avec, de loin en loin, des bosquets d'arbres aux formes parfois bizarres et des buissons. Kevin fut ahuri d'en voir sortir une petite antilope brune, suivie de toute une troupe.

– Des impalas, annonça Ribbons, les Boers les appellent des « rooiboks ».

Ils aperçurent au loin une girafe.

– Incroyable ! s'enthousiasma Vincent. Y a-t-il aussi des lions ?

– Des rhinocéros, oui, sourit Ribbons. Mais il faut aller plus avant dans l'intérieur et avoir un peu de chance. Ils sont très rapides et mieux vaut ne pas les approcher de trop près, sinon ils chargent.

Kevin sentait que son cheval n'avait guère envie de rencontrer d'aussi grands animaux. Bien que sachant qu'il n'avait rien à craindre de la girafe, il n'était lui-même guère rassuré de chevaucher ainsi, sans la protection de clôtures, parmi ces bêtes exotiques. Entendant bouger dans les buissons, il vérifia qu'il avait bien son fusil sur lui. Sa monture, Silver, eut la peur de sa vie quand un gnou aussi gros qu'un bœuf fonça sur eux pour défendre son territoire.

Ils finirent par longer un véritable kraal, un village indigène. Il parut à Kevin plus rudimentaire que les villages maoris, mais, le climat étant très chaud ici, nul n'était besoin de constructions massives. Les huttes étaient rondes, disposées en un cercle entouré de remblais couverts de buissons épineux, destinés à tenir les bêtes sauvages à l'écart.

— Ils peuvent aussi avoir à se défendre contre d'autres indigènes armés de javelots, expliqua Ribbons, mais ils sont impuissants contre des armes à feu. Autrefois, ils construisaient de véritables camps, beaucoup plus grands que ces petits villages, mais les Noirs, maintenant, ont baissé pavillon, ils sont heureux qu'on les laisse tranquilles.

Effectivement, les habitants du kraal se contentèrent d'examiner les cavaliers d'un air sceptique, avant de les ignorer ostensiblement. Ils n'avaient rien de comparable avec les Maoris qui se montraient toujours accueillants, même à l'égard des *Pakeha*.

— Un paradis ! s'enflamma Vincent, le soir.

Kevin ne pipa mot. Certes l'Afrique était belle, mais il se sentait mal à l'aise dans ce pays. Peut-être était-il souhaitable que les Anglais finissent par le pacifier. À moins que les choses n'empirent encore.

2

— C'est pour demain, nous devons aider à libérer Wepener, annonça le lendemain le major Jowsey à ses officiers. Et, au cas où quelqu'un d'entre vous n'aurait jamais entendu parler de ce trou, il s'agit d'une petite agglomération à quelque trois cents miles d'ici, sur le Jammerdrif, un affluent de la Caledon…

Des rires accueillirent ces précisions, les présents ne s'intéressant visiblement pas à la géographie de l'Afrique du Sud. Sans se laisser impressionner, le major, un petit homme vif, déplia une carte.

— Un point central pour l'agriculture locale, dit-il, le doigt pointé sur le village minuscule à la frontière du Basutoland. Il y a là, ou il y a eu, le plus grand moulin à céréales d'Afrique du Sud.

— En d'autres termes, c'est en plein pays boer, compléta Kevin, étalant ses connaissances toutes fraîches. Des fermes, des champs, de l'élevage de bovins, c'est là que l'ennemi a ses bases. Si vous êtes coupé du gros des troupes ou blessé, soyez prudent, ne vous dirigez pas vers la ferme la plus proche. Les gens d'ici disent que les femmes tirent aussi bien que les hommes !

Les présents rirent à nouveau, mais le major confirma :

— Écoutez le docteur, il a raison. Wepener est aux confins de l'État libre d'Orange, un nid de rebelles. Le village est pour l'instant tenu par une garnison anglaise, deux mille hommes, mais les Boers l'assiègent. Depuis une semaine déjà, et nous faisons donc partie des troupes chargées de la dégager. Nos gens nous y attendent. Nous partons demain aux aurores, à marche forcée !

Ordre qui valait pour Kevin aussi, obligé dans un premier temps de laisser derrière lui son hôpital de campagne pourtant déjà chargé sur des charrettes.

— Mettez le strict nécessaire sur deux chevaux, lui indiqua Jowsey. Nous supposons que les autres régiments disposent de médecins, de pansements et de médicaments. Certains doivent être plus près de Wepener que nous. Notre priorité à nous est de faire vite.

Ils traversèrent d'abord, durant plusieurs jours, le bushveld avant d'aborder un terrain montagneux qui sollicita davantage les chevaux. Le soir, les hommes montaient leurs tentes sur des éminences offrant une vaste vue sur les plaines du Cap. La région paraissait inhabitée. Il y avait peut-être des indigènes mais ils ne se montraient pas.

— Maintenant, cela devient dangereux, annonça le major, le matin du sixième jour, quand ils laissèrent les montagnes derrière eux pour s'engager dans des étendues fertiles, des terres cultivées par les Boers.

— L'État libre d'Orange, expliqua Ribbons qui servait de guide aux Néo-Zélandais, a été fondé par les Boers quand les Anglais eurent annexé la colonie du Cap – et aboli l'esclavage ! Mécontents, les Blancs sont partis en masse vers l'intérieur du pays. Sur des chars à bœufs, une épreuve terrible, paraît-il. Ils parlent aujourd'hui encore du Grand Trek. La région, ici, était peuplée de Zoulous, les Basothos, les Botswanas… et personne n'entendait céder son territoire. Les combats furent sanglants, plus d'un aurait renoncé dans les mêmes conditions. Mais pas les Boers ! Ils s'imposèrent et l'Angleterre finit par leur reconnaître un État.

— Jusqu'au moment où on a trouvé de l'or, ricana Kevin.

Ribbons hésita.

— La version officielle est que nous ne pouvions tolérer leur manière de traiter les étrangers et les indigènes. Il y avait des provocations et…

— … des diamants, ajouta Vincent d'un ton sec. C'est bon, c'est bon. Nous arrivons sans aucun doute en libérateurs.

Si les Boers étaient arrivés en conquérants dans la région, ils avaient manifesté un grand talent d'agriculteurs et d'éleveurs. On ne voyait que peu de territoires vierges susceptibles d'abriter des antilopes et des gnous, sans même parler de rhinocéros. Les champs bien entretenus, couverts de céréales ou de légumes, se succédaient à perte de vue. Les cavaliers apercevaient de loin en loin des gens y travaillant, principalement des Noirs, parfois des femmes blanches, des fillettes ou des garçonnets. Aucun d'eux ne leur prêtait attention, ce qui rappela à Kevin le village indigène du veld. Les Noirs ne levaient pas la tête, les Blancs, dans le meilleur des cas, lançaient aux cavaliers des regards haineux.

— Dieu du ciel, ce gamin semble prêt à nous tirer dessus ! observa Vincent quand ils passèrent le long d'un champ où un garçon blanc d'une dizaine d'années tout au plus surveillait cinq Noirs de grande taille.

— Nous avons de la chance qu'il ne le fasse pas, répondit Ribbons avec sérieux. Sa mère a dû lui enlever le fusil par précaution. Ou pour éviter que nous lui prenions une arme qui devrait nous avoir été remise depuis longtemps. Ne vous faites pas d'illusions, ces gens sont toujours armés jusqu'aux dents. Pour ce qui est des Noirs, je vous le disais, ils sont loyaux. Peut-être parce qu'ils n'ont pas le choix, leurs tribus étant démantelées et leurs terres aux mains des Blancs. S'ils ne veulent pas mourir de faim, ils restent où ils sont et ils obéissent à leur « *baas* » comme on appelle ici le maître blanc. Et à ses enfants.

De premières fermes apparurent qui rappelèrent leur patrie à Kevin et Vincent. Elles n'arrivaient bien entendu pas à la cheville des demeures féodales des barons des moutons, mais les fermes des Boers étaient comparables aux petites propriétés des Plains. De simples maisons en bois, avec des vérandas plus grandes que celles de Nouvelle-Zélande parce que ici on vivait plus fréquemment dehors. De manière générale, les constructions étaient un peu plus massives, plus solides, de couleur terne. Parfois, en fonction des pratiques indigènes sans doute, on utilisait du torchis à la place du bois. Le style était fonctionnel, dépouillé, seules les huttes rondes, un peu à l'écart de la maison d'habitation, avaient une allure exotique. C'est là que vivaient les travailleurs noirs.

— Les maisons dans les environs d'East London sont plus belles, observa Vincent qui avait eu l'occasion d'en visiter deux ou trois. Plus grandes, plus originales, parfois avec un cintre ou un pignon pour égayer la façade.

— C'est au Cap qu'il y a les plus belles, renchérit Ribbons, la région des vignobles. Les propriétaires font bien les choses. On attend en effet d'un vigneron un peu de joie de vivre. Ici, en revanche, les gens n'absorbent pas une goutte d'alcool. Leur chef, le fameux Ohm Krüger, a même réclamé du lait à la table de l'empereur d'Allemagne ! Ils prient, travaillent et sont intimement persuadés que Dieu les a conduits dans ce pays comme il a jadis conduit les Juifs en Israël. Et ils s'y accrochent bec et ongles. Cette guerre ne sera pas une partie de plaisir…

Kevin devait bientôt en avoir un avant-goût. Ils avaient enfin atteint Wepener après quatre journées harassantes. Le commandant des troupes anglaises rassembla alors son armée en rase campagne, avec vue sur une chaîne de collines où s'étaient établis les assiégeants de la ville. On avait l'intention de les prendre en tenaille. L'armée de secours, outre les Néo-Zélandais et les Anglais, comprenait des unités écossaises et australiennes. Leurs différents chefs durent accorder un peu leurs violons avant d'envisager sérieusement une attaque, si bien que, le camp ayant été pourtant rapidement monté, ils firent attendre leurs troupes.

Kevin fut adjoint au médecin en chef, le Dr Barrister, qui avait rang de commandant mais ne semblait pas y attacher une grande importance. Sans user du ton de commandement, il accueillit Kevin avec amabilité, se montrant fort satisfait du matériel que celui-ci avait apporté sur ses deux chevaux de bât.

— C'est toujours une bonne chose que les gens pensent par eux-mêmes ! Nous aurons besoin de tous les pansements qu'on pourra trouver. Les troupes sont arrivées ici si vite que les charrettes de l'équipement n'ont pu les suivre. La cuisine roulante est à vrai dire au complet, notre très estimé commandant en chef Redvers Buller veillant personnellement à ce que personne ne meure le ventre vide.

— Mais nous n'avons pas de tente, observa Kevin. Où allons-nous opérer ? En plein air ?

— Nous en avons une. Je l'ai subtilisée aux cuisiniers. Mais c'est naturellement insuffisant, sauf pour les premiers soins. Nous allons réquisitionner une ferme.

— Nous allons faire quoi ? s'informa le Dr Tracy Preston, un collègue australien.

— Baptême du feu, vous aussi, n'est-ce pas ? s'amusa Barrister. Alors, écoutez-moi bien. La réquisition des biens des adversaires battus est pratique courante lors de conflits entre nations. On prend ce qu'on trouve là où on se trouve. Dans le cas de notre ferme, ce n'est pas si grave que ça, ces gens en reprendront possession. Eh bien, partons à la recherche de la propriété la plus proche. Je présume que chacun d'entre vous sait tirer.

— Vous pensez donc que nous aurons à tirer ? s'indigna le médecin australien qui semblait moins aguerri que ses deux collègues, Kevin et un Écossais trapu du nom de McAllister.

— Il faut vous attendre à tout dans cette guerre. C'est le cas dans toutes les guerres, mais les Boers en rajoutent une couche. Donc, soyez vigilants. Nous allons prendre l'équipe au complet. Que les infirmiers qui sont soldats s'arment et que les Indiens essaient d'avoir l'air armés.

Les quatre infirmiers indiens, servant depuis longtemps sous les ordres de Barrister, saluèrent la remarque d'un rire amical. Il régnait donc un bon climat dans l'équipe. Kevin se sentit aussitôt mieux.

La ferme la plus proche se trouvait derrière la seconde colline sur leur chemin : un domaine bien entretenu, dans un bel environnement, au bord d'une rivière. Kevin se crut revenu chez ses parents. Ici, à vrai dire, on pratiquait l'agriculture, pas l'élevage de moutons. Des granges et des silos remplaçaient les hangars à tonte. Juste derrière le potager et les quelques prés où ne broutaient pour l'heure ni chevaux ni bovins, commençaient les champs dont peu avaient été moissonnés alors qu'il aurait été grand temps. Personne d'ailleurs ne travaillait dehors. Sans doute les propriétaires s'étaient-ils terrés à l'approche de l'armée anglaise.

— Ils se sont peut-être enfuis, ce qui serait le mieux, supposa Barrister, calmant néanmoins l'ardeur de ses jeunes médecins qui s'apprêtaient à avancer dans la cour sans autre forme de procès. Descendez de cheval ! Laissons nos montures à l'extérieur ! ordonna-t-il. Mettez les casques, fusils en joue, avancez lentement, nous vous couvrons.

— On croirait qu'on prend une forteresse d'assaut, glissa Kevin au rouquin écossais quand ils se furent abrités derrière un arbre. Nous aurons l'air malin si les maisons sont inoccupées.

— C'est ce qu'a dit votre prédécesseur, souffla l'Écossais. Puis ils ont ouvert un feu d'enfer depuis la maison. C'était, à Ladysmith, une situation en tout point comparable à celle-ci. La compagnie sanitaire a laissé trois hommes sur le carreau.

Kevin sentit son cœur s'affoler pour la première fois depuis qu'il était en Afrique. Il sprinta jusqu'à se trouver à couvert derrière une grange. Les autres soldats et médecins se rapprochèrent eux aussi de la maison. Ils aperçurent alors deux canons de fusil pointés sur eux depuis deux fenêtres, à droite et à gauche de la porte d'entrée.

— Pas un pas de plus ! leur cria une voix de femme, une voix jeune et décidée. Un pas de plus et on tire !

La femme parlait un anglais correct, mais avec un fort accent.

Barrister éleva la voix à son tour.

— Soyez donc raisonnable, miss. Je m'appelle Barrister, le major Barrister, je commande la cinquième compagnie sanitaire. Nous voulons installer chez vous un hôpital de campagne. Nous ne comptons pas vous chasser si vous mettez à notre disposition vos granges, et peut-être une ou deux pièces pour les médecins.

— Rien du tout ! répondit la femme en soulignant son propos d'une salve de fusil en direction de Barrister.

Les balles fouettèrent le sable rouge.

— Vous ne pouvez vous y opposer, miss, c'est notre droit.

— Votre droit ? s'écria-t-elle en visant cette fois avec plus de précision, obligeant Barrister à se mettre à l'abri d'un arbre. Vous n'avez pas le moindre droit ici ! Ni dans cette ferme, ni dans ce pays. Disparaissez !

Barrister leva la main et les infirmiers ouvrirent le feu.

Kevin trouva soudain que son idée de n'employer comme soignants que des nullités militaires n'était pas la meilleure. Il n'avait par ailleurs aucune envie d'échanger des coups de feu avec une jeune femme. Il chercha à se représenter la configuration de la maison. Il n'y avait pas de véranda sur le devant, mais il était invraisemblable que la ferme n'en eût pas une. Derrière sans doute, avec vue sur la rivière. Il devait donc y avoir une porte à l'arrière.

— Venez ! dit-il à l'Écossais. On n'obtiendra rien ainsi, nous allons entrer par l'arrière.

— Comment pouvez-vous être sûr qu'il n'y a pas, là aussi, quelqu'un d'embusqué avec un fusil ?

— Je n'en suis pas sûr, mais tant que Barrister discute avec cette fille, personne ne pensera que nous arrivons par l'arrière. Je l'espère du moins. Et on n'a pas l'impression que la commandante adverse ait accumulé une longue expérience sur les champs de bataille.

McAllister parut vouloir dire quelque chose à ce sujet, mais se ravisa. Ils n'eurent pas de mal à parvenir derrière la maison. Ils contournèrent la maison à l'abri de la grange et se dissimulèrent ensuite derrière une haie. Ils découvrirent un jardin enclos de buissons épineux et, effectivement, une véranda donnant sur l'intérieur de la maison par une large porte à battants.

— Bien, chuchota Kevin. Venez, nous allons nous glisser dans la véranda, vous par la gauche, moi par la droite. Avec un peu de chance, la porte ne sera pas fermée. Nous ouvrirons simultanément chacun un battant et nous bénéficierons d'un effet de surprise. Nous pourrons nous protéger derrière les battants au cas où quelqu'un serait tout de même là et nous tirerait dessus.

— Seulement nous allons passer de la lumière à l'obscurité, objecta l'Écossais. Le temps que nos yeux s'habituent, ils nous abattront comme des lapins. Essayons plutôt de regarder par les fenêtres s'il n'y a pas de danger.

La véranda était en effet flanquée de deux fenêtres. Les deux hommes s'en approchèrent en rampant.

— Une cuisine, chuchota McAllister. Elle est vide.

— Une espèce de cellier, constata Kevin de son côté. Vide aussi. On y va ?

— Oui, vous semblez avoir raison, ils se concentrent sur l'entrée du devant. Allons-y ! Un… deux… trois !

Ils ouvrirent prudemment la porte. Le soleil éclaira une pièce meublée d'une table de bois grossière et de modestes chaises. Kevin compta neuf sièges : une famille nombreuse manifestement. La salle à manger était attenante à une cuisine, vaste elle aussi. Une armoire vitrée contenait de la vaisselle en céramique aux motifs bleus.

— Très bien, maintenant on se couvre mutuellement pour passer dans les pièces de devant, chuchota McAllister. Attendez-vous à tomber sur des gens qu'il faudra ne pas laisser crier si nous voulons profiter de l'effet de surprise.

Kevin s'abstint de demander comment il comptait les en empêcher. Ils n'allaient certainement pas avoir affaire à des hommes, mais à des femmes, et sûrement des enfants.

Pointant devant eux leurs fusils prêts à tirer, ils se faufilèrent par la porte séparant la salle à manger du reste de la maison.

— Non… ne tirez pas ! dit une voix de femme étranglée par la peur. Ne tirez pas, s'il vous plaît, *baas* !

Kevin écarquilla les yeux pour voir quelque chose dans le couloir obscur qui lui avait semblé vide. Il faillit tirer en apercevant un canon de fusil tourné vers lui. Dans sa panique, la jeune femme avait oublié de l'abaisser. À moins qu'elle ne tînt tout simplement l'arme comme on lui avait dit de la tenir. Ce n'était pas une fille boer pleine d'assurance, mais une créature noire craintive, avec des cheveux courts et crépus et d'immenses yeux ronds.

— Pas tuer Nandé !

— Ne crains rien, dit Kevin tout bas. Mais il faut tenir ton arme comme ça, tu vois ? dit-il en abaissant le canon vers le sol.

Elle laissa tomber son arme. Un fusil de chasse, constata-t-il.

— Mais qu'est-ce que tu voulais faire ? s'exclama-t-il encore sous le choc. Bon Dieu, fillette, j'ai failli te tirer dessus, tu…

— Tu vas commencer par nous dire qui il y a encore dans cette maison, ordonna McAllister en prenant la jeune femme brutalement par le bras, pour la ramener dans la salle à manger où il l'assit de force sur une chaise. Qui t'a ordonné de surveiller l'entrée arrière ?

— Mejuffrouw Doortje, les *baas*… mais je…

— C'est le juteux en jupons qui nous tire dessus devant ?

— Hum ? grogna la jeune femme qui, baragouinant l'anglais, était dépassée par les événements.

— La femme, devant, avec le fusil ? intervint Kevin qui trouvait cruelle cette manière de traiter une jeune fille d'à peine dix-huit ans.

— Trois femmes, avoua Nandé sans problème. Les *baas* Doortje, Bentje et Johanna. Et les petits *baas* Thies et Mees.

— Thies et Mees sont des petits garçons ? tenta de deviner Kevin.

Nandé acquiesça.

— Combien de fusils ? demanda McAllister en montrant son fusil.

La jeune fille leva deux doigts.

— Et ça, dit-elle en montrant son arme.

Kevin opina : cela correspondait à ce qu'il avait observé devant la maison. Ils devraient donc mettre hors d'état de nuire deux femmes armées, ou bien une femme et un enfant. Mais il préférait ne pas y penser.

— Écoute, dit-il à la jeune fille, nous ne te ferons rien. À condition que tu te taises. Reste là ! Ne bouge pas d'un pouce !

— Si tu nous attaques par-derrière, nous te tuerons ! ajouta McAllister en accrochant à son épaule le fusil de la jeune Noire.

— Je regrette, Drury, chuchota-t-il tandis qu'ils se glissaient à nouveau dans le couloir. Je sais, elle a l'air inoffensive. Mais j'ai déjà vu ici des enfants se métamorphoser en hyènes. Elle ne mourra pas de ces quelques menaces.

Ils entendaient toujours des salves au-dehors. Cela facilitait leur entreprise : au bruit, ils pouvaient déterminer où les tireurs étaient embusqués. Ils se retrouvèrent en quelques secondes collés au mur à côté de la porte menant dans l'entrée. Ils entendaient la voix de Barrister sans comprendre ce qu'il disait, tout comme la réponse de Mejuffrouw Doortje : une nouvelle salve ! On ne semblait pas manquer de munitions dans cette maison.

— Allez, on entre ! chuchota McAllister. Vous prenez le juteux de gauche et moi celui de droite. Pas de menace. Vous foncez et vous le désarmez. Ils sont capables de se faire abattre sur place.

Bien qu'étonné, Kevin fut d'accord. L'Écossais ouvrit la porte. Leurs yeux, maintenant habitués au demi-jour du couloir, n'eurent pas de mal à appréhender la situation dans la pièce dont les volets avaient été fermés, à l'exception de la fente ménagée pour les fusils : derrière la fenêtre, la jeune femme au fusil, une personne mince, vêtue d'une robe d'intérieur noire avec un tablier à dentelle, une coiffe sur la tête. Son attention était concentrée sur les hommes devant la maison. L'autre fusil était entre les mains d'un garçonnet d'une dizaine d'années, lui aussi occupé à viser les assaillants. Dans un coin de la pièce, une femme plus âgée tenant deux enfants dans ses bras.

— Pas un geste ! hurla l'Écossais, déclenchant d'autres hurlements, ceux des enfants.

Les deux tireurs firent volte-face, mais Kevin, déjà au contact de la jeune femme, lui fit sauter d'un coup de crosse l'arme des mains. McAllister opéra de même, mais Kevin n'eut pas le temps de lui jeter un coup d'œil, car son adversaire refusa de se rendre. Pas impressionnée par le canon du fusil dirigé sur sa poitrine, la jeune femme se mit à frapper Kevin de ses poings. Il lâcha son fusil pour se protéger. Une fillette tenta aussitôt de s'en saisir. Kevin, comprenant mieux les mises en garde de son compagnon, la repoussa d'un coup de pied. Il réussit à tordre le bras de la jeune femme. Le gamin à qui McAllister avait arraché le fusil pleurait de rage. L'Écossais tenait les autres en respect avec son arme.

– Tout est réglé, major ! cria-t-il vers l'extérieur. Vous pouvez entrer !

Deux secondes plus tard, la pièce fut pleine de médecins et de soldats. La jeune femme criait, lançait des injures, donnait des coups de pied à Kevin, le mordait.

– Bien joué, McAllister et… Drury, n'est-ce pas ? Très bien joué. Mais peut-être quelqu'un pourrait-il vous débarrasser de cette furie ?

Kevin sourit. Il se serait parfaitement accommodé de tenir cette petite furie entre ses bras si seulement elle était un tantinet plus pacifique. Il ne voulait pas la toucher de manière impudique mais, pour éviter d'être blessé, il était obligé de la serrer contre lui et, involontairement, sentait ses larges épaules musclées, ses seins opulents mais fermes, sa taille fine et ses hanches bien proportionnées. Un corps très féminin bien que très vigoureux, rompu aux durs travaux. Il était curieux de découvrir son visage, mais ne voyait que l'arrière de sa tête. Des cheveux couleur de lin sortaient de la coiffe blanche. La jeune femme avait de plus un parfum ensorcelant, elle embaumait le pain qui sort du four, à condition d'ignorer l'odeur de sueur et de poudre brûlée.

– Elle est peut-être prête à se conduire à présent de manière un peu plus civilisée, dit-il. Je pourrais alors la lâcher. Allez, Mejuffrouw Doortje, donnez-moi votre parole d'honneur. Nous ne vous ferons rien…

– Comment connaissez-vous mon nom ?

Kevin ayant relâché sa prise, la jeune femme lui échappa et se tourna vers lui, le fusillant du regard. Son visage, large, n'était pas grossier, le nez et la bouche étaient finement dessinés, les joues rougies par la fureur et l'effort. Elle avait un teint très clair et les yeux d'un bleu profond. Kevin songea à la faïence de Delft de la salle à manger familiale.

Avant qu'il eût pu répondre, une ombre noire se faufila avec prudence par la porte ouverte.

— *Baas*… ?

— Nandé !

La jeune femme se mit à hurler à la Noire ce qui ressemblait à des insultes. Nandé baissait la tête avec un air de honte.

— Qu'est-ce qu'elle dit ? demanda Kevin à la ronde.

— Quelque chose comme « salope de traîtresse », traduisit l'Australien Tracy. Je vous épargne le reste. Cette jeune dame s'exprime de manière… disons un peu ordurière.

— Vous parlez l'afrikaans ? s'étonna Barrister, visiblement heureux de ces renforts australiens et néo-zélandais.

— Le néerlandais, monsieur. J'ai étudié deux années à Leyde.

C'est à lui que s'adressèrent alors les imprécations de Mejuffrouw Doortje.

— Mais fermez-la donc un peu, miss, soupira Barrister, ça ne vous avance à rien. Il est temps que nous ayons un petit entretien à propos de cette maison. Est-ce votre mère ? demanda-t-il en montrant la femme plus âgée qui tenait toujours les enfants dans ses bras, comme pour les protéger, à moins qu'elle ne voulût les empêcher de se jeter contre les intrus.

La fillette, plus âgée que les garçons, les regardait en tout cas avec autant de haine que sa sœur aînée, tandis que la femme paraissait regarder dans le vide.

— Ma mère ne parle pas l'anglais ! lança Doortje. Et elle est aveugle. Si vous la touchez…

Tracy, alors, s'adressa dans sa langue à celle qui semblait être la maîtresse de maison. Elle répondit à contrecœur, mais, semble-t-il, avec politesse.

— Elle s'appelle Mecrouw Bentje Van Stout, traduisit-il. Et ce sont ses filles Dorothea et Johanna, continua l'Australien en s'inclinant légèrement devant la plus jeune, et ses fils Thies et Mees. Elle n'a pas parlé de son mari, il doit être dans le veld. Sinon, deux familles noires appartiennent à la propriété, mais, à part cette jeune dame, tous se sont cachés à l'arrivée de l'armée. Peut-être qu'ils reviendront, nous pourrions avoir besoin d'aide…

— Que dit-elle au sujet de l'hôpital de campagne ? s'enquit Barrister.

La femme âgée lança quelques invectives.

— Je ne sais pas si je dois…, osa Tracy, rougissant.

— Qu'ils crèvent ! cria la femme.

— Bien, la lady parle donc un peu l'anglais, constata Barrister. Peu importe, c'est principalement avec vous que nous aurons affaire, miss Dorothea !

— Doortje, rectifia la jeune fille. N'attendez pas de moi que je coopère. Ni mes frères et sœur ni moi, nous ne vous aiderons d'une quelconque façon.

— Ça, nous le savons. Vous l'avez exprimé très clairement à l'instant. Me montrerez-vous néanmoins la ferme ? Je vous l'ai déjà dit, nous n'avons pas l'intention de vous importuner plus que nécessaire. Ce qui nous intéresse, ce sont vos granges, de la paille pour des lits de fortune. Peut-être quelques vivres frais. C'est un four là derrière ? Il y avait, à l'instant encore, une délicieuse odeur de pain frais…

— Prenez et crevez la bouche pleine !

Barrister, se tirant le lobe de l'oreille, garda son calme.

— Je suppose que vous n'avez plus de bétail.

— Bien sûr que non ! Votre soi-disant armée de secours a tout réquisitionné, y compris les poneys.

— Pur mensonge, confia Barrister à Kevin tandis qu'ils suivaient la jeune femme en direction des granges. L'armée n'a en aucun cas réquisitionné les poneys, la cavalerie a ses propres chevaux de trait. Le sieur Van Stout a certainement emmené ses montures. Tous les Boers savent monter à cheval. Il n'y a pas de fantassins chez eux. D'ailleurs, à vrai dire, il n'y a pas non plus de troupes. Ces types prennent leurs poneys et constituent un détachement. Ils choisissent un chef et ils partent au combat. C'est l'indiscipline totale, les gens vont et viennent à leur guise. Mais ils sont d'une bravoure incroyable, c'est renversant. C'est pourquoi ils ont remporté des succès au début. Mais, pour finir, c'est nous qui gagnerons la guerre.

Kevin acquiesça, non sans se demander combien de temps il faudrait pour que le dernier de ces détachements cessât la lutte. On n'avait pas l'impression qu'un pays avait déclaré la guerre à un autre ; c'était comme si une grande armée combattait des milliers de petits groupes. Et qu'allait faire l'Empire britannique d'un pays où même les petits enfants lui étaient si farouchement hostiles ?

3

Les jours suivants, quelques-unes des informations fournies par Doortje Van Stout devaient se révéler fausses. C'est ainsi que Nandé fut surprise avec un seau de lait frais. Les travailleurs noirs de la famille ne s'étaient donc pas enfuis mais gardaient du bétail caché quelque part dans les collines. Kevin, averti de cette découverte, ne dénonça pas les Boers à Barrister. Il comprenait ces gens et leur volonté de conserver leurs biens. D'ailleurs, aucun Anglais ne souffrait de la faim. Au contraire, une cuisine roulante avait été mise à la disposition de l'hôpital quand il avait été clair que les femmes Van Stout n'étaient prêtes à coopérer en rien. Barrister proposa une nouvelle fois la paix. Il invita la famille à un repas en compagnie de ses officiers. Mais Doortje lui tint rigueur qu'il eût pour cela, bien qu'avec un clin d'œil, réquisitionné leur cuisine.

— Permettez à notre cuistot de déployer son génie culinaire. Le général Buller le comptait au nombre de ses favoris. Mais, dans une roulante, il ne peut laisser libre cours à ses talents.

Doortje, Johanna et leur mère abandonnèrent en silence et d'un air pincé leur domaine et partirent laver leur linge à la rivière. Les garçonnets furent eux attirés par la cuisine et l'odeur de rôti qui s'en échappait. Ils avaient manifestement l'eau à la bouche. Certes personne ne souffrait de la faim à la ferme des Van Stout, mais il ne devait plus y avoir de viande depuis longtemps. Les femmes, après avoir mis leurs porcs et leurs bœufs en sécurité, ne se risquaient pas à abattre avec l'armée anglaise à proximité.

Les odeurs du rôti d'agneau étaient irrésistibles, mais aucun des Van Stout ne se montra à la table du festin.

— C'était une tentative, soupira Barrister en débouchant une bouteille de vin. Mais j'aurais pu le prévoir. Cette Dorothea est une dure… et sa mère et sa sœur la valent bien.

— La sœur est de surcroît une vraie petite peste, fit observer Tracy qui épiait parfois les conversations des Van Stout. Elle voit tout et dès que les petits ou l'un des Noirs montrent l'ombre d'une complaisance à notre égard, elle le rapporte à Doortje qui le fustige alors pendant leurs espèces d'offices religieux. La petite Nandé a une peur bleue de l'ange à l'épée de feu.

— C'est pourtant une très gentille fille, objecta Kevin qui la prenait souvent en pitié.

Entre-temps, le frère de Nandé était revenu à la ferme, l'un et l'autre travaillant aux champs du matin au soir. Doortje les poussait impitoyablement à la tâche, n'épargnant d'ailleurs ni sa propre personne ni sa famille. Johanna restait généralement à la cuisine pour aider sa mère aveugle, mais les garçons devaient aider à rentrer les récoltes. Doortje refusa avec indignation l'offre d'aide de deux infirmiers néo-zélandais originaires de la campagne. Nandé, qui revenait épuisée des champs, l'aurait certainement acceptée, car on l'obligeait encore à servir à table, à charrier de l'eau et autres travaux ménagers. Quand elle pouvait elle-même manger, la nuit était souvent tombée. Les Van Stout ne partageaient jamais leurs repas avec les Noirs. Ils ne les laissaient pas avoir faim, mais il n'était pas question de cuisine commune.

— Tiens, tiens ! plaisanta McAllister en menaçant Kevin du doigt. Voilà qu'on tombe amoureux d'une

Noire aux cheveux crépus ! Mais je vous préviens, il paraît que ces femmes zouloues ne sont pas très passionnées…

Le médecin avait appris que Nandé était une Zouloue et que son nom n'était pas un nom anglais ou néerlandais estropié comme il l'avait d'abord cru. Elle lui avait en effet confié qu'elle portait le nom de la mère du roi légendaire Chaka Zoulou.

– Moi ? Amoureux de Nandé ? s'étonna Kevin. Mais cette petite Noire est encore une enfant…

Le Dr Tracy, qui ne se livrait jamais à des remarques grivoises mais qui était un observateur avisé, sourit.

– Bien sûr. Le Dr Drury est de ce point de vue au-dessus de tout soupçon, dit-il avant de boire une gorgée de vin. Mais vous avez, docteur, des vues sur la jeune miss Doortje.

Kevin faillit avaler de travers son rôti d'agneau.

– Doortje ? demanda McAllister, incrédule. Ce serait un peu comme une relation amoureuse avec une lame de rasoir, non ?

– Mais, McAllister, quelle manière de parler d'une jeune dame ! le réprimanda le major Barrister bien que réprimant une envie de rire.

Kevin fut heureux de ne pas avoir à répondre tout de suite. Il n'aurait d'ailleurs pu expliquer l'attirance qu'exerçait Doortje Van Stout sur lui. Il l'avait bien sûr touchée et son corps lui avait plu. Elle avait aussi un joli visage et de beaux cheveux. Mais cela ne suffisait pas à expliquer une telle attirance. N'était-ce pas plutôt… son énergie indomptable ? Son ardeur ? Si elle était capable d'aimer comme elle haïssait, elle devait être une tornade de sensualité. Ou bien était-ce son obstination, la profondeur de convictions qu'il ne partageait pas mais qui le fascinaient ? Lui-même s'était toujours considéré comme quelqu'un d'assez superficiel et ses précédentes liaisons… Juliette n'était guère qu'un papillon butinant de fleur en fleur. Mais Doortje… elle était sans aucun doute constante, fidèle. Elle avait les pieds sur terre.

Kevin se surprit à hocher la tête. Depuis quand le fait d'avoir les pieds sur terre était-il pour lui un attribut féminin ? Un attribut qui l'attirait ? Il était vraisemblablement aveuglé par l'amour, un point c'est tout !

— Cette jeune personne est incontestablement une provocation, commença Tracy qui fut interrompu par un bruit de sabots.

Un cheval s'était arrêté devant la maison, son cavalier échangeant peut-être quelques mots avec les Van Stout ou un des soldats. En tout cas, il se remit au galop et stoppa devant la véranda, à l'arrière de la maison, là où Barrister et ses officiers banquetaient. L'homme, un jeune Australien, annonça avant même d'être descendu de selle :

— Major ! Il y a eu un premier affrontement devant Wepener, deux blessés. Veuillez mettre l'hôpital en état de fonctionner. La bataille débutera demain.

Le major se leva aussitôt de table et répartit le travail entre ses médecins. Lui-même se rendrait sur le champ de bataille pour administrer les premiers secours.

— Le Dr Tracy m'assistera durant dix heures, puis le Dr McAllister et le Dr Drury nous relaieront. Je veux que les nouveaux commencent par travailler auprès d'un médecin ayant l'expérience du combat. Plus tard, on pourra s'en dispenser, peut-être même qu'un médecin sera suffisant là-bas et que les autres pourront opérer ici. On va voir comment cela tourne.

— Ce sera quoi ? Un cours accéléré en chirurgie ? demanda Kevin à McAllister tandis que Barrister et Tracy s'éloignaient à cheval afin de vérifier une dernière fois les lits et les salles d'opération avant d'aller piquer un somme. Le lendemain, ils ne dormiraient pas beaucoup.

— J'admets que je n'ai guère d'expérience en la matière, mais vais-je l'acquérir en dix heures ?

McAllister eut un rire amer.

— Vous apprendrez vite ici, à la dure, surtout pour les intéressés. Je suis persuadé d'avoir tué les dix premiers patients que j'ai amputés. Mais ce n'est pas le problème, le problème, c'est plutôt… Vous apprendrez à voir le sang, docteur Drury. Quel est votre prénom, au fait ? Moi, c'est Angus, tu peux m'appeler Gus…

Kevin pensait encore à ces paroles étranges quand il entendit, en provenance de la maison, des bruits de vaisselle cassée et de bois brisé. Il sauta de sa paillasse : on aurait dit que la maison était pillée. Des détachements en maraude attaqueraient-ils l'hôpital ? Il prit son fusil.

Il croisa Angus McAllister qui, ayant meilleure ouïe, avait lui aussi bondi en caleçon et en chemise et s'était rué vers la maison. Il revenait, hilare.

— Il n'y a pas le feu, Kevin. C'est juste ta future fiancée. Miss Doortje fracasse la faïence familiale. Et les chaises de la salle à manger. Profanées par des doigts et des derrières britanniques. Impossible à un Van Stout d'y manger à l'avenir ou de s'y asseoir. Et elle vient de voir, en plus, un Écossais en caleçon. J'espère qu'elle ne va pas s'arracher les yeux !

Kevin s'endormit avec, devant les yeux, Doortje, ange blond de la vengeance, tapant à coups redoublés sur de la vaisselle et des meubles innocents – puis qui l'embrassait avec la même passion furieuse.

Le lendemain matin, on entendit d'abord le bruit de la bataille. Ces derniers jours, il y avait eu des coups de feu sporadiques, davantage des tirs d'exercice qu'un échange véritable. Mais désormais les explosions d'obus succédaient aux salves d'armes à feu. Sur le front, le bruit devait être infernal.

Le Dr Willcox, l'adjoint de Barrister, arriva ensuite à l'hôpital. Il avait passé les deux journées précédentes dans la tente provisoire, au front, et soigné de petites blessures ou des ampoules au pied. La veille, en revanche, les choses étaient devenues plus sérieuses, mais les deux blessés avaient survécu à la nuit. L'un n'avait que des blessures légères, Willcox avait opéré l'autre sur-le-champ. Il avait terminé quand Barrister et Tracy étaient arrivés. Il amenait les deux blessés à l'hôpital.

— Le prochain transport sera là dans une heure tout au plus, déclara-t-il. La bataille fait rage depuis le lever du soleil. Les premiers blessés arrivaient quand je suis parti. Soyez prêts !

Ces deux premiers patients étaient en bon état, nourris et pansés, allongés sur une couche de paille dans l'une des trois charrettes. Les infirmiers n'eurent qu'à les installer sur les paillasses de la grange.

Quand arriva le deuxième convoi, Kevin eut un aperçu de ce qui se passait au feu. Il était inconcevable que deux médecins et quelques infirmiers eussent donné les premiers soins à tant de blessés. Leur qualité s'en ressentait d'ailleurs. Les blessures n'avaient été traitées que superficiellement, on avait simplement garroté les membres à amputer. Les hommes étaient serrés les uns contre les autres sur des charrettes quasiment pas rembourrées, criant, gémissant et pleurant.

— D'abord ceux-là ! ordonna le Dr Willcox en montrant un homme au moignon de jambe sanglant et un autre au bras déchiqueté.

Le premier avait perdu conscience, le second geignait.

— Vous avez déjà amputé une jambe, Drury ? Je vois que non. Mais vous savez vous servir d'une scie ? Gardez votre calme, Drury, prenez une trousse d'opération et assistez-moi…

Kevin réussit assez vite à surmonter sa première horreur. Il avait tout au plus, dans son cabinet, amputé un bout de doigt et, durant son internat à Dunedin, il avait peu opéré, préférant les rapports avec les patients et donc la médecine générale à la chirurgie. Mais il s'était montré adroit au bloc et avait de solides connaissances en pathologie. Une fois qu'il se fut habitué au sang – il n'y avait personne ici pour l'éponger –, il œuvra avec efficacité et célérité.

Willcox se montra satisfait.

— Ne vous laissez pas impressionner par les cris quand nous manquerons d'opiacés, dit-il. Nous sommes bien approvisionnés, mais, dans la précipitation des combats, on ne dose pas toujours correctement.

Sur la table d'opération des deux médecins, les patients se succédaient, sans laisser aux médecins le temps de souffler. Sur l'autre table, McAllister travaillait seul avec l'aide d'un infirmier indien. Ils se chargeaient des interventions plus légères et procédaient à une sorte de sélection. Kevin ne s'en aperçut qu'au moment où, après dix ou quinze patients, il s'étonna qu'ils eussent, au moins provisoirement, réussi à tous les sauver.

— Nous n'opérons pas les cas désespérés, expliqua Willcox avec un geste du menton en direction de McAllister, qui, outre son propre travail, déterminait l'ordre des interventions, abandonnant les cas les plus graves…

— Mais c'est inhumain ! protesta Kevin. C'est ceux-là qu'il faudrait d'abord…

— Jeune homme, si nous tentons de sauver celui-ci, dit-il en montrant un blessé à la poitrine, nous mettrons au moins deux heures et, pendant ce temps, il en mourra trois autres. Pour une chance de peut-être dix pour cent qu'il en réchappe. On ne peut pas procéder ainsi en guerre. Moi aussi, j'en suis navré…

L'homme blessé à la poitrine était très jeune, il avait dû tricher sur son âge. Willcox le regarda avec tristesse.

— On aurait dû le laisser mourir là-bas. Mais Barrister a parfois le cœur sensible.

Kevin ne vit pas passer les dix premières heures. Il opérait encore quand, à la tombée de la nuit, arriva un ultime transport de blessés, accompagné du Dr Tracy qui prit immédiatement la place de Kevin à la table d'opération.

— Partez immédiatement, Drury. Barrister opère toujours et il a besoin d'aide. Nous procédons à une espèce de remplacement continu. McAllister pourra vous rejoindre dans deux heures. D'ici là, ça devrait se calmer.

— Mais vous avez besoin de vous reposer !

Le Dr Tracy gardait le maintien d'un gentleman, mais il avait une apparence épouvantable, l'uniforme souillé et ensanglanté, le visage émacié. Il n'avait plus le même regard : on aurait dit qu'il avait vu l'enfer.

— Nous en avons tous besoin, dit-il, et Kevin se demanda s'il présentait un aspect aussi horrible.

À vrai dire, il n'avait pas sommeil, il ne remarquerait sans doute sa fatigue qu'au moment où il pourrait se détendre.

— Et j'aimerais maintenant sauver quelqu'un, ajouta Tracy. Si je… si je vois encore des morts, des morts sans fin, je… je… je pourrais perdre contenance.

Il prit un scalpel. Kevin le laissa travailler.

En se rendant à l'écurie, Kevin vérifia en vitesse l'état de ses patients. Les infirmiers, les Indiens comme les débutants néo-zélandais, travaillaient bien. Les blessés étaient allongés sur des paillasses propres, les soignants allaient de l'un à l'autre, les réconfortaient, leur faisaient avaler de l'eau et de la soupe. L'un des nouveaux, assis à côté du jeune agonisant blessé à la poitrine, lui parlait et priait. Kevin le félicita, se demandant s'il n'y avait pas un ecclésiastique qui pourrait se charger de cette tâche.

Il demanda à un autre où étaient les Van Stout. Le spectacle de toute cette misère n'aurait-il pas attendri leur cœur ? L'homme se contenta de hausser les épaules. Les Van Stout ne s'étaient pas montrés.

— Ils ne sont pourtant pas aux champs, ajouta un Indien.

Le cuisinier dont les aides portaient un grand chaudron de soupe dans la grange prit une profonde inspiration.

— Ils prient ! expliqua-t-il en servant une assiette de soupe à Kevin. Depuis des heures. Je ne comprends rien à leur charabia, mais, si vous voulez mon avis, ils prient pour la victoire des Boers… On ne pourrait pas interdire ça, docteur ? Moi, ça me rend fou.

Kevin eut un sourire las tout en avalant deux cuillerées de soupe.

— C'est sans doute ce qu'ils souhaitent. Le mieux est que vous n'y prêtiez pas attention. De toute façon, on ne peut pas le leur interdire. Fiez-vous à Dieu. Il ne peut exaucer tout le monde… Au fait, c'est excellent ce que vous m'avez servi. Où était déjà le restaurant où vous travailliez autrefois ? À Melbourne ?

Kevin s'entretint quelques instants avec le cuisinier tandis que les infirmiers entraient tour à tour pour se restaurer. Puis il quitta l'hôpital à contrecœur et eut la surprise d'apercevoir un des Noirs, le frère de Nandé. L'homme s'approchait en profitant de l'obscurité ; il jeta un regard circulaire avant de poser un seau d'eau dans l'entrée de la grange. Ses maîtres ignoraient manifestement ce qu'il faisait.

— Il nous a alimentés en eau toute la journée, dit l'un des infirmiers néo-zélandais. Une aide formidable, nous ne savions où donner de la tête. Et la femme zouloue vient d'apporter un demi-seau de lait. Je crois que les Nègres sont pour nous. Ils n'aiment pas non plus les Boers.

Kevin pensa à part soi qu'ils n'avaient pas non plus de raisons particulières d'aimer les Anglais qui auraient mieux fait de ne pas reconnaître les républiques boers et leurs lois abstruses. Ils auraient dû lutter pour les Noirs dès qu'ils avaient pris en main le pays. Puis il ne pensa plus qu'à Doortje. Passant à cheval devant la maison, il entendit sa voix sonore. Elle parlait dans sa langue, semblant lire un passage de la Bible ou d'un livre de prières. Il vit, à la lueur des lampes à gaz, sa silhouette fine, sa coiffe coquette et ses cheveux de lin. Elle semblait ne jamais l'ôter. Il devrait demander à quelqu'un s'il y avait des raisons à ça. Il s'imagina en train de dénouer ses rubans et de laisser ses cheveux rouler sur son dos, des cheveux d'or mais sans l'éclat métallique de ceux de sa nièce Atamarie, des cheveux ayant l'or des blés mûrs.

Le calme régnait dans le camp des Anglais quand Kevin, recru de fatigue, y arriva. Comme prévu, l'épuisement vint avec la détente. Quelques soignants fumaient, assis devant la tente-hôpital. À côté d'eux des paquets de forme allongée, enveloppés dans des bâches. Kevin comprit : il y avait eu ici plus que deux morts.

— Le Dr Barrister ?

L'un d'eux indiqua l'intérieur de la tente.

— Il opère toujours. Quelques cas difficiles qui ont tenu le coup jusqu'ici. Entrez…

Barrister, aussi souillé et ensanglanté que Tracy, semblait épuisé mais moins que son jeune collègue.

— Venez, Drury, j'ai besoin de vous. Une balle dans le ventre, les chances de survie sont minces. Mais, puisqu'il vit toujours, nous allons au moins essayer. Vous avez pu faire quelque chose pour le blessé des poumons ?

Kevin secoua la tête :

— Le Dr Willcox…

— … essaiera cette nuit, si le garçon vit toujours. Mais nous devrions dormir au moins deux heures. Demain ce sera comme aujourd'hui : les Boers de Wepener n'ont pas l'intention de se rendre, ils se battront jusqu'à la dernière cartouche. Et leur position est excellente, cela peut durer encore deux ou trois jours avant que nous reprenions la ville.

— Mais nous finirons par gagner ? demanda Kevin en prenant un scalpel.

— Pas de problème. Ces gens feraient mieux de se rendre. Mais ils ne le feront pas. D'ailleurs nous les avons aussi dans notre dos. La plupart de nos hommes n'ont pas été touchés en donnant l'assaut à la ville. Ils ont été victimes de détachements mobiles qui semblent sortir du néant. Des unités entières ont été détachées de l'armée pour sécuriser les collines environnantes. Beaucoup des vôtres notamment. On dit qu'ils sont des cavaliers aussi cinglés que les Boers. J'ignore si c'est un compliment, mais en tout cas, ils paraissent bien tenir le choc. Je n'en ai quasiment pas vu sur le billard.

En dépit de leurs efforts, Kevin et Barrister virent mourir dans la nuit trois des cas graves longtemps repoussés. Kevin commença à comprendre Tracy. Si toute la journée avait été aussi frustrante que cette nuit… Eh bien, il verrait ça le lendemain. Son service de dix heures débuterait au petit matin. Deux heures avant le lever du soleil, il tomba d'épuisement sur une paillasse à côté de son dernier patient.

4

Lizzie et Michael voulaient célébrer le mariage de Patrick et de Juliette à Elizabeth Station. Patrick n'y voyait pas d'objections. Il aimait la ferme, un jour ou l'autre il en hériterait d'ailleurs, puisque Kevin n'était pas intéressé. De plus, il entretenait des liens étroits avec la tribu vivant à proximité. Cette famille « supplémentaire » participerait à la fête et, pour les amis et parents de Dunedin, on trouverait des logements à Lawrence.

Mais Juliette s'opposa avec véhémence à ce projet : elle ne voulait pas se marier « au bout du monde », mais dans un luxueux hôtel de Dunedin, avec une cérémonie à la cathédrale Saint-Paul. Elle ne parvint pas à obtenir ce dernier vœu car Patrick insista pour que le révérend Burton officiât. Juliette employa les grands moyens, y compris le recours aux larmes, prétextant qu'elle aurait honte en présence du révérend et de son épouse : ils l'avaient en effet connue amie de Kevin et n'auraient pas de doutes quant à la paternité de l'enfant. Patrick ne s'en laissa pas conter :

— Chérie, ils le sauront de toute façon. Les Burton et les Drury sont liés, tu le sais. Sean, le fils de Kathleen, est mon demi-frère. D'ailleurs, tu vas acheter ta robe chez Lady's Goldmine. Non, chérie, nous nous marierons à Caversham et c'est le révérend qui nous unira. C'est hors de question.

À propos de l'hôtel, Patrick se montra plus conciliant, défendant même le point de vue de Juliette :

— Elle est la fiancée. Elle a le droit de vouloir une cérémonie à Dunedin, avec ses amis.

— Ses amis, ses amis, maugréa Lizzie. Il y a un an, personne ne connaissait Juliette LaBree et je ne vois pas qu'il y ait foule pour venir la féliciter, lui servir de témoins ou de demoiselles d'honneur.

— Allez, maman ! Elle est la fiancée. C'est le plus beau jour de sa vie. Elle le mérite bien !

— Mérite ? s'énerva Lizzie. En quoi ? En se faisant mettre enceinte sans demander si le père de l'enfant l'aime ou non ? Elle mériterait plutôt des coups, oui ! Elle devrait être heureuse et reconnaissante que tu donnes un nom à l'enfant !

— Tu ne l'aimes pas, constata Patrick, résigné.

— J'aurais souhaité pour toi une femme plus sympathique, Patrick. Une femme plus chaleureuse et plus affectueuse. Mais je me ferai à elle. Et elle à moi. Si tout le monde doit croire que l'enfant est de toi, il faut qu'elle passe les mois qui viennent chez nous, à Tuapeka. Elle en est consciente, non ?

— C'est bien pour ça…, commença-t-il.

— Jusqu'à la naissance, elle va en effet devoir avaler bien des couleuvres, intervint soudain Michael. On peut donc lui accorder la faveur d'un mariage à Dunedin. Allez, Lizzie, un petit effort ! Nous fêterons l'événement avec les Maoris quelques jours plus tard. Mais permettons à miss LaBree d'être encore une fois la reine du bal, même si…

Il se tut, avec un regard de côté pour Patrick. Son fils, tout à sa joie, ne remarqua pas qu'il ne terminait pas sa phrase. Lizzie, elle, comprit. Michael n'avait pas voulu peiner son fils. Ce mariage était pour Juliette une déception. Elle n'avait rien obtenu de ce qu'elle désirait. Sauf un mari qu'elle n'aimait pas et un enfant dont elle ne savait pas si elle l'aimerait.

Les Drury louèrent donc la salle des fêtes de l'hôtel Léviathan. Patrick engagea des musiciens selon le désir de Juliette, et Kathleen conçut une robe de mariée d'une blancheur immaculée ainsi que des créations vert tilleul pour Roberta et Atamarie, les demoiselles d'honneur.

— Nous n'aurons pas besoin de faire de la publicité pour nos modèles de cette année, jugea Claire avec satisfaction quand elle vit Juliette pour la première fois dans sa robe. Toutes les jeunes filles de la ville vont rêver de monter un jour à l'autel dans une aussi belle parure !

— Un peu plus de minceur au niveau du ventre ne serait pas de trop, observa Kathleen d'un ton sec. Nul ne s'en apercevra, de toute façon, car elle se corsète sans pitié. Le pauvre bébé va étouffer.

— Le bébé ? s'étouffa Claire. Tu veux dire qu'elle est enceinte ?

— Sûre et certaine. Et pas d'avant-hier. Je ne voudrais pas être mauvaise langue, mais je me doute que ça a à voir avec le soudain accès de patriotisme de Kevin.

— Mauvaise langue, toi ? se moqua Claire. Non ! Pas une femme de révérend ! Dis-moi, à qui allons-nous le raconter ?

Elles ne le racontèrent bien entendu à personne et peu d'invités de la noce s'aperçurent que Juliette était un peu plus rondelette qu'avant. La robe le masquait à merveille.

Il y eut des exclamations d'admiration quand Patrick conduisit Juliette dans sa robe à fleurs de rata jusqu'à l'autel de l'église de Caversham. Le révérend jeta un regard noir aux perturbatrices. Il savait très bien que son église était pleine à craquer parce que ces dames de Dunedin voulaient, avant même que la mode d'automne n'eût été dévoilée, avoir une première idée de ce que pourraient être les créations de sa femme.

— Le rata n'est-il pas d'abord une mauvaise herbe ? murmura Lizzie à son époux qui lui lança à son tour un regard noir.

Patrick était en revanche rayonnant dans son costume gris clair qui lui donnait belle allure.

— Il est tout de même moins imposant que Kevin, souffla Claire à son époux. Qui sait si miss Juliette n'est pas un peu déçue ?

James Dunloe faillit sourire mais il s'efforça de lancer à son épouse un regard réprobateur.

Les demoiselles d'honneur paraissaient, elles, heureuses et enchantées de leur rôle. Pour des raisons différentes. Atamarie s'imaginait fort bien pourquoi Roberta était satisfaite : elle craignait depuis longtemps de devoir un jour assister aux noces de Kevin et de Juliette. Le cours des choses la consolait presque de l'inquiétude qu'elle nourrissait à l'égard du jeune homme. Son départ pour l'armée l'avait profondément affectée. Au moins ce mariage lui redonnait-il quelque espoir.

Atamarie n'avait en revanche pas eu le temps de mettre son amie au courant des changements récemment intervenus dans son existence. Elle venait de rentrer de Taranaki. Toutes deux avaient eu assez à faire avec leur toilette et leur coiffure. Elles n'échangeraient leurs petits secrets que plus tard.

Elles écoutèrent avec attention les époux déclarer leurs consentements et leurs vœux, lui, ému mais d'une voix ferme, elle comme non impliquée.

— Un miracle qu'elle arrive encore à émettre un son, chuchota Violette à son époux. Serrée comme elle est. Mais elle a grossi. Je me demande…

— De ce point de vue, répondit Sean avec un sourire, Kevin respecte une espèce de tradition familiale. Michael avait lui aussi, voici bien longtemps, abandonné ma mère enceinte. Pour de tout autres raisons, bien entendu. Mais Patrick a obtenu ce qu'il voulait. J'espère que cela le rendra heureux.

En ce jour, Patrick était en tout cas le plus heureux des hommes. La fête au Léviathan le ravit, il fit danser Juliette aux sons de quelques valses, puis d'une musique plus moderne. La jeune mariée fut prise de vertiges, ce qui n'avait rien d'étonnant. Elle était corsetée si serrée qu'elle n'avait presque rien avalé du repas.

— Et guère bu de champagne, remarqua Chloé à l'intention d'Heather. Elle ne chantera donc certainement pas aujourd'hui.

— C'est un peu dommage, répondit son amie. Elle chante fort bien. Elle gâcherait un réel talent si elle ne chante à l'avenir que des berceuses à ses enfants.

— Tu crois vraiment qu'elle va avoir bientôt des enfants ? Si tu veux mon avis, elle sait précisément comment on prévient cet inconvénient qui, de plus, abîme la silhouette.

— Si elle ne veut pas d'enfants, pourquoi abandonne-t-elle sa carrière artistique et épouse-t-elle Patrick ? argumenta Heather en scrutant Juliette de son œil de peintre. D'ailleurs, à moins que je ne me trompe, n'aurait-elle pas déjà grossi ?

Atamarie et Roberta ne se préoccupèrent pas des problèmes de silhouette de la fiancée. Elles s'étaient laissé inviter à quelques danses, mais elles préféraient au fond discuter. Elles se retirèrent avec une bouteille de champagne sur le balcon de la salle des fêtes. Il y faisait froid mais elles étaient tranquilles. Seule la musique parvenait jusqu'à elles.

— Et alors, il est parti, comme ça ? s'étonna Roberta à qui Atamarie venait de parler de la merveilleuse soirée où elle s'était promenée avec Richard dans les collines en parlant de leur rêve : voler.

— Il pense exactement comme moi ! Il ressent les choses comme moi ! Et il m'a embrassée !

— Et le lendemain, il est parti ?

— Eh bien, pas directement, expliqua Atamarie qui aurait aimé pouvoir continuer à raconter son histoire d'amour, mais le lendemain avait effectivement été une déception. Cela s'est plutôt passé comme ça : le professeur a estimé que nous ne terminerions pas notre mission, que nous n'avancions pas aussi vite que prévu, ce qui n'est d'ailleurs pas étonnant avec des poules mouillées comme ce Porter qui a besoin de crampons pour la moindre colline. Et trente-trois mille hectares d'un territoire vallonné ! Il ne faut pas traîner si on veut en venir à bout en quelques semaines. Il a donc divisé le groupe. Nous continuerions à travailler à partir de Parihaka, mais les étudiants de troisième année iraient de l'autre côté du Taranaki. Conduits par Richard.

— Et il fallait absolument que ce soit Richard, pas quelqu'un d'autre ? Je veux dire, ton Richard n'est même pas un véritable étudiant, si j'ai bien compris. Est-il envisageable que ce professeur Dobbins ait voulu vous séparer ?

— Euh, non, je ne crois pas. Au contraire, j'ai eu l'impression qu'il trouvait mignon qu'il y ait entre nous…

— Mignon ? s'étonna une nouvelle fois Roberta qui n'arrivait pas à croire qu'un professeur d'université employât ce mot.

— Oui, enfin, pas mignon, mais peut-être… hum… convenable. En tout cas, j'ai eu le sentiment qu'il était bienveillant. Alors qu'il était mécontent de voir Porter et les autres disparaître dans les buissons. Il a d'ailleurs vu que ma mère avait vu…

— Ta mère a trouvé bien que tu partes dans les buissons avec Richard ? pouffa Roberta.

— En fait, je n'ai pas été dans les buissons avec Richard, avoua Atamarie d'un ton de regret. Nous nous sommes promenés. Dans les collines. C'est ce que je t'ai déjà dit. À cause des courants ascensionnels. Et de l'angle d'incidence. Je pensais que l'une de ces collines serait propice à des essais de vol, mais Richard a estimé qu'on n'obtiendrait pas la vitesse nécessaire pour un pur vol plané. Tout au plus avec un biplan. Lilienthal…

— Atamarie ! Je n'ai pas besoin d'un cours technique. Parle-moi donc de ce Richard. Est-ce qu'il t'a au moins tenue par la main ?

— Oui, et il m'a aussi embrassée. Sur la bouche, dit-elle, taisant les efforts qu'elle avait dû déployer pour cela. Richard est un gentleman.

— Un gentleman qui est parti le lendemain sans autre forme de procès ? Tu n'aurais pas pu l'accompagner de l'autre côté de la montagne ?

— Non, le professeur ne l'a pas autorisé. J'étais la plus jeune du groupe et la seule fille.

— Mais il a demandé ? Richard, je veux dire…

— Ouiii….

En fait, c'est Atamarie qui avait demandé. Et essuyé le refus. Richard semblait ne pas y avoir pensé une seconde. Il était bien trop excité par sa promotion comme chef d'expédition. C'était tout de même un honneur, car, au total, il n'avait guère suivi plus de cours qu'Atamarie.

— Mais c'est un génie, expliqua Atamarie quand Roberta remit le sujet sur le tapis. Le professeur le sait. Il a un grand avenir !

Roberta fronça les sourcils. Elle était ravissante dans sa robe verte. Elle avait d'ailleurs été enthousiasmée lors de l'essayage. Elle s'habillait de manière trop triste ces derniers temps. Elle le savait. Mais, en l'absence d'Atamarie qui l'encourageait à porter de la couleur, des décolletés et à suivre un peu la mode, elle se laissait contaminer par l'esprit austère de l'École normale. Une institutrice qui se mariait devait abandonner le service. Aussi nombre des normaliennes avaient-elles déjà l'air de vieilles filles. Elles participaient certes aux inoffensives distractions qui réunissaient les normaliennes et les rares normaliens, mais sans s'abandonner à un quelconque flirt. Il y avait trois normaliens dans la promotion de Roberta, mais elle ne se sentait guère attirée par l'un d'eux. L'un était déjà marié, un autre avait l'air efféminé et le troisième la maigreur et la maladresse d'un adolescent de quatorze ans. À quoi bon se faire jolie pour eux ? Et se retrouver au centre des regards ? Or Roberta n'aimait pas se faire remarquer.

— Et quand l'as-tu revu ? insista-t-elle. Vous êtes revenus ensemble, non ? Vous vous voyez encore ?

— Pas directement, c'est-à-dire… oui, nous sommes bien entendu revenus ensemble. Ce fut de nouveau très bien, nous n'avons cessé de parler, sur le bac, dans le train…

— Juste parlé ? Pas plus ? Alors que vous vous étiez déjà embrassés ?

— Eh bien, comme ça, devant les autres et le professeur…, éluda Atamarie, embarrassée.

Roberta s'en émut. Elle pouvait comprendre : elle-même n'aurait pas osé adresser la parole à un condisciple en présence d'un enseignant. Mais Atamarie n'était pas comme elle. Elle était tout sauf timide, obtenant toujours ce qu'elle désirait. Trouver un instant d'intimité avec Richard ne devait pas pour elle être une tâche insurmontable.

— Mais il m'a embrassée lorsque nous nous sommes quittés, s'obstina Atamarie. À Christchurch. Il était très doux, un peu timide, mais tout à fait… tout à fait ravissant. Il m'a dit qu'il avait beaucoup apprécié le temps que nous avions passé ensemble, que nous devrions à tout prix nous revoir.

En réalité, Richard avait surtout parlé de sa ferme, à Temuka, où il lui fallait retourner. Idée qui le peinait, et Atamarie l'avait consolé.

— Je pourrai te rendre visite, avait-elle dit, pleine d'espoir. Afin de… eh bien nous pourrions peut-être construire un cerf-volant.

— Tu seras toujours la bienvenue, Atamarie, lui avait-il répondu avec son sourire doux et timide, presque un peu désespéré.

Et il l'avait réellement embrassée. Très tendrement. Sur la joue. Il n'y avait eu auparavant ni bière ni whisky. Ils étaient devant l'université, elle n'avait pas osé prendre une nouvelle fois les devants. Elle était restée plantée, insatisfaite, ses lèvres n'avaient même pas effleuré les siennes.

— Nous nous écrirons, déclara-t-elle d'une voix résolue.

Roberta resta sceptique. Elle ne connaissait pas grand-chose à l'amour, mais, question passion, on était manifestement loin du compte.

Patrick et Juliette s'installèrent dans une suite de l'hôtel Leviathan et, comme Juliette l'avait espéré et craint à la fois, Patrick se montra très prévenant. Elle n'avait rien contre son nouvel époux. Tout au contraire. Le dévouement de Patrick la flattait et elle éprouvait presque de la tendresse pour son indulgence sans défense. Elle ne ressentait certes ni passion ni amour, mais gardait un certain optimisme. C'était quand même le frère de Kevin ! Il devait bien avoir quelque chose de sa fougue et de son imagination. Elle était prête à se laisser surprendre. Elle avait bien sûr trouvé étrange que Patrick ne la touchât pas avant leur mariage, mais s'était dit qu'il gardait peut-être de l'énergie pour la circonstance.

Puis les choses se passèrent comme elle l'avait prévu. Patrick la prit en riant dans ses bras et la porta dans la chambre, la posa sur le lit où il avait pensé à faire répandre des pétales de roses. Puis il l'embrassa tendrement et se mit à tripoter les fermetures de sa robe.

— Tu n'es pas trop lasse, ma chérie ? dit-il, voyant qu'elle ne s'empressait pas de l'aider.

— Ah mais non, murmura-telle. Si seulement tu me débarrassais de ce corset. Je ne peux pas bouger là-dedans.

— Pourquoi t'es-tu serrée à ce point ? Tu sais, je t'aurais tout aussi bien épousée dans une robe de réforme…

— Pourquoi pas sous une tente de cirque ? le brusqua-t-elle en s'occupant elle-même de défaire un des boutons. Pourquoi prendre tant de précautions avec cette robe ? Elle ne la remettrait jamais. Il y a beau temps que Kevin la lui aurait arrachée du corps.

Avec un rire nerveux, Patrick entreprit de dénouer les attaches du corset. Elle fut soulagée qu'il y parvînt enfin. Nue devant lui, elle se détendit, tandis que le spectacle parut lui couper le souffle.

— Tu es splendide, chuchota-t-il. Je ne sais pas, je ne sais pas si…

Juliette soupira. Dieu du ciel, ce n'était pas possible, elle venait d'épouser une vierge masculine !

Il finit pourtant par prendre l'initiative. Il l'embrassa sur tout le corps, ses doigts dessinant des caresses circulaires, agréables et tendres, auxquelles Juliette s'abandonna, tout comme elle s'abandonna à la fatigue de cette journée harassante. Puis elle se ressaisit. Il ne fallait pas s'endormir ! Elle répondit donc à ses caresses, cherchant à l'enflammer. Mais en vain. Patrick était un amant lent et prévenant. Une vierge aurait aimé cette nuit de noces, mais Juliette était expérimentée et gâtée, elle aimait jouer, intervertir les rôles, rire, crier, se cabrer. La tendresse de Patrick ne l'excitait pas. Quand le moment fut venu, elle simula l'orgasme. Ce n'était pas nouveau pour elle, mais, dans ses pires cauchemars, elle n'aurait pas imaginé qu'elle dût le faire un jour pour son époux !

— C'était très bien, chuchota Patrick. Tu me rends heureux, ma chérie. Nous aurons une vie merveilleuse, tous les deux.

Elle ne répondit pas, mais se prit à redouter son sort, à pleurer ses espoirs. Elle avait voulu la sécurité, et elle l'aurait, semblait-il. La sécurité, oui, mais aussi l'ennui.

Et pas la passion.

5

Des explosions réveillèrent Kevin. N'ayant pas entendu de coups de feu durant ses deux heures de sommeil, il aurait pu nier qu'il y ait eu des escarmouches s'il n'y avait eu là deux soldats écossais qui attendaient qu'on soignât leurs éraflures.

— Nous n'avons pas voulu vous réveiller, docteur, dit l'un, nous ne sommes pas à l'article de la mort.

— Contrairement aux salopards qui nous ont attaqués ! déclara l'autre, assez content de lui. Un coup de chance que McDuff ait des problèmes de vessie ! Sinon, ils auraient surpris nos sentinelles. Mais il est sorti de la tente par l'arrière…

— Et j'avais mon fusil avec moi. Ce n'est pas la première fois que je me tape ces gaillards ! J'en ai fait tomber un premier de son cheval, et ensuite tout le monde chez nous a été debout…

Deux détachements boers avaient attaqué le camp britannique vers 3 heures du matin. En dépit des sentinelles et des patrouilles. Les Australiens les avaient repoussés avec autant de réussite que les Écossais. Aucun mort n'était à déplorer du côté britannique, mais trois Boers étaient restés sur le carreau, l'un agonisant. Kevin arriva au moment précis où le Dr Willcox engueulait deux soignants qui n'avaient réveillé ni Kevin ni Barrister quand le blessé ennemi avait été amené. Il était mort entre-temps et Kevin vit pour la première fois un de ces ennemis redoutés. Il n'était pas impressionnant : petit et râblé, il ne portait ni uniforme ni bottes, mais une veste de cuir souillée de sang, un pantalon en velours côtelé et de larges chaussures de cuir souple.

— De toute façon, nous n'aurions pas pu grand-chose pour lui, mais ce n'est pas une manière de faire ! râlait Willcox. Nous soignons même un ennemi blessé, c'est notre devoir humanitaire envers nos prisonniers. Maintenant, sortez cet homme et vérifiez s'il n'a pas des papiers sur lui, on connaîtra peut-être son nom. Dans ce cas, rédigez un procès-verbal afin qu'on puisse avertir la famille après la guerre. Le combat réclame de la dureté, les gars, mais nous ne sommes pas des bêtes ! C'est déjà bien assez grave que les autres ne respectent pas les règles !

Willcox salua Kevin et les deux médecins eurent encore le temps d'examiner les opérés de la veille avant l'arrivée des nouveaux blessés. L'un était mort mais Barrister et Kevin en avaient tout de même sauvé deux que Willcox expédia sur-le-champ à l'hôpital de la ferme des Van Stout.

— Que le conducteur avance lentement pour ne pas trop les secouer. Pour l'instant, ça va, mais, quand on devra en transporter des dizaines d'autres…

Le vacarme des combats dans la direction de Wepener ne laissait présager rien de bon. Avant que la cuisine n'eût pu leur apporter un petit-déjeuner, Kevin et Willcox se retrouvèrent devant la table d'opération. Ils avalèrent leur pain et leur café entre deux patients. Lesquels patients se succédaient plus rapidement encore que dans l'hôpital de la ferme. Les médecins du front ne s'occupaient que des premiers soins – et de la sélection. Kevin fut horrifié de voir le Dr Willcox déclarer sans espoir les deux premiers cas.

— On pourrait tout de même essayer, tenta-t-il. C'est un hémothorax, si je ne me trompe pas, il subsiste une chance…

— Il aurait une chance si nous avions plus de temps et si nous étions plus nombreux. Mais là, il prend la place d'autres. Je suis navré, Drury. S'il tient le coup jusqu'à ce soir, j'essaierai dans la nuit…

Kevin aperçut alors les aumôniers dont il avait regretté l'absence à la ferme. C'est ici qu'on avait besoin d'eux : ils réconfortaient les blessés qu'on devait transporter à la ferme et administraient aux autres les derniers sacrements. Kevin se demanda s'ils s'entendaient même parler, tellement le bruit régnant à l'intérieur de la tente était infernal. Les blessés gémissaient et criaient, les médecins n'arrivant pas à administrer à temps les opiacés à chacun d'eux. À cela s'ajoutait la clameur incessante de la bataille. Kevin ne tarda pas à être à bout de forces, son uniforme lui collant à la peau, trempé de sang et de sueur.

— Est-ce qu'au moins nous progressons ? demanda-t-il à un blessé léger.

— Je crois, oui. Les tirs d'obusiers sont efficaces et les munitions adverses commencent à s'épuiser. Nous semblons avoir le contrôle des détachements qui nous attaquent de l'extérieur. Mais entrerons-nous aujourd'hui dans la ville ?

Kevin fut presque surpris de voir enfin la journée se terminer. Les tirs cessèrent peu à peu à mesure que l'obscurité s'installait. Il arrivait moins de blessés. Willcox et lui avaient commencé à s'occuper immédiatement de cas sérieux. Il aurait moins de morts à son passif que Tracy, qui arriva bientôt pour le relever, n'en avait eu la veille.

Un certain calme revenu sous la tente, il eut le temps de se changer et retrouva un certain optimisme : savoir qu'il était capable d'opérer le rassérénait.

— Et demain, ce sera fini, annonça Willcox qui venait de rencontrer des officiers de la direction de l'armée. Ils résistent encore, ils se battront jusqu'à la dernière cartouche, pour ne pas dire jusqu'à la dernière goutte de leur sang, mais, au fond, ils sont battus, nous entrerons dans Wepener dans l'après-midi au plus tard.

— Tout ça pour rien, donc, constata Tracy, frustré en dépit des bonnes nouvelles.

Kevin alla seller son cheval afin de retourner à la ferme. Tracy le suivit.

— Les Boers occupaient la ville, puis nous l'avons occupée à notre tour, puis de nouveau les Boers. Des centaines de gens sont morts pour chacun de ces changements. Pour finir, nous leur rendrons la ville car nous ne pouvons l'occuper en permanence. Tout ça est absurde. La guerre en soi est absurde.

Kevin allait lui demander pourquoi, compte tenu de ses opinions, il s'était engagé volontairement quand il fut hélé par le *sergeant* Willis.

— Docteur ? Ah, heureusement que vous êtes encore là, je n'arrive pas à mettre la main sur Willcox. Mais j'aimerais que vous jetiez un coup d'œil… nous avons fait des prisonniers.

— Des blessés ? demanda Tracy.

Kevin attacha à nouveau son cheval.

— Oui… oui et non. Je dirais une espèce d'hôpital de campagne boer. Trois blessés et deux femmes.

Willis conduisit les médecins à une charrette bâchée que Kevin trouva démesurément surveillée : à un endroit où la bâche était soulevée, trois soldats anglais pointaient leurs fusils sur les personnes à l'intérieur. Deux femmes entre deux âges, leur tenue coquette souillée de sang, plus un homme, un bras en écharpe, qui lançait des regards haineux à ses gardes. Bien que blessé au combat, il portait les mêmes habits, étranges pour un soldat, que le mort trouvé par Kevin le matin, un pantalon en velours côtelé qui avait été blanc, avec une espèce de queue-de-pie ainsi qu'un chapeau aux larges bords tombants. Il portait la barbe et avait des yeux très clairs. Les femmes s'occupaient de deux autres hommes allongés sur des paillasses et des couvertures.

— Les deux sont très grièvement blessés, dit Willis. Les femmes ont un peu charcuté l'un d'eux, extrait une balle de l'épaule sans doute. L'autre n'arrête pas de saigner beaucoup et elles sont impuissantes.

Kevin voulut monter dans la charrette, quand l'homme au bras en écharpe lui barra le passage, lui lançant au visage quelques paroles en afrikaans.

— Enlevez-le du passage ! ordonna Willis.

Les gardes obéirent mais durent se mettre à deux pour le tirer hors de la charrette, la menace d'une arme ne suffisant pas à l'intimider. Les femmes elles aussi s'opposèrent à Kevin qui voulait s'occuper du blessé, mais elles s'abstinrent de violences. Elles ne répondirent pas quand il les salua amicalement, se présentant comme médecin-capitaine désireux de leur venir en aide.

— Elles ne parlent pas l'anglais ? demanda-t-il à Willis.

— Juste avant, elles le comprenaient très bien !

Tracy, arrivé sur ces entrefaites, traduisit mais sans obtenir plus de réponses. Kevin examina les deux hommes sans trop s'approcher.

— L'un a surtout besoin de repos, déclara-t-il. L'opération d'extraction aurait pu être pratiquée de manière plus professionnelle et son pansement n'inspire pas une totale confiance. Mais bon ! Les remèdes de bonne femme devraient suffire et ces dames ne doivent pas en être à leur premier blessé. Chez l'autre, c'est l'artère fémorale qui est touchée. Pas déchiquetée, à mon avis, on peut assurément le sauver. Mais il faut l'opérer et sans attendre. Avant, il faudrait lui poser un meilleur garrot… Je propose de le lui poser ici, puis de transporter tout le groupe sous la tente où on pourra l'opérer. Les femmes pourront ensuite s'occuper de nouveau de leurs patients. L'un d'eux est-il un de vos parents ? demanda-t-il à une femme, se souvenant que le colonel Ribbons avait parlé de femmes accompagnant leurs maris à la guerre.

— Vous, pas toucher mon fils ! dit la plus âgée. Moi, soigner mon fils !

— Mais si nous n'opérons pas votre fils, il va mourir. Docteur Tracy, pourriez-vous traduire, je vous prie ? Je crois qu'elle ne me comprend pas.

Tracy traduisit, mais la réaction de la femme resta la même.

— Pas toucher mon fils ! lança-t-elle, avant de poursuivre par un flot de paroles en afrikaans.

— Elle vous comprend très bien, dit Tracy en levant les mains d'impuissance. Mais cela ne l'intéresse pas. Elle ne permettra pas à un Anglais ou à qui que ce soit d'autre de toucher la chair de sa chair. Elle est du reste persuadée de pouvoir sauver son garçon. Avec l'aide de Dieu !

— On ne peut pas la convaincre que c'est Dieu qui nous a envoyés à l'aide ? demanda Kevin en rentrant la tête sous un nouveau torrent d'injures.

— Je ne traduis pas ce qu'elle vous souhaite, d'accord ?

— Non ! répondit Kevin. Peut-on la forcer ? demanda-t-il à Willis.

— Oui, puis, tourné vers le garde restant : Retenez cette femme, pendant que les médecins feront leur travail. Ou plutôt, je vais chercher du renfort. Qu'elle n'aille pas vous arracher les yeux !

Il fallut effectivement deux soldats pour éloigner les femmes de la couche du blessé. Pestant et se lamentant, elles virent Kevin et Tracy poser dans les règles un tourniquet et un bandage compressif. Le patient était très jeune, vingt ans tout au plus. Kevin lui trouva une mine sympathique, un visage blême sous des cheveux de lin et une barbe blonde encore clairsemée. Il lui rappela Doortje.

— Ça tiendra jusqu'à l'hôpital, annonça-t-il aux soldats. Faites transporter ces gens à la ferme Van Stout, j'y vais aussi. Nous opérerons dès cette nuit. Si nous laissons le garrot trop longtemps, il perdra sa jambe. Ah oui, et méfiez-vous quand vous libérerez ces femmes. Qu'elles n'aillent pas enlever le pansement !

Kevin se trompait peut-être, mais il eut l'impression de voir une lueur de joie quand il évoqua la ferme Van Stout. La charrette démarra, conduite par un des soldats anglais, l'autre surveillant les femmes. Kevin et Tracy fumèrent une cigarette. Le premier s'étonna auprès de son collègue :

— Vous comprenez ça ? Cette femme préfère que son fils meure plutôt que de le voir sauvé par un Anglais. J'aurais peut-être dû lui dire que je suis néo-zélandais ?

— Ils ne font pas non plus de différences entre les Anglais et nous, les Australiens.

— Vous avez donc déjà eu des patients boers hier ? s'étonna Kevin, car cela signifierait que Barrister et Tracy avaient agi comme eux et envoyé les blessés à l'hôpital, de gré ou de force.

— Non, mais je…, hésita Tracy, ne sachant s'il devait entrer dans les détails, puis se décidant : Pour moi, tout ça est un peu un domaine inconnu. Depuis mes études je n'ai pas pratiqué une seule opération du thorax, sans même parler d'amputations. Je suis ophtalmologue. Et je… eh bien, comme nous n'avons rien eu à faire dans cette ferme pendant trois jours, j'ai proposé à Mme Van Stout de l'opérer de la cataracte.

— Et elle a refusé ?

— Oui, une opération sans problème, elle retrouverait toute sa vision. Mais oui, elle a refusé. Dieu a voulu qu'elle perde la vue et elle ne permettra donc pas à un salopard d'Anglais d'y changer quoi que ce soit.

— C'est… c'est incroyable. Et qu'en dit sa fille ?

— La ravissante Mejuffrouw Doortje ? se moqua Tracy. Elle a cité à ce propos quelques versets bibliques. Tous tirés de l'Ancien Testament. Ces gens semblent considérer que Jésus-Christ a manifesté quelque faiblesse quand, avant de guérir les malades, il ne s'est pas renseigné sur leur nationalité. Vous allez encore avoir de quoi vous amuser avec ces gens, Drury ! Franchement, je suis content de ne pas avoir à me disputer avec eux, ajouta-t-il en montrant la charrette bâchée qui sortait du camp.

Quand Kevin arriva à la ferme, la charrette était arrêtée devant l'entrée principale. Il ne vit ni ses occupants ni les gardes. Il pensa les trouver dans les salles d'opération improvisées, mais il n'y avait là que les soldats discutant avec Barrister et McAllister.

— Vous êtes donc déjà au courant, dit-il, saluant ses collègues. Il faut opérer : rupture de l'artère fémorale. Si nous ne nous dépêchons pas, il va se vider de son sang. Où est-il donc ? demanda-t-il en regardant autour de lui.

— Ce n'est vraiment pas notre faute, se justifia le soldat qui conduisait l'attelage. Je me suis dit… les femmes semblaient se connaître… que personne ne trouverait à redire si elles s'occupaient elles-mêmes des blessés.

— Quelles femmes ? s'enquit Kevin.

— Celles de la charrette et les Van Stout, précisa McAllister. Si j'ai bien compris, nos hôtesses ont pris en charge les nouveaux arrivants. Un accueil chaleureux, le soldat qui est là croit avoir compris qu'ils sont parents. En tout cas, elles ont fait porter les hommes dans la maison par leurs Noirs. Et maintenant, tout ce beau monde est retranché dans une des chambres d'enfant. Le couteau entre les dents, prêt à tout…

— Quoi ? s'écria Kevin. Et vous avez laissé faire ça !

— Ce fut sans doute une erreur, concéda le plus gradé des hommes. Mais, je le redis, nous n'avons pas pensé à mal. Ces femmes ont tout de même laissé s'installer là un hôpital et…

— C'est bon, c'est bon, soupira Kevin. Comment va-t-on les récupérer ?

— On ne va tenter rien du tout, dit McAllister en haussant les épaules. Elles n'ont pas d'armes à feu, mais des couteaux de cuisine. Elles menacent de se suicider plutôt que d'autoriser un médecin anglais à toucher leurs hommes. Mais avant, elles se battraient, j'en suis persuadé. Il serait imprudent d'envoyer des hommes sans fusils. Et avec des fusils ? Il faudrait sans doute abattre ces femmes avant de pouvoir nous occuper des hommes. À quoi bon ?

— C'est une question de principe ! s'emporta Kevin. Nous sommes l'armée anglaise, nom d'un chien ! Nous ne pouvons quand même pas nous laisser marcher sur les pieds par quelques femmes ! Ne peut-on les prendre par surprise ?

— Non, ça a marché une fois, la seconde elles ne tomberont pas dans le panneau, déclara McAllister. La seule possibilité serait de donner l'assaut. Ensuite il faudra expliquer au haut commandement pourquoi nous avons abattu trois ou quatre femmes.

— Il doit pourtant y avoir un moyen, s'entêta Kevin, qui s'interrompit quand Barrister prit enfin la parole :

— Nous sommes médecins, Drury, les gens viennent nous voir quand ils veulent être soignés. Quand ils ne veulent pas, ils ne viennent pas. Ou bien vont voir des guérisseurs. Dans la vie normale, nous ne forçons personne. Comptez-vous traîner par la force ce patient sur la table d'opération, Drury ? Ce n'est pas possible, vous devrez l'admettre. Quelque regret que j'en aie, le caporal dit que ce garçon ne doit même pas avoir vingt ans ! Il est sous la responsabilité de sa mère. C'est à elle de décider. Nous avons les mains liées.

Kevin comprit bon gré mal gré que son supérieur et McAllister avaient raison. Il serait injuste de risquer la vie de soldats et d'infirmiers en leur ordonnant de mettre hors d'état de nuire des femmes prêtes à tout et armées de couteaux. Si seulement il n'avait pas aperçu le visage de ce garçon !

— Je serais d'accord, docteur Barrister, si telle était la décision du patient, dit-il avec lenteur. Mais personne n'a demandé son avis à cet homme. Veut-il vraiment mourir ?

— Demandez-le-lui, si vous y arrivez, concéda Barrister. Ou bien parlez avec les Van Stout. Nous pouvons opérer à tout instant. Ce n'est pas de nous que cela dépend.

6

— Puis ils montèrent le campement. Ils attachèrent entre elles les têtes des chevaux et des bœufs, alignèrent les charrettes bâchées en cercle afin d'offrir une protection aux hommes. Tous, femmes et enfants, ramassèrent du bois et des buissons épineux et bouchèrent les espacements entre les véhicules que les hommes ancrèrent dans le sol avant d'armer leurs mousquets. Les femmes et les enfants les rechargeaient quand les hommes avaient tiré… Oh oui, Thies, nos grands-pères ne manquaient ni d'armes ni de munitions ! Ils savaient qu'ils devraient combattre pour leur pays, mais ils savaient aussi que Dieu était avec eux. Ils lisaient donc de nouveau la Bible et priaient une dernière fois avant l'arrivée des Cafres. Ils invoquaient encore Dieu quand ceux-ci donnaient l'assaut, non par peur, mais avec confiance car c'était Lui qui les avait conduits ici… Non, Mees, les Cafres n'avaient pas de fusils, Dieu ne l'aurait pas permis ! Ils n'avaient que des couteaux et des javelots. Mais quels javelots ! Longs et aiguisés comme des lames de rasoir. Leurs boucliers étaient énormes, tendus de peau de bête. Et quel air terrifiant ils avaient ! Des centaines et des centaines de géants noirs, presque nus, vêtus de pagnes et de plumes, le corps couvert de peintures abominables…

Doortje Van Stout écoutait d'une oreille distraite sa mère, assise dans le salon, raconter à ses frères et sœur plus jeunes l'histoire du Grand Trek, leur parler de la terre promise aux Boers par Dieu, terre enfin offerte après la victoire qui avait été payée du sang rougissant les rivières.

Doortje aurait pu elle aussi raconter ces histoires. Un jour, quand elle aurait des enfants, elle les raconterait. Elle le devait à la tradition, pour garder vivant le souvenir de la conquête. De manière aussi vivante que Bentje Van Stout ! Alors que la mère de Doortje n'avait pas participé au Trek, pas même ses parents. Et ses grands-parents étaient certainement encore des enfants quand les pionniers étaient partis du Cap pour prendre possession de l'intérieur des terres. Chassés par les Anglais qui s'étaient emparés de la ville du Cap et voulaient tout enlever aux Boers, leur langue, leurs lois, leur Église et, surtout, leurs esclaves ! Dieu n'avait pas voulu une telle chose. Alors on était parti, par monts et par vaux, on avait chargé sur des chars à bœufs le mobilier et les ustensiles du ménage, les esclaves poussant le bétail sous la garde de cavaliers qui protégeaient les flancs du Trek. La nuit, on disposait les chariots en cercle pour faire obstacle aux bêtes sauvages et aux Noirs qui refusaient d'admettre que les colons étaient envoyés par Dieu. Il les en punissait de manière cruelle : trois mille guerriers zoulous avaient péri lors de la bataille de Blood River, le Seigneur ayant étendu une main protectrice au-dessus des Boers qui n'avaient pas eu à déplorer un seul mort, trois blessés seulement !

Doortje se souvenait d'avoir tout au début demandé pourquoi Dieu n'avait pas tout simplement commencé par exterminer les Anglais. Ou par ne pas avoir créé les Cafres qui, de toute façon, n'étaient bons à rien. Peu d'entre eux étaient aptes à travailler dans les fermes, ils commettaient bêtise sur bêtise. Bentje avait alors fourni une réponse dont elle ne se rappelait plus la teneur exacte. Bien sûr que sa question avait été stupide, mieux valait ne plus y penser ! Tout comme il valait mieux ne pas se demander pourquoi les Anglais étaient à nouveau les vainqueurs. Car tel était le cas, tante Jacoba et cousine Antina l'avaient dit: les Anglais avaient anéanti le détachement auquel appartenaient oncle Jonas et cousin Cornelis. On n'avait plus de nouvelles du mari de tante Jacoba, l'époux d'Antina, Willem, était grièvement blessé et Cornelis agonisait. Si l'on en croyait le médecin anglais. Tante Jacoba et cousine Antina pensaient, elles, qu'il allait mieux. Il avait d'ailleurs cessé de saigner. Et ils allaient tous prier une nouvelle fois pour lui.

Doortje vérifia de la main si la dentelle de sa coiffe recouvrait bien ses cheveux. Elle voulait avoir l'air tout à fait décente à l'heure de la prière. Elle en avait le devoir: avant de devenir aveugle, sa mère l'avait plus souvent qu'à son tour renvoyée dans sa chambre pour changer une coiffe mal repassée ou un tablier taché. Préférant travailler aux champs qu'à la maison, elle avait eu du mal à apprendre tout cela. Pour être honnête, ce qu'elle préférait encore, c'était se plonger dans les livres. Un péché bien entendu, même si c'était parfois utile. Son père avait tenu à ce que ses enfants apprissent l'anglais, la langue de l'ennemi. Il était plus facile de vaincre un ennemi que l'on connaît, prêchait-il, et, pour elle, c'était une évidence. Il était certes difficile d'apprendre à la fois à parler et à détester une langue. Aucun de ses frères et sœur n'y était parvenu, et elle avait longtemps été la seule à assister aux cours que dispensait sans enthousiasme son père Adrianus. Elle faisait de gros efforts pour plaire à son père.

Pourtant, elle ressentait sa déception quand il la regardait: Adrianus Van Stout aurait voulu avoir un fils, mais Bentje ne lui avait donné qu'une fille et n'avait plus eu de grossesse durant de longues années. Elle avait dû entendre quotidiennement ses parents prier d'être enfin comblés par la naissance d'autres enfants, mâles si possible. Johanna était venue au monde alors qu'elle avait déjà huit ans. De nouveau une fille. C'est à peu près à cette époque qu'Adrianus, ayant perdu l'espoir, avait concentré sur elle l'éducation puritaine dont il aurait voulu faire bénéficier des fils. Elle avait appris l'histoire de son pays, appris qui étaient ses ennemis et comment les combattre, comment, guerrière boer, elle devrait se comporter, dure avec elle-même et avec les autres. Jamais quelqu'un n'avait vu Doortje Van Stout pleurer depuis la naissance de sa sœur.

Puis Dieu avait fini par se rendre à la raison, offrant deux fils à son fidèle serviteur Adrianus. Mees et Thies constituaient depuis lors le cœur de la famille. La mère et les sœurs les dorlotaient, le père ne se lassait pas de les éduquer pour qu'ils devinssent de dignes héritiers. Jusqu'à son départ pour la guerre quelques mois plus tôt, il leur avait fait cours tous les jours. L'un et l'autre savaient tirer et baragouinaient un peu d'anglais.

Adrianus avait alors estimé qu'elle n'avait plus rien à apprendre : elle savait écrire, lire la Bible et s'exprimer passablement en anglais. Sans compter, bien entendu, qu'elle savait tirer elle aussi et tenir un ménage. On n'en demandait pas davantage à une jeune fille boer, au contraire : vouloir une formation plus poussée relevait quasiment du péché. Elle ne parvenait pourtant pas à se résigner. Le soir, après la prière, elle se glissait auprès du rayonnage où, à côté de la bible en néerlandais, figuraient deux livres anglais. À la lueur d'un lumignon, elle pénétrait les arcanes de la langue de William Shakespeare, acquérant un vocabulaire toujours plus riche. Cornelis, son cousin, s'était à vrai dire mis à rire quand il l'avait entendue pour la première fois parler anglais.

— Doortje, les Anglais ne parlent pas comme ça ! Ces livres ont été écrits il y a trois cents ans. Entre-temps, la langue a considérablement changé…

Il lui avait ensuite passé en cachette d'autres livres, plus modernes, de Dickens et de Kipling. La famille de Cornelis, les Pienaar, vivait dans le Transvaal. Elle avait participé au Grand Trek. Une autre branche de la famille était pourtant restée au Cap, où elle s'adonnait à la viticulture. Un péché mortel aux yeux d'Adrianus Van Stout.

— Dieu les en punira un jour, ne cessait-elle de se remémorer les paroles de son père, espérant néanmoins que le châtiment ne menaçait pas de manière aussi imminente la famille de son cousin.

Elle aimait beaucoup Cornelis, même s'il pensait des choses défendues, quand il n'allait pas jusqu'à les faire !

— Ma foi, pour l'instant il fait pousser le raisin en abondance ! avait-il, cette fois encore, opposé irrévérencieusement à ses reproches. Les Boers du Cap sont plus riches que nous !

Il le savait d'expérience, ayant à plusieurs reprises rendu visite à ses parents. Les parents de Cornelis avaient eux aussi estimé important que leur fils apprît l'anglais, mais ils avaient abordé le problème sous un angle plus pratique. Cornelis ne devrait pas seulement étudier dans les livres, il lui faudrait aussi rencontrer des Anglais et converser avec eux. Il parlait donc couramment l'anglais et se plaisait à lui transmettre son savoir. Mais il avait ainsi été soumis à des influences pernicieuses…

Doortje s'arracha à ses pensées et mit un tablier d'un blanc éclatant, puis elle se tourna vers la porte tandis que Bentje racontait aux enfants comment Andries Pretorius avait poursuivi les guerriers zoulous en fuite.

— Il emmena avec lui cent cinquante hommes montés sur des poneys. Oui, cent cinquante contre des milliers de Cafres ! Et c'est avec eux qu'il a poussé ces gaillards dans la rivière. Dieu guidait les balles de leurs fusils, ils tiraient sur ces païens comme sur des lapins, et la rivière rougissait de leur sang…

Doortje se demanda une fraction de seconde si ce n'était pas la vue des poneys qui avait effrayé les Cafres. Dans l'un des livres de Cornelis, il avait été question des Grecs de l'Antiquité qui ne montaient pas sur leurs chevaux, se contentant de les atteler à leurs voitures. Quand ils se heurtèrent à leurs premiers cavaliers, ils prirent pour des dieux, pour des centaures, ces figures unissant hommes et bêtes. Peut-être les Zoulous étaient-ils eux aussi superstitieux. Mais ils ne l'avaient pas volé ! Ils n'avaient qu'à ne pas être païens !

Elle refoula avec énergie l'argumentation de Cornelis selon qui les Zoulous n'avaient, avant l'arrivée des Blancs, jamais entendu parler de Dieu le Père et de Dieu le Fils. Sa mère n'y voyait que l'indice de leur infériorité, Dieu ne s'étant même pas donné la peine de le leur révéler…

Il était maintenant grand temps de rejoindre sa famille. Elle entra au salon, satisfaite de sa tenue.

— Et si on récitait nos prières ?

Bentje Van Stout leva la tête et Doortje fut comme toujours effrayée par son regard vide. Sa mère avait autrefois des yeux lumineux, pétillants. Rien ne leur échappait. Mais Dieu lui avait ensuite infligé la cécité, pour on ne savait quel péché. Doortje essaya de ne pas penser à l'Anglais qui avait dit pouvoir la guérir. Sa mère avait sans doute eu raison de se soumettre aux décrets de Dieu et de rejeter la proposition de l'ennemi.

— Oui, oui, certainement, mon enfant, répondit Bentje. J'ai presque terminé mon histoire. Je voulais juste encore parler du pays dont nos ancêtres prirent alors possession. Johanna, tu connais déjà l'histoire. Va donc avertir tante Jacoba et cousine Antina. Peut-être qu'une des deux pourra venir prier…

Doortje prit la bible familiale.

— Tout à l'heure, j'irai lire quelques versets à Willem et à Cornelis, dit-elle.

Elle avait d'abord songé à réciter toute la prière au chevet des blessés, mais la chambre où dormaient habituellement Thies et Mees était trop petite. Un peu trop obscure aussi. Mais facile à défendre. Elle n'était pas près de commettre à nouveau une erreur comme lors de la réquisition de la ferme. Son père devait déjà avoir honte de sa fille !

Bentje termina son histoire, pendant qu'elle cherchait dans la bible un passage approprié. Puis elle leva les yeux : on frappait à la porte. À la fenêtre maintenant. Elle reconnut le visage anguleux et les boucles noires du médecin anglais. Non, pas anglais ! D'où venait-il donc ? D'Australie ? Non, de Nouvelle-Zélande, c'était ça. Qui savait où cela pouvait bien se trouver ? En tout cas, il paraissait pressé. Il se mit à gesticuler quand il vit qu'elle l'avait aperçu.

— Miss… euh… Mejuffrouw Doortje…

Doortje faillit rire tellement le Néo-Zélandais écorchait le mot néerlandais.

— S'il vous plaît ! Puis-je vous parler ?

Elle se redressa à contrecœur. Les femmes avaient convenu de faire comme si elles ne voyaient pas les hommes, mais, si elle ne réagissait pas, il allait troubler la prière.

— Oui ?

Elle ouvrit la porte et le regarda avec froideur. C'était la première fois qu'elle voyait véritablement son visage et elle s'efforça de ne pas remarquer qu'il était bel homme. Il avait au demeurant l'air exténué, des cernes noirs sous les yeux, et de petites rides s'étaient creusées autour de sa bouche.

— Mejuffrouw Doortje, vous êtes une femme intelligente, commença-t-il, un peu désemparé, vous devez bien voir dans quel état se trouve ce jeune soldat que nous avons amené…

— Mon cousin Cornelis. Sa vie est entre les mains de Dieu.

— Votre cousin ! s'écria Kevin presque soulagé. Mais vous… vous éprouvez peut-être un peu d'attachement… au-delà… euh… au-delà du patriotisme. Peut-être… miss Doortje, devriez-vous nous autoriser à opérer votre cousin. Sinon, il mourra… il va se vider de son sang.

— Mon cousin est sur la voie de la guérison. Ma tante dit que, ces dernières heures, il n'a plus perdu une goutte de sang.

— Bien sûr, soupira Kevin. Sinon, il serait mort, miss Doortje. Le Dr Tracy et moi lui avons posé un garrot. Pour l'instant, il ne coule plus de sang dans l'artère blessée. Mais il n'en coule pas non plus dans les autres artères de la jambe. Cela signifie que son pied et sa jambe vont se nécroser. Quelques heures encore, et nous ne pourrons plus, ensuite, que l'amputer.

— Il peut aussi vivre avec une seule jambe, osa Doortje, mais elle eut de la peine à simuler l'indifférence.

Cornelis était plus un rat de bibliothèque qu'un paysan. Mais il n'avait pas non plus voulu devenir prêtre, même pas sacristain comme Martinus. Il aimait monter à cheval, se promener dans le veld, observer les animaux. Un jour, il lui avait avoué vouloir devenir vétérinaire. Mais ses parents ne le laisseraient bien entendu pas étudier. Il s'était néanmoins occupé avec plaisir des poneys, avait aidé les vaches à vêler. Mais tout cela serait difficile s'il n'avait plus qu'une jambe.

— Il va mourir si nous ne l'opérons pas, miss Doortje, insista Kevin. La jambe ne se détache pas comme ça, elle pourrit lentement. Je ne le souhaite pas à votre cousin, c'est une mort bien pire que de perdre tout son sang. Il devrait avoir déjà de fortes douleurs. Est-il conscient ?

Doortje hésita. Pour être franche, elle avait jusqu'ici évité de se rendre au chevet de Cornelis. Elle ne supportait pas de le voir si pâle et malade.

— Je ne crois pas, dit-elle, d'une voix normale pour la première fois. Je crois qu'il est toujours inconscient.

— C'est mieux pour lui. Mais ça ne va pas durer, miss Doortje. Je le tiens du moins pour invraisemblable. Il n'a pas perdu assez de sang pour mourir inconscient. Il va se réveiller et mourir dans de terribles souffrances. Laissez-moi l'opérer, Doortje, je vous en prie !

Le jeune médecin semblait sérieux. Mais un sujet de la Couronne anglaise pouvait-il s'occuper d'un Boer ? Non ! Elle se raidit à nouveau comme elle avait appris à le faire.

— Ce n'est pas moi qui décide du sort de mon cousin, docteur. Sa mère est avec lui, parlez-lui.

Kevin eut envie de la secouer, une fille si jolie, si intelligente, qui condamnait son cousin à mort par pure obstination, par patriotisme stupide, se référant à une foi archaïque.

— Vous lisez ça occasionnellement ? demanda-t-il, provocateur, montrant la bible qu'elle avait à la main. Donc aussi les passages où il n'est pas seulement question d'« œil pour œil, dent pour dent » ? Il est parfois aussi question de miséricorde, d'amour du prochain, d'aide aux gens dans le besoin. Vous pensez vraiment que votre cousin veut mourir ? Réfléchissez-y !

Il se détourna sans lui laisser le temps de répondre. Sa mère, d'ailleurs, l'appelait depuis l'intérieur de la maison. Elle obéit à l'appel bien que se sentant prise de vertige. La pièce était éclairée par des lampes à pétrole, mais elle ouvrit sa bible à l'aveuglette. Le livre de Samuel : « Ce jour-là Yahvé donna la victoire à Israël… »

Cela paraissait tomber à pic : il s'agissait de la guerre des Israélites contre les Philistins, et Israël semblait dans une mauvaise passe. Comme les Boers à présent. Elle commença à lire.

— « Et Saül prononça sur le peuple cette imprécation : Maudit soit l'homme qui mangera de la nourriture avant le soir, avant que je me sois vengé de mes ennemis ! Dans tout le peuple, personne ne goûta de nourriture, alors qu'à la surface du sol il y avait du miel. Cependant Jonathan n'avait pas entendu son père imposer le serment au peuple. Il avança le bout du bâton qu'il avait à la main et le plongea dans le rayon de miel, puis il ramena la main à sa bouche ; alors ses yeux s'éclairèrent… »

Doortje s'arrêta, effarée. Ses yeux s'éclairèrent ? Dieu aidait un aveugle en lui faisant violer un serment ? Ses mains se contractèrent autour du livre saint.

— « Mais quelqu'un du peuple prit la parole et dit : Ton père a imposé ce serment au peuple : Maudit soit l'homme, a-t-il dit, qui mangera de la nourriture aujourd'hui. Et le peuple est épuisé. Jonathan dit : Mon père a fait le malheur du pays ! »

La voix de Doortje mourut. Ce n'était pas possible, ce passage… Elle laissa retomber la bible, puis la releva d'un geste vif et l'ouvrit à une autre page.

— « Repose-toi sur Yahvé de tout ton cœur, ne t'appuie pas sur ton propre entendement ; en toutes démarches, reconnais-le et il aplanira tes sentiers. Ne te figure pas être sage, crains Yahvé et te détourne du mal : cela sera salutaire à ton corps et rafraîchissant pour tes os. Honore Yahvé ! Amen. »

Le verset n'était pas fini, mais Doortje estima que cela suffisait. Ceux qui l'écoutaient semblèrent d'ailleurs heureux et réconfortés. Malgré l'étrange première lecture. Le deuxième passage avait été le bon. Elle ne devait pas croire être plus intelligente que Dieu, elle devait se fier à lui.

— Allons-nous chanter quelques prières, mère ?

Bentje Van Stout en entonnait une quand elle fut interrompue par un cri en provenance de la chambre. Antina, restée auprès de Cornelis, appelait Jacoba.

— Tante Jacoba ! Ton fils se réveille !

Jacoba se signa.

— Le Seigneur soit loué ! murmura-t-elle.

Bentje et les autres répétèrent :

— Le Seigneur soit loué !

Seule Doortje ne dit rien.

Doortje passa presque toute la nuit à rechercher le premier passage de la Bible. Elle ne le trouva pas. Il faut dire qu'elle était constamment distraite par les gémissements et les cris provenant de la chambre, ou parfois par les quelques mots qu'elle échangeait avec Jacoba ou Antina se rendant à la cuisine pour préparer une tisane ou une compresse.

— Cela diminue les douleurs, affirma Jacoba qui, à mesure que la nuit avançait, avait l'air de plus en plus soucieuse et désespérée.

Doortje pensa à ce qu'avait dit le médecin néo-zélandais. Habituellement, les herbes apaisaient la douleur, mais cela ne valait pas pour un membre en train de se nécroser. Elle tenta de ne pas prêter attention aux autres femmes et prit son frère cadet dans ses bras quand, n'arrivant pas à dormir, il vint dans le salon.

— Cornelis gémit sans arrêt. Il a mal à sa jambe. Dieu ne peut-il faire en sorte que ça cesse ?

Un peu après minuit, elle n'y tint plus.

— Je vais un peu veiller auprès de lui, tante Jacoba, proposa-t-elle en entrant dans la chambre. Tu devrais t'allonger, tu as l'air exténuée.

— Mais je… je ne peux pas le laisser…

Elle donnait l'impression qu'elle allait s'écrouler la seconde suivante. La journée sur le champ de bataille avait été longue, elle avait vu le détachement se faire étriller. Et mourir son mari, Jonas, qui le commandait.

Doortje se rappelait fort bien comment il l'avait constitué. Son propre père et son fiancé étaient déjà partis, eux ; ils avaient sauté sur leur cheval dès la déclaration de guerre. Mais les Pienaar avaient attendu que la situation fût devenue critique pour leur pays, que la chance eût tourné du côté des Britanniques. La chance ? À moins que ce ne fût Dieu ? Ou cela s'expliquait-il par le débarquement sur les côtes sud-africaines de centaines de milliers de soldats issus de tout l'Empire ? C'est Cornelis qui avait émis cette dernière idée…

Doortje s'approcha du lit.

— N'est-ce pas, Cornelis ? Ça ne te fait rien si je reste un peu avec toi ? Ta mère devrait se reposer…

Le blessé acquiesça. Doortje fut épouvantée par sa mine. Il était pâle comme un mort, il avait le visage pincé et creusé, les yeux brillants de fièvre.

— Vas-y, tante Jacoba ! Va t'allonger dans ma chambre !

Antina, elle, avait déjà cédé à l'épuisement. Elle était couchée sur une natte à côté de son mari qui dormait paisiblement. Doortje s'assit sur le lit quand Jacoba fut partie à contrecœur. Cornelis poussa un gémissement. Elle chercha une chaise des yeux, mais la chambre était trop petite.

— C'est très douloureux ? demanda-t-elle.

Cornelis acquiesça de nouveau. Il semblait ne pas pouvoir ou ne pas vouloir parler. Peut-être avait-il peur de crier. Elle voulut lui prendre la main et vit entre ses doigts des fragments de couverture. Il la déchirait tellement il souffrait.

— Je vais mourir, finit-il par souffler. Pour rien.

Elle caressa ses cheveux trempés de sueur. Le départ du détachement monté… Elle se souvint de la colère de Jonas envers l'aîné de ses enfants. Cornelis avait été le dernier à se montrer et avait tenté de faire changer les autres d'avis.

— Nous ne pouvons conserver Wepener. Ils sont trop nombreux, vous avez bien vu combien de troupes ils rassemblent. Nous…

— Nous allons leur tomber sur le dos ! avait déclaré son père. Nous les attaquerons comme des frelons.

— Mais ce ne sont pas quelques frelons qui les chasseront, avait objecté Cornelis.

Il ressemblait aux autres Boers, avec son pantalon marron en velours côtelé, son épaisse redingote par-dessus sa veste et son chapeau boer, tandis que son père s'était accoutré d'une espèce d'uniforme de général.

— Bien sûr que nous pouvons tuer quelques Britanniques, avait tout de même concédé Cornelis. Mais pour quoi faire ?

— Pour quoi faire ? s'était indigné son père en agitant un sabre ridicule sous son nez. Tu me demandes pourquoi nous devons tuer cette engeance ? C'est pourtant simple : pour qu'ils ne nous tuent pas, nous ! Et pour qu'ils n'engendrent plus d'enfants qui tueraient les nôtres ! Mort aux Anglais ! Avec l'aide de Dieu nous les chasserons de notre Terre promise.

La centaine d'hommes du détachement avaient ovationné leur chef. Ils l'avaient élu à une écrasante majorité et se trouvaient confirmés dans leur choix.

— Alors, tu veux nous aider, Cornelis Pienaar, ou bien préfères-tu rester sur tes terres comme un couard, un Cafre, pendant que nous libérons notre pays ? avait demandé Willem De Wees, l'époux de sa cousine Antina.

Doortje, lisant les tourments sur le visage de son cousin, s'était pour sa part demandé en quoi il y avait là matière à réflexion. Elle serait à l'instant partie avec ces hommes. Déjà, lors du départ de son père, elle avait regretté que son statut de jeune fille lui interdît de le suivre. Mais, d'un autre côté, elle n'avait jamais pris Cornelis pour un couard.

— Il n'aura pas une acre de terre s'il se dégonfle ! avait déclaré Jonas. Et il ne sera plus mon fils ! Jacoba ? avait-il ajouté, tourné vers sa femme qui s'apprêtait à les suivre avec la charrette bâchée.

Celle-ci avait foudroyé son fils du regard.

— Tu ne remettras jamais les pieds sur nos terres et dans notre maison !

Baissant la tête, Cornelis avait rejoint le groupe sur son poney. C'est ainsi qu'il était parti à la guerre. Et maintenant il gisait là. Doortje prit sa décision.

— Tu ne vas pas mourir, dit-elle à voix basse. Attends-moi et ne dis rien à personne. Ne réveille pas Antina. Et, pour l'amour du ciel, encore moins ta mère.

Secoué, Kevin se réveilla en sursaut. Il s'était endormi profondément, recru de fatigue après cette journée interminable. Il crut à un mirage quand il vit au-dessus de lui le visage de la jeune fille. Pas son visage habituel, impassible et glacial ou furieux et moqueur, mais un visage bouleversé, inquiet, pâle et juvénile. Ses cheveux s'étaient dénoués sous sa coiffe, ses tresses pendaient. Elle serait d'une grande beauté si elle laissait un jour ses traits jouer librement.

— Doortje…, chuchota Kevin. Pardon… Meju…

— Laissez, laissez, dit-elle avec froideur. Contentez-vous de sauver mon cousin.

7

Tandis que Kevin réveillait les autres médecins, Doortje fit entrer dans la maison quelques infirmiers costauds. Elle avait espéré ne pas être remarquée, mais sa cousine Antina avait le sommeil léger. Elle se réveilla et commença à se lamenter, ce qui réveilla à leur tour la mère de Cornelis, Bentje et Johanna Van Stout. Mais, ivres de sommeil, les femmes furent aisément maîtrisées. Deux soignants les maintinrent pendant que les autres sortaient le blessé. Kevin entendit les protestations et les malédictions des femmes et plaignit Doortje. Il se reprocha de ne pas l'avoir forcée à rester dans la grange ; elle aurait pu prétendre que les Anglais l'avaient surprise. Puis, oubliant tout cela, il se consacra à sa tâche : contribuer à sauver le blessé. Les chirurgiens les plus expérimentés, Barrister et McAllister, se chargeant de l'opération, il n'eut qu'à procéder à l'anesthésie, ce qui n'était pas un travail simple, un mauvais dosage de l'éther pouvant être fatal à cet homme affaibli par l'hémorragie. Tout se termina finalement bien, Barrister ayant même réussi à sauver la jambe.

— Au moins provisoirement, précisa-t-il. Il faut voir comment les choses vont évoluer. Si ça se passe mal, il faudra remettre ça demain.

Aucun bruit ne provenait de la maison quand Cornelis reposa enfin sur une paillasse, pansé. L'aube pointait et Kevin savait qu'il devrait s'allonger pour prendre encore un peu de repos avant l'arrivée des premiers blessés.

Mais il aperçut une vague lueur dans la pièce du devant de la maison. Il se dirigea vers elle. Doortje voudrait sans doute savoir comment l'opération s'était passée.

Effectivement. Il la vit en regardant par la fenêtre. Elle lisait dans une bible à la lumière d'un bout de chandelle. Kevin ouvrit la porte en faisant le moins de bruit possible pour ne pas réveiller la maisonnée.

– Vous allez vous abîmer la vue, chuchota-t-il. Vous ne devriez pas lire avec une aussi mauvaise lumière.

Elle ne parut pas surprise, elle devait avoir écouté les bruits extérieurs. Peut-être l'attendait-elle.

– Si Dieu veut me frapper de cécité… (Elle s'interrompit.) Comment va Cornelis ?

– Il vit, et nous espérons qu'il conservera sa jambe. Ce n'est encore qu'un espoir. S'il vous plaît, ne vous jetez pas sur nous avec un couteau si nous devons l'amputer. Si l'opération réussit, ce sera de justesse, les tissus n'étaient plus irrigués depuis longtemps. Vous avez maintenant une vraie raison de prier.

Il aurait aimé s'asseoir auprès d'elle mais, ignorant quelle serait sa réaction, il resta debout. Elle leva les yeux vers lui. Elle avait le teint blafard, l'air aussi harassée que son cousin.

– Je ne cesse de prier. Nous… nous ne sommes pas comme vous, nous ne considérons pas Dieu comme une dernière chance. Nous… nous… Il est toujours auprès de nous.

– Aujourd'hui, il va abandonner vos compatriotes de Wepener, répondit Kevin avec un haussement d'épaules. Ils se battent toujours, contre toute raison. Vous récupérerez bientôt votre ferme. J'espère que vous ne nous en voudrez pas trop. Nous avons tout de même pu sauver votre cousin. Après tout, c'est peut-être votre Dieu qui nous a envoyés.

Kevin s'attendait à une explosion de colère. Il n'en fut rien ! Doortje ne dit mot.

Il y eut un nouvel afflux de blessés dans la matinée. Peu de cas graves au demeurant. Les assiégés manquant de munitions, ils essayaient de repousser les assaillants avec des sabres, des couteaux et des gourdins. Aux environs de midi, les transports depuis le front tarirent. Les derniers blessés légers qui venaient se faire panser rapportèrent que les troupes, victorieuses, étaient entrées dans la ville.

– Mais il n'y avait pas grand-chose à conquérir, expliqua un jeune Néo-Zélandais. Les occupants de la garnison étaient à demi morts de faim, ils avaient en partie détruit les minoteries pour renforcer les palissades, les maisons sont criblées d'impacts… La ville devra être reconstruite. Les Boers pourront s'en charger après la guerre.

– Les Boers vont donc la récupérer ? s'étonna Kevin. Pourquoi ces tueries alors ?

– Bien entendu, Drury, qu'ils vont la récupérer, intervint alors Barrister. Que pourrait bien faire l'Empire de ce trou frontalier ? Et nous n'avons pas non plus l'intention de chasser les Boers. Il leur suffit de se soumettre aux lois anglaises, de reconnaître un gouverneur, peut-être aussi d'apprendre l'anglais qui deviendra la langue administrative. Jusqu'à ce qu'ils s'y résolvent – capitulent en d'autres termes –, nous occuperons les forteresses comme Wepener. Mais nous les abandonnerons sitôt la paix conclue. Épargnez-vous la peine de dire ce que vous pensez de tout ça. Je pourrais vous en raconter des vertes et des pas mûres ! Ici, au moins, il était question d'une localité. Il y a quelques semaines, nos hommes et les Boers se sont entre-tués en aussi grand nombre pour une colline. Un monticule absolument sans intérêt. C'est la guerre, Drury. C'est, comme vous le disiez hier, une question de principes. Au fait, vous pouvez aller voir votre patient préféré, il est réveillé. Et peut-être pouvez-vous aussi persuader votre pétroleuse préférée de venir rendre visite à son cousin. Miss Doortje rôde comme une âme en peine autour de la grange…

Kevin hésita : par lequel commencer ? Son cœur le poussait vers Doortje qui n'avait pas la vie facile. Les femmes de la maison devaient la mépriser et elle ne voulait pas non plus parler aux Anglais. Elle n'avait pas changé de camp en effet. Elle était certainement toujours aussi résolue à détester les Anglais. Ce ne serait pas une aide pour elle s'il allait maintenant la voir. Sa famille devait l'observer et lui reprocherait la moindre conversation avec lui. Il se décida donc pour Cornelis. Le jeune homme avait bien meilleure mine ce matin et, quand Kevin le salua, il sourit amicalement.

— C'est donc à vous que je dois d'être sauvé. À vous et à Doortje. J'ai… j'ai vraiment cru que j'y passerais. Merci, mille fois merci.

Kevin répondit à son sourire.

— Je m'attendais plutôt à des insultes. Nous nous demandions si nous n'agissions pas contre votre gré…

Cornelis le regarda droit dans les yeux et Kevin y lut une douleur profonde.

— J'ai dix-neuf ans. Je… j'aimerais aller à l'université. Je voudrais devenir enseignant ou médecin, vétérinaire avant tout. Mais, s'il le faut, je cultiverai la terre de ma famille. Mourir… je l'avais envisagé pour dans une soixantaine d'années. Mais je sais, je suis peureux, je suis une honte pour mon peuple. Vous devez vous aussi le penser. Vous êtes volontaire après tout. C'est bien ça, non ? Les Anglais sont tous volontaires…

— Les Néo-Zélandais et les Australiens, oui. Et, si vous voulez mon avis, nous fuyons tous quelque chose. Qui est peureux ? Il y a là matière à discussion. Votre cousine, en tout cas, ne l'est pas. Remerciez-la ! Si ça peut consoler votre mère, ces dames ont flanqué une belle frousse à l'armée anglaise qui n'a pas eu le courage de vous sortir de cette maison contre leur gré.

— Oui, je comprends, murmura Cornelis, l'air de plus en plus triste. Je connais ma mère.

Ce jour-là, Doortje n'osa pas rendre visite à son cousin. Elle n'échangea pas non plus un seul mot avec Kevin. Celui-ci pria alors Nandé de l'informer que son cousin était sorti d'affaire. La jeune Noire lui rapporta en revanche que l'état de l'autre Boer, Willem, se détériorait de manière dramatique.

Kevin retourna donc à la maison dans l'espoir de parler aux femmes. Johanna l'éconduisit, lui lançant de farouches imprécations dans son mauvais anglais.

— On n'y peut rien, estima Barrister. On se heurte cette fois à un clair refus de la part de l'intéressé. Miss Doortje ne va pas risquer une seconde tentative, d'autant que cet homme lui tient moins à cœur que son cousin. Savez-vous, par hasard, si les deux ne seraient pas mariés ?

Ce fut, pour Kevin, comme un coup au cœur. Pas une seconde il ne s'était jusqu'ici posé la question de savoir si Doortje était fiancée. Il s'éprenait au contraire chaque jour davantage de la jeune Boer revêche. Il était temps qu'il parte d'ici. L'hôpital serait démonté dès que les blessés les plus atteints seraient transportables. Willcox et Tracy préparaient déjà, à Wepener, des locaux où les hommes pourraient être soignés.

L'aggravation de l'état de Willem eut néanmoins pour effet que les femmes s'intéressèrent moins à Doortje. Le soir, elle parut même être rentrée en grâce : elle fut autorisée à faire la lecture de la Bible à haute voix.

Kevin, lui, s'entretint avec Cornelis qui, quand Kevin l'interrogea prudemment sur sa relation avec sa cousine, secoua la tête en souriant.

— Jamais, aux yeux d'Adrianus Van Stout, je ne pourrais être son gendre, même si Doortje et moi nous nous aimions. Or, depuis l'enfance, nous sommes comme frère et sœur. Jamais il ne me serait venu l'idée d'une liaison. Je courrais alors le danger d'être chassé des terres Van Stout à coups de fusil. Non, non, une fille Van Stout ne peut être mariée avec un couard et un rat de bibliothèque comme moi. De plus, je n'ai pas de fonction ecclésiastique et notre ferme n'est pas très grande. Martinus, en revanche, est déjà assesseur et il sera nommé au Conseil des anciens dès qu'il aura fondé une famille. Sa ferme avoisine celle-ci et...

— Martinus ?

— Oui, dit le blessé en cherchant une meilleure position, le fiancé de Doortje. Vieille noblesse «*voortrekker*», son arrière-grand-père a participé au Grand Trek avec l'arrière-grand-père de Doortje. Ils sont même parents éloignés. En tout cas, il est entendu depuis toujours que Doortje et Martinus se marieront. C'est prévu pour cette année. Mais bien sûr Martinus et Adrianus ont été les premiers à partir en guerre. Doortje serait bien partie avec eux, à l'image de ma mère et de tante Antina. Mais ce n'était pas possible pour une fille aussi jeune et tante Bentje avait besoin d'aide ici en raison de sa cécité. Elles sont donc restées et attendent le retour d'Adrianus et de Martinus.

— Martinus est probablement un cavalier intrépide et un tireur d'élite, dit Kevin d'un ton un peu amer, provoquant un sourire chez Cornelis.

— On dirait que vous êtes jaloux, docteur !

Kevin ne pipa mot. Puis il se dit qu'il pouvait tout aussi bien poser la question, puisque, de toute façon, on lisait en lui à livre ouvert :

— Ce Martinus... Est-ce que Doortje l'aime... ?

L'hôpital resta à la ferme presque une semaine encore, les unités et les médecins attendant d'être affectés ailleurs.

Doortje évitait Kevin. Les rapports entre elle et les occupants n'avaient guère évolué. Elle ne venait pas voir Cornelis. La mère de ce dernier non plus.

— Qu'allons-nous faire de vous à notre départ ? s'inquiéta Kevin qui avait lié amitié avec lui.

Cornelis était un esprit ouvert et répondait à toutes les questions que Kevin se posait à propos de l'Afrique du Sud et de ses habitants. Sa description des Boers différait profondément de celle de Ribbons et des Anglais du Cap. Kevin bénéficia ainsi de récits plus complets concernant la conquête du pays par les « voortrekkers ».

— Ils étaient d'un courage hors du commun pour partir ainsi dans l'inconnu avec leurs bovins et leur mobilier. Personne n'avait encore franchi les montagnes avant eux. La nature était hostile… les hauts plateaux, le désert… il fallait franchir tout ça. Sans compter les indigènes…

— … qui, pour des raisons inexplicables, ne voulaient pas se laisser déposséder de leurs terres ! ironisa Kevin.

— On peut voir les choses comme ça… Mais ces gens-là, non ! Les « voortrekkers » se voyaient en descendants des Israélites, ils étaient à la recherche de la terre promise par Dieu. Ils furent totalement surpris par les attaques des Zoulous, presque vexés, se sentant persécutés de tous côtés, par les Anglais au Cap, par les Noirs à l'intérieur. Alors ils firent le cercle avec leurs charrettes et tapèrent à tour de bras.

— Avec succès, ai-je entendu dire. Plus de trois mille morts en un seul jour…

— Auparavant, cela avait été le sort de quelques centaines de Boers attirés dans une embuscade. Aucun côté n'était innocent. Il ne faut pas croire que les Zoulous étaient un peuple naïf avec quelques villages perdus ici ou là. C'était un royaume avec une vie commune fonctionnant bien et, surtout, une puissante armée. Ils étaient aussi courageux que les « voortrekkers ». Ils eurent la malchance que les Boers aient des armes à feu et eux non. Il n'a pas dû en aller autrement chez vous, dans votre Nouvelle-Zélande. Vous avez des Nègres, vous aussi, non ?

— Non, nos Maoris sont des Polynésiens. Des gens pacifiques pour l'essentiel. Ils n'avaient rien contre les immigrants. Pas au début, du moins. Plus tard, il y a eu des conflits, naturellement...

— Un bien joli mot, ricana Cornelis.

— Le mot est exact. Il y a eu des échanges de coups de feu, des morts des deux côtés, mais jamais dans de telles proportions ! Ce furent des problèmes régionaux. Les Maoris ont souvent été injustement traités, mais il y a actuellement des tentatives de règlement juridique. Je ne prétends pas que tout soit parfait, non, mais les Maoris siègent dans notre Parlement, ils ont le droit de vote, ils possèdent des terres. Les mariages entre Maoris et *Pakeha* ne sont pas la règle, mais sont loin d'être une infime exception.

— Des mariages ? s'exclama Cornelis, stupéfait. Entre Noirs et Blancs ?

— Oui. Mais, surtout, il n'y a jamais eu d'esclavage. En revanche, la manière dont vous traitez les Noirs ici...

— Peut-être que vos Maoris sont plus civilisés. Nos Noirs sont comme des enfants, naïfs. Ils ont besoin d'être commandés. Et ils nous sont dévoués. Dans notre seul détachement, il y avait quarante Cafres...

— Des enfants ? releva Kevin. Ils avaient pourtant eu un royaume, un pays, des villes, une armée. Faut-il donc posséder un mousquet pour être adulte ?

Cornelis était nettement plus cultivé et ouvert que les autres Boers rencontrés jusqu'ici par Kevin. Mais, concernant la manière de traiter les Noirs, il était aussi vain d'essayer de discuter avec lui qu'avec Doortje et sa famille. Faisant fi de toutes les objections, ne craignant aucune contradiction, il était persuadé de l'infériorité des gens de couleur. Il ne se fiait pas véritablement à eux. Kevin ne cessait de lui signaler qu'il y avait là une contradiction intrinsèque avec l'affirmation permanente de la loyauté des serviteurs noirs. Après quelques conversations avec Cornelis, Kevin acquit la conviction que les Boers redoutaient leurs travailleurs de couleur.

— Ce n'est pas le courage qui les anime, mais une espèce de réaction de peur, expliqua-t-il à son ami Vincent.

Le lendemain de la capitulation de Wepener, le vétérinaire, menant trois chevaux blessés, était venu demander de l'aide à Kevin.

— Des balles se sont logées dans leurs gros muscles. Il faut les extraire. Mais je n'y arrive pas seul, ils s'agitent. Peux-tu… pourrais-tu essayer… ?

Kevin avait d'abord voulu refuser, puis, voyant la mine ravagée de son ami après trois journées sur le front, il s'était ravisé. Quelque chose semblait être mort en lui, ses traits n'exprimaient plus que confusion et incompréhension.

— C'était épouvantable, racontait-il, Kevin ayant ouvert une bouteille de whisky. Ils… ils… jusqu'ici j'avais cru que les hommes faisaient la guerre à… eh bien à d'autres hommes. Bien entendu qu'un cheval peut être touché lui aussi, mais… mais c'est le cavalier qu'on vise… Alors que ces Boers… on pourrait quand même penser qu'ils aiment les chevaux. Ce sont des cavaliers fabuleux sur leurs poneys. Mais on dirait qu'ils haïssent nos chevaux. Ils tirent sur eux, ils les lacèrent à coups de couteau. Cinq de mes chevaux sont morts, Kevin. Sans compter ceux des autres unités. C'est insensé. Ces gens sont… ils sont…

Kevin évita d'évoquer les pertes humaines tout aussi insensées. Vincent lui aurait sans doute rétorqué que les soldats étaient volontaires. Il préféra donc livrer ses réflexions au sujet des Boers.

— Des réactions de peur. Comme certains chiens.

— Peut-être bien, concéda Vincent avec un pâle sourire. Mais qu'y peut-on ? Nous ne pouvons pas tous les abattre. Pourtant, très franchement, je n'ai pour l'instant pas l'esprit à appliquer des « mesures propres à inciter la confiance ».

Kevin songea à Doortje qu'il préférait comparer à un petit animal apeuré mordant au hasard autour de lui qu'à une brute agressive et malveillante. Mais il ne pouvait l'avouer à son ami.

— On n'y peut rien, en effet ? Mais cela m'effraie. La guerre, pour ces gens-là, ne sera jamais terminée. Allez, opérons tes chevaux. Je me demande ce que Barrister en pensera.

Deux des trois chevaux survécurent à l'opération. Vincent avait l'air un peu rasséréné quand, deux jours plus tard, il vint leur rendre visite. Il informa Kevin des nouvelles missions du contingent néo-zélandais.

— Les Néo-Zélandais vont être placés sous les ordres du *major* Robin, de même qu'une partie des Australiens. Le nouveau régiment a maintenant un nom : les Rough Riders. Notre cavalerie a enthousiasmé les Anglais.

On pouvait bien sûr appeler cavalerie la troupe hétéroclite de cavaliers néo-zélandais venus avec Kevin en Afrique du Sud, pour la plupart de jeunes hommes originaires des Plains, cavaliers et tireurs-nés, en revanche rétifs à toute discipline, à tout exercice. Le commandement anglais, il fallait le reconnaître, y avait d'emblée vu une chance et non un handicap ! Au fond, ces Kiwis mal dégrossis n'étaient guère différents des Boers : il leur serait plus aisé qu'aux militaires de carrière anglais de comprendre leur stratégie et leur mode de pensée. Les Rough Riders ne furent en conséquence pas affectés à des troupes régulières, mais détachés et chargés de surveiller les lignes de chemin de fer de la province du Transvaal. Ils auraient à combattre les détachements de Boers francs-tireurs et à contrôler les fermes isolées qui servaient souvent de refuges aux rebelles.

Vincent fut affecté comme vétérinaire aux Rough Riders, Kevin et Tracy comme médecins. Ces deux derniers transportèrent leur hôpital improvisé sur deux chevaux de bât. Ils se séparèrent avec regret de Barrister, de Willcox et de McAllister qui, eux, partirent avec l'armée en direction de Bloemfontein.

Barrister les remercia pour leur collaboration.

— Vous avez prouvé que la vue du sang ne vous effrayait pas. Maintenant vous allez vous débrouiller seuls !

— Peut-être nous reverrons-nous bientôt, ajouta McAllister. La guerre ne va pas tarder à se terminer, mais on ne sait jamais ! Et pourquoi ne resteriez-vous pas ici plus tard, Kevin ? Ce serait bougrement romantique que vous reveniez auprès de votre Doortje…

Kevin feignit de rire, mais il avait le cœur bien lourd. Doortje avait continué à l'éviter et il s'était peu à peu résigné à son indifférence. Il n'avait toujours pas digéré ce que lui avait répondu Cornelis quand il lui avait demandé ce qu'elle ressentait à l'égard de son fiancé :

— Les sentiments ne jouent aucun rôle, docteur. Doortje et Martinus sont de la même lignée, du même sang. Pas à la lettre bien sûr, mais ils partagent les mêmes opinions, la même foi, les mêmes désirs, les mêmes rêves. Je n'appellerais pas ça de l'amour, mais ni Doortje ni Martinus n'a cela en tête. Ils sont faits l'un pour l'autre, ils auront de merveilleux enfants…

Cornelis avait alors eu un regard chargé d'un peu de nostalgie. Il avait fait un peu pitié à Kevin. Cornelis était différent des autres, il gardait ses convictions, mais, manifestement, il n'avait pas de désir plus cher que d'être accepté des siens.

Avant leur départ pour Wepener où ils retrouveraient le reste des troupes, Kevin passa lui dire au revoir.

— Je peux vraiment vous laisser ici dans votre état ? Nous pourrions vous emmener à Wepener où on continuerait à prendre soin de vous.

— C'est très gentil à vous, mais non. Dès que vous serez partis, ma famille s'occupera de moi. Je rentrerai en grâce auprès de ma mère. J'aurai beau dire le contraire, elle prétendra que vous m'avez opéré contre mon gré. Quant à Antina, il se peut qu'elle soit devenue un peu plus souple depuis la mort de Willem.

Celui-ci avait succombé à la gangrène après une longue agonie. Kevin ne croyait pourtant pas que sa femme eût changé d'avis. Sur sa tombe encore, Antina s'était répandue en imprécations contre les Anglais et leurs alliés.

— Transmettez mon bonjour à Doortje, déclara alors Kevin d'un air résigné. Je pensais que nous pourrions échanger quelques mots une dernière fois, mais…

— Elle ne peut pas. Les autres ne le lui pardonneraient pas. Mais je suis certain qu'elle… qu'elle a une pensée amicale pour vous.

Quelques minutes plus tard, montant sur son cheval, il vit Doortje, flanquée de sa sœur Johanna et de Nandé, debout près du puits. La jeune Noire adressa un sourire timide aux partants, Johanna fit semblant de ne pas les voir et Doortje ne leva les yeux que fugitivement. Le cœur de Kevin battit plus fort quand il ne lut pas de haine en eux, plutôt du regret.

— Au revoir, miss Nandé ! lança-t-il, amical mais provocateur. Au revoir aussi à Johanna et Mejuffrouw Doortje. J'espère que nous ne vous avons pas trop importunées…

Doortje donna l'impression de lutter contre elle-même. Puis elle déglutit et grimaça un sourire.

— Ne vous retournez pas la langue. Dites simplement Doortje. Et sinon… nous avons bien dû accepter ce que Dieu nous avait envoyé.

Kevin crut voir un clignement d'œil. Il lui rendit son sourire.

— Tout arrive par la volonté de Dieu, répondit-il d'une voix de prédicateur. Et j'espère que vous ne lui en voudrez pas s'il fait en sorte que nous nous revoyions !

Il lâcha la bride de son cheval et, se retournant, vit qu'elle le suivait des yeux. Bravant les reproches véhéments de Johanna. Quelque chose dans son attitude et son regard lui insuffla de l'espoir. Qu'est-ce que Cornelis, qu'est-ce que Martinus pouvaient après tout savoir des désirs et des rêves secrets de Doortje Van Stout ?

Il se surprit à siffloter. Parlant de Dieu, il avait moins eu devant les yeux le sévère patriarche de l'Ancien Testament que Taranaki l'humilié ou Rangi, la déesse pleurant toujours Papa.

8

Lizzie Drury était un être pacifique et extrêmement patient. Elle avait très tôt appris à tirer le meilleur profit des difficultés de son existence. Mais cette existence ne l'avait pas préparée à affronter sa belle-fille Juliette.

— Elle pourrait au moins faire quelque chose, se plaignit-elle à Michael quelques semaines après l'installation de cette dernière chez eux.

On était en hiver et les moutons étaient à la ferme. On devait donc s'occuper d'eux et les deux Drury avaient du travail à revendre. Beaucoup de brebis agnelaient déjà, ce qui n'arrangeait pas les choses. Lizzie passait son temps à traîner avec elle un agneau orphelin repoussé par ses congénères. En général, ces petits arrachaient aux représentantes de la gent féminine un « Oh qu'il est mignon ! ». Seule Juliette semblait les trouver répugnants. Les chiens de la ferme, des border collies pourtant bien dressés et amicaux, ne trouvaient pas non plus grâce à ses yeux.

— Personne n'exige d'elle qu'elle aide à agneler ! fulmina Lizzie, quand Michael lui eut fait remarquer que certaines personnes n'aimaient pas partager leur logis avec des quadrupèdes. On ne lui demande ni de donner le biberon aux agneaux ni de dresser les chiots, mais elle pourrait de temps à autre préparer le dîner quand nous passons la journée dehors. Ou au moins donner un coup de balai. Mais non, elle reste assise à se plaindre qu'elle s'ennuie.

C'est à contrecœur que Juliette avait accepté le fait que son enfant ne pourrait passer pour l'enfant de Patrick que si l'on repoussait un peu la date officielle de sa naissance. Sinon, ce serait la porte ouverte aux commérages, et, plus grave encore aux yeux de Lizzie, l'enfant lui-même serait exposé plus tard aux quolibets. Patrick ne pouvant interrompre son travail et accompagner Juliette dans un voyage de noces de plusieurs mois comme se l'était imaginé la jeune femme, la seule possibilité était que Juliette passât les mois de sa grossesse à Elizabeth Station.

— Et au moins deux mois après la naissance, avait même conseillé Patrick, légèrement embarrassé.

On ne pouvait cacher qu'un enfant était un nouveau-né. Il lui fallait bien avoir deux ou trois mois pour donner le change quant à son âge.

Juliette lui ayant demandé ironiquement d'où il tenait de telles connaissances à propos de nouveau-nés, il avait le plus sérieusement du monde et sans aucune gêne fait référence à l'élevage des moutons. Patrick et sa famille parlaient avec un tel naturel de grossesses et de naissances que le rouge lui montait au front. Elle était tout sauf prude, mais son éducation avait laissé de côté le processus de la naissance. Et après… après, eh bien il y avait des nurses pour ça !

Or elle trouvait le temps long, d'autant qu'elle n'avait absolument rien en commun avec la famille de son mari. Les Drury s'intéressaient peu à la musique et aux arts, même s'ils assistaient aux vernissages d'Heather et de Chloé quand ils se trouvaient à Dunedin. Lizzie ne dédaignait pas non plus les concerts, trouvant la musique « belle », mais était incapable de soutenir des conversations relevant de la critique musicale telles que les aimait Juliette. On ne pouvait non plus parler de mode. Lizzie était bien sûr une cliente fidèle de Lady's Goldmine, mais elle s'intéressait davantage aux coupes susceptibles de masquer des bourrelets mal placés qu'à savoir ce qui était à la mode à Paris ou ferait fureur demain à Londres. Restait la littérature. Un premier coup d'œil à la bibliothèque des Drury, remplie de livres, avait laissé croire à Juliette qu'elle était sauvée. Le problème, à vrai dire, était que Michael lisait certes à l'occasion un ouvrage sur l'élevage des moutons, de préférence illustré, et que Lizzie, si elle aimait la lecture, était une lectrice lente. Il lui fallait des mois pour terminer un roman que Juliette avalait en une semaine. En conséquence, la littérature n'occupait qu'une modeste place dans les rayonnages, condamnée à la portion congrue par un stock d'ouvrages consacrés à la viticulture.

— Je trouve surtout inquiétant que Juliette sorte si peu de la maison, estima de son côté Michael.

Il ne voulait pas faire chorus avec Lizzie et ses reproches car il n'avait au fond rien contre sa belle-fille. Il la trouvait *in petto* toujours aussi ravissante et ne détestait pas quand, de temps à autre, elle jouait à flirter avec lui. Mais son côté casanier le rendait soucieux.

— Ce ne peut être bon pour le bébé qu'elle reste là, malheureuse, à ne rien faire.

— C'est bien ce que je disais ! renchérit Lizzie, pourtant indifférente à ce que Juliette fût heureuse ou malheureuse. Il faut qu'elle sorte, qu'elle bouge. J'avais pensé aux pieds de vigne, je suis en train de les tailler. Ça l'amuserait peut-être. Elle aime le vin, finalement. Mais non, elle n'a même pas voulu y jeter un coup d'œil, et, quand elle a fini par sortir, elle avait mis des gants, de minces gants en veau, et une mantille qui aurait à la rigueur pu convenir à une sortie à l'opéra. Et il gelait ce jour-là… Je l'ai aussitôt fait rentrer à la maison. Le bébé n'a pas non plus besoin que sa mère attrape une pneumonie.

— Elle n'est pas faite pour vivre ici, soupira Michael. Elle ne connaît pas la vie à la campagne, elle…

— Elle vient d'une grande plantation de Louisiane. C'est en pleine campagne, et elle se souvient encore très bien du nombre d'hectares de la propriété. Je me rappelle encore la tête que tu as faite quand elle t'a expliqué combien la tienne était minuscule comparée au royaume paternel ! Si elle n'en a pas fiché une là-bas, ce n'est pas que les occasions lui aient manqué. C'est qu'ils font bosser les Noirs à leur place et qu'ils regrettent l'esclavage.

— Lizzie ne peut pas la souffrir, se plaignit Michael.

Les Maoris célébrant à nouveau Matariki, il était allongé sur une natte épaisse devant une tente, à côté de son ami Tane, tous deux contemplant le ciel étoilé. À chaque gorgée de whisky, la lumière des étoiles devenait plus vive. Ils se connaissaient depuis des dizaines d'années. Ils avaient chassé ensemble les baleines, puis travaillé dans le même élevage de moutons et Tane avait fini par reprendre à son compte la distillerie de Michael, près de Kaikoura. La tribu de Tane entretenait d'étroites relations avec les Ngai Tahu qui vivaient à proximité. Une fois par an, la tribu de Tane venait dans l'Otago et les hommes fêtaient et arrosaient leurs retrouvailles. Cette année, les gens de Tane étaient venus pour la nouvelle année, les salutations rituelles avaient duré toute la journée, et les deux complices trouvaient enfin le temps d'échanger leurs impressions. La belle-fille, magnifique mais difficile, de Michael avait bien entendu éveillé l'intérêt de Tane.

— On pourrait pourtant penser qu'elles ont quelque chose en commun, poursuivit Michael, ne mâchant pas ses mots en présence de Tane qui connaissait son passé comme celui de Lizzie. Je veux dire… je ne veux accuser Juliette de rien, mais elle a réussi pendant quelques années à se maintenir à flot dans un… hum… un milieu qui…

— Elle a fait le tapin ? Depuis quand tu n'appelles plus les filles de joie par leur nom ?

— Ma foi, je ne dirais peut-être pas les choses comme ça, se tortilla Michael. Ce serait plutôt le genre… demi-mondaine, tu vois ? Mais elle a… je crois… été entretenue par des hommes.

— Pourquoi ? Elle non plus n'avait pas de tribu, comme Lizzie ? Ou bien elle a épousé l'homme qu'il ne fallait pas ? Ou son père l'a… regardée et touchée, comme il est interdit de le faire aux enfants ?

— Non, à ma connaissance non. Elle est d'une famille riche. Elle était une espèce de… une espèce de baronne des moutons. Une enfant gâtée. Mais elle a voulu être chanteuse. Elle s'est enfuie. Et ça a dû lui plaire.

— Et tu t'étonnes que Lizzie ne l'aime pas ? Michael, Lizzie n'aimait pas du tout se vendre ! La plupart des filles non plus ! Mais cette Juliette s'est vendue volontairement, elle a abandonné tout ce que Lizzie et ses anciennes amies désiraient par-dessus tout, un chez-soi, une famille. Tout ça pour chanter dans des bars et traînailler avec des hommes. Et voilà qu'elle met la main sur votre Patrick ! Ils ne vont pas du tout ensemble. Je l'aurais plutôt vue s'intéresser à Kevin.

Michael soupira.

— Bon, je vais te le raconter. La tribu est de toute façon au courant. Mais ne va pas le rapporter à un *Pakeha* !

Tane siffla entre ses dents quand Michael lui eut avoué le fin mot de l'histoire.

— Et Patrick en est heureux ? Où est-il au fait ? Lui qui vient toujours à nos fêtes. Et où est passée la fille ?

Michael but une longue rasade de whisky et chercha des yeux où pouvait bien se trouver Lizzie. Ne la voyant pas, il pensa qu'elle était en train de faire la fête avec les femmes. Elle parlait le maori couramment et, chez les Ngai Tahu, avait la réputation d'une femme ayant une forte *mana*. Rassuré, il se tourna à nouveau vers son ami. Il ne voulait pas que Lizzie l'entendît dire du mal de Juliette.

— Elle n'a pas voulu venir. Elle n'apprécie pas tellement les tribus. On peut la comprendre… dans son pays…

— En Amérique, ils avaient des Africains comme esclaves, et il a fallu une guerre pour qu'ils cessent de pousser ces pauvres diables dans les champs à coups de fouet, objecta Tane qui, bien que peu cultivé, connaissait plus le monde que ne le croyait Michael. Et puis, ça date de plus de trente ans, et ce n'est pas une excuse pour traiter comme de la merde quelqu'un qui a une autre couleur de peau !

— Non, elle n'est pas comme ça. C'est juste que, pour elle, il n'est ni naturel ni évident de fêter en commun…

— Et où est Patrick ?

— Il est resté avec elle, avoua Michael. Il n'a pas voulu la laisser seule. Il a dit qu'on pouvait aussi voir les étoiles depuis la ferme.

— Dis-moi, Michael, afin que je me fasse vraiment une idée : Patrick est venu spécialement de Dunedin pour fêter avec nous, et elle l'en a dissuadé ?

Michael acquiesça, mais, haussant les épaules, montra une certaine compréhension à l'égard de Patrick :

— Moi aussi, j'ai une femme qui a une forte *mana*…

Durant les premiers temps de leur vie commune, Lizzie et lui avaient eu beaucoup de conflits car celle-ci avait tendance à prendre d'elle-même des décisions les concernant l'un et l'autre.

— Cette Juliette aurait donc de la *mana* ? rigola Tane. Auprès de quelle tribu ? Des gens de Dunedin ? Si elle en avait, elle n'aurait pas besoin de cacher son enfant et de se glisser dans le lit d'un homme qu'elle n'aime pas. Et Kevin ne l'aurait pas abandonnée. Car lui aussi a besoin d'une femme avec *mana*, exactement comme toi, mon ami !

Il donna une bourrade amicale à son vieux copain. Ni l'un ni l'autre ne remarqua que l'amie de Lizzie, Haikina, s'était approchée. Elle s'assit en riant à côté d'eux.

— Je suis chargée de vous dire de vous rapprocher des feux. On va manger. Mais il faut auparavant que tu aies dansé le *haka*, Tane. Ta mère prétend que nous ne pouvons pas te nourrir avant que tu aies dansé. Tu grossis !

— Nous qui parlions justement de femmes avec *mana*, gémit Tane.

— Je vois de quoi vous discutiez. Il était question d'une certaine Juliette, n'est-ce pas ? dit Haikina dans son excellent anglais appris à l'école des missionnaires.

— Toi aussi, tu ne l'aimes pas plus que Lizzie, regretta Michael.

— Comme la plupart des femmes, Michael. Nous aimons avoir de la *mana*, mais pas pour mener les hommes par le bout du nez. En la matière, Juliette est plutôt une *tohunga*, à vrai dire : votre Patrick, elle le fait danser, comme un *manu* au bout de son fil !

Les mois d'attente jusqu'à la naissance furent interminables. Patrick était malheureux de ne voir sa jeune femme que le week-end. Et encore… Il conseillait des fermiers et passait parfois la semaine dans des régions éloignées.

— De ce point de vue, c'est bien que tu sois chez mes parents, tentait-il de consoler Juliette qui se plaignait de sa solitude à Elizabeth Station. Chez nous, tu serais absolument seule et, lorsque l'enfant arrivera…

Quatre semaines avant la naissance environ, Juliette avait la taille fortement arrondie. Patrick, sans se le faire dire, ne la rejoignait plus au lit. Elle en était d'autant plus insupportable. Ce n'est pas qu'elle y prît grand plaisir, mais il lui manquait quelque chose. De plus, elle détestait sa perte de mobilité et sa difformité.

— Les soins ne sont pas l'idéal ici, disait-elle, reprenant un de ses sujets favoris, l'assistance lors de l'accouchement.

Après bien des palabres, on était parvenu à un compromis : il n'y aurait ni sage-femme maorie, ni médecin de la ville. Viendrait une sage-femme *pakeha* de Lawrence, à moins qu'elle ne fût retenue par une autre naissance. Juliette ne cessait de soutenir à son époux et à ses beaux-parents que l'unique sage-femme d'un district était exposée à d'inévitables et dangereux goulets d'étranglement.

Patrick et Lizzie songeaient davantage à la nécessité de falsifier la date de naissance : à Lawrence aussi on était capable de calculer le nombre de mois entre le mariage et l'accouchement. On y ignorait, en revanche, la liaison entre Juliette et Kevin, si bien que les commérages y perdraient en venin. Lizzie aurait pourtant préféré une Maorie indifférente aux questions de paternité.

Finalement, tout se passa très bien, du moins aux yeux des Drury qui avaient de la naissance une conception réaliste. Comme la plupart des parturientes, Juliette eut des contractions durant plusieurs heures. La sage-femme eut largement le temps d'arriver. L'enfant avait de surcroît choisi un samedi pour venir au monde et Patrick était presque déjà de retour à Lawrence quand les douleurs avaient commencé, si bien que la sage-femme et lui parvinrent presque au même moment à Elizabeth Station, y trouvant une Lizzie sereine et une Juliette hystérique qui se croyait à l'article de la mort.

— Cela fait déjà trois fois que je lui dis que la naissance, chez les humains, est plus longue que chez les moutons ou les chevaux, expliqua Lizzie à son fils déjà prêt à s'enflammer à son tour. Elle ne me croit pas ! Je me demande dans quel monde elle a vécu jusqu'ici ! En tout cas, tu n'as rien à me reprocher. Elle a une chambre convenable, un bon lit, je lui ai préparé des tisanes et même une bouteille de vin. Et maintenant Sharon est là, elle est entre de bonnes mains.

On entendit un cri dans la chambre de l'accouchée. Patrick pâlit.

— Je peux… je peux la voir ?

Sharon Freeze, sortant de la chambre, l'entendit.

— Oui, bien sûr. Entrez, peut-être pourrez-vous calmer votre femme. Tout se passe bien, l'enfant est bien positionné, le col s'ouvre lentement. Cela peut encore durer cinq ou six heures, perspective qui l'a… heu… consternée. Elle est d'une sensibilité un peu excessive. Mais cela ira peut-être mieux en votre présence. Tu peux me préparer un thé, Lizzie ?

Lizzie et Sharon burent leur thé tandis que Patrick s'occupait de son épouse avec une patience inlassable. Maladroitement, il racontait les diverses délivrances animales auxquelles il avait assisté, n'épargnant aucun détail. Juliette fut assez vite ennuyée, puis dégoûtée, enfin paniquée. Certes elle ne criait plus, se contentant de gémir quand les contractions étaient plus fortes. Patrick, avec la satisfaction sereine de l'éleveur, observait que les intervalles entre elles se raccourcissaient. Il aurait sans doute pu mettre lui-même l'enfant au monde. Juliette trouvait avilissante sa présence à son chevet : comment pourrait-elle enchanter et séduire cet homme qui l'avait vue suer, se tordre, gémir et crier ? Elle finit par réclamer la sage-femme, laquelle mit Patrick à la porte quand elle vit que les choses devenaient sérieuses.

— Vous avez déjà pensé à un nom ? demanda Michael à son fils pour lui changer les idées.

— N'importe lequel pourvu que ce ne soit pas Kevin. J'aime Joseph. Joé est facile à prononcer. Ou Harold, Harry. Mais Juliette aimerait un nom qui évoque un peu son pays, un nom français : Baptiste ou Laurent…

— Hein ? s'exclama Lizzie, pourtant interrompue par un cri venant de la chambre.

Patrick fit mine de se précipiter, mais Lizzie le retint.

— Attends, c'est bientôt fini !

Effectivement, le cri ne se répéta pas et, peu après, la porte de la chambre s'ouvrit, laissant passer Sharon, rayonnante, tenant un minuscule bébé enveloppé dans des bouts de tissu.

— Voilà votre fille, monsieur Drury ! N'est-elle pas le bébé le plus ravissant que vous ayez jamais vu ?

Incrédule, Patrick lui enleva néanmoins de bon cœur le bébé des bras. Il sourit en apercevant le minuscule visage.

— Une fille ?

— Oui, regardez comme elle est mignonne !

Lizzie, obligée de se mettre sur la pointe des pieds, fut elle aussi ravie.

— Et ses cheveux sont déjà longs ! Et elle aura la peau mate, n'est-ce pas ? Je n'avais jamais vu un aussi bel enfant depuis Matariki !

Michael eut l'air sceptique. Il avait été fier de tous ses enfants, mais n'avait jamais pu comprendre comment, après un premier coup d'œil sur un petit être rouge et ratatiné, au visage fripé, on pouvait tirer des conclusions sur ses airs de parenté ou sa future beauté.

— Comment allez-vous l'appeler ? demanda-t-il.

Question qui, les jours suivants, déclencha une véritable guerre de tranchées. Patrick était si enthousiaste et soulagé qu'il était prêt à lire dans les yeux de Juliette le moindre de ses désirs, surtout pour un choix aussi insignifiant que celui d'un prénom. Mais Lizzie combattit avec acharnement toute proposition venant de sa belle-fille.

— Celina, Laetitia, Monique ! Rien que d'entendre ça…

— Des noms un peu exotique bien sûr, trouvait Patrick. Mais parce que nous ne les avons jamais encore entendus.

— Que tu ne les aies encore jamais entendus est un bon point pour toi, mon fils, observa Michael qui, sur ce point, était du même avis que Lizzie. En fait, ils ne sont pas si inhabituels que ça, ils…

— Ton père veut dire qu'il a connu au moins trois putains qui avaient adopté comme pseudonymes Claudine, Michelle ou Clarisse, précisa Lizzie. Il est possible qu'à La Nouvelle-Orléans, des filles normales s'appellent ainsi. Mais ici… tu ne peux faire ça à ta fille !

Patrick se mordilla les lèvres. Il ne connaissait pas de fille de joie. À Dunedin, l'Église d'Écosse veillait à ce que la prostitution ne fleurît que dans l'ombre.

— Pourquoi pas un bon nom irlandais ? proposa Michael. Par exemple…

— Tout sauf Kathleen, prévint Lizzie en soulevant le bébé qui se mettait à pleurnicher.

Abstraction faite de cette recherche passionnée du bon prénom, Juliette s'occupait assez peu de sa fille et refusait de l'allaiter.

— Elle a assez peu l'air d'une Irlandaise, poursuivit Lizzie, mais, pour ce qui me concerne, vous pouvez l'appeler Mary ou Bridget. L'essentiel, c'est de trouver un prénom qui ne la compromette pas et qu'on puisse prononcer sans se faire des nœuds à la langue.

Le conflit trouva une solution grâce à Juliette qui se rallia au choix de Michael, mais à condition de l'orthographier à la française. L'officier de l'état civil de Dunedin à qui on présenta la petite Marie Brigitte à l'âge de trois mois s'y reprit à deux fois pour l'enregistrer. Le révérend Burton l'inscrivit, lui, du premier coup dans la bible familiale, mais dut demander aux parents qui étaient venus ensemble présenter la petite en vue du baptême :

— Quel sera le prénom usuel ?

— Marie, répondit Juliette.

Kathleen qui se penchait sur l'enfant s'exclama, la découvrant :

— Mon Dieu ! Qu'elle est belle ! En Irlande, on dit belle comme un jour de mai. Viens, petite May ! J'ai envie de te prendre un peu dans mes bras ! Mais qu'elle est grande, Juliette, pour une enfant de trois mois…

Ce fut finalement le prénom usuel de May ou Mae qui s'imposa. Il plaisait à Patrick et chacun réussissait à le prononcer. Juliette conserva pour sa part le prénom de Marie, mais elle n'appelait à vrai dire que très rarement sa fille par son prénom. La petite May passait des bras d'une dame de Dunedin à ceux d'une autre, toutes étant ravies par cette enfant. Juliette savourait cette attention que lui manifestait la bonne société de la ville. Le baptême devait avoir lieu à Dunedin et elle se sentait revenue dans le monde, comme si elle venait de purger une année de prison. Personne ne doutait de la date de naissance telle qu'elle avait été enregistrée. Du moins à haute voix. Juliette s'installa dans la maison de Patrick, en périphérie, ce qui rendit ce dernier fou de joie. Juliette vit son plaisir tempéré par la présence de Lizzie qui insista pour habiter chez eux au moins jusqu'au baptême.

— Il faut d'abord que tu t'accoutumes, Juliette ! trancha-t-elle. Et te familiarises avec la petite. Jusqu'à présent, tu ne l'as pour ainsi dire pas langée de tes mains ou nourrie. J'admets, bien sûr, que tu ne l'allaites pas, mais…

En réalité, Lizzie ne l'admettait pas du tout, mais elle avait constaté de ses propres yeux que, de toute façon, le lait de Juliette tarissait rapidement. Depuis la naissance, la jeune femme s'était imposé un jeûne rigoureux afin de retrouver au plus vite son ancienne silhouette avant de se montrer en ville. Elle y était quasiment parvenue au grand respect des dames de la bonne société, Kathleen et Claire au premier rang.

— Vous n'auriez pourtant pas eu besoin de vous mortifier à ce point, estima Claire le jour où Juliette vint pour la première fois chez Lady's Goldmine. On peut aujourd'hui porter des robes de réforme après un accouchement. Ce n'est pas sain de se serrer autant la taille.

— Je n'ai pas l'intention de me balader comme une grosse dondon, lança Juliette avec un regard en coin plein de mépris en direction de Lizzie qui, heureusement, ne l'entendit pas.

Claire et Kathleen, minces de nature, portaient généralement un corset mais Lizzie y avait renoncé. Elle préférait les robes de réforme. Petite, elle donnait l'impression, avec l'âge, d'être légèrement trapue. Les robes amples dissimulaient son corps. Et elles étaient plus confortables. Elle s'y sentait bien et cela se voyait. De plus, les robes de réforme de la collection de Kathleen étaient de purs chefs-d'œuvre de mondanité.

— Elle vous va en tout cas merveilleusement bien ! constata Claire, parlant de la robe de soie d'un bleu lumineux pour laquelle Juliette s'était décidée. Souhaiteriez-vous que notre apprentie en confectionne une pour le baptême de votre petit bout de chou ? Il nous reste un peu de tissu et la jeune fille a des ambitions et du talent.

Flattée, Juliette accepta et, plus tard, elle rayonna de fierté quand Marie Brigitte Drury fut le premier bébé de Dunedin à être porté sur les fonts baptismaux vêtu d'une création de Lady's Goldmine.

Deux jours plus tard, Patrick reçut la facture.

— Juliette, je ne comprends pas ! Tant d'argent pour une robe ! J'aurais pu me payer un cheval avec cette somme !

Lizzie, qui s'apprêtait à rentrer chez elle et éprouvait quelque mal à se séparer de sa petite-fille, prit exceptionnellement la défense de Juliette :

— C'est le prix de robes comme ça. Lady's Goldmine est une boutique de luxe. Mais ne fais pas une tête pareille, Patrick, le tout est que ça ne devienne pas une habitude. Un baptême est une occasion exceptionnelle. Et puis, il y a eu erreur : c'est moi qui règle la note des robes de Juliette et de May ! Tu permets que je te les offre, n'est-ce pas, Juliette ? Une petite compensation pour t'avoir fait vivre l'enfer pendant une année !

— C'est très gentil à toi, maman, répondit Patrick, rasséréné. Juliette acceptera très certainement ton cadeau avec plaisir. Mais nous allons devoir un peu nous restreindre les prochains temps. Je viens de finir de rembourser notre mariage. Mais maintenant, ce sont les frais du baptême qui tombent. Je ne gagne pas tant que ça, Juliette. Lady's Goldmine est au-dessus de nos moyens.

Juliette fixa son époux, le désarroi, sur son visage, cédant peu à peu le pas à la colère.

— Mais… mais alors, où… ?

— Chérie, il y a à Dunedin au moins une demi-douzaine de grands magasins. Et tu seras ravissante dans chacune des robes qu'ils proposent.

— Mais je… Kevin…

Lizzie fut interloquée. Cette femme osait évoquer Kevin. Patrick lui aussi marqua le coup.

— Kevin…, commença-t-il.

Lizzie lui coupa la parole.

— Kevin n'aurait pu lui non plus se le permettre à la longue. Et maintenant, arrête ça, Juliette. Tu viens d'avoir une robe neuve, elle te va à ravir, et, les robes de Kathleen ne se démodant pas, tu pourras la porter pendant des années. De toute façon, les prochains temps tu n'auras guère l'occasion de parader avec elle. Tu as un petit enfant, Juliette, tu ne pourras plus aller et venir à ta guise, notamment la nuit. Les prochains vernissages et les prochains concerts auront lieu sans toi. Le mieux, c'est que tu t'y habitues.

Sur ce, Lizzie mit dans les bras de sa mère la petite May qui, réveillée en sursaut, commença à crier.

— Nous pourrions aussi vivre à la ferme, bien sûr, murmura Patrick. Mon père serait heureux si je lui donnais la main, la ferme marche bien, elle grandirait…

Les Drury gagnaient effectivement bien leur vie avec leur élevage, mais une partie de leur richesse venait aussi de la réserve d'or du ruisseau qui était loin d'être épuisée, les Drury et les Maoris n'y recourant qu'avec mesure. L'année écoulée, ils avaient même, sans s'être concertés, renoncé à orpailler, le risque que Juliette découvrît le pot aux roses leur étant apparu trop grand. Lizzie espérait que son fils garderait lui aussi le secret pour lui. Sinon, si Juliette en répandait la nouvelle par des bavardages, il se produirait une nouvelle ruée vers l'or qui détruirait les pâturages de Michael et le pays des Ngai Tahu.

Tandis que Lizzie souriait de la naïveté de son fils, Juliette, prise de court, secouait la tête avec horreur : elle ferait tout pour ne pas avoir à vivre à nouveau à la campagne. Elle ne voulait même pas envisager l'avenir, Patrick étant destiné à hériter de la ferme à la fin des fins.

Vivre avec Juliette avait préfiguré, pour Patrick, un séjour au paradis. Il avait rêvé des nuits entières de la voir chaque soir, de parler avec elle, de la tenir dans ses bras la nuit et de la rendre heureuse. La venue de l'enfant avait aussi été une joie pour lui, il aurait même eu du plaisir à aider Juliette à s'occuper de l'enfant. Il aurait aimé donner le biberon à la petite May, la regarder téter et lui sourire. Il lui fallut déchanter : Juliette n'était ni désireuse ni capable de tenir un ménage. Le premier soir, à son retour, il fut certes accueilli par des odeurs de cuisine alléchantes et une maison propre comme un sou neuf. Mais aussi par Mme O'Grady, la mère de son garçon d'écurie, Randy. L'Irlandaise, tenant dans ses bras une May repue et satisfaite, toisait Patrick d'un air à la fois contrit et indigné.

— Je suis navrée, monsieur Patrick. Votre mère m'avait bien sûr dit de ne plus venir, mais…

C'était elle qui avait tenu la maison de Patrick jusqu'à l'emménagement de son épouse. De temps à autre, elle lui faisait même la surprise d'un ragoût mijotant sur le coin du fourneau quand il rentrait tard chez lui, mélange de travail ménager et de bon voisinage. Or, à présent qu'il y avait une femme à la maison, Patrick avait naturellement prévu d'économiser cet argent. Lizzie l'en avait informée et les deux femmes s'étaient quittées en bon accord. Mme O'Grady avait certes trouvé étrange que la belle-mère de Juliette s'incrustât deux semaines chez son fils, mais elle n'avait pas eu l'intention de se mêler de ce qui ne la regardait pas.

— … Randy m'a avertie que le bébé criait sans arrêt, et je suis donc passée voir si je pouvais donner un coup de main…

Là-dessus, Juliette l'avait à nouveau embauchée, mais avec un cahier des charges nettement enrichi. Elle avait donc cuisiné, langé et nourri l'enfant, nettoyé la maison et mis la table. Juliette s'était plongée dans un recueil de partitions qu'elle avait commandé et reçu par la poste le jour même.

Elle sourit à Patrick quand il entra.

— Chéri, il nous faut absolument un piano ! Je sais lire une partition, mais ce serait bien mieux de pouvoir jouer l'accompagnement. Je pourrais, le soir, organiser pour toi des concerts.

La colère de Patrick s'évanouit. Il n'arrivait pas à en vouloir à Juliette. Mais, d'un autre côté, elle devait bien comprendre que…

Il lui expliqua, ce soir-là, sa situation financière jusque dans le moindre détail et il recommença le lendemain soir quand Mme O'Grady lui ouvrit de nouveau la porte, l'enfant dans les bras. L'Irlandaise se montra toutefois beaucoup moins aimable que la veille, lui signifiant sans ambages qu'elle était disposée à lui tenir son ménage, mais pas gratuitement. Elle n'avait néanmoins pu résister aux cris de May et était venue voir. Le bébé avait depuis belle lurette fait sa conquête.

— Dites à votre femme qu'elle doit s'occuper du bébé, lui intima-t-elle. Si cela vous est égal que votre maison aille à vau-l'eau, cela ne me regarde pas. Mais il m'est impossible d'entendre l'enfant pleurer…

— N'arrive-t-il pas à tous les enfants de pleurer un peu ? s'enquit-il, désemparé.

— Un peu, oui, mais pas cinq heures de rang. Et, quand j'ai pris la petite dans mes bras, sa couche était trempée et elle avait faim.

— J'ai besoin d'au moins une bonne d'enfants ! gémit Juliette quand Patrick lui rapporta les accusations de Mme O'Grady. Et d'un landau, il faut bien que je sorte d'ici de temps à autre. Je vais devenir folle à rester seule.

Patrick, une nouvelle fois, lui communiqua le montant de ses gains, mais lui acheta dès le lendemain une voiture d'enfant. Cela satisfit au moins Mme O'Grady qui n'entendit plus crier May toute la journée, puisque Juliette sortait avec elle.

La jeune femme se promenait dans les rues de la ville et, quand May se mettait à pleurer, elle rendait visite à quelqu'un. Dans les premiers temps, cela fonctionna à merveille. Kathleen et Claire, Heather et Chloé, Violette et Laura, l'épouse du Dr Folks, trouvaient May adorable. Elles étaient heureuses de pouvoir langer et nourrir le bébé ou bien demandaient à leurs domestiques de s'en occuper.

— Nous nous sommes un peu attardées, s'excusait Juliette, devant la porte avec le bébé hurlant dans les bras.

Ensuite, elle entretenait la conversation jusqu'à ce qu'il fût l'heure de rentrer. Il n'y aurait bien entendu rien de cuit et la maison ne serait pas propre, mais elle était certaine que Patrick ne se fâcherait pas. Elle finit par obtenir de lui que Mme O'Grady vînt faire le ménage deux fois par semaine.

Arrangement qui ne satisfit pourtant personne. Juliette s'ennuyait. Elle constatait qu'elle n'avait pour ainsi dire rien en commun avec les dames de la bonne société. C'était encore à Claire qu'elle rendait le plus volontiers visite car celle-ci possédait un piano et ne voyait pas d'objection à ce que Juliette en jouât. Elle aimait d'ailleurs parler musique et arts, car, fille de médecins de Liverpool, elle avait reçu une bonne éducation. Elle ne tarda pourtant pas à faire comprendre à Juliette, fort diplomatiquement, qu'elle empêchait son hôtesse de travailler. Claire et Kathleen dirigeaient de concert leur boutique, Claire étant chargée de la réception des clientes et de la vente. Kathleen concevait les habits et assistait les couturières dans une pièce à l'arrière de la boutique. Quand Claire avait de la visite, elle devait la suppléer au magasin ou confier la tâche à une employée. Une ou deux fois par semaine, cela ne posait pas de problème, mais, plus souvent, si !

— J'ai l'impression qu'elle nous prend pour des bonnes d'enfants, constata Kathleen un après-midi, après le départ de Juliette.

— Pas seulement vous, remarqua à son tour Heather en train d'essayer une robe jaune canari devant un miroir. Elle passe chez nous au moins une fois par semaine. Non que ça me dérange, la petite est ravissante, et, pour l'instant, elle dort le plus clair du temps après que l'une ou l'autre l'a langée. Mais dans quelques mois, elle marchera. Elle abîmera vos robes et renversera mes chevalets. D'autant que Rosie n'est pas enchantée de devoir s'occuper d'elle. Rosie aime les chevaux et ne garde les enfants qu'en cas de nécessité. Ah, et puis je ne sais pas ce que vous en pensez, mais la compagnie de Juliette n'est pas pour nous agréable au point que nous ayons envie d'ouvrir un jardin d'enfants.

Juliette vérifia donc assez vite que ces dames prenaient quelque recul. Se retrouvant de nouveau seule chez elle pendant des heures, elle passait sa mauvaise humeur sur Patrick dès qu'il rentrait. Il se décarcassait pourtant pour la rendre heureuse. Lors de l'un des rares week-ends que Juliette et lui passèrent à Elizabeth Station, Michael le surprit en train de jouer les orpailleurs.

— Ça ne vous fait rien, n'est-ce pas ? demanda celui-ci avec un sourire penaud.

— Si, Patrick, finit par répondre Michael après un long soupir. Cela nous fait quelque chose. Puisque tu me poses la question, je te réponds franchement. Tu es malheureux et tu vis au-dessus de tes moyens. Et tu nous mets tous en danger. Où vas-tu vendre ton or ? À la banque de Dunloe ? Ou chez un marchand d'or ? Qui te posera des questions. Moi, je le vends par petites quantités, dans les différentes villes où je vends ou expose mes moutons. Je m'en tire en disant : « Oui, on farfouille un peu partout, pour le plaisir, et la semaine dernière on a eu un coup de chance incroyable. Où ? Oh, quelque part au bord du lac machin chose, je ne me rappelle plus exactement à quel endroit. » Les Maoris, eux, envoient des gens différents, il n'y a pas un marchand qui se souvienne d'un quidam maori encaissant de petites sommes. Mais toi, les fermiers et les banquiers te connaissent ! Si tu te pointes soudain avec de l'or, puis de nouveau…

— Ce ne sera que cette fois, je… Juliette a envie d'un piano…

Patrick s'assit dans l'herbe. Il trouva la paix quelques instants en contemplant la cascade et son arrière-plan de montagnes, de forêts et de prairies.

Michael s'assit à son tour à côté de lui.

— Nous lui en offrirons un. Ce n'est pas un problème. Mais j'ai bien peur qu'elle n'ait aussitôt envie d'autre chose. Il faut que tu lui fixes des limites, Patrick, quel que soit ton amour pour elle.

Michael prit la batée des mains de son fils et en jeta le contenu dans le ruisseau. Patrick tiqua.

— Elle me fait pitié, avoua-t-il. Elle… elle n'a pas de véritable ami à Dunedin, elle est seule, elle ne s'y retrouve pas.

— Elle savait ce qui l'attendait quand elle t'a épousé. Il faut à présent qu'elle s'y fasse. Et si elle s'ennuie et qu'elle n'aime pas le ménage, il lui faut gagner elle-même l'argent dont elle a besoin.

Patrick bondit et lança à son père des regards indignés.

— Mais elle… elle ne peut tout de même pas…

— Elle s'en est bien sortie jusqu'ici, ajouta Michael, impitoyable. Elle a de l'instruction, du savoir-vivre. Un hôtel peut avoir besoin d'une hôtesse d'accueil. Je la verrais bien vendeuse chez Lady's Goldmine. Peut-être Kathleen et Claire en recherchent-elles une ? Elle pourra aussi bientôt donner des cours de piano. Ne fais pas comme si ses capacités se réduisaient à une seule chose, Patrick. Ce serait la rabaisser.

Patrick rougit.

— J'aimerais savoir comment tu définis cette « seule chose », papa, dit-il d'un ton glacial en se détournant.

Michael, qui n'avait suivi d'autre école que le catéchisme du dimanche, n'aurait pu expliquer le mot « définir ». Mais l'entichement de son fils commençait à l'inquiéter sérieusement.

— Je me demande comment tout cela finira, avoua-t-il à Haikina et son mari Hemi qui étaient venus manger chez eux.

Le couple était très ami avec Patrick et avait eu envie de le voir, car il n'avait plus remis les pieds au village maori depuis son mariage. Patrick s'était fait une joie de leur visite, mais Juliette ne lui avait guère laissé le temps de parler avec eux. Tous parlaient pourtant anglais et se donnaient du mal pour l'associer à la conversation, mais elle s'était contentée de brèves réponses lâchées d'un air grognon. Malgré le temps très clément pour la saison, elle était couverte d'un châle, n'avait goûté que du bout des lèvres le vin et les côtelettes d'agneau que Michael avait fait griller devant la ferme. Elle avait fini par se retirer, prétextant un mal de tête, bientôt suivie par Patrick, l'air soucieux.

— Ça va se tasser, minimisa Haikina. Il est aveuglé par l'amour, on connaît ça, les jeunes couples qui ne peuvent se quitter pendant plusieurs mois.

— Ne pas se quitter ? s'étonna Hemi. Elle a parlé de « mal de tête ». N'est-ce pas le mot *pakeha* pour dire « Ce soir, ne compte pas m'approcher » ?

Haikina et Michael éclatèrent de rire. Lizzie, en revanche, l'air à la fois furieuse et triste, gardait le regard fixé sur la vallée devant leur maison, sur la cascade et le ruisseau.

— Oh, ce sera bientôt terminé, dit-elle enfin. Il suffit de lire son regard fuyant. Ce sera très bientôt fini. Et Patrick en aura le cœur brisé.

9

Juliette fut heureuse de son piano, mais il ne parvint pas à la captiver longtemps. Elle n'était pas une artiste pour qui travailler une composition ou perfectionner un récital peut devenir un but en soi. Juliette vivait au travers de son public, il lui fallait pouvoir flatter un vis-à-vis, le bouleverser et l'envoûter grâce à sa voix. Patrick ne lui était à cet égard d'aucun secours, il était un admirateur par trop dénué de sens critique. Que May tambourine au hasard sur le clavier en criant de bonheur ou qu'elle-même produise une interprétation bien léchée ne faisait pas de différence pour lui ; il s'enthousiasmait également dans les deux cas. Mme O'Grady se révéla une béotienne à tous crins, le son du piano l'irritant au plus haut point. Seul Randy semblait l'écouter avec plaisir, sifflant faux et fort le même air qu'elle tout en nettoyant ses chevaux.

Un jour, Heather et Chloé, sollicitées par un Patrick intimidé, la prirent en pitié. Elles l'invitèrent à un vernissage et la prièrent d'assurer un accompagnement musical.

— Cela conviendra, assura Chloé à sa mère, Claire. L'exposition « Beauté et amour – nus féminins » sera une petite provocation pour le bon vieux Dunedin. Que Juliette tapote un peu le piano ne changera pas grand-chose à l'affaire. Qu'en penses-tu ? Dois-je envoyer des invitations au public habituel ou nous contentons-nous d'un cercle plus restreint ?

L'exposition fit naturellement un tabac. Une moitié de Dunedin fut emballée, l'autre choquée, l'écho dans la presse impressionnant. Les journaux de toute l'île du Sud envoyèrent des reporters dont la plupart travaillaient en indépendants et résidaient dans l'Otago. Mais une feuille de Queenstown envoya le directeur de son service culturel. C'était en réalité l'effet du hasard, cet homme séjournant à Dunedin pour des raisons d'ordre familial. Il fut enthousiasmé par l'exposition, et plus encore par Juliette qui joua de manière irréprochable des blues de La Nouvelle-Orléans. Elle portait une de ses robes d'avant sa grossesse, exploit qui lui avait demandé un jeûne sévère, et était à elle seule un extraordinaire tableau vivant.

Pit Frazer, le journaliste, ne la quitta pas d'une semelle au terme de sa prestation, ce qui ne lui fut pas difficile, car Patrick restait à bonne distance. Rosie, qui avait été engagée comme bonne d'enfants mais n'avait pas d'atomes crochus pour les bébés, avait capitulé devant les cris de May et l'avait rendue à son père. Dans les bras de celui-ci, la petite s'était calmée tandis qu'il la promenait dans l'assistance. Elle ne dormait pas, mais observait la foule avec de grands yeux, visiblement heureuse de passer d'un invité à l'autre. Pour l'heure, elle faisait des risettes à Roberta.

Juliette jeta un bref regard dédaigneux à la jeune fille. Elle était jadis amoureuse de Kevin. Était-elle en train de draguer Patrick ? Mais le risque n'était pas grand car Roberta s'habillait toujours comme une vieille fille et ne savait où poser les yeux dans pareille exposition : élève de l'École normale de Dunedin, les nus qui s'offraient à sa vue étaient dignes de Sodome et Gomorrhe. Le bébé était une diversion bienvenue. La jeune fille fut plus qu'enchantée de la prendre dans ses bras et de la bercer, sous le regard protecteur mais un peu inquiet de Patrick.

Juliette détourna son attention du petit groupe. Le journaliste de Queenstown ne souffrait pas de la comparaison. Elle s'épanouit littéralement quand il exposa avec compétence ses vues sur la musique de l'Australie et de la Nouvelle-Zélande. Tous deux déblatérèrent avec délices contre la culture en tout point béotienne de ces États du Sud, s'accordant pour déclarer comme quantité négligeable toute la culture des Maoris, leurs instruments et leur folklore.

— Les véritables artistes n'ont d'ailleurs quasiment aucune chance de s'y produire, finit par se lamenter Juliette, tandis que, comme incidemment, il posait la main sur son bras, laissant ses doigts insistants jouer jusqu'à son épaule. Quelques troupes itinérantes par-ci par-là, un ou deux théâtres qui se bornent aux pièces classiques… et qui sont néanmoins l'objet de la méfiance de ces curieux groupements chrétiens. Pour l'Église d'Écosse, porter une robe rouge, c'est déjà se damner.

— Une damnation que je partagerais volontiers avec vous, dit Pit en riant.

Heather, qui passait à côté d'eux à cet instant, lui jeta un regard incrédule.

— Vous avez envie d'une robe rouge, monsieur Frazer ? Je crois qu'il m'en reste une. Une robe de réforme, très ample. Peut-être réussirez-vous à y entrer.

Juliette pouffa sous le regard peu bienveillant d'Heather qui lui proposa sur un ton frôlant celui du commandement :

— Tu pourrais peut-être nous interpréter un nouveau chant ?

Elle avait remarqué la main de Frazer sur l'épaule de Juliette et ne voulait pas d'un éclat lors de son vernissage.

Frazer, un verre de mousseux à la main, accueillit l'artiste à la fin du morceau.

— Incroyable… Votre voix a la pureté du cristal et elle est pourtant pleine de mystères, de promesses…

Savourant son regard admiratif, elle écoutait d'une oreille distraite ses flatteries. Jusqu'à cette dernière remarque :

— Il faut absolument que vous vous produisiez ! Vous ne pouvez pas vous enterrer dans un faubourg de Dunedin. Vous savez, nous avons quelque chose de fort intéressant à Queenstown. Le Daphne's Hotel. C'était à l'origine un pub comme les autres. Un peu osé, mais, ces derniers temps, la propriétaire a construit une scène, on y chante et… heu… on y danse aussi. Le pub s'est transformé en restaurant, les messieurs y emmènent leurs dames, si je peux décrire ainsi cette métamorphose.

— Une boîte de nuit ?

— Ou du moins en voie de l'être, dit Frazer après une brève hésitation. Queenstown se civilise, vous savez. Le temps est passé où il n'y avait là-bas que des aventuriers et des chercheurs d'or. On y rencontre maintenant de gros éleveurs, l'or est désormais extrait de mines, les exploitants ne sont plus de pauvres hères incultes. On essaie de rendre la ville attractive. Son cadre est d'ailleurs magnifique, les montagnes, les lacs…

Juliette ne s'intéressait ni aux montagnes ni aux lacs.

— Et l'exploitant de cette boîte engage des artistes ?

— Je pense, oui. C'est d'ailleurs une exploitante. Daphnée O'Hara. Une Irlandaise sans doute…

Bien qu'ayant sa claque des Irlandais, Juliette trouva ces informations fort prometteuses.

— Pourquoi ne reparlerions-nous pas de cela demain ? dit-elle en croisant ses doigts avec les siens, geste que seule remarqua Chloé Coltrane qui s'empressa de les rejoindre. Heu… je crois que je vais devoir à nouveau chanter. Mais demain, nous pourrions boire un café ensemble. Vous logez au Leviathan ?

Daphnée O'Hara était très intéressée par la venue d'une chanteuse de La Nouvelle-Orléans. Pit Frazer lui avait télégraphié le soir même et il fit la surprise de cette bonne nouvelle à Juliette dès son arrivée dans son hôtel. Elle n'avait pas emmené May, l'ayant confiée aux bons soins de Mme O'Grady venue faire le ménage.

– C'est formidable, roucoula Juliette. On croirait que la chance m'a rattrapée…

Frazer ouvrit une bouteille de champagne.

– Je pourrais être une chance supplémentaire…

Quand elle rendit visite à Claire, deux jours plus tard, Juliette portait un tailleur peu voyant. La boutique était vide et Claire ne vit aucune raison de ne pas inviter sa visiteuse à boire un thé. Kathleen prétexta d'importantes retouches. Juliette l'ennuyait et son flirt avec le journaliste ne lui avait pas échappé. Même après tant d'années, elle se sentait en quelque sorte liée à la famille de Michael. Leurs histoires avaient d'ailleurs beaucoup en commun, non seulement son ancien amour avec Michael, mais aussi la brève liaison entre Matariki et son fils Colin, liaison dont était née Atamarie. Jamais Lizzie et elle ne seraient de véritables amies, mais, concernant Juliette, les deux femmes étaient du même avis. Kathleen avait elle aussi un jour épousé un homme qu'elle n'aimait pas pour donner un nom à son enfant. Elle comprenait combien cela devait être difficile pour la jeune femme, mais, en même temps, elle trouvait que celle-ci avait bien de la chance d'être tombée sur quelqu'un qui la choyait ! Elle, Kathleen, avait dû s'acquitter de ses devoirs envers un homme qui l'exploitait et la maltraitait. Elle préféra donc rester dans la boutique. S'il y avait du neuf, Claire le lui rapporterait.

La bonne de Claire prit aussitôt May en charge. Juliette semblait pressée, ce qui surprit Claire. Elle ne répondait que par monosyllabes à ses amorces de conversation, comme assise sur des charbons ardents. Elle but quasiment d'un trait sa tasse de thé.

— Madame Dunloe, je… hum… je voulais vous demander s'il me serait possible de laisser un instant ma fille chez vous. J'ai quelques courses à faire et… et votre bonne…

— Paika se fera un plaisir, c'est certain, répondit aimablement Claire tout en l'examinant d'un regard inquisiteur.

Jamais encore Juliette ne lui avait laissé sa fille. De quelle sorte de courses où la présence de la petite n'était pas désirable pouvait-il s'agir ? Juliette achetait dans des magasins où l'on s'occupait des clientes et, le cas échéant, de leur progéniture aussi. À cela s'ajoutait le côté inhabituel de sa tenue, un tailleur élégant à col relevé – une tenue de voyage ? La curiosité, chez Claire, céda le pas à la suspicion.

— Qu'y a-t-il donc ? demanda-t-elle comme incidemment. Vous devez passer à la galerie ? Un autre récital ? Le dernier nous a extrêmement plu, miss Juliette. Quelle voix admirable, un style de musique original. Je crois que Chloé et Heather ont, elles aussi, été très satisfaites.

Claire vit une étincelle briller dans les yeux de la jeune femme au mot « récital ». Était-elle flattée ?

— Cela a été pour moi une grande joie, éluda Juliette.

Le soupçon de Claire devint une certitude.

— Miss Juliette, dit-elle à voix basse. Ne lui faites pas ça !

Juliette ne put masquer son effroi. Sur le point de monter sur ses grands chevaux, elle se ravisa. Claire l'avait percée à jour et il était désormais trop tard pour trouver quelqu'un d'autre susceptible de garder May. La diligence pour Queenstown partait dans une demi-heure.

— Je ne peux pas sacrifier ma vie au bonheur de Patrick, déclara-t-elle avec un geste théâtral. Je suis navrée, mais cela serait trop…

Claire la dévisagea d'un air presque moqueur. L'épouse du banquier était l'une des rares femmes que n'intimidaient pas la beauté de Juliette et son assurance.

— Quelle sera donc votre vie, miss Juliette ? Un nouveau boui-boui ? Un nouvel homme ? Mais cela ne me regarde pas, Juliette. C'est votre affaire, je ne veux pas m'en mêler. Mais… mais Patrick…

— Rester avec lui ? Langer l'enfant durant les deux années à venir ? M'en faire faire un deuxième ? Juste afin que le saint Patrick reçoive ce pour quoi il a payé ? D'une signature ?

— D'un nom, assena Claire avec calme. Cela peut vous paraître peu. Mais s'appeler Drury et non LaBree ouvre un avenir à votre enfant. D'autant mieux que vous comptez abandonner l'enfant ici. Mais tout cela ne m'intéresse pas, Juliette. Faites ce que vous voulez. Mais ne détruisez pas la vie de Patrick ! Vous…

Juliette eut un rire nerveux tout en jetant un œil sur l'horloge du salon.

— Il ne va pas mourir d'un chagrin d'amour.

— Vous ne me comprenez pas, soupira Claire. Vous ne vous intéressez pas aux autres, n'est-ce pas ? Aux règles non plus. Vous semblez ignorer qu'il en existe. Mais comprenez au moins ceci, Juliette : le problème n'est pas que vous quittiez Patrick, Juliette. De mon point de vue, c'est ce qui peut lui arriver de mieux. Mais, pour l'amour du ciel, ne partez pas comme ça ! Parlez-lui, demandez le divorce !

— Cela changerait quoi ?

— Pour vous, manifestement rien ! lui lança Claire soudain furieuse. Vous redeviendrez dans quelques instants la merveilleuse Juliette LaBree, femme sans attaches. Où que vous alliez, personne ne vous connaîtra, personne ne saura rien de votre mariage et de votre enfant. Mais Patrick restera ici. Chacun sait qui il est.

— Les commérages s'éteindront, madame Dunloe, répondit Juliette avec un haussement d'épaules. Bien sûr qu'on parlera de lui et qu'on se moquera peut-être. Mais dans un an, tout sera oublié.

— On le plaindra plutôt. Mais ce ne sera jamais du passé si vous ne restez pas pour mettre un terme à l'affaire de manière convenable. Bon Dieu, Juliette, Patrick ne pourra plus jamais se marier ! Ou bien après des procédures compliquées. Croyez-moi, je l'ai vécu. Mon époux a disparu du jour au lendemain. Parti pour la Chine, paraît-il. Auparavant, il a vendu notre maison par-dessus ma tête. C'était pire que des commérages et du chagrin d'amour. Mais le pire, c'est que je n'étais pas libre. Je n'étais ni épouse ni veuve. Et dans le milieu de mon actuel mari on ne peut pas vivre ensemble comme ça, tout simplement. Nous avons fini par opérer un divorce, grâce aux relations de Jimmy. Mais ce fut difficile. Et cher. Nous avons fait paraître dans tous les journaux du pays des annonces stipulant que nous étions à la recherche de mon ancien mari. Il ne s'est jamais manifesté et, finalement, il a été déclaré disparu. Et un juge a enfin déclaré que j'étais libre. Mais je ne souhaite à personne de vivre cela, Juliette. Aussi, je vous en prie, abattez vos cartes, rendez son nom à Patrick !

Juliette regarda la dame déjà d'un certain âge, vêtue d'une jupe classique en laine cachemire et d'un corsage blanc soigneusement repassé. Sa tenue de travail. Ennuyeuse. Aussi ennuyeuse que sa demande.

— Ma diligence part dans vingt minutes, répondit Juliette en essayant de donner à sa voix un ton de regret. Il est donc trop tard. Et Patrick... je crois que cela lui ferait de la peine. Mais je suis heureuse que nous ayons pu parler de cela, madame Dunloe. Je... je n'oublierai pas ce que vous venez de dire. J'écrirai éventuellement...

Elle se leva. Elle prit congé avec politesse avant de s'en aller. Mais elle s'en alla.

Claire était trop émue pour retourner aussitôt au magasin. Elle ne pourrait garder la nouvelle pour elle, et, si des clientes étaient là, il ne le fallait pas. Elle but donc une gorgée de thé et passa dans la cuisine pour libérer Paika du bébé.

– Elle t'a déjà oubliée, murmura-t-elle. Mais tant pis ! Tu t'en sortiras mieux sans elle !

Elle donna à la petite un baiser sur la joue, puis se tourna vers la jeune Maorie.

– Il faut que je m'en aille, Paika. Sois gentille, dis à M. Dunloe que je passe d'abord voir le révérend et ensuite M. Drury. Il se peut que je rentre tard.

AMOUR, AMOUR, QUAND TU NOUS TIENS !

Afrique
Transvaal, Karenstad

Nouvelle-Zélande
Dunedin, Christchurch, Temuka
1900-1902

1

Le siège de Wepener serait l'unique action militaire d'ampleur à laquelle participerait Kevin. Après le départ de la ferme des Van Stout, sa guerre prit surtout la forme d'une randonnée sous tente à travers le Transvaal, interrompue par des escarmouches avec des détachements de Boers. La troupe parcourait la campagne à cheval, suivant généralement les lignes de chemin de fer, puisque les Boers avaient menacé de les attaquer. En réalité, il ne se passa pas grand-chose dans un premier temps. En effet, tant que les Boers occupaient diverses villes et que leurs chefs allaient d'un coin du pays à un autre, ils se seraient par là privés de voies de ravitaillement et de fuite. De plus, les principales armées britanniques suivaient elles-mêmes ces voies ferrées dans leurs déplacements. Les Rough Riders patrouillaient donc plutôt dans le veld.

Le paysage autour de la localité de Waterval Boven était aux antipodes de tout ce qu'il avait connu en Nouvelle-Zélande. Observer des éléphants et des zèbres était pour lui un ravissement. Son enthousiasme fut refroidi par la découverte d'un crocodile au bord d'une rivière. Leur guide indigène, un Noir du nom de Mzuli, eut beau assurer que la viande de ce reptile était un régal, les soldats renoncèrent à le chasser et battirent prudemment en retraite. Kevin craignait plus les bêtes féroces que les Boers, ce qui ne l'empêchait pas de se demander parfois si les Rough Riders étaient les chasseurs ou les chassés.

Ils parvenaient en effet très rarement à repérer un détachement de Boers. Parfois, ils surprenaient quelques Afrikaners ayant établi leurs quartiers dans une ferme isolée et ayant eu l'imprudence de laisser leurs poneys en vue sur les prés environnants. Ils capturaient alors dix ou quinze combattants, mais, le plus souvent, c'étaient des détachements boers qui les attaquaient. Lors du tout premier affrontement de ce genre, l'unité de Kevin perdit un homme. Par la suite, les Néo-Zélandais, échaudés, ne dormirent que d'un œil et postèrent des sentinelles.

Ils apprirent très vite à s'orienter sur cette terre étrangère et à distinguer les bruits des animaux sauvages de celui des pas des poneys. Quand un homme de garde donnait l'alerte, ils étaient rapidement sur le pied de guerre, mais les protagonistes avaient rarement l'occasion de se tirer dessus. Les nuits du veld étaient obscures et les broussailles ou des arbres géants permettaient de se protéger des coups de feu. Lorsque quelqu'un était touché, c'était un pur hasard. Aussi Kevin et Tracy avaient-ils peu de travail, Vincent pas du tout. Les longues et paisibles chevauchées à travers le veld sauvage et l'herbe longue et sèche que les montures broutaient la nuit leur réussissaient. Quand ils rencontraient une ferme, les hommes réquisitionnaient de l'avoine et renouvelaient leurs propres vivres. Ce qui n'allait pas sans résistances, les fermières se révélant particulièrement redoutables.

Les médecins passaient les longues nuits chaudes auprès des feux de camp, se racontant leurs vies et buvant du whisky. Soudain, il apparut que la guerre était finie. Bloemfontein et Pretoria étaient tombées, Ohm Krüger, le président boer s'était enfui en Europe. Le 1er septembre 1900, le Transvaal fut officiellement annexé et devint une colonie britannique. Lord Roberts, un des commandants en chef, fut fait chevalier à Londres, lord Kitchener étant chargé d'organiser le retrait des troupes.

Le régiment de Kevin, une troupe d'une trentaine d'hommes, campait en plein veld, à deux journées à cheval de Pretoria, et la nouvelle de la fin officielle des combats ne lui parvint que quelques jours plus tard.

— C'est la paix ? s'étonna Kevin. Et qu'est-ce que c'était donc hier, Preston ?

Il était en effet en train de changer les pansements d'un blessé lors de l'arrivée du messager. La veille au soir, un détachement ennemi avait attaqué le camp avec une ardeur particulière. Les Néo-Zélandais avaient tué deux des assaillants, blessé et capturé quatre autres, eux-mêmes déplorant trois blessés légers et un plus grièvement.

— Bof, les Boers devaient eux aussi ignorer que la paix était conclue, estima Preston. Il nous faudra être vigilants tant que nous ne serons pas arrivés à Pretoria.

Le soir, les Rough Riders fêtèrent néanmoins la victoire. Le whisky coula à flots et, lors de leur dernière tournée dans le camp, Kevin et Preston emportèrent une bouteille à l'intention des Boers légèrement blessés.

— C'est la paix, les gars ! annonça Kevin. Nous sommes de nouveau amis, ajouta-t-il en tendant la bouteille aux blessés qui le regardèrent avec ahurissement. Vous allez bientôt pouvoir apprendre l'anglais au lieu de combattre, soupira-t-il en tentant de traduire son message par gestes.

Se ravisant, il remplit des quarts de whisky et recula, effrayé, quand le premier prisonnier lui lança le contenu au visage.

— Preston ? Nous avons besoin d'un interprète, dit-il, pas découragé, ces gars ont l'air durs à la détente.

L'Australien s'approcha, mais avec prudence, ce qui lui permit d'éviter un deuxième quart lancé par un autre homme qui l'agonit d'injures.

— Il ne comprend donc pas, s'énerva Kevin. La guerre est finie.

— Pas pour lui, expliqua Preston. Ou du moins pas pour son peuple. Il n'espère d'ailleurs rien, il est prisonnier en définitive.

— Mais il sera bientôt libéré ! Putain, les gars, vous ne serez détenus que quelques semaines, puis on va vous renvoyer dans vos fermes ! Vous serez un peu plus sympathiques avec vos employés et…

Ses propos furent accueillis par une bordée d'insultes.

— Allons-nous-en, Kevin, intervint Preston. Vous perdez votre temps… et aussi votre whisky. Ces types savaient que la guerre est finie. De là l'audace de leur coup de main. Ils se sont dit que nous ne tirerions pas et qu'avant que nous ayons compris ils nous auraient décimés.

— Ils savaient ?

— Oui. Ils l'avouent sans détour. Ils ne se sentent pas tenus par un quelconque accord, ils pensent qu'Ohm Krüger a peut-être renoncé, mais pas le général de Wet. Pour eux, la guerre ne fait que commencer. Nous devrions poster ici une sentinelle. Ces gars vont bien, mieux vaut ne pas les laisser organiser quelque chose. Allons prévenir les nôtres. Il faut monter la garde autour du camp cette nuit et les suivantes, jusqu'à Pretoria ! Je me demande comment est la situation là-bas.

Le détachement des Rough Riders ne partit pas pour la capitale du Transvaal. Le lendemain matin, ils furent rejoints par une autre unité de Néo-Zélandais, quarante hommes aguerris, venus en Afrique du Sud avec le premier contingent, commandés par un *major*, un certain Colin Coltrane. Ils formaient un authentique régiment de cavalerie, chevauchant en bon ordre.

— Je prends le commandement ! déclara Coltrane au *captain* ahuri. Qu'est-ce que c'est que cette troupe dépenaillée ? C'est vous qui la commandez ? Pourquoi personne ne se met-il au garde-à-vous ?

Le *captain*, charpentier dans le Fiordland, rougit. Il avait été élu par ses hommes et ne faisait pas grand cas de la discipline militaire. Le major Coltrane signifia à la troupe qu'elle serait de nouveau appliquée.

— Nous sommes l'armée britannique ! Et nous ne participons pas à une partie de pêche ! Nous sommes en guerre ! Vous n'êtes toujours pas au garde-à-vous, *captain* ? Personne ne vous l'a jamais appris ?

Le *captain* et ses hommes passèrent les heures suivantes à se livrer à des exercices à pied et à cheval.

— Qui c'est ce type ? demanda Vincent le soir, assis auprès du feu en compagnie de Kevin et de Tracy Preston. Et que fait-il ici ? Je croyais que la guerre était finie, s'étonna-t-il en cherchant la bouteille de whisky que Kevin sortit alors de sous un fagot.

— Tiens, mais cache-la ! Le whisky sera peut-être désormais rationné !

Vincent le dévisagea d'un air incrédule.

— La guerre n'est pas terminée, mais on pouvait déjà s'en douter après la dernière attaque, déclara Preston qui avait été de service de nuit et avait soigné des ampoules aux pieds que les Rough Riders s'étaient données en s'exerçant à marcher au pas.

Ils s'étaient naturellement plaints, avaient colporté les nouvelles récentes et s'étaient livrés à quelques remarques au sujet de leur nouveau chef.

— En réalité, seules les villes sont pacifiées, les détachements boers n'ont pas cessé le combat. Durant les trois dernières nuits, trois attaques ont eu lieu contre la voie ferrée entre Johannesburg et Le Cap. Ils ont fait sauter à chaque fois plusieurs centaines de yards de rails, à environ cinquante miles de distance. Lord Kitchener est furieux. Il renforce les unités et constitue de nouvelles patrouilles. Il n'est plus question que les troupes se retirent.

— Et c'est pour cela qu'il faut s'exercer et rationner le whisky ? s'indigna Vincent. Sous le commandement de types comme ce Coltrane ?

— On doit miser sur l'expérience des militaires de carrière, supposa Preston. Est-ce judicieux ? C'est une question d'appréciation. Quant à notre Coltrane, il est néo-zélandais. C'est du moins ce que prétendent les Australiens. Les Kiwis, eux, disent qu'il est irlandais. Mais c'est sans conteste un officier anglais, diplômé de la Sandhurst Academy. Il semble qu'il ait ensuite quitté le service et soit revenu comme volontaire.

— Avec la tête qu'il a, il a certainement quelques combats derrière lui, observa Vincent.

Le *major* avait effectivement le visage plein de cicatrices. Il lui manquait des dents, il avait le nez et la mâchoire de travers, sans doute le résultat de plusieurs fractures. Il était difficile de lui donner un âge, d'autant que ses mèches blanches se voyaient à peine dans ses cheveux d'un blond métallique.

Kevin se décida à intervenir :

— Si je ne m'abuse, ce n'est pas à la guerre qu'il a reçu ses blessures, mais au cours de rixes avec des escrocs et des bookmakers. Je peux me tromper. Coltrane est un nom courant et j'étais gamin à l'époque. Mais il a en tout cas la même couleur de cheveux que le type qui a engrossé puis laissé tomber ma sœur aînée, mes parents ayant refusé de la doter exagérément. Il a alors épousé une riche héritière qu'il a rendue malheureuse. Elle a financé pour lui une piste de trot qu'il a mise en faillite. Il y a eu aussi des fraudes sur les paris… Mais il avait auparavant fréquenté une académie militaire renommée.

— Le monde est petit, constata Tracy.

— La Nouvelle-Zélande est un village ! expliqua Vincent en riant. Au moins l'île du Sud. Mais qu'allons-nous faire maintenant ? Je veux dire, maintenant que nous savons tout ça ?

— Qu'est-ce que nous pouvons faire ? Chasser la dot n'est pas le propre d'un gentleman mais n'est pas non plus interdit. La fraude aux paris ne devrait pas intéresser le commandement de l'armée. Surtout s'il est bon officier. Regardons donc d'abord comment il se comporte. Et si nous ne nous entendons pas avec lui, nous rechercherons un autre détachement.

Les médecins avaient jusqu'ici plus ou moins eu le choix de rejoindre tel ou tel groupe des Rough Riders. Mais Colin Coltrane ne devait pas tarder à mettre fin à cette pratique. Dès le lendemain, il inspecta l'hôpital.

— Vous êtes les officiers médecins ? Pas encore rattachés à une véritable unité ? Alors, vous appartenez désormais à ce régiment, je rendrai la chose officielle dès que nous serons à proximité de Pretoria. Nous recevrons d'ailleurs du renfort. Les Boers, à ce qu'il semble, augmentent la taille de leurs détachements.

— Comment donc ? s'étonna Tracy. Ils ne connaissent pas la conscription et, la guerre étant officiellement terminée…

— Les petits détachements se regroupent, répondit Coltrane. Et l'accord de paix a libéré des contingents entiers, par exemple les garnisons des villes assiégées qui n'ont pas été faites prisonnières. Préparez-vous donc à œuvrer. Nous allons maintenant combattre ces types, sans faire de quartier !

Pour les Rough Riders, cela signifia que c'en était fini des tranquilles patrouilles montées où chasseurs et chassés alternaient les rôles. Les chasseurs devaient désormais être les Néo-Zélandais qui étaient amenés à contrôler un territoire plus étendu et donc à se mouvoir plus rapidement. Les semaines suivantes, les hommes passèrent onze à douze heures par jour en selle. Ils durent renoncer à chasser le gibier qui avait enrichi leurs menus, Coltrane leur ayant de surcroît interdit de se servir de leurs armes à feu pour ne pas trahir leur présence. Ils se contentaient donc de biscuits de marin et de viande séchée, qu'ils avalaient à la va-vite, sur leurs montures. Au bout de quelques jours, Vincent se plaignit de la perte de poids des chevaux.

— L'herbe, ici, n'est pas très nourrissante. Les chevaux ont besoin de brouter plus longtemps.

Bien que contrarié, Coltrane se rendit à l'argument, mais pas du tout dans le sens espéré par Vincent.

— J'ai besoin de volontaires pour réquisitionner du fourrage, annonça-t-il lors du rassemblement du lendemain matin. Ils s'éloigneront de la ligne de chemin de fer et se mettront à la recherche de fermes. Ils y réquisitionneront de l'avoine, y cantonneront éventuellement pour la nuit si elles sont trop éloignées. Cela dépendra aussi des réserves de foin pour vos chevaux. C'est le *sergeant* Beavers qui aura le commandement du détachement.

— Lui ? s'indigna Vincent. Ce type qui a failli me tirer dessus la première nuit de leur arrivée parce que je ne connaissais pas le mot de passe ?

— Ma foi, rétorqua Kevin, il vaut mieux ne pas avoir l'âme sensible pour piquer leur avoine à des femmes boers. Vous les accompagnez, Preston, pour servir éventuellement de traducteur ?

Tracy accepta et alla se proposer comme volontaire. Après un premier regard méprisant, Coltrane se ravisa.

— Ce n'est pas mal qu'il y ait un médecin, finalement. Pour ce qui est de la compréhension des autochtones, je fais toute confiance à Beavers. Il saura expliquer à ces bonnes femmes ce que nous désirons.

Le détachement se sépara donc du groupe principal qui enregistra ce jour-là un premier succès, ayant surpris un très jeune Boer, un éclaireur très certainement, qui les mena ensuite jusqu'à l'endroit où se cachait son détachement.

Kevin, qui avait monté son hôpital près de la ligne de chemin de fer et qui attendait d'éventuels blessés, fut surpris.

— Ils sont en temps habituel beaucoup plus récalcitrants que ça, confia-t-il à Vincent dont Coltrane n'avait pas voulu pour ce coup de main. Et il a suffi que Coltrane dise quelques mots à ce type pour qu'il trahisse ses copains ?

— As-tu vu le garçon quand ils sont partis ? Je ne l'ai aperçu que de loin, mais il semblait ne se tenir qu'avec peine en selle. Coltrane n'a pas dû se contenter de quelques mots amicaux.

Le camp des Boers n'était pas très éloigné, si bien que les médecins purent entendre le bruit du combat. Bientôt apparurent les premiers blessés.

— Ceux qui sont sévèrement touchés, on va les porter directement à la ferme, expliqua un caporal qu'une balle n'avait qu'éraflé. Mais il n'y en a que deux, on les a pris au dépourvu. Ce Coltrane est un bourreau, mais pour ce qui est de faire la guerre, il s'y connaît. Il avait bien préparé l'assaut, et il ne serait sans doute rien arrivé à aucun de nous si le garçon qu'il avait… eh bien, convaincu de nous mener à leur camp ne s'était pas enfui. Au dernier moment, il a éperonné son canasson et tenté de se réfugier dans le kraal où ils s'étaient retranchés. Coltrane l'a bien sûr abattu d'un coup de feu, mais notre présence a été trahie.

Vincent lança à Kevin un regard qui en disait long… l'éclaireur était presque encore un enfant !

— Est-ce qu'il y a eu… heu… d'autres morts ? demanda Kevin.

— Oui, des dizaines ! annonça fièrement le caporal. Le commandant a dit qu'il valait mieux les abattre que les capturer. Où, d'ailleurs, pourrait-on les mettre ? Ce fut en tout cas une belle victoire.

— Et le commando spécial a lui aussi connu le succès, annonça un autre homme dont Vincent était en train de bander la main. Ils ont enfumé une ferme avant d'y prendre leurs quartiers. C'est là que vous devez installer votre hôpital, docteur Drury. Le Dr Tracy y est déjà.

Les hommes les guidèrent jusqu'à la ferme dont certains bâtiments avaient brûlé. L'incendie était éteint mais de la fumée montait toujours des ruines. Celles de la maison d'habitation, comme le constata aussitôt Kevin.

— Il a bien fallu, les bonnes femmes s'étaient retranchées !

Beavers était en train de faire son rapport à Coltrane qui venait d'arriver à la ferme avec son régiment et une cinquantaine de prisonniers ayant survécu au massacre.

Kevin et Vincent n'écoutèrent pas plus longtemps. Ayant aperçu Tracy à l'entrée de la grange, ils étaient impatients d'entendre sa version. Son aspect les effraya, il était blême, les traits marqués par le dégoût et l'horreur.

— Vous vous y connaissez en brûlures ? demanda-t-il à Kevin sans même le saluer. Je n'ai jamais eu affaire avec ça… et il y a deux enfants ici…

Le spectacle qui s'offrit à la vue de Kevin et de Vincent, dans la grange, était terrifiant. Deux enfants étaient allongés sur des paillasses. L'un pleurait, l'autre avait perdu connaissance. Une vieille femme, sans doute la grand-mère, le berçait dans ses bras. Kevin n'était pas un spécialiste des brûlures mais il s'y connaissait davantage qu'un ophtalmologiste. Il vit immédiatement que cette fillette était perdue. Vincent le confirma. Il avait, étonnamment, plus d'expérience que les deux autres en matière de brûlures ayant soigné les bêtes après un incendie dans une écurie de Blenheim.

— J'espère qu'elle ne va pas revenir à elle, chuchota-t-il. Est-ce que nous avons de la morphine pour le garçonnet ?

Kevin se dépêcha de décharger les mulets et de donner à l'enfant un calmant. Mais la vieille femme dont les bras et les mains portaient également des cloques refusa toute aide. Elle devint hystérique quand Vincent tenta de lui enlever des bras la fillette agonisante. Les médecins n'eurent pas besoin de traduction, les imprécations de la femme étaient sans ambiguïté aucune.

Tracy, Vincent et Kevin travaillèrent plusieurs heures pour soigner les blessés. Deux des Néo-Zélandais les plus sévèrement atteints survivraient, il n'y avait, étonnamment, pas de Boers blessés. Il n'était pas possible d'arracher un mot à Tracy. Il sembla pâlir davantage encore quand Kevin et Vincent traitèrent le garçonnet brûlé. Ils ne purent toutefois que nettoyer les plaies et les recouvrir de pansements propres. La vieille femme ne laissa personne s'approcher d'elle et la fillette mourut sans avoir repris connaissance.

Le petit garçon dormait à présent, grâce à la morphine, la grand-mère assise à côté de lui, les yeux dans le vide. Les médecins se retirèrent avec une bouteille de whisky. Le rationnement ne les touchait pas pour l'instant, car ils s'étaient constitué leurs propres réserves. Tracy se mit à boire de longues goulées, cherchant visiblement l'oubli dans l'alcool.

— Ce fut épouvantable, raconta-t-il enfin d'une voix sans timbre. Il y avait trois femmes. Trois générations. L'une était encore très jeune. Et trois enfants, le troisième avait dans les huit ou neuf ans, les femmes et l'enfant aîné étaient armés. Ils commencèrent à tirer quand nous sommes arrivés, on connaît ça. Mais cette fois, cela n'avait guère d'importance, les femmes s'étant retranchées dans la maison, alors que nous voulions essentiellement de l'avoine. Nous aurions pu aller prendre dans l'écurie ce dont nous avions besoin. Mais, au lieu de ça, ils ont mis le feu à la maison et tiré sur ceux qui sortaient. Ils ont abattu la jeune femme. Les enfants sont rentrés dans la maison en courant. Suivis par les deux autres femmes. Puis est sorti à nouveau l'enfant le plus âgé, ses habits étaient en feu… et ils ont tiré à nouveau ! Le gamin n'aurait pas succombé à ses brûlures, vous pouvez le constater, son cadavre est derrière la grange. Mais ils… ils ont tiré sur un enfant de huit ans ! En pleine poitrine ! Puis la maison s'est effondrée, et la vieille femme est sortie en rampant avec le petit garçon. J'ai pris avec moi deux ou trois soldats raisonnables, aussi horrifiés que moi, et nous avons recherché des survivants. Nous avons réussi à extraire la petite fille…

Tracy tremblait comme une feuille.

— Je n'aurais pas dû me plaindre pour les chevaux…, murmura Vincent.

Kevin remplit à nouveau les verres.

— Il aurait trouvé une autre raison, dit-il. Ce Beavers est une ordure. Coltrane aussi, il savait qui était Beavers, il savait à qui il confiait le commandement. Mais cela ne restera pas sans suites. Nous ferons un rapport !

— Cela ne rendra pas la vie aux enfants, dit Tracy en avalant son quart d'un trait.

2

Le régiment resta deux jours à la ferme. Puis les prisonniers furent transportés dans des camps, de même que la vieille femme et l'enfant survivants qui allaient très mal. La femme avait de la fièvre, refusait tout soin et toute nourriture. Les plaies du garçonnet semblaient en voie de guérison mais il lui faudrait du temps pour se remettre définitivement.

– Et beaucoup de morphine, observa Tracy en lui donnant une dernière dose avant qu'il parte. En ont-ils suffisamment dans les camps ?

Coltrane, qui surveillait le départ du convoi, le dévisagea d'un air mécontent.

– Les camps anglais sont remarquablement approvisionnés. Ces gens n'auront sans doute jamais été aussi bien logés, sans parler de l'alimentation ou des soins médicaux. Alors, cessez de vous lamenter, docteur, il n'arrivera rien à cet enfant.

Tracy ne répondit pas. Kevin et Vincent s'efforcèrent de ne plus penser à leur petit patient quand reprirent les chevauchées harassantes. Ils n'eurent pas l'occasion de signaler en haut lieu les méfaits de Beavers et de Coltrane, mais cela devint vite superflu, les nouveaux ordres de Kitchener justifiant *a posteriori* leur comportement. En effet, en dépit du renforcement des troupes chargées de protéger les voies ferrées et de nettoyer le pays des détachements boers, les attaques de ces derniers ne cessaient pas. Elles visaient en priorité les lignes de chemin de fer, mais également les dépôts de nourriture et de munitions des Britanniques. Chaque détachement exterminé semblait donner naissance à de nouveaux. Les dégâts étaient énormes et les troupes de l'Empire relativement impuissantes. Le pays était trop vaste, il était impossible de le contrôler.

— Et il offre trop de cachettes, remarqua Kevin alors qu'ils campaient au-dessus d'une vallée où était niché un lac d'un bleu profond, surmonté de falaises et de pentes boisées qui dissimulaient les terres agricoles de ses rives et une ferme entourée de grands arbres. Si on ne prend pas les détachements sur le fait, on ne les trouve jamais.

— Et ils ne risquent pas de mourir de faim, ajouta Vincent avec un regard envieux sur les champs au-dessous d'eux. Ils trouvent refuge dans chaque ferme, on ne peut les surveiller toutes.

Lord Kitchener était vite parvenu au même constat et en avait tiré des conclusions cruelles. La troupe de Rough Riders reçut, en même temps que l'approvisionnement tant attendu, de nouvelles instructions. Il faudrait désormais brûler et dévaster les fermes et les champs des Boers.

— Qu'ils combattent ! avait-il déclaré. Mais ils n'auront plus rien à manger !

— Et où nous procurerons-nous notre propre nourriture ? demanda Kevin, écœuré, quand il vit, pour la deuxième fois dans la même journée, une ferme être la proie des flammes, les femmes et les enfants attendant d'être déportés dans un camp de prisonniers. C'est dans les fermes qu'on réquisitionnait les provisions pour la troupe, si je ne m'abuse.

— Bof, ils ne laisseront pas les troupes mourir de faim, lui répondit Tracy. Mais que se passe-t-il dans ces camps ? Avez-vous fait les comptes ? À nous seuls, la semaine écoulée, nous avons expédié cinquante femmes et enfants. Si on rapporte ce chiffre au nombre de régiments en chasse comme nous, on arrive à un total de plusieurs milliers ! Et nous brûlons les récoltes qui devraient les nourrir !

Kevin songea avec tristesse et inquiétude à la ferme des Van Stout. Était-elle détruite elle aussi ? Qu'était-il advenu de Doortje, de son père et de son fiancé ? Il était peu vraisemblable que ces hommes eussent déposé les armes.

Les Boers, en effet, loin de se laisser abattre par l'anéantissement de leurs moyens d'existence, n'en étaient que plus remontés. Les rares fois où le régiment de Coltrane surprenait un de leurs détachements, les hommes combattaient avec l'énergie du désespoir, se défendant jusqu'à la mort.

Kitchener adopta alors d'autres mesures qui témoignaient de son impuissance et, accessoirement, coûtaient des fortunes à l'Empire : on édifia des blockhaus le long de toutes les voies ferrées du Transvaal, des cabanes en tôle ondulée abritant sept soldats chacune. Entre elles, les Britanniques disposèrent des champs de barbelés, des sortes de pièges dans lesquels on poussait les assaillants boers, les empêchant ainsi de fuir.

La première fois où leur régiment prit de la sorte au piège un groupe de Boers, Vincent fut horrifié : les cavaliers lançaient leurs poneys sans ménagement contre les clôtures, la plupart des montures reculant devant l'obstacle, mais certaines osant le saut. En cas d'échec, Vincent devait les recoudre ou, généralement, les abattre.

— Ils lancent également des troupeaux de bovins contre les barrières, souligna Tracy qui avait mis la main sur un journal, alors qu'ils campaient aux environs de Witbank, non loin de Pretoria. Les bêtes renversent les barbelés et le général de Wet et ses troupes peuvent s'enfuir.

— Ensuite, les bœufs crèvent dans le veld. Je sais que les Boers sont courageux, mais je ne peux pas les souffrir, grogna Vincent, suscitant l'hilarité de ses camarades médecins.

— Moi, c'est Coltrane que je ne peux pas souffrir, déclara Tracy un peu plus tard, la nuit tombée.

Il pleuvait, chose rare en Afrique du Sud, et les médecins s'étaient repliés dans l'un de ces blockhaus. Ils n'avaient guère de patients, seuls les soldats stationnant le long de cette section de voie ferrée les consultaient pour des bobos. Cela pouvait changer d'une minute à l'autre. Quelques-unes des cabanes étaient équipées de haut-parleurs et, à l'instant d'ailleurs, leur était parvenue l'information que Coltrane et ses hommes poursuivaient un détachement de Boers.

— Ce type est un monstre, glacial, impitoyable. Ces enfants et ces femmes dans les fermes… Nous ne devrions en fait ne punir que les femmes dont les maris combattent et qu'elles aident activement. Mais la dernière dont la maison a été détruite était veuve ; ce n'était guère qu'une cabane. Comment va-t-elle pouvoir la reconstruire ? Tout ça ne fait qu'attiser la haine.

— C'est la guerre, Preston, répondit simplement Kevin d'un ton las.

— Une guerre contre des femmes et des enfants ? Qui nous rend impopulaires aux yeux du monde ? La presse internationale est en train de prendre le parti des Boers.

— Chut ! fit Vincent, levant la main. Il se passe quelque chose dehors.

Effectivement, les chevaux, devant la cabane, piaffaient nerveusement. Kevin entendit Silver hennir. Puis ce fut un second hennissement, insistant, impatient, attirant. Kevin fut intrigué. Silver était un hongre, mais, castré sur le tard, il manifestait toujours de l'intérêt envers les juments. Or, il n'y en avait qu'une devant la cabane, celle de Vincent, que Silver connaissait depuis des mois. Il ne se fendrait certainement pas d'un hennissement enjôleur pour elle ! Kevin se leva, inquiet. Il n'y avait qu'une conclusion possible : son cheval avait flairé des juments inconnues. Vincent eut le même réflexe. Il saisit son fusil.

— Allons voir ce qui se passe !

Kevin le suivit, ainsi que trois des soldats occupant les lieux. Il faisait nuit noire, mais Kevin n'eut qu'à regarder Silver pour savoir dans quelle direction chercher. Le cheval pointait les oreilles, la tête tournée vers l'ouest. La voie ferrée étant en courbe, on ne distinguait pas le blockhaus suivant, mais, sachant où regarder, Kevin aperçut dans le noir la silhouette d'un poney. Il entendit un son métallique.

— Il est seul ? chuchota Vincent.

Un caporal s'avança à leur hauteur, à l'abri de l'ombre de la cabane.

— Le premier cisaille le barbelé. À la hauteur de la courbe. Les autres n'arriveront qu'après, avec la dynamite, expliqua le soldat en s'enfonçant un peu plus dans l'ombre.

— Il ne faut pas le faire prisonnier ? s'étonna Vincent.

— Non ! Restons ici aux aguets et attendons que tous soient entrés ! Pourquoi en attraper un seul quand on peut en capturer cinq ou six ? Ou plus. C'est sûrement le détachement que recherche le *major* Coltrane.

Kevin et Vincent échangèrent un regard. Il était urgent de capturer ces hommes : tomber aux mains des médecins et des soldats de faction plutôt que dans celles de Coltrane et de ses hommes pouvait leur sauver la vie.

Épaulant leur arme, ils observèrent le Boer se frayer avec une tenaille un chemin dans la barrière de barbelés avant de faire un signe de la main. Sur quoi ses compagnons entrèrent en action. Le caporal avait entre-temps alerté les soldats restés à l'intérieur de la cabane et donné l'alarme aux occupants du blockhaus de l'autre côté de la courbe. Dès que les Boers s'attaqueraient aux rails, on les assaillirait. Huit hommes au total se faufilèrent par le trou en rampant, pénétrant ainsi dans la zone périlleuse entre deux réseaux de barbelés.

— Il y en a deux qui les couvrent, il faut les mettre hors de combat, chuchota le caporal. Vous savez vous en servir ? demanda-t-il aux médecins en montrant leurs armes.

Kevin et Vincent acquiescèrent.

— Bien ! Alors, suivez-moi !

Les Boers étaient si occupés qu'ils ne remarquèrent pas les soldats se glisser silencieusement dans leur direction. Seules les deux sentinelles restaient sur leurs gardes.

— Jetez vos armes ! Rendez-vous !

Le cri venu du blockhaus voisin fit sursauter Kevin. Simultanément, des lampes s'allumèrent, aveuglant les tireurs boers. Ceux-ci tirèrent néanmoins en direction des Anglais qui firent feu en retour, les abattant aussitôt. Le caporal élimina un homme qui essayait de récupérer les fusils des tireurs hors de combat. Un autre tenta d'allumer une de leurs mines, mais des coups de feu partirent du deuxième blockhaus avant même que Kevin eût pu réagir. L'homme s'effondra sur sa charge de dynamite. Trois prirent la fuite, l'un en tentant de franchir les barbelés de l'autre côté des rails, les deux autres en suivant la voie. Les Britanniques les stoppèrent en tirant dans leurs pieds, devant eux, puis finirent par leur barrer le passage. Ils restèrent alors sur place, visiblement prêts à se rendre. Seul un homme jeune, dégingandé, avait d'emblée jeté à terre tout son barda et levé les bras. Enfin un qui n'avait pas l'intention de se sacrifier à la « cause sacrée des Boers » !

Kevin s'approcha de lui et braqua sa lampe de poche sur son visage.

— Cornelis ! Cornelis Pienaar ?

— Docteur Drury !

Le jeune Boer fit quelques pas hésitants dans la direction de Kevin qui s'aperçut qu'il boitait. Puis, soudain, ce fut autour d'eux un déchaînement. Les coups de feu claquaient dans la nuit, leur bruit se mêlant à celui de chevaux au galop. Kevin attrapa Cornelis à bras-le-corps et l'allongea à côté de lui.

— Poussez-les dans le piège, dans les barbelés !

Des cris en anglais. Kevin se risqua à relever la tête et vit des poneys qui trébuchaient avec leurs cavaliers par-dessus les rails. Ils étaient poursuivis par les Rough Riders qui tiraient sans descendre de selle. Et pas seulement sur les fuyards ! Kevin vit avec horreur tomber les hommes qui s'étaient déjà rendus à eux. Les occupants des blockhaus criaient, craignant, à bon droit, d'être pris pour des Boers et abattus eux aussi. Il resta allongé par terre, maintenant toujours Cornelis. Les cris et les coups de feu s'éloignèrent. Kevin devina ce qui se jouait. À quelques centaines de yards derrière le blockhaus avait été aménagé un piège, et les Boers allaient, croyant à une issue, se trouver devant des barrières de barbelés. Ils n'auraient alors d'autre choix que de se rendre ou de combattre. Le détachement choisit le combat.

Cornelis, qui le comprit, soupira.

— Kevin ! Tout va bien ?

Kevin reconnut la voix de Vincent. Il ne l'avait pas entendu s'approcher. Le vétérinaire braqua alors sa lampe de poche sur lui.

— Ou bien un cheval t'a-t-il piétiné ? Tu étais juste sur leur chemin, tu…

— Non, un poney est gentiment passé au-dessus de nous sans nous toucher, dit-il en montrant Cornelis qui retrouvait un peu de vie. Kevin l'aida à se redresser.

Vincent l'éclaira à son tour.

— Mais n'est-ce pas ton patient de la ferme des Van Stout ? s'exclama-t-il, abasourdi. Mais que faites-vous ici ? Votre jambe ne peut pas encore être guérie !

Le jeune homme le regarda avec un mélange de provocation et de honte.

— Je suis un Boer. Un Boer, dit-il d'un ton las, se moque bien d'avoir une jambe folle. Ça ne l'empêche pas de monter en selle, quand Dieu et la patrie l'appellent aux armes.

Il eut un sourire désabusé.

— Mais alors c'est le détachement d'Adrianus Van Stout, s'étonna Kevin. Si loin au nord de Wepener ?

— Non, c'est le détachement de Martinus De Groot. Adrianus Van Stout est tombé il y a deux mois. C'est Martinus qui a pris le commandement et qui m'a recruté. Un mois après que vous m'avez raccommodé.

Les bruits du combat s'atténuèrent peu à peu. Les Boers s'étaient peut-être enfuis, mais étaient plus vraisemblablement tués ou capturés. Les Britanniques, dans ce cas, devaient être en train de les désarmer.

— Mais vous n'étiez pas prisonnier ? s'enquit Vincent. Bon, allons à la cabane, Kevin. Les blessés ne vont pas tarder à arriver. Même si ce ne sont une nouvelle fois que des Anglais…

Kevin vit le caporal avec lequel ils avaient intercepté le détachement de dynamiteurs examiner si les gens qu'ils avaient faits prisonniers et qui avaient ensuite été abattus donnaient encore des signes de vie. Le caporal secoua la tête dans la direction des médecins : l'affaire était entendue…

— Ma mère et ma tante m'ont fait évader, avoua Cornelis. Dès que vous avez été partis…

— Juste après l'opération ? s'indigna Kevin. Avec une artère susceptible de se rompre à tout instant ?

Cornelis haussa les épaules, puis, poussant un cri rauque, il tituba en direction d'un des cadavres, l'homme qui avait essayé de fuir au travers des barbelés. En vain, bien sûr, mais les blessures qu'il s'était occasionnées par là ne l'auraient pas tué. Le grand jeune homme blond avait été exécuté d'une balle dans le dos.

— Martinus…, murmura Cornelis, incrédule.

Kevin le regarda dans les yeux.

— Le… Martinus en question ? demanda-t-il d'une voix atone.

Cornelis acquiesça.

Kevin et Vincent l'aidèrent à extirper des barbelés le corps du fiancé de Doortje Van Stout.

3

Un mois plus tard, Kevin comparaissait devant le commandant Robin sous les ordres de qui tous les régiments néo-zélandais étaient placés depuis le début. Le commandant et ses deux assesseurs militaires avaient écouté sa plainte contre Coltrane et entendu ensuite ce dernier.

— Le *major* Coltrane estime ne rien avoir à se reprocher, déclara sèchement Robin. Il arrivait au grand galop et c'était la nuit. Les cavaliers ne pouvaient voir si les saboteurs, sur la voie, s'étaient rendus ou non.

— Ils avaient les mains en l'air, objecta Kevin.

— Je le redis, dans ces conditions, le *major* et ses hommes ne l'ont pas vu. L'homme qu'ils ont abattu d'une balle dans le dos était en train de s'enfuir, non ?

— Il était accroché dans les barbelés, soupira Kevin. Nous n'étions pas encore parvenus à l'en libérer, mais il était hors de combat et il n'avait plus la moindre chance de s'échapper. Il n'y avait aucune raison de l'abattre. De même qu'il n'y avait pas de raisons d'abattre vingt-trois des trente cavaliers qui s'enfuyaient.

— Ces hommes tiraient sur les Rough Riders, remarqua un des assesseurs, un lieutenant. Le *major* n'a eu d'autre choix que de répliquer. Après les avoir sommés de se rendre, naturellement.

— Et aucun n'a survécu ? Pas un seul blessé ? Mon collègue et moi avons examiné les cadavres. Certains d'entre eux semblaient avoir été abattus à bout portant, tenta Kevin.

– Docteur Drury, répondit Robin en levant les bras. Vous êtes ici depuis des mois. Vous connaissez les Boers. Ils combattent pour la plupart jusqu'à la mort et nombre de nos soldats ont payé de leur vie d'avoir voulu venir en aide à un blessé. Un couteau est vite sorti. Un homme expérimenté tient donc son arme prête, et tire alors. De près. Suspecter nos hommes d'avoir volontairement achevé...

– D'autant que vous n'étiez pas présent, ajouta le deuxième lieutenant.

– Mais les autres bavures, les incendies..., tenta encore Kevin.

– Tous actes conformes aux directives du commandement de l'armée, le coupa Robin. La stratégie de lord Kitchener peut ne pas nous plaire. Je suis d'ailleurs convaincu que le *major* Coltrane mène sans plaisir la guerre contre les femmes et les enfants. Mais il n'y a rien à lui reprocher. Vos accusations sont sans fondement, docteur Drury, convenez-en !

Kevin se mit au garde-à-vous.

– À vos ordres, sir, dit-il d'un ton amer. Du reste, je sais que ce n'est pas de mon ressort – punissez-moi s'il le faut – mais ma conscience m'interdit de servir plus longtemps sous les ordres du *major* Coltrane !

– Du colonel Coltrane, il vient d'être promu, remarqua un des lieutenants.

– Je refuse de servir plus longtemps sous les ordres de Colin Coltrane, osa Kevin. Mutez-moi ou mettez-moi aux arrêts. Cela m'est égal.

Robin garda son sang-froid tandis que les deux officiers britanniques retenaient leur souffle. Néo-Zélandais, il estimait que mettre aux arrêts des esprits réfractaires, souvent si précieux dans cette guerre de guérilla, était un pur gâchis. Il sourit.

— Le hasard fait bien les choses ! J'avais déjà songé à une autre affectation pour vous qui nourrissez encore des sentiments plus ou moins amicaux envers l'ennemi.

— Je ne pratique en aucun cas la fraternisation, se défendit Kevin avec raideur.

— Nous ne le pensons pas une seconde, le rassura Robin, un homme aux cheveux déjà grisonnants. Au contraire, nous apprécions votre compassion envers les femmes et les enfants boers. C'est pourquoi je vous propose un poste où vous pourrez vous rendre utile, docteur Drury : vous dirigerez désormais un des camps de réfugiés du Transvaal.

— Un camp de réfugiés ? dit le Dr Barrister en riant, mais d'un rire qui n'avait rien de joyeux, ni de moqueur, résigné plutôt. Si on en croit Emily Hobhouse, c'est de camps de concentration qu'il faudrait parler, pour ne pas dire camps de la mort.

— On m'a dit que la lady exagérait, répondit Kevin.

Ayant appris à l'état-major de Robin que son ancien supérieur dirigeait un hôpital militaire à Pretoria, il lui avait rendu visite aussitôt. Ils dînaient ensemble au mess des officiers d'un steak de lion !

— La lady me semble personnellement tout à fait raisonnable, le contredit Barrister. Je lui ai parlé, je connais la famille. Et on ne peut ignorer les chiffres : près de huit cents morts pour le seul dernier mois. La situation est, paraît-il, catastrophique. Le terme de « camp de réfugiés » est d'ailleurs impropre, les femmes n'y viennent pas d'elles-mêmes, au contraire, on les y transporte sous surveillance et dans des conditions déplorables. Il vaudrait mieux parler de « camps de regroupement ». Mais peu importe le terme. Selon miss Hobhouse, les conditions d'existence y sont inhumaines. Ce qui se comprend d'ailleurs : ces camps sont en définitive à la toute dernière extrémité de la chaîne alimentaire. Il n'y parvient, pour ce qui est des aliments et des médicaments, que ce dont les troupes, les services de l'armée, les hôpitaux et la population des villes n'ont pas besoin. Et le tout dans une situation de pénurie : on ne brûle pas impunément les moissons d'un pays.

— Vous pensez donc que je ferais mieux de refuser ce poste ?

— Ah, mais absolument pas ! Vous encourriez des mesures disciplinaires. Bien que les camps soient depuis peu placés sous autorité civile. Donc, à strictement parler, vous n'êtes pas là-bas en tant que médecin militaire. Pourtant, après cette affaire avec ce Coltrane, vous n'êtes pas en odeur de sainteté dans l'armée. Et, au fond, Robin a raison, il faut bien que quelqu'un fasse le boulot. Mieux vaut y envoyer quelqu'un qui a encore des sentiments humains, sur un plan général… ou personnel. Avez-vous eu des nouvelles de notre vindicative Mejuffrouw Van Stout ?

— Non, nous n'avons pas eu le loisir d'échanger nos adresses.

— Cela n'aurait servi à rien. Il est plus que probable que miss Doortje n'a plus d'adresse. Vous avez vous-même dit que son père et son fiancé étaient dans le détachement qui…

— Ils sont morts !

— Oui, mais cela ne change rien au fait que la famille est désormais suspecte. Si les choses se sont passées selon le cours normal, sa ferme a été incendiée.

— Cela voudrait dire que Doortje est dans un des camps ?

— Si elle n'est pas morte durant l'évacuation. Vous la connaissez, Drury, elle ne se rend pas aussi aisément…

Kevin se raidit.

— Alors ma décision est prise. Je prends la direction du camp. Oui, je sais, Doortje est sans doute ailleurs. Mais, si elle survit à cette guerre, je voudrais pouvoir la regarder dans les yeux. Dans mon camp, personne ne mourra !

— Je ne vois pas d'inconvénient à vous affecter cet homme.

Lord Alfred Milner, le nouveau directeur civil des camps de concentration du Transvaal, accepta sans problème le souhait de Kevin d'avoir Cornelis Pienaar comme interprète et homme de liaison avec les prisonniers. Personne ne semblait chaud pour endosser des responsabilités dans les camps, aussi cet homme aimable était-il heureux de tout volontaire un tant soit peu qualifié pour ce travail. Kevin eut même le choix entre trois camps privés de direction.

— Ça reviendra moins cher que de le transporter à Sainte-Hélène, poursuivit-il, arguant du fait que la plupart des prisonniers étaient déportés en dehors de l'Afrique. Mais lui rendez-vous vraiment service ?

— Je pense que oui, sir. M. Pienaar et moi nous nous sommes toujours bien entendus, c'est l'une des rares personnes sensées du côté des Boers. Il acceptera, je pense, et se rendra très utile.

— Je ne doute pas qu'il accepte, concéda Milner avec un haussement d'épaules, mais vous n'avez pas idée de l'atmosphère qui règne dans les camps ! Les femmes boers… Bon, d'après ce qu'écrivent les journaux, elles meurent comme des mouches et sont si faibles qu'elles ne tiennent pas sur leurs jambes. En réalité, elles ont assez de force pour cracher leur venin. Dès qu'il leur tombe un reporter sous la main, elles font une déclaration appelant leurs maris à continuer le combat. Elles refusent tout, notamment les soins médicaux, l'école pour leurs enfants… Et dès que l'une d'elles donne le moindre signe de compromission avec la direction du camp, elle devient l'objet de toutes les haines. À Chrissiesmeer où nous avions voulu transférer des prisonniers de guerre, les femmes les ont agonis d'injures pour s'être rendus au lieu de se faire tuer sur place. Et elles n'allaient pas en rester là ; nous avons dû les emmener ailleurs, elles les auraient tués ! Réfléchissez donc bien avant d'exposer votre Pienaar à ce sort.

– Mon pauvre Pienaar, avec ses idées libérales, se fera de toute façon partout remarquer, y compris dans les camps pour hommes. Je vais donc essayer malgré tout. Il serait peut-être favorable qu'il soit au milieu de gens de sa région d'origine. Pourriez-vous me dire où sont internés les Boers des environs de Wepener ? Et si ce camp figure parmi les trois qui s'offrent à mon choix ?

Les environs de Karenstad rappelèrent à Kevin plutôt son pays que les savanes et la brousse qu'il avait parcourues avec les Rough Riders. La localité était située dans un contrefort montagneux, où l'air, bien moins chaud que dans les plaines, sembla merveilleusement frais à Kevin. Il apprécia les montagnes déchiquetées et les grasses prairies. Vincent et Kevin, campant au bord d'un ruisseau, crurent de nouveau participer à une partie de pêche. Le hasard – et le choix par Kevin du camp situé à proximité de Ventersburg – avait réuni les deux amis. Tout comme Kevin et Tracy, Vincent avait témoigné contre Coltrane, et le commandant en chef Robin avait muté les deux hommes, Tracy dans l'hôpital de Barrister, Vincent à Karenstad. Ce dernier et Kevin se rendaient donc de concert à Ventersburg, tandis que Cornelis était affecté à un convoi de prisonniers.

– Il lui est impossible de partir avec vous, avait déclaré Milner. Les femmes penseraient aussitôt qu'il est de votre côté. S'il arrive avec un convoi normal, il aura au moins une petite chance.

– C'est pourtant un joli coin, dit Kevin quand, non loin de Karenstad, ils passèrent à côté des ruines d'une ferme, sans doute construite dans le style de la cabane de rondins de ses parents mais dont on ne pouvait plus voir grand-chose. Ça me plaît davantage que le veld.

Au même moment, un troupeau d'antilopes traversa une étendue herbeuse qui avait été un champ de maïs avant d'être incendiée.

— Je me demande pourquoi ils n'ont pas de viande dans les camps, grommela Kevin. On devrait pouvoir chasser ici.

Le gibier se fit néanmoins rare à l'approche de l'agglomération, Karenstad étant entourée de lignes de chemin de fer protégées par des réseaux de barbelés. Cela devait rebuter les animaux sauvages.

Les deux amis furent d'ailleurs eux aussi tout sauf enchantés par leur nouveau champ d'action. Karenstad n'était qu'un amas de cabanes en tôle. À l'origine, la localité était un nœud ferroviaire abritant un stock de fournitures militaires. Sa population avait rapidement augmenté pendant la guerre en raison de l'afflux de réfugiés car, la région alentour ayant été le théâtre de violents combats, la plupart des fermes avaient été détruites dès le début du conflit. Les militaires anglais n'avaient pas vu d'un bon œil se regrouper tant de gens autour d'un dépôt de munitions, aussi avaient-ils réquisitionné les maisons du village pour y loger la garnison du dépôt, et construit à l'extérieur un camp de concentration, où s'entassèrent d'abord les familles résidentes, puis les réfugiés de l'extérieur. Le village lui-même grouillait d'Anglais. Plusieurs brigades de cavalerie y étaient stationnées. À cela s'ajoutaient les unités venues se ravitailler avant d'être engagées sur d'autres théâtres d'opération. C'était un perpétuel va-et-vient de soldats et de cavaliers au galop.

— Bon Dieu, quelle poussière ! jura Vincent en toussant. Pas bon pour les chevaux, ça !

— Ni pour les humains, renchérit Kevin. Et le camp n'est pas à l'abri du vent. Les gens doivent étouffer. Il va me falloir obtenir qu'on oblige les cavaliers à aller au pas.

— Je te souhaite bien de la chance, rigola Vincent. Je vois mal les Rough Riders et leurs semblables aller au pas pour le seul motif qu'ils font de la poussière. Alors qu'ils sont manifestement tous chargés de missions stratégiques…

— Tu pourras me soutenir, s'agaça quelque peu Kevin. Tes protégés ne sont pas non plus à l'abri ! Je te parie que les logements des officiers sont mieux protégés que les écuries !

Le camp proprement dit était installé dans un environnement moins sinistre, les tentes étant disposées de part et d'autre d'une rivière. Malheureusement, ses eaux avaient tendance à déborder. Arrivant par la rive nord, Kevin avait été horrifié de voir la boue et l'eau que les gens évacuaient des tentes en creusant des rigoles.

— Il faut d'urgence déplacer la partie nord du camp, déclara-t-il d'un ton catégorique à peine eut-il salué l'actuel commandant du camp, un lieutenant écossais.

Le lieutenant Lindsey habitait un bâtiment en pierres hébergeant aussi l'administration. Les prisonniers étaient logés sous des tentes. L'appartement était confortable, avec des meubles massifs décorés de sculptures qui rappelèrent à Kevin la ferme des Van Stout. Ils avaient dû être réquisitionnés dans des maisons boers.

— Vous pouvez toujours essayer ! se moqua Lindsey en posant une bouteille de whisky et deux verres sur la table. Mais buvez d'abord un coup, c'est recommandé avant de sortir. Ça empêche la contagion. C'est ce qui se dit en tout cas.

— Contagion à quoi ? s'enquit Kevin, fronçant le sourcil.

Mais Lindsey revint aux plans d'évacuation.

— Moi aussi, j'ai voulu déplacer le camp, la première fois que la rivière a débordé. On aurait d'ailleurs pu voir d'emblée que c'était un terrain marécageux… Mais les gens ne veulent pas. Ils s'accrochent à l'endroit où ils sont comme si c'était la maison de leurs aïeux. Et ne vous mettez pas non plus à m'engueuler quand vous verrez l'hôpital. Il est à moitié vide, bien que les gens soient malades. Les rares qui viennent sont des femmes avec des enfants mourants. Au stade terminal. Notre docteur ne peut plus rien pour eux. Cela renforce ces gens dans l'idée que notre médecine est un instrument du diable.

— Stade terminal de quoi ?

— Du typhus sans doute.

— Il ne manquait plus que ça ! Bon, je vais d'abord voir l'hôpital, puis les tentes. Combien en avez-vous ? Pour combien de prisonniers ?

Au grand étonnement de Kevin, Lindsey haussa à nouveau les épaules.

— Je ne sais pas. Ça change sans arrêt.

— Vous n'en tenez pas le compte ?

— Comment pourrais-je faire tout ça ? Je m'occupe de ce camp, mais aussi de celui des Noirs, un mile en amont. J'ai peu de monde pour m'aider, tout me retombe dessus. Je n'y suis pour rien si la seule infirmière qu'on m'a envoyée de Pretoria ne quitte pas sa bouteille de whisky ! Sans cesse il y en a qui râlent : la viande, ce n'est que du cartilage et des os, il n'y a pas de légumes… Il faudrait peut-être aussi que je cultive des carottes ?

— Pourquoi pas ? Ce serait une occupation sensée. On ne peut pas y gagner les femmes ?

— Je ne peux que me répéter, conclut Lindsey en riant. Rien de tel que d'essayer pour comprendre ! Mais à vous de voir ! Je compte partir dès ce soir, par le premier train pour Bloemfontein. Je vais retrouver mon ancien régiment, pourchasser quelques Boers. Retrouver mon cheval ! Au moins un qui ne se plaindra pas de sa ration d'avoine…

L'hôpital était un bâtiment en tôle ondulée. Il devait y faire une chaleur insupportable en été. Même à présent, les quelques patients étaient entourés d'une nuée de mouches. Il régnait une odeur épouvantable dans les deux salles. Des malades du typhus pour l'essentiel. Laissés presque sans soins. Des parents, assis auprès de quelques-uns, s'étaient visiblement souciés de les laver. Mais les patients les plus âgés, des femmes pour la plupart mais aussi deux ou trois vieillards, étaient allongés dans leurs excréments. L'unique médecin, le Dr Greenway, était confus.

— Je fais mon possible, docteur Drury. Mais j'ai vingt-sept patients ici et pas d'infirmière. Quand je ne trouve pas une mère pour m'aider parce que son enfant est ici, je dois même faire la cuisine !

— Les femmes ne veulent pas donner un coup de main ?

— Elles ne font rien. Elles ne lèvent pas le petit doigt, même si elles sont les premières à en souffrir. Elles ont même ouvert une espèce d'hôpital concurrent dans une de leurs tentes. Elles y soignent avec des remèdes de bonne femme. Et elles se plaignent quand on les en empêche. Hier, l'une d'elles a voulu me tuer parce que j'ai refusé de leur fournir une chèvre morte. Elle croyait dur comme fer qu'elle guérirait son enfant atteint d'une pneumonie en l'enveloppant dans la peau d'une chèvre fraîchement abattue ! Elle n'a voulu ni de mes médicaments ni d'un lit à l'hôpital. L'enfant est mort ce matin. Une tragédie, docteur !

— Vous n'avez que ces deux pièces ? s'enquit Kevin, habitué aux grandes salles communes, mais choqué que les malades soient obligés ici de mourir sans aucune intimité.

— Non, il y en a quatre autres, plus petites. Si vous voulez les voir…

Le Dr Greenway conduisit Kevin dans une espèce de couloir et souleva un rideau donnant sur une chambre à deux lits improvisée qui n'avait pas été nettoyée depuis longtemps, mais Kevin s'abstint de toute critique.

— Aucune n'est occupée ?

— Si. Deux. Mais la femme dans l'une d'elles est déjà morte. Je ne veux pas tout de suite éloigner d'elle ses enfants… Nous la transporterons au cimetière quand nous aurons trouvé quelqu'un pour s'occuper des orphelins. Quant à l'autre… un autre drame encore, qui rend presque compréhensible l'attitude de ces gens à notre égard.

— Que voulez-vous dire ?

— Il essaie de vous expliquer avec tact, intervint le lieutenant Lindsey, que nos propres gens sont responsables de l'état de ces jeunes filles. Un pur scandale ! Il faudrait pouvoir enquêter, mais les femmes se taisent, et les gars qui assuraient le transport ne sont pas sous mes ordres. Sinon, je les aurais déjà tous collés en prison !

Kevin fut surpris de la fureur de l'officier qui n'avait jusqu'ici pas manifesté de sympathie particulière pour les détenus boers.

— Que s'est-il donc passé ? J'aimerais voir ces femmes, si vous le permettez.

— Je n'y vois pas d'inconvénient, dit le Dr Greenway. Vous êtes médecin. Mais elles ne laissent approcher personne. L'une a perdu l'esprit, l'autre griffe et mord quand on essaie de l'examiner. Ce serait pourtant indispensable. Elle saigne encore…

— Ces femmes ont donc été violées ? Ici ? Au camp ?

— Non, durant le transport. Les hommes qui les ont transportées ici prétendent qu'ils n'y sont pour rien, que les coupables font partie d'un régiment de cavalerie qui a escorté le convoi une partie du trajet. Ce qui arrive quand on redoute la présence de détachements boers dans la région traversée. Pour le protéger.

— Le protéger ? observa Kevin avec amertume.

— Je peux juste vous dire que cela n'arrive que rarement. Du moins à notre connaissance. On ne décèle pas forcément un viol. Mais, dans le cas présent, les filles ont été tabassées. Sans doute parce qu'elles se sont défendues. Dans leur état, nous n'avons pas pu les mettre dans les tentes communes. Même si elles auraient été peut-être plus heureuses parmi leurs compatriotes.

— J'aimerais les voir. Peut-être pourra-t-on les convaincre de témoigner. Parlent-elles anglais ? Sinon, un interprète arrivera demain.

— Le problème, c'est qu'elles ne parlent pas du tout, dit le Dr Greenway en le conduisant à la pièce suivante. L'une est catatonique. Et l'autre ne nous accorde même pas un regard.

Il fit entrer Kevin.

— Ladies, je m'excuse de vous déranger à nouveau après ma visite…, commença-t-il, pesant ses mots.

Éprouvant soudain de la sympathie pour lui, Kevin jeta un œil sur les lits de camp rudimentaires, les draps gris et froissés. La jeune fille du premier lit était allongée sur le dos, les yeux fixés le plafond, l'un d'eux était enflé. La joue droite était déchirée, les lèvres tuméfiées. Bien que défigurée, elle rappela quelque chose à Kevin.

— … mais nous avons un nouveau commandant du camp, ajouta le Dr Greenway. Le Dr Kevin Drury s'occupera de vous avec moi à l'avenir. Il…

Kevin regarda le second lit. La femme avait le visage tourné contre la cloison. On ne voyait d'elle qu'un corps mince sous la couverture et une coiffe laissant échapper une opulente chevelure blonde. Fût-ce un hasard ? Toujours est-il qu'elle bougea en entendant le nom de Kevin.

Le médecin du camp se plaça devant le premier lit, présentant le cas à la manière d'un interne lors de la visite du staff.

— Johann Van Stout, quatorze ans, contusions multiples et blessures provoquées par des coups…

Kevin se figea. Au même instant, la femme de l'autre lit se retourna. Kevin vit un regard haineux, un visage tuméfié, des lèvres éclatées. Mais toujours belle à ses yeux.

— Doortje, s'écria-t-il, abasourdi. Me… Mejuffrouw Van Stout…

Un sourire atroce s'esquissa sur le visage fracassé. C'est à peine si elle pouvait bouger, mais la rage brillait dans ses yeux.

— Ne vous nouez donc pas la langue, docteur Drury, dit-elle avec mépris. Je ne suis plus vierge…

4

— Et quels sont tes projets à présent ? demanda Atamarie à Roberta.

Question vaine en réalité. Roberta ferait exactement ce à quoi ses études l'avaient préparée. L'institutrice fraîchement émoulue chercherait un poste et enseignerait. Une existence tracée de longue date et assez ennuyeuse. Atamarie sirota son champagne. Les boissons alcoolisées étaient rarement servies chez Violette Coltrane, mais, ce soir-là, son mari Sean avait fini par faire triompher ses vues, Roberta fêtait son succès couronnant deux années d'études. Amis et parents avaient été invités à un grand dîner, du champagne à l'apéritif et les vins choisis en fonction des mets. Une très belle soirée, et Atamarie était en vacances. Elle-même ne savait pas pourquoi elle était de mauvaise humeur.

Absolument pas habituée à l'alcool, Roberta avait les joues rouges et les yeux brillants. Très belle dans sa robe neuve de soie bleu nuit, elle paraissait heureuse et pleine de vie. Il y avait belle lurette qu'Atamarie ne l'avait pas vue si entrain, car, durant ces deux dernières années, son amie s'était efforcée de se conformer le plus possible au modèle d'une institutrice célibataire.

— Ma foi, je pense que c'est réglé depuis des années, sourit le révérend Burton avant même que Roberta eût pu répondre. Le poste t'est réservé dans notre école, Roberta. Tout le monde est heureux de ta venue !

Roberta rougit de plus belle et, chez Atamarie, les sonnettes d'alarme se mirent à sonner. Cette joie n'avait pas pour seule cause la réussite à un examen ! Son amie avait cette tête quand elle était sur le point de révéler quelque chose. Elle s'apprêtait à annoncer une nouvelle à sa famille. La curiosité d'Atamarie fut piquée. Que Roberta cachât quelque chose à ses parents, soit ! Mais depuis quand avait-elle des secrets pour elle ?

Kathleen Burton, fine mouche, lança à son époux un regard désapprobateur.

— Ne la presse donc pas ainsi, Peter ! Qui sait si elle n'a pas d'autres projets ? Peut-être a-t-elle l'intention de se marier !

Patrick, le voisin de table d'Atamarie, tressaillit. Il digérait mal l'échec de son mariage, Juliette n'ayant de surcroît toujours pas donné signe de vie. À part lui, personne ne se souciait le moins du monde de la chanteuse infatuée d'elle-même, mais Patrick laissait parfois transparaître combien sa disparition le tourmentait. Atamarie lui adressa, ainsi qu'à sa fille, assise sur les genoux paternels, un sourire d'encouragement. La petite observait avec attention les bulles dans le verre de champagne tout en babillant.

Atamarie refoula l'idée qu'elle tenait décidément de sa mère. Heather, assise en face d'elle, semblait animée du même sentiment : Atamarie vit un sourire flotter sur son visage tandis qu'elle chuchotait quelque chose à Chloé, toutes les deux se mettant alors à rire.

— Non, dit fermement Roberta. Non, bien sûr que non ! Ce n'est pas pour ça que j'ai fait des études ! Mais je… je me suis dit que… (Elle prit une profonde inspiration, plus rouge que jamais.) J'ai signé hier un contrat. Je pars pour l'Afrique du Sud. Pour une ou deux années.

— L'Afrique du Sud ? s'écria Patrick, stupéfait. Tu veux combattre les Boers ?

— Non, au contraire, je… n'avez-vous donc jamais entendu parler d'Emily Hobhouse ?

Violette, sa mère, regarda les réactions autour d'elle. Kathleen et le révérend ne furent pas étonnés. Ils connaissaient bien entendu l'attitude protestataire de miss Hobhouse, eux-mêmes se montrant aussi critiques envers cette guerre que Sean et Violette. Heather et Chloé n'ignoraient pas, elles non plus, tout ce qui avait trait aux droits des femmes. Seuls Patrick et Atamarie semblaient n'avoir aucune idée de qui il pouvait s'agir.

— Miss Hobhouse milite pour la suppression des camps de concentration en Afrique du Sud, expliqua finalement Violette. Les camps dans lesquels on enferme les femmes et les enfants des combattants boers afin de démoraliser ces derniers et de les forcer à se rendre.

— Ce qu'il serait grand temps de faire, remarqua Patrick. Cette guerre de guérilla…

— C'est une autre question, l'interrompit Sean. Mais miss Hobhouse fait très justement observer qu'il n'est pas digne de l'Empire britannique de mener une guerre contre les femmes et les enfants.

— C'est donc si grave ce qui se passe dans ces camps ? demanda Atamarie, qui avait de la peine à digérer l'annonce de Roberta, ne croyant pas une seconde aux raisons humanitaires de sa décision, car jamais encore son amie ne s'était indignée des camps de réfugiés en Afrique du Sud. J'ai entendu dire qu'ils sont logés dans des tentes, mais c'est…

— Il ne s'agit pas de camps de vacances, Atamarie, même si la direction de l'armée présente les choses de cette matière, la coupa sèchement le révérend. Ces femmes et ces enfants meurent de faim et de maladies infectieuses… Miss Hobhouse a raison, ces camps sont une honte pour l'Angleterre !

— Mais cela va changer, le coupa à son tour Roberta avec une résolution inattendue chez elle. Emily Hobhouse a recueilli des fonds. Et sa fondation pour les femmes et les enfants d'Afrique du Sud envoie des infirmières et des institutrices dans ces camps. Ainsi que, bien sûr, des vivres et des médicaments pour tous. Je pars la semaine prochaine, de Dunedin, sur le *Beauty of the Sea*.

— J'espère que ce n'est pas un transport de troupes, s'inquiéta Heather, pourtant habituée depuis son jeune âge aux voyages au long cours.

— Non, c'est un paquebot tout ce qu'il y a de normal. Nous ne sommes que trois, deux infirmières et moi. D'autres viendront de l'île du Nord, mais la plupart de l'Angleterre.

Violette acquiesça, à la fois fière de sa fille et déçue de n'être informée de son projet que maintenant.

— Et pourquoi n'avoir rien dit ? demanda-t-elle d'un ton sévère. Comprends-moi bien, je ne suis pas hostile à ton projet. Au contraire, mais nous…

— Nous aurions pu recueillir des fonds nous aussi, renchérit le révérend. Des fonds et des dons en nature. Les gens sont généreux quand quelqu'un s'engage pour une cause.

— Je… je ne me suis décidée qu'au dernier moment…

Atamarie vit qu'elle mentait. Roberta nourrissait vraisemblablement depuis des semaines, voire des mois, l'idée de partir pour l'Afrique du Sud. L'initiative de miss Hobhouse avait servi de déclencheur.

Dès que, après le dessert, les convives se furent dispersés, une tasse de thé ou un verre de liqueur à la main, dans le grand appartement de Sean et de Violette, Atamarie se précipita sur Roberta.

— Avoue, c'est pour Kevin ! Et tu n'as rien dit pour éviter que je t'en dissuade !

Roberta avait entre-temps retrouvé son calme et parlait sereinement de son projet. De nouveau le sang lui monta au visage.

— Ce n'est pas vrai ! C'est juste que… la situation là-bas est terrible. Je voudrais me rendre utile et voir un peu le monde.

Mais elle baissait les yeux, des yeux ne laissant pas transparaître la moindre soif d'aventure.

— Mais bien entendu, se moqua Atamarie. Tu t'es entichée de lions et de rhinocéros et tu as toujours eu envie de grimper sur un éléphant… Ne te donne pas tant de peine, Roberta ! Tu n'es ni téméraire ni amoureuse de la nature. Tu es amoureuse, tout simplement. Mais comment peux-tu être encore amoureuse de lui ?

— Mais toi aussi, tu es toujours amoureuse ! se récria Roberta. De ton Richard. Alors que tu ne l'as pas vu depuis deux mois !

La liaison entre Atamarie et Richard Pearse n'évoluait en effet que de façon languissante, mais la jeune femme n'avait pas envie d'en parler ce soir-là.

— Ce n'est pas du tout la même chose ! Richard est… eh bien, il est lent. Mais Kevin ne t'a même pas remarquée ! C'est à peine s'il doit se souvenir encore de toi. Et puis l'Afrique du Sud est un pays gigantesque ! Tu vas travailler dans un de ces camps, alors que lui est médecin aux armées. Tu vas le trouver comment ?

Roberta hésita. C'était bien là le point faible de son projet.

— Je ne suis pas obligée de le trouver, dit-elle tout bas. Je… je veux juste être près de lui. Et qui sait ?

Atamarie leva les yeux au ciel.

— Il va bientôt de nouveau être question du cadeau des dieux, dit-elle, moqueuse.

— Toi aussi, tu y crois, répliqua Roberta. Alors pourquoi ne pas mettre un peu les dieux sur la voie ?

Au terme d'une semaine exténuante, Roberta finit par partir avec un tas de bagages. Le révérend avait eu le temps de mobiliser sa paroisse pour une opération de collecte et avait acheté du lait en poudre et des médicaments remplissant à eux seuls une grande caisse. Devant le groupe local de la Women's Christian Temperance Union, Violette fit un exposé enflammé qui provoqua des dons d'habits, de couches et de jouets pour les enfants des camps. Sean en parla à ses clients et Kathleen aux Dunloe qui connaissaient le ban et l'arrière-ban de Dunedin. Dans ce dernier cas, ce furent essentiellement des fonds qui furent recueillis. L'attitude de la plupart des Néo-Zélandais envers les Boers était pourtant ambivalente. La Nouvelle-Zélande soutenait toujours l'Angleterre avec ferveur dans cette guerre. Les voix critiques à l'égard du conflit armé n'étaient pas les bienvenues. Il était néanmoins plus facile de venir en aide à des femmes et à des enfants, surtout lorsqu'une jeune et sympathique habitante de Dunedin s'engageait personnellement pour cette cause.

Atamarie accompagna son amie lors de l'embarquement.

— Parler et tout le reste, ça ne me plaît guère, lui confia Roberta à propos de sa dernière apparition en public, la veille au soir, Heather et Chloé ayant organisé une réception dans leur galerie et mis aux enchères deux tableaux au profit des familles boers. Cela me fatigue plus que six heures d'enseignement.

— Et dire qu'avant nous voulions devenir premières ministres, sourit et soupira tout à la fois Atamarie. Il t'aurait fallu parler bien davantage. Tes études t'ont rendue inapte à la vie. Tes collègues marchent comme si elles allaient à un enterrement et on ne peut probablement parler qu'après avoir levé le doigt. Tu devrais parler haut et fort, Robbie !

Roberta rougit. Lors de ses allocutions devant les comités de bienfaisance, elle avait remis son uniforme de l'École normale et avait eu toutes les peines du monde à émettre un son derrière le pupitre. Atamarie examina sa garde-robe d'un air plus que critique.

— Dans cette tenue, Kevin ne risque pas de te remarquer, remarqua-t-elle tout en guidant d'une main de maître trois porteurs vers le quai.

Roberta, à ce spectacle, éprouva une certaine jalousie envers son amie : Atamarie pourrait élever la voix en présence de centaines d'auditeurs ! Et pourtant l'homme qu'elle aimait ne la remarquait pas elle non plus ! Elle eut honte de ressentir un certain réconfort à cette pensée.

— Enfin, en tout cas, tu pars pour l'Afrique, poursuivit son amie. Je parie que les Africains ne sont pas aussi austères que l'Église d'Écosse ! Je m'imagine plutôt les Noirs comme des Maoris ; ils doivent aimer les habits de toutes les couleurs, aimer rire et danser !

— Atamarie, après tout ce que j'ai entendu dire à propos de ces Boers, l'Église d'Écosse, comparée à eux, n'est qu'un club de joyeux fêtards ! Et je n'aurai rien à voir avec les Noirs. Miss Hobhouse n'a parlé que de Blancs dans les camps.

Arrivées à la passerelle, les jeunes filles vérifièrent que les bagages étaient transportés à bord. Roberta comptait rencontrer Sean et Violette qui recueillaient encore en ville des dons mais avaient promis d'être à l'heure pour prendre congé de leur fille.

Atamarie était perplexe. Elle ne savait que peu de chose sur la guerre des Boers, n'ayant guère prêté l'oreille aux remarques critiques du révérend et de Violette. Dans son Canterbury College, on s'intéressait tout au plus au fonctionnement des armes utilisées dans ce conflit. L'Afrique évoquait pour elle des animaux sauvages et des hommes noirs. Il devait tout de même en exister quelques-uns ! Elle se souvenait vaguement que la raison officielle de la guerre était de leur assurer un sort meilleur.

— Et où sont donc tous ces Nègres ? finit-elle par demander. Ils servent de domestiques ou d'esclaves aux Blancs, non ? Donc, ils logeaient dans les fermes qui ont été incendiées ? Ils se sont enfuis ? Bon, on verra bien. Tu m'écriras. Mais pas des lettres pour ne rien dire, hein ? S'il te plaît, raconte-moi tout ! Et je te souhaite de tout cœur de trouver Kevin. Ne serait-ce que pour que tu te rendes compte que…

Roberta l'interrompit d'un énergique signe de la main.

— Tu ferais peut-être mieux de t'occuper de tes propres amours ! Il peut aussi y avoir des choses que tu refuses de t'avouer, Atamarie ! Il est possible que Kevin ne veuille pas de moi, mais il ne peut pas non plus… parce que… il est parti bien loin… et ça fait aussi un sacré bout de temps que… et Juliette…

Roberta s'embrouilla si bien qu'Atamarie se prit la tête entre les mains avec un soupir théâtral. Roberta se reprit :

— Mais ton Richard habite à moins de cent miles de Christchurch. Et il t'a remarquée. Tu as, paraît-il, conversé avec lui des heures durant, tu lui as même tenu la main et tu l'as embrassé. S'il ne vient pas te voir à présent, c'est que…

Atamarie n'eut pas le loisir de répliquer car Violette et Sean arrivaient en voiture. Elles se turent, car les parents auraient tenu leur fille pour folle s'ils avaient appris cette histoire avec Kevin.

Tandis que Sean déchargeait une autre caisse pleine de dons, Roberta prit congé de sa mère en pleurant. Elle étreignit ensuite son beau-père et enfin Atamarie.

— Je t'écrirai, Atamarie ! Promis ! Tous les jours ! Et ne m'en veux pas…

— Tous les jours, ce serait sans doute un peu fatigant, répondit son amie en la serrant contre elle en riant. Une fois par semaine, ce serait déjà bien. Et je ne t'en veux pas. Tu n'as dit que la réalité : il faut enfin qu'il se passe quelque chose avec Richard !

Tout en regardant le navire appareiller, Atamarie décida de partir pour Timaru. Son amie avait raison : il n'y avait pas des milliers de milles marins entre elle et Richard. Et elle n'était pas moins courageuse que Roberta. Si son amie suivait Kevin jusqu'en Afrique du Sud, elle pouvait bien, à son tour, faire fi de toutes les conventions et rendre visite à Richard. Elle connaîtrait au moins sa ferme. Et si elle avait enfin l'occasion d'être seule avec lui, elle verrait bien s'il l'aimait encore.

5

— Miss Van Stout, Doortje, je ne peux que vous assurer une fois de plus combien je regrette les voies de fait que mes… Mais bon Dieu, ce n'étaient même pas mes compatriotes !

Depuis des jours, il tentait d'influer sur Doortje, mais elle refusait même de le regarder.

— En tout cas, je regrette profondément ce qui vous a été infligé, à vous et à votre sœur.

Les réactions de Johanna étaient encore plus frustrantes. Elle semblait ne même pas entendre ce que disaient les médecins.

— Nous voudrions déposer une plainte, mais nous avons besoin de votre déposition. Décrivez ces gens, fournissez des noms, indiquez des grades s'il vous a été possible de remarquer quoi que ce soit. Je vous en prie, parlez-nous, miss Van Stout ! Doortje, parlez-moi !

La jeune femme l'ignora, rassemblant lentement ses quelques affaires. Le Dr Greenway l'autorisait à quitter l'hôpital. Johanna pouvait elle aussi sortir, mais elle marchait comme une somnambule.

— Je crois qu'il vaut mieux qu'elles retrouvent leur famille, plutôt que de continuer à broyer du noir ici, avait-il déclaré. Peut-être pourrait-on leur attribuer une tente pour elles deux ?

Vœu prononcé d'un ton résigné, Greenway connaissant aussi bien que Kevin l'état des lieux : le camp était archiplein.

Ce dernier mit d'ailleurs plusieurs heures à découvrir où l'on avait logé Mevrouw Van Stout aveugle et ses jeunes garçons. Il n'existait pas de plan d'occupation, pas de liste des détenus. On n'enregistrait que le nombre de morts. Il semblait que l'organisation était la meilleure dans le domaine des morts, nombreux au demeurant : il y avait au camp un fossoyeur, un menuisier construisant des cercueils rudimentaires et un photographe qui photographiait les enfants décédés, afin que les pères pussent les reconnaître après la guerre. Certaines photos devaient déjà être entre les mains des Boers combattant encore ! Lord Kitchener devait être sans cœur ou tout simplement stupide s'il croyait les forcer à capituler de la sorte, car la situation régnant dans les camps ne faisait qu'exaspérer les colères.

Kevin guida les deux sœurs entre les longues rangées de tentes rondes, autrefois blanches. Chacune était prévue pour loger quinze personnes, en réalité quinze soldats qui se contentaient d'y dormir, mais n'était pas conçue pour des familles qui y cuisineraient et y séjourneraient. L'organisation du camp rendait néanmoins nécessaire une occupation maximale des tentes, et donc que plusieurs familles y coexistent. Deux femmes au moins, voire trois, avec leurs enfants et éventuellement un ou deux vieillards, se partageaient une tente. Le plus souvent avec une égalité d'humeur stoïque. Pourtant, à mesure que les mois s'écoulaient, des tensions naissaient qui, parfois, dégénéraient en conflits violents. Dès que le temps le permettait, les gens se réfugiaient à l'extérieur. Les cuisines provisoires étaient aussi implantées à l'extérieur des tentes.

— Nous voulions proposer une restauration collective, confia Kevin à Doortje avec quelque honte, mais les gens ont refusé. Quelqu'un a prétendu que les Anglais mélangeaient du verre pilé à la nourriture pour tuer les enfants.

— Vous n'avez pas besoin de ça ! lui lança Doortje avec dégoût en lui montrant une mère qui se lamentait tandis qu'on sortait son enfant mort d'une tente bourdonnant de mouches.

C'étaient les premiers mots qu'elle prononçait depuis leur rencontre à l'hôpital, mais Kevin n'eut pas l'heur de s'en réjouir. L'enfant avait succombé à la typhoïde, sa mère ayant refusé son admission à l'hôpital. Il y aurait donc une tente de plus où la maladie se transmettrait peut-être, sans compter que les mouches qui en sortiraient la propageraient. La prolifération des insectes était un autre problème que Kevin ne parvenait pas à résoudre. Les mouches étaient attirées par les gamelles non lavées et la saleté des corps. La solution aurait été que les femmes disposent d'assez d'eau, mais on manquait d'eau potable et puiser de l'eau à la rivière était un travail exténuant pour des femmes affaiblies. Le savon et les produits de nettoyage étaient rares. Les récriminations de Lindsey à ce sujet n'avaient pas provoqué de réactions des services d'approvisionnement. L'hygiène était d'autant plus déplorable que, à ce qu'apprit Kevin, personne ne quittait ses vêtements pour dormir.

— Les gens dorment par terre, expliqua Cornelis après son arrivée au camp. La plupart n'ont même pas de couverture. Ils craignent d'avoir froid s'ils se déshabillent. Sans parler des problèmes de promiscuité…

Kevin acquiesça et réclama officiellement des couvertures et des bâches à tendre en travers des tentes afin d'offrir un minimum d'intimité aux familles. Vincent lui proposa de son côté quelques couvertures de ses chevaux, conseillant de ne pas les laver avant usage :

— Il paraît que les puces n'aiment pas la sueur de cheval. Ce serait une petite aide contre la vermine.

Kevin ne partageait pas cet optimisme, ayant constaté avec effroi que les nouveaux arrivants étaient infestés de puces et de poux. La vermine était-elle nichée dans les interstices des charrettes ou dans les couvertures qui y étaient étalées ? Il l'ignorait. Il ordonna de nettoyer à fond les véhicules, mais le mal était fait : le camp entier ne tarda pas à grouiller de vermine.

— Nous aurions bien de la poudre contre les puces, déclara Kevin à Cornelis. En grandes quantités même. Le Dr Greenway les garde sous clé depuis que deux femmes en ont mis dans la nourriture de leurs enfants. Je ne comprends pas ces gens : ils vivent pourtant dans le même monde que nous, ils savent lire et écrire.

— Ils rejettent ce monde, répondit sèchement Cornelis.

Plus choqué et touché que Kevin par les conditions régnant dans le camp, il était de plus en plus furieux contre les Britanniques, même s'il était resté jusque-là d'un patriotisme modéré.

— Le Boer apprend à lire pour lire la Bible, et il cultive ses terres comme ses ancêtres le lui ont indiqué. Sa terre le nourrit, les femmes tiennent le ménage et soignent les enfants selon les recettes que leur ont transmises leurs mères. Quand l'un d'eux meurt, c'est Dieu qui l'a voulu. Mais ça ici…

— Il est certain que ce n'est pas Dieu qui a voulu ce qui se passe ici, on est d'accord, observa Kevin. Mais peut-être parviendrez-vous à expliquer à ces femmes comment doser la poudre et comment on s'en sert. Peut-être trouverez-vous pour ça une citation de la Bible.

— « Et ce jour-là, je mettrai à part la terre de Goshèn où réside mon peuple pour que là il n'y ait pas de taons, afin que tu saches que je suis Yahvé, au milieu du pays. » L'Exode, les plaies d'Égypte, dit Cornelis en souriant.

— Formidable ! Je me disais bien que c'était une invention de Dieu. Allez donc chercher le produit et mettez-vous au travail !

Cornelis partit en direction de l'hôpital tandis que Kevin poussait un soupir de soulagement. Cela avait été judicieux de venir avec Cornelis. Le jeune homme s'intégrait mieux que Kevin ne l'avait espéré. Connaissant mieux que quiconque ses compatriotes, il n'avait pas eu besoin de grandes explications pour comprendre le danger qui planait au-dessus de lui dans le camp. Il accentua de lui-même sa boiterie et feignit d'avoir un bras droit pratiquement inutilisable. Il ne pouvait par conséquent plus combattre et, comme il expliquait que, blessé, il était tombé inconscient aux mains des Britanniques, on lui pardonna d'avoir survécu à son ultime engagement. Il fut même un peu materné, au moins jusqu'au moment de sa rencontre avec Bentje Van Stout, la mère de Doortje, qui le suspecta de fraterniser avec l'ennemi si bien que même Doortje refusa désormais de voir son cousin. Kevin supposa qu'elle avait honte, et sa rage contre les tortionnaires de Doortje et de Johanna ne fit que grandir.

— Nous y sommes presque, dit-il en se tournant vers les deux jeunes femmes. Votre mère est dans une tente, près de la rivière, mais vous n'y resterez pas longtemps car nous allons déplacer les tentes de cet endroit. La Karenspruit déborde à chaque pluie et…

— Nous resterons ici tant que nos hommes ne seront pas venus nous délivrer, assena Doortje d'un ton calme.

Elle semblait lentement se ressaisir. La vue de la situation dans le camp réveillait son esprit de contradiction. Mais sa remarque le glaça jusqu'à la moelle. Elle ignorait donc la mort de son père et de Martinus.

Kevin trouva Bentje Van Stout devant sa tente, entourée de quelques enfants.

— Et vous ne devez pas vous figurer que les enfants se cachaient le visage sous les couvertures ! Non, ils couraient bravement à l'intérieur du camp, apportant de l'eau et des vivres à leurs pères afin qu'ils aient assez de forces pour combattre. Et, quand les Cafres attaquaient, ils rechargeaient les fusils…

Les yeux aveugles de Bentje regardaient dans le vide, mais semblaient rayonner de fierté et d'ardeur. Ceux de nombreux enfants brillaient en revanche de fièvre. C'était le cas du plus jeune de ses fils, blotti dans ses bras. Il paraissait aller mal.

– Maman !

Kevin détourna le regard quand Doortje et Johanna dirent bonjour à leur mère. Mais il ne lui échappa pas que Johanna évitait de regarder sa mère comme elle avait toujours évité de regarder les médecins. Quelque chose avait été brisé en elle. Il soupira.

– Doortje, dit-il avec douceur avant de s'en aller, ayant failli se taire tant les yeux de la jeune femme avaient reflété de colère et d'amertume à la vue du misérable logement de sa mère et de ses frères. Doortje, si l'état de Johanna ne s'améliore pas, vous devriez la ramener à l'hôpital. Il y a quelque chose qui cloche, peut-être… peut-être qu'elle devra passer d'autres examens… qu'elle devra prendre d'autres médicaments.

Il ne savait, à vrai dire, ce qu'il pourrait prescrire en pareil cas, mais la jeune fille avait besoin d'une surveillance constante. Les premiers jours, il avait même fallu la nourrir. Maintenant, il suffisait de lui mettre un bol de soupe et une cuillère dans les mains pour qu'elle mange.

– Elle a tout ce dont elle a besoin, le remballa Doortje. N'est-ce pas ce qu'on prétend à propos de ces camps ? Tout est exceptionnel, nous nous sentons bien…

Kevin tourna les talons sans un mot.

Les jours suivants, Kevin n'entendit pas parler de la famille Van Stout. Il résista à l'envie d'aller voir sur place si tout allait bien. Il avait au demeurant assez à faire. Il était submergé par le désespoir. Tout ce qu'il entreprenait échouait, soit du fait des services britanniques ou des directives, soit à cause de l'attitude des prisonniers refusant toute coopération. Kevin se plaignit des rations alimentaires, absolument insuffisantes, de l'absence de graisse, de la viande filandreuse, pleine d'os. On aurait pu en faire des ragoûts, mais il n'y avait pas de légumes. On ne livrait que du riz ou des pommes de terre en petites quantités, parfois de la farine seulement. Il n'y avait pas de lait pour les enfants, tout au plus des distributions de lait condensé qu'il fallait couper d'eau potable. Quand il y en avait ! Kevin, en l'occurrence, connut un premier succès, de nouveau grâce à l'aide de Vincent et de quelques cavaliers. Il existait, au-dessus du camp militaire, des puits et quelques ruisseaux d'eau potable amenée dans le village dans des charrettes-citernes. Vincent en dévia quelques-uns au profit du camp. Les détenus devaient venir s'approvisionner eux-mêmes à ces citernes, ce que ne pouvait bien entendu faire une mère quand elle était malade. Aussi Cornelis passait-il des demi-journées entières à charrier des seaux. Mais le camp comptait quelque mille cinq cents personnes !

Les autres tentatives de Kevin ne furent en revanche pas couronnées de succès. Il chercha en vain des volontaires pour l'assister à l'hôpital : le refus des femmes était-il dû à leur esprit de résistance, à la peur de la contagion ou à la méfiance envers la médecine moderne ? Pourtant le nombre d'hospitalisés augmentait, Cornelis parvenant de temps à autre à convaincre une femme à accepter, pour elle ou ses enfants, les soins du Dr Greenway. Ce dernier ne pouvait s'occuper seul de plus de quarante patients. Le médecin de la garnison finit par transférer au camp trois infirmiers indiens expérimentés et de bonne volonté, mais certaines femmes eurent des réactions hystériques quand ces hommes de couleur firent mine de les toucher.

— Mais où sont les Noirs ? s'étonna Kevin un soir où, après la visite, il avait invité le Dr Greenway chez lui.

Les deux hommes conversaient dans l'ancien salon de Lindsey, désormais quelque peu négligé. Mais les réserves de whisky semblaient inépuisables. Kevin s'en servait même à l'occasion comme médicament.

— Ils appartenaient pourtant bien à la domesticité de ces gens, non ? Et, à ma connaissance, il n'existe plus de tribu où ils auraient pu se réfugier.

— Personne ne vous en a parlé ? s'étonna à son tour Greenway. Les Noirs ont un camp, un demi-mile en amont de la rivière. Et il est également de votre ressort.

— Quoi ? Et c'est maintenant seulement que vous me le dites ?

— Mais je croyais que Lindsey vous l'avait dit. Ou bien votre supérieur…

— Et vous n'avez pas trouvé étonnant que je ne m'en occupe pas ?

— Lindsey ne s'en occupait pas lui non plus. Je pense qu'il n'y a mis les pieds qu'une seule fois. Et moi… Dieu du ciel, vous n'ignorez pas ce que j'ai à faire ici ?

Kevin s'efforça de garder son calme.

— Dans quelles conditions y vivent-ils ? demanda-t-il d'une voix rauque.

— Eh bien parfois mieux, parfois moins bien qu'ici. Ce… ce n'est pas la même chose.

— Dans quel sens ?

— Les Noirs ne se voient pas attribuer de nourriture. Il faut qu'ils travaillent pour en avoir, dans la mesure où ils trouvent du travail, bien entendu. Il y a aussi plus d'hommes qu'ici. Certains sont même venus de leur plein gré, contrairement aux Boers. Parfois ils coopèrent. Comme ils ne fournissent pas d'aide aux détachements des Boers, on installe leurs camps le long des lignes de chemin de fer. Mais la situation est mauvaise dans les camps où il n'y a que des femmes et des enfants, et surtout dans ceux où coexistent des gens originaires de tribus différentes. Les unes ne portent pas forcément les autres dans leur cœur et alors… Le taux de mortalité est d'ailleurs plus élevé dans les camps de Noirs.

— Cela doit tenir aussi à l'absence de soins médicaux. J'irai demain. Il faut que je voie de mes propres yeux.

— Docteur Drury…

Les deux hommes sursautèrent. C'était Cornelis.

— Excusez mon irruption, mais j'ai appelé. Vous n'avez pas entendu.

— Que voulez-vous ?

Cornelis baissa la tête.

— Je voulais vous demander quelques lampes de poche. Il faut fouiller le camp. Une fille a disparu.

Kevin bondit sur ses pieds, mais Greenway resta placide.

— Si elle est dans le camp, jeune homme, on la retrouvera demain. Je sais, les femmes ne veulent pas l'admettre, mais… même chez ces femmes de religion disons chrétienne… il y a… eh bien, il y en a certaines qui… pour de la nourriture ou du savon…

Cornelis releva la tête, le regard dur.

— … se prostituent, c'est ce que vous voulez dire ? C'est possible, sir. Mais pas dans ce cas. La fille est Johanna Van Stout.

Kevin eut presque le vertige. C'est ce qu'il avait redouté. Merde, il aurait dû laisser Johanna à l'hôpital !

— J'arrive, dit-il, prenant sa veste. Docteur Greenway, avertissez, je vous prie, les gardiens, demandez-leur d'organiser des battues. Je vais appeler le village par le téléphone, je pourrai peut-être avertir mon ami.

La liaison téléphonique était une nouveauté, à vrai dire de peu d'utilité pour les gens du camp, mais qui facilitait la communication avec les autorités militaires et les services de l'alimentation. Vincent était donc presque toujours joignable car il était fréquemment d'astreinte au téléphone.

— Le Dr Taylor pourra sans doute mobiliser d'autres hommes. Mais je crois qu'il est assez inutile de chercher à l'intérieur du camp. Mieux vaut aller… mieux vaut aller chercher vers la rivière.

Le lendemain, le cadavre de Johanna fut découvert, rejeté sur la rive un peu en aval du camp. Il ne portait pas de traces de violences, ce qui n'empêcha pas Bentje Van Stout d'accuser le personnel de garde du camp.

— C'est l'un de ces abominables tommies qui l'a poussée. C'est sûr que c'est l'un d'eux qui l'a poussée ! Nous sommes des chrétiens, des croyants ! Jamais ma fille…

Elle sanglotait et criait, la perte de sa fille semblant moins la toucher que le soupçon qu'elle eût pu mettre fin à ses jours.

— Mais c'est impossible, Mevrouw Van Stout. La rive est en pente douce, il n'y a pas d'endroit où elle aurait pu être poussée, tenta en vain Kevin de la persuader avant de s'adresser à Doortje. Miss Van Stout, pouvez-vous l'expliquer à votre mère ? C'est une tragédie, je sais, mais Johanna n'a pas été assassinée, elle…

Doortje tourna vers lui un visage blafard, mais sans larmes.

— Johanna était trop faible pour vivre avec la honte, dit-elle d'un ton âpre. Que Dieu lui pardonne. Mais s'il pardonne à celui qui l'a tuée, pas hier soir, docteur Drury, mais l'autre nuit dans le veld, s'il pardonne à celui-là, alors…, ajouta-t-elle, serrant les poings.

Kevin résista à l'envie de la prendre dans ses bras.

— Il n'est pas près de se retrouver devant son Dieu, finit-il par dire, du ton le plus dur qu'il réussit à prendre. À moins que vous ne soyez prête à enfin témoigner contre lui. Qu'on puisse le pendre !

Doortje serra les lèvres. Mais ne dit mot.

6

Atamarie était certaine que Richard Pearse l'aimait encore, mais elle devait bien s'avouer que les preuves de cet amour laissaient à désirer. Depuis son départ de l'université, à l'automne dernier, elle ne l'avait vu qu'une fois. Venu à l'Office des brevets à Christchurch, il en avait profité pour rendre visite au professeur Dobbins. Atamarie avait été folle de joie pour lui quand le professeur lui avait confié, sous le sceau du secret, qu'avait été acceptée sa demande de brevet pour une bicyclette particulièrement légère, au cadre en bambou, avec changement de vitesse et frein à rétropédalage.

– Il ne vous a pas parlé de ça ? s'étonna Dobbins. Vous vous écrivez pourtant, non ? À moins que je n'aie mal compris quelque chose ?

Elle s'empressa de l'assurer que Richard lui écrivait régulièrement, alors qu'il ne l'avait fait que les tout derniers mois. Après l'excursion au mont Taranaki, ils n'avaient échangé que deux lettres, celles de Richard étant courtes et insignifiantes. Bien sûr, cela avait été l'heure des récoltes, il n'avait sans doute pas eu de temps pour lui et certainement aussi très peu à raconter. Il savait qu'elle ne s'intéressait guère aux travaux de la ferme, pas plus que lui d'ailleurs. En tout cas, elle avait craint qu'il ne l'eût oubliée. Jusqu'au jour où elle avait reçu une lettre euphorique dans laquelle Richard parlait de son atelier, installé dans une grange. Il y expérimentait des techniques nouvelles. Elle avait envoyé en retour une lettre amicale et n'avait alors plus eu à se plaindre de l'absence de courrier. Il lui décrivait avec précision ses projets de bicyclette, ses expériences, ses progrès et ses échecs. Elle répondait en experte, proposant des améliorations. La pompe intégrée pour gonfler les pneus résultait d'une de ses suggestions.

— Je présume qu'il a voulu me réserver la surprise, répondit-elle, embarrassée, au professeur.

Robbins se frotta la joue, geste chez lui d'un manque d'assurance. Voulait-il parler de quelque chose ? Désapprouvait-il leur liaison ? Mais le Canterbury College n'avait pourtant rien d'une École normale ! Et, sur le Taranaki, il avait semblé approuver leur relation.

— Revient-il ce soir ? demanda-t-elle, consciente qu'elle était ainsi prise en défaut, mais désireuse de voir Richard s'il était à Christchurch en dépit de sa déception qu'il ne se fût pas manifesté.

— Oui, dit le professeur un peu de mauvaise grâce. Je lui ai dit… euh… il a l'intention… il passera ensuite vous prendre, pour fêter l'événement avec vous.

Richard l'attendait effectivement devant la porte de l'université quand elle sortit. Il se contenta certes d'un baiser sur la joue, mais, en public, c'était sans doute mieux ainsi. Il fut visiblement heureux de l'intérêt qu'elle portait à ses entreprises, l'invita à manger et, après deux bouteilles de vin, la tint de nouveau par la main quand il la raccompagna. Le brevet obtenu lui importait à vrai dire moins que son nouveau projet : un avion.

— Pas un planeur, Atamarie, un avion à hélices. Il faut…

— Il faut pouvoir aussi voler quand il n'y a pas de vent ! Je te l'ai toujours dit, un monoplan ou un biplan ?

Ils discutèrent des avantages et des inconvénients tout en cheminant le long de l'Avon pour regagner le logement d'Atamarie. Elle était pleinement heureuse. Enfin presque… D'autres couples qu'ils rencontraient avaient déjà largement dépassé le stade de la main dans la main. Les hommes entouraient les filles d'un bras tandis que les filles se blottissaient contre le corps de leur compagnon. Elle se serra contre Richard qui, comprenant aussitôt l'invitation, l'attira contre lui sans cesser de discourir, traitant de force ascendante et de taille des hélices.

— Vingt-cinq chevaux-vapeur. Je pense à vingt-cinq chevaux. Tu crois que c'est assez ? Ou trop ? Il ne faudrait pas perdre le contrôle de la machine…, dit-il en s'arrêtant, perplexe, devant la maison d'Atamarie.

Elle lui passa les bras autour du cou.

— Perdre un peu son contrôle, ce n'est pas forcément une catastrophe, dit-elle en levant la tête, lèvres ouvertes.

Il hésita une seconde, puis l'embrassa. Atamarie monta l'escalier, quelques instants plus tard, d'un pas dansant. Il l'aimait ! Bien entendu qu'il l'aimait, même s'il avait eu la délicatesse de ne pas l'emmener dans la petite pension de famille où il logeait certainement ! Combien il aurait été embarrassant qu'on la surprît se faufilant dans sa chambre !

L'université étant fermée pour l'été, Atamarie décida, quelques jours plus tard, de rendre visite à son ami. Il y avait une liaison de chemin de fer entre Christchurch et Timaru, et, une fois à Timaru, elle se débrouillerait pour accomplir les treize ou quatorze miles restants. Bien sûr, Richard aurait pu venir la chercher et elle avait eu la tentation de lui écrire pour lui annoncer sa venue. Mais il trouverait des échappatoires, par exemple la nécessité d'un chaperon, car, à ce qu'il semblait, il vivait seul à sa ferme. Lui rendre visite risquait de la compromettre. Cela lui était certes égal car, du point de vue de la sexualité, elle se considérait comme une Maorie et s'en tenait aux conceptions *pakeha* de la morale uniquement pour ne pas choquer. À Christchurch, elle aurait donc observé une certaine réserve en public, mais, dans une ferme isolée du district de Waitohi, elle agirait à sa guise. Elle se réjouissait à l'avance de cette intimité à deux, persuadée que Richard partagerait son point de vue une fois ses inhibitions surmontées. Personne ne les empêcherait de vivre leur amour.

Elle prit donc à Christchurch le train pour Dunedin. Timaru étant située entre les deux villes, elle pourrait ensuite sans problème rejoindre ses grands-parents. La journée était exceptionnellement claire, et l'on aurait cru pouvoir toucher de la main les sommets enneigés des Alpes du Sud tant ils semblaient proches, alors qu'entre la voie ferrée et les montagnes s'étendaient sur des miles et des miles les pâturages des Canterbury Plains. L'herbe, à hauteur de genou, ondulait sous le vent, pareille à une mer d'un vert brunâtre.

Elle arriva à Timaru en fin d'après-midi. Elle était curieuse de connaître la ville. Elle avait entendu dire qu'elle se situait dans une région vallonnée, inhabituelle dans ces plaines d'une platitude sinon absolue. Richard lui avait expliqué qu'elle avait été bâtie sur une coulée de lave différente de celle de Taranaki et que, par temps de pluie, elle avait des reflets bleuâtres, ce qui donnait aux maisons un aspect étrange. Mais le soleil brillait ce jour-là, et la petite ville ressemblait aux nombreuses localités de l'île du Sud. Après avoir flâné sur le port, Atamarie gagna le centre de la localité. Elle s'enquit dans une épicerie des moyens de rejoindre Temuka, le village proche de la ferme. La propriétaire, après un coup d'œil étonné sur son sac à dos, lui sourit néanmoins.

— Ça alors, vous avez de la chance, vous. Vous voyez cette charrette, dehors ? C'est un voisin des Pearse, Toby Peterson. Il vous emmènera certainement. Il va venir payer, nous allons lui demander s'il est d'accord.

L'homme, grand et maigre, était en train de charger des sacs d'aliments pour bétail. Atamarie espéra qu'il la laisserait monter sur le siège, car elle n'avait aucune envie de salir son tailleur en s'asseyant sur les sacs poussiéreux. Elle dut toutefois répondre d'abord aux questions de la commerçante qui brûlait de curiosité, intriguée par cette jolie jeune fille qui voyageait seule avec un sac à dos si peu conventionnel.

— Vous n'êtes pas de la famille Pearse, commença-t-elle son interrogatoire. Aucun des nombreux enfants de la famille n'est blond comme vous.

Atamarie rejeta bien vite l'idée de se faire passer pour une cousine. Il serait également compromettant pour un cousin et une cousine de passer une nuit ensemble dans une ferme. Elle préféra l'option de la franchise.

— Je poursuis des études d'ingénieur, vous savez. Comme Richard !

Elle fut surprise de l'absence de commentaires étonnés sur le fait qu'une fille suivît une telle filière. La femme préférait manifestement parler de Richard.

— Il a toujours eu la folie des grandeurs, le Dicky Pearse. Nous connaissons très bien les Pearse, Sarah Pearse a travaillé ici, voyez-vous. Et Digory avait une grande propriété à Trewarlet, dans la plaine de Waitohi, très fertile. Eh bien, un jour il est venu faire des achats ici, et ce fut le coup de foudre. Ils ont neuf enfants à présent ! C'est drôle, la vie, hein !

Atamarie, bien que ne trouvant rien d'extraordinaire à ce qu'un agriculteur et une vendeuse fissent connaissance dans une épicerie, opina. Les femmes étaient peu nombreuses dans les régions rurales de l'île du Sud et, vingt ans plus tôt, ce devait être pire encore. La jeune Sarah, ayant l'embarras du choix, avait donc jeté son dévolu sur un fermier possédant plus de terres que d'autres. En vérité, l'histoire de l'épicière différait quelque peu de celle que lui avait racontée Richard. D'après lui, la ferme des Pearse était plutôt une propriété moyenne, ce qui correspondait d'ailleurs à la situation financière supposée de la famille : si elle avait possédé la moitié de la plaine de Waitohi, elle aurait pu payer les études de Richard.

— Et Richard a repris la ferme ? demanda Atamarie, un peu perdue, n'ayant jusqu'ici pas vraiment compris pourquoi ce technicien si doué avait été obligé de devenir fermier.

— Non, non, fillette. Les Pearse ne sont pas si vieux que ça. Ils ont offert une ferme à Dickie, un peu en dehors de Temuka. Pas une bagatelle ! Quarante hectares, avec déjà une maison dessus ! Il est maintenant en âge de prendre femme et de mener une existence pieuse, conclut-elle en examinant Atamarie pour vérifier si la jeune fille correspondait à ce projet.

— Mais je croyais que Richard aurait préféré devenir ingénieur, inventeur…

— Oui, c'est ce que je disais à l'instant. Il n'a que des idées folles en tête, les parents en sont désespérés. À l'école déjà, il rêvassait, construisait des appareils auxquels personne ne comprenait rien. Son frère, Tom, est très différent. Déterminé, intelligent, il étudie la médecine à Christchurch. Il sera docteur un jour, celui-là !

Atamarie commençait à comprendre. Ce n'était donc pas les études que les parents de Richard ne voulaient pas payer, ils rejetaient la filière choisie. Quarante hectares de terres, cela représentait sans peine le prix de trois années d'études ! Il aurait suffi de les vendre. Elle se demanda pourquoi Richard n'en avait pas eu l'idée.

À cet instant, Toby Peterson entra dans la boutique, interrompant la conversation. Atamarie l'observa du coin de l'œil. Il lui inspira confiance. La commerçante, du reste, lui confia la jeune fille sans hésitation.

— Cette jeune lady va chez Dickie, Tobbs. Elle est elle aussi une… une ingénieure. Tu peux l'emmener ?

— Si elle ne cherche pas à s'envoler, dit-il avec un large sourire. Ou si elle ne fait pas exploser quelque chose dans ma charrette. Il faut s'attendre à tout avec ces inventeurs. Qu'elle n'aille pas foutre la trouille à mon chien !

Le chien en question était un collie enjoué qui sauta aussitôt sur Atamarie avant de se blottir contre elle.

— Il n'aime pas les coups de feu, ajouta Peterson.

— Je vous promets de ne pas tirer et de ne rien faire exploser, jura Atamarie. Et je ne sais pas non plus voler, sinon je n'aurais pas besoin d'une voiture.

— Alors, grimpez sur le siège. Je paie et on s'en va. Il y a environ quatorze miles d'ici à la ferme de Richard, nous y serons avant la nuit.

Ils avancèrent vite sur une route poussiéreuse car il n'avait pas plu depuis plusieurs jours. M. Peterson était un compagnon de route agréable. Il lui présenta le district de Waitohi qui, contrairement aux allégations de Richard, pratiquait essentiellement l'élevage des moutons.

— Si, si, mais nous cultivons aussi, surtout les Pearse, ils n'aiment pas trop les moutons. Ils le pourraient pourtant, avec toute la terre qu'ils ont ! Je l'ai bien déjà dit dix fois à Dingo !

— Dingo ?

— Oh, navré, ne m'en veuillez pas, mais c'est comme ça qu'on appelle Dick. Ce n'est pas très gentil. Car il a quelque chose dans la tête, ce garçon. L'an passé, ma charrue était foutue, il s'est alors fendu d'une super invention. Elle a duré deux semaines, puis j'ai vendu quelques moutons et m'en suis payé une neuve. J'ai donné l'ancienne à Dick, il accumule ce genre de trucs, il essaie d'en faire quelque chose de grandiose, avec des moteurs quoi. Il n'est pas non plus un type à chevaux. En tout cas, sa ferme est pleine de ferraille. Mais sinon c'est un chic type. Vous êtes comment avec lui ? C'est du sérieux ?

Atamarie ne put s'empêcher de rire. Le franc-parler du fermier était rafraîchissant, plus agréable en tout cas que les allusions voilées de la commerçante.

— Je l'ignore encore, avoua-t-elle. Nous n'en avons pas encore parlé.

— Je veux bien vous croire. Il ne parle jamais de choses normales. Quand il parle, ce n'est que de trucs techniques. Cet homme a la tête dans les nuages.

— Étant donné qu'il veut voler, le défendit-elle, ce n'est pas une mauvaise prédisposition.

— Mais pas vraiment porteuse d'avenir. Retenez ce que je vais vous dire : cet homme se tuera un jour ou l'autre avec ses drôles de machines. Si Dieu avait voulu que l'homme vole, il lui aurait donné des ailes.

Atamarie secoua la tête. Si énergiquement que Peterson tourna la tête vers elle, l'air soucieux. Il ne pouvait savoir qu'elle partageait le même rêve.

— Les hommes voleront un jour, monsieur Peterson. On a déjà commencé. Songez au vol plané de Lilienthal, aux ballons captifs, aux *manu aute* des Maoris. La légende dit qu'ils auraient été les premiers hommes à voler il y a des siècles déjà. Il reste à découvrir comment voler sans vent. Et tout plaide en faveur de moteurs à combustion. Comme dans les autos…

Peterson eut un geste de dénégation.

— Il n'y en a jamais eu qu'une ici, grommela-t-il. Est-ce que ça va s'imposer un jour ?

L'année précédente, une auto avait pour la première fois circulé dans l'île du Sud, suscitant une grande admiration.

— Je prends les paris ! dit Atamarie en souriant.

Elle s'arrêta net quand elle aperçut devant eux un engin énorme descendre une colline en roulant, tiré par quatre chevaux qui paraissaient morts de peur.

Peterson émit un bref cri de surprise puis hurla « Accrochez-vous ! » et fit précipitamment sortir son attelage de la chaussée. La charrette cahota de manière menaçante et le collie cacha sa tête dans les jupes d'Atamarie, elle-même agrippée au siège, mais ne quittant pas des yeux, fascinée, le monstre à trois roues, tendu de toile, qui fonçait sur eux. Les chevaux furent soudain libérés : Atamarie supposa qu'un mécanisme monté dans la machine volante avait dénoué leurs rênes quand l'engin avait atteint une vitesse suffisante. Affolés, ils s'enfuirent dans un champ tandis que la machine pétaradante, ressemblant à un cerf-volant, effectuait une espèce de bond. Puis, suite à un écart, elle atterrit avec fracas dans une haie de genêt.

M. Peterson stoppa son attelage.

— Je vous le répète, cela n'a pas d'avenir, dit-il, placide, pendant qu'Atamarie, sautant du siège, se précipitait.

L'une des ailes s'était détachée, mais Atamarie constata d'un seul coup d'œil qu'elle n'avait été reliée au corps de la machine que par du fil de fer. La réparation serait aisée. L'état de Richard l'inquiéta davantage. Il était accroché à son siège, la tête penchée vers l'avant, le visage ensanglanté.

— Richard… Richard, tu m'entends ? Est-ce que c'est grave ? Monsieur Peterson, venez vite nous aider !

Richard, à vrai dire, bougeait déjà, ses blessures n'étaient manifestement pas graves, le principal problème étant de l'ôter de sa position inconfortable.

— Ce ne sont que des éraflures, protesta-t-il quand Peterson s'approcha, toujours placide.

— Du calme, petite lady, la haie a amorti le gros du choc, dit-il lorsque la jeune femme, très émue, tenta d'aider le pilote à s'extraire du siège. D'ailleurs, ce n'est pas la première fois.

— Comment ? s'effraya Atamarie tout en soutenant Richard qui était parvenu à se mettre debout. Tu n'en es pas à ta première tentative ? Mais tu es fou ?

Richard essuya le sang avec la manche de sa salopette. Il n'était pas en brillant état, mais sa seule blessure réelle semblait être à un pied. Il avait de la peine à le poser par terre.

— Il faut que je règle l'histoire de la vitesse ascensionnelle et, surtout, que je contrôle mon moteur, murmura-t-il. Il a des ratés, il…

Atamarie se tapota le front, Peterson également.

— Dingo, tu as tout faux ! Ce n'est pas ainsi qu'on accueille une lady. Il aurait fallu dire : « Miss Turei, quelle surprise ! Excusez mon accoutrement incongru, mais je suis naturellement très heureux que vous ayez trouvé le chemin. » C'est ce qu'il faut faire, Dingo, quand on reçoit des visites féminines !

Richard parut alors découvrir la présence d'Atamarie.

— Atamarie… toi… Oh je ne t'ai… eh bien je ne t'avais pas vue. Mais je suis heureux que tu sois là… c'est… c'est formidable, tu…

Atamarie ne l'écoutait pas.

— Pourquoi a-t-il des ratés ? demanda-t-elle en considérant le moteur. Est-ce un problème d'allumage ?

Peterson leva les yeux au ciel.

— Je vois à présent ce qui vous unit. Et je vous abandonnerais volontiers à vos badinages romantiques si je n'avais peur que ta mère me tue si je ne m'occupe pas de toi. Tu t'es peut-être fracturé le pied. Alors, où veux-tu aller ? Chez le docteur ou chez ta mère ?

Richard parut trouver les deux termes de l'alternative aussi déplaisants l'un que l'autre. Atamarie fut, de son côté, tout sauf enthousiaste. Elle ne pensait pas que le pied fût fracturé et elle aurait préféré lui prodiguer les premiers soins pour enfin passer à la partie romantique de la visite, même s'il ne lui aurait pas déplu de démonter au préalable le moteur. Il était à l'évidence l'œuvre de Richard, et elle brûlait d'envie d'analyser le problème.

— Est-ce que tu peux bouger le pied ? demanda-t-elle.

Richard opina et le démontra sur-le-champ.

— Bon, alors chez ta mère ! trancha Peterson. Montez, miss, pendant que je hisse Dicky. Mais il faut d'abord rattraper les chevaux.

La ferme de Richard n'étant pas loin, ils réussirent à ramener les bêtes, bien que nerveuses, jusqu'à l'écurie et à les débarrasser de leurs harnais. Atamarie eut un coup au cœur quand elle jeta un premier coup d'œil à la ferme. Elle ne ressemblait en rien aux fermes habituelles. Les granges et les étables semblaient négligées, en partie endommagées, quelques porcs et quelques poules erraient au milieu de charrues et de herses, de fragments de bicyclettes et de constructions en toile de voiles et en aluminium. Une grange avait été transformée en hangar où Richard procédait au montage de ses avions. Dans un coin, des cylindres et des vilebrequins étaient soigneusement rangés, ainsi que de vieilles boîtes à cigarettes et des canalisations en fonte. Atamarie chercha à deviner à quoi tout cela pouvait bien servir.

Peterson et son chien, pas impressionnés du tout, poussèrent les porcs et les poules dans le hangar, ainsi que deux chèvres.

— C'est le seul local qui ferme véritablement, expliqua le fermier. Pourvu qu'il y ait de quoi les nourrir ! Que ça lui plaise ou non, je m'en fous. Le bétail ressent parfois le besoin de vagabonder. Or ma ferme, et donc aussi le jardin de ma femme, est à un demi-mile d'ici. Elle a déjà reçu par deux fois la visite des chèvres de Dicky et, depuis, elle n'est pas dans les meilleurs termes avec lui. Ces bêtes-là préfèrent les légumes à l'herbe et connaissent le chemin.

Atamarie soupira. Sur l'île du Nord, son Richard semblait parfaitement organisé, il avait veillé à ce que fût respecté un ordre méticuleux pour tout ce qui touchait à l'arpentage. Mais ici, tout semblait aller à vau-l'eau. Bien que cela bousculât ses projets, elle eut envie de connaître sa famille. Étaient-ils eux aussi des cas désespérés ?

Richard eut beau plaider que son pied n'était plus douloureux, Peterson n'en tint pas compte et, durant tout le trajet, lui reprocha son attitude envers ses animaux.

— C'est bien beau, tes inventions. Mais on ne peut pas tenir une ferme comme ça ! Au fait, as-tu engagé des ouvriers pour la moisson ? La plupart sont déjà embauchés ailleurs, Dick. Et je ne pourrai pas indéfiniment te venir en aide, j'ai moi aussi mes récoltes à rentrer.

Richard ne répondit pas, l'air désespéré, ce qui tenait peut-être au fait que la maison de ses parents était maintenant en vue. Pas une demeure prétentieuse, mais une ferme de taille moyenne, proprement repeinte et en bon état, flanquée d'un moulin à vent et de granges, avec des moissonneuses et des batteuses installées en vue de la prochaine moisson. Digory Pearse était sans aucun doute meilleur fermier que son fils et sa ferme mieux gardée, des chiens accueillant les visiteurs par des aboiements. Plus grand et plus carré, il avait le visage plus dur, anguleux. Richard devait tenir de sa mère ses boucles et ses traits plus doux. Peut-être aussi sa nature plutôt rêveuse et indulgente. Le père donnait l'impression d'être soupe au lait. Il lui suffit d'échanger quelques mots avec Peterson pour exploser de fureur.

— Tu as recommencé ? Je ne comprends pas, Dick, tu dépenses tout ton argent pour ces conneries et tu vas finir par t'assommer pour de bon ! Je vais causer du pays à ce Cecil Woods la semaine prochaine, pour lui apprendre à t'entretenir dans ta folie !

— Cecil Woods ? s'enquit Atamarie, soudain intéressée. N'est-ce pas lui qui a construit le premier moteur à combustion de Nouvelle-Zélande ?

Richard acquiesça et voulut répondre quelque chose, mais son père prit soudain conscience de la présence de la jeune fille.

— Mais qui êtes-vous ? Ne seriez-vous pas cette Maorie… euh… bref… cette fille qui lui a fourré des bêtises supplémentaires dans la tête ? Vous n'avez pourtant pas l'air d'une indigène, mais…

— Je te présente Atamarie Parekura Turei. Nous avons fait connaissance lors de l'expédition à Taranaki.

— Et c'est la seule fille dont Richard ait jamais eu le béguin, énonça une voix nettement plus amicale dans laquelle vibrait une incontestable curiosité.

Sarah Pearse gratifia tous les présents d'un sourire engageant. Elle avait les boucles brunes et les yeux doux de son fils.

— Je suis très heureuse de vous connaître ! Digory, n'effraie donc pas cette jeune femme, invite-la plutôt à entrer. Dieu du ciel, Richard, que t'est-il donc arrivé ? Tu n'as tout de même pas essayé à nouveau de voler avec cette machine infernale ? Viens un peu par là, Dickie, que je t'examine, que je te bande le pied et… attendez, monsieur Peterson, je vais vous donner un petit quelque chose pour Joan, un petit dédommagement pour l'histoire des chèvres. Nous avons fait aujourd'hui de la confiture. Jenny, va chercher un pot !

Ces derniers mots s'adressaient à une fillette de douze ou treize ans, dégingandée, qui avait jusqu'ici contemplé la scène depuis l'entrée de la ferme. En compagnie d'au moins cinq enfants. Atamarie leur sourit.

Sarah Pearse avait l'air d'une de ces femmes à l'efficacité redoutable, capables de tout faire en même temps. Elle fit entrer Peterson et Richard, trouva une occupation pour chacun des enfants, dirigea son époux et Peterson vers la terrasse où elle leur offrit de la limonade aux mûres tout en trouvant le moyen de s'occuper de Richard.

— Venez avec moi ! intima-t-elle à Atamarie, forçant son fils à s'asseoir pour examiner les blessures de son visage. On va nettoyer tout ça, pouvez-vous me tenir le plat avec l'eau ?

Atamarie obéit sagement. Apparemment, la mère de Richard voulait voir si elle ne serait pas un peu délicate, mais, de ce point de vue, elle n'avait rien à craindre.

Certes, Atamarie ne s'intéressait pas à la médecine, mais elle supportait la vue du sang. Richard sursauta quand, le nettoyage des plaies terminé, sa mère les enduisit d'une pommade. Les traits d'Atamarie se contractèrent aussi : elle connaissait ce remède, sa grand-mère avait l'habitude de traiter ses chevaux et ses moutons avec cet onguent qui brûlait comme le feu.

Sarah Pearse ôta ensuite la chaussure et la chaussette de son fils et, pendant qu'elle bandait le pied enflé, elle ne cessa de le sermonner :

— Il faut que tu arrêtes ces bêtises, Dickie, tous les voisins en parlent et je suis malheureuse de les entendre t'appeler « Dick le Dingue ». Écoute, tu as cette jolie ferme, tu pourrais en faire quelque chose ! Et quelle jolie fille tu as réussi à conquérir ! Il faut absolument que vous me parliez un peu de vous, Atamarie. Vous me permettez de vous appeler comme ça, n'est-ce pas ? Je vous voyais tout autrement, je croyais que vous étiez une Maorie. Mais ça ne me dérangerait pas, vous savez ! Pourvu que mon Richard trouve une amie, je crois… je me dis qu'une femme lui remettrait les pieds sur terre.

Richard lança à Atamarie un regard désespéré, mais elle était trop occupée à digérer avec joie la nouvelle qu'il avait le béguin pour elle pour se soucier que Mme Pearse la vît déjà comme la ménagère de la ferme dévastée. De plus, elle n'était certainement pas femme à remettre à qui que ce soit les pieds sur terre.

— Bon, vous resterez bien sûr avec nous pour le repas, Atamarie ! Pas de réplique, je veux vous connaître mieux. Nous vous trouverons un lit, vous ne pouvez absolument pas retourner à Timaru aujourd'hui. Dicky, nous te garderons aussi avec nous cette nuit. S'il le faut, Joé ira d'un coup de cheval à ta ferme nourrir le bétail.

Atamarie eut de la peine à avaler sa salive. Mme Pearse jouait les entremetteuses, mais à la mode *pakeha*. Si cela continuait ainsi, l'amour serait une nouvelle fois de la revue, de même que la vérification du moteur à la ferme de Richard. Elle sourit néanmoins sagement à Mme Pearse, remerciant pour l'invitation. Elle l'aida à mettre la table et à servir. Comme prévu, Sarah Pearse était une cuisinière de choc, ayant des provisions pour un régiment entier et donc pas le moins du monde prise au dépourvu par l'arrivée d'hôtes surprise. Atamarie s'aperçut qu'elle était morte de faim et Mme Pearse l'observa avec plaisir remplir son assiette de purée de pommes de terre, de haricots et de rôti et la vider sans en laisser une miette.

Richard, en revanche, mangea fort peu, ne parlant guère de tout le repas. Son échec semblait l'avoir découragé, mais peut-être était-il aussi ennuyé par la conversation qui tourna d'abord autour de sa folie des grandeurs, puis autour de sujets tout aussi désagréables que la moisson et les semailles. M. Pearse soumit son fils au même examen que Peterson auparavant, mais sans se satisfaire de ses non-réponses à ses questions sur les ouvriers pour la moisson et l'entretien des machines. Il ne tarit pas de mots pour commenter les négligences de Richard, tandis que sa femme essayait de soutirer à Atamarie des précisions sur sa famille. Ce qu'elle apprit parut la contenter, la ferme de ses grands-parents l'intéressant visiblement plus que la situation de Matariki, institutrice, et celle de Kupe, député au Parlement.

— C'est une bonne chose que vous ayez pratiquement grandi aussi dans une ferme ! Mais vous n'allez pas hériter des terres, n'est-ce pas ?

Atamarie eut le souffle coupé, trouvant cette question bien indiscrète. Elle fut tentée de répondre qu'on devrait vendre la ferme pour financer ses études d'ingénieur, mais se retint. L'insolence ne lui rapporterait rien, mieux valait entretenir de bons rapports avec les Pearse. Elle évoqua donc ses deux oncles.

— Mon oncle Kevin ne s'intéresse pas aux moutons, mais Patrick a suivi des études d'agronomie et reprendra un jour la ferme. Kevin est médecin…

Cette dernière remarque orienta la conversation sur le remarquable frère de Richard, Tom, dont Sarah et Digory étaient pareillement entichés. Cela procura un répit à Richard, Digory interrompant sa litanie de reproches.

Atamarie, du reste, ne comprenait pas bien où étaient les problèmes. Digory parlait d'ouvriers agricoles et de maintenance de machines, mais pas de participation personnelle. Pour sa part, elle se serait sentie tout à fait capable de venir à bout, sans autre forme de procès, de ces problèmes d'organisation que Richard, à l'évidence, ne résolvait pas. Mais son ami semblait ne s'intéresser ni au travail de la ferme ni à de bonnes relations avec ses voisins. Atamarie retint des propos paternels que c'était Peterson qui, de tous, était le mieux disposé à l'égard de Richard. Les autres se plaignaient du bruit de ses machines, de la mauvaise herbe envahissant ses champs et se disséminant alentour ainsi que de l'errance de ses bêtes.

— Fred Hansley a récemment dit à ce propos que la guerre des Boers était venue jusque chez nous ! s'anima de nouveau Digory, la conversation étant brusquement revenue aux échecs de Richard. Il refuse désormais de te prêter sa faneuse, après les « améliorations » auxquelles tu as procédé l'an dernier.

— Il n'a pas voulu entendre mes explications. C'était pourtant simple et beaucoup plus efficace, tout fonctionnait bien mieux, il suffisait de…

— Tu devras trouver une autre faneuse ou bien faner à la main, l'interrompit son père.

Richard poussait le contenu de son assiette d'un bord à l'autre. Il poussa un soupir de soulagement quand Sarah débarrassa la table. Elle, cependant, avait l'air satisfaite. Atamarie Turei était à l'évidence, à ses yeux, une épouse convenant à son fils : elle échangerait certainement ses études un peu curieuses contre une jolie maison et quelques mignons enfants…

Atamarie, de son côté, fut heureuse de pouvoir se réfugier dans une chambre d'ami très bien entretenue : sans doute autrefois la chambre du merveilleux Tom. Aux murs étaient accrochés des certificats de prix obtenus lors d'expositions agricoles ; des médailles et des coupes évoquaient des victoires sportives. Elle se demanda si l'on avait autorisé Richard à exposer dans sa chambre ses inventions. Elle prit pitié de son ami. Heureusement qu'elle, au moins, avait réussi l'examen maternel. Elle se félicita de son sens diplomatique : elle n'avait pas évoqué son rêve de voler un jour.

7

Le lendemain matin, il y eut un petit-déjeuner copieux avec une conversation aussi déprimante que la veille. M. Pearse finit par accompagner son fils et Atamarie à la ferme de Richard et reprit ses récriminations quand ses chevaux prirent peur de la machine volante toujours accrochée dans un coin.

– On se croirait sur une décharge ! Débarrasse-toi enfin de tout ce bric-à-brac ! Et arrange-toi pour organiser ta moisson. Je vous emmène à la gare, miss Turei ?

Atamarie sursauta. Jusqu'ici Digory Pearse ne lui avait pas adressé la parole. Mais elle secoua énergiquement la tête.

– Non, merci beaucoup. Je reste encore ici. Richard… Eh bien, nous n'avons pas encore eu l'occasion de nous parler, il… il ne m'a pas encore véritablement montré son avion.

– Venir depuis Christchurch pour voir ça ! ronchonna-t-il. Mais bon, vous devez savoir ce que vous faites. Ne traînez pas, le train part à midi. Si vous comptez enlever le monstre de la haie, vous risquez de ne pas être à l'heure, ajouta-t-il, fixant la jeune femme d'un œil mi-perplexe, mi-désapprobateur.

Elle soutint son regard.

– Alors, je ne partirai que demain, dit-elle d'un ton serein. Je pense qu'il y a pas mal à faire ici.

Sans attendre de réponse, elle prit son sac à dos et se dirigea vers la maison, Richard sur ses talons. Quand il eut sorti la clé de sous le paillasson souillé et ouvert la porte pour elle, il avait l'air angoissé.

— Mes parents vont penser…

Atamarie lança un coup d'œil à l'intérieur aussi négligé et sordide que la cour, puis elle ne s'intéressa plus qu'à Richard qui était si abattu et irrésolu qu'elle en fut émue. Elle leva la tête vers lui d'un air espiègle et lui passa les bras autour du cou.

— Ne t'occupe donc pas d'eux !

Elle embrassa Richard dans sa cuisine à l'abandon et fut heureuse qu'il lui rendît son baiser. Puis elle se mit à l'œuvre, tandis qu'il attelait deux chevaux pour aller extraire la carcasse de l'avion de la haie. Ce ne fut pas très difficile, l'engin étant de construction légère. Seul le moteur était lourd.

— Il faudra l'alléger, constata Atamarie une fois que ce qui restait de l'appareil eut retrouvé sa place dans le hangar que Richard avait vidé de ses animaux sans autre forme de procès. Ou alors il faut agrandir les ailes. Mais le truc avec les roues est une bonne idée. En revanche, le faire tirer par les chevaux…

— On a pourtant déjà procédé ainsi avec des planeurs ! Et, dans notre cas, il faut bien une force ascensionnelle jusqu'au moment où le moteur se met en marche.

— Mais le moteur pourrait mettre lui-même l'avion en mouvement, comme pour une automobile, objecta Atamarie. Le décollage n'aurait lieu qu'ensuite. Ça aussi, on devrait pouvoir le régler.

Ils étaient encore en pleine discussion quand la porte laissa passer un Peterson écumant de rage et poussant devant lui les porcs et les chèvres de Richard.

— Nom de Dieu, Dick, je te l'ai déjà dit cent fois ! Enferme tes bestiaux, ils étaient de nouveau dans mon jardin. Joan est réellement hors d'elle. Ce n'est plus possible !

Richard l'admit et remercia son voisin. Puis il revint aussitôt au problème de l'allumage magnétique.

— Le branchement du rupteur, tel que le conçoit Woods, ne me satisfait pas. Le montage de la bougie d'allumage…

Atamarie fronça le sourcil.

— Richard, je crois que c'est de construire une étable pour les cochons que nous devrions maintenant nous occuper.

Quand leur première journée à la ferme toucha à sa fin, ils avaient bâti des appentis solides pour les animaux. Plus exactement, c'est elle qui avait monté les box à grands coups de marteau, pendant que lui inventait un système de fermeture révolutionnaire fondé sur l'emploi de cliquets et de butées. Les chèvres ne seraient pas près de réussir à ouvrir les portes comme elles l'avaient réussi avec les simples verrous.

— Génial, commenta Atamarie. Fabriques-en demain quelques autres que tu offriras à Peterson. Ça l'occupera un moment et il pourra fermer la porte de son jardin avec.

Richard donna ensuite à manger à ses bêtes. Pendant ce temps, Atamarie finit par trouver dans le jardin envahi par les mauvaises herbes quelques carottes et des pommes de terre dont elle confectionna un ragoût qui ne supportait pas la comparaison avec la cuisine de Mme Pearse, mais Richard semblait de toute façon ignorer ce qu'il était en train de manger. Il finit par cesser de disserter quant aux avantages du monoplan sur le biplan quand Atamarie se leva, défit sa coiffure et entreprit d'ouvrir son corsage avec un parfait naturel.

Il écarquilla les yeux.

— Atamie… tu… je… Tu es sûre que tu le veux vraiment ?

Elle sourit.

— Je ne donne pas cette impression ?

— Atamarie, tu ne me connais pas, dit-il tout bas en se détournant.

— Je te connais très bien. Tu es… tu es comme moi !

— Non, je ne suis pas comme ça, Atamie, crois-moi. Je… je vais te décevoir.

Elle se colla contre son dos.

— Comme tu as déçu tout le monde ? Je ne suis pas comme tes parents. Je ne veux pas de ferme. Je ne veux même pas me marier. C'est toi que je veux, Richard… Dick, je ne veux que toi.

— Tu ne sais pas à quoi tu t'exposes, murmura-t-il en se retournant vers elle.

— Tu parles du chaos qui règne ici ? On aura tôt fait de remettre de l'ordre. Tu n'es pas né pour être fermier. Mais avec un petit coup de main…

— Je ne suis pas la bonne personne pour toi, Atamie. Je ne suis bon pour personne, lâcha-t-il d'un ton résigné.

— Mais bien sûr que tu es bon pour moi, chuchota-t-elle à son tour. Tu es l'élu ! Tu es mon cadeau des dieux !

— Si tu vois les choses ainsi, finit-il par sourire, un sourire faible, mais presque plein d'espoir, avant de la prendre dans ses bras.

C'était bien ainsi qu'Atamarie voyait les choses. Elle songea à la sagesse que le dieu Tawhaki avait offert aux hommes, elle songea aussi à la beauté de la terre qu'ils devaient au dieu Tane. Elle ne songea pas à la boîte de Pandore.

Richard Pearse fut un amant extrêmement tendre et attentionné. Atamarie avait craint de devoir à nouveau le stimuler au lit et de se retrouver bientôt au bout de son latin. Mais il la conduisit à l'accomplissement avec la patience, la prévenance et la douceur espérées. Elle se demanda une fraction de seconde d'où il tenait pareille expérience. De Christchurch, durant ses brèves études ? Les filles de la plaine de Waitohi ne couchaient certainement pas avec les fils de leurs voisins, du moins pas avant qu'eussent été échangées des promesses de mariage. Ce qui soulevait d'ailleurs une autre question : comment expliquer qu'en dépit de l'importance de son bien Richard n'eût encore pas d'épouse, ni même de fiancée ? S'était-il heurté à des refus ou bien n'avait-il posé la question à aucune d'elles ? Ne voulaient-elles pas de lui parce qu'il était la risée des autres hommes ou étaient-elles rebutées par sa tristesse, ses inhibitions ? Elle décida qu'il avait tout simplement attendu de trouver l'âme sœur. Et qu'il venait de la trouver ! Elle s'endormit heureuse entre ses bras et, le matin, n'aurait pas vu d'objection à remettre ça. Mais, plein d'ardeur, il se leva dès l'aube.

— Il faut que je jette un coup d'œil sur le carburateur ! expliqua-t-il. Ces ratés pourraient provenir de la soupape, le mélange air et carburant n'est pas constant.

— Ça t'est venu en tête pendant que nous… ? demanda-t-elle en s'étirant.

— Pendant que nous nous aimions ? sourit-il. Mais non, bien entendu que non, Atamie. Ce n'est que… heu… plus tard… je… euh… je n'ai pas un grand besoin de sommeil. Mais tu n'es pas de mon avis ? Un mélange un peu plus gras ?

Elle se leva en soupirant. Elle n'avait rien contre les carburateurs, mais si tôt le matin et après une nuit comme celle-là ! Richard n'avait plus d'yeux pour elle maintenant. Quand elle entra dans la cuisine, il avait certes déjà préparé le café, mais il n'eut pas l'esprit à badiner avec elle en prenant le petit-déjeuner. Il avala en vitesse une tasse de café et partit pour son atelier. Atamarie, elle, la première gorgée avalée, se secoua : ce truc était imbuvable. Il lui fallait du pain et du beurre. Elle devrait bien trouver de la farine quelque part, et les poules de Richard devaient tout de même pondre, non ?

Elle constata, en se rendant dans les dépendances, que Richard avait oublié de donner à manger aux bêtes. Elle répara l'oubli.

Les jours suivants, elle prit les choses en main. Elle s'occupa de l'alimentation du bétail, rendit visite à Joan Peterson pour s'excuser et lui acheta des légumes, du beurre et du lait.

– À la longue, il faudra pourtant que vous vous mettiez à jardiner, enfin, je veux dire, au cas où vous restiez ! lui dit la voisine en lui donnant des semences et des plants.

Atamarie cacha son jeu face à cette question à peine voilée. Elle remercia pour les cadeaux, mais s'abstint ensuite de jardiner, car Richard ne la relaierait certainement pas quand elle serait partie. Elle comptait achever ses études avant de songer à fonder une famille. De toute façon, ce ne serait certainement pas dans une ferme. Mais cela se réglerait plus tard. La priorité était de rentrer la moisson et de mettre un peu d'ordre dans le ménage de son ami.

Elle demanda sans attendre à Peterson comment trouver des ouvriers agricoles. Aucun n'était plus disponible, Richard avait trop tardé. Les autres agriculteurs fauchaient déjà leur blé et se moquaient de la négligence de Dick le Dingo. Elle choisit donc une autre voie et, ayant découvert une tribu maorie dans les environs, elle se fit fort de convaincre les hommes de travailler pour Richard. Après avoir lié conversation avec les femmes, elle échangea les semences et les plants de sa voisine contre des patates douces et divers légumes, puis entama des pourparlers avec les anciens de la tribu sur la question de l'aide des hommes. Elle eut la surprise de constater que les Ngai Tahu étaient étonnamment bien informés des rêves et des problèmes de Richard. Waimarama, une des femmes âgées, l'appela *birdman*.

— Il est venu ici un jour, dit-elle. Cette année, après la fête de Matariki. Il a vu les cerfs-volants. Il sortait alors d'une profonde obscurité. Mais, grâce aux *manu*, il a retrouvé la lumière. Il voudrait toucher les dieux. Mais il ne sait pas ce qu'il fait.

— Mais si, *tupuna*, répondit Atamarie avec un sourire indulgent. Il sait bien entendu ce qu'il fait. Pour ce qui est de la technique, il est *tohunga*.

— Il l'est certainement, mon enfant. Mais c'est Rangi qui décide à qui elle ouvre son cœur.

— La divinité céleste devrait pourtant se réjouir que l'un de ses enfants vienne lui rendre visite, rétorqua Atamarie en riant. Elle ne serait pas obligée de pleurer sans cesse. Nous apporterions de la sorte à Rangi le bonjour de Papa.

L'air légèrement désapprobateur, Waimarama leva néanmoins la main en guise de bénédiction. Elle aurait pu juger blasphématoires les propos d'Atamarie, mais la *tohunga* était très patiente avec les jeunes rebelles.

— Peut-être que Rangi pleure aussi à cause de ton ami, de l'obscurité qui l'entoure, dit-elle avec nonchalance. Tu ne la sens pas, mais elle le menace, c'est aussi pour cela qu'il aspire à trouver la lumière de Rangi.

Atamarie ne comprit goutte à ce discours et fut soulagée que le conseil des anciens accédât à sa demande. Dès le lendemain, trois jeunes et vigoureux Maoris parlant un méchant anglais arrivèrent à la ferme. Richard leur souhaita la bienvenue et disparut dans son hangar, laissant à Atamarie le soin d'expliquer le fonctionnement des machines. Heureusement, Hamene, Koraka et Kuri, ayant déjà travaillé dans d'autres fermes, connaissaient les faucheuses et les batteuses. Ils se mirent donc aussitôt à atteler les chevaux.

La collaboration des Maoris suscita naturellement les bavardages des voisins. Les autochtones s'y prenaient souvent autrement que les *Pakeha* dans les champs, ce qui irritait ces derniers. Leurs critiques laissèrent Richard de marbre et il se garda de se mêler du travail de ses auxiliaires. Quoique travaillant aussi dur que les autres fermiers, il n'avait la tête ni au blé ni au maïs, mais plutôt aux bougies et au carburateur de son moteur. Il vivait pour ses inventions et ne s'apercevait même pas que son cheval décrivait des zigzags pendant qu'il avait le nez plongé dans un magazine scientifique. Si cela soulevait l'hilarité de ses voisins, les Maoris considéraient son comportement avec indifférence, voire avec respect.

— Dick, *tohunga* ! expliqua sérieusement l'un d'eux à un Peterson ahuri. Construit machines. Doit parler beaucoup avec dieux…

Que Richard fût un piètre fermier, Atamarie s'en fichait royalement. Mais son comportement général était parfois une énigme pour elle. Ils faisaient l'amour toutes les nuits, souvent des heures durant, Richard semblait ne pas se lasser de son corps. Elle n'était pas en reste. Sous ses caresses, elle oubliait sa fatigue. Après l'amour, elle s'endormait comme une enfant dans ses bras, satisfaite et heureuse et aurait dormi d'un sommeil de plomb pendant des heures si Richard, nuit après nuit, ne s'était tourné et retourné dans son lit, pleinement éveillé. Il se levait presque toujours très tôt et gagnait aussitôt le hangar aux moteurs.

Les premières nuits, cela la fâcha un peu, d'abord parce qu'elle n'aimait pas dormir seule et ensuite parce qu'elle aurait eu plaisir à travailler elle aussi sur les moteurs. Puis elle commença à s'inquiéter. Richard paraissait disposer d'une énergie inépuisable, mais il devrait bien un jour ou l'autre dormir tout de même ! Inquiète, elle se rassurait en imaginant qu'il piquait un petit roupillon dans les champs. Certes les Maoris ne le confirmèrent pas, mais ils ne le tenaient pas à l'œil non plus !

Elle prit donc en charge, à contrecœur mais sans mot dire, les tâches d'une femme de fermier. Elle n'était pas très habile aux travaux ménagers traditionnels, tels que le lavage ou la cuisine, mais Richard ne se montrait pas très regardant en la matière. Il ne manifestait ni mécontentement ni satisfaction devant ses échecs ou ses réussites. Il enfournait les repas tels qu'ils se présentaient avant de retourner à son travail. Atamarie espérait que les choses s'arrangeraient sitôt la moisson finie, qu'ils pourraient alors se consacrer ensemble à leur projet de machine volante. Elle avait d'ailleurs une foule d'idées concernant la voilure et, surtout, les hélices. On était toujours parti de l'hypothèse qu'elles devaient être fixées à l'arrière de l'engin, mais on pouvait tout aussi bien les imaginer devant ! Elle aurait aimé faire part de son point de vue à Richard, mais elle eut peur qu'il laissât alors tout tomber pour disparaître de nouveau dans son hangar. Ce qu'il avait fait une fois au début de la moisson, lorsque Atamarie lui avait posé une question sur le mélange air et carburant à l'intérieur du carburateur.

Elle se consolait donc en se disant que sa vie amoureuse, au moins, ne laissait rien à désirer. L'ardeur de Richard ne se démentait pas, il l'aimait au contraire avec de plus en plus de fougue. Quand il l'embrassait, lui murmurait des mots doux et qu'ils connaissaient ensemble l'extase, elle était heureuse et se persuadait que ce sentiment valait pour l'ensemble de cette vie commune.

Pourtant, ayant trouvé un jour le temps d'écrire une lettre à Roberta et ayant commencé à parler de son enthousiasme pour son Richard, elle voulut décrire son quotidien et prit alors conscience de sa solitude. Les gens allaient et venaient dans leur ferme toute la journée, notamment en cette saison de récolte où les fermiers entretenaient de fréquents contacts entre eux, se prêtant des machines et n'hésitant pas à donner un coup de main à un voisin quand la pluie menaçait. Ils se montraient amicaux envers elle, mais ne semblaient pas voir en elle quelqu'un avec qui passer du temps et communiquer. Elle n'était apparemment pour eux qu'un petit rouage. Ils ne parlaient même pas de son « mariage sauvage » avec Richard qui devait pourtant donner lieu à bien des messes basses. De temps à autre, elle entendait des remarques du genre : « Lui, ça lui réussit… » ou « Il est bougrement moins dingue qu'avant… » ou encore « Une jolie fille en plus… ». Tous semblaient soulagés que Richard Pearse se « normalisât » enfin. Les bonnes dames du coin se voyaient confirmées dans leur conviction qu'il n'avait manqué qu'une femme au jeune homme pour le remettre dans le droit chemin. Même s'il s'agissait d'une femme quelque peu exotique qui n'entrait pas tout à fait dans le cadre de ce qui, dans cette région, représentait une bonne épouse.

Que ce fût en réalité Atamarie qui se « normalisât » tandis que Richard faisait seulement semblant n'intéressait visiblement personne. Cela, bien entendu, devait être la norme pour une *Pakeha* à la campagne, mais elle en était irritée. Maorie, elle attendait qu'on reconnût ses mérites. Mais ces gens ignoraient sa *mana*.

Elle éprouva donc de plus en plus de méfiance envers ce qui l'entourait, mais, dans un premier temps, elle ne se rebella pas. La moisson toucha à son terme après des jours et des jours de galère. Elle allait enfin se retrouver avec Richard au lieu de travailler chacun de son côté. Elle rêvait de s'occuper à nouveau de moteurs et de conceptions de planeur : en rendant les ailes mobiles, on devrait pouvoir mieux diriger l'engin…

Richard rémunéra ses employés maoris. Son père eut même quelques mots élogieux à son endroit quand il inspecta les granges et les silos à grains remplis à ras bord.

— Ce soir, on va fêter ça ! s'écria Warne, encore écolier mais qui avait travaillé dur pour son frère Richard. À partir de 19 heures, dans la remise d'Hansley ! Et, vous n'allez pas me croire : je serai avec Martha Klein !

Atamarie lui lança un clin d'œil, elle aimait bien Warne, l'une des rares personnes, à Temuka, qui l'acceptât sans réserve. Comme tous les enfants des Pearse, il était intelligent et trop jeune encore pour trouver inconvenante sa liaison avec Richard.

— Les cloches de la noce ne vont alors pas tarder à sonner, taquina-t-elle le gamin. Tâche de ne pas trop lui marcher sur les pieds en dansant !

Ils cueillirent de concert des fleurs poussant au bord des routes pour confectionner des couronnes, une pour Martha et une autre pour elle. Leur couleur lilas s'accordait à merveille avec la jolie robe d'été fleurie de Lady's Goldmine qu'elle avait transportée dans son sac à dos. Elle ne l'avait pas encore mise et s'attendait à provoquer l'admiration de Richard quand elle se présenterait à lui dans cette tenue. Ses boucles blondes lui descendaient presque à la taille. Elle avait l'air d'une fée avec sa couronne de fleurs. Elle était très contente d'elle, mais sa bonne humeur s'évanouit quand elle vit entrer Richard en tenue de travail dans la cuisine.

— Il n'y a rien à manger aujourd'hui, Atamie ? demanda-t-il d'un ton de surprise, mais nullement réprobateur. Je peux me préparer quelque chose, mais… (Levant la tête, il aperçut enfin sa parure de fête.) Mais comment t'es-tu habillée ?

— Mais c'est à toi qu'il faudrait poser cette question ! Tu as oublié ? Ce soir, c'est la fête des moissons. Nous sortons. Tu devrais te changer. Et te laver. Allez, Richard, sinon, nous nous ferons remarquer.

— Tu veux y aller ? Je n'aurais pas pensé que tu…

— …t'intéressais à d'autres choses que les moteurs et les courants ascensionnels ? Mais si, Richard, imagine-toi que j'adore danser. J'aime bien m'habiller et j'aime sortir en public avec mon ami. Dans la mesure où il est propre et correctement vêtu.

— Je m'étais dit que nous allions démonter le moteur, répondit-il, déçu.

— Tu veux bricoler ton avion pendant que les autres s'amusent ? Alors, ne t'étonne pas qu'ils t'appellent Dick le Dingo ! Bon Dieu, Richard, ton moteur ne va pas s'envoler tout seul ! Mais il n'y aura de musique qu'aujourd'hui. Aujourd'hui, nous pourrons festoyer, danser, bavarder avec les voisins, même si, d'accord, nous n'avons pas grand-chose à nous dire. Parfois, il faut agir ainsi. Tant que tu vivras ici, tu devras faire comme si tu étais des leurs. Et ce n'est pas si terrible que ça. Au contraire, nous allons nous amuser ! Allez, Richard, dépêche-toi ! J'en profiterai pour atteler. En espérant ne pas me salir !

Atamarie réalisa effectivement l'exploit d'atteler sans se mettre à sentir l'écurie. Richard, de son côté, faisait fort bonne figure quand, vêtu de son unique costume, il sortit de chez lui.

— Ah, tu vois ! dit-elle, heureuse, en se blottissant contre lui sur le siège de la charrette. Et essaie maintenant de rire aussi ! C'est une soirée magnifique, Richard ! Regarde, ce ciel étoilé. Là, c'est Sirius, tu vois ? Arriverons-nous jusqu'à elle, Richard ? Arriverons-nous aux étoiles ?

Elle posa la tête sur son épaule.

— Je serais déjà content de franchir la colline devant nous. Alors, où est-elle cette fête ? Je ne me souviens pas de qui c'est le tour cette année…

Cette fois, c'était la famille Hansley qui avait mis sa remise, débarrassée de ses charrettes et de ses machines agricoles, à disposition pour la fête annuelle de la moisson de la plaine de Waitohi. Les femmes des fermiers avaient passé la journée à la balayer et à la décorer. Atamarie eut un petit coup au cœur en constatant que l'on n'avait pas souhaité sa collaboration, mais il était vrai que Richard avait été l'un des derniers à terminer sa moisson. Les femmes avaient sans doute estimé qu'elle avait assez de travail dans sa ferme. Décidant de ne pas y prêter plus d'attention, elle se joignit à elles et les félicita d'avoir si bien arrangé les lieux.

Elle s'aperçut alors qu'elle était un peu déplacée avec sa robe et sa coiffure. Les femmes des fermiers, y compris la mère de Richard et ses sœurs, étaient certes endimanchées, mais portaient des tenues sombres, peu voyantes. Les robes de réforme n'étant pas encore parvenues dans ce coin du monde, toutes étaient corsetées et avaient relevé décemment leurs cheveux. Les plus âgées les cachaient même en partie sous des coiffes. Elle ne vit de fleurs dans les cheveux que chez les toutes jeunes filles. Martha, la petite amie de Warne, devait avoir tout au plus douze ou treize ans.

Elle reçut donc un accueil un peu réfrigérant, ces dames gratifiant ses cheveux dénoués et sa robe ample de regards désapprobateurs, les plus jeunes de regards méprisants, les fillettes la dévisageant bouche bée. Elle feignit de ne rien voir et engagea la conversation avec Joan Peterson et la mère de Richard qui se montrèrent amicales mais plutôt avares de paroles.

— Je vais voir où se cache Richard, murmura-t-elle, afin de se donner une raison de s'éloigner, mais vérifia sur-le-champ qu'elle se trompait une nouvelle fois.

Au moins jusqu'au début officiel de la danse, les hommes restaient avec les hommes et les femmes avec les femmes. Richard s'entretenait avec Peterson et Hansley, tentant manifestement de les gagner à ses innovations.

— À la longue, de toute façon, tout va changer en matière agricole, était-il en train de pontifier quand Atamarie tomba sur lui.

Les femmes n'avaient droit qu'à du punch au thé, alors que les hommes buvaient de la bière. Le premier verre, sur un estomac vide, semblait être monté à la tête de Richard qui se risquait à exposer sans détour ses utopies :

— Le travail sera de plus en plus accompli par des machines. Même la bête de trait vit ses derniers jours. Dans quelques décennies, on ne verra plus de chevaux ni de mulets dans les champs. Les charrues seront tirées par des véhicules à moteur, à moins qu'elles ne soient munies de leur propre moteur, de même que les faucheuses et les batteuses.

Ses yeux se mirent à briller tandis que les fermiers éclatèrent de rire.

— Ils n'auront alors plus à avoir peur des machines volantes qui décollent et atterrissent ! ironisa Peterson. Ce qui est important, parce que nous en aurons tous une. Continue à rêver, Dingo !

— Eh bien, je crois tout à fait possible qu'un jour chaque ménage possède un appareil volant, intervint Atamarie, se jetant à l'aide de son ami, bien que sachant pertinemment qu'elle se ridiculisait. Surtout ici, dans les fermes isolées. Dans les villes, ce sont plutôt les automobiles qui s'imposeront.

Les hommes rirent de plus belle.

— Et nos filles voleront avec ! ricana Hansley. Je vois déjà ma Laura décoller pour aller faire ses courses.

— Comme un colibri ! renchérit Peterson à qui la bière montait aussi à la tête. Vous portez déjà la petite robe de toutes les couleurs de cet oiseau, miss Turei. Reste à savoir si, à la longue, le nectar continuera à couler pour vous à la ferme des Pearse.

Atamarie ne vit pas ce que les hommes trouvèrent de drôle là-dedans, mais ils éclatèrent à nouveau de rire, Richard ayant l'air embarrassé et irrité.

— Nous n'aurions pas dû venir. Nous ne sommes pas du même monde, dit-il en suivant Atamarie jusqu'au buffet.

Des salades et des gâteaux étaient alignés sur de longues tables, du dehors venait le parfum de la viande grillée. Atamarie s'empressa de remplir une assiette pour son ami qui devait à tout prix manger quelque chose pour éviter que, sous l'effet de l'alcool, il se remît à dévider ses rêves.

— Les gens sont bornés, commenta-t-elle. À Christchurch et à Dunedin, on peut parler de ça de manière plus sérieuse. On y voit de loin en loin des automobiles, elles changeront l'image de la ville, si ce n'est celle du monde entier. Puis viendront les machines volantes, que les abrutis de paysans l'admettent ou non.

— Les « abrutis » de paysans sont malheureusement mes voisins, répondit-il, haussant les épaules tout en engloutissant le contenu de son assiette.

Il devait être mort de faim après le dur labeur dans les champs, mais, en vérité, il serait aussi bien retourné dans son hangar sans manger pour s'occuper de son moteur. Sa faim de savoir était plus grande que ses besoins alimentaires. Atamarie, outre son irritation envers ces villageois bornés, ressentit de la pitié, l'envie d'emmener Richard loin de Temuka où il ne serait jamais heureux.

Peu après, ce fut le début de la danse. Atamarie oublia ses sombres pensées et sa fatigue. Richard se contenta, à contrecœur, de la faire virevolter une seule fois aux sons d'un orchestre improvisé. Puis il rejoignit son père.

— Il faut que je me montre un peu. Sinon mon vieux va encore me reprocher de toujours rester avec les gens de rien, avait-il dit en guise d'excuse.

Digory Pearse était assis à une table à part, en compagnie d'autres notabilités du district. Atamarie avait déjà compris que les Pearse n'étaient pas considérés comme de simples fermiers. Le terme de *gentleman farmer* avait à plusieurs reprises été prononcé durant la moisson. Pearse se payait des ouvriers en plus grand nombre et de meilleures machines que ses voisins. Sa propriété était nettement plus grande que les terres d'Hansley et de Peterson. La robe de Sarah était plus belle que celle des autres femmes et l'on reconnaissait sans peine les sœurs de Richard parmi toutes les filles qui, elles, portaient les anciennes robes de leurs sœurs aînées. Les robes des demoiselles Pearse n'étaient certes pas à la mode, mais elles étaient neuves, de couleurs pastel. Atamarie en fut confortée dans l'idée que cette famille aurait fort bien pu financer les études de Richard. Le forcer à travailler dans une ferme avait été une simple mesure disciplinaire : on ne voulait pas, dans cette famille, d'un original rêvant de machines volantes et de charrues sans chevaux !

Richard était donc assis, malheureux, entre son père et les amis de ce dernier, buvant sa bière sans piper mot dans un premier temps. Puis il ne put plus longtemps rester silencieux. Atamarie, soucieuse, le vit entreprendre avec de grands gestes le pasteur et l'instituteur. Il mettait sans aucun doute une nouvelle fois les pieds dans le plat en s'abandonnant à ses obsessions, mais elle décida de ne pas se laisser gâcher la soirée par les mésaventures de Richard. Un des jeunes hommes l'ayant invitée à danser, elle accepta. Un autre succéda aussitôt au premier et, la soirée durant, elle passa des bras de l'un à ceux d'un autre.

– Notre colibri !

Elle entendit cette remarque de Peterson quand, au cours d'une danse, ses longs cheveux flottants l'effleurèrent. Elle ne chercha pas à savoir si elle était flatteuse ou plutôt désobligeante. Elle autorisa un des jeunes gens à subtiliser pour elle un verre de bière, profitant d'un moment d'inattention des dames du village. Elle s'amusait de plus en plus ouvertement. La seule chose qui la dérangeait était que les jeunes avec qui elle dansait la serraient de trop près. Lors des bals de Dunedin, les mains des danseurs ne descendaient pas de la sorte le long de son dos, s'enhardissant parfois à frôler ses fesses. Le souffle soudain plus court, les fils de fermiers lui chuchotaient à l'oreille des compliments qui frisaient l'obscénité. Elle se demanda si ces comportements étaient habituels à la campagne. Peut-être les hommes d'ici étaient-ils d'un naturel plus cru que les enfants des notables de Dunedin ou que les jeunes Maoris de Parihaka. Les garçons et les filles des tribus n'avaient d'ailleurs pas besoin du prétexte de la danse pour se toucher, à l'inverse de ces jeunes villageois. Et aucun Maori ne devenait trop entreprenant quand la femme ne signalait pas sans ambiguïté son consentement.

Ici, en revanche, Atamarie dut de plus en plus souvent se défendre à mesure que la soirée avançait. Elle eut envie de rentrer, mais Richard s'était mis à converser avec vivacité avec deux fermiers relativement jeunes, tout en dessinant : il leur décrivait à l'évidence une nouvelle invention. Atamarie ne voulut pas le déranger. Sans compter qu'elle lui en voulait aussi un peu. Elle avait dansé toute la soirée sous ses yeux avec ses amis, flirtant même un peu, et il ne montrait pas le moindre signe de jalousie ! Qu'il lui fît confiance était certes une bonne chose, mais elle se demandait néanmoins si c'était normal. Un peu plus d'intérêt de sa part aurait été le bienvenu !

Pour fuir les avances de son dernier admirateur, elle sortit alors de la remise. Un peu d'air frais lui ferait du bien et elle ne se singularisait pas, quelques autres filles ayant déjà fait de même. Elle se dirigea vers les chevaux de Richard auxquels elle apportait un morceau de pain. Ils se mirent à hennir en la voyant s'approcher. Mais quelqu'un lui saisit le bras, par-derrière, l'obligeant à se retourner.

— C'est gentil, ma belle, d'accepter de sortir avec moi. Mais tu aurais dû le dire. Il m'a fallu te chercher !

Elle découvrit, stupéfaite, le visage de son dernier cavalier. Elle essaya de se dégager.

— Sortir avec toi ? Il n'en est pas question ! Je prends juste un peu l'air. Seule.

— Allez, mignonne, ricana-t-il, tu ne vas pas me dire que tu attends Jed Hansley. Ou Jamie Frizzer ?

Elle secoua la tête énergiquement, espérant toujours pouvoir dissiper le malentendu.

— Les deux alors ? reprit-il, visiblement ivre. Allez, tu peux aussi me rendre tout de suite heureux. Je te parie que je suis meilleur que Dingo Dick !

Il attira Atamarie contre lui, cherchant à l'embrasser. Son haleine chaude et puant la bière lui donna envie de vomir. Elle tenta à nouveau de dégager son bras et de le repousser, mais ce fut vain, tout comme sa tentative de lui mordre les lèvres qui cherchaient à l'embrasser de force. N'étant pas femme à se laisser intimider, prise de fureur, elle lança de toutes ses forces son genou entre les jambes de son « soupirant ». Poussant un hurlement, il la lâcha.

— Espèce... espèce de salope ! Espèce de traînée maorie ! Tu commences par allumer et puis..., gémit-il, se tordant de douleur.

Elle se contenta de sourire et s'en alla. D'abord triomphante et impassible, elle se mit à trembler quand elle rentra dans la remise et se dirigea vers Richard.

Non que ce type saoul eût été véritablement dangereux, mais elle était humiliée et se sentait souillée. Elle se demandait aussi comment les jeunes du village avaient parlé d'elle. Elle voyait désormais sous un autre jour leurs avances de la soirée. Avaient-ils donc cru qu'elle était une fille facile ? Qu'elle offrirait au premier venu ce qu'elle avait accordé à Richard ? Et cette insulte ! Une « traînée maorie ». Elle avait certes remarqué très vite que les fermiers ne voulaient pas avoir affaire avec leurs voisins maoris. Aucun des aides-moissonneurs n'avait d'ailleurs été invité à la fête, alors que quelques fermiers avaient fait appel à eux une fois qu'ils avaient fait leurs preuves chez Richard. Décidément, ses voisins lui plaisaient de moins en moins : bornés et racistes ! Richard devait à tout prix échapper à cet environnement.

Comme il ne l'aperçut pas aussitôt, elle le poussa.

— Je veux m'en aller, dit-elle. Nous n'aurions pas dû venir.

Il acquiesça distraitement, ne semblant pas intéressé par les raisons de ce changement d'attitude. À leur arrivée à la ferme, il marmonna quelque chose d'incompréhensible et se dirigea vers son hangar. Elle déharnacha les chevaux et se mit au lit. Richard n'allait pas tarder. En réalité, elle attendit vainement cette fois. Richard, rattrapant le temps perdu à la fête, travailla toute la nuit à son moteur.

8

Roberta n'aurait jamais cru prendre autant de plaisir à son voyage vers l'Afrique du Sud. Elle oublia effectivement ses soucis et sa fatigue à peine le vapeur eut quitté Dunedin. Durant la traversée vers l'Australie, elle partagea sa cabine avec les deux infirmières, deux amies de Christchurch. Jennifer, une blonde à la taille élancée, était la plus posée, partisane de Wilhelmina Sherriff Blain, hostile à la guerre depuis le premier jour. C'étaient de purs motifs altruistes qui la conduisaient dans le Transvaal afin de s'y faire l'émule de son idole et d'Emily Hobhouse. Daisy, plus petite et rondouillette, aux cheveux noirs et aux yeux d'un bleu lumineux, obéissait en revanche à sa soif d'aventures. Elle entendait apporter son aide, naturellement, mais espérait aussi apercevoir des lions et des rhinocéros et, éventuellement, caresser un éléphant.

— J'avais hâte de quitter Christchurch, déclara-t-elle avec franchise. Mais, sans cette guerre, ce n'aurait pas été possible. J'avais postulé dès qu'ils ont envoyé là-bas le premier contingent de soldats, mais j'étais encore à l'école d'infirmières et mes parents s'y sont opposés. J'ai à présent terminé mes études. D'ailleurs, on ne part pas directement pour la guerre, mais pour les camps de réfugiés. Mes parents n'ont pu alors dire non. Et comme je pars avec Jenny…

Plus jeunes que Roberta, elles manifestaient de l'ouverture d'esprit, contrairement à ses condisciples de l'École normale. Cela la surprenait: d'après ce qu'elle avait toujours entendu dire, les écoles d'infirmières avaient tout de couvents de femmes. Quand elle le dit à Daisy, celle-ci gloussa:

— Tout harem a ses issues secrètes, observa-t-elle d'un air faussement pieux. De même que tout couvent.

— Il y avait un arbre devant notre fenêtre, précisa Jenny. Un hêtre bienveillant, avec des branches disposées comme des échelons. Le samedi soir, nous les empruntions pour aller danser.

— Danser ? Mais alors… Vous avez rencontré des hommes ?

— Bien sûr ! s'esclaffa Daisy. La moitié de nos patients sont des hommes !

— Mais bien sûr, on ne nous laissait pas soigner les jeunes gens, précisa encore Jenny.

— Il n'y avait donc pas d'homme dans votre École normale ? demanda Daisy tournée vers Roberta.

Celle-ci évoqua les trois cas masculins et désespérés de son ancien établissement. Quelques jours plus tard, elle fut assez intime avec ses nouvelles amies pour leur parler de son amour pour Kevin Drury.

Redoutant d'elles les mêmes moqueries que celles d'Atamarie, elle tripotait nerveusement son cheval en peluche, mais Daisy et Jenny trouvèrent sa mission fort romantique.

— Il y a de quoi écrire un livre, soupira Daisy. Une fille partant pour la guerre afin de retrouver celui qu'elle aime et qu'elle a perdu. Il sera certainement blessé et tu seras la seule à pouvoir le sauver et puis… Nous allons t'apprendre à donner les premiers secours au cas où !

— Il est médecin, Daisy, l'interrompit Jenny. C'est lui qui sauve les gens. Et s'il se tord le poignet en opérant, il y a autour de lui une vingtaine d'autres médecins et d'infirmières. Mais sérieusement, Robbie, pourquoi estimes-tu que tu ne pourras pas le trouver ? Tu n'as qu'à te renseigner auprès de la direction de l'armée. C'est un certain *major* Robin qui est responsable des Néo-Zélandais. Nous n'avons cessé de lui envoyer des notes de protestation concernant ces camps. Je connais son adresse par cœur, il est à Pretoria. S'il t'indique où est stationné le Dr Drury, tu pourras lui écrire.

— Il y a longtemps que j'aurais pu lui écrire, dit Roberta, rougissante. C'est que… Je ne sais pas s'il…

— Tu fais le tour du monde pour le retrouver, s'étonna Daisy, et tu n'oses pas le rencontrer ?

— Tu peux faire comme s'il s'agissait d'un hasard, suggéra Jenny, plus compréhensive. Tu diras être venue au Cap sur les traces de miss Hobhouse et t'être alors rendu compte que lui aussi… Ou plutôt, non : c'est sa mère qui a demandé que tu prennes d'urgence contact avec lui ! Tu connais sa mère ?

L'organisation de miss Hobhouse avait d'abord recruté ses auxiliaires en Australie, à Sydney. Roberta pensa qu'elle devrait se joindre aux autres enseignantes, six bas-bleus pâlottes, semblables à ses camarades d'études de Dunedin. Mais Daisy et Jenny l'entraînèrent avec elles et elle put ainsi admirer le port naturel et les bâtiments de la prison du temps où l'Australie était encore une colonie pénitentiaire.

— Botany Bay, Terre de Van Diemen…, énuméra Daisy d'une voix d'outre-tombe. Jeunes filles, ce pays grouillait jadis de jeunes gens de bonne allure qui avaient un jour volé chez eux un mouton. Nous aurions pu nous faire passer pour des voleuses de bijoux et…

— Elle écoute trop de chansons folkloriques irlandaises, soupira Jenny. Mais, Daisy, si tu en pinces pour des gars avec qui tondre les moutons, pourquoi venir en Afrique du Sud ? Tu es du Canterbury, les plaines grouillent de jeunes hommes qui puent le suint !

De Sydney à Durban, partageant une cabine avec ses collègues enseignantes, Roberta eut une traversée moins plaisante. Aucune d'elles n'avait envie de nouer amitié avec personne, elles étaient de toute façon appelées, en Afrique du Sud, à rejoindre des camps différents. Elles gardèrent d'autant plus facilement entre elles une distance polie que plusieurs eurent en permanence le mal de mer. Roberta passa le plus de temps possible sur le pont où elle retrouvait les infirmières. Il y en avait une cinquantaine à bord, peu portées sur la tristesse. Flirtant avec les matelots, elles rivalisaient d'ardeur à se faire remarquer par les officiers. Les plus osées échappaient à la vigilance des quelques infirmières plus âgées pour, le soir, danser avec des membres de l'équipage. L'un d'eux jouait de l'accordéon, un autre du violon et Daisy tambourinait de son mieux sur un tambour improvisé. Roberta ne se risqua qu'une fois à jeter un œil dans le local et envia ces filles, mais n'osa pas se mêler à elles. Les autres infirmières « couvraient » leurs collègues, mais si les enseignantes avaient surpris l'une des leurs se livrant à de tels plaisirs, elles l'auraient à coup sûr dénoncée. Roberta ne nourrissait aucune illusion : le comité de dames autour de miss Hobhouse attachait autant d'importance à la vertu et à la morale que, jadis, les femmes de la Women's Christian Temperance Union.

— Vous ne trouvez pas dommage qu'on se quitte maintenant ? remarqua Daisy le dernier soir de la traversée.

Les jeunes femmes s'étaient glissées sur le pont, prétendant vouloir apercevoir les lumières de Durban.

— Qu'en dites-vous ? Qui devons-nous convaincre si nous voulons être ensemble dans un camp ?

— Je crois qu'on nous répartit, objecta Roberta. Si nous ne le sommes pas déjà ! Nous n'aurons certainement pas droit à la parole.

— Mais tu parleras bien avec ce *major* Robin, non ? Tu pourras lui en toucher deux mots.

Roberta rougit. Elle mourrait de honte si s'offrait réellement une possibilité d'exposer leur désir au *major*. Mais, d'un autre côté, si elle se dégonflait, elle perdrait la face devant ses amies.

Or la solution du problème se révéla d'une grande simplicité ! Ce fut effectivement la représentante d'un comité de bienfaisance local qui accueillit les jeunes femmes, mais c'était aux intéressées de choisir entre la colonie d'Orange ou celle du Transvaal pour leur affectation. Daisy engagea fermement Roberta à choisir le Transvaal.

— C'est là qu'est Pretoria, la ville où siège Robin. Jenny et moi choisirons aussi le Transvaal. Ainsi, tu ne seras pas seule.

Il était indifférent à Jenny et à Daisy de savoir où elles travailleraient. Cette dernière aurait vraisemblablement préféré de toute façon le Transvaal, parce que la région était à l'intérieur du pays et qu'elle avait une envie folle de voir de l'Afrique le plus possible. Elle avait été fascinée par les Zoulous qu'elle avait rencontrés en ville, mais avec qui n'avaient pu s'établir de réels contacts.

— C'est drôle ! Je croyais qu'on menait ici une guerre pour qu'ils obtiennent davantage de droits, remarqua-t-elle. Or les Anglais les traitent mal. La bonne de Mme Mason n'a pas osé me parler !

Jenny et Daisy avaient été hébergées par cette dame jusqu'à leur départ pour Pretoria, tandis que Roberta et ses collègues logeaient dans l'internat d'une école pour filles, où elles ne virent pas de Noires non plus. Exception faite de la cuisine où travaillaient certains Noirs.

— Mais il y a beaucoup d'Indiens, remarqua plus tard Roberta après une promenade en ville. Les Anglais s'entendent mieux avec eux.

— Il faut dire qu'ils parlent anglais, expliqua Jenny. Les Nègres, eux, ne parlent que des bribes de ce... comment on appelle ça déjà ? L'afrikaans ? Nous devrons l'apprendre nous aussi si nous voulons travailler avec les femmes boers.

Roberta s'acheta donc un dictionnaire anglais-néerlandais, l'afrikaans n'étant pas reconnu comme une véritable langue. Elle avait l'intention de le consulter dans le train pour Pretoria, mais le paysage qu'elles traversèrent la fascina autant que ses amies. Les collègues de Roberta frissonnaient un peu de peur à l'idée que, dans cette campagne, des détachements de Boers pussent faire sauter la voie.

— Mais pas en plein jour ! se moqua Daisy, qui s'enthousiasmait sans arrêt dès qu'elle voyait par la fenêtre des gnous, des zèbres ou des girafes.

Un enthousiasme qui, à la longue, devenait un peu lassant. Puis la plaine céda la place aux contreforts du Drakensberg. Encore un paysage nouveau à découvrir. Le dictionnaire demeura fermé. Ensuite ce fut la nuit et, le lendemain matin, elles se réveillèrent dans le Transvaal. La région leur parut plus familière, mais, en revanche, elles furent de loin en loin effrayées par des spectacles étranges : de part et d'autre de la voie bordée de barbelés, des fermes brûlées, des champs saccagés ainsi que, à quelques centaines de yards les uns des autres, des bunkers.

Les jeunes femmes eurent le souffle coupé quand elles aperçurent un camp de travail pour Noirs : de simples huttes rondes, pour l'essentiel en tôle ondulée, parfois des tentes. Des dépendances misérables, des enfants apathiques assis devant les huttes, des femmes maigres et apparemment épuisées trimant dans des champs poussiéreux, sous un soleil de plomb. Le camp était lui aussi entouré de barbelés, les portes gardées par des soldats anglais qui avaient l'air presque aussi malheureux que leurs prisonniers.

— C’est horrible, parvint à dire Daisy, soudain refroidie. Mais cela doit être mieux dans les camps des Blancs.

— D’après miss Hobhouse, non, rétorqua Jenny. Tu n’as donc pas lu les rapports ?

Roberta n’arrivait pas à s’enlever les enfants noirs de l’esprit, oubliant Kevin pour un bref instant et les raisons l’ayant poussée dans cette aventure. Elle n’était pas ici à la poursuite d’un rêve, elle était venue aider !

— Si c’est mieux dans les camps des Blancs, annonça-t-elle, il faudra aller dans ceux des Noirs !

Elles arrivèrent en fin d’après-midi à Pretoria, une ville animée, sans doute en raison du stationnement de nombreuses unités britanniques. Les Anglais se montraient résolus et optimistes tandis que les citadins marchaient l’air hagard et la tête basse.

— Ce sont certainement tous des Boers, décréta Daisy, cachant mal sa fascination.

Elle était particulièrement impressionnée par les robes et les coiffes, coquettes et surannées. Personne, ni en Nouvelle-Zélande ni en Australie, ne s’habillait plus ainsi. On voyait peu d’hommes, soit ils étaient prisonniers, soit ils combattaient encore les occupants. Les uniformes anglais étaient les plus nombreux chez les militaires. Roberta sursauta lorsqu’une de ces femmes si sages d’apparence cracha devant les pieds d’un lieutenant qui la croisait.

— Elles ne nous aiment pas, observa Jenny. Mais peut-on leur en vouloir ?

On rencontrait ici aussi peu de Noirs, c’étaient des boys indiens qui servaient dans les mess. Ce fut aussi un jeune Indien qui les introduisit auprès de lord Milner qui avait la haute main sur les camps de concentration du Transvaal. Il s’adressa aux quelque trente auxiliaires féminines dans une salle de réunion :

— Nous vous sommes extrêmement reconnaissants, à vous toutes - mais bien sûr aussi à notre chère miss Hobhouse - de votre engagement, commença-t-il, couvrant cette dernière, qu'il ne pouvait manifestement pas souffrir, d'éloges excessifs. On a besoin de vous dans les camps de réfugiés. Les responsables vous y attendent avec impatience. Vous aurez non seulement à soigner les détenues mais aussi à les éduquer. Vous constaterez qu'il manque à la plupart de ces femmes la moindre notion de ce qu'est la conduite d'un ménage chez les gens civilisés. Les femmes boers se montrent de même peu coopératives et peu désireuses d'apprendre. De lourdes tâches vous attendent, mesdames. Si je peux vous aider en quoi que ce soit, n'hésitez pas à vous adresser à la direction du camp. Si vous avez d'autres questions…

Il avait visiblement l'intention de mettre aussi rapidement que possible un terme à cette audience. Roberta eut le souffle coupé quand elle vit Daisy lever le bras.

— Nous sommes trois amies et aimerions travailler dans le même camp, sir, déclara-t-elle sans l'ombre d'un complexe. Pensez-vous que cela soit possible ?

— Nous ne pouvons hélas pas attribuer trois infirmières au même camp, répondit Milner avec un sourire amical pour la rondelette brunette. Vous êtes trop peu nombreuses, mais…

— Nous sommes deux infirmières et une institutrice, le coupa Daisy.

D'abord interloqué, Milner acquiesça avec indulgence.

— Alors, c'est différent, cela devrait être envisageable. *Sergeant* Pinter ! interpella-t-il son aide de camp. Pourriez-vous trouver à ces trois jeunes ladies un lieu d'activité approprié ? Et, si vous avez d'autres désirs particuliers concernant votre mission, nous les exaucerons avec plaisir, dans la mesure de nos moyens. Nous souhaitons que vous vous sentiez bien chez nous. Ce qui vaut d'ailleurs aussi pour nos… euh… protégés boers. S'il se rencontre dans tel ou tel camp des situations difficiles, elles ne sont… heu… en aucun cas délibérées et d'ailleurs… Bon, eh bien, encore une fois merci, mesdames, pour votre engagement et votre désintéressement. C'est à vous, Pinter !

Le lord quitta la pièce et Pinter prit son porte-plume.

— Si ces dames veulent bien approcher, l'une après l'autre, je vous prie !

Daisy prit résolument les devants, suivie par Jenny et Roberta, plus intimidées.

— Ah, c'est vous le trio. Voyons un peu… deux infirmières et une institutrice… Eh bien, vous pourriez aller à Barberon, ou à Klerksdorp, ou encore à Middelburg. Springfontein est joliment située… Ah oui, et puis le Dr Drury a réclamé deux infirmières. Karenstad, donc !

— Le Dr Kevin Drury ? balbutia Roberta, soudain toute pâle.

9

La mort de Johanna Van Stout provoqua quelques troubles. Le bruit selon lequel la jeune fille aurait été assassinée par du personnel de garde, bruit auquel s'ajoutèrent bientôt d'autres histoires tout aussi épouvantables, se répandit dans le camp comme une traînée de poudre. Bentje Van Stout jouissait d'une grande estime, le détachement de son époux était célèbre. Si elle formulait des accusations contre les gardiens, les autres femmes y ajoutaient foi.

— Quelle émeute ne va-t-elle pas provoquer le jour où elle apprendra la mort de son mari, soupira Kevin.

Il venait de terminer une ronde, assurant aux femmes que personne n'avait mêlé de verre brisé au lait en poudre distribué exceptionnellement à la place du lait condensé et expliqué pour la énième fois que le personnel de garde n'avait même pas eu accès au camp la nuit où Johanna était morte. Les femmes ne pouvaient que rire de cette dernière assertion. Greenway avait raison, la prostitution existait au camp. Kevin avait peine à le croire, mais toutes les femmes boers ne partageaient pas les strictes conceptions morales d'une Doortje Van Stout. Elles ne voyaient pas pourquoi elles se sacrifieraient et laisseraient leurs enfants souffrir de la faim si s'offrait une alternative. Elles avaient donc, méprisées par les autres femmes mais gâtées par les gardiens, fondé une espèce de bordel. Les hommes payaient généralement avec du pain, de la confiture, des conserves de viande ou des sucreries. Les enfants de ces femmes n'avaient pas faim mais devaient supporter les moqueries et le mépris. Kevin ne pouvait imaginer les suites qu'aurait tout cela quand les camps seraient dissous et que rien n'empêcherait plus les femmes de couvrir les « putains des tommies » de goudron et de plumes. Une chose était certaine : les gardiens ne respectaient pas l'interdiction d'entrer dans le camp la nuit. Ils n'avaient certes pas dans l'idée de noyer des jeunes femmes, mais il fut impossible d'en persuader Bentje et ses partisanes.

— Veuve, elle sera une héroïne, conclut Kevin.

Cornelis, qui venait de jouer pour lui les interprètes, opina.

— J'aurais dû lui apprendre sa mort. Et à Doortje celle de Martinus. Mais alors, ce serait terminé pour moi, ici.

Les deux hommes s'en étaient jusque-là tenus à la version échafaudée par Cornelis selon laquelle les hommes de Van Stout étaient tombés dans un guet-apens des Britanniques. Deux hommes avaient été abattus, Cornelis, légèrement blessé, avait été capturé parce que son poney s'était écroulé sous lui. Le reste du détachement semblait avoir réussi à s'enfuir, y compris Adrianus et Martinus.

— Je n'ose penser à ce que sera la réaction de Doortje, soupira Kevin.

— Vous êtes amoureux d'elle, docteur. Mais c'est sans espoir. Elle est…

Il cherchait ses mots.

— Elle est une Boer à cent pour cent, mais elle est aussi une femme, l'interrompit Kevin. Elle pourrait rire, aimer, être heureuse. Si seulement elle se le permettait.

— Elle ne le fera jamais, déclara Cornelis. Jamais elle ne se laissera briser, elle…

— Mais je ne veux pas la briser ! Je veux juste… je veux juste l'aimer, être bon avec elle, la gâter.

— Pour cela, il faudrait d'abord que sa cuirasse se fêle, que sa foi soit ébranlée ainsi que son patriotisme. Ensuite, qui sait ce qui resterait d'elle, docteur. Et alors, voudriez-vous encore d'elle ?

— Je voudrai d'elle en toutes circonstances. À condition qu'elle me donne une chance.

Le Boer ne répondit pas.

— Descendrons-nous la rivière à cheval demain ? finit par demander Kevin avant qu'ils ne se séparent.

Kevin avait en effet envie de boire un whisky avec le Dr Greenway tandis que Cornelis devait retourner dans la tente qu'il partageait avec deux familles.

— Je voudrais enfin voir le camp des Noirs.

— Comme vous voudrez, répondit Cornelis, sans enthousiasme.

Kevin soupira. Cornelis était certes un Boer singulier, mais, concernant les Noirs, il avait la même opinion que sa cousine ; lui aussi les considérait comme des êtres robustes mais inférieurs. Il les aurait sans problème abandonnés à eux-mêmes à l'image de Lindsey et il leur en voulait de coopérer avec les Britanniques. Certes, il coopérait lui aussi, mais pour venir en aide à ses compatriotes. Beaucoup de Noirs, en revanche, trahissaient leurs anciens maîtres blancs et il ne pouvait ni le comprendre ni le leur pardonner.

— Nous avons toujours été bons avec eux, affirma à nouveau Cornelis le lendemain, monté sur la jument de Vincent. Avant notre arrivée, ils étaient tout de même des sauvages primitifs. Ils ne connaissaient pas la Bible…

Kevin, chevauchant à ses côtés, leva les yeux au ciel.

— J'ai appris que les Zoulous possédaient un vaste empire, bien organisé, surtout sur le plan militaire. Ils ne pouvaient être si primitifs que ça ! Quant à la Bible… Je ne voudrais pas vous vexer, Cornelis, mais chaque pays a ses dieux. J'ignore comment l'expliquer, je ne suis pas théologien. Mais ce n'est pas une raison pour asservir d'autres hommes…

— Mais nous ne les avons pas asservis ! Ils étaient volontaires. Il y a d'ailleurs encore maintenant des Cafres au sein des détachements. Tous les pisteurs sont des Cafres ou des Hottentots, même s'il n'en reste pas beaucoup.

— Ils se sont sans aucun doute exterminés de leur plein gré, railla Kevin. Et qu'en est-il des fameux « voortrekkers » dont parle votre tante de manière si imagée ? Qui ont liquidé trois mille Zoulous en une journée ? Pour ensuite leur prendre leur pays et les y laisser vivre néanmoins, à condition de travailler pour les Blancs ?

Les propos indignés de Kevin n'allaient pas tarder à lui rester en travers de la gorge : la situation dans le camp des Noirs prouvait que les Anglais n'étaient pas mieux disposés envers la population noire que les Boers. Les occupants logeaient dans des conditions auprès desquelles celles du camp des femmes s'apparentaient presque au luxe.

— Mais qu'est-ce que c'est que ces baraques ? demanda Kevin à l'homme montant la garde, pour la forme, devant le portail d'entrée.

Il n'était pas interdit aux Noirs de quitter leur camp, de nombreux hommes travaillant d'ailleurs à l'extérieur. Quiconque avait un peu d'argent pouvait aller en ville acheter quelque chose.

— On n'a pas livré de tentes ?

— Non, sir. Les gens doivent construire eux-mêmes. Certains le font d'ailleurs.

Effectivement, on apercevait quelques huttes rondes de belle apparence, dans le style traditionnel du kraal, mais elles étaient entourées d'abris de fortune en bidons d'huile de paraffine. Des femmes et des enfants dormaient en plein air, sur le sol boueux ou avaient installé des abris minuscules en forme de tente avec des couvertures.

— Pas homme, pas bois…, expliqua l'une des femmes dans un mauvais afrikaans.

— On ne leur a donc pas fourni de matériaux ? demanda Kevin au garde.

— Ils peuvent travailler. Ils doivent d'abord gagner de quoi acheter les matériaux et ensuite bâtir.

— Et comment peuvent-ils à la fois travailler dehors et construire ici ? Il faut que ça change. Et vite ! Cornelis, nous avons besoin d'un interprète. Qu'est devenu le personnel de maison des Van Stout ? Nandé et son frère parlaient l'afrikaans et même quelques mots d'anglais. Peut-on savoir s'ils sont dans ce camp ?

Il avait peu d'espoir, les détenus n'étant souvent pas enregistrés dans le camp des Blancs, alors qu'ici régnait le plus grand des chaos. Il se mit donc lui-même à leur recherche, Cornelis le suivant de mauvaise grâce, l'air dégoûté. Les conditions d'hygiène étaient en effet déplorables : pas de latrines, des nuées d'insectes, l'hôpital, plus que rudimentaire, servait d'abri d'urgence pour des femmes et des enfants sans soutien familial ; il était bondé, rempli de gens malades. La sous-alimentation rendait les femmes léthargiques. Beaucoup ne nourrissaient plus leurs enfants et Kevin découvrit des cadavres parmi les vivants. Personne ne les portait à l'extérieur. Si un ou quelques membres de la famille prenaient leur courage à deux mains, ils enterraient eux-mêmes les morts. Sinon, les gardes donnaient à l'occasion un coup de main, ne serait-ce qu'en raison de l'épouvantable puanteur.

Sur le point d'abandonner ses recherches, Kevin tomba sur Nandé. La jeune femme était allongée, apathique, dans une hutte bricolée à partir de bidons de paraffine. Elle était gardée par deux jeunes hommes qui laissèrent passer les représentants de la direction du camp, mais, méfiants, ne quittèrent pas des yeux Kevin quand il s'approcha d'elle.

— Miss Nandé !

Comme un sourire flotta sur le visage de la jeune Noire à s'entendre ainsi appeler avec politesse.

— Mijnheer docteur ! Vous revenu ? Comment aller *baas* Bentje ? Et Doortje ? Et enfants ?

Nandé était-elle au courant de ce qui était arrivé à Doortje et Johanna ? Kevin le jugea improbable, les Noirs et les Blancs n'ayant à coup sûr pas appartenu au même transport.

— Miss Johanna est morte, préféra-t-il ne pas mentir, mais les autres sont au camp de Karenstad.

Il entreprit de lui exposer son projet pour le camp des Noirs, mais elle l'interrompit.

— Frère mort aussi, dit-elle avec un regard effrayé vers les deux hommes à l'entrée de la hutte.

L'un d'eux était en train de discuter avec un troisième qui voulait entrer. Cornelis, qui avait entendu quelques mots échangés, avait l'air dégoûté. Nandé baissa les yeux, honteuse.

— Ton frère est mort ? De quoi ? Il était malade ?

Le taux de mortalité dans le camp était certes énorme, mais le frère de Nandé était un homme jeune et vigoureux. Il pouvait, bien sûr, avoir contracté la typhoïde ou la diphtérie.

Nandé fit non de la tête. Cornelis exposa à Kevin les conclusions auxquelles il était parvenu.

— Je suppose, docteur, que ces deux, là, y sont pour quelque chose. Regardez un peu autour de vous ! Ce n'est pas une hutte d'habitation. Ces types y proposent leur marchandise. Et son frère n'était sans doute pas d'accord pour que la petite soit vendue.

Nandé poussa un petit cri étouffé, et Kevin comprit ce que lui expliquait Cornelis. Il n'y avait rien pour cuisiner, pas d'autres couches que la paillasse sur laquelle était allongée Nandé, en plein jour ! Elle n'avait certes pas bonne mine, mais ne donnait pas l'impression de quelqu'un de trop faible pour quitter le lit.

Il se redressa.

— Nandé, nous t'emmenons dans le camp des Blancs. Et le personnel de garde aura ces deux gars à l'œil, j'y veillerai. De toute façon, nous allons reprendre les choses en main, voir combien de gens vivent ici, surtout combien de femmes et d'enfants. Nous proposerons du travail, pas seulement aux hommes, mais surtout aux femmes. Nous manquons aussi de tout, mais comme les femmes boers ne veulent pas nous aider… Toi, Nandé, tu me tiendras mon ménage. Et nous aurons tout de suite besoin de dix femmes pour aider le Dr Greenway à l'hôpital et nettoyer les salles de garde. Et, au fait, Nandé, est-ce qu'il y a ici beaucoup de femmes qui, comme toi… ?

Nandé parut terrifiée. Or Kevin, chez les Van Stout, l'avait connue fière et courageuse. Quand il l'aida à se relever, elle se cramponna à lui et lui indiqua deux autres huttes comme la sienne. Il ne put parler à l'une des filles, prise d'une forte fièvre. L'autre, une beauté de dix-sept ans à peine ne réussit à se lever qu'à grand-peine. Kevin envoya Cornelis, toujours aussi réticent, chercher quelques gardes afin de porter ces deux malheureuses jusqu'à la porte du camp.

— Nous viendrons ensuite les prendre en même temps que les femmes que nous allons faire travailler, leur expliqua-t-il.

Ils paraissaient dégoûtés à l'idée de devoir porter les jeunes filles sur des brancards. Cela prouvait au moins qu'ils n'avaient pas été parties prenantes de ce mauvais commerce. Les clients étaient plutôt des détenus dépensant, à abuser de ces femmes et à boire, l'argent qui aurait dû leur permettre de nourrir leurs familles. Kevin trouva d'ailleurs dans la hutte de la troisième femme des bouteilles de whisky vides.

— Je vais envoyer la police militaire à ces deux gaillards. Elle aura sans doute des questions à leur poser !

— Mais qu'est-ce que vous avez en tête avec les travailleuses ? l'interrogea, l'air furieux, le garde qui les avait fait entrer, un *corporal*, le plus haut gradé du groupe. Ces femmes ne peuvent tout de même pas faire quotidiennement l'aller-retour entre les deux camps.

— Pourquoi ? Les hommes vont bien au village. Mais elles n'auront pas à le faire. Elles et leurs enfants seront logés dans le camp des Blancs.

Les gardes et Cornelis eurent le souffle coupé.

— Mais c'est impossible, docteur ! Vous ne pouvez tout de même pas mélanger les Cafres et les familles blanches. Vous… vous ne pouvez pas…

— Vous serez étonnés par tout ce que je peux ! D'ailleurs je ne vois pas où est le problème. Dans les fermes, Blancs et Noirs habitent les uns à côté des autres. Bien entendu, nous mettrons à la disposition des Noires leurs propres tentes.

Kevin avait clairement conscience des problèmes que cela allait soulever, mais il n'était pas prêt au compromis. Les deux charrettes fournies par la cavalerie transportèrent plus de trente femmes et enfants ainsi que quelques grands malades. Le Dr Greenway secoua la tête énergiquement quand Kevin lui expliqua qu'il comptait réquisitionner deux tentes des Blancs pour ces gens.

— Drury, cela va être l'émeute ! Les Boers n'accepteront pas. Vous ne serez d'ailleurs pas soutenu par l'administration militaire. Il y a de bonnes raisons à ce qu'on les ait séparés.

— Mais vous… Dites-moi, vous refusez de soigner ces femmes ? Et vous n'êtes pas content d'avoir du personnel ?

— Je n'ai aucun problème de ce point de vue. Si vous y tenez absolument, nous logerons les malades à l'hôpital, dans les petites pièces, même si c'est étroit… Mais, Dieu du ciel, trouvez autre chose pour le logement des femmes noires, docteur Drury ! Sinon, nous courons à la catastrophe !

Refroidi, Kevin aida les femmes à descendre sous l'œil soupçonneux des détenues blanches. Puis il ordonna à Nandé et aux autres de l'attendre dans son propre logement et dans les bureaux jusqu'à ce qu'il eût trouvé une solution. Les faire passer entre les regards hostiles des femmes boers était exclu. Kevin abandonna l'idée qu'elles pussent éprouver la moindre envie de se rapprocher de leur ancien personnel.

Il téléphona alors à Vincent.

— Si nous avons des tentes écuries ? Il faut que je me renseigne, mais je crois que oui. Les grandes unités de cavalerie doivent disposer de ça. C'est pressé ?

— Vincent, j'ai ici trente femmes et enfants…

— Tu vas pourtant devoir attendre. Et espérer. Tu peux aussi prier si ça te chante. Il faut en tout cas que j'en finisse avec un cheval atteint de coliques. Il appartient au responsable de l'approvisionnement, c'est son préféré. Il l'a emmené avec lui depuis l'Écosse. Brave bête au demeurant.

— Vincent !

— Je t'explique juste qu'il me serait infiniment reconnaissant si son cheval ne mourait pas. Il me rendrait certainement un service. Et si quelqu'un a des tentes ici, c'est bien lui !

Quelques heures plus tard, le *major* McInnes, rassuré quant à l'état de son cheval, veilla à ce que fussent transportés jusqu'au camp une vaste tente et des colis de vivres.

— Ce sont des cadeaux. De Durban, en fait de Nouvelle-Zélande. Il doit en arriver davantage encore prochainement, des vêtements, des jouets. Et il y aura trois infirmières !

— Trois infirmières ? s'exclama Kevin incrédule.

— Oui, enfin… l'une est institutrice, mais peut-être qu'elle pourra se rendre utile, dit le *major* qui estimait sans doute superflu d'instruire des enfants boers.

— On a l'impression que les choses prennent un meilleur cours ! se réjouit Kevin.

Les femmes boers, en tout cas, ne protestèrent pas quand les cavaliers installèrent, dans un coin du camp, la tente pourtant bien plus confortable que les leurs, notamment bien mieux ventilée en raison des besoins respiratoires des chevaux. L'idée que les Noires dormiraient dans une « écurie » les satisfaisait. Une distribution supplémentaire de nourriture contribua à apaiser encore les esprits.

Le lendemain, un bureau bien nettoyé accueillit Kevin. Nandé, pourtant toujours fiévreuse, s'était levée pour faire le ménage et lui préparer un café quand tout le monde dormait encore.

— Nandé, le travail pouvait attendre. Il faut d'abord que tu guérisses, le mieux est que tu viennes avec moi à l'hôpital afin que nous t'examinions sérieusement. Peut-être voudras-tu voir miss Doortje et sa famille…

La jeune femme avait un besoin urgent de nouveaux vêtements et de linge. D'un bain surtout.

— Moi avoir peur aller à rivière, dit-elle, ayant sans doute surpris son regard. Femmes blanches…

— Vous pouvez vous laver dans la rivière en dehors du camp, assura Kevin pourtant conscient qu'il soulevait là de futurs conflits. Vous n'êtes pas prisonnières, vous travaillez pour nous. Si tu veux, vas-y tout de suite !

Elle ne se le fit pas dire deux fois et pleura de joie quand Kevin lui donna un bout de savon. Le savon était une denrée rare dans le camp des Blancs également, seules les prostituées en ayant assez pour se laver. Kevin avait naturellement voulu en offrir un morceau à Doortje, mais elle refusait tout traitement de faveur. Nandé n'avait pas ce genre de scrupules. Elle fut bientôt de retour, habillée de neuf.

— Nandé bien mieux ! annonça-t-elle, mais Kevin insista pour la mener à l'hôpital.

Une nouvelle surprise l'y attendait, plus qu'agréable au premier coup d'œil. Il n'y avait plus de poussière à l'entrée de l'hôpital, les salles étaient récurées. Les femmes et les enfants noirs malades étaient dans des lits propres.

— On se croirait dans un véritable hôpital ! s'exclama Kevin, félicitant le Dr Greenway en train de trier des dossiers.

— Mais sans patients, grommela celui-ci. Voyez un peu…

Stupéfait, Kevin dut lui donner raison. Hormis les malades noirs, l'hôpital était absolument vide. Les femmes boers avaient rapatrié leurs malades dans leurs tentes, pour l'essentiel des gens gravement contagieux.

— Mais… mais…, balbutia Kevin.

— Je vous l'avais bien dit. Les Boers ne veulent rien avoir en commun avec les gens de couleur. Ils n'aiment pas non plus se laisser soigner par eux, et ce d'autant moins qu'ils considèrent que les Noirs les ont trahis. Vous pouvez avoir ici un hôpital pour les Blancs et un autre pour les Noirs. Mais pas un seul Boer.

Partagé entre effarement et déception, Kevin sentit soudain la colère le gagner. La capacité de l'hôpital, même avec cinquante malades, était sous-employée. Et alors qu'on allait avoir des infirmières volontaires. Si ces femmes préféraient voir mourir leurs enfants…

— Nous ne céderons pas, décida-t-il sans réfléchir plus longtemps. Cet hôpital est ouvert à tous. Si les femmes ne veulent pas venir, je n'y peux rien. Mais nous allons inspecter le camp, Greenway. Et nous ne reculerons pas devant des hospitalisations d'office en cas de risques extrêmes de contagion.

La journée fut tout sauf agréable pour Kevin et Greenway, pour les gardes qui durent mettre en œuvre leurs mesures mais aussi pour Cornelis qui devait les expliquer aux femmes. Ils furent insultés, se firent cracher dessus et, pour finir, il ne se retrouva à l'hôpital que trente enfants, en pleurs, privés de leurs mères.

– Cela ne pourra durer ! gémit le Dr Greenway quand la dernière visite fut terminée.

Les femmes noires s'étaient comportées de manière exemplaire, tout était propre et un ragoût appétissant attendait les hospitalisés. Les enfants ne voulurent pas y toucher, en dépit de leur faim. Les plus âgés parlaient de verre brisé dans la soupe, les plus jeunes n'osant pas s'opposer à eux.

– Vous ne pouvez contraindre les gens. Le mieux serait de renvoyer les Noires et de les employer dans leur propre hôpital…

– En tant que médecins ? ironisa Kevin. Greenway, ces femmes nettoient et cuisinent. Mais c'est tout ce qu'elles peuvent faire pour les malades. Bien sûr, nous pourrons y aller désormais chaque jour puisque, avec l'aide des femmes zouloues, nous aurons plus de temps.

– Et plus de patients, répondit Greenway d'un ton tout aussi grinçant. Ne soyez donc pas si abrupt, je n'ai pas non plus de solution. Je sais seulement qu'on ne peut pas attacher les gens dans leur lit et leur faire avaler de force leur nourriture.

10

Face à l'obstination des femmes boers, Kevin se souvint qu'il avait hérité d'une tête de mule irlandaise. Maintenant ouvert, l'hôpital prit des mesures d'hospitalisation forcée et réussit à amener les enfants malades à accepter de manger : par un pur hasard, une des auxiliaires noires était une des Cafres de la famille du petit Matthes Pretorius et avait travaillé dans la maison même. Le garçonnet de dix ans la reconnut avec joie, lui fit confiance et avala sa bouillie avec avidité quand elle la lui eut apportée. Il n'en mourut pas, bien entendu, et comme, de surcroît, il se remit rapidement de sa pneumonie, les autres enfants suivirent son exemple.

Le travail des médecins n'en resta pas moins exténuant et désagréable. Kevin avait honte de ne pas avoir le temps d'apporter des améliorations au camp des Noirs. Pourtant, quatre jours après l'embauche des femmes noires, le bruit de pieds nus dans le couloir, devant sa chambre, le réveilla. Il avait assez longtemps accompagné les Rough Riders pour ne pas être sur ses gardes : instinctivement, il tendit la main vers son fusil qui n'était bien sûr plus à son chevet. Jurant, il se préparait à repousser un agresseur avec les poings quand il entendit une timide voix de femme.

— Mijnheer docteur ?

— Nandé ?

Il alluma la lampe à gaz. La jeune femme zouloue s'était déjà introduite dans sa chambre, vêtue d'une chemise de nuit décemment fermée jusqu'au cou et brodée, incontestablement jadis portée par une généreuse donatrice. Il était en effet arrivé la veille trois caisses de dons qu'avaient triés les femmes noires. Kevin avait vu Nandé sourire pour la première fois depuis qu'il l'avait libérée et il n'avait pu résister au plaisir de lui offrir la chemise brodée. Maintenant, la nervosité le gagnait : Nandé venait-elle pour le remercier de façon très spéciale de son cadeau ?

— Tu… tu n'es pas venue pour me montrer ta chemise ? demanda-t-il prudemment. Mais d'où sors-tu au fait ?

Nandé aurait normalement dû dormir avec les autres dans leur tente, et il était impensable qu'elle en fût sortie en catimini pour venir ici.

— Non. Juste parce que moi entendre… (Elle imita le bruit d'un gémissement.) Devant porte de docteur. Moi regardé et…

— Mais où étais-tu, Nandé ?

La situation était de plus en plus étrange. Nandé avait un air coupable.

— Moi ici, dans cuisine.

— Tu as dormi dans la cuisine ?

— Oui, pas fâcher vous, pas punir, sir. Mais jolie robe, comme *baas* blanches. Cuisine, chambre Nandé. Comme *baas* blanches…

Kevin soupira.

Il était exclu que Nandé dormît chez lui, au risque sinon qu'enflent les rumeurs. Certes la cuisine était une annexe ouverte, sans aucun confort, et il ne pouvait venir à l'idée de personne qu'il pût coucher là avec sa bonne noire, mais il existait un passage menant à la maison, passage que Nandé venait d'emprunter sans se faire voir. Kevin décida d'interdire à l'avenir à la jeune femme de passer la nuit dans la cuisine, mais de garder momentanément pour lui ses reproches.

— On en reparlera. Continue. Tu as entendu gémir devant ma porte ? Et plus maintenant ?

— Non, toujours là. Moi vouloir partir, mais a vu moi, mais… enfant trop lourd. Maintenant devant hôpital.

— Une femme avec un enfant ? s'exclama Kevin en se levant. Sors, Nandé, il faut que je m'habille. J'arrive. Tu peux dire à cette femme…

Il s'interrompit. La patiente devait déjà imaginer Dieu sait quoi sur lui et Nandé. Si en plus il la chargeait d'un message !

— *Baas* Doortje pas parler avec Nandé.

Kevin sursauta. La patiente serait-elle Doortje ? Elle devait être très malade pour se faufiler jusque chez lui en pleine nuit. Ou bien amenait-elle un enfant malade ?

À demi habillé, Kevin sortit en toute hâte, suivi par Nandé.

— Va dormir, Nandé ! lui ordonna-t-il quand ils passèrent devant la tente écurie. Je trouverai l'hôpital tout seul.

— Moi pas aider ?

Kevin hésita : il pouvait effectivement avoir besoin d'aide et rester seul avec Doortje pouvait être également compromettant. Mais Doortje n'était certainement pas en chemise de nuit !

— Envoie les deux femmes qui aident tous les jours le Dr Greenway ! ordonna-t-il, évoquant les deux Noires que Greenway formait tant bien que mal et comptait envoyer comme « infirmières » dans le camp des Noirs. Mais qu'elles s'habillent correctement !

La consigne était superflue, aucune des Noires en dehors de Nandé et quasiment aucune Blanche n'ayant de chemise de nuit. La plupart dormaient sans se déshabiller sur le sol des tentes. Doortje portait elle aussi la robe bleue que Kevin lui connaissait depuis Wepener, mais usée et salie. Sa coiffe était posée de travers, les rubans dénoués lui pendant le long des joues. Il ne put voir son visage qu'elle avait enfoncé dans les boucles trempées de sueur de son frère le plus jeune. L'enfant dans les bras, elle se tenait accroupie devant l'entrée de l'hôpital.

— Doortje ! Miss Van Stout ! Dieu du ciel, vous avez porté cet enfant jusqu'ici ? s'écria Kevin en lui ôtant des bras le corps inerte de Mees.

Un corps brûlant de fièvre. Doortje le lui avait amené avant qu'il ne mourût. Elle le regarda avec espoir et mépris.

— Et pourquoi n'avoir pas frappé chez moi ?

— Je n'ai pas voulu vous déranger. Vous n'étiez pas seul, dit-elle comme elle aurait craché.

Kevin se vit confirmé dans toutes ses craintes. Non seulement concernant sa situation avec Nandé, mais aussi sur l'état du malade sur le brancard. Son torse était couvert des rougeurs caractéristiques. La typhoïde.

— Mais si, j'étais seul, qu'est-ce que c'est que ces bêtises ?

Il chercha un stéthoscope pour se donner l'air d'être utile, les chances de survie du gamin étant faibles à ce stade de la maladie. Doortje changea de sujet.

— Pouvez-vous faire quelque chose ? demanda-t-elle. Il est malade depuis deux semaines.

— C'est ce que je vois, vous auriez dû l'amener plus tôt.

Elle leva les yeux vers lui, pour la première fois avec un regard ému et désarmé.

— Ma mère… Docteur Drury, vous connaissez ma mère. Elle a prié et elle l'a lavé dans la rivière pour le rafraîchir et…

— La typhoïde est provoquée par des bactéries qui vivent selon toute probabilité dans l'eau dans laquelle on l'a baigné. Et, avant, il en a certainement bu, dit le médecin en se disposant à prendre la température du petit patient.

— Oui, avec le lait en poudre. Il fallait le dissoudre. Et la rivière est proche. L'eau, c'est de l'eau, et ma mère l'a filtrée…

— Cornelis vous aurait volontiers apporté chaque jour de l'eau potable, soupira Kevin si vous n'aviez pas passé votre temps à le traiter de couard et de traître. Mais il n'ose plus vous approcher.

— Sa place est dans le veld, avec son détachement ! s'entêta Doortje. Il ne devrait pas être ici !

Entre-temps, Kevin avait dévêtu le petit et commencé à le laver. L'eau vinaigrée froide lui apporta un certain soulagement. On pouvait aussi tenter des compresses sur les mollets. Il avait surtout besoin de boire, les diarrhées l'ayant déshydraté.

— Cornelis n'est pas ici de son plein gré. Il a été fait prisonnier…, commença Kevin en jetant un œil sur le thermomètre. Plus de quarante degrés !

L'émotion avait disparu du visage de Doortje. Elle était redevenue l'indomptable Boer.

— C'est en quoi il a failli ! Mon père n'a pas été fait prisonnier. Martinus De Groot n'a pas été fait prisonnier !

— Non ! cria Kevin.

Il aimait Doortje, mais son obstination l'amenait parfois à perdre son contrôle.

— Votre père et votre fiancé ont été abattus, Doortje. Je suis désolé que vous l'appreniez ainsi, ici et maintenant, mais il n'y a aucun doute. J'étais présent quand Martinus est mort. De votre père, je sais juste qu'il est mort. Pour connaître dans quelles circonstances, vous devrez interroger Cornelis. Martinus n'est pas mort au combat. Il s'était rendu mais un gradé trop zélé fit tirer sur les prisonniers. Le Dr Taylor, le Dr Preston et moi avons protesté, mais nous n'avons pas pu obtenir la punition des coupables. C'est pourquoi je suis ici, j'ai abandonné mes fonctions. En signe de protestation. Mais vous ne me croyez sans doute pas. Vous me haïrez, moi et les Britanniques, davantage encore. Et je vous comprends. Mais vous ne devriez pas haïr votre cousin, c'est un pur hasard s'il n'est pas mort. Et maintenant aidez-moi! Tenez la lampe pendant que je vais allonger votre frère et l'hydrater artificiellement car il ne veut certainement plus boire.

— Il refuse depuis deux jours déjà, murmura Doortje d'une voix atone, toute couleur ayant abandonné son visage. Mon père est mort, et Martinus…

— … a été fait prisonnier quand ils ont tenté de faire sauter une ligne de chemin de fer. Et il a été abattu, répéta Kevin qui commençait à se sentir fautif d'avoir ainsi annoncé la vérité. Je suis vraiment désolé, Doortje. Mais vous devez comprendre que continuer le combat n'a plus de sens. Et, je vous en prie, ne vous opposez pas à ce que votre frère soit traité dans cet hôpital. Il sera peut-être à côté d'un enfant noir, mais l'enfant ne déteindra pas. La typhoïde, en revanche, est contagieuse. Votre autre frère et votre mère peuvent la contracter à leur tour, si ce n'est déjà fait.

Le silence de Doortje en dit long : manifestement, elle était la seule de sa famille à ne pas être malade. Kevin souleva l'enfant.

— Je vais le mener dans une chambre et lui poser une perfusion. Vous pourrez rester auprès de lui, lui appliquer des compresses froides et le nettoyer si la diarrhée persiste. Mais vous pouvez aussi vous en remettre à Sophia, dit Kevin en montrant une auxiliaire noire qui entrait, correctement vêtue d'une blouse d'infirmière propre. Mieux vaudrait que vous retourniez dans votre tente et rameniez votre frère et, si possible, votre mère aussi. Peut-être… peut-être que nous pourrons encore les sauver eux au moins.

Il se mordit les lèvres. Encore une erreur ! Il n'aurait pas dû dire à quel point Mees allait mal. Mais, d'un autre côté, il ne voulait plus mentir à Doortje. Il la regarda droit dans les yeux.

— Je ferai tout ce qui est humainement possible pour sauver Mees. Mais je ne peux rien promettre. Vous devriez prier pour lui.

— C'est vous qui dites ça ? Et les miracles de la médecine moderne, alors ?

— L'expérience montre que la prière et la médecine moderne se complètent très bien. Comment dit-on déjà ? « Aide-toi, le ciel t'aidera. » À vrai dire, cela devrait s'accorder également avec la philosophie des « voortrekkers ». Alors est-ce que vous faites confiance à Sophia et à moi ?

Doortje sortit sans rien dire.

Kevin, cette nuit-là, pria avec ferveur, comme jamais encore dans sa vie, mais ce fut vain, le petit Mees dépérissant à vue d'œil. Sophia s'affairait auprès de lui et, le matin, Nandé la rejoignit.

— Lui connaître moi. Plus calme avec moi ! affirma-t-elle, et Kevin la laissa faire, bien que Mees fût déjà trop malade pour reconnaître quelqu'un.

Il était épouvanté car Thies, le second frère de Doortje, n'allait guère mieux. Cellc-ci l'avait amené à l'hôpital, aidée de deux femmes boers. Plus expérimenté que Kevin en matière de typhoïde, le Dr Greenway ne put que secouer la tête à la vue de l'enfant.

— Ce serait un miracle de le tirer d'affaire. Quel dommage ! Voilà enfin une femme qui se décide à se laisser aider, mais c'est trop tard.

Kevin refusa de baisser les bras. Il lutta avec l'énergie du désespoir pour garder en vie les deux frères, tandis que Greenway s'occupait d'une petite fille amenée par une autre femme. Ce fut la seule éclaircie de la journée, la petite Wilhelmina, sous-alimentée, toussait mais n'était pas encore atteinte de pneumonie et guérirait à coup sûr.

Greenway la logea avec sa mère dans l'une des petites pièces, à l'écart des Noirs.

— Et ces infirmières blanches ne devraient pas maintenant tarder à arriver, non ? demanda-t-il à Kevin vers midi. C'était pour quand, au fait ?

Kevin était en train de renouveler la poche à perfusion de Mees tandis que Doortje, suivant ses instructions, appliquait à son frère des compresses vinaigrées. Elle ne lui adressait plus la parole depuis plusieurs heures. Blême, elle avait le visage fermé, inexpressif. Kevin était à la fois admiratif et irrité : son obstination le rendait fou, mais la dignité avec laquelle elle supportait son sort l'impressionnait. Il sursauta.

— Bon Dieu, oui, les infirmières ! Elles arrivent aujourd'hui ! Il faut que quelqu'un aille les chercher au train. Mais je suis pour l'instant bloqué ici. Vous ne pourriez pas… ?

Greenway eut un regard sceptique pour sa blouse sale et sa tenue négligée.

— Il faudrait d'abord que je me rende présentable ! En outre, Sophia me signale que nous avons trois nouvelles patientes. Les femmes boers fléchissent enfin, elles amènent leurs enfants.

— Nous ne fléchissons pas, docteur ! s'emporta Doortje. Nous cédons à la violence. Dans notre seule rangée de tentes, douze personnes sont mortes ces derniers jours. Nous ne pouvons plus supporter de voir cela. J'espère que vous êtes heureux d'avoir brisé notre fierté.

Kevin préféra ne rien répondre, il était las de répéter la même chose et avait pour l'heure d'autres problèmes.

— J'appelle Vincent, annonça-t-il en soupirant. Il se plaint certes de toujours devoir nous dépanner et de ne pas venir à bout de son propre boulot. Mais il aura peut-être plaisir à accueillir des jeunes filles. Ça le changera des lavements à donner aux chevaux.

Kevin passa encore deux heures à essayer de faire baisser la fièvre de Mees tout en lui administrant des médicaments pour soutenir son cœur et d'autres contre la diarrhée. Le Dr Greenway hochait la tête devant ce gaspillage. Les médicaments manquaient et il avait depuis longtemps cessé de les donner aux mourants. Quand un patient arrivait au stade ultime de la typhoïde, il le maintenait propre, au chaud, se contentant de l'hydrater. Pour lui, Kevin menait une lutte sans espoir, et il eut raison. Mees mourut dans les bras de Nandé, l'après-midi. Doortje s'occupait de Thies qui la reconnaissait parfois encore. Mais son état s'aggrava rapidement. Greenway estima qu'il ne survivrait pas jusqu'au lendemain.

— Quelqu'un a-t-il rendu visite à la mère ? demanda-t-il. Une de ses voisines m'a dit qu'elle allait très mal et qu'elle maudissait sa fille de ne pas être auprès d'elle.

Doortje entendit les derniers mots. Elle caressa une dernière fois les cheveux de Thies et se redressa.

— Je vais la voir. Mais… c'est elle qui a décidé de ne pas venir, je… comment… comment va Mees ?

Elle ne s'effondra pas quand Kevin, pour la troisième fois le même jour, lui annonça la mort d'un proche. Elle ne pleura pas non plus. Seul le tremblement de ses mains cherchant à redresser sa coiffe trahit sa douleur.

— Alors, j'y vais, chuchota-t-elle.

Kevin lutta une nouvelle fois contre l'envie de la prendre dans ses bras.

— Doortje, dit-il, j'ai fait ce que j'ai pu. J'ai même… j'ai même prié.

Il crut lire dans ses yeux un soupçon de chaleur.

— Je sais. Merci… merci beaucoup.

11

Roberta trouva le temps long en dépit de la beauté du paysage qu'elle découvrait par la fenêtre du wagon et du joyeux bavardage de Daisy et de Jenny. Elle avait peine à croire que son voyage arrivait enfin à son terme et qu'elle allait dans peu de temps revoir Kevin Drury. Elle croyait vivre un rêve, tout s'était déroulé avec trop de simplicité. Elle allait désormais travailler avec lui, seule Néo-Zélandaise du camp, à l'exception, bien entendu, de Daisy et de Jenny, mais elles n'étaient pas des concurrentes de la taille d'une Juliette LaBree. Kevin ne pourrait manquer de la remarquer, il parlerait avec elle, apprendrait à la connaître et peut-être tomberait-il amoureux d'elle.

Songer à cela lui faisait battre le cœur, mais elle avait néanmoins un peu peur. Elle ne l'avait pas vu depuis si longtemps ! Ses sentiments envers lui n'auraient-ils pas varié ? Ressentirait-elle toujours cette brûlure dans la poitrine à sa vue ? Le son de sa voix lui communiquerait-il toujours la chair de poule et un frôlement de sa main serait-il encore aussi fort qu'une décharge électrique ? Elle étreignit le cheval en peluche dans sa poche quand le train entra en gare de Karenstad. Un petit village sans charme, mais l'aide de camp de lord Milner les avait prévenues, leur déconseillant vivement de choisir un tel camp. D'autres, où la situation était moins chaotique, bénéficiaient d'un environnement plus accueillant. Le

Ladies' Committee mis en place après les protestations d'Emily Hobhouse avait déjà obtenu de premiers résultats, notamment dans les grands camps, situés plus au centre du pays. Mais Roberta avait naturellement continué à préférer Karenstad, Daisy et Jenny l'accompagnant avec enthousiasme. Daisy espérait assister à une aventure amoureuse et Jenny n'était pas venue si loin pour fuir les difficultés. L'idée de l'existence d'un camp de Noirs lui agréait au demeurant.

— Une de nous deux travaillera chez les Blancs et l'autre chez les Noirs ! affirmait-elle. Et toi, Roberta ? Comptes-tu ouvrir une école commune ?

Roberta n'y avait pas réfléchi. Pour être honnête, elle ne pensait qu'à Kevin Drury. Et le grand moment était arrivé ! Le train stoppa. Roberta espéra en secret qu'il serait peut-être venu la chercher. Commandant du camp, il était responsable d'elles, il voudrait sans doute les accueillir personnellement et les remercier pour leurs dons, les caisses les ayant précédées. Une peur bleue l'étreignit soudain : et s'il n'était pas content qu'elle fût là ? S'il la trouvait envahissante ? Les jeunes filles scrutèrent le quai depuis leur wagon.

— Dis donc, c'est lui ton Kevin ? s'exclama Daisy. Mais il est beau garçon ! Fringant, en uniforme. Moi qui croyais que les camps étaient placés sous autorité civile !

Elle empoigna sa valise. Roberta eut elle aussi hâte de descendre du train. Il n'était pas question qu'il parlât en premier à ses camarades. Pas de timidité ! Elle sauta sur le quai sans plus hésiter. Mais ce n'était pas Kevin Drury qui l'attendait. Elle se trouva face au sourire amical de deux yeux gris, des cheveux blonds et ondulés encadrant un visage où des sourcils pleins et de longs cils accentuaient l'air bon enfant du personnage. Un homme d'aspect sympathique et viril dans un uniforme kaki mettant en valeur un corps mince et musculeux, mais ce n'était pas Kevin Drury.

Roberta lutta contre sa déception. On ne pouvait reprocher à Kevin d'avoir envoyé un collègue. L'insigne sur le revers de sa veste indiquait en tout cas qu'il était un officier du Service de santé.

L'homme s'avança vers elles et, galant, aida Jenny à descendre du wagon.

— Ladies, je suis Vincent Taylor et je vous souhaite la bienvenue au nom de la direction du camp de Karenstad ! dit-il d'un ton officiel, mais sa voix de ténor amicale ne laissait aucun doute sur sa sincérité. On vous attend avec impatience. Il y a ici beaucoup, beaucoup à faire. Vous en avez une première preuve dans le fait qu'aucun des médecins du camp n'a trouvé le temps de venir vous accueillir. Le Dr Drury, le commandant du camp, vous prie de l'excuser, il assiste deux enfants sur le point de mourir.

— Et vous, vous étiez disponible ? commença Daisy, toujours prête à flirter.

— Mes patients réclament moins d'efforts, sourit Vincent. Leur état général est meilleur que celui des femmes et des enfants du camp et je dispose de plus d'aides en cas de maladie.

— Vous travaillez donc au village, ici ? s'enquit Jenny. Vous soignez les soldats anglais ?

Roberta, pendant ce temps, extrayait du train ses valises dont l'une contenait encore des dons en provenance de la Nouvelle-Zélande. Le Dr Taylor les lui prit des mains. Quand il l'eut dévisagée, il parut avoir oublié la question de Jenny. Roberta fut effrayée par ce qu'elle lut dans ses yeux : surprise ? Admiration ? Joie ? Elle ferma les yeux. Était-ce elle qui l'avait regardé droit dans les yeux ou bien lui ?

— Par… pardon, murmura-t-il. Vous êtes… ?

— Je suis Roberta Fence, l'institutrice.

— Je suis Vincent Taylor, répéta le jeune médecin qui retrouva soudain le sens des réalités. Excusez-moi, dit-il, tourné vers Jenny, qu'est-ce que… que vouliez-vous savoir ? Ah oui, les soldats britanniques…, sourit-il. Difficile d'appeler ainsi mes patients. Ils appartiennent certes à l'armée. Mais je suis ici vétérinaire, miss… ?

— Harris ! Vous soignez donc les chiens et les chats ?

— Les chevaux ! L'armée britannique ne compte que fort peu de chiens et de chats, plaisanta Vincent. Mais suivez-moi, j'ai emprunté une voiture relativement confortable. Et deux de mes patients maintenant guéris, ajouta-t-il en montrant une charrette à ridelles disposant tout de même de deux rangées de sièges et attelée à deux chevaux bais. Si vous voulez bien vous en contenter…

Il ne laissa pas à Roberta le soin de hisser sa valise. Leurs doigts se frôlèrent. Ils eurent le même geste de recul. Roberta sourit avec timidité, à nouveau déconcertée par le regard du jeune vétérinaire. Il la regardait comme Kevin regardait Juliette !

— Excusez-moi, dit-il à nouveau.

Roberta lui abandonna sa valise. Puis elle s'assit à côté de Jenny. Daisy prit place d'autorité sur le siège du conducteur, à côté de Vincent.

— On voit mieux ici, de plus haut ! déclara-t-elle. Ce pays me fascine ! Il y a loin d'ici au camp ?

La charrette emprunta d'abord en cahotant les pistes reliant la gare et le village. Il n'y avait pas grand-chose à voir, à l'exception de quelques bâtiments militaires construits à la hâte et de tentes. Il ne fallut que deux minutes à Daisy pour embarquer le vétérinaire dans une conversation animée sur la flore et la faune du Transvaal. Roberta l'écoutait avec une admiration envieuse : elle-même était incapable de parler de manière aussi décontractée avec des étrangers.

— Et vous, miss Fence ?

Plongée dans ses pensées, elle sursauta en s'entendant interpellée.

— Oui ? dit-elle, n'ayant pas suivi les habituels débordements d'enthousiasme de Daisy.

— Vous vous plaisez ici ? répéta Vincent. Aimez-vous l'Afrique du Sud ?

Elle tomba des nues. Elle ne s'était pas encore posé la question. Cet homme allait la prendre pour une gourde et s'en ouvrir à Kevin.

— Je… Oui, bien sûr, c'est très beau, balbutia-t-elle. Mais c'est aussi… un pays très difficile. On rapporte que les gens sont eux aussi difficiles et que la guerre…

— Oui, approuva Vincent avec gravité. Le contraste est parfois effrayant. Entre toute cette beauté qui nous entoure et la… eh bien ma foi, l'esprit borné des gens. On pourrait penser que l'immensité de ce pays, cette nature magnifique devraient inspirer l'humilité.

Roberta haussa les épaules. Ayant été élevée par son beau-père, avocat spécialiste des problèmes des Maoris, elle avait depuis longtemps abandonné l'idée que la beauté d'un paysage pouvait avoir un rapport avec l'humilité des gens.

— Certains voient la nature, d'autres les richesses minières, observa-t-elle. Ou les terres agricoles. Il en va toujours ainsi. L'un, voyant un arbre kauri, pense à l'histoire de Tane Mahuta, l'autre songe à le couper et à vendre le bois.

— C'est exact, miss Fence, vous avez exprimé ça d'une manière extraordinaire, approuva le vétérinaire en se retournant vers elle, subjugué.

— Certains voient un être humain, renchérit Jenny, d'autres une force de travail.

Ils longeaient justement un dépôt d'alimentation devant lequel des ouvriers noirs dépenaillés chargeaient des sacs sur un chariot. Ils donnaient l'impression d'être sous-alimentés et sans force.

— C'est pourtant leur pays, remarqua Roberta, se demandant comment les Noirs avaient vécu ici avant l'intrusion des Boers.

— Le problème des Noirs est effectivement un gros problème, confirma Vincent qui retint toute l'attention des jeunes femmes quand il évoqua les difficultés que rencontrait Kevin.

Jenny ayant proposé de travailler dans le camp des Noirs, il réagit positivement mais sans l'enthousiasme qu'il avait manifesté pour le commentaire de Roberta. Nuance qui n'échappa pas à Daisy.

— Tu as fait une conquête, chuchota-t-elle à Roberta, profitant de ce que Vincent échangeait quelques mots avec des cavaliers les croisant. Le vétérinaire te mange déjà dans la main. Il ne te reste plus qu'à autant impressionner ton Kevin.

Roberta rougit. Elle trouvait l'homme sympathique mais il était loin de produire sur elle le même effet que Kevin. Le chemin était maintenant cahoteux et Jenny se plaignit des nuages de poussière.

— C'est pire encore dans le camp, répondit Vincent. Intolérable en réalité. Mais, de toute façon, tout y est indigne de l'humanité.

— Mais nous sommes là à présent, proclama Daisy avec autant d'assurance que si, à elle seule, elle allait modifier la politique concentrationnaire des Britanniques. On va voir ce qu'on va voir !

Au bout d'une petite demi-heure, ils franchirent le portail du camp enclos de barbelés. Les gardes avaient l'air de s'ennuyer ; les tentatives de fuite devaient être rares. Ils lancèrent des regards pleins de convoitise aux nouvelles arrivantes, mais s'abstinrent de toute remarque égrillarde. Puis Roberta et ses camarades découvrirent les premières femmes et enfants boers. Silhouettes décharnées dans des habits râpés flottant autour d'elles. Beaucoup étaient pieds nus ou ne portaient que des chaussures rafistolées. Les femmes respectaient presque toutes le port de la coiffe traditionnelle, aussi sale fût-elle.

— Les enfants ne jouent pas, souffla Roberta tandis qu'elles avançaient entre les rangées de tentes rondes, couvertes de poussière rougeâtre, ouvertes pour la plupart malgré des nuées de mouches, des foyers primitifs devant chacune d'elles. Ces femmes ? Elles n'avaient pas de vraies maisons avant ?

— Si, répondit Vincent, des maisons propres et bien rangées. La direction de notre armée se plaît à présenter les Boers comme des gens primitifs et, s'ils ne brillent pas particulièrement par leur éducation et l'élégance de leur expression, il convient de les comparer avec la population rurale anglaise et néo-zélandaise qui n'est guère plus brillante. C'est une effronterie d'affirmer qu'elles vivent mieux ici que dans leurs fermes. Cela vaudrait tout au plus pour les soins médicaux si ne sévissaient pas les épidémies dans les camps. Mais, contre le choléra et la typhoïde, la phtisie, la gangrène pulmonaire, nos médecins sont impuissants. C'est pourquoi ils ne réussissent guère à impressionner les femmes boers. Autrefois, elles perdaient moins d'enfants. Tenez, regardez, nous arrivons aux équipements collectifs. Voilà l'hôpital, une construction rudimentaire, je sais, mais qui remplit son rôle. Dans ces quelques maisons logent les médecins et les gardes. Le bâtiment plat, là, sert à la fois de bâtiment administratif et de logement pour le Dr Drury. Allons voir s'il ne serait pas dans son bureau.

Les femmes traversèrent timidement la place à sa suite. Le spectacle était désolant, les bâtiments sans ornements, la grande tente devant laquelle quelques Noires faisaient la lessive, l'hôpital à côté duquel attendaient deux Blanches avec leurs enfants marqués par la misère et la maladie. Elles regardaient avec animosité les femmes qui lavaient et qui étaient aussi maigres et dépenaillées qu'elles, même si elles avaient l'air moins malheureux.

Vincent ouvrit la porte de la maison de Kevin sans frapper, il entra dans une espèce d'entrée puis dans un bureau. Deux pièces vides.

— On ne ferme donc pas ici ? s'étonna Daisy.

— Apparemment pas, dit Vincent. Il ne doit rien y avoir à voler. Et les femmes ne sont pas des voleuses. Je vous l'ai déjà dit, ce sont des gens honnêtes même si leur culture et leurs traditions diffèrent des nôtres.

Il n'y avait personne non plus dans le logement de Kevin.

— Il doit être encore à l'hôpital. J'espère que l'enfant n'est pas mort, il s'est donné tant de mal ! dit Vincent comme se parlant à lui-même tandis qu'il sortait avec ses accompagnatrices et refermait la porte. Ne jamais laisser les portes ouvertes pour ne pas laisser pénétrer la poussière et les mouches. Il est vrai qu'on est parfois pris entre deux feux. L'air ne pénètre pas non plus quand les portes sont fermées. La chaleur, notamment sous les tentes, est alors insupportable.

Le cœur de Roberta se mit à battre très fort quand ils arrivèrent devant l'entrée de l'hôpital. Le vétérinaire céda le passage à une jeune Boer se dirigeant à grands pas vers l'hôpital. Elle avait la tête baissée, mais Vincent la reconnut.

— Bonjour, miss Van Stout, dit-il aimablement. J'ai su pour votre frère. C'était… Ce fut intelligent de votre part de l'amener ici.

La femme releva la tête et Roberta aperçut un visage blafard et marqué, d'une beauté austère pourtant. Elle avait des yeux d'un bleu fascinant, de la pure porcelaine, et, en dépit de sa maigreur et des ravages du chagrin, des traits d'une grande régularité.

— Il est mort tout à l'heure, dit-elle d'une voix blanche. Et ma mère…

Elle se tut. Vincent lui tint la porte ouverte.

— Je suis vraiment désolé, miss Van Stout. Mais je suis certain que le Dr Drury a fait tout son possible.

La femme s'abstint de tout commentaire et alla directement dans le fond de l'hôpital tandis que Vincent montrait à ses accompagnatrices les grandes salles et les salles de soins. Nulle trace de Kevin ici non plus, mais les jeunes femmes eurent un premier aperçu de ce qui les attendait dans ce pays. Les femmes boers avaient certes abandonné leur résistance contre la présence de patients noirs, mais elles avaient instauré une ligne de démarcation nette : les femmes et les enfants blancs occupaient des lits dans un coin de la pièce, les Noirs, des enfants essentiellement, dans un autre. Si les lits des Blancs avaient des couvertures et des oreillers, les enfants noirs n'avaient que des haillons sous leur tête et des couvertures râpées. Les soignantes noires semblaient impliquées dans ce mauvais jeu. À cette vue, Jenny ne cacha pas son indignation muette.

— Il y a des salles plus petites pour les plus malades, expliqua Vincent en se dirigeant vers le fond de l'hôpital. Drury et Greenway y sont sans doute, ajouta-t-il en tirant le rideau séparant une des quatre petites pièces du couloir.

Jamais Roberta n'oublierait le spectacle qui s'offrit à elle. Kevin Drury, aminci mais toujours imposant et bel homme avec ses cheveux noirs un peu trop longs, penché sur un lit, se redressait au même instant. On devinait que, sous le drap dont Kevin venait de le recouvrir, gisait le corps d'un enfant. Le médecin se tourna vers la femme que Vincent avait quelques minutes plus tôt appelée miss Van Stout, avec, sur le visage, une expression de désarroi, de désespoir et… d'amour.

— Doortje… Doortje, je… votre… Thies…

Il ne parvint pas à le dire, mais la femme comprit. Elle chancela. Et Kevin la prit dans ses bras. Il la serra contre lui.

Quelque chose en Roberta se brisa. Elle avait traversé la moitié du monde pour revoir Kevin et elle le retrouvait comme elle l'avait quitté à Dunedin : dans les bras d'une jolie femme, d'une autre femme.

En réalité, Doortje Van Stout ne se blottit pas contre lui comme s'était alors blottie Juliette LaBree. La Boer ne s'abandonna que quelques secondes à l'étreinte, mais suffisamment longtemps pour que Roberta remarquât l'abandon. Puis elle repoussa Kevin d'un geste brutal, lança un regard chargé de haine sur le lit et sur une autre femme que Roberta n'avait pas encore aperçue, une très jeune fille à la peau très noire et aux cheveux crépus. Assise dans l'ombre, elle tenait encore la main de l'enfant.

– Comment osez-vous ! Comment pouvez-vous… après tout ce que… ?

Doortje se tut. Elle avait levé la main comme pour frapper Kevin, mais la laissa retomber, sans force.

– Doortje, je ne voulais pas vous blesser. Je voulais juste… je suis tellement désolé…

Bien qu'ignorant tout de l'histoire de cette jeune femme, Roberta comprit combien Kevin était désespéré. Elle éprouva aussi de la pitié pour cette Boer qui venait de perdre un des siens. Mais cela n'atténua pas l'amertume et la douleur de voir ainsi ses rêves s'envoler.

12

— Mais elle n'a que faire de lui ! trancha Daisy.

Les trois jeunes femmes occupaient ensemble une tente dressée à leur intention. Avec un léger sentiment de culpabilité, elles avaient vite constaté que les femmes boers partageaient à quinze le même abri. Daisy venait d'évoquer Kevin qui avait laissé une excellente impression aux deux infirmières. Il avait mis quelques secondes à se remettre après la scène avec Doortje. Vincent, aussi bon observateur que Roberta et sans doute déjà au courant des tenants et aboutissants, les avait aussitôt poussées hors de la pièce.

— Je crois que le Dr Drury a encore à faire, je vais vous présenter le Dr Greenway.

Ce dernier les avait accueillies avec amabilité et les avait emmenées pour une visite approfondie de l'hôpital qui avait surtout intéressé Daisy et Jenny. Roberta, elle, n'avait pas quitté de l'œil le fond de la grande pièce. Elle aurait aimé pouvoir suivre Vincent qui avait pris congé d'elles et, sans se faire remarquer, avait disparu dans la chambre de l'enfant décédé afin de calmer les esprits. Elle avait entendu des voix furieuses mais sans saisir de quoi il retournait. Puis la jeune Noire était sortie en trombe de la pièce, suivie peu après de Vincent accompagné de la Boer. Kevin avait ensuite rejoint son collègue ainsi que ses nouvelles collaboratrices. Il avait repris ses esprits et sa blouse était propre.

— Veuillez excuser mon manque d'attention. J'aurais dû vous accueillir et vous faire visiter les lieux, avait-il dit avec son habituel sourire charmeur à l'intention des jeunes femmes, l'air sincèrement heureux de revoir Roberta. Roberta ! Ou bien dois-je t'appeler « miss Fence » ? Tu es en effet maintenant une authentique institutrice, même si tu es bien trop jolie pour cela. Comment t'y prends-tu pour que les enfants aient peur de toi ? Mais, sérieusement, Roberta, nous devrons le plus vite possible nous rencontrer, toi et moi, pour organiser ton travail ici. On pourrait certes se dire que les enfants ont prioritairement besoin de mieux manger avant d'apprendre à lire et à écrire. Mais, d'un autre côté, il ne faut pas sous-estimer les « nourritures intellectuelles ». Il faut absolument que les enfants apprennent l'anglais.

Il avait prié les jeunes femmes de passer dans son confortable bureau, et la jeune fille noire avait servi le thé et le café. Elle paraissait craintive bien que Kevin la traitât avec beaucoup de gentillesse. Il avait ensuite remercié pour les nombreux dons venus de Nouvelle-Zélande, abordé avec elles le problème de leur répartition et leur avait enfin montré leur tente.

— Présentez-vous dès demain à l'hôpital, mesdemoiselles Towls et Harris. Roberta et moi, nous parlerons de l'école. Si je trouve un moment, je vous montrerai aussi le camp des Noirs.

— Au moins, tu as ce que tu voulais, poursuivit Daisy, toujours persuadée des chances de Roberta. Il a été gentil avec toi, il t'a remarquée, il a même dit qu'il te trouve jolie ! Que veux-tu de plus ? Et tu le rencontres demain. Seule. Tu pourras alors continuer à l'impressionner.

— Mais il y a quelque chose entre lui et cette Boer, déclara Jenny, plus lucide. Il est amoureux d'elle, Roberta a raison.

Même après leur entretien amical avec Kevin, Roberta était pour sa part découragée. Elle n'avait qu'une envie :

enfouir la tête sous la couverture de son lit et pleurer plutôt que de parler de son problème avec ses amies.

— Mais elle se fiche bien de lui ! dit Daisy, revenant à la charge. Bien sûr qu'il l'a prise dans ses bras. Mais elle a failli lui flanquer une gifle. Je me ferais plus de soucis en raison de cette Nandé. Elle est belle comme le jour… Enfin, si on n'a rien contre les Noirs. Et elle travaille pour lui.

— Mais il n'a pas d'yeux pour elle, objecta Jenny. Non, non, la rivale, c'est cette Boer. Face à elle, tu fais le poids, Robbie ! Il a sans doute pitié d'elle, et elle est très jolie aussi. Mais, à la longue… Mets-toi demain sur ton trente et un, force-toi à sourire et, surtout, ne jette pas le manche après la cognée !

Pour ne pas contredire ses camarades, Roberta opina. Mais, dans le fond d'elle-même, elle avait abandonné la lutte. Si elle n'enterrait pas ses espoirs maintenant, elle n'oublierait jamais ce regard que Kevin jetait aux femmes. Mais pas à elle.

Le lendemain matin, les trois amies commencèrent par assister à un enterrement. Kevin ne l'avait pas évoqué la veille, peut-être n'y avait-il pas pensé. Pourtant, comme le Dr Greenway le leur expliqua, ils organisaient des funérailles tous les trois jours.

— À moins qu'il n'y ait pas eu de décès entre-temps, mais cela n'arrive au maximum que toutes les trois semaines. Et, aujourd'hui, nous en avons beaucoup à cause du désastreux boycott de l'hôpital. Vous avez rencontré Doortje Van Stout, elle est la seule survivante de sa famille, comme vous le savez.

— Cette miss Van Stout a-t-elle quelque chose de spécial ? demanda Daisy, curieuse comme une chatte. Je veux dire… le Dr Drury… euh…

— Le Dr Drury connaît la famille, la maison avait été réquisitionnée pour établir un hôpital de campagne, répondit Greenway avec un geste tranquille de dénégation. Et ici, dans le camp, la famille est influente parce que Adrianus Van Stout est un de leurs combattants tristement célèbres. Je devrais dire « était », car il est mort. Sa femme a dirigé ici une espèce d'école.

Roberta dressa l'oreille. Doortje était-elle institutrice elle aussi ?

– Nous n'avons pas regardé ça d'un bon œil, car on se contentait d'y dresser les enfants contre les Anglais. Mais bon, elle est morte elle aussi, cette nuit…

– Doortje Van Stout est morte ? s'exclama Jenny.

– Non, sa mère. C'est une tragédie pour cette jeune femme, hier ses deux frères, cette nuit sa mère. Nous allons elle aussi l'enterrer maintenant. Habituellement, c'est miss Doortje qui fait la lecture de la Bible lors des obsèques. Elle anime aussi des séances de prières, très bien ma foi, elle se limite essentiellement à la religion. Du moins quand nous sommes là. Sinon, ces gens aiment mélanger la religion et la politique. D'après eux, la Bible est une espèce de mode d'emploi pour l'asservissement de l'Afrique du Sud. Ils se considèrent comme le peuple élu de Dieu et ne négligent aucune occasion de le signaler. Aujourd'hui, pourtant, miss Van Stout ne sera sans doute pas en état de diriger le service religieux. Ce sera à nous de l'assurer. Le Dr Drury vraisemblablement. En tant que directeur du camp, c'est à lui que revient ce genre de choses.

Kevin ne recula pas devant ses responsabilités. S'étant brièvement excusé auprès de Roberta et de Jenny de devoir reporter la discussion à propos de l'école et la visite du camp des Noirs, il s'avança avec calme et détermination vers les femmes qui attendaient dans le cimetière derrière l'hôpital. La foule débordait de la petite place, on aurait dit que tous les gens capables de se traîner hors de leur tente étaient venus à l'enterrement de Bentje Van Stout. Doortje, calme, le visage de marbre, se tenait devant les deux petits cercueils et celui de sa mère, grossièrement confectionné. Le menuisier du camp se donnait toujours beaucoup de mal quand il s'agissait de cercueils d'enfant. Il était submergé de travail mais s'efforçait de donner au moins aux petits une sépulture digne. L'homme, simple caporal, avait terminé ses années de service, mais avait été volontaire pour rester et aider. Debout, à côté du groupe, il avait des larmes dans les yeux. Homme bienveillant, il ne méritait pas le mépris que lui vouaient les femmes du camp.

Doortje avait renoncé aux services du photographe. Elle n'avait plus personne, dans sa famille, à qui elle aurait pu montrer les photos des défunts. Elle toléra néanmoins la présence de Cornelis à ses côtés : il était son dernier parent et il était, ou avait été, un de ses intimes. Celui-ci se tourna alors vers Kevin.

— Docteur Drury, il vaudrait mieux que je me charge de la lecture de la Bible. Ma tante Bentje… Rien que l'idée que ce soit un Néo-Zélandais qui parle sur sa tombe… J'ai peur d'une émeute si c'est vous qui vous en chargez.

— Ma foi, vous non plus elle ne vous portait pas spécialement dans son cœur, observa Kevin.

— À la fin, elle a même accusé Doortje de trahison parce qu'elle avait mené les garçons à l'hôpital. Et parce qu'elle pensait… (Il s'interrompit, se massa les tempes.) Non, cela… cela n'a rien à voir ici. Mais Doortje est au bout du rouleau. Elle ne protestera pas si c'est moi qui dirige les funérailles.

Pendant que les deux hommes s'entretenaient, on entendit soudain un chœur de voix enfantines, exécutant un chant religieux que Kevin eut vaguement l'impression de reconnaître : il devait exister en anglais aussi. Qui avait si rapidement organisé ce chœur ? Il découvrit avec stupéfaction Roberta Fence au milieu des enfants à qui l'une des infirmières distribuait des fleurs.

— Et maintenant, prions ! demanda la seconde infirmière dans un néerlandais épouvantable.

— Notre père…, commença Roberta, elle aussi dans la même langue.

Les trois femmes donnaient l'impression d'avoir appris ces mots par cœur à l'instant. Les femmes boers prirent alors le relais et l'une d'elles la direction des opérations. Finalement, Roberta ouvrit sans hésiter une bible néerlandaise et entreprit de lire un texte.

— Moi, je suis la résurrection et la vie…

Elle trébuchait sur les mots, mais, au bout de quelques secondes, elle mit le livre dans les mains d'une fillette qui, intimidée, lut deux ou trois phrases avant de passer la bible à sa voisine.

Kevin se demanda si les Boers auraient choisi un texte dans le Nouveau Testament. En règle générale, ils préféraient l'Ancien. Les funérailles improvisées dans l'urgence mais avec amour par Roberta n'en recueillirent pas moins l'adhésion des femmes. Personne ne protesta quand, finalement, Cornelis dit lui aussi quelques mots, évoquant sa tante, femme sévère mais aimante, épouse obéissante et mère pleine de dévouement. Quand les cercueils furent descendus dans les fosses, les enfants suivirent sagement Roberta et jetèrent leurs fleurs dans les tombes, à l'instar de Roberta, de Daisy et de Jenny.

Doortje permit à Cornelis de la prendre par les épaules. Elle écouta sans un mot, sans une larme les condoléances de Kevin.

— Vous avez été merveilleuses ! s'exclama Vincent Taylor quand la foule se fut dispersée et qu'il eut rejoint Roberta, les infirmières et les médecins. Réellement, miss Fence, c'était extrêmement émouvant.

— Et cela a surtout évité une émeute ! dit Kevin en rangeant avec soulagement la bible. Très bien, mesdemoiselles, je vois que vous allez être un apport précieux pour notre travail ici. Vous avez déjà conquis la confiance de ces femmes. Ce fut remarquablement improvisé. Mais que fais-tu ici, Vincent ? Tes chevaux ne sont plus malades ?

– Euh..., balbutia Vincent en rougissant. Eh bien... il est arrivé une nouvelle livraison au nom de miss Fence et je me suis dit... je me suis dit que vous apprécieriez que nous..., poursuivit-il, tourné vers Roberta avec un sourire timide.

Daisy donna une légère bourrade à Roberta. Elle aurait certainement pouffé s'ils n'avaient pas, à l'instant, assisté à un enterrement. Kevin sut lui aussi interpréter la lueur qu'il aperçut dans les yeux de son ami.

– Ah bon, d'accord... je vois, bafouilla-t-il à son tour. Alors... eh bien... aide-la donc à déballer le colis. Puisque tu n'as rien de mieux à faire de toute façon.

Kevin disparut dans l'hôpital afin de s'adonner à ses tâches médicales tandis que Vincent ouvrait la caisse à l'aide d'une pince-monseigneur et vérifiait l'état des vêtements et des jouets qu'elle contenait. Il s'y trouva un tableau noir qui rappela à Roberta l'objet de sa mission.

– Où donc vais-je installer l'école ? Il n'existe pas de bâtiment et...

– Faites donc classe en plein air, si je puis me permettre, dit Vincent. Demandez au menuisier de fabriquer quelques bancs. Il s'en fera une joie, ça le changera des cercueils ! Accrochez le tableau à un arbre et attendez que des enfants arrivent. Au début, ce ne sera peut-être pas simple. Les mères sont méfiantes et refusent que leurs enfants apprennent l'anglais. Mais à la longue... Ici, personne ne sait que faire.

– J'ai de quoi les appâter, sourit Roberta. Ils sont affamés. Et nous avons recueilli des dons en nourriture. Pendant quelques semaines, on devrait pouvoir tenir une espèce de cantine.

Daisy, à l'hôpital, suggéra une mesure analogue.

— Si aucune volontaire ne se présente pour vous aider, appâtez-les donc, suggéra-t-elle au Dr Greenway éberlué. Assurez des rations supplémentaires à celles qui vous aideront à cuisiner, à nettoyer, à soigner les malades. Cela réglera du même coup le problème des auxiliaires noires. Jenny et moi y avons réfléchi : nous renverrons ces femmes dans leur camp où, avec l'aide de Jenny, elles pourront monter leur propre hôpital. Moi, je formerai ici les auxiliaires blanches, ce qui enlèvera du travail aux médecins qui pourront alors rendre une visite quotidienne au camp des Noirs. Que pensez-vous de ma proposition et quand pourrons-nous visiter ce camp ? Jenny commence à s'impatienter.

Roberta et Jenny accompagnèrent Kevin au camp des Noirs dès le lendemain matin et furent aussi horrifiées par les conditions qui y régnaient que l'avait été le médecin quelques jours plus tôt. Jenny aurait souhaité pouvoir y rester et, effectivement, elle y retourna dès le lendemain, dans la matinée, accompagnée des aides-infirmières noires. Elle emportait une tente que, suscitant l'horreur des femmes boers, elle comptait partager avec les auxiliaires noires. Nandé, elle, prit sa place dans la tente de Roberta et de Daisy, suscitant une horreur plus grande encore chez les Boers.

— Moi pas quitter *baas*, docteur Drury ! avait déclaré Nandé avec un grand sérieux. Belle maison, quelqu'un doit nettoyer !

Son anglais s'améliorait de jour en jour. Intelligente et désireuse d'apprendre, elle redoutait d'être renvoyée dans le camp des siens. Kevin comprenait ses craintes et fut soulagé quand Roberta et Daisy proposèrent de partager leur tente avec elle.

— Sinon, j'aurais été très embarrassé, avoua-t-il à Roberta tandis que, comme tous les jours, ils se rendaient dans le camp des Noirs, lui pour ses visites médicales, elle pour faire classe.

Alors que les Boers traînaient la patte pour accepter sa proposition d'instruire leurs enfants, les enfants noirs brûlaient du désir d'apprendre l'anglais. Surtout quand cet enseignement s'accompagnait d'une tartine de confiture, voire d'autres friandises à l'heure de midi.

— Les femmes du camp bavardent déjà à propos de moi et de Nandé, expliqua-t-il. Ce qui est totalement insensé.

— Oui ? s'étonna Roberta qui prit son courage à deux mains. Je veux dire… miss… euh… LaBree… avait pourtant la peau très brune.

Kevin rougit. Il était au courant du mariage de Juliette avec Patrick, mais n'avait appris la suite des événements que de la bouche de Roberta. Il lui était extrêmement désagréable d'aborder ce sujet. En revanche, il ne se sentait coupable de rien concernant Nandé.

— Mais enfin, Roberta ! Cette fille a tout au plus dix-huit ans. Presque encore une enfant et totalement inculte.

Le cœur de Roberta se mit à battre la chamade. Si la culture était si importante pour Kevin, ses liens avec cette Doortje ne pourraient être durables ! Même si elle savait lire et écrire et connaissait la moitié de la Bible par cœur.

— Mais elle est très jolie, dit-elle.

— C'est bien pour cela qu'on se plaît à m'imputer je ne sais quoi. En tout cas, je suis heureux qu'elle puisse loger chez vous, sinon elle se serait à nouveau installée dans ma cuisine. Elle l'a déjà fait et, depuis, Doortje se figure que…

Il se mordit la langue et se hâta de changer de sujet.

— Au fait, où en es-tu de tes leçons d'équitation ? Cela prend vraiment beaucoup de temps d'aller d'un camp à l'autre avec cette charrette.

Ce fut au tour de Roberta de rougir. Vincent lui proposait depuis quelques jours de lui enseigner les rudiments de l'équitation sur un cheval bien sage, un poney par exemple. Roberta n'en avait guère envie : les chevaux étaient toujours liés chez elle au souvenir de la piste de trot de son enfance, de son père violent, de la peur continuelle de sa mère qui redoutait les pertes aux paris, des querelles entre Chloé et Colin Coltrane. De plus, elle ne savait pas très bien si elle craignait d'être avec Vincent ou si elle en éprouvait du plaisir. Le jeune vétérinaire était gentil avec elle, mais elle était toujours attirée par Kevin même si sa raison lui disait que cet amour était sans espoir. Un constat avec lequel elle ne pouvait vivre qu'en se fermant à tous les sentiments. Elle ne voulait en aucun cas laisser des espérances au Dr Taylor et s'interdire ainsi toute perspective d'avenir avec Kevin.

Roberta savait que ces pensées étaient contradictoires. Elle se trouvait stupide et de mauvaise foi. De plus, les perpétuels encouragements de Kevin à accepter les cours proposés par Vincent la chagrinaient, même si elle n'arrêtait pas de se dire que, sans doute, Kevin n'avait pas en vue une liaison entre elle et le vétérinaire, sans même parler d'amour. Il aspirait davantage à ne plus avoir à atteler en permanence pour aller d'un camp à l'autre. Le chemin menant à Karenstad II, comme Jenny avait baptisé le camp des Noirs, était plus qu'en mauvais état : on risquait à tout instant la rupture d'un essieu et on n'avançait que très lentement. À cheval, on pouvait aller au trot ou au galop et couvrir la distance en moins d'une demi-heure.

– Aujourd'hui, nous aurions de toute façon eu besoin de la charrette, éluda-t-elle finalement, en montrant derrière eux la surface de chargement pleine de vêtements et de nourriture offerts.

Les dons, en effet, affluaient de plus en plus ces derniers temps après l'inspection des camps de concentration par un Ladies' Committee mis en place sous l'impulsion d'Emily Hobhouse. Chacun avait compris que des améliorations étaient indispensables. Si ces dames s'étaient contentées de critiques prudentes, des informations sur la situation réelle étaient parvenues en Angleterre et dans les colonies, les rapports adressés par les infirmières et les enseignantes dépêchées en Afrique du Sud par l'organisation de miss Hobhouse faisant le reste.

– Avez-vous procédé à un partage équitable ? demanda Kevin avec un sourire entendu.

Le partage des dons était un perpétuel sujet de discussion. Alors que les infirmières et Roberta étaient favorables à un partage égalitaire, les femmes boers s'opposaient à ce que les enfants noirs eussent aussi droit à des jouets et à du matériel scolaire. Les rares médicaments donnaient lieu, eux, à de véritables conflits, maintenant que de premières femmes blanches avaient acquis les rudiments d'une médecine moderne. L'idée de Daisy de payer en rations supplémentaires le travail à l'hôpital avait eu un succès étonnant. Afin de donner à manger à leurs enfants, les femmes s'étaient fait violence et n'avaient pas tardé à prouver qu'elles étaient compétentes et vives d'esprit. Elles n'étaient pas sottes, mais d'une inculture effrayante. Elles s'entendaient aux travaux du ménage, mais, dès qu'il s'agissait de lire et d'écrire, cela se gâtait. Les enfants des fermes éloignées de tout n'allaient pas à l'école, c'était à leurs pères de les instruire. Certains prenaient cette tâche au sérieux, tel le père de Doortje ou la famille de Cornelis, mais d'autres s'en désintéressaient. Il n'y avait guère d'autres livres que la Bible, toute autre lecture étant en général tenue pour impie. L'Église des « voortrekkers » souhaitait des ouailles simples et soumises à la volonté divine. Les esprits ouverts et critiques, tel Cornelis, étaient marginalisés.

– La nourriture a été répartie équitablement, dit Roberta en haussant les épaules. Quant aux objets… eh bien nos dames blanches ne se les sont pas arrachés cette fois. Ce n'étaient que des livres pour l'essentiel. On va voir si elles m'aideront à l'école. Ici, personne ne sait lire, à l'exception de Doortje Van Stout. Et elle ne semble pas disposée à se montrer un livre à la main. Je l'ai récemment surprise au bord de la rivière, en train de lire en cachette.

Doortje, à la surprise générale, avait été l'une des premières à se porter volontaires pour servir à l'hôpital. Roberta l'avait d'abord suspectée de vouloir ainsi se rapprocher de Kevin, mais en réalité la Boer s'efforçait plutôt de l'éviter. Jenny pensait qu'elle recherchait un dérivatif à ses malheurs. Daisy, en revanche, était d'un tout autre avis :

— Elle vient simplement pour les rations supplémentaires. Je l'ai observée hier à midi, elle engouffrait tout ce qui se présentait comme une affamée. Les autres gardent toujours quelque chose pour leur famille, la plupart pour leurs seuls enfants. Il est vrai que miss Van Stout n'a plus personne.

— Elle a d'ailleurs un peu grossi, constata Jenny qui, ayant passé le plus clair de son temps chez les Noirs, mesurait mieux que les autres le changement intervenu. Elle a très belle allure, compte tenu des circonstances.

Effectivement, Doortje semblait récupérer. Kevin ne la quittait pas des yeux quand, correctement vêtue et la coiffe bien empesée, elle traversait l'hôpital. Il se gardait de tout commentaire lorsque les infirmières parlaient d'elle. Il ne parlait jamais d'elle, en dépit des efforts de Daisy pour lui arracher quelque information sur la ferme de Wepener. L'infirmière avait en revanche plus de succès auprès de Cornelis qu'elle avait aussitôt embobiné alors que Roberta pensait qu'il se serait mieux accordé avec la calme Jenny. Mais Cornelis n'avait que méfiance pour son travail dans le camp des Noirs et sans doute cela l'avait-il refroidi.

Kevin eut alors une idée.

— Et si on employait miss Van Stout à l'école ? Elle sait mieux que nous comment s'adresser aux femmes et aux enfants.

Roberta finit par suivre son conseil, le cœur gros. Elle n'avait aucune envie de travailler avec Doortje, pas seulement parce qu'elle était jalouse. Elle était rebutée par la haute idée que semblait avoir d'elle-même la jeune femme, son apparente insensibilité et son obstination. Elle comprenait la crainte qu'avait d'elle Nandé qui l'appelait toujours « *baas* » avec respect après s'être fait plusieurs fois sèchement rappeler à l'ordre par son ancienne maîtresse. Doortje se montrait également sèche avec elle et Daisy, impolie parfois. Roberta, en tout cas, trouvait Nandé beaucoup plus sympathique que la beauté boer.

Pour ce qui est de l'école, cependant, Doortje se montra d'une grande aide.

— Si vous apprenez quelque chose d'utile aux filles, les mères les enverront à l'école, dit-elle.

Seuls de très rares enfants boers fréquentaient jusqu'ici la classe en plein air. Ne venaient que quelques petits garçons, parfois récalcitrants.

— Qu'y a-t-il de plus utile que lire et écrire ? demanda Roberta abasourdie.

— Coudre, filer, tisser, se moqua Doortje. Dans la mesure où on a de quoi coudre, filer et tisser…

Roberta ravala la réplique qui lui venait aux lèvres, préférant retenir le conseil. Elle ne savait pas elle-même filer et le menuisier aurait dû fabriquer de ses mains des métiers à tisser. Mais elle était bonne couturière, sa mère ayant travaillé dans son jeune âge chez Lady's Goldmine où elle avait beaucoup appris. C'est sa mère qui avait confectionné ses petites robes et lui avait montré comment réparer ou modifier ses habits. Roberta choisit donc quelques poupées parmi les jouets offerts et décousit une vieille robe. Les fillettes purent alors confectionner avec cette étoffe des robes pour les poupées. Elles furent ravies. Le repas de l'école fit le reste. Quelque temps plus tard, les mots « poupée », « coudre » et « robe » étaient écrits en anglais au tableau, et les enfants apprirent à les prononcer.

En un tournemain, Roberta avait conquis le cœur de ses petites élèves, les garçons demeurant sur la réserve, quand bien même ils tombaient peu à peu amoureux d'elle. L'abord amical de la jeune institutrice, sa pédagogie ludique étaient à l'opposé de l'éducation sévère qui avait jusqu'ici été la leur. On entendait de temps en temps des rires. La mortalité baissait désormais dans le camp, et pas seulement en raison du repas à l'école. Roberta s'apercevait rapidement si l'un de ses protégés n'allait pas bien et l'emmenait aussitôt à l'hôpital. Toutes les mères n'en étaient pas ravies, parfois elle perdait par là un élève, mais au moins restait-il en vie.

Les semaines suivantes, la tension baissa dans les camps des Blancs et des Noirs. Jenny était la bonne fée chez ces derniers. Elle dirigeait l'hôpital, assurait l'école quand, pour une raison ou une autre, Roberta manquait et elle parvint à mettre largement un terme aux agissements des criminels et des souteneurs. Elle risquait ainsi sa vie. Quand elle eut reçu à plusieurs reprises des menaces, elle renonça à passer la nuit sur place et se fit chaque soir raccompagner dans le camp des Blancs par deux gardiens. Le matin, elle repartait avec Roberta, toutes deux sur des poneys réquisitionnés par les Britanniques, la jeune institutrice n'ayant pu plus longtemps refuser les leçons d'équitation proposées par Vincent.

— Il n'est pas possible, miss Fence, que vous n'aimiez pas les chevaux, avait insisté le vétérinaire. N'avez-vous pas en permanence avec vous un cheval en peluche ?

Il avait été surpris de la voir rougir.

— C'est… euh… un porte-bonheur. Euh… un cadeau…

Il n'avait pas compris pourquoi cette idée lui était désagréable, mais, n'insistant pas davantage, avait préféré lui présenter un jour une petite et douce ponette blanche.

— Tenez, cette bête est pacifique et vous pouvez même lui donner un nom. Le propriétaire précédent n'a pas été en mesure de nous la présenter.

Le détachement boer auquel appartenait la ponette avait été anéanti quelques jours plus tôt. La stratégie des Britanniques commençait à porter ses fruits. En dépit de leur obstination, les Boers étaient démoralisés de devoir vivre perpétuellement en fuite et de savoir leurs femmes et leurs enfants captifs. Ils devaient également manquer de plus en plus d'armes et de munitions, les Britanniques ayant reçu des renforts qui passaient le veld au peigne fin et coupaient ainsi à leurs adversaires les voies de ravitaillement. Les Néo-Zélandais avaient eux aussi envoyé d'autres contingents et les Rough Riders étaient d'intrépides et infatigables cavaliers. De nombreux détachements boers étaient défaits ou abandonnaient la lutte. La direction de l'armée envisageait une proche fermeture des camps de concentration afin de pousser les hommes à rentrer dans leurs fermes et à les reconstruire, car ils ne pourraient laisser femmes et enfants seuls sur des terres et dans des bâtiments dévastés.

Roberta, heureuse de pouvoir changer de sujet, avait caressé la ponette d'une main hésitante puis eu un sourire quand celle-ci, tout aussi prudemment, avait frotté son naseau contre sa main.

— Je ne devrais pas avoir peur des chevaux, puisque je porte le nom de l'un d'eux, avait-elle avoué, racontant à Vincent et Jenny l'histoire de la jument Lucille, Roberta comme deuxième nom, qui avait permis à son père d'encaisser une forte somme d'argent lors d'un pari.

— Alors, tu n'as qu'à la baptiser Lucie, avait proposé Jenny qui venait elle aussi de faire la connaissance de son poney qu'elle baptisa George.

Vincent avait ensuite initié Roberta à l'installation de la selle et des brides, heureux de chacun de ses sourires, car elle s'était enfin autorisée à trouver du plaisir à passer du temps avec Vincent.

Kevin avait lui aussi progressé dans la conquête des faveurs de Doortje. La remarque de Roberta selon laquelle elle s'intéressait aux livres lui avait donné à réfléchir. Il en avait donc laissé traîner à l'hôpital, s'efforçant de la surprendre quand elle jetait un œil à l'intérieur. Il les lui prêtait alors et tentait ensuite de parler de leur contenu avec elle. Quand la saison des pluies était arrivée, l'empêchant de lire en cachette au bord de la rivière, il lui avait offert de s'installer dans son bureau.

— Il n'y aura que Nandé, miss Doortje. Elle ne vous dérangera pas et ne le racontera à personne.

Elle avait d'abord refusé, mais l'idée d'échapper ne serait-ce que quelques instants à la boue et à l'inconfort du camp avait fini par être trop tentante. On avait logé d'autres familles dans sa tente et elle était malheureuse de voir des étrangers occuper les nattes sur lesquelles dormaient naguère ses frères et sa mère. Elle trouvait également le bruit insupportable, les deux femmes qui partageaient la tente avec elle ayant des voix aiguës et n'arrêtant pas de donner des ordres à leurs enfants.

Elle aspirait au calme et souffrait en permanence de fringale, ne partageant pas ses rations supplémentaires avec les enfants comme sa mère l'aurait sûrement fait. Elle négligeait aussi de temps en temps ses devoirs, se sentant trop fatiguée pour chanter et prier avec ses compagnes d'infortune. Heureusement que le nombre d'enterrements diminuait ! L'amabilité de Kevin, ses tentatives de rapprochement l'irritaient parfois au plus haut point pour, le lendemain, l'émouvoir d'étrange manière. Elle sentait que quelque chose clochait en elle. Peut-être tout rentrerait-il dans l'ordre si elle pouvait, même occasionnellement, échapper quelques heures à la vie du camp. Les romans de Kevin la transportaient dans un autre monde ; il lui arrivait de se reprocher son attrait pour ces histoires sentimentales et superficielles si peu de temps après la mort de sa famille. Que valaient les peines d'amour d'une gouvernante anglaise face aux souffrances des « voortrekkers » ? Elle finit par se tourner vers des ouvrages plus prosaïques. Kevin sourit en la trouvant un soir, assise dans son bureau, penchée sur un livre illustré consacré à la Nouvelle-Zélande.

— Mon pays vous plaît-il, miss Doortje ? La faune n'est pas aussi riche que celle d'ici, moins impressionnante surtout. En revanche, plus pacifique.

Elle se tourna vers lui. Elle avait de plus en plus de mal à le haïr, mais trouver attirant un médecin anglais ou néo-zélandais était pire que se divertir à de stupides romans anglais.

— C'est pour cela que vous êtes venu chercher la guerre dans notre pays ? le provoqua-t-elle.

— Pas tout à fait, dit-il en s'asseyant. J'ai fui quelque chose. Une femme, plus exactement, mais n'allez pas imaginer quelque crime ! Et, quant à la guerre, je suis médecin. Je suis venu aider. Je n'ai tué personne jusqu'ici, et il n'en ira pas autrement à l'avenir.

— Et mes frères ? Et ma mère ? Tous ces morts ici ? Vous avez beau dire… vous en êtes responsable !

— C'est la direction de l'armée qui est responsable. Et l'obstination de vos détachements qui prolongent une guerre qu'ils ne peuvent gagner. On n'aurait néanmoins pas dû vous interner et incendier vos fermes, je suis entièrement d'accord avec vous. Mais je ne peux changer cela à moi seul. Pas plus que des Boers raisonnables comme Cornelis ne peuvent modifier la stratégie de vos détachements. Mais nous au moins, Doortje, ne pouvons-nous pas faire la paix ? Vous savez bien que je ne vous veux pas de mal.

Il lui tendit la main. Elle ne la prit pas, mais rougit. Était-ce le signe d'un émoi ?

— Il m'est impossible d'oublier tout ça ! déclara-t-elle d'un ton dur. Et encore moins de le pardonner. C'est notre pays, vous ne devriez pas être là, vous…

— Ne recommençons pas, Doortje. Ne recommençons pas cette maudite discussion pour savoir qui a le droit et qui ne l'a pas. Parlons de nous deux ! Vous ne pouvez pas ne pas le sentir : je ne suis pas votre ennemi !

— Avez-vous l'intention de séduire à présent la deuxième femme de notre ancienne maison ? Nandé ne vous suffit plus ? Préférez-vous la peau blanche, docteur ?

Kevin secoua la tête, la moutarde lui montant peu à peu au nez. Il s'était déjà expliqué dix fois avec elle de ses rapports avec Nandé.

— Doortje, je ne veux séduire personne ! répondit-il avec véhémence. Je n'ai pas besoin de forcer une femme à venir dans mon lit ou de l'en convaincre, il y a assez de volontaires pour cela !

Il se mordit la langue quand il vit avec quelle horreur Doortje le regardait. Bien sûr, on ne parlait pas, autour d'elle, de manière si ouverte de l'amour sexuel. Sans compter les souvenirs épouvantables qu'elle devrait bien un jour parvenir à surmonter.

— Excusez-moi, dit-il donc d'une voix radoucie. Je ne voulais pas être grossier. Mais vous, vous ne devriez pas sans cesse me faire sortir de mes gonds ! Que vous ne me croyiez pas me peine. Je suis blessé que…

— Que je ne sois pas enchantée par votre amourette avec ma bonne ? Que je sois blessée qu'un homme blanc attente à la pudeur avec une femme cafre ?

Kevin soupira. Mais ne céderait pas une nouvelle fois à la provocation. D'autant qu'il ne croyait pas que seule la répulsion d'actes licencieux avec une subordonnée dictait les propos de Doortje. Il avait plutôt l'impression d'entendre la jalousie en eux. Doortje n'était pas stupide, elle aurait normalement dû croire à sa version des faits survenus cette fameuse nuit. Il lui vint alors l'idée de la piquer à son tour.

— Sauf votre respect, miss, je vous ai déjà maintes fois expliqué ce qui s'est passé entre Nandé et moi, ou plutôt ce qui ne s'est pas passé, dit-il avec décontraction. Je me donne cette peine parce que je voudrais que vous connaissiez la vérité. Si j'aimais Nandé, je n'aurais pas à m'expliquer. Cela ne vous regarderait en effet en rien !

Il enregistra avec satisfaction qu'elle le regardait, décontenancée, et il poursuivit donc :

— Je suis célibataire et Nandé aussi, nous n'aurions pas à faire mystère de notre volonté de nous marier.

— Vous marier ? cria Doortje.

— Oui, pourquoi pas ? Si j'aimais Nandé, je lui demanderais bien entendu si elle accepterait de m'épouser.

— Mais elle est noire !

— Et alors ? s'exclama Kevin en riant. Que ma femme soit noire ou blanche m'est complètement égal. L'essentiel est qu'elle soit intelligente, passionnée, un peu revêche même, dit-il en approchant un peu son siège de celui de Doortje. Nandé est une charmante enfant, Doortje. Et elle a connu de sales moments, croyez-moi, elle n'a pas eu un meilleur sort que vous. Elle aussi a été violentée, elle n'a plus de famille non plus. Si une chemise de nuit à dentelle la réconforte un peu et si elle est heureuse de dormir dans ma cuisine et de s'y croire la « *baas* », qu'y a-t-il de mal à cela ? Moi, en tout cas, je l'ignorais avant qu'elle ne m'ait réveillé ce jour-là. Je vous le dis pour la dernière fois. Vous pouvez me croire ou non. Mais puisque nous en sommes à nous demander quelle femme je voudrais avoir, je vous répondrai : j'aimerais que cette femme me fasse confiance.

Kevin, ne quittant pas Doortje du regard, observa avec fascination son visage refléter tour à tour la méfiance et l'envie d'enfin s'avouer les sentiments contre lesquels elle luttait depuis si longtemps. Il crut enfin voir ses yeux s'adoucir. Oserait-il l'embrasser ? Ou, au moins, lui toucher la main ?

— Kevin ?

On tapa à la porte d'entrée et ils entendirent Vincent Taylor qui semblait tout excité. Doortje sursauta comme surprise en train d'enfreindre une interdiction.

— N'ayez crainte, Doortje. C'est le Dr Taylor, la rassura Kevin en lui caressant du bout des doigts sa main contractée sur l'accoudoir. Nandé est en train de lui ouvrir.

Vincent n'attendit pas d'être introduit pour s'écrier :

— Kevin, bonnes nouvelles ! Oh, miss Doortje ! Bonsoir. Je suis content que vous soyez là, vous allez être tout de suite au courant. Kitchener ferme de nouveaux camps ! Et, cette fois, Karenstad aussi ! La région de Wepener est pacifiée, les hommes retournent à leurs fermes et on va devoir rapatrier les femmes et les enfants. Pretoria envoie une unité de cavalerie pour organiser votre retour et vous accompagner.

Doortje se raidit soudain.

— Comme on nous a accompagnées à l'aller? demanda-t-elle, furieuse.

— Non, bien sûr que non, Doortje, je ne permettrai pas d'autres exactions, s'exclama Kevin. Je demanderai à vous accompagner. Vous n'allez pas partir du jour au lendemain et, d'ici que tout soit prêt, j'aurai obtenu l'autorisation. Si je ne l'ai pas, je vous accompagnerai sans autorisation.

Il lui sourit, mais son sourire s'éteignit quand il songea à ce qu'elle allait retrouver : la ferme n'existait plus, il n'y avait plus de famille Van Stout. Que feraient Doortje et Nandé seules sur quelques hectares de terre brûlée ?

— Nous… Nous en reparlerons, dit-il, soudain désemparé.

Doortje, qui avait sans doute remué les mêmes idées, resta silencieuse.

— J'y vais, finit-elle par dire au bout d'un moment. Je vous remercie, docteur Taylor. Docteur Drury… cela a été très gentil de votre part.

Kevin se leva d'un bond et jeta le manteau de Vincent sur les épaules de la jeune femme.

— Vous seriez trempée avant d'être à votre tente, Doortje.

Elle ne dit rien mais accepta le manteau. Kevin, quand elle fut partie, se tourna vers Vincent.

— Je te prête le mien. D'accord ?

Vincent se dirigea en souriant vers l'armoire où Kevin conservait son whisky.

— Il n'y a pas le feu ! D'ici mon départ, la pluie aura cessé. « Doortje », as-tu dit ? Ce n'est plus « miss Doortje » ni « miss Van Stout » ? Ai-je manqué quelque chose ?

Kevin accepta un verre de whisky.

— Disons que les choses avancent, admit-il. Ou qu'elles avaient avancé. Car à présent… À présent tout est terminé.

Vincent but une gorgée, l'air également mélancolique.

— Oui, dit-il à son tour. Nous allons rentrer chez nous d'ici quelque temps. Et les infirmières…

— Tu veux dire l'institutrice, le coupa Kevin avec un clin d'œil.

— Oui, soupira Vincent, je crains que cela ne se lise sur mon visage. En tout cas, je ne crois pas que miss Fence rentrera avec un transport de troupes. D'autant qu'on va encore avoir besoin d'institutrices. Il faut bien que les enfants apprennent l'anglais. Elle va se retrouver je ne sais où et, dès qu'elle ne me verra plus, elle m'oubliera.

Kevin vida son verre d'un trait.

— Doortje ne m'oubliera pas. Mais elle va de nouveau me haïr. On peut se demander ce qui est le pire.

13

Atamarie ne parla pas à Richard de l'incident lors de la fête et s'efforça de ne pas lui en vouloir de la nuit qui avait suivi, une nuit passée seule. Mais elle était désormais fermement décidée à lui ôter de la tête l'idée insensée d'exploiter une ferme en plus de son travail d'inventeur. Et de ne plus l'aider à suivre cette fausse route en jouant ici les femmes au foyer !

Dès le lendemain, elle laissa la cuisine en l'état et le suivit dans sa grange. Par chance un des Maoris était venu nourrir les bêtes.

— Que fait-on pour les champs, Atamarie ? s'informa le jeune homme. Il faut les labourer. Les prochaines semailles…

— Tu en parleras avec Richard, mais je crois qu'il sera content si tu l'en décharges.

Ce qui se révéla exact. Richard était déjà occupé à mettre son moteur en pièces détachées, sans doute pour la centième fois, et ne manifesta aucun intérêt pour les semailles à venir, accueillant la proposition d'aide d'Hamene avec impatience et une certaine exaspération.

— Vas-y, fais-le, finit par conseiller Atamarie au jeune homme vexé par la réaction de Richard. Tu connais nos champs. Laboure-les et sème n'importe quoi.

Pour être honnête avec elle-même, Atamarie devait bien s'avouer que les travaux des champs l'intéressaient aussi peu que Richard. L'année prochaine, quand ce que

Hamene aurait semé serait mûr, elle serait depuis longtemps à Christchurch avec Richard.

Elle fut enfin récompensée de ses efforts. Richard lui souhaita la bienvenue dans sa grange, ne se lassant pas de tout lui montrer et de discuter avec elle des résultats de ses calculs. Il ne s'opposa pas à ce qu'elle démontât une énième fois le moteur et lui donnât la main pour le montage de l'appareil. Elle améliora le haubanage de la toile sur les ailes tandis que Richard travaillait à son moteur. Ils eurent des discussions passionnées à propos de technique et de vitesse de décollage, Richard se fiant plus à ses expériences pratiques qu'à la théorie et préférant expérimenter que procéder à de longs calculs. Il ne pouvait d'ailleurs rester assis tranquillement. Parfois, courant frénétiquement dans son atelier, posant ici ce qu'il venait d'enlever de là-bas et inversement, il rendait Atamarie nerveuse. Elle avait de temps en temps l'impression que tout allait trop vite, que certaines décisions étaient prises dans la précipitation et qu'il était ensuite difficile de faire machine arrière parce que le matériel avait été commandé. Et nombre des constructions précaires mais bon marché qu'imaginait Richard afin de résoudre tel ou tel problème lui semblaient aventureuses, voire dangereuses. Lors de leur excursion à Taranaki, Richard lui était apparu comme un garçon réfléchi et pondéré, maintenant elle le trouvait plutôt en proie à des obsessions.

— Tu n'y arriveras pas comme ça, Richard, osa-t-elle dire au bout de quelques jours. Si tu veux vraiment que ton truc vole, tu dois investir un peu. Tu as besoin d'un vrai moteur, pas de cet assemblage de toute façon bien trop lourd. Tu devrais essayer d'acheter un moteur d'automobile. Et de la toile de bonne qualité. La récolte t'a procuré de l'argent tout de même.

Richard renâcla et Atamarie regretta sa maladresse : elle savait fort bien que, si Richard écoutait ses propositions, il réagissait en revanche violemment quand elle critiquait directement ses expérimentations.

— Tu parles ! L'argent de la récolte ! Il faut que j'achète une faneuse. Tu as entendu ce qu'a dit mon père ? Et une partie des autres machines n'est pas encore remboursée. Mes parents m'ont offert la ferme, mais pas tout ce qui va avec. L'argent que je gagne sert à payer tous ces trucs.

Dans sa fureur, il se mit à s'agiter dans tous les sens. Atamarie réfléchit. La ferme rapportait assez pour payer les acquisitions nécessaires, elle permettrait à une famille de vivre fort bien. Ce serait parfait pour quelqu'un souhaitant être fermier. Mais permettrait-elle de financer la production de machines volantes ? Elle savait que d'autres chercheurs, en Amérique, recevaient beaucoup d'argent, soutenus par l'industrie et l'État. À moins qu'ils ne fussent issus de familles riches. Richard, en revanche, n'avait d'autre choix que de tout abandonner ou tout miser sur une carte. Malgré son génie, il avait besoin de conseils ou, au moins, d'échanges avec des pairs. Pas seulement des amateurs comme elle, mais aussi des spécialistes dans le domaine technique, le professeur Dobbins par exemple.

— Vends la ferme ! déclara-t-elle d'un ton résolu. Avec l'argent, tu construiras un appareil qui… qui volera vraiment, quoi ! Installe une véritable piste de décollage. Il n'est pas possible que tu passes ton temps à atterrir dans ta haie. C'est dangereux à force ! Le mieux est que tu me rejoignes à Christchurch et que tu recherches une parcelle de terrain en dehors de la ville. Tu pourras poursuivre tes études et, en plus, travailler à ton appareil.

— Et je vivrai de quoi ?

— Eh bien, tu auras d'abord l'argent de la ferme. Et puis, Richard, si tu es le premier à faire voler un avion à moteur, tu auras gagné ! Le monde sera à tes pieds, chacun voudra te soutenir.

Richard la regarda comme si elle n'avait pas toute sa tête.

— Mon père me tuerait !

— Ton père ne serait pas d'accord, rectifia-t-elle. De même qu'il désapprouve tout ce que tu entreprends en général. Ce serait l'occasion de lui donner une bonne raison de se fâcher. Mais, dans la situation actuelle, ce n'est ni fait ni à faire. Tu n'es pas un bon fermier, mais, par manque de moyens, tu ne seras pas non plus un bon constructeur d'avions. Décide-toi, Richard ! Fais ce que tu as envie de faire !

— Je ne peux pas, dit-il tristement, retrouvant un peu de calme. Il n'y a pas que mon père, il y a aussi ma mère, mes frères et sœurs. Si je renonce à eux, je serai seul.

Atamarie ressentit un coup au cœur. Et elle alors ? Elle ne comptait pas ? Elle lui avait pourtant clairement laissé entendre qu'elle voulait être à ses côtés. Elle eut envie de crier, de lui reprocher de ne pas l'aimer. Mais l'expression de son visage la retint. Peut-être qu'il croyait qu'elle ne l'aimait pas, ou qu'elle l'aimait quand il avait les pieds sur terre seulement. Comment pouvait-il penser qu'il n'était pas davantage que ça pour elle ? Bouleversée, elle laissa tomber le chiffon avec lequel elle venait de nettoyer une bougie. Richard voulait tenter de remettre le moteur en marche le lendemain matin. Mais, s'il en était ainsi…

Elle ressentit soudain le besoin d'être seule. Avant de sortir, elle posa la main sur son épaule.

— Tu ne serais pas seul. Mais même si tu l'étais… Ça n'en vaudrait donc pas la peine, Richard ? Si tu ne te décides pas enfin, tu ne voleras jamais !

Après l'avoir quitté, elle partit en courant dans la plaine, un peu au hasard d'abord, puis elle dirigea ses pas vers le village maori. Elle préférait la compagnie de ses amis à celle de Joan Peterson, sans même parler du père de Richard. La récolte était rentrée, mais les fermiers travaillaient de nouveau leurs terres. Digory Pearse devait être sur les siennes qui jouxtaient celles de Richard. Le chemin menant chez les Maoris traversait en revanche des prairies non cultivées. Le spectacle de ces étendues vertes avec les Alpes à l'arrière-plan l'apaisa. Pour la première fois elle se demanda si elle aimerait vivre dans ce paysage, car, à ce qu'il semblait, tel devrait être son sort si elle restait avec Richard.

Jusqu'ici, elle avait inconsciemment admis que l'existence de Richard à la ferme n'était qu'un épisode. Il était un ingénieur-né, un homme destiné à vivre en ville et à fréquenter l'université. Il en était de même pour elle. Vivre ici dans cette ferme c'était comme vivre à Parihaka, c'était agréable un certain temps, mais elle ne souhaitait pas plus vieillir entre des poulaillers et des chambres d'enfants qu'entre un métier à tisser et des nasses de pêche. Elle avait envie de construire des machines, de bâtir des maisons, d'arpenter si nécessaire. Elle avait envie d'un véritable atelier, de véritables échanges avec des gens semblables à elle, de terminer ses études et d'avoir sa part de toutes les innovations de ce début du XXe siècle. Elle ne voulait pas seulement vivre avec Richard, elle voulait voler avec lui !

Quand elle arriva au *marae* de la tribu, elle avait retrouvé son calme. Elle adressa quelques plaisanteries aux vieilles personnes qui gardaient les enfants pendant que leurs fils et leurs filles travaillaient aux champs, puis elle tomba sur des jeunes femmes en train d'arracher des *kumara* dans un bout de jardin. Elle les aida à ramasser les délicieuses patates douces et fut aussitôt assaillie de questions. Les femmes voulaient tout savoir du *Pakeha* avec qui elle vivait. Comme généralement chez les Maoris, elles ne mâchaient pas leurs mots.

— On ne doit pas épouser un *Pakeha* pour partager sa couche ? demanda l'une d'elles après s'être moquée d'Atamarie en disant que son homme était beau mais certainement trop maladroit pour manier le javelot et danser un *haka*. Il a le corps d'un guerrier, mais son esprit flotte comme un *manu aute* quand il entend le chant des dieux.

— Je ne veux pas encore me marier. Et Richard non plus. Je voudrais, je voudrais partir d'ici avec lui.

Les femmes opinèrent.

— Les hommes disent qu'il est *tohunga*, dit la plus âgée. Il doit voyager pour apprendre. Mais je ne sais pas s'il le fera. Les *Pakeha* d'ici ne voyagent pas.

Atamarie soupira. On n'aurait pas pu mieux dire. Richard devait partir. À Temuka, on cultivait la terre, on ne partait pas à la conquête du ciel.

Sur le chemin du retour, elle élabora des plans. Le premier essai du moteur était prévu pour le lendemain matin. Elle avait insisté pour que le test eût d'abord lieu dans l'atelier avant de le monter sur l'avion. S'il tournait rond, rien ne s'opposerait à une tentative de vol. Ils y parviendraient peut-être avant la fin des vacances, quitte à abandonner leur projet de rendre visite à ses grands-parents. S'il y avait le moindre progrès, si on parvenait à montrer à Dobbins les plans d'un appareil capable de voler, le professeur s'engagerait aux côtés de Richard. Il y aurait certainement pour lui un travail à l'université, une bourse de recherches.

Atamarie était perdue dans ses rêves quand un bruit infernal rompit soudain le calme de la campagne, suivi d'un piétinement de sabots. Elle eut juste le temps d'éviter un attelage de mulets qui la frôla au grand galop. Ils tiraient une charrue à laquelle s'agrippait un Digory Pearse écumant de rage, cherchant désespérément à reprendre le contrôle de ses bêtes. Qu'est-ce qui avait pu affoler à ce point des animaux paisibles ?

Redoutant le pire, elle se mit à courir et découvrit rapidement la cause de cette panique. Sur une éminence dominant la ferme de Richard, un moteur vrombissait. Effrayée et furieuse, elle vit que Richard l'avait installé dans la machine dont les ailes n'étaient que sommairement réparées, sans les améliorations qu'elle avait suggérées. Il n'en avait pas eu le temps, bien sûr ! Il lui avait fallu dépenser une incroyable énergie pour, en quelques heures, réussir à monter ce moteur et à hisser le tout sur la colline.

Elle se demanda ce que cela signifiait. Voulait-il lui prouver quelque chose ? Ou bien à lui-même ? Ou à ses parents ? Il était en tout cas insensé de se livrer à un essai dans les mêmes conditions que celles ayant conduit à un échec quelques semaines plus tôt. Il avait bien entendu attelé les mêmes chevaux ! Elle cria, agita les bras pour l'empêcher de démarrer, mais les chevaux, déjà échaudés par l'essai précédent, manifestaient une grande nervosité, piaffant, tandis que Richard montait sur l'engin. Ils dévalèrent la pente, paniqués, quand le pilote lâcha les rênes, entraînant la machine sur la piste cahoteuse, ce qui, elle le savait d'avance, perturberait à nouveau l'équilibre du mélange gazeux servant de combustible. Avec ce genre de machines, les essais devaient se dérouler sur des routes plates, du moins tant que les techniques de carburation n'auraient pas progressé.

La tentative de Richard était vouée à l'échec. Elle retint son souffle. La machine accélérait, bondissait, sans doute plus en raison du terrain bosselé que sous l'effet de la force ascensionnelle. Ces bonds étaient trop grands pour les chevaux. Ils perdirent la tête et foncèrent de nouveau en direction de la haie de genêts, avant de se libérer de leurs attaches et de s'enfuir. Le choc de l'engin à trois roues contre la haie fut plus violent encore que la fois précédente. Le moteur s'arrêta en même temps que la machine s'immobilisait. Ce fut soudain le silence, irréel !

Atamarie s'attendait à ce que quelque chose bougeât sous les ailes, mais rien ne se produisit. Prise d'angoisse, elle se précipita. Ses craintes se confirmèrent. Richard était immobile sur son siège, du sang coulait d'une plaie ouverte sur son front.

— Richard, Dick…

Elle voulait encore à l'instant lui adresser des reproches et voilà qu'elle craignait pour sa vie. Elle défit hâtivement les sangles le retenant sur son siège, mais il ne bougeait toujours pas. Elle le sortit avec précaution mais ne put l'empêcher de glisser de ses bras et de tomber par terre.

— Ne meurs pas, Richard ! Je t'en prie, ne meurs pas !

Elle se mit à pleurer et, ne sachant que faire, lui ouvrit sa chemise. Son cœur semblait battre, mais il lui fallait un médecin, il fallait l'emmener à l'hôpital…

— Qu'a-t-il ? Est-ce grave ?

Elle trembla de soulagement en entendant, derrière elle, la voix de Peterson.

— Dieu du ciel, jeune fille, est-il mort ?

Le fermier se pencha au-dessus de son voisin. Il était visiblement plus exercé à reconnaître les signes de vie que la jeune fille.

— En tout cas, pas encore. Il a le crâne solide ! Allez, réveille-toi, Dick ! dit-il en secouant le blessé, sans susciter de réaction chez celui-ci.

Atamarie insista pour allonger Richard à plat sur le sol.

— Il a besoin d'un médecin. D'être hospitalisé. Y a-t-il un hôpital ici ?

Elle savait pourtant bien que le médecin le plus proche résidait à plusieurs miles d'ici.

— À Temuka, oui. Attendez-moi. Je vais approcher la charrette dès que les canassons se seront calmés. Ils commencent à s'habituer aux appareils de Dingo. Encore trois essais comme celui-ci et ils passeront par là en toute sérénité…

Atamarie tint Richard dans ses bras pendant que Peterson allait chercher la charrette dans laquelle il l'avait transportée après son arrivée à Temuka. Il allongea le blessé sur de vieux sacs. Elle resta à côté de lui, le tenant ferme tant qu'ils roulaient sur la prairie au sol inégal, évitant d'avoir à répondre aux commentaires de Peterson.

— C'est plus fort que lui, me suis-je dit quand j'ai entendu le moteur. Des essais au sol ! Tu parles ! Avec Dingo, ça ne rate jamais, il vole ! Et puis les canassons qui cavalaient comme s'ils avaient le feu aux fesses… Espérons que quelqu'un les arrêtera avant qu'ils ne se brisent une patte. En tout cas, je suis tout de suite venu. Il a eu de la chance, ce vieux Dick, j'étais à pas trois champs d'ici. Mais son père devrait lui aussi être quelque part par là.

Atamarie aurait pu le lui confirmer mais, pour l'instant, elle ne se souciait pas de Digory sur sa charrue, mais de Richard toujours inerte. Le trajet semblait d'autant plus interminable que Peterson, apparemment peu inquiet pour Richard, ne pressait pas l'allure, en dépit des prières d'Atamarie.

— Si nous brisons un essieu, nous n'arriverons pas plus vite en ville. Quant à Dick, il ne va pas tarder à se réveiller. Les fous ont la chance avec eux, jeune fille, le gaillard nous enterrera tous, j'en suis sûr.

Atamarie fut néanmoins soulagée quand ils arrivèrent enfin au petit hôpital et que deux infirmiers placèrent Richard sur un brancard. Le médecin ouvrit de grands yeux quand Atamarie lui eut raconté ce qui s'était passé.

— Il volait ? Et il s'est écrasé ?

— Non, pas directement. Mais faites quelque chose, il s'est peut-être fracturé le crâne !

Le médecin disparut ensuite dans une salle de soins avec Richard, et Atamarie dut attendre, même lorsque l'homme réapparut peu de temps après.

— Êtes-vous sa femme ? s'enquit-il en réponse à ses questions angoissées. Ou une sœur ? Ou une quelconque parente ?

Peterson, qui attendait avec elle, secoua la tête.

— Non, c'est juste une fille maorie qui vit avec lui à la ferme.

Atamarie le regarda avec stupéfaction. Elle était quoi ? Il la décrivait comme une fille facile avec qui Richard se distrayait un peu.

— Une employée ? demanda alors le médecin.

— Non, persista Peterson avec un geste si obscène de la main que le rouge monta au visage de la jeune fille.

— Je suis…, voulut-elle répondre, mais au même moment la porte s'ouvrit, laissant passer la mère de Richard affolée, suivie de son mari avec des écorchures un peu partout, suites de son embardée avec sa charrue.

— Comment va-t-il ? Comment va Dick ? Est-il… il n'est tout de même pas… ?

Sarah Pearse, pâle comme un linge, paraissait bouleversée, son époux manifestant plutôt de la fureur.

— En effet, je ne dois livrer d'informations qu'à la famille, se justifia le médecin, mais en ignorant la présence d'Atamarie, tourné vers les parents.

— Une sévère commotion cérébrale. Et une fracture du bras. Mais il s'en remettra. N'ayez crainte. Comment cela s'est-il passé ? La jeune femme m'a semblé un peu confuse… Ou bien est-ce en raison de la langue ? Elle est maorie ? Elle n'en a pourtant pas l'air, dit le médecin, la lubricité brillant dans ses yeux.

Atamarie sentit la colère monter en elle. Voici qu'on la traitait une nouvelle fois comme si elle n'était pas là ou comme si elle était un meuble. Elle foudroya l'homme du regard.

— Je suis une camarade d'université de M. Pearse, déclara-t-elle. Je suis une étudiante du Canterbury College, à Christchurch, une école supérieure d'ingénieurs. Et oui, cela s'est produit lors de la tentative de décollage d'une machine volante plus lourde que l'air. Nous…

— Ne l'écoutez pas, cette fille est aussi folle que mon fils, la coupa Digory Pearse, se tournant ensuite vers sa femme. Je te l'avais dit, nous n'aurions pas dû tolérer cette union libre ! Mais non, tu t'es figuré qu'il valait mieux que les gens disent qu'il couchaillait plutôt qu'ils le disent dingue. Et maintenant... ils disent une chose et l'autre. Nous ne pourrons bientôt plus nous montrer dans ce district. Mais à présent je vais changer de ton ! Vous allez tout d'abord décamper, jeune dame, vous ne nous avez pas été d'une grande aide.

— Je n'ai pas été quoi ? demanda Atamarie trop étonnée pour se rebeller.

Sarah Pearse se tourna vers Atamarie, l'air moins haineuse que son mari, résignée plutôt.

— Je pensais que vous arrêteriez ça, murmura-t-elle. Je pensais... Dieu du ciel, je n'aurais même pas été opposée à ce qu'il vous épouse ! Maorie ou non, vous n'avez d'ailleurs pas l'air d'en être une. Si seulement il devenait enfin normal. Mais mon mari a raison. Avec vous, les choses ont encore empiré. Partez, miss Turei ! Et ne revenez pas ! Il vaut mieux qu'il ne vous revoie jamais !

Atamarie se laissa mettre à la porte de l'hôpital sans résister. Elle aurait dû se défendre, elle le savait, mais elle n'en avait plus l'énergie. Plus envie non plus. Elle aurait pu s'accommoder de ce que ces gens la rejettent, s'ils n'avaient pas été si sournois. On n'avait fait mine de l'accepter que parce qu'elle pourrait être utile. Les parents de Richard ne l'accepteraient jamais tel qu'il était. Cette prise de conscience, qui n'aurait jadis suscité en elle que de la pitié, la rendait furieuse. Richard aussi l'avait trahie. Sa tentative vouée à l'échec ne visait qu'à lui prouver qu'il n'avait pas besoin d'elle, que ses remarques concernant sa manière de vivre l'impressionnaient aussi peu que ses propositions d'amélioration pour l'avion. Il ne l'aimait pas, c'était évident.

Aveuglée par les larmes, elle sortit. Elle aurait volontiers pris le premier train, mais elle devait retourner à la ferme récupérer ses affaires et son argent. Elle ne voulait surtout pas arriver à Dunedin dans sa robe de cavalière usagée, robe avec laquelle elle avait soigné les bêtes le matin encore, puis aidé Richard dans l'atelier et arraché des patates douces chez les Maoris. Elle prit donc la route de Temuka, se cachant quand arrivait une charrette. Surtout ne pas rencontrer à nouveau Peterson ! Elle rougissait encore au souvenir de son geste obscène.

La nuit tomba avant qu'elle ne parvînt à la ferme où elle commença par déharnacher et enfermer les chevaux, calmes maintenant, qui attendaient leur maître devant la porte de l'écurie. Ils ne semblaient pas avoir faim. Atamarie espéra qu'ils avaient mangé leur content dans le jardin de Joan Peterson. Elle, en revanche, était affamée après un tel trajet à pied.

Elle eut un regard pour la machine volante accrochée à la haie comme un oiseau blessé. Elle se demanda si elle allait emporter les plans dessinés par ses soins. Puis elle décida que non. Richard devait mener ses combats lui-même, elle n'irait pas voir Dobbins pour lui faciliter ses démarches éventuelles. Quand elle eut préparé ses bagages, munie d'un peu de pain et de fromage pour le retour à Timaru, elle eut un regard de regret pour l'atelier où elle avait été si heureuse.

LA BÉNÉDICTION DES ESPRITS

Afrique
Karenstad

Nouvelle-Zélande
Dunedin, Parihaka

Christchurch, Temuka

1902-1903

1

– Bon, d'accord, mais au moins ce n'est pas un coureur de dot.

La remarque d'Heather Coltrane surprit Atamarie. Roberta étant en Afrique du Sud, elle s'était longtemps demandé à qui confier son histoire avec Richard. Il fallait en parler avec quelqu'un, sinon, elle allait exploser ! Elle s'était décidée pour sa tante Heather et sa compagne Chloé. Elles n'étaient pas prudes et Heather avait beaucoup voyagé. Elles ne la réprouveraient certainement pas et trouveraient peut-être une explication au comportement de Richard. Elle avait compté sur toutes sortes de réactions possibles, mais ne s'attendait pas à ce qu'il trouvât grâce aux yeux d'Heather.

– Mais comment devrait-il… ?

Elle s'apprêtait à objecter que, chez elle, il n'y avait pas de fortune susceptible d'attirer les convoitises, mais se tut. Sa tante avait raison : d'un point de vue financier, Richard n'aurait rien eu de mieux à faire qu'à demander sa main ! Elle ne s'était jamais préoccupée de questions d'argent, mais sa famille était aisée. Et pas seulement grâce à ses grands-parents et leur source d'or secrète. Kupe et Matariki n'étaient pas non plus sans fortune. Kupe gagnait bien sa vie comme avocat et député au Parlement, tandis que sa mère était payée pour son rôle de directrice de l'école de Parihaka. Ils dépensaient peu et devaient par conséquent avoir mis pas mal d'argent de côté. Elle pouvait donc compter sur une dot fort correcte ainsi que sur une aide pour ses recherches. Ses parents vivaient certes une existence ancrée dans les traditions de leur peuple, mais n'avaient pas l'étroitesse d'esprit des Pearse.

– Bon Dieu ! J'aurais pu l'aider ! s'écria Atamarie, mécontente d'elle-même, en tirant sur une mèche de ses longs cheveux blonds.

– Heureusement que l'idée ne t'est pas venue ! dit d'un ton sec Chloé. Il ne manquerait plus qu'en plus tu le finances ! Maintenant tu sais au moins ce qu'il en est. Ton Richard ne se soucie pas de toi. Oublie-le et cherches-en un autre. Ou construis ton propre avion si tu sais comment t'y prendre. Comme ça, tu n'auras pas besoin d'un mari !

Chloé n'avait plus rien à apprendre concernant les coureurs de dot. Colin Coltrane, le frère d'Heather et le père d'Atamarie, s'était séparé de Matariki pour l'épouser en raison de son argent. Elle avait financé son haras, et il l'avait payée d'ingratitude.

– Mais je… j'ai besoin de lui. Son… son énergie, je n'y arriverai pas sans lui, soupira Atamarie.

Heather éclata de rire.

– C'est ce que je pensais aussi, Atamarie. Mon Richard s'appelait Svetlana. Elle m'a aidée à découvrir qui je suis réellement et ce dont je suis capable. Mais ce genre de personnes… Regarde-les comme des moteurs, Atamarie. Ils nous mettent sur la voie. Mais, si nous nous livrons trop à eux, ils nous écrasent. Ton Richard me paraît de plus assez inquiétant, un homme qui ne dort jamais, que tout le monde prend pour un fou, qui ne se manifeste pas pendant des mois et qui, ensuite, déborde de passion. Chloé a raison, Atamie, oublie-le. N'avais-tu pas l'intention d'aller à Parihaka, au fait ? Dépêche-toi, les vacances sont bientôt finies, non ?

Atamarie, perdue dans ses pensées, acquiesça. Richard ne lui sortait pas de la tête. Elle restait persuadée que leur relation aurait évolué très différemment et pourrait encore évoluer s'il quittait Temuka. Elle aurait peut-être dû insister davantage. Peut-être faudrait-il qu'il perdît sa ferme des yeux pour s'apercevoir que, sans sa famille, il ne serait pas seul, mais au contraire heureux.

— Trois semaines, c'est court, surtout si l'on compte qu'il faut une semaine pour l'aller et le retour, finit-elle par répondre, mais je vais tout de même y aller. J'ai besoin de respirer un peu «l'esprit de Parihaka» après cette atmosphère étriquée de la petite ville !

— On pourrait aussi dire que tes esprits ont flanqué la trouille à la petite ville, dit Chloé dans un éclat de rire. Déjà cette «union libre» ! Tu aurais au moins pu, pour la forme, prendre une chambre d'hôtel. Ou dresser une tente, ou vivre chez les Maoris.

— Oh, ces villageois auraient bien fini par découvrir le pot aux roses, dit Heather avec un haussement d'épaules. Cesse de ressasser des idées noires, Atamarie ! Va à Parihaka. Et pas seulement en raison des esprits. Le village est plein de jeunes Maoris. Il y en aura bien un pour te faire oublier Richard.

Atamarie prit le train dès le lendemain sans être allée voir d'autres membres de la famille. Cela aurait été trop déprimant. Son oncle Patrick, bien que se montrant un père merveilleux pour la petite May, pleurait toujours le départ de Juliette. Sean et Violette Coltrane étaient pris sans arrêt ; ils s'étaient maintenant engagés contre la guerre en Afrique du Sud. Ils tenaient des discours enflammés ; Sean s'en prenait particulièrement à l'impérialisme des Britanniques qui ne reculait devant rien pour affermir son emprise sur les mines d'or, tandis que Violette dénonçait la misère des femmes dans les camps de concentration. Elle ne se faisait pas que des amies au sein des organisations féministes, mais elle était depuis trop longtemps dans la politique pour s'en formaliser. Elle séjournait pour le moment à Christchurch, Sean étant à Wellington. Le révérend Burton et Kathleen soutenaient son action pacifiste en collectant de l'argent pour la fondation d'Emily Hobhouse.

Atamarie renonça même à rendre visite à ses grands-parents, car cela lui aurait fait perdre trop de temps. Elle ne les mit donc même pas au courant de sa présence à Christchurch.

Son cœur battait très fort quand le train entra dans la gare de Timaru. Elle aurait tant aimé prendre des nouvelles de Richard, mais il lui parut impensable d'aller se renseigner à l'hôpital. Et puis ses blessures ne mettaient pas sa vie en danger. Libre à lui de renouer le contact s'il le désirait. Sinon… Atamarie eut envie de pleurer mais elle se retint.

— Un jour, nous ferons la traversée en avion ! expliqua-t-elle plus tard à une compagne de voyage perplexe quand, entre l'île du Sud et l'île du Nord, elles étaient secouées sur le ferry. Ce sera beaucoup plus rapide, et plus simple ! On ne mettra que trois ou quatre heures et personne n'aura le mal de mer.

La jeune femme réfléchit, puis hocha la tête.

— Non, là-haut aussi on doit attraper le mal de l'air. Et on risque de tomber, alors que je n'ai jamais entendu dire que quelqu'un se soit noyé entre les deux îles.

— Les gens s'en désintéressent ou s'en moquent, confia Atamarie à sa mère quand, peu après son arrivée à Parihaka, elles observaient une multitude de cerfs-volants colorés planant au-dessus du village, ce qui lui avait aussitôt rappelé ses rêves de vol et ses déboires. Mais, dis-moi, ils sont fabuleux ces *manu* ! Est-ce un effet de mon imagination ou bien est-ce la réalité ? Ne tiennent-ils pas mieux l'air que ceux de jadis ? Et faire voler des cerfs-volants n'est-il pas réservé aux fêtes du Nouvel An ? Je croyais que, sinon, c'était *tapu*.

Matariki était infiniment heureuse de revoir sa fille. Bien sûr quelque chose s'était produit qui avait brutalement interrompu la visite de sa fille chez Richard Pearse. Elle espérait que sa fille lui parlerait de ça plus tard.

— Mais non, répondit-elle. On peut faire voler des *manu* à tout moment, à condition de chanter alors les bons *karakia*. Il n'est même pas question de parler avec les dieux. Jadis on les utilisait régulièrement pour transmettre des nouvelles entre les tribus. Il paraît qu'après la mort du fondateur de la tribu des Ngati Porou les gens de Whangara ont lancé un *manu* qu'on voyait depuis l'île du Sud. Tahu, son frère, l'ancêtre des Ngai Tahu, avait ainsi pu le pleurer.

Sceptique, Atamarie préféra ne rien dire. Elle aussi avait entendu parler de *manu* que devaient manœuvrer une trentaine d'hommes. Mais cela avait-il un quelconque rapport avec la vérité ?

— Nous avons cette fête du cerf-volant uniquement parce que Rawiri est là aujourd'hui, poursuivit Matariki. Il est rentré de son périple dans le nord où il a rencontré quasiment tous les *tohunga* célèbres en matière de construction de *manu*. Lui-même est *tohunga* dans ce domaine, et il donne des cours aux enfants du village cette semaine. Aux adultes aussi s'ils le désirent. Tu pourras sans aucun doute y assister.

Atamarie fut intéressée. Ainsi, Rawiri avait continué à prendre au sérieux le problème du vol. Ou bien était-il d'abord intéressé par le dialogue avec les dieux ? Elle ne se rappelait plus très bien ce qu'il avait dit quand Richard les avait retirés de l'eau, lui et elle, mais elle avait trouvé dans ses propos un peu de spiritualité bébête. D'un autre côté, lui aussi voulait voler ! Il serait intéressant d'écouter ce qu'il avait appris concernant la forme et les qualités de vol des cerfs-volants. Finalement, elle n'était toujours pas pleinement convaincue par la silhouette de la machine de Richard.

Les yeux de Rawiri étincelèrent quand Atamarie, le soir, le salua et s'inscrivit comme élève à son cours. Elle ne s'en aperçut pas, trop intéressée par la forme des cerfs-volants que les enfants envoyaient vers les étoiles pour, effectivement, envoyer des messages aux dieux. Elle fut un peu déçue quand le jeune *tohunga* s'attarda sur ce que devaient être les bons *karakia*.

— Comme si cela pouvait changer en quoi que ce soit les lois de la nature, souffla-t-elle à sa mère. Si l'objet a l'aérodynamique voulue, il vole. Un point c'est tout.

— Rawiri le sait certainement aussi bien que toi, s'amusa sa mère. Mais il voit les choses autrement: les *karakia* servent non seulement à nous rappeler les lois de la nature et à la remercier de ce qu'elle nous accorde un appui mais aussi à nous rappeler qu'elle nous fixe des limites.

— On veut justement les franchir, grogna Atamarie.

— Tu viens à l'instant de me dire que ce n'était pas possible. Et c'est vrai: tu ne peux vaincre la nature. Mais tu peux mieux les comprendre et les utiliser à ton profit. Le dialogue avec les dieux sert à cela, peu importe que nous envoyions des *manu* dans le ciel ou que nous récitions des prières quand nous cueillons des plantes médicinales. Rawiri sait ce qu'il fait, ma fille. Fais-lui confiance !

Rawiri, lui, n'était pas si sûr de lui que ça ! Et s'il pria les dieux cette nuit-là, ce ne fut pas pour qu'ils bénissent ses cerfs-volants dirigeables mais pour qu'ils servent de médiateurs entre lui et Atamarie. Il ignorait s'il devait au hasard ou à la faveur des dieux qu'elle fût revenue pour apprendre l'art de la construction des *manu*, mais il savait qu'il l'aimait. Dès qu'il avait aperçu ses cheveux lumineux et son beau visage, le sentiment de chaleur et de bonheur qu'il avait ressenti après son vol plané manqué l'avait de nouveau envahi. Il portait son image dans son cœur depuis lors et l'idée de la rendre heureuse était liée à son rêve de voler un jour. Tout ce qu'il avait fait depuis était placé sous ce signe. Il avait pris conscience qu'expérimenter avec des cerfs-volants construits de ses mains ne suffirait pas. Il lui fallait apprendre auprès des meilleurs constructeurs, devenir lui-même un *tohunga*. Comme Atamarie ! S'il avait bien compris sa mère, c'est ce qu'elle allait devenir, tout comme les hommes avec qui elle était venue à Parihaka. Atamarie étudiait la sagesse des *Pakeha* et, lui, il lui offrirait celle des Maoris. Il savait désormais comment on construisait et dirigeait des *manu*, à deux ou à quatre cordons. Il avait aussi entendu parler de la grande tradition de son peuple qui avait lancé dans les airs de gigantesques cerfs-volants. D'après ce que lui avait dit son maître, il avait existé jadis de gigantesques *manu* sur lesquels grimpaient des hommes qui, ensuite, dansaient avec les vents.

Il attendait, mort d'impatience, la visite d'Atamarie dans son atelier. Dès le petit matin il avait préparé des écorces d'*aute* et des feuilles de *raupo* ainsi que du bois de *manuka* et de *kareao*. Mais seuls quelques enfants apparurent d'abord, désireux de bricoler leurs propres *manu*. Penché sur leurs constructions, il ne vit pas Atamarie s'approcher. Il sursauta quand il l'entendit.

— L'autour, l'aile et le canot, dit-elle, évoquant la forme des cerfs-volants. Lequel vole le mieux ? demanda-t-elle en soulevant un *manu pakau* et en l'examinant d'un œil critique. La surface de voile est par exemple très différente entre un cerf-volant plat et…

— C'est le vent qui prête sa force au *manu*, déclara Rawiri d'une voix douce, ne regardant qu'Atamarie. À tous les cerfs-volants. Mais le *manu* ne dérobe pas sa force au vent, il se contente de la faire glisser le long de ses ailes. Le *manu* danse sur le vent, ou bien c'est le vent qui le tire vers le haut.

— Il repose sur le courant ou utilise la dépression au-dessus de la surface des ailes, traduisit Atamarie en langage scientifique. C'est sur ce dernier point que je désirerais en savoir davantage, on en a besoin aussi pour développer des avions. Et ce type de construction emboîtée me paraît intéressant, les cerfs-volants me semblent consister en divers carrés, non ? Cela leur confère de la stabilité. Bon enfin, peu importe comment on exprime ça, finit-elle par dire devant l'air perdu de Rawiri. Montre-moi simplement comment ça fonctionne !

Elle écouta attentivement ses explications bien qu'il ne lui apprît en fait pas grand-chose de nouveau. Elle avait en réalité plaisir à entendre sa voix, une voix mélodieuse et douce qui lui rappelait un peu celle de Richard. Elle se laissait bercer, se croyant presque revenue dans l'atelier de la ferme de ce dernier.

Le cerf-volant d'Atamarie fut prêt dès le soir. Il sembla décevoir un peu Rawiri. Elle avait certes suivi ses conseils techniques mais en ignorant l'aspect spirituel de la construction. Le jeune *tohunga* transmettait également les chants, les invocations ou les méditations traditionnellement attachés aux diverses étapes de la construction. Les esprits des vents et des nuages entendaient être invoqués, on en appelait parfois à la force du dieu des oiseaux, on implorait ses faveurs.

— Cela ne sert qu'à meubler le temps jusqu'à ce que le lin sèche, grommela Atamarie à l'adresse de sa mère. Et les feuilles du *raupo* repoussent, que les esprits du buisson soient d'accord ou pas !

— Mais c'est une question de principe, objecta Matariki en se mettant à fredonner le *turu manu* : *Envole-toi, mon bel oiseau, danse et monte sans repos, abats-toi comme l'autour sur sa proie*… C'est beau, non ?

— Mais le problème est celui de la force du courant d'air qui se heurte à la voile du cerf-volant. Et il vaut mieux que l'appareil ne danse pas, sinon il se met très vite en vrille. Aide-moi, Rawiri… Qu'en penses-tu ?

N'aurais-je pas dû élargir encore un peu les ailes ? Pour qu'il soit plus stable ?

Elle avait choisi la forme du *birdman*, parce que les Maoris appelaient ainsi Richard mais aussi parce qu'elle correspondait à celle des planeurs des *Pakeha* et donc au futur avion à moteur de son ami.

Un peu interloquée, Matariki constata néanmoins avec joie que Rawiri ne se laissait pas décourager par le pragmatisme béotien de sa fille. Tout en continuant à réciter ses prières, il prêtait une oreille attentive aux explications scientifiques d'Atamarie.

— Ah, tu vois, s'écria Rawiri quand ils eurent tous les deux lancé leur cerf-volant pour soumettre à l'expérience ce dont ils venaient de discuter à propos de la meilleure position d'équilibre. Si le *manu* se tient fièrement debout et parle avec l'homme, il faut plus de force pour le tenir sans qu'il monte vraiment. Pareil à un homme qui fait étalage de sa *mana* sans avoir la bénédiction des dieux. Si le *manu* s'abandonne en revanche au vent et s'incline devant les esprits, il prend alors rapidement de la hauteur.

— Mais c'est ce que je te disais, protesta Atamarie. Plus l'angle de vol est vertical, plus grande est la force d'attraction vers le sol, plus il est ouvert, plus grande est la force ascensionnelle.

Matariki, assise avec son amie Omaka ne put s'empêcher de rire.

— Chacun dit ses prières dans sa langue.

— Oui, mais ces deux-là s'adressent sans aucun doute au même dieu.

Atamarie avait apprécié la journée passée en compagnie de Rawiri et elle ne se défila pas quand, le soir, auprès des feux, il lui fit la cour, bavardant avec elle, allant lui chercher à manger et à boire. Le jeune *tohunga* montrait qu'il était aussi habile à manifester son ravissement devant les cheveux blonds d'Atamarie, devant ses yeux qu'il comparait à des perles d'ambre et devant ses mains fines et déliées, qu'à conduire ses cerfs-volants et à flatter les dieux.

— C'est toi qui voleras sur mon cerf-volant dirigeable, disait-il. Tes doigts parleront avec lui, ils le conduiront et le mèneront dans le monde des dieux où il leur transmettra mon désir que tu me touches moi aussi un jour, me conduises et m'élèves jusqu'aux cimes de l'amour.

Dans d'autres conditions, Atamarie se serait peut-être laissée aller à accompagner son galant pour une promenade dans les collines environnantes et à lui accorder un baiser. Elle l'aurait même aimé, car elle n'était plus vierge. Les caresses de Richard lui avaient donné l'envie d'en connaître d'autres. Mais son expérience de Temuka l'avait rendue méfiante. La raison lui disait que Rawiri ne la condamnerait pas à passer pour une coureuse si elle lui offrait son corps pour quelques nuits, les femmes maories n'attendant pas la nuit de noces pour goûter à l'amour. Nul, chez les Maoris, ne prétendait leur imposer la monogamie avant qu'elles se fussent prononcées pour un homme devant la tribu réunie. Mais l'attitude des habitants du village dans la plaine de Waitohi l'avait humiliée et blessée. Non, personne ne devait croire qu'elle se donnait à quelqu'un qu'elle n'aimait pas vraiment. Et ce qu'elle éprouvait pour Rawiri était bien loin de l'amour.

Les choses en restèrent là, en dépit des efforts de Rawiri les jours suivants. Ils devinrent bien sûr plus proches d'une certaine manière, imaginant ensemble de nouveaux modèles de cerfs-volants dirigeables, expérimentant diverses formes de *manu* lors de vols planés, mais, quand Rawiri essayait de la toucher, elle s'écartait de lui.

— Je regrette, dit-elle finalement le dernier soir de son séjour. Mais j'ai été avec un *Pakeha*, Richard, et je n'arrive pas à l'oublier si vite. Il… Je… Nous avions beaucoup en commun, nous voulions… Je ne peux tout simplement pas commencer quelque chose de nouveau.

— Vous vouliez voler, répondit Rawiri, plein de compréhension. Tu voulais voler avec lui. Conquérir le ciel. Et je ne parle même pas ta langue. Mais je vais l'apprendre, assura-t-il en montrant un exemplaire du *Scientific American Magazine* qu'elle lui avait prêté et qu'il étudiait sérieusement. J'apprendrai à construire des *manu* à ta manière et je prierai les dieux de m'inviter à partager le ciel avec eux. Je vais rivaliser avec ton *Pakeha*, dit-il d'un ton espiègle. Et nous verrons les constructions aéronautiques qui, ajouta-t-il, prononçant avec lenteur et application les deux mots empruntés à la revue, trouveront grâce aux yeux des esprits.

Atamarie ne comprit pas vraiment ce qu'il voulait dire, mais le lendemain, montant dans le train, elle revit son visage et ses longs cheveux noirs dansant dans le vent.

2

La nouvelle de la dissolution des camps de concentration se répandit comme une traînée de poudre à Karenstad, provoquant de la joie mais aussi la peur de l'avenir. Nombre de femmes seraient, comme Doortje, sans maison, sans mari ni père lors de leur retour chez elles. Cornelis, lui, craignait d'être mis au ban par ses voisins. On lui en voudrait sûrement d'avoir survécu à la guerre sans dommages. Il ne boitait en effet presque plus. Or il n'avait pas de raison pressante de rentrer dans son village, car, s'il héritait de la ferme et des terres de son père, il ne se sentait pas la vocation d'un fermier. Il hésitait encore entre envie et sentiment du devoir : sa mère avait survécu et considérait comme évident qu'il reconstruisît la ferme, prît femme et accueillît dans son foyer d'autres membres âgés de la famille.

Cette perspective lui faisait horreur. Il préférait chercher un emploi, d'interprète peut-être, et gagner de quoi financer la fin de ses études. Il espérait toujours autant devenir vétérinaire. Daisy était favorable à ce projet, bien qu'elle l'eût mieux vu en médecin. À la surprise générale, elle payait de retour ses sentiments à son égard : on n'aurait pas cru cette vive jeune femme capable de tomber amoureuse de cet homme silencieux, réfléchi et indécis. Mais Daisy semblait heureuse d'avoir les rênes en main et, si elle menait Cornelis avec douceur, c'était néanmoins d'une main ferme.

— Je pourrais envisager de rester ici, expliqua-t-elle un jour. Le pays est beau. Mais je n'aimerais pas habiter au beau milieu du veld, je verrais mieux une ville. Tu as le choix, Cornelis : vivre avec moi au Cap, à Johannesburg ou à Pretoria, ou bien avec ta mère dans une ferme du veld !

Personne n'avait le moindre doute quant à la décision que prendrait Cornelis. Personne sauf Doortje.

Doortje observait la cour de Cornelis avec défiance ; elle n'arrivait pas à s'imaginer que cela pût être sérieux. En revanche, elle nourrissait des projets de mariage en secret. En dépit de ses sentiments complexes envers Kevin, seul un mariage avec Cornelis lui paraissait chose possible, lorsqu'elle envisageait avec réalisme son avenir. De son point de vue à elle comme de celui de la famille du jeune homme et de leur Église, cette union n'aurait que des avantages : son avenir à elle serait assuré et Cornelis pourrait décider de relever l'une ou l'autre ferme. Celle des Van Stout était à l'écart, mais plus proche de Wepener qui deviendrait certainement un centre agricole si les Anglais se retiraient. Personne, dans les environs, n'y connaîtrait particulièrement Cornelis. Personne ne lui reprocherait sa lâcheté.

Elle-même oublierait très vite Kevin et serait pour son cousin une bonne épouse. Elle pouvait coexister avec sa tante Jacoba comme belle-mère : Martinus avait lui aussi une mère impérieuse et Doortje s'était préparée à entrer dans son foyer. Pour les filles boers, c'était de toute façon une chose naturelle, car, dans presque toutes les fermes, coexistaient plusieurs générations. Il n'y avait pas de femmes vivant seules dans la société sud-africaine, et, de ce point de vue, Cornelis avait des obligations envers sa cousine. Si lui et sa famille ne l'accueillaient pas, elle se retrouverait face au néant.

Puis, un jour où elle était occupée à laver des seringues, Daisy lui annonça ses fiançailles avec Cornelis, sans y voir malice.

— Et je vais bien finir par lui enlever de la tête son idée de devenir vétérinaire. Il peut devenir un vrai médecin, nous pourrons ouvrir un cabinet ensemble ou travailler dans un hôpital !

Daisy n'entendait pas abandonner sa profession. Au contraire : si Cornelis devait reprendre ses études, c'est elle qui, les premières années, gagnerait l'argent du ménage, solution inconcevable pour la mentalité boer.

Doortje fut prise de vertige en songeant aux conséquences de ce qu'elle venait d'apprendre. Elle pâlit et laissa tomber le plateau contenant les seringues, attirant sur elle l'attention du médecin et des infirmières.

— Mais ce n'est pas possible, balbutia Doortje. Il doit tout de même savoir que je… Il est quand même…

Elle voulait parler des obligations de son unique parent, mais elle eut soudain un voile noir devant les yeux. Elle chancela et tomba, heureuse de l'oubli que lui offrait son évanouissement. Son réveil devait s'avérer terrible.

— Daisy, si j'interprète correctement ce que miss Van Stout voulait dire… J'en suis navré, croyez-moi, mais… votre fiancé serait le père de l'enfant ?

Doortje entendit la voix du Dr Greenway, comme venant de loin quand elle reprit lentement connaissance. Un enfant ? Cette Anglaise était déjà enceinte ? Elle gémit. Si c'était vrai, il n'y avait pas de retour en arrière possible, Cornelis partirait avec elle, et alors…

— Jamais, docteur Greenway ! Certainement pas, protesta Daisy. S'il y avait eu quelque chose entre elle et Cornelis, je l'aurais remarqué. Et elle lui en veut d'ailleurs toujours.

Doortje ne comprenait pas. De qui parlaient-ils donc ?

— Peut-être lui en veut-elle à cause d'une… d'une liaison qui a mal tourné ? supputa le médecin.

— Allons donc !

Doortje sentit que Daisy s'affairait auprès de son lit. Allait-elle lui faire une piqûre ? Était-elle malade ? En tout cas, elle s'était évanouie. Il fallait… si seulement elle n'était pas si faible…

— Et d'ailleurs vous dites qu'elle en est au sixième mois. Cornelis est-il là depuis si longtemps ? Et comment aurions-nous pu ne rien voir ? Et pourquoi l'aurait-elle caché ?

Doortje rassembla toute son énergie, ouvrit les yeux et tenta de se redresser, mais le Dr Greenway la repoussa avec douceur sur le lit.

— Restez allongée, miss Van Stout. Reposez-vous, vous devez penser à votre enfant.

Elle se dressa en sursaut.

— À quoi ?

— Je n'arrive pas à croire que nous n'ayons rien remarqué, s'insurgea Kevin, à qui le Dr Greenway venait d'annoncer la grossesse de Doortje. Cinquième ou sixième mois ?

Greenway déboucha une bouteille de whisky.

— Calmez-vous, Drury, la jeune femme ne le savait même pas. Je pense que nous pouvons la croire, j'étais présent, j'ai vu sa surprise. Et cela est d'ailleurs possible : ces femmes ne se déshabillent que rarement en raison de l'exiguïté des tentes. De surcroît, les ventres ballonnés ne sont pas rares du fait de la sous-alimentation qui, par ailleurs, explique l'absence de règles, vous le savez comme moi. Nous n'avons rien à nous reprocher. Du moins si aucun de nous n'est le père.

— Pas cette fois, ronchonna Kevin en avalant une rasade de whisky. La paternité n'est d'ailleurs pas un mystère, Greenway, si vous vous rappelez dans quelles circonstances ces femmes sont arrivées ici – Doortje et Johanna. Je sais, elles ont refusé tout examen gynécologique, mais elles avaient été violées, cela ne faisait pas l'ombre d'un doute.

— Mais c'est bien sûr ! Et moi qui, idiot que je suis, ai soupçonné le fiancé de Daisy. Mais cela est encore pire. Un enfant de… euh… de l'amour compliquerait déjà considérablement la vie de miss Van Stout. Mais là alors…

— Y a-t-il au moins quelqu'un auprès d'elle ? demanda Kevin, abasourdi. Qu'elle n'aille pas, en plus, attenter à ses jours !

— Miss Fence, oui, le tranquillisa Greenway. Nous l'avons fait venir. Daisy était certes disponible, mais la jeune femme pouvait lui en vouloir car elle avait, semble-t-il, l'intention d'épouser son cousin Cornelis.

— Pardon ? s'exclama Kevin, soudain immobile. Doortje voulait épouser Cornelis Pienaar ? Mais qui vous a raconté cette blague ?

— Mme Vooren, l'aide-soignante. Vous savez, la petite Boer qui n'a même pas vingt ans mais déjà trois enfants. Une jeune femme très éveillée, moins obstinée que les autres. Miss Van Stout a eu ce collapsus au moment où Daisy parlait de ses fiançailles et je me suis demandé s'il y avait un rapport. Mme Vooren me l'a confirmé. Mais c'est sans doute plus pour des raisons disons… économiques que par amour.

— Je vais la voir, dit Kevin en posant son verre. Elle doit être désespérée. Peut-être… peut-être pourrai-je l'aider.

Faisant mine de ne pas voir la perplexité de son collègue, il se dirigea vers la porte, mais, au dernier moment, il se retourna et prit le livre sur la Nouvelle-Zélande qu'avait un jour feuilleté Doortje.

— Si ça peut la distraire…

— Eh bien, je vous souhaite bonne chance, Drury, sourit Greenway.

La nuit était déjà tombée quand Kevin entra dans l'hôpital où brûlaient des lampes à pétrole. L'une d'elles éclairait la pièce où était alitée Doortje. Roberta, assise auprès d'elle, lisait un livre.

– Tu vas t'abîmer les yeux, Roberta, remarqua Kevin d'un ton amical.

Roberta leva les yeux et il se dit que vraiment cette jeune femme sérieuse était jolie. Mais, quand il aperçut le visage mince de Doortje sur l'oreiller et la masse de ses cheveux défaits, il oublia Roberta. C'était la première fois qu'il la voyait sans sa coiffe et il fut comme ensorcelé par la douceur et la jeunesse que ses longues mèches blondes conféraient à ses traits. Elle avait les yeux fermés, mais son corps était tendu.

– Est-ce qu'elle dort ? demanda-t-il.

– Non. Elle refuse de parler. Elle refuse aussi de le croire. Mais… Peut-on ne pas voir qu'on est enceinte ?

Kevin crut voir un tressaillement sur le visage de Doortje. Il fit un effort.

– Si, Roberta, c'est possible. Dans les conditions du camp. Je… je vais rester auprès d'elle. Aurais-tu la gentillesse de nous laisser seuls ?

Roberta fut à nouveau tenaillée par l'ancienne douleur. Quand on lui avait parlé de la grossesse de Doortje, elle avait ressenti une espèce de triomphe tout en ayant honte de sa réaction. Doortje allait continuer à repousser Kevin. Il l'oublierait ou chercherait à se consoler. Elle s'était sentie coupable envers Vincent à qui elle laissait de l'espoir depuis quelque temps. Pourtant, si Kevin se tournait vers elle parce que Doortje était inaccessible… Mais il ne fallait pas recommencer à rêver, elle devait tuer ses sentiments pour lui. Elle se leva.

– Naturellement, dit-elle sèchement. Je reviendrai plus tard.

Elle quitta la pièce, mais resta derrière la porte, le cœur battant, honteuse. Elle devait savoir ce qu'il en était.

Quand elle fut seule avec Kevin, Doortje ouvrit les yeux.

— Vous… vous me croyez ? demanda-t-elle d'une voix faible.

— Je vous ai dit que vous pouviez avoir confiance en moi et que j'aurais confiance en vous. Donc, je vous crois quand vous dites que vous ignoriez être enceinte. Mais qu'en est-il de cette histoire insensée avec Cornelis ?

Il rapprocha du lit la chaise de Roberta et dut faire effort sur lui-même pour ne pas lui écarter les cheveux du visage. Il aurait tant voulu la prendre dans ses bras, la réconforter.

— Cornelis n'est pas le père, dit-elle avec raideur. Dites-le à cette infirmière, Daisy. Elle n'a aucune raison de douter de lui.

— Bien sûr, Doortje. Nous savons bien comment cet enfant a été engendré. Et j'en suis désolé, vraiment désolé. Mais vous devez à présent prendre une décision. Que comptez-vous faire ? Comment voyez-vous l'avenir, avec cet enfant ?

— Je ne veux pas de cet enfant ! cria-t-elle en se redressant. Je n'en veux pas !

Elle serrait les poings. Toute autre femme, dans sa situation, aurait fondu en làrmes, mais elle donnait surtout l'impression de la colère et de la détermination.

— Je ne le mettrai pas au monde, je…

Elle se tut. Il posa sa main sur la sienne pour l'empêcher de frapper l'enfant en elle.

— Il ne vous demandera pas si vous voulez le mettre au monde. Il est là, vous n'y pouvez plus rien. Si nous nous en étions aperçus plus tôt, nous… nous aurions peut-être pu… heu… provoquer une fausse couche. Mais maintenant cela fait presque six mois qu'il grandit en vous. C'est déjà un petit être, avec des mains, des pieds, des yeux et une bouche. Il doit déjà bouger. Ne bouge-t-il pas, Doortje ?

Elle acquiesça. Jusque-là, elle avait pris ces sensations étranges en elle pour des coliques.

— Vous voyez. Dans trois mois il naîtra. Il sera aussi beau que vous, Doortje !

— Son père est un monstre !

— Mais sa mère est belle comme un ange. Cela compensera. Vous l'aimerez, Doortje.

— Je le détesterai ! Je l'emporterai dans le veld et l'abandonnerai aux vautours !

— Votre Dieu vous l'interdit. Rappelez-vous la Bible, Doortje : tu ne tueras point.

— C'est vous qui osez me faire ce reproche ? Dans ce camp ? Pendant cette guerre ?

— L'enfant n'est pour rien dans cette guerre. Et nous deux… N'avions-nous pas convenu de ne pas être des ennemis ?

— De toute façon, il mourra de faim, dit Doortje avec indifférence. Il n'aura aucune famille pour l'accueillir, aucune famille ne m'accueillera non plus. Je pourrai vendre la ferme, ce qu'il en reste plutôt. Cela me permettra d'aller en ville, mais l'argent ne durera pas éternellement.

— Votre communauté ne vous aidera pas ?

Kevin avait posé la question tout en connaissant la réponse : les communautés de puritains n'aidaient jamais une fille déchue. Qu'elle fût ou non responsable de son malheur.

— Ne vous donnez donc pas tout ce mal, docteur Drury, dit-elle d'une voix dure. Je n'ai que deux possibilités : me jeter à l'eau comme Johanna ou survivre comme la pute que les Britanniques ont faite de moi. Il existe à Pretoria… ce genre de… de lieux…

Elle devint écarlate.

Kevin ne put en supporter davantage.

— Vous pouvez aussi venir avec moi et vivre en Nouvelle-Zélande, dit-il d'une voix rauque. Être ma femme.

Je vous aime Dorothée, Doortje, miss Van Stout. Vous devez le savoir depuis longtemps. En tout cas, je n'ai pas de vœu plus cher que de vous épouser.

— Avec… avec cet enfant ? demanda-t-elle, abasourdie.

— Naturellement. Il serait notre enfant.

Pensant une fraction de seconde à Juliette, il se sentit coupable envers Patrick.

— Si nous nous marions sans attendre, ici, personne ne sera au courant. Je reconnaîtrai l'enfant et je l'aimerai.

— Vous l'aimerez ? Ce… ce rejeton d'un monstre ?

Kevin prit ses mains entre les siennes et les serra. Elles étaient froides et, en dépit des callosités occasionnées par des années de travail à la ferme, elles étaient douces.

— Je te l'ai déjà dit, Doortje. L'amour n'a rien à voir avec l'apparence. Pour moi cet enfant sera beau, ne serait-ce qu'en raison du sourire que tu auras en le regardant, entre tes bras.

— Il n'aura rien de commun avec moi ! Ce sera un Anglais, comme son maudit de père !

— Un Néo-Zélandais, corrigea Kevin en soupirant. Quant à moi… (Il dut prendre sur lui pour formuler cette offre, mais il aurait tout fait pour Doortje.) Quant à moi, je suis prêt à vivre avec toi à la ferme. Mes parents ont une ferme, tu sais, dans l'Otago. Un très bel endroit. Je ne suis certes pas agriculteur, mais je pourrais ouvrir en ville un cabinet. L'enfant pourrait grandir à la campagne, comme toi.

— Non, non et non. Il ne serait pas un Boer. Il ne pourrait être un Boer !

Kevin s'efforça de ne pas perdre patience.

— C'est vrai, il ne pourra pas l'être ! répliqua-t-il, sans violence, mais trop vite.

Il ne put dissimuler qu'il n'était pas mécontent de cette impossibilité. Il était amoureux d'elle mais il n'avait aucune sympathie pour son peuple. Elle se tut, butée, et tenta de dégager sa main. Kevin la porta à ses lèvres avant de la libérer.

– Réfléchis, Doortje, dit-il en posant le livre sur la Nouvelle-Zélande sur le lit. Je ne suis pas boer et notre fils n'en sera pas un. Son pays ne sera pas l'Afrique et personne ne lui dira qu'il est l'élu de Dieu. La Nouvelle-Zélande est un pays magnifique et sa grand-mère connaît beaucoup de très belles histoires à son sujet. Cela pourrait être très bien de vivre là-bas. Réfléchis-y, Doortje !

Elle ne répondit pas, mais ne se détourna pas non plus. Elle posa la main sur le livre.

Derrière la porte, Roberta essuya des larmes sur sa joue. Que Doortje répondît oui ou non n'avait pas d'importance. Jamais Kevin ne serait à elle.

3

Pendant les mois qui suivirent sa visite à Parihaka, Atamarie revit souvent en pensée le visage amical de Rawiri, généralement quand elle se désespérait du silence persistant de Richard. Des semaines durant, aucune lettre de Temuka ne lui parvint et, bien souvent, elle dut se retenir de lui écrire la première. Son souvenir de Richard et de ses rêves ne voulait pas s'effacer. Elle ne pouvait se résigner à ce que tout fût fini. Cela avait été une relation si extraordinaire, ils avaient eu tant en commun ! Elle ne pouvait concevoir que Richard eût jeté tout cela aux orties.

Et puis, près de six mois après sa fuite de la ferme de Richard, une lettre l'attendait quand elle rentra chez elle au retour de l'université. Elle l'ouvrit, les doigts tremblants et le cœur cognant dans sa poitrine quand elle aperçut son écriture aux grandes lettres arrondies. Quelques mots écrits par lui remplissaient une ligne et, cette fois, il lui en fallut quatre pour s'excuser de son attitude :

« Je ne sais pas ce qui m'a pris. Je ne voulais pas te tenir à l'écart. Mais j'ai tout simplement eu besoin de mettre l'appareil en route. Je voulais en fait te surprendre, Atamarie, voler à ta rencontre. Et je t'ai déçue. Je comprends que tu ne veuilles plus avoir affaire à moi, mais peut-être que nous pourrions au moins reprendre notre correspondance qui a toujours été si importante pour moi. »

D'abord étonnée qu'il n'écrivît rien à propos de ses parents, elle en vint à la conclusion que personne ne lui avait raconté ce qui s'était passé après son accident. Il croyait certainement qu'elle était simplement partie après avoir entendu parler de sa stupide tentative. Elle fut un peu vexée de se voir prêter tant de puérilité, tout comme elle était blessée de la longueur de son silence qu'il n'évoquait même pas. Elle n'en était pas moins très heureuse qu'il eût repris contact. Même si sa lettre ne contenait pas de serments d'amour, ce qui était tout de même décevant ! Elle fut refroidie quand elle finit par montrer la lettre à Heather et Chloé et qu'elles lui conseillèrent de la jeter à la corbeille.

— Atamie, il ne dit pas que tu représentes beaucoup à ses yeux, il écrit juste qu'il aime à lire tes lettres, estima Heather. Alors que j'ai de la peine à imaginer ce que tu y écris. Sans doute cites-tu pour l'essentiel le professeur Dobbins. C'est avec lui qu'il devrait correspondre, ce serait mieux pour tout le monde.

— Si tu lui écris tout de même, raconte-lui au moins ce qui s'est passé, conseilla à son tour Chloé. Comment sa famille t'a traitée et comment ses voisins se sont comportés. Peut-être que cela l'amènera à réfléchir. Et ne passe pas de compromis ! S'il te veut vraiment, qu'il emménage à Christchurch ou dans une autre grande ville.

— *Idem* s'il veut vraiment voler, lâcha Atamarie avec lassitude.

Elle avait déjà discuté sans fin de tout cela avec elles, mais aussi avec sa mère et ses amies maories de Parihaka. Cela était évident aux yeux de tous, sauf à ceux de Richard Pearse.

Les mois suivants, le sujet du vol resta tabou entre eux. Le jeune homme avait provisoirement renoncé à son rêve. Son avion avait été fortement endommagé lors de son dernier échec et il avait perdu courage. Peut-être les reproches de sa famille avaient-ils fini par tomber sur un terrain favorable. Ne s'était-il pas en effet, pour la première fois, blessé sérieusement ?

En tout cas, il ne travaillait plus à son appareil, concentrant son ambition et son talent inventif sur les machines agricoles. Dans ses lettres, il évoquait avec fierté de nouveaux brevets, et la construction d'une faneuse améliorée que Peterson utilisait désormais. Il travaillait pour l'heure à un épandeur de fumier de conception nouvelle.

Atamarie parlait de ses études. Le génie mécanique était dorénavant au programme, ce qui l'intéressait notoirement plus que l'arpentage. Dobbins et ses collègues initiaient leurs étudiants aux secrets de la machine à vapeur. Et soudain, vers la fin de l'année 1902, Dobbins arriva dans l'amphithéâtre, porteur d'une surprise.

— Regardez, madame et messieurs ! annonça-t-il fièrement. Un moteur Otto ou, plus exactement, un moteur à combustion interne. Nous allons étudier son fonctionnement, les possibilités d'utilisation de ces moteurs dans la construction automobile, et…

— C'est un moteur à deux temps, n'est-ce pas, sir ? s'enquit Atamarie, qui, fascinée par la relative petitesse de ce moteur compact, avait levé le doigt pour demander la parole. Vingt chevaux ?

— Vingt-quatre, miss Turei, répondit le professeur en souriant. Mais on dirait que vous avez déjà eu maille à partir avec de genre de moteurs. Souhaitez-vous nous parler un peu de vos expériences ?

Atamarie secoua la tête alors qu'elle avait envie d'acquiescer.

— Oui… Non… Plus tard. À vrai dire, j'avais une question à poser.

— Posez, miss, posez !

— Combien pèse-t-il ? demanda-t-elle, le souffle court.

— Tu veux quoi ?

Quelques jours après le début des vacances d'été, Heather et Chloé, en route avec Rosie pour la piste hippique d'Addington où la petite jument Trotting Diamond devait faire ses débuts, avaient rendu visite à Atamarie. Heather et Chloé avaient compté l'inviter à les accompagner, mais elle était assise sur des valises déjà bouclées. Et, au beau milieu de la pièce, il y avait un moteur Otto ! Elles étaient tombées des nues quand Atamarie, à peine avaient-elles ouvert la porte, leur avait assené ce qu'elle avait en tête.

— Il ne pèse que cinquante-sept kilos ! avait-elle annoncé fièrement, et il tourne rond. Idéal pour…

— Répète, Atamie, mais sans détails techniques ! dit Heather en s'asseyant, effrayée, sur le lit. Tu veux offrir ce moteur à Richard pour Noël ?

— Oui ! Il n'était pas cher du tout ! J'ai donc dû demander de l'argent à maman, mais j'aurais facilement pu, en un seul jour… (Elle se mordit la langue pour éviter de révéler le secret de la mine d'or d'Elizabeth Station.) Bon, j'aurais pu gagner cette somme si j'avais accepté un boulot de vacances. Dobbins dit que, l'an prochain, l'Institut obtiendra un nouveau moteur. Les évolutions sont, à l'heure actuelle, très rapides, tous les jours il y a une invention nouvelle. Mais jusqu'ici personne n'a eu l'idée de monter un moteur comme celui-ci dans un avion. Sauf Richard. Mais il ne pouvait s'en payer un. Mais à présent… à présent nous avons un moteur ! Si léger ! Rien à voir avec le vieux truc d'avant. Vous pigez ? Nous allons voler !

Chloé hocha la tête.

— Je comprends juste que tu vas retourner dans ce trou où tout le monde te hait. Retourner vers un homme que tu n'as pas vu de toute une année, alors qu'il y a à peine quelques heures de train entre vous. Nous te l'avons déjà dit mille fois, Atamie : si tu es persuadée que tu peux voler avec cette machine infernale, construis-la toi-même. Mais ce Richard…

— Richard est un génie ! s'entêta Atamarie. Sans lui, j'en suis incapable. Mais, avec lui, nous pouvons être les premiers à décoller à l'aide d'un moteur.

— Et alors il t'aimera ? s'écria Chloé.

— Il n'est pas obligé, concéda Atamarie en baissant la tête. Je ne fais vraiment pas ça pour…

— Eh bien alors, bonne chance ! soupira Heather.

Heather aida sa nièce à organiser le transport du moteur, opération assez difficile, car on ne pouvait l'emporter avec soi dans un compartiment.

— Et puis je pars avec toi ! déclara-t-elle. Comme ça je verrai cet homme. Chloé ira à Addington avec Rosie. Moi, je n'ai de toute façon aucune notion des courses de trot.

— Tu devrais peut-être demander à Atamarie si elle désire vraiment être accompagnée. Elle préfère peut-être être seule avec ce jeune homme ? intervint Chloé.

Atamarie se dit que Chloé devait lire dans ses pensées. Elle pressentit que sa liaison avec Richard devait lui rappeler son second mariage, un mariage malheureux.

— Que pourrais-je avoir contre ? dit-elle néanmoins, s'avouant qu'un peu d'aide à Temuka ne serait pas de trop. Tant que tu ne sauras pas distinguer un moteur à deux temps d'un moteur à quatre temps, Richard ne risque pas de tomber amoureux de toi, préféra-t-elle plaisanter.

— De toute façon, il ne court aucun risque avec moi, dit Heather, un peu vexée. Mais prends garde à ce monstre, rétorqua-t-elle, montrant le moteur. S'il fait de l'œil à ton Richard, ils termineront au lit !

Atamarie et Heather se rendirent à Timaru en train, un entrepreneur de transport y livrerait le moteur. Atamarie avait télégraphié à Richard, espérant qu'il viendrait les chercher, elles deux et le moteur. Heather, pour sa part, avait préféré prendre une chambre à l'hôtel.

— Et je te conseille de faire de même à l'avenir quand tu lui rendras visite. Tout le monde saurait malgré tout que tu passes la nuit avec ton Richard. Mais les formes seraient sauves !

Atamarie se disposait à répondre quand l'attelage de Richard arriva par la grande rue de la localité. Heather retint sa nièce par un pan de sa robe pour l'empêcher de se précipiter à sa rencontre.

— Un peu de retenue, Atamarie ! Laisse-le faire le premier pas !

Atamarie resta donc à côté de sa tante, attendant que Richard fût descendu de son siège et les eût saluées. Il se comporta comme si elle s'était absentée une semaine et l'embrassa sur la joue, en bon camarade.

— Où est-il ? demanda-t-il, brûlant d'impatience, sans lui laisser le temps de lui présenter sa tante. Et il ne pèse vraiment que cinquante-sept kilos ? Il marche ? Je n'arrive pas à y croire, Atamie, je n'ai encore jamais vu d'automobile ici.

— L'objet miracle n'est pas encore là, le coupa Heather. Vous pourriez boire une tasse de café avec nous en attendant. Au fait, je suis Heather Coltrane, la tante d'Atamarie.

À en juger par l'incompréhension qui se lisait sur ses traits, Atamarie n'avait jamais parlé de sa famille, ou bien il n'avait pas écouté, s'agissant de sujets non techniques. Toujours est-il que, s'excusant de son attitude, il conduisit les dames au café voisin où il fit sagement la conversation. Heather tenta de sonder ses intentions, mais il se contenta de réponses vagues. Oui, il avait en quelque sorte hérité d'une ferme qu'il exploitait. Oui, il aurait préféré devenir ingénieur, mais on n'y pouvait plus rien, il considérait désormais son activité d'inventeur plus comme un passe-temps qu'autre chose.

Heather, apparemment indifférente, jetait pourtant de temps en temps des regards soucieux à sa nièce.

Ne voyait-elle donc pas que cela compromettait ses propres plans d'avenir ? Mais Atamarie, assise à côté de lui, rayonnait, heureuse qu'il lui tînt la main sous la table. Or Heather avait remarqué que c'est elle qui avait cherché la sienne et non le contraire. Elle ne décelait pas d'autres signes d'une quelconque affection du jeune homme pour elle. S'il ressentait de l'excitation, c'était à l'endroit du moteur. Il était fou d'impatience à l'idée d'aller le chercher chez le commerçant où il devait entre-temps être arrivé.

Effectivement, le propriétaire était en train de le décharger. Le moteur accompagnait une livraison de vis, de clous et autre quincaillerie qu'attendaient quelques forgerons et mécaniciens de l'endroit. Atamarie aperçut Cecil Woods, l'ami de Richard et, peu après, les trois jeunes gens étaient plongés dans une discussion animée relative au moteur. Les laissant, Heather se tourna vers le conducteur de la voiture de livraison. Elle avait la vague impression d'avoir déjà vu cet homme grand et costaud.

— Voulez-vous que je vous paie ou bien que je règle à Christchurch avec votre employeur ?

— Mais c'est moi l'employeur, dit-il avec un large et fier sourire ! Mon homme m'a laissé en panne aujourd'hui et je l'ai donc remplacé. Si vous voulez bien signer ces papiers, madame…

— Mademoiselle, dit Heather toujours intriguée.

D'où connaissait-elle cet homme ? Elle n'avait encore jamais eu affaire à des services d'expédition. C'est Chloé qui se chargeait de cette tâche pour leur galerie. Mais l'homme était visiblement lui aussi intrigué, accordant une attention insolite à sa signature.

— Heather Coltrane, précisa-t-elle, avant que ses yeux ne tombent sur l'inscription peinte sur la voiture :

EXPÉDITIONS BULLDOG – LIVRAISONS RAPIDES ET SÛRES !

— Bulldog ? demanda-t-elle alors avec un large sourire. Ne serait-ce pas mon beau-père qui vous a appelé ainsi durant une traversée entre Londres et Dunedin ?

— Ah, mais oui, rayonna l'homme à son tour. Vous êtes miss Heather ! La fille du révérend Burton ! J'ai dormi dans votre église !

— Pas dans la mienne ! Mais je sais maintenant où je vous avais rencontré. Vous ne vouliez pas chercher de l'or ?

Quelque vingt ans plus tôt, le révérend et Kathleen étaient partis pour l'Angleterre afin de régler une affaire d'héritage et Heather les avait accompagnés. Lors du retour, Violette et sa famille étaient sur le même bateau, dans l'entrepont, bien entendu. Heather avait pris sous son aile Violette et sa petite sœur Rosie, lorsqu'un garçon d'une quinzaine d'années avait lui aussi pris soin d'elles. Le révérend l'avait surnommé Bulldog en raison de sa silhouette trapue. Heather n'avait jamais su son véritable nom.

— Ça n'a rien donné, répondit-il. Le révérend m'avait prévenu. Je m'en suis souvenu. Les autres ont continué, moi, j'ai acheté un mulet après avoir trouvé un peu d'or. Je suis alors allé vendre aux chercheurs travaillant seuls en pleine nature ce dont ils avaient besoin. Du whisky surtout. Les affaires marchaient bien. Mais je ne suis pas un commerçant, je préfère circuler dans le pays. Maintenant, j'ai cinq voitures, vingt chevaux… Ça marche toujours bien !

— Je suis heureuse que vous ayez réussi ! Comment vous appelez-vous, au fait ?

— Tom Tibbs, répondit-il, en enlevant sa casquette. Est-ce que je peux vous demander… ?

— Heather ? les interrompit Atamarie avec une tape sur l'épaule de sa tante. Nous comptons y aller. Tu nous accompagnes à la ferme ?

Contrariée, Heather abandonna un instant Bulldog.

— Volontiers, mais pas avec ton Richard, Atamarie. Nous allons louer une chaise et au moins donner l'impression que tout se passe selon les règles. Bon Dieu, fillette, les gens doivent déjà bavasser à qui mieux mieux ! Excusez-moi, monsieur Tibbs, j'ai vraiment été très heureuse de vous revoir. Mais je dois à présent m'occuper de ma nièce, sinon toute la ville va en parler. Elle est follement amoureuse. Vous l'étiez aussi de Violette, n'est-ce pas ? Elle va très bien. Mais il faut à présent vraiment que…

Heather prit aimablement congé et entra dans le magasin pour noter l'adresse d'une écurie de louage. Bulldog resta avec sa question. Il désirait bien sûr savoir comment allait Violette, mais il n'avait jamais été amoureux d'elle. Quand il repensait aux deux sœurs, c'était une petite main timide qu'il sentait dans la sienne. Rosie ne l'avait prise qu'une fois, un jour où la tempête secouait le navire et que des gaillards impudents harcelaient les fillettes. Mais il se rappelait la douceur de cette main, mal assurée et fragile. Un pur joyau qu'il avait voulu protéger. Protection qu'il n'avait pas réussi à assurer à sa propre petite sœur, en Angleterre.

Il se gratta la tête. Il ne voulait plus penser à Molly et moins encore à Rosie. Mais il aurait aimé savoir comment elle allait.

Atamarie grimpa sagement dans la chaise louée par Heather, tandis que Richard transportait le moteur. La nouvelle du retour d'Atamarie avait bien entendu déjà fait le tour de Timaru, ainsi que le bruit selon lequel Dingo Dick menaçait une nouvelle fois de ne plus avoir les pieds sur terre.

Atamarie, à son arrivée à la ferme, eut la surprise de constater que, depuis la dernière récolte, bien des choses avaient changé ici, contredisant ses craintes. Il y avait certes encore des machines agricoles hors d'usage un peu partout et des moteurs démontés, mais plus d'animaux en liberté. Un effort de rangement était visible. Elle se demanda si Richard s'était découvert une vocation agricole, mais la solution de l'énigme ne tarda pas à prendre les traits du jeune Hamene. Atamarie fut heureuse de le revoir.

— Tu travailles ici en permanence ? C'est une bonne idée de Richard de t'avoir embauché !

Hamene, un garçon vigoureux qui portait la tenue des fermiers *pakeha* et s'était débarrassé de ses longs cheveux et de son chignon de guerrier, lui sourit.

— Ce n'est pas une idée de Richard, mais de Shirley. Nos doyens n'ont rien eu contre. Le *Pakeha* ne peut pas venir à bout de tout ça, il est en effet *tohunga*.

La position de *tohunga* était très estimée dans les tribus. On n'attendait pas d'eux ou d'elles, constructeurs de cerfs-volants, sculpteurs, prêtres ou sages-femmes, qu'ils travaillent dans les champs, qu'ils chassent ou s'occupent des animaux. Pour Hamene, il était donc tout naturel de libérer Richard de ces charges. Mais qui était Shirley ? Atamarie, après une brève réflexion, se souvint de la jeune femme, une blonde sans relief, l'une des filles des Hansley. Elle l'avait aperçue à quelques reprises, mais celle-ci n'avait, à l'époque, jamais échangé plus de deux ou trois mots avec Richard. Elle ne se souvenait pas non plus de l'avoir vue danser avec un autre garçon lors de la fête des moissons. Elle était restée sagement assise auprès de sa mère et des autres dames pleines de dignité. Et voilà qu'elle ouvrait la porte de l'habitation à des visiteurs comme si cela allait de soi.

Vêtue d'une robe bleue démodée sous un tablier blanc, elle eut un sourire un peu forcé à l'adresse des deux visiteuses.

— Mais que fais-tu là ? s'enquit Atamarie, peu enchantée.

C'était peu courtois, elle le savait, mais elle avait si longtemps vécu ici !

Une fraction de seconde, Shirley lui rendit son regard méprisant. Puis, retrouvant son sourire, elle leva la main comme pour une excuse. Petite et râblée, elle avait un visage rond, presque encore celui d'un enfant. Elle ne supportait pas la comparaison avec Atamarie, mince et avenante dans sa robe fleurie.

— Oh, je donne un petit coup de main. M. Pearse et mes parents ont pensé que Richard avait un peu besoin d'aide dans son intérieur. Il faut dire que c'était dans un état…, dit-elle d'un air complice, ayant dû trouver la maison aussi à l'abandon qu'elle-même un an plus tôt. Mais entrez donc !

Heather lança à Atamarie un regard perplexe. Une gouvernante ? Si jeune ? Chez un célibataire ? À Dunedin, ce serait impossible.

— J'ai préparé à manger, et, si vous le désirez, vous pouvez aussi passer la nuit ici, dit-elle, regardant Atamarie de côté, l'air peu amène, laissant entendre qu'elle trouverait ce désir étrange, mais ne le critiquerait pas.

Celle-ci ne s'en formalisa pas : elle n'avait jamais fait mystère des nuits qu'elle avait passées ici durant des semaines. Heather entra avec naturel. Atamarie ne sut si elle allait suivre Richard et Hamene à la grange où ils portaient le moteur ou rester avec les deux femmes pour en apprendre un peu plus sur le rôle de Shirley. Richard ne lui en avait pas parlé dans ses lettres. Pourtant, son accueil permettait de penser qu'elle n'avait rien à cacher et sa présence ici ne pouvait qu'avoir été approuvée par les Pearse et les Hansley. Atamarie soupçonna qu'il s'agissait de mettre en route un futur mariage, pas tout à fait à la manière *pakeha*, mais dans des conditions taillées sur mesure pour Richard. Ses parents, elle n'en doutait pas une seconde, étaient capables d'adapter leurs conceptions morales à leurs objectifs.

Elle opta pour le moteur que Richard installa sur un drap propre au milieu de la grange. Il se disposait à le démonter sans attendre quand Shirley vint leur annoncer que le repas était prêt.

— Mais, Dieu du ciel, Richard, tu ne comptes tout de même pas te mettre à jouer avec cet engin, si ? Tu as de la visite, Richard ! J'ai tout préparé. Mange avec tes invités et tu t'occuperas demain de ta machine du diable !

Docile, Richard la suivit, Atamarie à ses côtés, de méchante humeur.

— Elle est quoi, ici ? Ta nurse ?

— Je… j'ai besoin parfois de quelqu'un qui me remette en tête les bonnes manières, dit-il avec un sourire d'excuse si espiègle qu'elle fut aussitôt rassérénée.

Il ne donnait pas l'impression de coucher avec cette fille. Les regards qu'il échangeait avec elle, Atamarie, ne plaidaient pas non plus en faveur de cette hypothèse.

L'amour n'aurait pas non plus l'estomac pour allié, se dit-elle encore en partageant un repas dénué de toute fantaisie : purée de pommes de terre et côtelettes un peu fades. Bonne ménagère sans doute, Shirley n'était pas bonne cuisinière.

— Je repars maintenant. Tu m'accompagnes ou tu restes ? demanda Heather sans détour à la fin du repas.

Atamarie hésita, regardant tour à tour Richard et Shirley.

— Tu veux partir ? demanda-t-il d'un ton de surprise et de déception.

Atamarie eut beaucoup de mal à ne pas rougir sous les regards en coin de Shirley, mais la joie de constater qu'elle avait manqué à Richard l'emporta.

— Non ! Je reste bien sûr. Nous…

Shirley baissa la tête, puis elle se ressaisit et sourit.

— Comme je vous l'ai dit, tout est prêt, dit-elle en montrant la chambre à coucher à l'arrière de la maison. Tous ceux qui le désirent peuvent rester. Mais moi, je m'en vais maintenant.

Elle dénoua son tablier vivement, se contrôlant parfaitement, mais Heather, observatrice perspicace, vit la colère flamber derrière son indifférence feinte.

Dans la chambre à coucher, Atamarie trouva effectivement un lit aux draps propres et frais. La nuit avec son amant ne laissa rien à désirer. Richard lui fit l'amour avec tendresse, lui chuchota enfin des mots doux, la cajola et la mena au septième ciel. Et de nouveau, le lendemain matin, dès qu'il eut aperçu le moteur, tout sembla oublié. Par chance, Hamene était déjà là, qui ne trouva rien à redire à ce que, après un bref bonjour, Richard disparût dans la grange.

— Il parle avec les esprits ! expliqua le grand Maori avec respect. Et ce n'est pas comme avec nos *tohunga* qui appellent les dieux et n'entendent leur réponse que dans leur tête. Ils lui répondent à haute voix ! C'est vrai, je l'ai entendu de mes propres oreilles !

Atamarie sourit, sachant que Richard, depuis quelque temps, procédait à des expériences avec un phonographe au moyen duquel on pouvait stocker sur un disque en cire des voix et de la musique. La technique n'était pas nouvelle, mais il espérait faire plaisir à sa mère : au prix de quelques améliorations, on pourrait conserver pour la postérité la musique de l'orchestre familial. Hamene avait dû assister à quelques-uns de ces essais. Atamarie entreprit aussitôt de lui expliquer le principe du gramophone.

— Richard aimerait bien également enregistrer le chant d'un *haka* ou une prière, dit-elle, dépoétisant le travail de Richard.

— Pour quoi faire ? Pour mettre les dieux en colère ? Ils ne peuvent être contents si, au lieu de continuer à chanter et à danser nous construisons une machine pour le faire à notre place. M. Richard est *tohunga*, et il sait à quoi cela est utile. Mais si tu veux savoir mon avis : pour moi, rien de tout ce qu'il fait n'est très utile. Peut-être d'ailleurs que je ne comprends tout simplement pas…

— Mais alors pourquoi l'aides-tu ? Je croyais…

— Shirley dit que je dois l'aider, dit-il en haussant les épaules.

Atamarie vit ses yeux s'illuminer. C'était donc ça : Hamene était amoureux de Shirley Hansley. Mais avait-il la moindre chance ? Ou bien n'était-ce pas du tout pour Richard que Shirley était là ? Avait-elle cherché un moyen de se rapprocher d'Hamene ?

4

Heather se moqua d'Atamarie quand, l'après-midi, elle lui raconta qu'il y avait peut-être une amourette entre Hamene et Shirley. Elle avait commencé par décrire avec enthousiasme la journée passée dans la grange. Le moteur semblait être ce qui avait manqué à Richard pour d'autres innovations en matière d'aéronautique. Elle n'eut pas besoin de dire à sa tante combien il l'avait rendue heureuse dans la nuit, celle-ci le lisait dans ses yeux. Mais elle ne laissa à sa nièce aucun espoir pour ce qui était de Shirley.

— La petite avec un Maori ? Tu n'y crois pas toi-même ! Cette fille est l'incarnation vivante de l'existence à la campagne, une espèce de sainte. C'est du moins ainsi qu'elle se voit. Elle se sacrifie pour ton Richard, et tout ça avec pour résultat qu'il revienne à toi, bannières déployées ! Il faut vraiment aimer souffrir pour supporter ça ! Mais elle a la bénédiction des parents de Richard comme des siens. Seul Richard, visiblement, ne joue pas le jeu. Quel garçon étrange, Atamarie ! J'ai beaucoup bourlingué, crois-moi, et j'ai connu bien des gens excentriques. Mais lui ! J'ai d'abord cru qu'il était frigide, mais ensuite… Il paraît vraiment obsédé par ce moteur.

— Frigide, non, il ne l'est pas ! dit la nièce sur le ton de l'absolue conviction.

— Mais pas non plus un grand amant au sens romantique du terme. Cet homme est singulier. Atamarie, sois prudente ! Même si le plus grand danger qui te menace présentement est que la sainte Shirley te plante un poignard dans le dos.

Bien que ne prenant pas très au sérieux les réserves de sa tante, Atamarie rentra à Christchurch le lendemain avec elle. Au White Hart Hotel, elles retrouvèrent Chloé qui commença à leur parler de Rosie. Elle avait confié sa protégée à lord Barrington, à Addington. Ce rentier britannique – baron des moutons qui laissait généralement sa ferme des Plains aux bons soins d'un intendant efficace pendant qu'il se consacrait au développement du sport hippique en Nouvelle-Zélande – avait proposé à la jeune femme une place de palefrenier dans son écurie de course. Il voulait surtout faire plaisir à Chloé. Rosie aurait préféré une écurie de trotteurs pour y loger sa Trotting Diamond, mais le lord refusa, visiblement préoccupé.

— Il y a là…, excusez-moi, miss Chloé, je sais que votre époux était partie prenante de ce nouveau mouvement. Il existe certainement des écuries sérieuses. Mais les entraîneurs ! Le vieux Brown, passe encore, ses activités sont parfois divertissantes…

John Brown, propriétaire d'une écurie de louage, avait organisé les premières courses de trot à Woolston, après l'avènement de ce sport en Europe. Les courses de trot passaient en Angleterre pour les courses hippiques des petites gens qui préféraient miser sur des trotteurs que sur des galopeurs. Les premières années, les chevaux de livreurs de lait et de gardiens de bétail rivalisaient lors de ces épreuves de trot. Du paddock de Brown s'était parfois élancé un peloton hétérogène. Les règles étaient peu claires, des rixes éclataient entre jockeys, spectateurs et juges. Des gens comme lord Barrington appréciaient peu ce genre de spectacles et la société de courses avait rechigné à ouvrir aux trotteurs sa piste ainsi que les totalisateurs. Mais rien ne pouvait stopper ce mouvement, d'autant moins que, depuis l'introduction des sulkys, les manifestations avaient gagné en ordre et en sérieux. Quelques années plus tôt, il avait été construit à Addington une nouvelle piste sur laquelle se disputaient essentiellement des courses de trot et, depuis le regroupement de deux clubs, on envisageait d'organiser des manifestations de plus grande ampleur, mieux dotées. Les propriétaires et les entraîneurs comptaient pourtant toujours dans leurs rangs des personnages louches. D'après lord Barrington, ils étaient nombreux à Addington.

— Nous avons d'ailleurs eu aussitôt une rencontre peu agréable, remarqua Chloé. Tu te souviens, Heather, de Joseph Fence, le fils de Violette ?

Heather haussa les épaules, peu intéressée, mais Atamarie opina. Roberta lui avait souvent parlé de son frère que sa mère avait placé en apprentissage chez un entraîneur quand elle avait quitté Invercargill.

— À l'époque déjà, c'était un enfant difficile, poursuivit Chloé. Tout le portrait de son père, même physiquement. Je suis restée estomaquée quand je l'ai vu sur la piste. Rosie est devenue pâle comme un linge, la pauvre petite. Mais elle s'est vite ressaisie. Je pense qu'elle a surmonté cette malheureuse affaire Eric Fence.

Rosie avait toujours détesté et redouté l'ancien époux de Violette. Ni Heather ni Chloé n'avaient voulu en savoir davantage, mais il devait y avoir du vrai dans l'affirmation de Joseph selon qui Rosie avait contribué à l'accident ayant coûté la vie à Eric Fence sur la piste.

— En tout cas, ce Joe Fence a une écurie de course à Addington. Pour lord Barrington, c'est un repaire de bandits. Et, pour Rosie, il ne pouvait être une seconde question d'y travailler. J'ai donc fait quelques allusions au passé de Rosie et sa Trotting Diamond partage maintenant l'écurie de Barrington avec les pur-sang. Elle-même est hébergée dans les logements des domestiques dans la demeure des Barrington.

— Et le frère de Roberta va pouvoir terroriser Rosie sur les pistes ? s'inquiéta Atamarie.

— Je fais confiance au lord, répondit Chloé, il sera vigilant. Il est le propriétaire de la moitié de la piste, pour ne pas dire de la moitié d'Addington. Personne n'osera se livrer à des excès. Et Rosie a maintenant l'âge d'être enfin adulte. Mais toi au fait, Atamarie, comment cela s'est-il passé à Temuka ?

La jeune femme parla avec flamme de la joie qu'avait eue Richard à la revoir et de son enthousiasme pour le moteur. Chloé écoutait en silence, jetant de temps à autre un regard interrogateur à son amie, visiblement persuadée que celle-ci livrerait une version des faits quelque peu différente.

— Tu comptes y retourner avant la fin des vacances ?

— Certainement. C'était tellement bien. Et le moteur…

— Je t'en prie, pas de séminaire technique ! implora Chloé. Les automobiles, c'est bien, je suis montée dans l'une d'elles, Heather, lord Barrington n'est pas fou que de chevaux. Mais je me fiche de savoir comment elles fonctionnent. C'est ton « fonctionnement » qui m'intéresse. Franchement, je croyais que tu y resterais, tant tu tiens à cet homme. Est-ce à cause de cette fille ?

Atamarie était un peu nerveuse. Elle avait effectivement évincé Shirley qui ne s'était plus montrée tant qu'elle était restée à la ferme.

— Je ne sais pas s'il y a quelque chose entre lui et Shirley, dit-elle enfin. Mais, si oui, ce ne peut être sérieux. Je veux de toute façon savoir comment ça se passe avec le moteur, avec l'avion, s'empressa-t-elle de continuer avant que les deux femmes ouvrent la bouche. Je voudrais que Richard puisse réaliser son rêve. Alors, il me…

— Alors, il t'aimera ?

Ce fut cette fois Heather qui posa la question cruciale.

— Tout sera alors différent ! affirma Atamarie, stoïque.

Après sa brève visite à Richard, Atamarie passa le premier mois de ses vacances à Parihaka. Elle ne savait pas si elle espérait revoir Rawiri ou si elle le redoutait. Mais le jeune *tohunga* n'était plus là.

– Rend-il de nouveau visite à des constructeurs de cerfs-volants ? demanda-t-elle à Pania, la mère de Rawiri. Il maîtrise pourtant la technique, personne ne peut construire de meilleurs cerfs-volants dirigeables que lui. Et personne n'arrive mieux que lui à les faire voler. À moins de retirer les cordes et de diriger les *manu* en se contentant de chanter.

Pania éclata de rire. Elle était médecin à l'hôpital de Parihaka et, comme Atamarie, ne comprenait goutte à la spiritualité excessive de son fils.

– Il n'y a pas d'autres *tohunga*, ce qui me réjouit malgré tout l'amour que je porte à Parihaka et à son esprit. J'aurais vu Rawiri à l'université plutôt qu'à chanter des prières et à bricoler des cerfs-volants. Je sais bien que c'est un art où notre peuple s'affirme, Atamarie, mais est-ce une occupation à temps complet ? En tout cas, je te suis reconnaissante de l'avoir orienté dans une autre direction. Depuis ta dernière visite, il s'est abonné au *Scientific American Magazine*, il a passé deux semestres à l'école d'ingénieurs de Wellington et il est à l'heure actuelle aux États-Unis.

– Où ? demanda Atamarie stupéfaite.

– Dans une ville du nom de Dayton. Je n'ai aucune idée de l'endroit où elle se trouve. Mais il y a là une usine, la Wright Cycle Company, qui construit des bicyclettes. Il y travaille.

– Il lui a fallu aller en Amérique pour fabriquer des bicyclettes ? Il n'aurait pas pu le faire à Auckland ? Plutôt que de faire le tour du monde ?

– La traversée a effectivement duré trois mois. Et ne me demande pas ce qu'il fabrique exactement là-bas. Les lettres mettent trois mois à me parvenir, elles aussi.

Il devrait être arrivé à bon port, mais je n'en sais pas plus.

— Il a toujours été un peu étrange, constata Atamarie, se demandant, un peu soucieuse, si cela était vrai de tous les hommes qui l'attiraient.

Le séjour d'Atamarie se déroula donc sans événement particulier, malgré la cour que lui firent un certain nombre de jeunes gens. Ne souhaitant pas compliquer sa situation, elle repoussa leurs avances. Au bout de trois semaines de pêche et de tissage, de danse et de sculpture, elle en eut assez de l'esprit de Parihaka et décida de rendre visite à sa famille de Dunedin avant de reprendre ses études, une escale à Timaru s'imposant, bien sûr.

Elle ne voulait pas se l'avouer, mais les réserves d'Heather et de Chloé l'avaient tout de même impressionnée. Elle suivit donc leur conseil de ne pas arriver à Temuka à l'improviste. Elle réserva une chambre d'hôtel à Timaru et prit ensuite la route, un peu chagrinée de cette dépense supplémentaire et de la lenteur du cheval de location. À son arrivée, elle fut surprise de la transformation qui s'était opérée chez Richard. Il l'accueillit, débordant d'énergie et enthousiaste, ne sachant s'il allait d'abord conduire son amie et amante à son moteur ou dans sa chambre à coucher. Il s'était familiarisé avec le moteur et nourrissait de nouveaux plans pour la construction de sa machine volante. Il ne tenait pas en place, dormait peu, mais paraissait dans l'ensemble plus détendu. Atamarie fut heureuse qu'il l'associât à ses travaux. Il avait renoncé à l'idée d'un biplan et ses esquisses rappelaient presque les cerfs-volants de Rawiri. Trouvant ces derniers plus élégants encore, elle prit un crayon et modifia très légèrement le dessin de Richard.

— J'incorporerais plus de traverses, observa-t-elle. Elles sont en bambou, Dick, le léger poids supplémentaire n'aura pas d'importance. En revanche, on obtiendra une meilleure stabilité.

Elle enregistra avec plaisir que Richard acceptait son conseil. Il lui annonça, euphorique, qu'il avait testé cette nouvelle construction et qu'effectivement, plus solide, le tout était également plus stable.

— L'appareil ne se dérobe pas, même si, en courant à côté de lui, j'appuie sur une aile, vers le bas. Ça va marcher cette fois, Atamarie, on ne va pas atterrir dans la haie de genêts !

Bien que l'espérant de tout son cœur, Atamarie pouffa en son for intérieur, en imaginant ce que pensaient de Richard ses voisins : mener un avion comme on conduit un chien ne devait pas être un spectacle habituel, pas plus à Temuka qu'ailleurs.

— Ils l'appellent ma sale bête, avoua-t-il en riant quand elle osa lui faire cette remarque. Il faut que cette fois, le vol réussisse, sinon je passerai définitivement pour un crétin.

Elle se réjouit de le voir enfin capable de rire de lui. Il paraissait content et assuré, se débrouillant mieux dans la vie quotidienne. Même sans Shirley. Elle ne venait plus depuis la précédente visite d'Atamarie, mais la maison n'était plus aussi négligée qu'elle l'avait été, quand bien même on voyait encore, dans la cuisine ou la chambre, qu'il s'agissait de l'intérieur d'un célibataire.

C'était toujours Hamene qui s'occupait des travaux de la ferme. Le jeune Maori haussa les épaules d'un geste de regret quand Atamarie l'interrogea au sujet de Shirley.

— Richard lui a dit de partir, ou bien elle est partie d'elle-même, je ne sais pas. M. Pearse est mécontent et les dames…

Atamarie dressa l'oreille. Hamene avait donc assisté à une discussion familiale.

— Oui ? Que disent-elles… ?

— Je comprends mal l'anglais, concéda-t-il. Mais elles ont dit que Richard était un ingrat, que Shirley était là quand il avait besoin d'elle, pendant que toi…

— Mais moi, ils m'ont chassée ! éclata Atamarie, furieuse. Je voulais rester avec lui !

— Cela ne t'aurait pas plu, finit par dire Hamene, à contrecœur.

— Quoi ?

— Je veux dire… euh… je veux dire l'état dans lequel était Richard à sa sortie de l'hôpital. Il était… il était comme mort. Il ne faisait rien. Rien à la ferme, rien dans la grange. Il ne parlait plus aux dieux. Il restait simplement assis. Waimarama disait qu'il était prisonnier de l'obscurité. Elle a prié pour lui.

— Il ne faisait rien du tout ? s'étonna Atamarie.

Elle n'arrivait pas à le croire. Un homme aussi actif, capable de passer des nuits sans dormir et de développer une énergie sans limites pour ses projets, un homme débordant d'idées ! Mais, d'un autre côté… Il ne lui avait, en six mois, pas écrit une seule lettre !

— Shirley est alors venue et, lentement, ça s'est amélioré. Mais maintenant elle est partie.

— Mais Richard m'a, moi ! triompha Atamarie. Il n'a plus besoin d'elle !

Hamene la regarda d'un air sceptique, mais ne pipa mot.

Durant toute une période, Atamarie vint plus souvent à Temuka, même après la fin des vacances. Elle voyait avec joie progresser la construction de l'engin. Richard était moins irréfléchi que l'année précédente, il soumettait l'engin à une foule de tests. Peterson levait les yeux au ciel quand, depuis son pré, il observait « Dingo Dick » en train de faire descendre une colline à l'appareil, courant derrière et actionnant les manettes à l'aide de brides qu'il y avait attachées.

— Peut-être que ton truc pourra au moins tirer ta charrue ! se moqua-t-il un jour en réponse au salut que lui adressait Richard hors d'haleine, puis, découvrant Atamarie : Ah, et miss Turei est de retour. Elle te donne des ailes, pas vrai ?

Elle ne répondit pas, traitant Peterson par le mépris, mais furieuse qu'il l'eût vue. Lors de ses visites antérieures, elle n'avait rencontré aucun voisin, aucun membre de la famille de Richard. Ils allaient faire des gorges chaudes à son sujet. On n'y pouvait rien, et, de toute façon, elle n'avait pas envie de se cacher. Elle proposa à Richard de procéder au prochain essai de vol en public, dans la rue principale de la localité.

— Au moins, c'est à peu près plat, dit-elle, rêvant d'un décollage devant l'école, aux yeux de tous.

Richard se montra réticent.

— Je ne veux pas qu'ils rient si ça ne marche pas une nouvelle fois. Mieux vaut agir en cachette.

Maintenant, quelques jours avant le grand événement, il recommençait à douter. Certainement parce que son père venait de lui passer un nouveau savon. Les tests de son fils ne lui avaient pas échappé.

Atamarie avait préparé le repas qu'ils venaient de prendre ensemble et elle débarrassait la table, heureuse qu'il eût enfin trouvé le temps de manger avec elle. Depuis quelque temps, elle était préoccupée de voir l'enthousiasme lui couper la faim et le sommeil.

— En cachette, Richard ? Le premier vol sur un avion motorisé ? Richard, tu vas écrire l'Histoire ! Tu auras ton nom dans tous les journaux, dans cinquante ans sans doute dans tous les livres scolaires, dans tous les dictionnaires. Mais, pour cela, il te faut des témoins. Tu devrais embaucher un photographe et inviter un reporter ! Pour avoir des preuves ! Il conviendrait aussi de donner un nom à l'avion.

— Un nom ? Tu as perdu la tête ou quoi ? Cesse ces bêtises. C'est une machine, ce n'est ni un chien ni un cheval !

— Mais les bateaux ont des noms ! Et les zeppelins ? Il faut bien que les gens aient un nom à retenir. Ce serait bien qu'il y ait un nom dans les journaux.

— Ce sont des enfantillages ! déclara-t-il. Il faut d'abord que je décolle avant qu'il y ait quoi que ce soit dans les journaux. Laisse-moi le temps de voler et, après, ma foi, tu pourras le raconter au monde entier !

Elle ne put lui ôter ce point de vue de la tête, mais il accepta de procéder à l'essai sur la voie publique. Pas en plein village, mais au-dessus de sa ferme. Le moteur en marche, il ferait rouler l'avion depuis le sommet d'une côte avant de décoller, une fois lancé. Atamarie croyait que cela irait même si elle aurait aimé modifier quelques détails dans la construction, propositions qu'il n'avait pas retenues. Ces derniers temps, il réagissait de nouveau avec susceptibilité aux critiques, si bien qu'Atamarie ne savait plus très bien où elle en était avec lui. Mais il allait enfin fêter un grand succès et il semblait avoir retrouvé son euphorie. Durant la nuit précédant l'essai, il amena Atamarie plusieurs fois à l'orgasme, il sembla enfin redevenir un autre homme.

Puis ce fut le grand jour ! Atamarie et Richard occupèrent la matinée à d'ultimes tests et, à midi, Richard poussa l'avion jusqu'au sommet de la pente menant au carrefour, devant l'école, là où Atamarie l'avait souhaité. La classe venait de finir si bien qu'ils eurent immédiatement un public jeune et intéressé. D'autres spectateurs ne tardèrent pas à arriver quand Richard tenta de mettre le moteur en marche. Alors que tout s'était bien passé lors du dernier test, le moteur émit péniblement quelques vrombissements avant de s'étouffer. Atamarie fut horrifiée.

— Mais quel combustible as-tu mis, Dick ? demanda-t-elle. Un nouveau mélange ? Oh non, pas ça ! Nous nous étions pourtant mis d'accord pour ne plus expérimenter ! Il faut à présent nettoyer les bougies. Tu veux que je le fasse ?

Elle contempla sa tenue d'un air malheureux. Elle avait revêtu pour cette journée mémorable une robe de réforme toute simple, mais créée par Kathleen et mettant sa silhouette en valeur. Une robe vert clair, pas trop exotique pour le cas où quelqu'un la prendrait en photo, dans l'espoir aussi de maintenir les bavardages des voisins dans des limites raisonnables. Les bavardages se concentreraient prioritairement sur l'essai de Richard, bien sûr, et non sur elle, mais on allait faire des gorges chaudes si elle y assistait dans une robe froissée et tachée d'huile !

– Non, c'est moi qui les nettoie ! dit Richard d'un ton décidé, presque irrité, comme si l'offre de son amie l'avait blessé, alors qu'elle avait bien souvent nettoyé les cylindres et vidangé l'huile pour lui.

Elle le faisait aussi bien que lui, mais il ne voulait manifestement pas que ses voisins l'apprennent. Entre-temps, de plus en plus de gens s'étaient regroupés. Les premières plaisanteries fusèrent. Richard était en effet affairé, les mains dans son moteur, de plus en plus nerveux. L'inquiétude d'Atamarie grandit en constatant que le vent se levait, ce qui pouvait perturber le comportement de l'avion. Qu'était-il de plus, finalement, qu'un cerf-volant dirigeable bénéficiant d'un moteur ?

Atamarie se dit qu'il aurait mieux valu décoller non en direction de la ferme, mais dans le sens opposé, mais il était impossible de le lui proposer maintenant, il était trop tendu. Alors que personne ne s'y attendait plus et que les gens se dispersaient peu à peu, le moteur démarra !

Richard sauta sur le siège auquel il avait également apporté des améliorations, le rendant plus mobile afin d'éviter des blessures en cas de chute, et l'engin se mit à rouler. Les gens le suivirent en courant et, fous d'excitation, le virent décoller ! Atamarie poussa un cri d'enthousiasme quand l'avion, léger comme un oiseau, continua à s'élever, jusqu'à environ dix pieds de haut avant d'entamer un vol plané. Soudain, elle secoua violemment la tête : Richard maniait la gouverne de profondeur dans l'intention visible de continuer l'ascension.

— Lentement, Dick ! hurla-t-elle bien que sachant qu'il ne pouvait l'entendre. Ne prends pas un angle trop abrupt, tu vas le déséquilibrer…

Tout arriva alors qu'elle criait encore. Le nez de la machine se releva, l'avion perdit l'équilibre sous l'effet du vent latéral, amorça une vrille, chuta et atterrit… dans la haie de genêts ! Les spectateurs, à l'instant encore muets d'étonnement, éclatèrent bruyamment de rire.

— Cette haie a un extraordinaire pouvoir d'attraction, grimaça Peterson. Allez, il faut le sortir de là !

— Mais cette fois, il a volé ! s'écria Atamarie. Vous l'avez tous vu, non ? Cette fois il a volé !

— Oui, cette fois il a volé, admit Hansley en riant. Mais – ne m'en veuillez pas, ma petite lady – si les oiseaux atterrissaient ainsi, l'espèce aurait déjà disparu ! lança-t-il dans l'hilarité générale.

— Il ressemble plus à un kiwi qu'à une hirondelle, notre Dicky, ajouta un autre voisin.

Atamarie pressentit le pire. Même après avoir réussi à voler, Richard allait encore se trouver en situation délicate. D'autant plus qu'il paraissait s'être blessé. Il se tenait l'épaule quand Peterson et Hansley le sortirent une nouvelle fois de son siège. Atamarie, d'un coup d'œil, constata que l'appareil était peu endommagé. Bravant les lazzis, elle prit Richard dans ses bras.

— Tu as réussi ! Tu as volé, Richard ! Tu es le premier à l'avoir fait ! L'avion a décollé. Tu as volé à l'aide d'un moteur…

— Je n'ai pas volé ! dit Richard, presque indifférent.

Il ne réagit pas non plus à son étreinte. Il laissa Peterson le pousser jusqu'à sa voiture.

— Nous allons t'emmener à l'hôpital, tu sembles t'être cassé quelque chose.

— Mais tout le monde l'a vu, Richard ! tenta de nouveau Atamarie. Tout le monde peut en témoigner, tu es…

— Je n'ai pas volé, murmura Richard.

Désemparée, Atamarie regarda les hommes l'emmener.

5

— Répétez, miss Turei ! Lentement et depuis le début et sans passer les détails ! Richard Pearse a monté notre vieux moteur Otto dans un appareil et le tout a décollé ?

Le professeur pilota Atamarie jusqu'à son bureau. Il avait un cours à assurer mais les étudiants attendraient. Atamarie fut heureuse et soulagée de l'intérêt qu'il manifestait ainsi. Depuis le vol de Richard, le mardi précédent, elle commençait petit à petit à douter, sinon de sa raison du moins de ses sens. Un homme avait réalisé un exploit historique et les témoins n'avaient eu d'autre idée que de se moquer de l'atterrissage en catastrophe. Les parents de Richard l'avaient abreuvé de reproches à l'hôpital où l'on avait diagnostiqué une fracture de la clavicule. Et le pionnier de l'aviation ne cessait de répéter que le vol n'avait pas eu lieu.

Sa famille l'avait ignorée quand elle était venue prendre de ses nouvelles. Le médecin lui avait sèchement signifié que M. Pearse ne désirait pas recevoir de visites, mais avait laissé entrer Shirley venue avec ses parents. Ne sachant que faire, elle s'était réfugiée dans sa chambre d'hôtel à Timaru. Le lendemain, elle était partie pour Christchurch, décidée à raconter cette équipée à Dobbins. Celui-ci, loin d'évoquer ses absences aux cours, se montra donc vivement impressionné.

— C'est véritablement incroyable ! Et vous avez certainement largement contribué à ce succès, miss Turei, ne dites pas le contraire ! Mais pourquoi dois-je l'apprendre aujourd'hui seulement alors que cela s'est passé mardi dernier ! Les journaux auraient dû en parler depuis longtemps, photos à l'appui. Quelqu'un a-t-il photographié l'événement ? Il faut prouver ce genre d'exploit, miss Turei, vous le savez, n'est-ce pas ?

Atamarie acquiesça et décida de s'épancher auprès du professeur. Elle lui décrivit ses soucis d'avant le vol, son refus de savourer son succès et elle se surprit à lui révéler les sautes d'humeur et les problèmes de famille de son ami. Dobbins haussa les épaules. Il était technicien, pas psychologue. Les problèmes de Richard semblèrent pourtant ne pas lui avoir totalement échappé.

— Pearse a toujours été…, eh bien, avoir un penchant pour la mélancolie, admit-il. Il paraît que c'est chose fréquente chez les génies, cette alternance de hauts et de bas, de doutes et d'exaltation. Or, il est un génie, indubitablement ! La famille pourrait jouer un rôle positif en la matière. Ou la… fiancée ? Je ne voudrais pas être indiscret, mais vous êtes ensemble, si je ne me trompe ? Il faut le ramener à terre, miss Turei, en l'occurrence le renvoyer dans les airs, si j'ose dire ! Il doit recommencer, Atamarie ! L'appareil n'a pas trop souffert, m'avez-vous dit. Eh bien, il faut alors le réparer et effectuer un nouveau vol aux yeux du monde entier, et pas seulement de quelques ploucs de la plaine de Waitohi ! Alertez la presse, mais pas la feuille de chou du coin, alertez les journaux de Christchurch et même ceux de Wellington et d'Auckland. Vous savez à présent que l'appareil décolle, il n'y a donc pas de risque à faire venir des reporters. Transformez l'essai en un événement avant que quelqu'un ne précède votre Richard. Le vol motorisé est, si je puis me permettre, dans l'air du temps. D'autres y travaillent. Prenez donc en main votre ami et apportez la preuve qu'il a été le premier !

Atamarie soupira, le visage rayonnant du professeur évoquant irrésistiblement les yeux vides de Richard répétant : « Je n'ai pas volé. »

Comment le présenter à la presse dans cet état ?

Atamarie laissa s'écouler une semaine avant de retourner à Timaru. Elle ignorait combien de temps une fracture de la clavicule mettait à guérir, mais ce n'était pas une blessure grave. Richard serait sans doute rentré dans sa ferme. À moins que ses parents ne l'aient amené à la leur le temps de la convalescence. Sa mère avait certainement voulu prendre soin de lui. Atamarie se préparait donc à une nouvelle déception ; en aucun cas elle ne voulait se retrouver confrontée à la famille. Au besoin, elle ferait demi-tour et repartirait par le train de nuit. Pour plus de sécurité, elle voulut prendre une chambre à Timaru, mais constata avec surprise que ce n'était pas si simple que ça.

— Je n'ai à vous offrir qu'une chambre assez inconfortable, miss Turei, déclara la propriétaire de sa pension habituelle. Je ne me le permets d'ailleurs que parce que vous êtes une cliente fidèle et que je ne voudrais pas vous renvoyer. Mais, ce week-end, vous auriez dû réserver. C'est la foire, avec un concours agricole, vous savez, on attribue des prix, à la plus grosse courge comme au meilleur taureau. Tous les fermiers des environs y viennent et ceux qui habitent trop loin se paient une chambre.

Atamarie remercia l'hôtesse mais aussi le destin, car il était peu vraisemblable que Richard vînt à la foire exposer une quelconque de ses productions. Peterson, en revanche, ne manquerait pas le concours des courges pour un empire. Shirley et sa mère avaient elles aussi à coup sûr des légumes énormes à montrer, de même que, avec beaucoup de chance, la famille Pearse. Elle aurait alors Richard pour elle seule. Elle partit donc sur son cheval de location, heureuse à l'idée de revoir bientôt

Richard tout en regrettant qu'ils eussent laissé passer la chance : la foire aurait été une magnifique occasion de procéder à un essai devant une foule nombreuse ; les collines ne manquaient pas aux environs de la ville. Mais il était trop tard, Richard devrait réparer son engin avant de se lancer à nouveau à l'assaut du ciel. Elle fut soulagée, en arrivant dans la cour de la ferme de son ami, de n'y voir les charrettes ni de Peterson ni de Digory Pearse. Au demeurant, Richard n'avait pas non plus rapatrié son avion, toujours accroché à la haie de genêts.

Au premier coup d'œil, la ferme semblait abandonnée, mais Atamarie vit qu'Hamene s'affairait sous l'un des appentis. Il bricolait sur une charrue, ce qui l'inquiéta. Depuis quand Richard confiait-il au jeune Maori le soin de ses engins ?

Elle voulait interroger Hamene à ce propos, quand elle aperçut Waimarama qui sortait de la maison d'habitation.

— Je l'ai fait venir, dit Hamene. J'ai pensé qu'elle… qu'elle pourrait peut-être aider. Parce que Richard est de nouveau… Eh bien, il ne fait de nouveau rien, tu comprends ?

Atamarie comprit du moins qu'Hamene avait lui aussi profité de l'absence de la famille de Richard pour en faire quelque peu à son gré. Mais pourquoi avait-il besoin de la guérisseuse maorie ? Elle s'inclina respectueusement devant la vieille femme. Waimarama la scruta avec attention.

— Tu es de nouveau là ? Comptes-tu rester ?

— J'ai bien peur qu'on ne me le demande pas. Mais je veux… Waimarama, peu importe ce qu'il dit à présent et comment il va. Il a volé ! Trois ou quatre cents yards peut-être, mais…

— Il aspirait à la lumière, mais son chemin l'a mené à l'obscurité. Peut-être que les dieux ne veulent pas partager le ciel avec lui…

Atamarie lutta contre un mauvais pressentiment. Rawiri avait lui aussi déjà exprimé cette idée. Mais c'était naturellement absurde.

— Peut-être que les dieux de cette haie n'ont pas un bon rapport à la science, railla-t-elle. Il faudrait les supplier de ne plus l'attirer ainsi par la magie. Il a volé, Waimarama, il n'y a pas à ergoter. Il devrait en être fier au lieu de broyer du noir. Or il broie du noir, si j'ai bien compris Hamene ?

Waimarama leva les mains dans un geste d'impuissance.

— Pour l'instant, il est trop faible pour vaincre l'obscurité.

— Il devrait faire un effort. Est-il chez lui ? Alors je vais essayer de le dérider.

Elle se dirigea vers la maison en se donnant l'air le plus assuré qu'elle put. Elle ne présagea rien de bon en apercevant Richard, assis à la table de la cuisine, penché sur un numéro de *Scientific American Magazine*, mais semblant ne pas enregistrer ce qu'il lisait, fixant les lignes comme, deux semaines plus tôt, il fixait sans les voir son appareil et Atamarie.

— Atamarie ! dit-il en levant les yeux à son entrée, mais sans faire mine de se lever pour la prendre dans ses bras. Tu viens donner un coup de main pour la moisson ? Mais elle est terminée. Maintenant, c'est le temps du labourage… payer le bail… les semailles…

Elle alla à lui et l'embrassa, sur les deux joues seulement : il avait l'odeur de quelqu'un qui ne s'est pas lavé depuis deux semaines. Ses vêtements étaient froissés et sales. Si la maison et la ferme étaient relativement propres, c'était grâce à Hamene et, peut-être, à Shirley.

— La moisson était finie avant que tu ne voles ! dit-elle d'un ton énergique. Et tu n'as plus besoin de te soucier de tout le reste. Dobbins dit que tu seras un homme arrivé si le bruit se répand que tu as volé avec un avion motorisé.

— Mais je n'ai pas volé, Atamarie. Tout au plus un peu… sautillé. Comme le dit Peterson. J'ai un peu sautillé. Comme d'ordinaire. Je…

Atamarie n'était pas quelqu'un de très patient. Elle sentit la colère monter en elle.

— Richard, ce que dit Peterson est sans intérêt. Il faut recommencer l'essai. Il faut que d'autres y assistent. La presse de préférence. Mais si tu n'oses pas, invite Dobbins ! lança-t-elle, l'idée lui étant venue à l'instant. Ainsi que ses étudiants. Quand la moitié de l'Institut de Christchurch t'aura vu voler, personne ne pourra plus le nier !

Même pas toi, ajouta-t-elle *in petto*, Richard gardant le regard vide.

— Je n'ai pas volé !

Waimarama entra à ce moment-là.

— Ce n'est pas important pour lui, dit-elle à voix basse. Ce n'est pas important pour le moment. Il doit d'abord trouver le chemin qui le sortira de l'obscurité, Atamarie. Tu veux qu'il soit célèbre, je comprends, Atamarie, je ne suis pas idiote. Je parle mal l'anglais et je sais à peine lire, mais je sais de quoi il retourne, combien les *Pakeha* accordent d'importance à voir un appareil voler. Ce que personne n'a encore jamais réalisé.

— Mais alors, tu comprends qu'il doit se secouer. Montrer au monde que…

— Il doit trouver le chemin qui le sorte de l'obscurité, répéta Waimarama.

Atamarie jeta l'éponge. Prolonger cette discussion la rendrait folle. Elle connaissait les Maoris, la vieille femme répéterait son diagnostic indéfiniment. Elle eut besoin d'air frais.

— Je vais jeter un coup d'œil à l'avion, dit-elle, s'adressant à Richard qui n'eut aucune réaction.

Elle s'enfuit avant qu'il ne niât l'existence de l'avion. C'était une belle journée d'automne, ensoleillée, mais déjà fraîche, sans vent. Une journée idéale pour un essai ! Par un temps pareil, Richard n'aurait pas perdu le contrôle de son appareil. Elle fit le tour de la funeste haie de genêts afin d'examiner l'appareil de l'autre côté. Rien n'était cassé ! Les tiges de bambou, flexibles, ayant amorti le choc, seule la voilure s'était détachée en un endroit du châssis. La réparation ne lui prit que quelques minutes. Puis elle sortit l'avion de la haie. Léger, il se laissait manœuvrer sans peine.

Elle examina le tout avec admiration, notamment le moteur et, surtout, l'hélice à huit pales, montée au-dessus du siège. Elle grimpa sur ce dernier pour vérifier son état. Elle avait aidé Richard à l'installer. L'idée de le monter à l'avant était d'elle. Elle vérifia également si les ailerons et la gouverne de profondeur fonctionnaient.

J'aimerais que tu fasses voler mon manu. *Tes mains caresseraient les cordes, il obéirait à tes moindres gestes et apporterait ton message aux dieux…*

Elle se souvint des mots tendres de Rawiri et son touchant témoignage de confiance quand il lui avait effectivement mis en main les *aho tukutuku*, les cordes de lin qui permettaient de guider son grand cerf-volant. Le *manu* s'était envolé comme un oiseau, haut dans le ciel, dressé contre le vent, et elle avait réussi à le manœuvrer. Il valait mieux, en revanche, maintenir l'avion de Richard à l'horizontale.

– Tu t'appelleras Tawhaki, dit-elle à l'avion que, contournant la haie, elle ramenait à présent à la grange. C'est le nom du dieu qui a apporté le savoir aux hommes.

Elle n'eut aucun mal à pousser l'avion à côté d'elle, sur le chemin menant à la ferme. On n'avait pas besoin de chevaux pour le hisser au sommet de la colline. Il y eut en elle comme un déclic. Une idée folle lui traversa l'esprit. Si elle amenait l'engin au croisement devant l'école, personne ne la verrait. L'école était fermée, les voisins à la foire. Et même si quelqu'un apercevait quelque chose… De loin, on prendrait sa robe bleue pour la salopette bleue de Richard. Mais ses cheveux ? La casquette de Richard était restée sur le siège, elle les cacherait.

Elle tremblait d'excitation. En fait, rien ne s'opposait à un nouvel essai. Elle pouvait prouver à Richard qu'il n'avait pas échoué. Elle ne lui enlèverait pas pour autant sa célébrité, personne ne la reconnaîtrait.

Déterminée, elle poussa l'avion jusqu'au sommet de la colline, espérant que le moteur accepterait de démarrer, car il aurait été souhaitable de le vérifier au préalable dans l'atelier. Mais elle ne pouvait prendre ce risque maintenant. S'il refusait de fonctionner, tant pis !

Le moteur Otto se mit à rugir dès qu'elle l'eut mis en marche. Il tournait rond. Richard, dans sa nervosité, avait dû faire une fausse manœuvre l'autre jour. S'accrochant des mains au siège, elle poussa d'un pied contre le sol pour ébranler l'appareil. Il commença à rouler lentement, elle eut le temps de grimper sur le siège et de prendre les commandes. Elle retint son souffle quand l'avion prit de la vitesse. Elle sut, instinctivement, choisir le bon moment. Elle tira à elle la gouverne de profondeur et décolla. Tawhaki s'éleva jusqu'à une hauteur d'environ quinze pieds et elle n'eut aucune peine à le maintenir à cette altitude, en équilibre. Mais elle trouva trop risqué de continuer à survoler la route : quelqu'un pouvait survenir face à elle ou l'atterrissage pouvait mal se terminer.

À la vue de la haie de genêts, Atamarie décida de briser le charme maléfique de ce buisson. Elle mania l'aileron et constata avec stupéfaction que la machine obéissait et changeait de direction. À présent, un petit peu plus d'altitude encore… Elle fit gagner trois pieds à Tawhaki et cria de joie quand la machine passa au-dessus de la haie ! Cette fois, ce furent les chevaux et les chèvres de Richard qui, saisis de panique, s'enfuirent en direction de leur écurie quand la machine arriva en vue de la cour enclose de la ferme. Atamarie amorça une descente lente et toucha terre à l'intérieur du paddock où Richard avait travaillé le pilotage. Le sol était sans aspérité, légèrement montant. Tawhaki s'immobilisa sans heurt. Atamarie descendit de machine, rayonnante et folle de joie.

Hamene et Waimarama la contemplaient, interdits.

— Qu'y a-t-il ? les apostropha-t-elle. Je vous avais pourtant bien dit que je ramenais l'avion !

— Tu as porté un message aux dieux ? demanda Hamene en éclatant de rire.

— Non, mais j'ai tiré la langue à quelques mauvais esprits ! rétorqua-t-elle en montrant la haie.

Waimarama n'était toujours pas d'humeur à sourire.

— Ne le lui dis pas, supplia-t-elle, l'air grave. Cela ne l'aiderait pas. Tu ne ferais que le plonger dans plus d'obscurité encore !

Atamarie ne parla à personne de son premier vol, bien qu'il lui en coûtât beaucoup de garder le secret. Mais elle se voyait mal s'en vanter auprès de Dobbins. Et sa famille, l'apprenant, l'aurait certainement prise pour une folle. Le lendemain seulement, arrivant à Christchurch, il lui vint à l'esprit que quelqu'un se réjouirait de son succès sans la trahir.

« Je sais, écrivit-elle à Rawiri, que je n'aurais pas dû le faire, mais c'était si facile, cela allait presque de soi… » Elle crut entendre la voix grave et amicale de Rawiri : *Bien sûr que c'était facile : ton esprit chantait le chant qui convenait. Tu as été la bienvenue chez les dieux, Atamarie Parekura Turei. Tu es l'élue des dieux !*

6

Doortje ne prit d'abord pas de décision. Dès le lendemain de son évanouissement, elle se leva pour venir aider à l'hôpital. Le Dr Greenway ne la chargea que d'un léger travail et, en tant que future mère, elle reçut des portions alimentaires supplémentaires. Elle accepta sans mot dire ce traitement de faveur. Maintenant, avec le recul, bien des choses s'éclaircissaient : la faim de loup dont elle avait honte, sa fatigue et son irritabilité permanentes. Autant de signes d'une grossesse. Si seulement elle s'en était doutée plus tôt ! Mais Cornelis ne l'aurait de toute façon pas épousée, car, fou de joie, il était parti pour Pretoria avec Daisy, à peine la dissolution du camp et la libération des prisonniers de guerre avaient-elles été officialisées. Les derniers détachements de Boers s'étaient entre-temps repliés et les accords de paix définitifs seraient signés en mai. Doortje serait donc restée seule, avec ou sans enfant.

Elle n'arrivait toutefois toujours pas à s'imaginer quitter son pays pour suivre Kevin dans un monde nouveau. Elle voulait encore moins s'avouer qu'elle en avait pourtant envie. Comment envisager de trahir son peuple et sa famille, trahir toutes les valeurs qu'on lui avait inculquées, trahir son Église qui l'exclurait si son ventre continuait à s'arrondir ? Déjà, les femmes du camp commençaient à l'éviter ! Les femmes convenables parlaient dans son dos, les putains lui riaient au nez. Elle savait que

Kevin attendait une réponse et elle n'avait plus guère de temps devant elle. L'armée avait entrepris de démolir les camps, un nouveau commandant était attendu d'un moment à l'autre.

Il arriva un week-end durant lequel Roberta et Vincent s'étaient absentés pour une excursion de plusieurs jours dans le veld. Jenny en était elle aussi ainsi que quelques officiers anglais heureux de découvrir, la paix enfin revenue, la nature de ce pays fascinant. Afin d'éviter une attaque de fauves excités par la présence de ces étrangers trop zélés, Vincent avait engagé quelques Zoulous de Karenstad II pour leur servir de guides. Capables de relever une piste, ces boys monteraient les tentes et cuisineraient pour la troupe.

Ce jour-là, c'étaient les aides-soignantes qui préparaient le repas de l'hôpital. Doortje était accroupie devant la maison, en train de peler des pommes de terre, supportant mal l'air chaud et étouffant de l'intérieur et préférant éviter les femmes. Seule Antje Vooren lui adressait encore la parole, les autres cassant du sucre sur le dos de la «pute des tommies». Et pourtant, il devait y avoir encore au camp des femmes se souvenant de Johanna et de ce qui lui était arrivé ainsi qu'à Doortje lors du transport à Karenstad. Elles n'étaient certainement pas nombreuses, beaucoup n'ayant pas survécu à six mois de détention ou ayant vu tant de drames, de misère et de morts qu'elles ne pensaient plus au martyre des deux jeunes femmes. À moins que, incapables de tenir un décompte des mois, elles n'estiment qu'elle avait conçu son enfant pendant son séjour au camp, alors que sa mère et ses frères et sœur étaient à l'article de la mort. Certaines lui crachaient parfois devant les pieds quand elles la croisaient. Elle ne pourrait supporter cela longtemps.

Occupée à couper les légumes en petits morceaux et à chasser de son visage les essaims de mouches, elle se figea en voyant, du coin de l'œil, un grand cheval noir s'arrêter devant la maison du chef du camp. Un homme blond en descendit. Elle reconnut aussitôt la silhouette, même si elle ne put voir son visage de là où elle était. Mais elle avait gardé gravés en elle les gestes précis et assurés du colonel, sa démarche de militaire. Sa manière de se tenir droit ! Un cavalier, un officier, tout sauf un gentleman !

Laissant tomber les pommes de terre, elle se leva.

Kevin travaillait à des dossiers, désireux, contrairement à son prédécesseur, de ne pas laisser à son successeur une situation chaotique, même si celui-ci n'aurait qu'à procéder à la dissolution du camp. Mais quiconque voudrait à l'avenir connaître l'histoire de Karenstad bénéficierait de ses notes. Complètes et sans enjolivures. Un jour, il en était certain, l'internement des femmes et des enfants durant cette guerre serait jugé comme un crime.

Il leva à peine la tête quand on frappa à la porte. Nandé ouvrirait. Il soupira en pensant à elle. Pour elle aussi, il faudrait trouver une solution. Il espérait que les Zoulous ne rejetaient pas les membres de leur tribu ayant perdu leur famille, mais, par ailleurs, existait-il encore des tribus vivant dans le respect des traditions ? Et Nandé pourrait-elle s'y plier après une vie passée au service des Blancs dans une ferme ? Il entendit sa voix claire et amicale :

— Bienvenue, *baas* colonel ! Nous vous attendre. Moi vous annoncer au docteur, d'accord ?

Un rire rauque lui répondit.

— Eh bien, voilà un accueil amical ! Je ne m'y attendais pas de la part de ce vieux Drury. Et quel gentil petit chocolat… noir et doux ! Je vois que ce bon docteur a su s'adoucir l'existence ici. Dis donc, resteras-tu ici, quand je l'aurai remplacé ?

Un frisson parcourut le dos de Kevin. Il se dressa.

— Moi… moi pas comprendre, *baas* colonel… moi vous annoncer, dit Nandé d'une voix maintenant pleine de crainte.

Kevin ouvrit la porte et adressa à la jeune femme un sourire de réconfort.

— Merci, Nandé, tu peux partir. Nous n'avons plus besoin de toi ici.

Puis il fixa le visage détruit et les beaux yeux bruns et verts de Colin Coltrane.

— Vous ?

— Eh oui, comme on se retrouve, docteur Drury ! dit Colin en riant. Mais n'ayez crainte, je ne vous en veux pas, j'ai vite oublié les quelques contrariétés à propos de la mort de ces bandits. Au moins une fois les deux détachements suivants anéantis. J'ai aussitôt retrouvé les faveurs des pontes de Pretoria. Une belle guerre, de manière générale. Pas de sièges, pas d'obus qui vous frôlent les oreilles, juste quelques abrutis de paysans qu'on chasse comme des lapins quand on ne met pas le feu à leurs maisons. Un beau pays aussi ! J'y resterai. Il faudra bien encore quelques années de présence militaire pour définitivement amadouer ces gaillards. Peut-être que je m'installerai d'ailleurs ici. Vendre quelques bons chevaux à ces Boers et prendre une jolie fille. Il n'en manque pas ici !

— C'est vous qui reprenez le commandement de ce camp ? le coupa Kevin, le regard chargé de haine. C'est vous qui allez rapatrier les familles ? Mais qui a pu avoir une telle idée ? Je vais protester, Coltrane. Il y a ici les enfants et les femmes des hommes que vous avez tués.

— C'était la guerre, répondit Coltrane avec un haussement d'épaules. Vous aurez de la peine à trouver un régiment de cavalerie qui n'ait pas abattu de Boers.

— Vous avez incendié les fermes de ces gens. Ils vous reconnaîtront !

Kevin se sentait impuissant. Coltrane avait raison, il n'y avait pas de motifs solides de le retirer de cette tâche, lui et son détachement de Rough Riders. Mais tout se révoltait en lui à l'idée d'envoyer ses protégés en convoi sous la responsabilité de Coltrane.

— Comme ça ils savent ce qui leur pend au nez s'ils ne filent pas droit, commenta Coltrane d'un ton négligent. Mais sinon, je suis un gentleman, docteur Kevin Drury. Je sais m'y prendre avec les femmes. Demandez donc à votre sœur, la charmante Matariki.

Kevin dut se maîtriser pour ne pas lui envoyer son poing dans la figure. Mais il aurait vraisemblablement eu le dessous, car Colin était sans doute un bagarreur expérimenté.

Celui-ci feignit d'ailleurs de ne pas remarquer la fureur impuissante de son vis-à-vis.

— Maintenant, faites-moi faire un peu le tour du camp. Nous pouvons commencer par votre hôpital, c'est lui que je dois démonter en premier.

Comme hébété, Kevin le suivit. Il cherchait une solution. Il accompagnerait le transport, c'était un minimum, mais il ne pourrait être partout. Et il ne savait pas vraiment contre quoi il devrait protéger les femmes et les enfants. Coltrane était un officier, sorti de Sandhurst. Il devait tenir ses hommes. S'il le voulait.

Dehors, le soleil d'Afrique les attendait. Une image paisible s'offrit aux yeux éblouis de Kevin. Des enfants jouaient devant la tente des aides-soignantes noires dans laquelle Greenway avait logé les aides-soignantes blanches et leurs familles. Antje Vooren y faisait rentrer deux de ses rejetons ainsi que deux fillettes plus âgées, sans doute à cause de la forte chaleur de midi. Vincent, à côté du cheval de Colin attaché entre l'hôpital et la maison, aidait Roberta à descendre de sa ponette blanche. Ils semblaient pressés, l'air grave, Vincent surtout. Kevin se dit que les participants au safari avaient dû, en chemin, apprendre l'arrivée des Rough Riders et que Vincent était alors rentré au camp en toute hâte pour l'avertir. Trop tard malheureusement. De toute façon, cela n'aurait rien changé. Tout au plus auraient-ils pu examiner comment s'opposer à la nomination de Coltrane.

Doortje Van Stout s'approchait, venant de l'hôpital. En temps ordinaire, Kevin aurait été heureux de la voir. Son silence persistant à propos de sa demande en mariage l'attristait, mais son cœur battait plus fort quand il l'apercevait. Aujourd'hui, il y avait quelque chose d'étrange dans sa démarche, presque mécanique, elle avait le visage blafard, rien ne bougeait dans ses traits. Tout son corps était contracté et elle tenait un objet dans son poing fermé. Kevin ne réussit pas à distinguer de quoi il s'agissait. Mais il n'eut pas le temps de vérifier car Coltrane s'était tourné avec un sourire méchant vers Vincent qui, instinctivement, se plaça devant Roberta pour la protéger.

— Encore une vieille connaissance ! Notre vétérinaire ! Qui aurait pu imaginer ça ? Toutes nos belles âmes ensemble. Il ne manque plus que le Boer. Comment s'appelait-il déjà ?

Kevin vit avec effroi Doortje regarder fixement Coltrane. Elle sursauta en entendant sa voix, puis accéléra le pas.

Roberta, qui voyait Doortje de profil, poussa un cri de terreur en apercevant un couteau dans les mains de la jeune femme. Coltrane, intrigué, s'arrêta. Au même instant, Kevin comprit ce que Doortje avait en tête et se rua pour s'interposer, mais il était trop tard. Doortje planta son couteau, avec toute l'énergie qu'elle possédait, dans le dos de Colin. La lame rebondit sur l'omoplate, mais elle ne lâcha pas son arme. Coltrane, se retournant, saisit le revolver accroché à sa ceinture.

Doortje leva à nouveau le couteau ensanglanté et Kevin eut une réaction instinctive. Il avait le choix entre immobiliser Coltrane ou barrer la route à Doortje. Mais s'il la faisait tomber, Coltrane tirerait son revolver et l'abattrait. Il ne prit pas ce risque. Se précipitant sur Coltrane, il lui saisit le bras et le lui tordit dans le dos, sans se rendre compte qu'il offrait ainsi à Doortje la poitrine du militaire.

La jeune Boer frappa sans l'ombre d'une hésitation.

— Voilà pour Johanna, espèce de porc ! hurla-t-elle en retirant le couteau de la plaie. Et voilà pour moi ! dit-elle encore en lui enfonçant la lame entre les côtes. Et pour mon enfant ! Et pour…

Vincent et Roberta étaient figés sur place. Pourtant, quand Doortje voulut transpercer la poitrine de Colin une troisième fois, le vétérinaire fonça sur elle et arrêta son geste.

— Doortje… pour l'amour du ciel, Doortje !

Elle laissa tomber le couteau quand elle vit le corps du militaire s'affaler entre les bras de Kevin qui la fixait, hébété.

— C'est lui… c'est lui qui…, murmura-t-elle. Lui… et ses hommes. Ils ont attrapé Johanna et ils l'ont… et lui… m'a attrapée…

Éclatant en sanglots, elle pressa ses mains pleines de sang sur son ventre. Kevin laissa tomber par terre Coltrane sans autre forme de procès, alla vers elle et la prit dans ses bras.

Vincent s'agenouilla à côté du corps inerte pour lui prendre le pouls.

— Il est mort.

Le premier coup avait perforé les poumons, le second avait atteint le cœur.

Roberta lança un regard circulaire. La place était vide, eux mis à part.

— Que faisons-nous ? demanda-t-elle.

Vincent la regarda sans comprendre.

— On ne peut plus rien faire, je viens de le dire…

Doortje et Kevin étaient comme paralysés. Roberta, une fraction de seconde, ressentit l'ancienne douleur et fut traversée d'une pensée perverse : si tout suivait son cours normal, jamais Kevin ne reverrait Doortje Van Stout. Sauf pendant son procès pour meurtre. Ensuite, on la pendrait… Puis elle retrouva la raison. Elle ne pouvait sacrifier Doortje à une liaison de toute façon sans espoir. Et Kevin était lui aussi menacé. Elle décida de sauver l'homme qui ne lui avait jamais prêté attention. Elle repoussa Vincent avec détermination.

— Vincent, elle l'a assassiné ! Si cela se sait, elle sera condamnée à mort ! Et Kevin le tenait pendant que… ! C'est de la complicité, au minimum. Pourvu que personne n'ait rien vu !

— Nous, nous avons vu, murmura Vincent. Mais tu as entendu. Coltrane l'a… c'est lui qui l'a violée. Et il a lâché ses hommes sur sa sœur !

— Alors, elle aurait dû le dénoncer. Mais elle n'avait pas le droit de le saigner ainsi, comme… comme un porc. Si nous ne faisons rien, elle devra rendre des comptes.

— Tenez, prendre couverture, les interrompit la voix timide de Nandé. Envelopper homme dans couverture. Maison ? dit-elle en montrant le bâtiment de l'administration.

Roberta, soulagée, opina. Nandé avait donc assisté à l'assassinat, mais semblait en état de réfléchir. Elle serait d'une grande aide. Et on pouvait certainement se fier à elle.

— Allez, Vincent, vite avant que quelqu'un n'arrive, secoua-t-elle le vétérinaire toujours sous le choc. Enveloppe ce type dans la couverture. Et toi, Nandé, aide-le. Portez-le dans…

— Dans écurie, suggéra celle-ci.

Dans cette remise il n'y avait que des outils et du bric-à-brac, personne n'y trouverait un cadavre.

— Et toi, Kevin, fais rentrer Doortje dans la maison !

Roberta était la seule, avec Nandé, à avoir gardé la tête froide. L'aide de Nandé lui donna un surplus d'énergie. Il fallait faire vite. À cette heure de canicule, il n'y avait personne sur la place. Les femmes étaient à l'ombre, sous leurs tentes et, dans l'hôpital, on s'occupait du dîner. Mais cela ne durerait pas. Le Dr

Greenway, parti le matin pour le camp des Noirs, allait revenir d'une minute à l'autre. L'après-midi, les gens viendraient pour la consultation.

Vincent finit par récupérer ses esprits. Il enveloppa le corps dans la couverture et le jeta sur son épaule. Il était plus fort que Roberta ne l'aurait cru et il n'eut pas besoin de l'aide de Nandé qui, de son côté, vit très vite comment se rendre utile.

— Moi enlever ça…, dit-elle, montrant la flaque de sang par terre.

— Très bien, Nandé, approuva Roberta. Vois ce que tu peux faire. Moi, je vais à l'hôpital vérifier s'il n'y a pas d'autres témoins que toi. Je ne pense pas, mais on ne sait jamais. Surtout avec ces femmes boers. Si nécessaire, on leur dira ce qu'il avait fait. Elles tiendront alors leur langue.

— Tenir leur langue ? demanda Kevin, toujours hébété.

— Kevin, secoue-toi, implora Roberta. Il n'y a que deux possibilités : ou nous ne disons rien de ce qui s'est passé ici, ou ta chérie ira en prison et toi aussi. C'est ce que tu veux ? Et maintenant fais-la rentrer chez toi.

Ayant inspecté l'hôpital, Roberta fut rassurée. Personne ne se trouvait dans les pièces du devant et la première chambre était momentanément libre. Antje Vooren, qui distribuait le repas dans la deuxième pièce, demanda où était Doortje :

— Elle avait un drôle d'air à l'instant. Elle est rentrée en courant, rapportant les pommes de terre, mais elles n'étaient pas toutes pelées. Elle a dit quelque chose comme « impossible » et elle est ressortie en courant. Elle a eu un nouveau malaise ?

— Oui, elle a vomi. Ensuite, elle n'avait plus de force. Le Dr Drury s'occupe d'elle.

Antje Vooren eut un regard entendu, pas très amical. La sollicitude de Kevin à l'égard de Doortje n'était pas passée inaperçue, les femmes le soupçonnant désormais d'être le père de l'enfant.

— Je voulais juste savoir si je pouvais être utile, dit Roberta.

— Laissez, laissez, nous nous débrouillerons.

Outre Antje Vooren, deux autres aides-soignantes boers s'occupaient des quelques patients, mais elles aussi semblaient ne s'être aperçues de rien, travaillant dans des pièces à l'écart.

— Le Dr Greenway n'est d'ailleurs pas là non plus, continua Antje. Ensuite… eh bien, puisque vous êtes déjà de retour, Jenny ne va pas non plus tarder. Elle pourra aider ici, avant de repartir chez les Cafres.

Roberta, à l'évocation de Jenny, fut de nouveau saisie d'inquiétude. Effectivement, Jenny participait elle aussi au safari et allait rentrer sous peu. Elle aussi garderait à coup sûr le silence. Mais plus il y avait de personnes au courant, plus le danger était grand.

— Alors, j'y vais, je vais voir comment se porte miss Van Stout.

Elle entendit derrière elle des ricanements et des allusions en afrikaans. Manifestement, les femmes étaient d'avis que Doortje était entre de bonnes mains.

Dehors, elle nota avec satisfaction que la tache ne se voyait plus, Nandé finissant de la recouvrir de sable.

— Personne va voir, *baas*… miss… Moi souvent faire comme ça à la ferme, quand tuer cochon.

Roberta la remercia puis se dirigea vers la maison.

Vincent, dans le bureau, essayait avec véhémence de convaincre Kevin. Doortje était affalée sur le fauteuil devant la cheminée, Kevin, agenouillé devant elle, ne cessant de caresser ses mains tremblantes et pleines de sang. Il faut qu'ils se lavent et qu'ils se changent, se dit brutalement Roberta.

— Mais il est évident que ce n'était pas de la légitime défense, Kevin, raisonne donc un peu ! s'écria Vincent en allant sortir de l'armoire une bouteille de whisky. Elle l'a tué de sang-froid, elle ne s'en tirera pas impunément. Toi non plus, si nous racontons les choses comme elles se sont passées. Il faut donc inventer autre chose. Une rixe par exemple. Réfléchis, Kevin ! Comment cela aurait-il pu arriver ? dit-il en remplissant des verres qu'il distribua à la ronde.

Kevin essaya d'en faire boire un peu à Doortje. Roberta but une gorgée et réfléchit intensément. Donner ensemble une autre explication de la mort de Coltrane était une bonne idée. Mais une rixe ? Qui aurait bien pu se battre ici ? Et comment expliquer la blessure dans le dos ?

— Et si, dit-elle tout bas, si ce type n'était jamais arrivé ici ?

Vincent, en plein jour, conduisit hors du camp la charrette. Comme prévu, la porte n'était pas gardée. Depuis que les femmes étaient officiellement libres, personne ne s'installait plus dans la guérite. Il avait attelé la Lucie de Roberta tandis qu'elle-même l'accompagnait sur le bouillant moreau de Coltrane. Elle avait la frousse de sa vie et d'ailleurs, de près, personne n'aurait pu prendre ce hongre piaffant pour la sage jument Colleen. Mais ils n'envisageaient pas de s'aventurer trop près de quiconque. Et, pour quelqu'un les apercevant de loin, un cheval noir serait un cheval noir. Personne ne soupçonnerait que le cadavre de Coltrane était dissimulé sous quelques sacs, toujours enveloppé dans la couverture, afin de ne pas laisser de traces de sang.

— Pourquoi ne pas l'enterrer simplement dans notre cimetière ? avait demandé Kevin quand Roberta eut fini d'exposer son plan. C'est dangereux de le transporter sur des miles.

Au bout de deux whiskys Kevin avait été de nouveau capable de participer à la discussion. Il avait fini par prendre conscience de ce qui s'ensuivrait si le cadavre de Coltrane était découvert dans le camp. Il avait d'abord pensé à tout prendre sur lui, mais Doortje serait alors livrée à elle-même avec son enfant. Non, la seule solution était de faire disparaître Coltrane et son cheval, puis de nier l'avoir vu dans le camp.

— Nous n'avons pas eu de décès depuis une semaine, avait répondu Roberta. Si on creuse maintenant une tombe fraîche, qu'est-ce que tu vas raconter à Greenway ? Et si Coltrane a dit à quelqu'un qu'il venait ici, c'est ici qu'on le cherchera. Avec un peu de malchance, quelqu'un se rappellera que vous n'étiez pas les meilleurs amis du monde. Non, non. Il faut l'emmener le plus loin possible d'ici !

— Mais où voulez-vous l'emmener ? Dans une ruelle de Karenstad ? Rixe de cabaret ? avait proposé Kevin.

— Ce n'est pas une mauvaise idée, mais c'est risqué. On peut nous voir. Non, non, Je pensais…

Vincent lui coupa la parole :

— Dans le veld. On le jettera…

— … aux lions, termina Roberta en lançant à Vincent un regard complice.

C'était la première fois qu'ils avaient eu, elle et lui, la même idée.

Ils sortirent donc du camp sans encombre, tandis que le Dr Greenway et Kevin soignaient les malades et que Nandé s'occupait de Doortje qui semblait toujours paralysée. Ils n'eurent pas de peine à trouver le chemin par lequel ils étaient revenus le matin même, mais la charrette les retardait. Il était donc tard dans la soirée quand ils atteignirent enfin l'endroit où ils avaient passé la nuit précédente. Seuls les restes du feu de camp et l'herbe piétinée attestaient une ancienne présence humaine.

En tremblant, Roberta aida Vincent à descendre le cadavre de la charrette. Auparavant, le vétérinaire avait allumé un feu sur le foyer de la veille et bricolé des torches pour leur retour. Elles tiendraient à distance les bêtes sauvages de la brousse. Elles craignaient l'homme mais plus encore le feu.

— Est-ce qu'elles viendront quand nous serons partis ? s'inquiéta Roberta. Est-ce que les lions mangent les cadavres ?

Après avoir déposé le cadavre sous un arbre, Vincent était en train de brûler la couverture pleine de sang.

— Si les lions n'en veulent pas, les coyotes ou les vautours s'en chargeront. Ils arriveront dès que le feu sera éteint. Avant après-demain, il ne restera plus que quelques ossements. Si quelqu'un les trouve, tant mieux. L'essentiel est qu'on ne trouve pas un cadavre le dos ouvert par un couteau. Viens maintenant. À moins que tu ne veuilles encore prier ?

Roberta secoua la tête. Elle voulait à tout prix partir. Et appuyer sa tête sur l'épaule de Vincent. Elle ne savait toujours pas si elle l'aimait, mais elle le connaissait mieux qu'elle n'avait jamais connu Kevin. Il n'était peut-être pas aussi fonceur que lui et il était moins bel homme. Mais il était prévenant. Elle le regarda enlever la bride du cheval de Coltrane et l'accrocher à un buisson pour laisser croire que l'animal l'avait perdue de lui-même.

— Il vaudrait mieux la lui laisser, mais il risquerait de rester accroché quelque part. Bonne chance, mon vieux ! dit-il en tapotant amicalement le cou du cheval, puis, levant le bras, il le chassa.

L'animal partit au galop comme s'il avait le diable à ses trousses.

— Il a peur lui aussi, soupira Vincent avant de rejoindre la charrette où les torches brûlaient déjà.

— Venez, miss… Viens, Roberta !

Elle monta sur le siège et n'eut pas de geste de recul quand il lui passa le bras autour des épaules.

— Au fait, où as-tu laissé ton porte-bonheur ? demanda-t-il pour rompre le silence qui pesait entre eux durant le trajet de retour. Ton cheval en peluche. On en aurait eu bien besoin aujourd'hui.

— Non, nous… nous n'en aurions pas eu besoin. Il… il ne me porte pas tellement chance, tu sais. En tout cas, pas celle que je… que j'aurais souhaité avoir.

Vincent se pencha vers elle et eut toutes les peines du monde à ne pas embrasser ses cheveux.

— Les vœux exaucés ne rendent pas forcément heureux, chuchota-t-il. C'est… un homme qui te l'a donné ? C'est pour cela qu'il t'est si dur de commencer… d'accepter quelque chose de nouveau. C'est pour ça que tu ne peux pas m'aimer ?

— Non. Il ne m'a jamais rien promis. C'était juste une espèce de rêve.

— Tu pourrais alors le jeter, dit-il en la serrant contre lui.

— Oui, je pourrais, murmura-t-elle.

Elle laissa Vincent l'embrasser avant leur arrivée à Karenstad.

Mais ne jeta pas l'animal en peluche.

La même nuit, le cheval de Colin arriva à la caserne de Karenstad. Son cavalier avait disparu sans laisser de traces. Quelques personnes l'avaient vu sortir de la ville à cheval, son visage couturé de cicatrices ne passant pas inaperçu. Puis sa trace se perdait. L'enquête dans le camp ne donna rien, pas plus que les patrouilles lancées dans le veld à la recherche d'éventuels groupes de Boers coupés de leurs détachements. Le colonel Colin Coltrane fut finalement porté disparu. Comme il n'avait pas laissé d'adresse en Nouvelle-Zélande, personne n'en fut informé.

Kevin Drury et Dorothea Van Stout se marièrent, le lendemain de la conclusion officielle de la paix, dans une église de Pretoria. Doortje avait tenu à ce que leur union fût célébrée selon le rite de l'Église néerlandaise, mais la cérémonie la déçut. Le prêtre officia brièvement, de manière impersonnelle, ses ouailles quittant l'église dès que fut annoncée la nationalité du fiancé. Seuls assistèrent donc au mariage Vincent et Roberta, le Dr Greenway, Jenny, Daisy et Cornelis. Le Dr Barrister et le Dr Preston Tracy se montrèrent également.

— Tonnerre de Dieu ! Qu'il me soit encore donné de vivre ça ! s'exclama en riant le Dr Barrister. Vous avez toujours prétendu, Tracy, que notre lady de fer avait un faible pour Drury. L'inverse ne m'avait bien sûr pas échappé. Mais qu'il en sortît finalement quelque chose…, ajouta-t-il avec un sourire bienveillant en direction du ventre proéminent de Doortje.

— À Dunedin, cela aurait été plus beau, regretta Kevin quand il accompagna finalement Doortje dans leur chambre d'hôtel. Mais nous pourrons organiser une nouvelle fête.

La jeune femme était pâle et semblait fatiguée et il ne leur avait par conséquent pas été difficile de prendre congé de la troupe des invités.

— Qui a dit que ce devait être beau ? demanda-t-elle, les dents serrées. Et que désires-tu que je fasse maintenant ?

Kevin soupira. Doortje s'était montrée accommodante après la mort de Coltrane, mais cela n'avait pas duré. Elle avait consenti au mariage dès le lendemain, mais, depuis, elle le tenait à distance. Elle avait supporté la cérémonie avec un calme stoïque, ayant préalablement exigé de porter une robe noire. La coiffe blanche, le col de dentelle et les manchettes avaient certes un peu égayé sa tenue, mais elle était loin de l'image d'une jeune mariée joyeuse.

— Tu ne dois rien faire du tout, répondit Kevin avec lassitude. Juste dormir. La journée a été harassante. Et demain nous partons pour Durban. Notre bateau appareille dans deux jours.

Tous s'en iraient dans les prochains jours. Vincent Taylor rentrerait en Nouvelle-Zélande avec un transport de troupes. Il garderait le contact avec Roberta et sa joie ne connut plus de bornes quand, à l'instant du départ, elle lui permit de l'embrasser. Daisy et Cornelis gagneraient Durban où Daisy se sentait plus libre qu'à Pretoria. Le Dr Greenway et Jenny accompagneraient les femmes de Karenstad qui seraient rapatriées dans la région de Wepener.

Kevin, qui avait depuis longtemps quitté le service armé, avait réservé pour lui et Doortje deux places sur un bateau pour l'Australie, pour Dunedin ensuite. Roberta s'était jointe à eux, la fondation d'Emily Hobhouse l'ayant libérée de son contrat. Elle partageait une cabine avec Nandé dont Doortje avait souhaité la venue.

— Elle fait partie de la famille d'une certaine manière, avait-elle dit avec raideur. Je suis responsable d'elle.

Kevin y vit le signe qu'elle abandonnait lentement ses préjugés. Roberta sentit néanmoins son mécontentement quand un steward porta les maigres bagages de Nandé qui les suivait timidement.

— S'il ne tenait qu'à elle, on logerait Nandé dans les soutes, chuchota Roberta à Daisy qui l'avait accompagnée à bord. La compagnie de navigation n'est pas non plus enchantée d'avoir une passagère noire. Il s'agit pourtant d'un bateau australien et tous les gens de ce pays vantent leur ouverture d'esprit. Or on m'a fait savoir qu'il serait opportun de la laisser dans la cabine à l'heure des repas afin de ne pas froisser les sentiments des passagers ! Mais je n'ai joué le jeu qu'à moitié : nous mangerons dans notre cabine, mais nous ne nous laisserons pas enfermer toute la traversée. Je vais lui donner des cours. À notre arrivée, elle saura lire et écrire et parlera mieux l'anglais que les Afrikaans !

— Je te fais confiance, dit en riant Daisy qui assista dans la minute suivante aux négociations que menait son amie avec un steward.

Roberta avait cessé de poursuivre un rêve sans espoir. Elle avait aussi perdu sa timidité.

— Je vendrai ta terre pour toi, dit Cornelis en prenant congé de Doortje. Je te virerai l'argent.

Doortje le toisa avec froideur.

— Ne te donne pas cette peine. Tu as déjà vendu ta terre !

Cornelis tendit la main à Kevin mais recula quand celui-ci voulut lui donner une étreinte amicale.

— Bonne chance, dit-il avec un regard en coin sur Doortje qui gardait stoïquement les yeux fixés sur le Drakensberg. Vous en aurez besoin.

7

Atamarie aurait peut-être abandonné son histoire avec Richard Pearse. Il était trop décevant de contempler ce garçon assis des heures entières, de l'entendre dire des choses sans intérêt d'une voix inexpressive et de ne se voir accorder aucune attention, ni comme femme, ni comme amie. Mais le professeur Dobbins la harcelait pour qu'elle le remuât.

— Ne pensez pas qu'à lui, miss Turei, mais aussi à votre pays, à notre pays ! Partout des chercheurs travaillent à un projet semblable, mais un Néo-Zélandais y est arrivé. Vous-même y avez participé et, du même coup, le peuple des Maoris. Vous…

— Les Maoris estiment que voler avec un moteur est tout à fait inutile, répondit Atamarie sur un ton indigné.

Elle venait en effet de recevoir une lettre de la mère de Rawiri, la remerciant de celle qu'elle lui avait envoyée, promettant de la faire suivre à son fils dont elle lui communiquait l'adresse.

— Désireux de dialoguer avec les dieux, ils lancent à cet effet des cerfs-volants, si bien que personne n'a besoin de se donner de la peine.

— Ah, je ne vous crois pas, dit Dobbins en riant, songez donc à l'histoire de ce Pa Maungaraki qui, juché sur un cerf-volant, a ouvert la porte aux assiégeants.

— Mais de qui tenez-vous cette histoire ? s'étonna Atamarie.

— D'un jeune Maori qui s'est inscrit chez nous pour étudier. Nous l'aurions pris, mais ayant eu vent d'une place chez les frères Wright, il a estimé qu'avec eux il atteindrait plus rapidement ses objectifs.

Atamarie dressa l'oreille. S'agirait-il de Rawiri ?

— Quels frères ? demanda-t-elle.

C'était la première fois qu'elle entendait parler de Wilbur et Orville Wright.

S'étant laissé convaincre, elle repartit pour Temuka pour constater que l'appareil avait disparu.

— Que lui est-il arrivé ? demanda-t-elle, tout émue, à Shirley qui ne l'avait pas gratifiée d'un sourire, mais n'avait pas non plus osé la chasser de la ferme.

Richard, plus soigné et plus abordable que lors de sa dernière visite, avait recommencé à travailler un peu. Il accueillit Atamarie avec indifférence, comme si de rien n'était. Shirley sembla satisfaite de cet accueil.

— Oh, il va mieux, dit-elle, feignant de croire que la question d'Atamarie le concernait. Son père lui a parlé d'homme à homme et, depuis que cette machine du diable n'est plus là…

— M. Pearse a enlevé l'avion ? s'indigna Atamarie. Il ne l'a pas démoli, si ? Oh Shirley ! Richard ! Dites-moi que ce n'est pas vrai !

Shirley grimaça, Richard resta sans réaction. Atamarie, désemparée, parcourut la cour du regard. Elle avisa Hamene. Lui, au moins, lui dirait la vérité.

— Hamene ! Où est l'avion ?

Elle fut infiniment soulagée de le voir sourire.

— L'oiseau, commença-t-il en utilisant le mot *aute* qui, à l'occasion, servait aussi à désigner les cerfs-volants, est chez nous, sur le *marae*. C'est moi qui l'y ai emmené quand j'ai vu le regard d'envie de M. Peterson pour le moteur et entendu le père de Richard calculer combien pourrait rapporter ce truc. J'ai décidé de le mettre en sécurité. L'oiseau est en effet sacré en quelque sorte. Il est monté dans les airs et il a apporté un message aux dieux !

Il fit un clin d'œil à Atamarie. De soulagement, elle aurait pu l'embrasser.

— Ah, c'est de l'avion que tu parlais, dit alors Shirley qui avait repris ses esprits. Tu ne t'intéresses pas à Richard.

— Je vois que Richard est en vie et qu'il se porte bien, répliqua vivement Atamarie. Mais j'ai eu peur que quelqu'un ait détruit son rêve. Shirley, cet appareil est important à ses yeux ! Il a toujours rêvé de voler. Il en parle depuis que je le connais. Et il devrait d'un seul coup y renoncer ? Uniquement parce qu'il a de nouveau atterri dans cette maudite haie ?

— Il n'a pas été donné à l'homme de voler ! déclara Shirley fièrement. Richard doit en convenir. C'est sans doute Dieu qui a mis cette haie sur son passage.

— Les hommes voleront, Shirley ! C'est sûr et certain. Et si Dieu a mis ce buisson sur la route de Richard, c'est pour qu'il le franchisse, mais certainement pas pour s'y cacher derrière. Quand on se blottit derrière une haie, ajouta-t-elle, tournée vers Richard, on ne doit pas s'étonner qu'il fasse sombre !

Puis, enfourchant son cheval de location, elle prit la direction du village maori.

Peu après, elle caressait du doigt les ailes de la machine qu'Hamene avait installée sur une éminence au-dessus du *marae*. En position de décollage ! Elle trouva que c'était un heureux hasard. Ce jour-là, elle avait relevé ses cheveux si bien qu'elle put mettre la casquette de Richard. De plus, elle était ici loin des fermes des *Pakeha*. Personne n'entendrait le bruit du moteur.

Ayant vérifié qu'il restait assez de carburant, elle lança le moteur, descendit la pente… et s'envola.

Bien entendu, il n'échappa pas aux villageois de la plaine de Waitohi, les semaines suivantes, que Dingo Dick – ou du moins quelqu'un qu'ils prenaient pour lui – volait de nouveau. Atamarie eut la chance qu'ils ne lui en parlent pas. Peut-être d'ailleurs Peterson et les autres avaient-ils un peu honte de la méchanceté avec laquelle ils avaient accueilli la dernière tentative de Richard. Tous avaient vu, ensuite, la dépression dans laquelle celui-ci avait sombré et s'étaient sans doute demandé s'il avait cette fois définitivement perdu les pédales.

En fait, il commençait à émerger de son état, accomplissant son travail à la ferme et se montrant de temps en temps en public, généralement en compagnie de Shirley. Personne ne s'étonnait vraiment de le voir reprendre ses essais, tous, voisins comme proches, étant habitués à ses foucades, à l'alternance chez lui d'états euphoriques et dépressifs. La seule différence avec les essais antérieurs, pour les voisins, était que la machine ne s'écrasait plus dans la haie de genêts. Elle devait s'abattre ailleurs... L'homme-oiseau, comme on l'appelait en ricanant désormais, devait d'ailleurs maintenant porter sur les nerfs des Maoris plus que sur ceux de ses voisins blancs. Les récits selon lesquels la machine volait véritablement s'accumulaient. Un fermier parla même avec stupéfaction de près de deux mille yards ! De surcroît, le monstre se laissait manifestement diriger : trois moissonneurs rapportèrent que la machine avait opéré un demi-tour quand le pilote les avait aperçus.

— Il ne veut plus qu'on le remarque, observa Peterson. Mais c'est bien de lui, ça : dès qu'il a quelque chose qui marche, il le garde secret !

Concernant la question d'un nouveau vol en public, Atamarie s'efforçait, comme toujours, de convaincre Richard, efforts qui n'étaient pas totalement vains. Il se montrait plus ouvert. On avait parfois l'impression qu'il sortait d'une espèce de sommeil. Il continuait certes à nier avoir réussi, mais il parlait de nouveau avec elle, s'intéressant à ses études et à ce qu'elle rapportait au sujet de Christchurch. Sur le point de terminer ses études en un temps record, elle passerait de premiers examens l'hiver prochain. Si tout se passait bien, elle serait diplômée avant Noël.

Ensuite, peu avant son examen, alors qu'elle avait retenu sa chambre d'hôtel pour une semaine entière, Richard coucha de nouveau avec elle. C'est lui qui avait fait le premier pas, la courtisant sans détour. Heureuse, elle profita pleinement de cette nuit d'amour.

En réalité, elle devait admettre que l'attirance physique qu'il exerçait sur elle avait baissé durant les derniers mois. Certes, il s'épanouissait de nouveau, mais elle prenait peu à peu conscience que cet homme était trop difficile pour elle, qu'il ne répondait pas à son amour comme elle l'aurait souhaité. Elle devrait rompre un jour ou l'autre cette liaison ! Elle voulait toutefois lui offrir un dernier cadeau.

Shirley ayant disparu quand elle avait vu que Richard se tournait vers Atamarie, il était de meilleure humeur et elle n'avait donc plus de raisons de lui cacher qu'elle volait. Elle n'était pas très rassurée au demeurant. Peut-être allait-il être furieux et la chasser ? Mais c'était aussi le seul moyen de le mettre sur la bonne voie ! S'il voyait que rien ne pouvait désormais aller de travers, il se déciderait peut-être à présenter au monde son invention. C'était également une espèce de dernière chance pour leur amour : si, après un vol réussi, il voulait malgré tout rester à Temuka et partager sa gloire avec Shirley, elle ne pourrait plus rien pour lui !

Elle attira donc son ami au village maori.

— Il faut que je montre quelque chose, Richard, même si tu dois m'en vouloir. Mais tu dois voir ça, tu dois le croire et tu dois…

— Ce n'est pas de nouveau cette machine ?

Elle ne répondit pas, se contentant de le traîner au sommet de l'éminence d'où elle décollait. Elle avait, lors de son dernier atterrissage, remonté l'avion et l'avait placé en position de départ.

— Regarde, j'ai apporté quelques modifications !

Elle avait effectivement cintré les ailes dans la mesure où les bambous le permettaient et légèrement déplacé vers l'avant certains organes de direction afin qu'ils ne risquent pas d'être endommagés par les tourbillons d'air derrière les ailes.

— Mais juste des bricoles ! affirma-t-elle : que Richard n'aille surtout pas se sentir doublé !

Il examina d'un air méfiant les modifications dont Atamarie avait noté avec satisfaction qu'elles amélioraient la position en vol de l'appareil et la précision du pilotage. Mais elle ne voulait surtout pas rabaisser les mérites de Richard. C'était son avion, et c'est lui qui avait été le premier à voler.

Il s'abstint de tout commentaire, mais, à la vue de l'appareil, une porte sembla se refermer en lui.

— Je n'ai pas volé, répéta-t-il de son ton stéréotypé.

Atamarie se força à la patience. Elle prit la casquette.

— Moi, oui ! Regarde !

Elle mit prestement le moteur en marche, grimpa sur le siège et descendit la pente avant que Richard eût pu prononcer le moindre mot. L'avion décolla sans problème et Atamarie le maintint aisément à quelque quinze pieds au-dessus du sol. Elle ne prit pas de virage, bien qu'il n'y eût pas de vent, mais elle ne voulait surtout pas fanfaronner devant Richard. Elle parcourut à peu près huit cents yards en ligne droite. Puis elle atterrit en douceur et laissa l'avion s'arrêter de lui-même.

Richard la rattrapa en courant.

— Eh bien ? demanda-t-elle, partagée entre un sentiment de triomphe et la peur. Tu vois, la machine vole. Elle volait aussi quand tu étais aux commandes. C'est juste que tu as eu la malchance qu'il y ait du vent. Alors… Vas-tu montrer au monde entier la merveille que tu as inventée ?

Richard la regarda fixement. Puis le charme fut brutalement rompu.

— Elle vole ! Elle vole ! s'écria-t-il en prenant Atamarie dans ses bras. J'avais raison, tu avais raison ! Le premier avion à moteur, Atamarie ! Moi… Toi…

— Euh… pour être honnête… ce n'est pas la première fois que j'essaie. Mais peu importe. Invitons-nous des journalistes ? Et le professeur Dobbins ?

Il acquiesça et, la même nuit, il fit d'Atamarie la plus heureuse des femmes. Avait-elle, la veille encore, réellement envisagé de se séparer de lui ? Pour la première fois, Richard parla de mariage.

— Sans toi, cela n'aurait pas été possible. Tu es mon âme sœur, mon deuxième moi. Je voudrais vivre avec toi. Pour toujours !

Elle se blottit dans ses bras. Elle venait d'enlever l'obscurité de son existence et, si se réalisaient ses rêves de vol, de gloire et qu'il obtînt les moyens financiers nécessaires à ses recherches et ses inventions, pourquoi devrait-il un jour retomber dans la mélancolie ?

— Qu'en penses-tu ? Quand présenterons-nous notre réussite ? demanda-t-elle à leur réveil. Vois-tu une bonne date pour le premier vol avec moteur de l'Histoire ?

— Je ne sais pas, propose une date, toi. Peut-être une date facile à retenir. Le 1er janvier ?

— Mais c'est dans plusieurs semaines, Richard. Ne devrions-nous pas tout de suite…

— Non. J'ai besoin d'un peu de temps encore… Que penses-tu du 20 décembre ? Ou bien de Noël ?

Atamarie réfléchit fiévreusement.

— Le 20, je suis encore à Christchurch, tu sais, mes examens… Alors, soit cette semaine, soit Noël. Faisons-le tout de suite, Richard, s'il te plaît ! Avant que je reparte.

Il l'attira contre lui.

— Tu n'en peux plus d'attendre, hein, Atamie ? Mais on ne peut pas aller plus vite que la musique, vraiment. Tous ces gens que tu veux inviter… On ne vient pas d'Auckland d'un coup de baguette magique. Mais Noël, oui, ça me permettra de m'exercer un peu sur la machine, jusqu'à ce que ça marche vraiment.

Elle soupira. Il était encore hésitant. Mais, d'un autre côté, il lui fallait effectivement se familiariser avec la machine. Il n'était pas question de parcourir quelques yards dans les airs, il lui fallait réussir un beau décollage et un bel atterrissage. Elle-même aurait pu le faire le jour même ! Elle maudit le destin l'obligeant à n'être que la deuxième à obtenir la gloire. Mais c'était égoïste de sa part. C'était le projet de Richard. Qu'il bénéficie du temps dont il avait besoin !

Ils passèrent encore quelques journées merveilleuses à Temuka, même s'ils ne purent se livrer aux essais prévus. Le lendemain de la démonstration d'Atamarie, le ciel s'était couvert et il pleut sans discontinuer. Elle voulut voler malgré tout, mais Richard refusa.

— Ne prenons plus de risques à présent ! Figure-toi que je manque mon atterrissage et que la monture casse. Non, attendons une éclaircie.

— Mais je serai peut-être alors déjà à Christchurch !

— Et alors ? Tu penses que je n'y arriverai pas sans toi ? Atamie, ma chérie, c'est moi qui ai construit cet avion.

Et moi, j'ai appris à le faire voler, pensa-t-elle, mais elle garda ses pensées pour elle. Ses inquiétudes étaient certainement sans fondement. Elle avait trouvé seule comment piloter l'avion. Richard ne serait pas moins dégourdi ! Il devait sans doute préférer amadouer seul son monstre. Ce que tendit à prouver son refus persistant d'essayer, même par une journée certes sombre mais sans pluie.

— Non, non, il risque de commencer à pleuvoir quand je serai en l'air. Mais nous devrions ramener l'oiseau chez nous, tu ne crois pas ? Viens, faisons une promenade et ramenons-le du village maori.

— Mais pourquoi ? Il est bien où il est. La colline est idéale pour prendre de l'élan, bien plus pratique que la route ici. Et…

Elle se mordit la langue pour ne pas parler de la haie.

— Mais c'est beaucoup plus central ici. Tu ne comptes tout de même pas masser la presse devant le *marae*. Les Maoris ne seraient pas enchantés.

Atamarie se dit que les Maoris devaient s'en moquer totalement mais finit par se résigner. La veille au soir de son départ pour Christchurch, l'appareil avait regagné son abri et Richard examinait les améliorations qu'elle avait apportées.

— Je me demande, j'aurais mis les organes de direction plus près du centre de gravité, objecta-t-il, écoutant néanmoins Atamarie lui expliquer les raisons de son propre choix.

Elle espéra qu'il ne reviendrait pas sur ces perfectionnements avant son vol triomphal, mais elle n'y pouvait rien désormais. Tout devrait normalement bien se passer. Il avait déjà parcouru quelques centaines de yards en ligne droite en mars et, plus tard, elle aurait le temps de le convaincre.

Durant leur dernière nuit avant son départ pour Christchurch, Richard lui fit de toute façon oublier ces problèmes techniques et ces désaccords. Ayant recouvré son énergie, il l'aima jusqu'au petit matin. Elle essaya d'oublier qu'avant son échec il avait également connu un état euphorique. Non, ce ne pouvait être un mauvais présage, tout irait bien cette fois-ci.

Le 17 décembre 1903, elle réussit son examen avec mention « très bien » et c'est remplie d'insouciance qu'elle retourna à l'université, deux jours plus tard. Elle allait surprendre le professeur Dobbins en l'invitant à se rendre à Temuka le lendemain. Il n'y aurait ensuite plus que cinq jours jusqu'à Noël, journée qui donnerait à sa vie un autre tour !

— Miss Turei ? Atamarie ?

Étonnée, Atamarie sursauta. C'était la première fois que le professeur interpellait un étudiant par son prénom en public.

— Atamarie, êtes-vous déjà au courant ? continua le professeur sortant de son bureau un journal à la main, le *New Zealand Herald*. Pearse le sait-il, lui aussi ?

— Quoi donc ?

— La réponse est donc non, constata-t-il en lisant la surprise sur le visage de la jeune femme. Entrez, Atamarie. Lisez donc…, dit-il en ouvrant le journal pour elle.

KITTY HAWK, CAROLINE DU NORD, USA
DEUX FRÈRES ENTRENT DANS L'HISTOIRE

Le 17 décembre, Orville et Wilbur Wright ont effectué le premier vol avec moteur de notre histoire !

Déjà connus comme constructeurs géniaux de bicyclettes et hommes d'affaires – ils ont, en peu d'années, fait de leur entreprise artisanale Wright Cycle Company une grande entreprise –, les deux frères ont fait voler à plusieurs reprises leur FLYER 1 sur une piste spécialement aménagée dans le désert de Caroline du Sud, Orville étant le premier à décoller à l'aide d'un moteur, son frère Wilbur le battant en ce qui concerne la longueur de la distance parcourue en vol, soit 285 yards en 59 secondes…

Atamarie abaissa le journal.

— Mais ce n'est pas vrai ! murmura-t-elle. Richard a déjà volé sur plusieurs centaines de yards… et moi…

Elle se tut brutalement. Le professeur la regarda avec compassion.

— Maintenant, personne ne le croira plus, dit-il sèchement. Mon Dieu, il était si près du but. Et il avait des mois devant lui pour le publier ! Je suis navré, Atamarie ! Je sais quels furent vos efforts. Et lui…

Elle se leva, mettant le journal dans son sac. Elle lirait la suite de l'article plus tard.

— Je dois partir, je dois le rejoindre. Je suis également navrée, professeur Dobbins. S'il l'apprend par quelqu'un d'autre…

— Il en aura sans doute déjà entendu parler, c'est dans tous les journaux…

— Les journaux mettent un peu de temps à arriver à Temuka. Vous ne connaissez pas cette région, professeur. C'est… c'est le bout du monde. En me dépêchant, j'aurai le premier train. Excusez-moi encore !

— Ah, laissez cela. Disparaissez, nous nous reverrons l'an prochain. Et dites aussi à Richard combien je suis navré. Vraiment. J'ai toujours cru en lui.

Elle rassembla ses affaires.

— Souhaitez-moi bonne chance, professeur, dit-elle à voix basse.

8

Atamarie ne prit même pas le temps de se changer, gardant sa tenue universitaire. Elle avait l'air très sérieuse dans sa jupe foncée, son corsage blanc et son sage blazer noir. Une tenue un peu formelle pour une visite à la campagne, mais, songeant en chemin qu'il ne s'agissait plus que de « limiter les dégâts », elle estima qu'elle n'était après tout pas déplacée. Il fallait bien que quelqu'un se montrât à la presse, même si celle-ci se réduisait pour l'heure à la feuille de chou de Timaru. Richard allait être obligé de se présenter le plus rapidement en public, lui et son avion. Certes, il ne serait plus le premier à avoir osé voler à l'aide d'un moteur. Le contraire serait du moins difficile à prouver avec quelques villageois pour seuls témoins. Mais il devrait être aisé de battre le record des frères Wright. Qu'étaient en effet leurs deux ou trois cents yards d'un vol terminé par un atterrissage sans douceur dans le sable en comparaison des deux mille yards dont était capable la machine de Richard ?

Et si Richard se montrait un tant soit peu magnanime et la laissait voler, elle pourrait même décrire un élégant virage au-dessus de la ferme et arriver en roulant jusque devant les journalistes après un atterrissage en douceur. Elle trouva l'idée excellente ! Elle eut certes les joues en feu quand elle s'imagina en photo dans les journaux du monde entier. Une femme ! Plus personne ne parlerait des frères Wright si, pratiquement au même moment qu'eux, une femme volait ! Et, bien entendu, elle évoquerait le nom de Richard lors de chacune de ses interviews, ils partageraient la gloire. Pourvu qu'il soit d'accord ! Pourvu qu'il n'ait pas entendu parler de cette histoire avec les Wright et perdu courage ! Les heures passaient avec une lenteur infinie dans ce train. À l'arrivée, ainsi accoutrée, elle ne pourrait monter à cheval et devrait donc louer une chaise, ce qui la retarderait encore.

Il était donc tard, l'après-midi, quand elle s'engagea dans le dernier virage avant la ferme de Richard. Nulle trace de Richard, mais elle découvrit rapidement Hamene qui, étonnamment, n'était pas occupé à des travaux agricoles, mais, debout dans la cour, avait les yeux fixés dans la direction de Temuka.

— Atamarie ! s'écria-t-il en se retournant vers elle dès qu'il entendit la chaise, son visage tendu exprimant soudain du soulagement. Atamie, ce sont les esprits qui t'envoient. Il y a un problème avec Richard. Son frère vient de lui apporter une feuille de papier, ce que les *Pakeha* appellent un journal. Il a lu et il a été tout retourné. Il l'a déchiré, il a… Miss Shirley dit qu'il a pleuré !

— Shirley ? Mais qu'est-ce qu'elle fiche de nouveau ici ?

Sans doute que le frère de Richard l'avait emmenée avec lui, songea Atamarie, folle de rage, pour consoler Richard, comme si la famille Pearse n'avait rien de mieux à faire !

— Ça n'a pas d'importance, murmura-t-elle alors qu'Hamene s'apprêtait à lui répondre. Nous nous en occuperons plus tard. Il faut d'abord que je… Où est Richard, Hamene ? Comment va-t-il ? Que fait-il ? demanda-t-elle, effrayée à l'idée de le trouver de nouveau dans la cuisine, le regard dans le vide.

— Il a pris l'oiseau, l'informa Hamene en montrant la direction de Temuka dans un geste d'impuissance. Je voulais l'aider, mais il l'a sorti seul de la grange, il semblait avoir perdu la tête, je crois que quelque chose s'est même cassé. Puis il l'a mené jusqu'au sommet de la colline. Je regardais par là quand tu es arrivée.

Elle sauta dans sa chaise.

— Je pars à sa rencontre, Hamene ! Oh, mon Dieu, pourvu qu'il ne fasse pas une bêtise !

Elle grimpa la côte au trot. Shirley était devant la haie de genêts, regardant dans la même direction qu'Hamene. Atamarie ne s'occupa pas d'elle. Il fallait empêcher Richard de voler dans l'état où il devait se trouver.

Au bout de quelques dizaines de mètres, elle dut se rendre à l'évidence : il était trop tard. Elle entendit vrombir le moteur, puis, immédiatement, elle vit la machine survoler la route, à légère altitude, après une ascension progressive. Richard faisait donc preuve d'une grande maîtrise, il agissait de manière réfléchie : il avait donc eu la même idée qu'elle. Il testait une dernière fois l'appareil avant de convoquer la presse.

Puis l'avion dévia de la route. Au lieu de passer à côté de la ferme, il se dirigeait droit vers… il piqua du nez…

— Oh non !

Elle cria, mais Richard ne pouvait l'entendre. Et ce n'était pas un accident. L'avion ne s'était pas mis en vrille, le pilote le dirigeait vers la haie de genêts ! L'aile gauche se brisa sous le choc.

Atamarie avait eu du mal à maîtriser son cheval affolé par le survol de l'engin. Elle l'abandonna sur le bas-côté herbeux. Tant pis s'il s'enfuyait. Il fallait juste… Que fallait-il au juste ? Elle ne savait plus ce qu'elle éprouvait. Quelque chose était mort en elle, mais un autre sentiment était né tandis qu'elle le regardait voler. Elle ne comprit ce qu'elle éprouvait qu'en le voyant rester accroché sans bouger sous son appareil, apparemment indemne, mais refusant de descendre à terre : de la colère, une colère noire, si forte qu'elle dut se retenir pour ne pas l'arracher de son siège et le secouer.

— Et alors ? Ça t'a fait du bien ? s'emporta-t-elle. Tu as détruit l'avion ! Tu devras le réparer avant de faire un jour une démonstration. Tes crétins de voisins vont de nouveau se moquer de toi !

Quand il tourna les yeux vers elle, elle sentit que son cœur était lourd comme une pierre.

— Je n'ai pas volé, dit-il.

Toute pitié disparut en elle. Face à ce regard vide, son amour mourut. Elle ne ressentait plus que colère et envie de blesser.

— Non, dit-elle méchamment. Tu n'as pas volé. Tu n'as pas le cran de voler, Dick Pearse. Tu restes dans ta haie de genêts et tu te tapis comme un oiseau aveugle et sans ailes ! Jamais tu ne conquerras le ciel, Richard ! Tu…

— Je n'ai pas volé…, répéta-t-il.

— Espèce de…, commença-t-elle, cherchant de nouvelles insultes à lui lancer.

— Laisse-le ! dit soudain Shirley de l'autre côté de l'avion. Laisse-le tranquille !

Cela ne fit qu'aiguillonner sa rage. Sans prêter attention à la jeune fille, elle s'en prit de plus belle à Richard :

— Je t'ai aimé, espèce de poltron ! Je t'ai soutenu, je t'ai offert ce moteur. Mais toi… De toi on ne peut rien attendre en retour, tu n'as jamais su que prendre… prendre… prendre…

— Tu voulais être payée pour ton amour ? la railla Shirley.

— Non, juste être respectée ! Je voudrais n'avoir jamais écouté Waimarama. J'aurais dû voler moi-même, devant le monde entier !

— Tu avoues maintenant ce que tu recherchais, dit Shirley en riant. Tu voulais voler. Tu te fichais bien de Richard !

— Ce n'est pas vrai ! C'est lui qui voulait voler ! Et moi, bon, je le voulais aussi, mais je voulais aussi qu'il m'aime, je…

— Tu ne l'aimais que quand tout allait bien. Quand il allait mal, tu l'abandonnais. Tu n'as jamais pensé qu'à toi !

Atamarie jeta un regard sur Richard qui paraissait ne pas se rendre compte de l'algarade entre les deux femmes. Il avait toujours le regard vide.

— Je n'ai pas volé, leur dit-il sans qu'on l'eût interrogé.

— Alors, restez là tous les deux et enterrez-vous dans cette ferme ! lança Atamarie, hors d'elle, à Shirley. Je te souhaite en tout cas beaucoup de courage et de force. Car une chose est certaine : lui, il n'a ni l'un ni l'autre !

Puis elle s'en alla, tête haute. Son cheval broutait tranquillement. Elle monta dans sa chaise et fit demi-tour, lançant un ultime regard plein de tristesse sur l'avion.

— Bon vent, Tawhaki, murmura-t-elle. Tu n'y es pour rien…

LE MAGICIEN D'OZ

L'île du Sud
Dunedin, Lawrence
Christchurch

1903-1904

1

– Et comment vois-tu les choses ? demanda Michael Drury, venu en ville pour une vente de bétail aux enchères et rencontrant Kevin dans un pub. Notamment en ce qui concerne ton frère ? Il avait toujours été convenu que c'était lui qui hériterait d'Elizabeth Station dont tu ne voulais pas. Mais voilà que, d'un seul coup, tu changes d'avis parce que ta femme boer a besoin de respirer l'air de la campagne. Tu comptes jouer désormais les fermiers ?

Kevin secoua la tête en soupirant. La décision de s'installer avec Doortje à Lawrence n'avait pas été des plus aisées à prendre. Il ne manquait plus que ses parents se missent maintenant en travers. C'était au moins une chance de pouvoir en parler seul avec son père. Sa mère aurait sans doute été plus expressive encore.

– Bien sûr que non, père, je suis et reste un médecin, je pourrai pratiquer à Lawrence. Et je ne contesterai en aucun cas l'héritage de Patrick. Et puis, ce n'est peut-être que pour quelques années. Jusqu'à ce que Doortje se soit vraiment habituée à la vie d'ici. Patrick, d'ailleurs, ne réside pas encore à Elizabeth Station, il…

– Il vient de démissionner de son poste au sein du ministère de l'Agriculture. Il n'y parvient plus avec May à Dunedin, elle est maintenant trop grande pour qu'on la confie en permanence à des bonnes d'enfants qui changent d'ailleurs sans arrêt. Il reste conseiller jusqu'à la tonte des moutons, mais s'installera ensuite chez nous. Il s'occupera des moutons, Lizzie de la petite et moi… je me vouerai à la viticulture, ricana-t-il. Si ça se trouve, j'obtiendrai quelque chose de potable et nous deviendrons riches.

Kevin grimaça. Cette histoire de viticulture ne plairait pas à Doortje, son Église condamnant toute consommation d'alcool. Pourtant, même si elle se livrait à quelques remarques, la vie avec ses parents à la ferme ne serait pas aussi désastreuse que leur existence commune à Dunedin. Pendant que son père exposait ses doutes sur les chances de voir Doortje s'habituer à la Nouvelle-Zélande, Kevin récapitula en pensée les mois qui venaient de s'écouler depuis son retour d'Afrique du Sud en septembre.

Le voyage s'était déroulé sans grands problèmes, exception faite de ce que quelques passagers s'étaient plaints de la présence de Nandé sur le pont supérieur. Tout se passait pourtant très bien quand Nandé était avec Doortje à qui elle servait en quelque sorte de domestique. Mais cette entêtée de Roberta, aussi vindicative et animée de convictions égalitaristes que sa mère et que Matariki, s'était obstinée à flâner sur le pont avec la Noire, à bavarder et à rire. Il n'en était pas choqué personnellement, mais estimait que Roberta aurait pu éviter ces provocations qui augmentaient encore la tension régnant entre Doortje et lui.

L'attitude de sa femme finissait par le rendre fou : obligé de dormir à côté d'elle – la cabine de luxe qu'il avait louée comportant un lit double –, il voyait ses avances constamment ignorées. Ne laissant pourtant pas douter une seconde de sa volonté de se montrer une « épouse soumise », elle ne se serait pas défendue s'il avait tenté de la prendre. Il avait parfois le plus grand mal à se maîtriser, même si elle était à présent en fin de grossesse. Elle avait accouché presque immédiatement après leur arrivée à Dunedin, amère et honteuse parce que c'était l'ancien partenaire de Kevin et non une sage-femme qui l'avait assistée. L'enfant était né prématurément, et il ne s'était pas trouvé de sage-femme disponible. Kevin avait failli devoir officier en personne, ce qui aurait davantage encore mécontenté Doortje. Par chance, le Dr Folks avait été disponible. Au bout de quelques heures de souffrances qu'elle supporta sans un cri ni une larme, il avait déposé un fils dans les bras de la jeune femme.

— Il tient de vous, avait-il dit d'un ton amical. Quels merveilleux cheveux blonds ! Comment l'appellerez-vous ?

Kevin avait été extrêmement gêné : ni lui ni Doortje ne s'étaient encore souciés d'un prénom pour l'enfant. Il avait proposé Adrian, en l'honneur du père de Doortje, mais elle avait protesté avec une telle véhémence que Christian avait ouvert de grands yeux. Kevin s'était finalement tiré d'affaire en avançant cette fois le prénom d'Abraham, Abe pour les intimes, le premier et unique nom de l'Ancien Testament qui lui fût venu à l'esprit. Doortje n'eut pas d'objection. Elle lui donna le sein, mais en le tenant comme elle aurait tenu une poupée, sans le gratifier du moindre sourire. Par la suite, elle prit soin de lui de manière exemplaire. Plus exactement, elle surveilla de manière exemplaire les soins que Nandé dispensait au nourrisson.

Le retour à Dunedin n'avait sinon pas présenté de difficultés pour Kevin. Le couple avait pu emménager dans l'ancien appartement de Kevin, et le Dr Folks, à qui la compagnie de Kevin avait sans doute manqué, avait été très heureux de l'accueillir dans le cabinet :

— Il y a du travail pour deux. Seules ne se sont pas manifestées durant ton absence les ladies souffrant de petits malaises.

Très vite il y eut une pluie d'invitations pour le jeune médecin, la bonne société de Dunedin brûlant de l'entendre parler de la guerre et de connaître sa jeune épouse.

Or c'est là qu'avaient commencé les difficultés, les sorties de Doortje dans les rues de la ville ayant provoqué un petit scandale. Kevin avait été horrifié en la voyant arriver avec ses premiers achats, Laura Folks, l'épouse de Christian, qui l'avait gentiment accompagnée, paraissant très gênée de son côté.

— Je lui ai proposé d'aller acheter des vêtements, mais elle n'a pas voulu, s'était-elle excusée auprès de Kevin tout en regardant, désemparée, Doortje qui, dans sa coquette robe bleue, son tablier blanc et sa coiffe empesée, paraissait surgie d'un autre monde.

Elle avait acheté cette tenue à Pretoria et Kevin n'avait rien dit. Sur le bateau, il y avait suffisamment de Sud-Africains pour que cette tenue, adaptée à sa grossesse de surcroît, passât inaperçue. Le médecin avait pensé que sa femme s'habillerait de neuf à leur arrivée. Mais les choses s'étaient enchaînées et précipitées et, après l'accouchement, Doortje s'était empressée de retoucher sa robe et de la remettre pour sortir, assortie d'une cape noire. Il était impossible de ne pas la remarquer, car Nandé, dans la même tenue, la suivait, le petit Abe dans les bras, sa peau d'un noir d'ébène attirant tous les regards sur elle et sa maîtresse. Laura Folks, vêtue d'un tailleur à la mode, mourait de honte en leur compagnie.

Kevin avait compris qu'il y avait urgence.

— Doortje, tu ne peux pas te promener ici dans cette tenue ! À Dunedin, personne, à moins de travailler comme bonne, ne porte de tablier et de coiffe. Une femme de la bonne société porte un chapeau et une robe, voire un tailleur, comme Mme Folks.

— On ne peut travailler là-dedans, avait rétorqué Doortje avec un regard méprisant pour le tailleur cintré de la jeune femme. Quant… quant au chapeau…

Laura portait une création mondaine, une espèce de turban avec une voilette en gaze.

— Tu n'as pas à travailler. Ta seule obligation est d'être belle. Allez, Doortje, je t'en prie !

— La coquetterie est un péché. Ma robe est encore très bien, il n'y a aucune raison de la remplacer.

— Vous n'avez que… que celle-là ? l'avait interrompue Laura, interloquée.

Des mondes séparant ces deux femmes, Kevin avait renoncé à jouer les médiateurs. Pourtant Laura aurait su où s'habiller à la mode à bon prix. Il ne lui était resté d'autre solution que confier sa femme à la seule maison de mode de la ville capable, avec un peu de chance, de concilier mode et assistance spirituelle : Lady's Goldmine.

— Doortje, ce soir, nous sommes invités, avait-il dit, mettant fin à cet échange stérile. Par les Burton, ce sont de très anciens amis de notre famille. Kathleen Burton possède une boutique de mo… de vêtements. Son époux est révérend.

Kathleen Burton était de plus la mère de Colin Coltrane, mais ce fait n'était plus évoqué à Dunedin depuis des années. Kevin était donc relativement serein quand il amena au presbytère de Caversham sa femme et sa suite. Sérénité qui dura jusqu'à l'instant où Kathleen, qui accueillit Doortje avec chaleur, jeta un regard sur le petit Abe. Elle pâlit terriblement, mais se ressaisit vite.

— Mais ce n'est pas possible, Kevin, il ressemble à Colin bébé comme deux gouttes d'eau !

Kevin, affolé, se retourna vers Doortje, mais elle était en train de converser avec le révérend. Elle ne nourrissait bien entendu aucune sympathie envers le clergé anglican, mais Peter, avec son naturel amical et complaisant, avait réussi à l'entraîner dans une conversation anodine.

— C'est malheureusement possible, chuchota Kevin à Kathleen. Mais il ne faut surtout pas que Doortje nous entende. Je passerai demain, nous pourrons parler de ça.

Kathleen obtempéra, bien sûr, mais, soudain tendue, elle jetait parfois des regards interrogateurs sur la jeune Boer toujours aussi réservée.

Colin avait déjà plus de dix ans quand le révérend l'avait pour la première fois rencontré, il ne remarqua donc rien, toujours occupé à chercher à amadouer la jeune femme. Il avait une connaissance assez approfondie du Nouveau comme de l'Ancien Testament pour disposer de nombre de citations prouvant que Dieu n'avait pas condamné la musique, la bonne chère et le vin. On pouvait en dire autant des vêtements, prétendait-il. Il avait fini par obtenir de Doortje qu'elle confiât à Kathleen le soin de l'habiller au goût du jour.

Kevin préféra ne pas penser à son compte en banque. Finalement, la très modeste Doortje allait lui coûter aussi cher que Juliette la mondaine !

Le lendemain, il rendit donc d'abord visite à Kathleen et Claire dans leur boutique et leur expliqua l'histoire dans laquelle Colin avait été impliqué, sous une forme naturellement très édulcorée. L'indignation de Kathleen fut grande quand elle apprit le viol, et l'annonce de la disparition de Colin la laissa de marbre. Colin n'avait de toute façon plus donné de ses nouvelles pendant des années, et sa disparition ne signifiait pas obligatoirement qu'il fût mort. Il avait sans doute eu de bonnes raisons de se terrer.

— Je suis navrée pour cette jeune femme et j'ai honte de mon fils, finit-elle par dire. Et j'ai pour toi le plus grand respect pour ta décision d'élever l'enfant comme étant le tien. Mais tu es conscient qu'il y aura des difficultés ? Bon, publiquement, tout peut s'expliquer. Je ne rajeunis pas et, dans quelques années, personne ne s'apercevra que le petit me ressemble et encore moins qu'il ressemble à mon fils. Mais comptes-tu laisser ta femme dans l'ignorance ? Comment lui expliqueras-tu la ressemblance avec

Atamarie, qui est elle aussi la fille de Colin ? Et le nom de Coltrane que Colin a en commun avec Heather et Chloé ? Tu envisages de lui mentir ?

— Atamarie est loin, murmura Kevin en haussant les épaules. Elle poursuit ses études à Christchurch, non ?

— Elle nous rend assez souvent visite et elle aura terminé ses études quand le petit Abe sera assez grand pour que chacun s'aperçoive de leur ressemblance. Et alors ? Tu devrais tout expliquer à Doortje ! Ce n'est tout de même pas un crime d'être parent avec Colin, peut-être même que cela l'aidera à échanger avec Matariki et Chloé. Colin les a elles aussi bien maltraitées. Et si elle me déteste, parce que je suis sa mère, eh bien tant pis !

Kevin n'était pas convaincu. Kathleen avait raison, naturellement : si l'histoire de Colin avait été l'unique problème entre sa femme et lui, cela aurait pu se régler de cette façon. Mais ce n'était, hélas, pas le cas et la dernière chose qu'il envisageait était de perturber davantage encore sa jeune épouse. Plusieurs mois après la naissance, elle était toujours renfermée et taciturne, refusant tout contact physique. Il comprenait certes qu'elle eût besoin de repos et que leur jeune relation eût besoin de temps pour s'épanouir. Mais un baiser de temps en temps, une caresse, un peu de tendresse… Il aspirait à ce qu'elle manifestât quelque sentiment à son égard, sentiment qu'elle avait à coup sûr nourri pour lui en Afrique. Il ne s'était tout de même pas imaginé les premiers signes de cet amour : son abandon dans ses bras après la mort de Coltrane, quand la tension, en elle, s'était soudain relâchée.

Mais il n'y avait désormais plus trace de cela. Doortje n'avait qu'un regard nerveux et tendu pour le monde nouveau où il l'avait entraînée et où tant de choses heurtaient ce qu'elle avait appris et connaissait. Nandé semblait mieux s'acclimater qu'elle, bavardant déjà plaisamment avec d'autres bonnes et domestiques. Kevin redoutait le jour où elle s'apercevrait que ces gens-là étaient rétribués. Ce serait une nouvelle occasion de dépenses !

– J'y réfléchirai, miss Kathleen, finit-il par dire poliment. Mais, je vous en prie, n'en dites rien pour le moment. Il ne faut surtout pas qu'elle ait de la haine pour vous avant que vous lui ayez appris comment s'habiller à Dunedin !

Kathleen et Claire ne vendirent finalement à Doortje que des robes de réforme, simples et datant de la collection de l'année précédente, ce qui diminua les frais. Ces robes sans corset, amples, n'étaient plus à la mode. C'était désormais la ligne dite en S qui caractérisait la silhouette de la femme moderne. Le ventre et la taille étaient serrés, ce qui mettait en valeur la poitrine, la jupe était en forme de cloche et se terminait par une traîne. Le tout était extrêmement peu confortable et aurait rendu encore plus difficile l'acclimatation de Doortje à la vie en ville. En revanche, elle était ravissante dans les robes Empire descendant très bas. Kathleen et Claire lui conseillèrent également une nouvelle coiffure et lui choisirent trois chapeaux. En se regardant dans la glace, Doortje était tiraillée entre des sentiments contradictoires, constatant qu'elle était une jolie femme mais ne retrouvant plus en elle la femme boer de son pays natal.

Kathleen devina que d'autres problèmes surgiraient quand viendrait l'heure de fréquenter la bonne société. Cela devint évident quand Claire invita Doortje à boire le thé : elle n'avait aucune idée de la manière raffinée de tenir une tasse entre le pouce et l'index, de grignoter discrètement un biscuit et de faire la conversation. Cela s'apprenait, naturellement ! Kathleen elle-même avait dû travailler dur pour y parvenir, malgré l'aide de Claire, déjà rompue à cet exercice. Mais la Dunedin de sa jeunesse, fondée par des puritains, avait peu à voir avec la ville moderne et remuante qu'elle était devenue. Doortje

Drury était brutalement plongée dans une vie à laquelle elle n'était pas préparée et il lui manquait l'enthousiasme indispensable.

Il lui arriverait par la suite de confondre l'ordre des couverts à table et, lors d'une réception chez les Dunloe, elle provoquerait un petit esclandre en refusant le champagne qu'on lui offrait et en demandant du lait. Un jour, rouge d'indignation, elle quitta une exposition de nus chez Heather et Chloé. Elle bavardait, lors des concerts de musique de chambre, parce qu'elle s'y ennuyait et ne faisait pas la différence avec la musique de fond des réceptions. Kevin finit par ne plus l'emmener nulle part. Elle masqua alors sa honte en surjouant son côté inculte, prétendant même bouder les manifestations culturelles au motif qu'elles étaient anglaises. Elle ressortit sa tenue boer, parla le néerlandais avec Abe et ne toucha plus aux livres anglais qui l'auraient pourtant aidée à s'en sortir. Kevin se demandait où était passée la jeune fille qui lisait jadis Shakespeare en cachette. Elle n'était plus qu'irascibilité et entêtement.

C'est ainsi donc que, quelques mois après ces événements, Kevin ne savait plus où donner de la tête. Il avait alors décidé de tenir la promesse qu'il avait faite à Doortje en Afrique : vivre dans une ferme et retrouver ses habitudes.

Malheureusement, Lizzie et Michael étaient tout sauf enthousiastes à l'idée de cette invasion. Et le problème de Patrick était plus délicat qu'il ne l'avait pensé.

— Doortje a simplement besoin de temps pour s'habituer, dit-il à son père. Tout cela est beaucoup trop pour elle. Mais, bon Dieu, tu devrais le comprendre, toi ! Tu passes ton temps à gémir de cette vie guindée et de l'obligation, à table, de choisir la bonne fourchette.

Ce n'était pas faux. Michael, comme Kathleen, était d'origine modeste et il avait survécu en Nouvelle-Zélande en travaillant comme pêcheur de baleine, distillateur et chercheur d'or avant, grâce à l'or des Maoris, d'accéder à l'aisance. Il se sentait mal à son aise dans la société des notables de Dunedin.

Du reste, il ne se vexa pas.

– Justement, observa-t-il en buvant une grande gorgée de bière. Je ne m'y suis jamais habitué. Qu'est-ce qui te pousse donc à supposer qu'elle y parviendra ?

2

La jument Trotting Diamond faisait le tour de la piste d'Addington d'un trot enlevé mais régulier. Sur le sulky, Rosie Paisley tenait les rênes d'une main légère, heureuse de guider un trotteur, comme toujours. Ce bonheur lui avait manqué tout au long des années passées chez Chloé et Heather, en dépit de son affection pour la première, son idole et protectrice. Le travail de bonne ne supportait pas la comparaison avec la sensation merveilleuse de voler sur la piste ! Elle aimait aussi prendre soin des chevaux dans l'écurie de course de lord Barrington. Leurs hennissements, le matin, quand elle leur apportait leur fourrage, lui réchauffaient le cœur. Elle aimait chacune des bêtes dont elle avait la charge.

Ce jour-là, elle avait néanmoins pris un après-midi de congé, fière d'avoir eu le courage de demander quelques heures de liberté au maître d'écurie. Dans son tout jeune âge, ayant assisté à des scènes atroces entre sa sœur Violette et l'époux de celle-ci, elle avait perdu la parole. Aujourd'hui encore, elle préférait parler aux chevaux qu'aux humains. D'autant que le lad de lord Barrington n'était pas des plus commodes. Il avait néanmoins accepté de bon cœur de guider ses premiers pas dans le métier. Elle n'avait d'ailleurs, durant ces quelques mois, jamais demandé une faveur, jamais manqué, jamais été en retard. Elle savait que, seule fille de l'écurie, elle devait redoubler d'efforts pour être admise.

Cela ne lui coûtait pas, même les durs travaux ne la rebutaient pas, car solidement bâtie, elle n'avait pas la silhouette gracile de sa sœur ou de sa nièce Roberta. Ni leur beauté au demeurant. On pouvait au mieux la trouver jolie avec ses cheveux d'un blond foncé, son visage en forme de cœur et ses grands yeux bleu clair. La plupart des hommes ne la remarquaient pas. Ce qui lui convenait parfaitement après avoir vécu les épouvantables années de mariage de Violette, du début à la fin. La dernière chose qu'elle désirait était un mari.

Elle regarda la grande horloge au-dessus du totalisateur. Il lui restait encore un peu de temps avant de ramener Diamond à l'écurie et d'aller chercher Roberta à la gare. Ou bien allait-elle changer d'attelage et faire à sa nièce la surprise de la conduire dans une chaise tirée par un authentique cheval de course ? L'idée lui aurait plu, mais elle y renonça en se souvenant de la peur que Robbie avait des chevaux. Sans raison aucune. Eric Fence était dangereux, et Colin Coltrane aussi bien sûr. Mais pas les chevaux !

Elle fit accélérer Diamond sur le long côté de la piste. Le week-end prochain, elle disputerait sa première course et elle était folle d'impatience. Elle n'avait encore jamais pu étalonner son cheval en comparaison directe avec d'autres trotteurs. Il n'était d'ailleurs pas sans risques de lui faire disputer une course sans qu'à l'entraînement il eût trotté à côté de congénères attelés eux aussi à un sulky. Mais elle n'y pouvait rien. Elle fuyait les entraîneurs des écuries de trot, le vieux Brown dont elle craignait les éclats de voix, mais aussi Joé Fence, son neveu. Elle se paniquait dès qu'elle l'apercevait ; il ressemblait tellement à son père qu'elle croyait ce dernier soudain ressuscité. Il était du reste le meilleur des jockeys, sans conteste. Jamais il ne commettrait une négligence aussi grave que celle qui avait coûté la vie à son père.

Elle ne se sentait pas coupable de cet accident mortel. Certes, il lui avait alors ordonné d'atteler et elle ne s'en était pas acquittée correctement. Mais un bon conducteur de sulky contrôlait son harnais avant de démarrer, de même qu'un cavalier contrôlait la sangle de sa selle. Eric, encore à moitié ivre, avait omis de le faire. C'était donc lui le fautif !

Elle redoutait néanmoins de rencontrer Joé qui avait été témoin de son acte et qui l'avait ensuite accusée de meurtre. Personne ne l'avait cru, mais elle lisait l'ancienne haine dans ses yeux.

Un tour encore ? Il était temps de dételer, mais elle aperçut justement Joé Fence en train de faire entrer en piste un magnifique étalon moreau. Il était suivi d'un homme de haute taille, vigoureux, aux cheveux d'un blond roux. Rosie n'avait encore jamais vu cet homme et eut à peine le temps de l'entrapercevoir. Elle espéra qu'ils partiraient de là ou que du moins, une fois qu'elle aurait accompli un autre tour, Joé aurait lui aussi emprunté la piste. Elle aurait alors le temps d'en sortir avant que Joé eût fini le sien.

Mais son espoir ne se réalisa pas. Quand elle s'arrêta devant la barrière de sortie, il était toujours en conversation avec l'homme blond. Le son de sa voix fit courir des frissons dans le dos de Rosie, lui rappelant celle du père de Joé et celle de Colin Coltrane.

— Mais certainement qu'il va gagner, monsieur Tibbs ! Il le faut bien s'il court pour faire de la publicité à votre entreprise de transport, c'est bien ça ? Une excellente idée, je dois dire ! C'est toujours ce que j'explique : ce n'est pas rien, pour un gentleman, que de s'engager dans les courses hippiques, mais si, en plus, il espère en tirer profit pour ses affaires…

Rosie frémit en le voyant fixer une muserolle dans la bouche de l'étalon. Ce bridon servait à assurer que le cheval garderait le trot, mais c'était également une gêne pour la bête et Rosie avait la même opinion que Chloé en la matière : un bon trotteur n'avait pas besoin d'accessoires et un bon entraîneur ne recourait pas à des moyens douloureux pour le cheval et susceptibles de l'effaroucher. M. Tibbs, apparemment désireux d'acheter l'étalon, ne s'apercevait pas de l'opération en cours. Il s'empressa d'ouvrir la barrière pour Rosie.

— Laisse, mon gars, pas la peine de descendre…

Il éclata de rire quand, pour le remercier, elle ôta sa casquette, dévoilant sa chevelure.

— Sacrebleu, mais tu es… vous êtes… une fille ! Mille excuses, miss, ça m'a échappé, dit-il, levant à son tour sa large casquette, aussi galant qu'un gentleman soulevant son haut-de-forme.

— Tiens, mais c'est la petite Rosie ! Tu as déjà fini ? s'exclama Joé. Et moi qui croyais que j'allais montrer à mon client comment son futur cheval allait laisser sur place ton poney !

Rosie sentit son cœur s'emballer, mais elle ne réagit pas à l'insulte. Trotting Diamond n'était certes pas de grande taille, mais c'était vrai de bien des trotteurs et cela n'avait rien à voir avec leur vitesse sur la piste. C'était de la provocation ! Une expression étrange courut sur le visage de l'inconnu, un visage rond, aux lèvres épaisses et aux épais sourcils, qui faisait un peu penser à un bouledogue : de la vigilance ? De l'intérêt ? En tout cas, l'homme ne semblait ni méchant ni avide de succès, au contraire, il avait l'air bienveillant.

— Voudriez-vous nous faire l'honneur, mylady ? demanda-t-il en s'inclinant. M. Fence désire me vendre un cheval et j'aimerais bien le comparer à d'autres. Je veux dire… peut-être les trotteurs sont-ils en général bien dressés, mais je sais, à voir mes percherons et mes cobs, qu'ils sont très tranquilles quand ils ont la route pour eux. Mais, dès qu'un autre cheval les dépasse…

— Cela existe aussi chez les trotteurs, confirma Rosie d'une voix rauque.

Pas, à vrai dire, chez ceux de Joé qui, connaissant toutes les ficelles du métier, ne leur laissait pas la moindre latitude.

— Alors, nous sommes d'accord, miss… Rosie ? dit-il en souriant, d'une voix soudain adoucie. C'est mon prénom préféré. Voulez-vous m'aider à tester mon cheval ?

Elle rougit comme une pivoine tout en plaçant Diamond en position de départ tandis que Joé montait dans le sulky de l'étalon.

— Vous allez voir ce que vous allez voir, monsieur Tibbs ! Mais il faut auparavant que j'échauffe un peu Spirit's Dream. Ça ne te gêne pas, Rosie ?

Elle ne parvint pas à lui répondre. En réalité, cela la gênait, car elle arriverait en retard à la gare. Mais Roberta ne lui en voudrait sûrement pas. Elle n'avait pas pour première intention de lui rendre visite à elle, mais au nouveau vétérinaire. Le Dr Taylor lui avait expliqué qu'il avait rencontré Roberta en Afrique du Sud. Ses yeux s'étaient alors mis à briller, plus encore qu'en examinant Diamond qu'il aimait bien. En fait, il aimait tous les chevaux ! C'est pourquoi elle aimait le Dr Taylor. Son prédécesseur était bruyant et elle avait peur de lui. Le Dr Taylor était jeune, gentil et il aimait les chevaux. Et il aimait Roberta, même Rosie s'en était aperçue sans peine. Lui serait content si elle le laissait seul avec sa nièce un petit moment de plus !

Mais si cela ne plaisait pas à Roberta ? La mauvaise conscience revint tourmenter Rosie. Si elle avait peur de Vincent Taylor ? Pour Rosie, il était possible, voire vraisemblable, que les femmes aient de manière générale peur des hommes et elle aurait aimé, dans ce cas, pouvoir aider Roberta. Plongée dans ses réflexions, elle faillit ne pas remarquer que M. Tibbs lui adressait la parole, observant l'étalon qui trottait sans se presser sur la piste.

— Un joli cheval, une belle allure. Reste à savoir, bien sûr, s'il est rapide. Vous le connaissez ?

Elle sursauta.

— Quoi ? demanda-t-elle, penaude. Qui ? ah oui, l'étalon…

Elle rougit à nouveau. L'homme croyait, bien sûr, qu'elle connaissait la plupart des trotteurs qui couraient sur cette piste. À Invercargill, elle les connaissait tous. Mais ici, elle assistait rarement aux entraînements. Elle travaillait dans l'écurie de lord Barrington et l'entraînement des galopeurs avait lieu tôt le matin, avant celui des trotteurs. Quand ces derniers couraient, elle nettoyait les chevaux de son patron, les emmenait au sec et leur donnait à manger.

M. Tibbs attendait. Rosie se ressaisit et réfléchit. Spirit's Dream…

— Je… non, je… je ne connais pas le cheval, mais je crois que j'ai connu son père. Est-il un fils de Spirit ? Un pur-sang noir ? Grand ? Ancien galopeur ?

Tirant un papier de sa poche, l'homme le lut attentivement.

— C'est bien ça, miss Rosie ! déclara-t-il, radieux. Vous vous y connaissez en chevaux, dites donc ! Et que pensez-vous de l'étalon ? En toute franchise. Ou bien seriez-vous employée par M. Fence, par hasard ?

— Non, non, jamais, dit-elle, son visage perdant toute couleur à cette idée, je…

Tibbs rayonnait toujours. Rosie se rappela alors les portraits de chiens qu'Heather peignait avant de devenir célèbre. Certains collies « souriaient », les babines retroussées, avec des yeux affectueux. Ce Tibbs avait le même sourire. Rosie s'aperçut, troublée, qu'elle se sentait bien en compagnie de cet homme.

— Alors, vous pouvez parler franchement, l'encouragea-t-il.

Rosie se mit à se mordiller les lèvres, un tic qui la fit ressembler à un petit enfant. L'étrange expression de perplexité reparut sur le visage de l'homme.

— Spirit était bon. C'était son grand-père, dit-elle en montrant sa Trotting Diamond.

— Eh bien, ça alors ! dit Tibbs avec un large sourire. Une réunion de famille ! Il me vient de plus une idée…

Il s'arrêta, semblant perdre de son assurance.

Au même moment, Spirit's Dream vint dans leur direction.

— J'enlèverais le bridon, ne put-elle s'empêcher de dire hâtivement, avant que Fence ne fût trop près. Le… la muserolle…

L'homme opina.

— Je sais ce que c'est. J'en avais déjà touché un mot à Fence. Ça ralentit le cheval.

— Non, pas obligatoirement. Pas s'il est bien entraîné. Mais c'est douloureux, dit-elle à voix basse, se sentant stupide.

La plupart des gens se fichaient de savoir s'ils faisaient mal à un cheval ou non, pourvu qu'il eût belle allure ou gagnât des courses. On utilisait aussi les muserolles pour les attelages d'apparat des gens riches.

— Nous ne voulons naturellement pas leur faire mal, dit Tibbs avec indulgence. Et de plus, cela m'intéresserait de savoir si l'étalon reste au trot si jamais votre jolie jument le dépasse. Je vais donc le débarrasser de ce bridon et vous nous offrirez une belle course, n'est-ce pas ?

L'homme avança sur la piste et fit signe à Fence de s'arrêter. Après une brève discussion, Tibbs enleva la bride de cuir qui obligeait le cheval à garder la tête haute. Rosie assista à cette scène avec incrédulité. Comment osait-il donner des ordres à Fence, ne pas tenir compte de ses arguments ? Ce M. Tibbs devait être quelqu'un d'influent. Il lui rappelait vaguement… Mais il lui fallait maintenant mener Diamond sur la ligne de départ.

Joé Fence ne ricanait plus. Il était visiblement contrarié et Rosie eut de nouveau peur. Il devait bien entendu croire que c'était elle qui avait manigancé cette histoire de muserolle. Alors que M. Tibbs ne l'avait pas attendue pour s'étonner.

Joé tenait la bride courte à son étalon quand les chevaux, au petit trot, franchirent la ligne de départ. Rosie, elle, lâcha la bride à Diamond qui resta calme alors que Dream courait à ses côtés. Rosie garda cette position quand Joé accéléra. Elle jeta un coup d'œil au moreau. Il était rapide et trottait sans mal ; il n'aurait certainement pas besoin de muserolle s'il était bien entraîné. Mais, nerveux, il voulut doubler Diamond. Fence sembla ne pas savoir s'il le laissait aller dès maintenant, alors qu'ils n'avaient pas encore parcouru un tiers de la piste. Rosie l'aida à se décider en faisant garder la même allure à Diamond tandis que l'étalon prenait les devants. Joé eut un sourire de triomphe quand il dépassa la jument.

Diamond suivait en souplesse le train imposé par Dream. L'allure était pourtant vive maintenant. La jument avait certes envie d'accélérer elle aussi, mais Rosie la retenait. Il était inutile de l'épuiser avant la ligne droite. Puis ils sortirent du petit côté, l'arrivée était en vue.

– Maintenant !

Elle fit claquer sa langue et lâcha la bride à Diamond. Elle fut elle-même surprise de la vitesse de réaction de la jument. Elle bondit, se plaça sans peine à la hauteur de Spirit's Dream et ne céda pas un pouce de terrain quand celui-ci accéléra encore. Les deux chevaux fonçaient côte à côte. Fence, la mine pincée, luttait avec son étalon qui ne voulait absolument pas se laisser doubler par la jument, mais avait manifestement de la peine à garder le trot à cette allure. Diamond, ne se satisfaisant pas du coude-à-coude, le devança et accéléra encore. Rosie eut envie de pousser un cri de joie. Diamond dépassait toutes ses attentes !

À côté d'elle, Joé dut capituler devant la puissance du moreau qui, lui arrachant les rênes des mains, se mit à galoper et, triomphant, doubla Diamond. Docile, la jument garda le trot. Rosie était au comble de la joie : elle n'était pas perturbée par des chevaux plus rapides. Joé lui jeta un regard furieux en la dépassant.

— C'est vrai qu'il est rapide, observa M. Tibbs avec indulgence quand Fence s'arrêta devant lui. C'est l'allure qu'il vous faut encore travailler.

— Je vous avais bien dit qu'il avait besoin d'une muserolle !

Joé se lança dans de longues explications, mais Rosie ne l'écoutait pas, ayant aperçu, avec étonnement, le Dr Taylor et Roberta qui descendaient d'une tribune et venaient à leur rencontre.

— Rosie, c'était superbe ! s'exclama la nièce en étreignant sa tante. Vincent est venu me chercher au train et nous nous sommes dit que nous te trouverions certainement ici. Et, surprise des surprises, nous assistons à une course !

Roberta était d'un enjouement un peu forcé. Comme sa mère, elle avait les courses de chevaux en horreur. Mais l'élégance de Diamond et la maestria de la si timide Rosie l'avaient impressionnée. Vincent, lui, débordait d'enthousiasme.

— Rosie, c'est incroyable ! Je n'avais encore jamais vu un cheval courir avec autant d'aisance. D'autant que cet étalon est très rapide. Il a gagné lors de la dernière journée de courses, n'est-ce pas, monsieur Fence ?

Celui-ci entrevit le bout du tunnel.

— Vous entendez, monsieur Tibbs ? Puis-je vous présenter ? Le Dr Taylor, le vétérinaire de notre hippodrome. Vous ne pouvez pas trouver meilleur connaisseur ! Faites courir ce cheval avec une muserolle !

Mais son client n'avait pour l'heure d'yeux que pour Rosie… et Roberta.

– Non, ce n'est pas possible, dit-il sobrement, mais visiblement ému, à la jeune femme à l'élégante tenue de voyage. Il est absolument impossible que vous soyez Violette Paisley, mais vous… vous vous ressemblez comme deux gouttes d'eau.

– Je suis Roberta Fence, la fille de Violette, dit la jeune femme en lui tendant la main en riant. Où avez-vous connu ma mère ? Et Rosie ?

– Tom Tibbs, pour vous servir, dit-il en soulevant derechef sa casquette. Mais, au cas où votre mère vous aurait parlé de moi, par hasard : sur le bateau, on m'appelait Bulldog.

Roberta n'avait jamais vu Rosie sourire à un homme avec autant de douceur et de confiance.

– Vous avez veillé sur nous, dit celle-ci tout bas. Je me rappelle comment vous avez demandé à mon père de passer la cabine au balai-brosse.

Tibbs partit d'un rire tonitruant.

– « Demander » n'est pas tout à fait le mot qui convient ! Mais c'était en tout cas propre, après. Je n'arrive pas à croire que je t'aie… que je vous… excusez-moi, miss Rosie, que je vous aie retrouvée ! Je ne vous ai jamais oubliée, savez-vous ?

– Moi non plus !

Joé, qui se sentait mis en marge, se mêla à la conversation.

– Une vraie réunion de famille ! Hello, sœurette, qu'est-ce qui me vaut l'honneur de ta visite ? Vous ne vous souciez pourtant guère de moi, habituellement !

– Joé ! s'exclama Roberta, pâlissant soudain à la vue de son frère qu'elle n'avait pas revu depuis l'enfance et dont la ressemblance avec leur père lui coupa le souffle. Je ne savais pas du tout que tu étais là !

Ce qui était vrai. Rosie n'avait pas la fibre épistolaire, surtout quand il s'agissait, comme Roberta, de quelqu'un parti à l'autre bout du monde. Chloé avait certes informé Violette du nouveau lieu de résidence de son fils, mais n'avait pas eu l'occasion d'en faire part à Roberta. Les thèmes de discussion n'avaient pas manqué après le retour d'Afrique de celle-ci, qui n'avait par ailleurs guère eu le temps de courir les vernissages et les dîners en ville. Elle avait, dans un premier temps, donné un coup de main à l'école de Caversham, n'ayant pas encore accepté de poste fixe. Elle était toujours dans l'expectative, tant à propos de sa liaison avec Vincent qu'en ce qui concernait ses projets professionnels. Si elle répondait à l'amour que lui portait Vincent, il la demanderait en mariage, cela ne faisait pas l'ombre d'un doute, mais elle ne pourrait plus être institutrice. Elle était donc partagée. Ce week-end à Addington l'aiderait peut-être à prendre une décision. Séjour qui ne l'engageait d'ailleurs en rien, puisque, officiellement, elle rendait visite à sa tante et non à Vincent. Si tout se passait bien, elle envisageait d'accepter un poste à Christchurch, ce qui lui permettrait de mieux connaître Vincent. Question mariage, elle était aussi traumatisée que Rosie, n'ayant pas oublié l'épouvantable union de sa mère. Elle n'avait pas, contrairement à sa tante, une peur viscérale des hommes, mais elle aurait préféré épouser quelqu'un qu'elle connaissait depuis l'enfance. Elle se serait sentie en sécurité auprès de Kevin. Vincent devait au préalable faire ses preuves.

Lequel Vincent, pour l'heure, les regardait tous tour à tour, désemparé.

— Sérieusement, Joé ? Roberta est votre sœur ? Elle ne savait certainement pas que vous êtes ici, Joseph, sinon elle me l'aurait dit. Mais Roberta vient de passer de longs mois en Afrique du Sud. Vous allez avoir des tas de choses à vous raconter !

À voir la mine du frère et de la sœur, il était évident que l'existence de l'autre leur était également indifférente. Vincent avait néanmoins réussi à détendre l'atmosphère.

— Et vous êtes venu d'Angleterre en même temps que Rosie et la mère de Roberta, monsieur… ?

— Tom Tibbs ! Je n'arrive toujours pas à y croire.

— Il y a là certainement beaucoup de choses aussi à raconter, présuma Vincent.

Bulldog acquiesça vigoureusement.

— Et si nous allions tous boire une tasse de café ? proposa Vincent.

— Je ne peux pas, grommela Joé. Il faut que je rentre mon cheval. Alors, monsieur Tibbs, vous l'achetez ?

— Et moi aussi je dois rentrer Diamond, dit timidement Rosie.

— Ça dépend, répondit Bulldog avec un sourire qui, cette fois, lui découvrit un peu les dents. Ça dépend d'abord du prix. Je crois qu'il convient d'en reparler. Votre cheval ne tient pas aussi bien le trot que vous le prétendiez, monsieur Fence. Et cela dépend aussi de l'entraîneur…

— Le cheval peut bien entendu rester dans mon écurie, s'empressa de déclarer Joé. Je vous conseillerais vivement de continuer à le faire préparer par des professionnels. Je me permettrai de dire que, de ce point de vue, vous ne trouverez pas, à Addington, de meilleure adresse que la mienne !

— Pour que vous continuiez à l'entraîner ? dit Bulldog d'un ton justifiant soudain le bien-fondé de son surnom. Afin que, lors de la prochaine course, il dépende d'un morceau de cuir que votre Spirit's Dream soit semé ou non par un poney ? Non, monsieur Fence, c'est sa future entraîneuse qui décidera de l'achat ou non. Acceptez-vous d'entraîner mon cheval, miss Rosie Paisley ?

Rosie rougit d'émoi et de bonheur.

— Oui… non… Il faut que je demande à lord Barrington si… Je veux dire… Oui, oui, donc si lord Barrington est d'accord, c'est oui.

— Eh bien c'est formidable, dit Bulldog. Il n'y aura pas de problème avec lord Barrington, je le connais. Je possède en effet une entreprise de transport, vous savez, et, quand les Barrington reçoivent quelque chose d'Angleterre, des meubles par exemple, c'est moi qui assure le transport jusqu'ici ou dans les Plains où il habite. Vous n'avez qu'à attendre un peu, le temps que je tombe d'accord avec M. Fence. Alors nous ramènerons ensemble les chevaux.

3

Ayant Roberta pour lui seul, Vincent était au comble de la joie. Pourtant, l'apparition de tant de membres de sa famille lui avait laissé craindre qu'elle n'eût pas de temps à lui consacrer. Et puis, elle avait toujours sur elle son porte-bonheur. Il l'avait vu dans son sac à main quand il l'avait aidée à descendre du train. Cela signifiait qu'elle n'avait pas oublié l'homme associé à ce cheval en peluche. Il avait de nouveau eu le sentiment de lutter contre un fantôme.

Rosie et Bulldog, visiblement heureux, ce qu'on ne pouvait dire de Joé Fence, avaient quitté la piste. Tom Tibbs avait payé un bon prix pour l'étalon, mais Joé ne goûtait pas l'idée que Rosie allait désormais être une entraîneuse concurrente. Roberta suivit des yeux son frère, soucieuse. Il l'avait quittée sans quasiment dire un mot, l'air furibond. Ayant déjà vu chez son père cette physionomie, elle ne souhaitait en aucun cas être dans la peau de celui sur qui il allait passer sa colère. Pourvu que ce ne fût pas une femme !

Mais peu importait, elle était ici pour rencontrer Vincent.

— Que faisons-nous à présent ? lui demanda-t-elle. Tu me montres Addington ?

Il s'était déjà posé la question de savoir ce qu'on pouvait entreprendre à Addington avec une fille qu'on souhaitait épouser. La réponse était simple à vrai dire. À part la piste de course, ce faubourg n'avait pas grand-chose à offrir. Il existait quelques petites entreprises industrielles et les résidences de quelques riches fanatiques du sport hippique. Rien de très excitant ! Vincent n'en conduisit pas moins son amie entre des rangées de maisonnettes aux vives couleurs, puis dans un environnement encore rural. La promenade prit alors un tour plus romantique. Il parla de son travail. Il estimait avoir eu de la chance de trouver cet emploi car il avait plaisir à ne s'occuper que de chevaux. Il rejetait certes les méthodes et les combines de certains entraîneurs, et il fut heureux de rencontrer sur ce point l'assentiment de Roberta. Pour la première fois, elle se dégela un peu, évoquant longuement sa famille et son enfance.

— Nous avons même habité à proximité un certain temps, expliqua-t-elle. Le centre du sport hippique était encore Woolston. Ma mère nous menait alors à pied, nous les enfants, jusqu'à Christchurch pour écouter les féministes. C'est ainsi qu'elle a retrouvé Sean Coltrane.

— L'avocat ? L'ancien député ? C'est ton beau-père, n'est-ce pas ? N'est-il pas, au fait, le frère de cet abominable Colin Coltrane ? Je ne comprends toujours pas très bien les rapports de parenté chez vous.

— Un demi-frère seulement, répondit Roberta en riant. Il est en même temps un demi-frère de Kevin Drury. Sean a la même mère que Colin, le même père que Kevin. Mais Colin et Sean n'ont pas grandi ensemble. Quand Kathleen a quitté son mari, Colin est resté chez son père. Celui-ci devait être lui aussi une personnalité tout aussi, disons, déséquilibrée.

Vincent sourit et l'entoura de son bras, avec beaucoup de précautions pour ne pas l'effrayer.

— Roberta, quand tu seras sûre de m'aimer, tu diras « salopard » si tu penses « salopard » ? C'est bien de s'exprimer avec distinction, mais parfois on ne trouve pas dans les manuels de conversation… comment dire ?… les mots qui conviennent.

– Mais je suis déjà assez grossière comme ça ! Miss Byerly, ma supérieure à l'école de Caversham, me reproche sans arrêt ma manière de parler, ainsi que les histoires que je raconte aux enfants. L'Afrique n'a pas favorisé ma carrière.

– Peut-être devrais-tu envisager une autre carrière, dit Vincent en la serrant contre lui. Comme épouse de vétérinaire, tu pourrais même jurer. Pas le dimanche, bien sûr !

– Tu te paies ma tête ?

– Non, je te plonge dans la dépravation. Je vais t'emmener ce soir dans un pub. Non, n'aie pas peur ! Pas dans un des bouges aux abords de la piste, mais dans un établissement tout ce qu'il y a de convenable. Lord Barrington le fréquente. Rien de louche donc. Ce soir, on y donne un concert. Tu ne seras pas la seule dame. Et nous ne serons pas obligés de l'avouer à miss Byerly. Alors, tu es d'accord ?

Roberta réfléchit un instant. Elle se sentait bien, il était agréable de longer, étroitement enlacée par Vincent, un ruisseau aux rives couvertes de roseaux et de saules. Quant au pub… Elle avait confiance en Vincent, il n'allait pas l'attirer dans un local mal famé. Ce serait trop bête de rester seule ou avec Rosie dans sa chambre de la pension, à lire ou à entendre des histoires de chevaux.

– Du chant ou de la musique instrumentale ? demanda-t-elle.

– Une chanteuse va s'y produire, répondit Vincent, heureux.

Juliette Drury-LaBree était depuis un bon bout de temps lasse de la Nouvelle-Zélande. Elle avait cent fois regretté la décision qu'elle avait jadis prise de participer à cette tournée outre-mer et d'ensuite quitter la troupe. La Nouvelle-Zélande était trop petite et trop provinciale. Il n'y avait ni scène digne d'elle, ni public assez mondain pour apprécier ses chansons raffinées et ses arrangements au piano.

L'établissement de Queenstown que Pit Frazer lui avait si chaudement recommandé s'était par exemple révélé un bordel de luxe. Il s'appelait naturellement hôtel, avait une scène et la propriétaire veillait à maintenir un bon niveau à son établissement. Mais ce Daphne's Hotel ne pouvait soutenir la comparaison avec les boîtes de nuit de La Nouvelle-Orléans où elle se produisait jadis. À cela s'était ajouté qu'elle s'était très vite prise de bec avec Daphnée O'Hara. Elle n'entendait se laisser prescrire ni son programme ni ses rapports avec le public, ce qui avait rencontré l'incompréhension de la propriétaire. Lorsque, pour la seconde fois, elle avait accepté de boire au bar une coupe de champagne offerte par un des notables de la petite ville, la tenancière du bordel, rousse pleine de détermination, l'avait prise à part.

— Comprenons-nous bien, ma belle, tu n'es pas à ton compte ici. Mes filles sont convenablement traitées, mais elles me versent cinquante pour cent de leurs gains. Cela vaut pour toi aussi si tu travailles ici. Pigé ?

— Travailler ? fit mine de s'indigner Juliette. Je ne vois pas de quoi vous parlez. Mais puisqu'il est question de ce qui est convenable ou non, pourriez-vous nous donner un champagne convenable. Cette bibine est imbuvable !

— Tu sais parfaitement de quoi je parle. Même si tu travailles à un niveau supérieur, c'est du pareil au même. Tu ne vas pas me dire que ce que tu fais là avec ce type chauve, c'est par amour ? Et que tu en pinçais aussi pour le type de la semaine dernière ? Ou pour l'écrivaillon qui t'a traînée jusqu'ici ? Non, ma belle, ne te donne pas cette peine. Soit tu restes sage, soit tu me règles ma part. En contrepartie, tu travailleras dans une chambre propre, sans vermine, draps propres chaque jour… Et ne prends pas la mine de celle pour qui cela va de soi. Tu as derrière toi des jours qui n'ont pas été des plus heureux. Ça se voit !

Juliette l'avait bien entendu envoyée promener et, le lendemain, avait repris la route. L'homme du bar lui avait fourni l'indispensable capital de départ, argent avec lequel elle était partie pour la côte Est. La région était en plein essor, il y avait déjà de loin en loin des hôtels distingués, beaucoup étant encore en construction.

Malheureusement, leurs propriétaires étaient d'une grande pruderie. Ils étaient surtout préoccupés de se démarquer des pubs de mineurs. Juliette dut à deux reprises vider les lieux pour avoir cru pouvoir terminer la soirée avec des messieurs, pourtant fort distingués, dans sa chambre. Le litige fut réglé en toute discrétion, mais elle constata qu'elle ne pouvait compter sur de longs engagements. L'argent de ses « mécènes » lui assurait certes une existence assez honorable, mais il était insuffisant pour une traversée vers l'Amérique ou l'Europe.

Et voilà qu'elle se retrouvait dans ce trou perdu d'Addington, près de Christchurch où elle n'avait pas trouvé d'engagement. Quelques hommes riches y résidaient sans doute, mais ils étaient certainement plus orientés vers les chevaux que vers le « mécénat » de jolies jeunes femmes. Le local où elle devait chanter n'était pas non plus de son goût. On aurait pu au mieux qualifier cet établissement, The Addington Swan, de bourgeois. Le jazz de La Nouvelle-Orléans y serait parfaitement incongru.

Elle s'assit néanmoins au piano et jeta un coup d'œil à la ronde avant de commencer à chanter. La salle était trop vivement éclairée ! Comment allait-elle créer l'ambiance voulue ? Les auditeurs faisaient un peu « popote », trop endimanchés pour une soirée dans un pub, et pas très raffinés.

Ah mais la jeune femme du dernier rang était peut-être une exception ! Une robe simple, mais mettant sa silhouette en valeur, pourtant une de ces robes de réforme qui, heureusement, passaient peu à peu de mode. La plupart des femmes ressemblaient là-dedans à des sacs de pommes de terre, alors que la jeune femme, avec ses cheveux châtains tressés en une sorte de chignon à la grecque, avait tout d'une déesse grecque. Seule Kathleen Burton pouvait avoir confectionné ce genre de robes.

Tout en chantant, Juliette la regarda avec plus d'attention. La déesse chuchotait avec son accompagnateur, un jeune homme mince dont la physionomie amicale, pour Juliette, symbolisait l'ennui. Mais cette petite, elle l'avait déjà vue quelque part… Soudain, cela lui revint ! La petite admiratrice de Kevin ! La fille timide dont il avait fait le bonheur avec un stupide cheval en peluche ! Elle était au demeurant devenue une femme séduisante. Elle se demanda si elle allait l'éviter à la fin du concert ou, au contraire, l'aborder.

Question superflue ! Quand Juliette, après les maigres applaudissements d'un public désorienté, descendit de scène, la jeune femme vint vers elle, traînant son accompagnateur.

— Miss Juliette ! C'était merveilleux. Mais j'ignorais… Patrick ne m'a pas dit que vous chantiez à Christchurch. Reviendrez-vous à Dunedin ? May est tout à fait adorable !

Juliette se força à sourire.

— Vous êtes la nièce de Kevin, n'est-ce pas ?

— Non, pas exactement, je suis Roberta Fence, l'amie d'Atamarie. C'est Atamarie la nièce de Kevin et donc aussi, bien entendu, la nièce de Patrick.

Juliette fut mécontente de son faux pas : oublier ainsi Patrick !

— Oui, oui, c'est vrai. Excusez-moi. Mais à l'époque, à Dunedin, j'ai eu à faire face à tant de choses…

Avec un sourire d'excuse sur les lèvres, elle se tourna vers l'accompagnateur de Roberta et son sourire se fit séducteur, moyen le plus sûr de mettre fin à une conversation avec une autre femme.

Roberta ne réagit pas et l'homme ne l'honora pas d'un seul regard. Il n'avait d'yeux que pour Roberta. Quant à celle-ci, soit elle n'avait que fiche de ce dernier, soit elle se fiait à lui aveuglément.

— Vous pourrez lier à nouveau connaissance avec nous tous si vous revenez à Dunedin, observa Roberta d'un ton mielleux cette fois, ce qui lui valut le respect de Juliette : la jeune femme avait perdu sa timidité.

— Ah oui, Dunedin… Je ne sais encore si j'y passerai. Mes obligations, vous savez !

Enlevant d'un geste lascif une mèche de son front, Juliette regarda à nouveau Vincent. Roberta réagit cette fois.

— Permettez-moi de vous présenter, dit-elle d'un ton sec. Le Dr Vincent Taylor. Il est le vétérinaire de la piste de courses. Vincent et moi étions ensemble en…

— … en Afrique du Sud, termina Vincent en s'inclinant.

Juliette dressa l'oreille.

— Alors vous connaissez Kevin Drury ? Comment va-t-il ?

— Bien sûr ! Kevin et moi étions ensemble à l'armée. Et miss Fence a été institutrice dans les camps des Boers. Elle a fourni un travail exceptionnel, si je puis me permettre…

— Kevin va bien, intervint Roberta. Patrick aussi et May. Ah oui, et Kevin est…

— Vous pourrez vous en convaincre si vous revenez à Dunedin, s'empressa de dire Vincent. Roberta m'a dit que vous étiez mariée avec Patrick Drury ?

Juliette acquiesça distraitement. Cela signifiait-il que Kevin était de retour ? Bien sûr, cette guerre stupide était terminée.

— Je vais réfléchir à cette affaire de Dunedin, dit-elle.

Roberta eut un sourire. Sardonique, constata Vincent avec surprise. Il ne lui avait encore jamais vu pareille expression.

— Patrick en serait extraordinairement heureux, dit-elle avec un sourire rayonnant pour son ancienne rivale. Et Kevin serait lui aussi très heureux de vous présenter sa femme. C'est une Boer, vous savez, une véritable beauté. Et ils ont un merveilleux bébé, un fils…

4

Lizzie langeait le petit Abe tout en surveillant May en train de jouer par terre avec un collie. Le chien était patient, mais si la fillette, qui avait deux ans à présent, le maltraitait trop durement de ses petits poings, il pourrait se rebeller. Le plus souvent, May contrôlait ses gestes. Elle était gracieuse et Lizzie ne se lassait pas du spectacle de sa beauté exotique. Abe, lui, avait un visage au dessin très fin et ses premières boucles avaient gardé l'or de sa naissance. Lizzie croyait parfois y voir luire un éclat métallique semblable à celui des cheveux d'Atamarie. Ce qui l'étonnait, ayant toujours pensé que cette couleur de cheveux était le propre de la famille de Kathleen.

Elle remit à Abe sa chemisette et son pantalon, caressa les boucles noires de May et, pour la énième fois, se félicita d'avoir de si magnifiques petits-enfants. Elle aurait été pleinement satisfaite s'il ne lui avait pas fallu dépenser tant d'énergie pour s'accommoder des mères. Penser à Juliette lui procurait toujours le même frisson de peur. De son point de vue, sa fuite avait été la meilleure chose qui pût arriver à Patrick, même s'il continuait à se plaindre de son destin. Il n'était plus lui-même depuis que Juliette l'avait quitté. Il prenait toujours soin de sa « fille », en réalité sa nièce, d'une manière exemplaire, mais il était resté déçu et déprimé. Il aurait pourtant dû désormais savoir que Juliette ne l'aimait pas ! Lizzie doutait même qu'elle n'eût jamais éprouvé un sincère attachement pour Kevin, mais il y avait néanmoins quelque chose entre eux.

Lizzie était maintenant préoccupée par son cadet qui avait toujours vécu dans l'ombre de Kevin, lequel, le portrait même de son père, avait la personnalité la plus haute en couleur. Elle avait de la peine à résister à son aîné quand il arrivait au grand galop, ses longs cheveux noirs flottant au vent, et ne stoppait son cheval qu'à un mètre ou deux de la porte. Elle ne pouvait alors s'empêcher de se rappeler Michael et sa fierté d'avoir pu enfin s'acheter son propre cheval, mais aussi sa tendance à l'inconscience, son inconstance. Patrick tenait en revanche plutôt d'elle. D'aspect effacé, il était indulgent, amical et inspirait confiance. Il lui manquait malheureusement la cuirasse qu'elle avait été obligée de se forger durant sa jeunesse londonienne et son bannissement en Tasmanie. Juliette lui avait brisé le cœur trop aisément. Lizzie ne pouvait qu'espérer qu'il s'en remît un jour.

Et voilà que Kevin débarquait avec cette Doortje, une fille qu'il semblait véritablement aimer. Avec toute l'obstination de Michael, son père. Il avait fallu des années à ce dernier pour s'apercevoir que son amour de jeunesse pour Kathleen était sans issue. Kevin était néanmoins parvenu à mener sa Doortje à l'autel. Était-ce pour autant un mariage heureux ? À voir leurs rapports, Lizzie se demandait comment ils avaient réussi à avoir un enfant. Mais peut-être avait-elle des préventions. Le jeune couple vivait depuis quelques jours à Elizabeth Station déjà et Lizzie n'éprouvait toujours pas la moindre affection à l'égard de sa belle-fille. Doortje était pourtant l'exact contraire de Juliette, s'intéressant à tout ce qui se passait à la ferme, active. Ne laissait parfois à désirer que la manière dont elle se préoccupait de son fils. Laisser le petit crier avant de lui donner le sein alors qu'elle était disponible semblait relever pour elle de l'éducation. Cela serrait le cœur de

Lizzie. Doortje lui avait signifié que le petit devait s'habituer très tôt aux privations.

— Mais pas durant ses premiers six mois tout de même, avait-elle objecté.

Mais il lui avait été impossible de la faire changer d'avis. Elle était, sur bien des points, d'une intransigeance absolue. Jamais elle ne s'abandonnait. Jamais Lizzie n'avait rencontré une femme aussi maîtresse de soi bien que perpétuellement tendue. Un jour, le volcan exploserait ! À cette perspective Lizzie avait déjà une peur bleue.

— Est-ce que je peux me rendre utile ?

Une voix amicale et claire, avec un accent étrange, avait interrompu Lizzie dans ses réflexions. Nandé, une fois de plus, était entrée sans bruit, marchant pieds nus avec la souplesse d'un chat.

Lizzie lui sourit. De toutes les femmes qui avaient logé chez elle ces dernières années, Nandé était de loin celle qui lui était le plus sympathique. Serviable, désireuse d'apprendre, elle était d'humeur égale et améliorait de jour en jour son anglais. Elle semblait contente. Les yeux grands ouverts, elle découvrait ce monde nouveau qui devait lui paraître pourtant beaucoup plus dépaysant encore qu'à sa maîtresse. À l'évocation de ce mot, Lizzie frémit, mais elle se refusait à traduire avec plus de bienveillance le mot «*baas*» avec lequel Nandé s'adressait toujours à Doortje. Elle avait d'abord cru qu'il s'agissait du vieux mot allemand «*Base*», pour cousine, qu'elle avait appris quand elle était servante chez un fermier allemand, non loin de Blenheim, mot qui aurait correspondu à l'affirmation passée de Kevin, expliquant qu'ils avaient dû emmener Nandé en tant que quasi-membre de la famille.

Mais Lizzie n'y croyait plus, plus du moins depuis l'incident regrettable qui s'était produit à l'occasion de la première visite d'Haikina et d'Hemi. Michael s'occupait de ses moutons, Lizzie était dans ses vignes et Kevin dans son nouveau cabinet. Les Maoris n'avaient trouvé que Doortje et Nandé dans le jardin. Ils apportaient des cadeaux à la jeune femme. Essayant d'engager la conversation, ils avaient entendu que Nandé donnait du « *baas* » à Doortje. N'y voyant pas malice, ils reprirent à leur compte l'apostrophe et Doortje ne les détrompa pas. Au contraire. Haikina, quelques jours plus tard, étant venue aider pour les vendanges, Doortje exigea d'elle l'apostrophe respectueuse. Lizzie la remit sèchement en place et fut surprise de sa réaction.

— Vos Cafres ne peuvent tout de même pas vous appeler par votre prénom ! avait-elle répondu.

Et Doortje n'avait pas bougé d'un pouce après que Lizzie lui eut expliqué les relations entre les Drury et la tribu maorie, sans, bien entendu, évoquer l'or. Kevin avait certes été d'avis que l'on pouvait sans problème initier Doortje à tout. Mais Lizzie et Michael avaient persisté à garder le secret provisoirement. Haikina et Hemi les avaient approuvés.

— Elle apprendra, avait tout de même dit Haikina, conciliante, à Kevin. Amène-la un jour, lors d'une de nos fêtes, elle peut aussi lire des livres ou des journaux, sur le droit de vote des femmes ou sur le Parlement maori, par exemple.

— Haikina te prêterait volontiers des livres, dit ultérieurement Lizzie à Doortje.

Doortje avait examiné sa bibliothèque d'un œil aussi critique que Juliette jadis. Non qu'elle eût trouvé ennuyeux les livres sur la viticulture, non ! Elle avait été choquée d'un point de vue moral, tout comme elle avait trouvé choquants les journaux féministes auxquels Lizzie était abonnée et que Juliette avait dévorés.

— La Noire sait lire ? s'était indignée Doortje. C'est contraire à la volonté de Dieu !

Lizzie avait au moins compris pourquoi Nandé cachait si soigneusement aux yeux de Doortje le petit trésor de livres de jeunesse qu'elle avait conservés du temps de ses fils.

– Haikina est institutrice. Et c'est elle qui a appris à lire et à écrire à ton mari, à son frère et à sa sœur, lui avait-elle signifié alors, réellement furieuse. Et, comme il y a loin d'ici à Lawrence, c'est elle qui apprendra aussi à Abe. À moins que tu n'aies l'ambition de le faire. Mais il n'apprendra pas en néerlandais ou en afrikaans, et pas seulement dans ta vieille bible. Je saurai l'empêcher !

Doortje l'avait regardée d'un air furibond, mais n'avait pas répliqué. De toute façon il y avait encore un peu de temps avant qu'Abe fût d'âge scolaire. Lizzie soupira. L'idée de devoir se disputer peut-être pendant des années encore avec sa belle-fille la chagrinait.

– Tu pourrais sortir un peu avec May avant qu'il recommence à pleuvoir, dit-elle à Nandé. Si tu veux, emmène aussi Abe. Vous avez fini au jardin ? Où est Doortje ?

– Essaie traire moutons. Moi pas aider. *Baas* a dit moi pas aider, si moi a peur. Vraiment ?

En soi, elle n'avait rien contre le fait que Doortje s'essaie à la fabrication de fromages. Sa belle-fille avait de l'expérience et elle-même aimait le fromage de brebis. Mais c'étaient les producteurs de laine primés qui s'opposaient à cette entreprise : en Afrique du Sud, les moutons et les chèvres étaient sans doute habitués depuis tout petits à être traits, tandis que les bêtes à demi sauvages de Michael n'avaient pas la moindre intention de se laisser faire par Doortje. Elles vivaient habituellement libres au sein du troupeau, passaient l'été sur les hautes terres avec leurs agneaux et ne connaissaient des hommes que la tonte et, occasionnellement, une aide lors des agnelages. Expériences fort peu agréables au demeurant, si bien qu'elles cherchaient à éviter tout contact avec l'homme. Quand on les attachait, elles ruaient et donnaient des coups de tête à l'aveuglette. Un premier essai de Nandé lui avait valu des bleus, si bien qu'elle redoutait cette épreuve. Michael, peu enthousiasmé par l'opération laiterie qui perturbait son emploi du temps, l'avait sans peine autorisée à s'en abstraire. Doortje, en revanche, ne lâchait pas prise. Elle se battait quotidiennement, refusant tout compromis, avec trois brebis têtues.

Kevin lui avait alors proposé de domestiquer quelques agneaux orphelins et de les habituer à la traite :

— Tu auras ainsi dans deux ans des brebis qui ne te quitteront pas d'une semelle et le fromage n'en sera pas moins bon.

Mais Doortje ne voulait pas en démordre et paraissait trouver satisfaction à ce corps à corps quotidien. Lizzie ne savait plus à quel saint se vouer.

— Tu n'es obligée ici qu'à une seule chose, Nandé, dit-elle d'un ton amical : cesser d'appeler Michael « *baas* ». Il n'est ni ton maître, ni ton oncle. Appelle-le Michael ou, à Dieu ne plaise, M. Michael. Mais je ne veux plus entendre ici ce jargon d'esclave. Ce qui me ramène à la question de ta rémunération. Il est impossible que tu travailles gratuitement pour nous.

— Mais quoi je fais avec l'argent ? demanda Nandé, stupéfaite.

Lizzie aurait pu lui donner quelques idées, mais elles furent interrompues par un bruit de sabots et de roues de voiture. Par la fenêtre, Lizzie aperçut avec un mélange de joie et d'angoisse la jument Lady attelée à la voiture de Patrick. Quelle joie qu'il fût de retour ! Mais il allait rencontrer Kevin, confrontation qu'elle redoutait depuis des mois. À Dunedin, Patrick avait manifestement évité son frère. Kevin y avait vu la main du hasard, mais Lizzie ne parvenait pas à y croire. Patrick n'avait pas passé six mois en tournée et Kevin n'avait pas été occupé au point de rendre impossible une rencontre de temps à autre. Il y avait toujours Juliette entre les deux frères et il y aurait très bientôt Doortje qui jouait les paysannes. Voir Kevin et sa femme à la ferme ne pouvait plaire à Patrick. C'était lui l'héritier d'Elizabeth Station. Quant à Kevin, il avait reçu en partage de longues années d'études et un cabinet à Dunedin. Lizzie et Michael étaient prêts à en financer un autre à Lawrence, mais la ferme devait revenir à Patrick. Lizzie espérait au moins que son cadet ne prendrait pas pour un affront l'installation de Kevin dans l'Otago.

Patrick n'avait d'ailleurs pas l'air malheureux. Il rayonnait au contraire et il agita la main quand, dans la voiture, il passa devant la fenêtre de la cuisine. Lizzie prit May dans ses bras pour aller à sa rencontre, mais n'eut pas le temps d'arriver à la porte que déjà Patrick entrait en tourbillon, donnait une caresse au chien, puis embrassait simultanément sa mère et May. Heureuse de tant de joie, Lizzie n'en était pas moins étonnée. Il y avait longtemps qu'elle n'avait pas vu son fils aussi euphorique.

C'est alors que le jeune homme vit Nandé et le petit Abe. Il examina la jeune fille noire d'un air à la fois abasourdi et admiratif.

— Mais qui est-ce ? Peu importe après tout ! Maman, May, ma chérie ! Vous n'allez pas le croire : vous savez qui je vous amène ?

May gloussa de joie en guise de réponse, mais Lizzie se sentit envahie d'un malaise qui se trouva aussitôt justifié :

— Patrick ! D'accord pour la surprise, mais tu ne peux me laisser comme ça dans la voiture. Il pleut !

Ce fut dit d'une voix sonore et grave. Lizzie se tourna avec stupéfaction vers la porte dans laquelle s'encadrait Juliette Drury-LaBree. Nandé, en revanche, eut aussitôt l'air intéressée : la créole était la première femme de couleur qu'elle rencontrait en Nouvelle-Zélande.

— Alors, tu en as perdu la parole, miss Lizzie ? demanda Juliette en riant.

Puis, jouant la candeur, elle alla vers sa belle-mère et l'embrassa sur la joue.

— Patrick pensait que tu allais tomber des nues, mais… Bon, tu comptais certainement me voir revenir un jour.

— Non, avoua Lizzie. Sincèrement, nous n'y comptions pas…

Juliette lui coupa la parole, ayant entre-temps aperçu Nandé et la toisant sans complexe.

— Non, mais je rêve ? Une Noire ? Très jolie à vrai dire. Mais c'est vrai qu'il a toujours eu bon goût. Montre-toi un peu, petite. C'est toi, la femme de Kevin ?

Nandé, honteuse, baissa les yeux, ce qui amena Patrick à revenir sur l'apostrophe peu respectueuse de Juliette :

— Excusez ma femme… elle est… hum… un peu impulsive. Mais je t'aurais… heu… je vous aurais moi-même imaginée autrement…

Lizzie se ressaisit.

— Nandé, je te présente Patrick Drury, mon fils cadet et sa… hum… son épouse Juliette. Juliette, Patrick, je vous présente Nandé, la… femme de chambre de Doortje.

Elle avait cherché le nom le plus valorisant possible pour une domestique. Juliette grimaça. L'épouse de Kevin avait donc des domestiques ? Une femme de chambre ? Puis elle jeta un œil sur l'enfant blond que Nandé présentait à Patrick.

— Lui, Abraham, dit la jeune Noire d'une voix douce. Votre… neveu ? C'est correct ?

— Oui, lui sourit Patrick. Vous apprenez l'anglais, miss Nandé ?

Nandé acquiesça. Juliette nota aussitôt que l'enfant était blanc. Là-dessus, une autre femme entra dans la cuisine. Doortje portait sa tenue de travail habituelle – robe bleue, tablier et coiffe – qui avait mal résisté au combat avec les brebis. On aurait dit qu'elle était même tombée, car sa robe avait des traces de paille et de fumier. Elle avait de plus traversé la cour sous la pluie. Le triomphe n'en brillait pas moins dans ses yeux. Même Lizzie dut reconnaître qu'elle était extraordinairement belle. L'exact contraire de la brune et mystérieuse Juliette.

— J'ai du lait ! s'exclama-t-elle en levant un seau. J'ai pu en traire deux !

Lizzie sourit.

— Permettez que je vous présente ! Voici Dorothea Drury et voici Patrick et Juliette Drury, mon fils cadet et sa femme.

Les deux belles-filles de Lizzie se toisèrent, aussi stupéfaites l'une que l'autre. Juliette n'avait d'yeux que pour le tablier souillé de Doortje, cette dernière que pour le faciès, négroïde à ses yeux, de Juliette. Patrick détendit un peu l'atmosphère en tendant la main à sa belle-sœur.

— Je suis heureux de faire ta connaissance… votre connaissance plutôt, à toi et au petit Abraham, dit-il, prenant le bébé des bras de Nandé et le berçant dans les siens. Il a un air de famille, dit-il en toute innocence. Il ressemble terriblement à Atamarie, n'est-ce pas ?

5

Généreux, lord Barrington avait autorisé Rosie à héberger l'étalon noir de Bulldog dans son écurie de course et à le faire travailler sur ses installations. Il lui octroya de plus une licence d'entraîneuse, ce qui n'était pas chose aisée : la société de courses pouvait certes fermer les yeux sur l'emploi de conductrice de sulky, mais une femme dans le rôle d'entraîneur ?

Il fit à cet égard preuve d'imagination.

Il accompagna Rosie au Canterbury Trotting Club pour appuyer sa demande de licence, la présentant sous le nom de Ross Paisley, alors qu'elle avait à nouveau caché ses cheveux coupés court sous une casquette et ses formes féminines sous une chemise informe par-dessus une salopette.

— Très doué, une vraie recrue pour le club !

Le secrétaire leva à contrecœur les yeux de son travail.

— Comment déjà le nom ? J'ai besoin du nom complet pour les papiers, Ross, c'est une abréviation, non ?

Le lord se pencha vers lui.

— Certainement, lui chuchota-t-il comme s'il lui confiait un secret. Mais souhaitez-vous enregistrer dans vos documents le nom de Rosamond Paisley ?

Le secrétaire gloussa.

— Rosamond ?

Rosie rougit. Elle trouvait effronté de se faire passer pour un garçon avec un tel prénom.

Le secrétaire faillit s'étrangler de rire.

— Ma foi, il y a des parents qui mériteraient une raclée. Il est vrai que ce garçon a quelque chose d'une fille.

Rosie retint son souffle, mais l'homme avait déjà repris sa plume. Quelques minutes plus tard, elle avait en main une licence au nom de Ross Paisley. Le lord paya des droits qu'elle lui rembourserait ultérieurement. Elle pouvait dès lors commencer son travail. Le lord l'aida également à rédiger le contrat de formation pour Spirit's Dream.

Joé Fence et les deux autres entraîneurs de trot d'Addington partirent naturellement en guerre contre la licence attribuée à Ross Paisley. Tout le monde, sur la piste, connaissait en effet Rosie. Mais le club s'entêta. Lord Barrington jouissait d'une grande influence à Addington et l'expéditeur Tom Tibbs était susceptible de devenir « quelqu'un » parmi les propriétaires de chevaux. Il avait de l'argent et s'y connaissait en chevaux. Personne, à la direction du club, ne se hasarderait à faire baisser le pantalon en public à ce nouvel entraîneur qui bénéficiait d'une telle protection. Et cela d'autant moins que les chevaux entraînés par ce Paisley se défendaient fort bien.

Vincent fut loin d'être enchanté quand Rosie le fit venir pour la troisième fois en deux semaines examiner sa jument Diamond.

— Rosie, elle n'a rien ! dit-il au terme de l'examen. Elle n'avait rien lundi, et elle n'a rien aujourd'hui. Elle est tout au plus légèrement énervée, le pouls est un peu plus élevé qu'il ne devrait. Mais…

— Elle tremblait, s'obstina Rosie. Et elle a sué autrement qu'à l'ordinaire. Il y a quelque chose qui cloche chez elle, docteur Taylor. Je le vois bien !

— En tout cas, je ne constate rien. Et elle court comme d'habitude, non ?

— Oui, elle s'est qualifiée pour la coupe de l'Auckland Trotting ! Je ne sais toujours pas comment je vais la transporter jusque-là. L'île du Nord, c'est loin…

— Fence y envoie aussi des chevaux, observa Vincent. Mais vous ne voudrez sans doute pas la faire transporter en même temps que ses chevaux. Comment ça se passe avec M. Tribbs ?

— Oh, M. Tribbs est très satisfait ! répondit Rosie, radieuse. L'étalon progresse, vous l'avez appris, il a été deuxième lors de la dernière journée de course. Mais pour Auckland, peut-être l'an prochain ?

— Je pensais moins à une course pour son cheval qu'à un sponsoring pour le vôtre. Ce n'est pas l'argent qui lui manque.

L'entreprise de Bulldog pouvait sembler petite à première vue, Tom assurant lui-même des livraisons de temps à autre. Mais c'était trompeur. L'entreprise avait en réalité des ramifications dans toute l'île du Sud, à Blenheim, Queenstown et sur la côte Ouest. Il songeait à motoriser ses voitures et à acquérir des actions des chemins de fer.

— Oh non, je ne le nierai pas, dit Rosie en rosissant. Il paie déjà si bien pour ma Dreamy !

— Il vous paie un salaire d'entraîneur tout à fait normal, objecta Vincent. Ni plus ni moins, et vous, vous faites de l'excellent travail. Vous n'avez pas à avoir honte, Rosie !

— Mais je le fais avec plaisir ! Pour… hum… pour M. Tibbs !

— Ne vous êtes-vous pas demandé, dit Vincent avec un sourire complice, si M. Tibbs, de son côté, ne vous aide pas parce que cela lui fait plaisir ?

Il était impossible de ne pas voir une lueur dans les yeux de Rosie et de Tibbs quand ils étaient ensemble. Mais les choses paraissaient en rester là. Les affaires de Vincent avec Roberta ne progressaient guère non plus.

L'avenir avait semblé prometteur jusqu'à la rencontre avec cette chanteuse louche : Roberta se repliait maintenant de nouveau sur elle-même. C'était pour lui un mystère, car les deux femmes, ce soir-là, avaient surtout croisé le fer. D'une manière ou d'une autre, il s'était agi de Kevin. D'après la dernière lettre de Roberta, cette fameuse Juliette était d'ailleurs revenue à Dunedin. Ou dans l'Otago. Cela avait bardé entre Kevin et son frère, information qu'il tenait directement de Kevin en personne qui avait accompagné son père à une rencontre d'éleveurs à Christchurch. Les trois hommes s'étaient vus et Kevin était venu à Addington, les exposés et les discussions des barons des moutons l'ennuyant profondément.

— C'est en fait plutôt le travail de ton frère, non ? s'était enquis Vincent après un premier whisky. Tu ne m'avais pas dit que ton père n'appréciait guère ces manifestations ?

— Patrick, pour l'heure, ne quitte pas Juliette d'une semelle. Il a tenu à ce qu'elle vienne résider dans l'Otago, à la ferme de mes parents. Sous le prétexte qu'ils seraient plus disponibles l'un pour l'autre et pourraient se rabibocher. Que les distractions y étaient moindres qu'à Dunedin.

Il avait décrit à Vincent, à grands traits, le cours qu'avait suivi jusqu'ici le ménage de Patrick. Son ami n'avait pas tardé à faire le rapprochement.

— Cette Juliette ne serait-elle pas la fille qui t'a envoyé à la guerre ?

— Qu'est-ce qui te fait penser ça ? demanda Kevin, pris sur le fait.

— C'est la réaction de Roberta à son propos qui me l'a fait supposer. Elle d'ordinaire si polie a eu une réaction quasi allergique. Et maintenant vous habitez tous ensemble dans cette ferme ? Toi avec Doortje et Patrick avec Juliette ? Cela ne doit pas être simple !

— Non, pas du tout. Elles ne peuvent pas se supporter. Et je ne comprends pas ce que Juliette peut avoir contre Doortje…

Vincent faillit avaler son whisky de travers tellement il riait.

— Me permets-tu quelques suppositions ?

— Tu peux te moquer ! Ce que Doortje a contre Juliette est malheureusement évident. Elle se sent agressée par sa couleur de peau. Juliette est une créole, ah mais tu le sais, tu l'as vue. Une beauté comme on n'en fait guère, n'est-ce pas ?

— La beauté n'est pas tout, remarqua Vincent. Elle ne supporte pas la comparaison avec Roberta, par exemple. Elle est comme… traquée, si tu veux savoir. Elle n'est pas près de s'installer quelque part. Mais c'est vrai que tu aimes ce genre de problèmes. Doortje…

— …a presque refusé de s'asseoir à la même table que Juliette, soupira Kevin. Et Juliette ne s'est pas montrée non plus sous son meilleur jour. Elle l'a traitée de péquenaude et Doortje n'a pas réussi à répliquer quoi que ce soit, pas si vite du moins. De toute façon, elle n'en croit pas ses oreilles quand une « femme de couleur » s'exprime par de véritables phrases.

— Mais cela devrait changer peu à peu, Kevin. Est-elle toujours aussi… aussi…

Kevin se prit la tête à deux mains.

— Nous ne vivons toujours pas comme un vrai couple, Vincent. Elle ne se défend pas et je dois avouer que, ces derniers temps, je… je l'ai prise deux fois. Je m'y refusais, bien entendu. Mais je ne suis qu'un homme, après tout. Elle n'a pas eu d'objections. Elle a au contraire dit qu'elle s'étonnait, à force… Mais elle est restée là, raide comme une planche, indifférente. Ce n'est pas normal, Vincent. Rien ne se passe normalement. Et maintenant je vis avec elle dans l'ancienne cabane.

— Répète un peu ! Dans quoi vivez-vous ?

— Dans la cabane de chercheur d'or que mon père a bâtie pour ma mère bien avant qu'ils aient la ferme. Elle est très solide, malgré son âge, plus près de Lawrence, ce qui est avantageux pour moi. Mes parents nous l'ont offerte, après que Patrick… eh bien, il a été sans détour : il ne voulait ni de moi ni de Doortje aux environs de sa Juliette.

— Je pourrais presque le comprendre, sourit Patrick.

— Ça t'amuse ? Gentil de ta part ! répliqua Kevin, amer. En tout cas, Doortje a tout de suite été d'accord. Elle a parlé d'avoir ainsi sa propre ferme, ce qui, de nouveau, a soulevé la colère de Patrick. La cabane se trouve en effet sur les terres d'Elizabeth Station. En tout cas, il n'a pas vu d'objections à ce que nous y emménagions provisoirement. Doortje feint à présent d'être satisfaite. Elle a quelques moutons, une vache, elle cultive un jardin. Ou, du moins, elle surveille Nandé qui cultive le jardin ! La pauvre trime à mort, mais, pour Doortje, la division du travail est claire : les gros travaux pour les Cafres, les travaux sophistiqués pour les *baas*. Elle, elle cuit le pain, fabrique des fromages. Ce serait parfait si elle… Enfin si nous… nous étions un vrai couple. Tu vois ce que je veux dire ?

— Naturellement, acquiesça Vincent.

Il pouvait paraître romantique d'habiter dans une cabane avec la femme qu'on aime. Un bref instant, il caressa l'idée de bâtir à la campagne un foyer avec Roberta. Puis il trouva l'idée puérile. Roberta était une enfant de la ville, sans doute Addington était-elle déjà trop provinciale à ses yeux. Sa soudaine froideur à son égard s'expliquait-elle par là ? Mais non, il ne le croyait pas. Le repli de Roberta avait à voir avec cette Juliette. Et, aussi désagréable que cela fût pour lui, avec Kevin.

— Mais alors, dans cette solitude, elle devra bien un jour avoir le cafard, poursuivit Kevin. Moi, en tout cas, je l'ai quand je rentre de mon cabinet. Doortje pose le repas sur la table, j'essaie d'engager la conversation, elle parle un peu de sa journée, et puis c'est tout. Il n'y a rien d'intéressant à raconter.

— Et Nandé ?

— Elle dort dans la remise à outils. Ce qui ne me plaît pas non plus. Doortje traite cette fille comme un chien ! Mais, nom de nom, je ne peux tout de même pas partager la cabane avec Nandé, en plus ! Tout cela est inextricable. Je n'ai qu'une envie : revenir à Dunedin.

Kevin commanda un troisième whisky, apparemment décidé à se saouler.

— Tu devrais y retourner, conseilla Vincent, avec des sentiments mêlés.

Si ses pressentiments ne le trompaient pas et si son ami était donc l'homme mystérieux de l'existence de Roberta, il n'avait aucun intérêt à le savoir proche d'elle. Mais il ne pouvait non plus accepter que ce même ami se détruisît ainsi.

— Sans tenir compte des préférences de Doortje. Elle suivra son mari, ainsi que le lui ordonne l'Ancien Testament. Et tu ne lui rends pas service en l'autorisant à se construire une petite Afrique dans l'Otago. Sans même parler de l'enfant : tu ne peux pas le laisser grandir entre une bible néerlandaise et les bonnes vieilles légendes des voortrekkers ! Emmène Doortje à Dunedin et oblige-la à s'adapter. Elle y arrivera, elle est intelligente, et je parie… je parie que Roberta l'y aiderait. Au fait, puisque nous parlons de Roberta Fence, poursuivit-il en affectant un ton indifférent, t'es-tu… t'es-tu un jour… senti attiré par elle ?

Kevin leva les yeux.

— Robbie ? Ta Roberta ? Que veux-tu dire ? Par elle ? Mais tu ne vas pas me dire qu'elle a toujours le béguin pour moi ? Oui, elle l'a eu quand elle était petite, mais à présent ? Elle est une adulte, je croyais qu'elle était sur le point de se fiancer avec toi.

– Alors… tu ne la trouves pas… attirante ?

– Non, Vincent, non ! dit Kevin en riant. Elle est jolie, bien sûr. Mais pour moi elle est… ma jeune nièce et Roberta ont grandi ensemble. Bonsoir ! Il y a quelques années j'ai encore offert à la gamine un cheval en peluche ! Roberta est pour moi comme une sœur d'Atamarie. Je l'aime bien. Mais c'est tout.

Vincent eut un poids de moins sur le cœur. Peu importait ce que Roberta ressentait encore pour son ami. Elle n'était pas une tentation pour lui. Il ne devrait lutter que contre des rêves et un cheval en peluche. Tâche difficile, mais qu'était-ce face au défi de devoir entrer en rivalité avec un homme séduisant, un homme en chair et en os ?

L'ordre sud-africain de Doortje fut totalement chamboulé durant ces journées, indépendamment des considérations de Kevin et de Vincent. Patrick n'avait pourtant d'autre intention que d'améliorer les relations avec sa nouvelle belle-sœur, quand, inspectant à cheval les pâturages autour de l'ancienne cabane des chercheurs d'or, il s'arrêta à cette dernière. Il ne lui avait bien entendu pas échappé que Doortje et Juliette ne pouvaient se supporter et il se doutait des raisons de l'hostilité de Juliette envers la jeune femme boer. En revanche, il ne comprenait pas l'antipathie de celle-ci. Il ignorait tout de l'Afrique du Sud et le racisme lui était étranger. Il se demandait donc pourquoi Doortje reportait sur lui son aversion pour sa femme. Elle semblait lui en vouloir personnellement de cette union. Il avait eu l'idée d'en discuter avec Kevin. Regrettant de s'être querellé avec lui, il était tout disposé à trouver un terrain d'entente, mais, par ailleurs, il souhaitait maintenir, entre Kevin et Juliette, la plus grande distance possible. La situation était donc délicate et le comportement de Doortje ne facilitait rien. Il pensa y remédier en allant de temps à autre boire un café avec sa belle-sœur, à l'abri des remarques désobligeantes de Juliette : il arriverait bien à l'amener à de meilleurs sentiments à son égard.

Il stoppa donc son cheval devant la cabane, par une merveilleuse journée de printemps, et frappa à la porte. Personne ne lui ayant ouvert, il décida de faire le tour de la maison. Sa mère lui avait dit que Doortje cultivait un jardin. Sa belle-sœur, par un si beau temps, devait travailler dehors.

Il entendit effectivement une voix féminine chanter un air étrange dans une langue inconnue. Il aperçut alors Nandé qui portait une légère robe d'été, un simple lé de tissu bigarré qu'elle avait adroitement enroulé autour d'elle, couvrant ainsi sa poitrine, ses hanches et ses cuisses. Le drapé s'arrêtait au-dessus du genou. En dépit de la légèreté de sa tenue, Nandé transpirait tout en bêchant le sol dur après plusieurs jours sans pluie.

— Miss Nandé ! Miss Nandé, que faites-vous là ? C'est bien trop dur pour vous !

Elle se retourna et, à la vue de Patrick, son visage fin et aristocratique s'illumina.

— *Baas* Patrick ! Bonjour ! lança-t-elle avec une courbette, geste qu'elle avait appris à Dunedin en regardant faire les bonnes.

— Je vous souhaite également une bonne journée, miss Nandé, répondit-il en s'inclinant lui aussi.

— Toujours joyeux, *baas* Patrick ! Vous, toujours jouer avec Nandé comme si lady distinguée !

— Je ne vois pas de différence entre ladies noires et blanches. Je venais rendre visite à miss Doortje, en fait. Elle n'est pas là ?

— Non, elle montée voir *baas*… euh… miss Lizzie, apporter fromage frais.

Patrick acquiesça. En dépit de leurs divergences d'opinion, Lizzie et Doortje continuaient à échanger les fruits de leurs travaux agricoles. Lizzie en avait été étonnée au début, pensant que Doortje était heureuse d'être enfin débarrassée d'elle. En réalité, les femmes boers se comportaient comme les femmes des fermes que visitait Patrick en sa qualité de conseiller : on partageait avec les voisins, qu'on les aimât ou non. S'ils étaient de plus membres de la famille, on minimisait les conflits. Patrick se demanda pourquoi Doortje ne respectait pas cette tradition avec Juliette.

Il enleva la bêche des mains de Nandé.

— Laissez-moi faire pendant que j'attends miss Doortje. Elle ne va pas tarder. Et ce travail est trop dur pour vous !

— Mais non, *baas*… euh… monsieur Patrick ! Je… nous… toujours faire ça. C'est notre travail dans ferme.

— Qui est ce « nous » ? En tout cas, ce petit gars n'est pour l'instant pas d'une grande aide, dit-il en montrant en souriant Abe qu'il venait juste de découvrir, dormant dans un berceau en osier à l'ombre d'un buisson de rata, un livre ouvert, *Alice au pays des merveilles*, posé non loin. Ou bien vous fait-il la lecture pendant que vous bêchez ? ajouta-t-il avec un clin d'œil.

— Non, sait pas lire encore ! Est encore bébé, monsieur Patrick. « Nous », c'est père, mère, frère et Nandé. Nous toujours avoir travaillé dans champs de *baas* Van Stout.

Au souvenir de sa famille, Nandé se rembrunit. Patrick, s'en apercevant, ne s'enquit pas de leur sort.

— Mais il y avait au moins deux hommes, miss Nandé. Ici, en revanche… C'est vous qui avez retourné tout ce terrain ?

— Oui. M. Kevin dire qu'il aide si a le temps. S'il a le temps, se corrigea-t-elle fièrement. Mais il a beaucoup travail à l'hôpital. Médecin, travail dur. Mais bon travail. Aide les gens, dit-elle en prenant le bébé qui s'agitait dans sa corbeille.

— Mais vous auriez aussi besoin d'aide ici, répondit Patrick en jetant un coup d'œil sur le livre que Nandé venait de cacher nerveusement dans le berceau. Tiens, c'était mon livre, autrefois…

Le visage de Nandé s'assombrit et Patrick enregistra que c'était sa manière de rougir. Il la trouva très attachante. Jamais encore il n'avait rencontré quelqu'un aux traits si ouverts, si avenants.

— Oh, pardon. Moi pas savoir. Moi rendre bien sûr, dit-elle en ressortant le livre des couvertures. S'il vous plaît, excusez !

— Il n'y a rien à excuser. C'est sans doute ma mère qui vous l'a donné, n'est-ce pas ? Eh bien, je vous le donne.

— Vrai, monsieur Patrick ? Livre pour moi ? J'ai alors trois : deux donnés par miss Roberta et ce livre. Plus beau que les autres. Autres parlent d'enfants pauvres et tristes. Pauvre petit Oliver et pauvre petit David. Ici, animaux joyeux ! Lapins parlent ! Et des filles !

— Kevin s'est toujours moqué de moi à cause de ça : je lisais des livres de filles. Je dois d'ailleurs avouer que ce livre a d'abord appartenu à Matariki, ma demi-sœur. Les livres passent de l'un à l'autre. Vous pourrez le donner à ma fille, dans dix ans…

— Petite May, très mignonne. Mais maintenant rendre bêche. Moi continuer, sinon *baas* Doortje pas contente. Puis dois encore faucher herbe et faire manger moutons, traire vache.

— Combien mon frère vous paie pour tout ça ? demanda Patrick en plantant rageusement la bêche dans la terre. Vous jouez les bonnes d'enfants, vous bêchez, vous vous occupez des bêtes… Vous faites à vous seule le travail de plusieurs personnes. Vous le savez ?

— Moi pas recevoir argent, dit-elle en haussant les épaules. Nous pas demander argent à *baas*. C'est… inconvenant. Pas ordre divin ! *Baas* donnent travail et nourriture, Cafre travaille. Ça ordre divin.

— Vous trimez gratis, Nandé ? Parce que l'ordre divin exige que les Blancs surveillent et que les Noirs travaillent ? En échange de la nourriture et du logement ? Et Kevin joue à ce jeu-là ? Mais comment est-ce possible ?

— M. Kevin dit il va donner quelque chose. Argent de poche. Argent de poche et ordre divin vont ensemble, peut-être ?

— Nandé, Dieu ne joue aucun rôle dans l'affaire. Nous avons ici une Constitution qui interdit l'esclavage. Vous n'êtes pas obligée de bêcher gratuitement le jardin de miss Doortje.

N'y comprenant goutte, Nandé se contenta de hausser les épaules. Une idée germa alors dans la tête de Patrick :

— Si vous étiez payée pour votre travail, Nandé, combien exigeriez-vous ?

Elle se mordilla les lèvres, incertaine.

— Peut-être… hum… une livre ?

La monnaie de son nouveau pays devait être aussi claire que de l'hébreu pour elle. Patrick acquiesça, avec un peu de mauvaise conscience. Mais il rendrait Juliette heureuse et Nandé aurait une bien meilleure situation.

— Écoutez, Nandé, ma femme désire depuis longtemps avoir une femme de chambre.

— Une femme de quoi ?

— Une femme de chambre, c'est-à-dire une jeune fille qui aide une lady à s'habiller et à se coiffer, qui s'occupe de ses toilettes. Chez nous, il s'ajouterait un peu de garde d'enfant. Mais ce ne serait pas un travail difficile.

— Ah oui, moi savoir maintenant. Sur bateau, gens disaient ça aussi : femme de chambre de *baas* Doortje.

— Bon, eh bien auriez-vous envie de devenir la femme de chambre de miss Juliette ? Je ne peux pas vous payer beaucoup. Seuls les gens riches peuvent s'offrir les services d'une femme de chambre, et je ne suis pas riche. Mais commençons par une livre par semaine et, plus tard, peut-être deux. J'y arriverai !

— Par semaine ? Alors, moi bientôt riche ?

— À condition de beaucoup économiser ! se moqua gentiment Patrick. Alors, dans ce cas, est-ce que je peux vous débaucher ?

Les traits de Nandé reflétèrent la lutte qui se livrait en elle entre l'envie et le sentiment du devoir. Elle avait été intriguée par miss Juliette : une *baas* de couleur était chose inconcevable en Afrique du Sud, mais elle était peut-être plus indulgente qu'une *baas* blanche. Et elle vivait dans la maison de miss Lizzie. Y revenir serait un rêve. Miss Lizzie était si gentille. Et puis, à Elizabeth Station, elle ne dormirait pas dans la remise : elle aurait une vraie chambre, rien que pour elle, avec un lit et des draps propres. Comme une lady blanche. Pourtant…

— Moi pas pouvoir, monsieur Patrick. Moi appartenir à *baas* Doortje, notre famille travaille pour sa famille. Toujours. C'est l'ordre divin. Et M. Kevin a payé bateau. Moi dois rembourser, dit *baas* Doortje.

Patrick sentit la moutarde lui monter au nez. Les discussions sur l'injustice dont étaient victimes les Noirs n'avaient jamais manqué dans leur famille quand ils étaient jeunes ! Kevin savait donc qu'il était dans son tort. Il ne protesterait pas. Quant à ce qu'en dirait Doortje, il s'en fichait royalement, en toute honnêteté.

— Écoutez, Nandé, je vous emmène tout de suite. Non, vous ne pouvez laisser cet enfant seul ; nous allons l'emmener aussi. Ma mère sera heureuse de revoir le petit. Kevin et Doortje viendront le chercher et je leur expliquerai alors pourquoi vous travaillez désormais pour Juliette et moi. Nous sommes dans un pays libre, Nandé. Vous pouvez aller où vous voulez et travailler pour qui vous voulez. Ne vous faites pas de souci pour la traversée. Vous l'avez remboursée depuis longtemps. Il faut vous décider maintenant : esclave auprès de miss Doortje ou femme de chambre et bonne d'enfants auprès de Juliette et de moi ?

Nandé respira un bon coup, puis elle eut un sourire radieux.

— Moi travailler volontiers pour monsieur Patrick. Et miss Juliette très jolie, missy May très mignonne.

— Et n'allez pas vouvoyer ma fille ! Elle est assez gâtée comme ça. Et maintenant, voyons si mon cheval nous portera tous les deux.

Ayant jeté un œil sur les jambes nues de la jeune Noire, il ressentit une émotion qui n'était pas de mise vis-à-vis de la femme de chambre de son épouse.

— Ou plutôt non, ce ne serait pas décent. Vous montez en selle, miss Nandé, et moi je conduis le cheval. Non, pas de discussion, un peu de mouvement me fera du bien. À mon frère aussi, du reste. Qu'il retourne donc un peu la terre de son jardin !

6

Kevin jeta un œil à son cabinet avant de remonter à la cabane. Personne n'attendait, il n'avait donc manqué à personne durant son séjour à Christchurch. Les villageois n'avaient guère recours au médecin. Il s'était trompé quand il avait proposé au vieux Dr Winter de reprendre son cabinet. Lawrence était en effet une petite bourgade, peuplée d'anciens chercheurs d'or qui n'allaient pas chez le médecin pour un bobo. Quand elles avaient des problèmes, leurs femmes s'adressaient à la sage-femme ; il y avait aussi une guérisseuse maorie dans les environs. Et contrairement à une bonne part de sa clientèle de Dunedin, il n'y avait pas ici de malades imaginaires. Non, il ne laisserait personne à l'abandon s'il retournait en ville… Il entra dans la salle de soins. Il devait y avoir une bouteille de whisky quelque part. Il avait honte de boire en cachette, mais Doortje ne supportait pas la présence d'alcool chez elle. Encore un point dont il faudrait un jour parler. Vincent avait raison, il était trop conciliant. Il l'aimait trop !

— Je pensais bien que tu viendrais.

Une voix grave, sensuelle l'accueillit. Il faillit laisser tomber l'allumette avec laquelle il s'apprêtait à allumer la lampe à gaz. Lawrence n'avait toujours pas l'électricité.

— Juliette !

Juliette agitait la bouteille de whisky en souriant.

— Moi, personnellement, je préfère le champagne, mais je reconnais que ce n'est pas assez fort pour te faire oublier ta petite Boer. C'est ici que tu bois pour te réconforter, Kevin ? Ce n'est pas qu'elle ne soit pas belle, non, mais elle est un peu froide, n'est-ce pas, Kevin ? Est-ce qu'il fait froid dans le drôle de pays d'où elle vient ?

Kevin secoua la tête. Juliette était assise dans son fauteuil et, entre eux, il y avait un volumineux secrétaire. Il lui restait, pour s'asseoir, la chaise réservée aux patients. Il resta néanmoins debout, perplexe.

— Rien n'est froid dans son pays, Juliette. Il fait chaud, et c'est un pays sec.

— Un pays où les dieux n'ont pas de larmes, remarqua-t-elle en riant. Un pays heureux ?

— Non, ce n'est pas un pays heureux. Mais que fais-tu ici, Juliette ? Tu ne devrais pas venir ici, les gens vont se dire…

— Personne ne m'a vue arriver. Et, si quelqu'un me voit partir, qu'importe, Kevin ? Je suis ta belle-sœur, tu l'avais oublié ?

Elle se leva et s'affala en une pose lascive sur le secrétaire, tout près de lui cette fois, à portée d'une étreinte. Elle s'étira.

— C'est précisément pour ça, dit Kevin d'une voix rauque, c'est pour ça que nous devrions nous éviter. Patrick a déjà assez fait pour nous. Nous ne pouvons pas…

— Ne fais donc pas comme si Patrick ne voulait que nous être agréable, murmura-t-elle. Et, si ça doit te tranquilliser, je l'ai déjà amplement récompensé. Tout ça pour qu'un enfant ait un nom !

— L'enfant est… très beau, balbutia Kevin, cherchant désespérément à ramener la conversation sur un terrain moins brûlant.

En vain. Son charme avait déjà opéré. Et, Dieu du ciel, il n'était pas facile de résister à un corps de femme aussi tentant, à ce sourire ensorceleur, à ces lèvres humides et à ces yeux brillant de désir. Surtout quand, depuis des semaines, on n'avait vu que des robes d'intérieur fermées jusqu'au cou, des coiffes sévères et des tabliers amidonnés. Le corps de Doortje était plus beau que celui de Juliette. Kevin désirait plus sa femme qu'il n'avait jamais désiré Juliette. Mais à quoi bon tout cela, si ses charmes restaient cachés sous une chemise de nuit informe, et ses cheveux d'or sous des bonnets de nuit ? La lourde chevelure noire de Juliette tombait sur ses classeurs. Ses fines mains s'emparèrent de son stylo qu'elle promena sur la naissance de ses seins. Kevin songea aux mains calleuses de Doortje, à ses fromages, à la pâte à pain qu'elle pétrissait. Il tenta de se rappeler sa fraîche odeur de terre, chaude comme du pain frais, mais le lourd parfum de Juliette s'interposa. Ses souvenirs de Doortje pâlirent, au moins pour cette nuit. Demain, il saurait de nouveau pourquoi il aimait sa femme. Mais maintenant… Il lutta contre son désir.

— C'est mon frère, Juliette. Nous ne pouvons tromper Patrick…

— Il n'en saura rien. Et je le dédommage amplement, n'aie crainte !

Elle eut un sourire sardonique quand elle lut la jalousie dans ses yeux. Elle n'allait pas tarder à lui faire oublier sa Boer. Quant à son frère… Peut-être Kevin et Patrick allaient-ils bientôt se détester. Elle s'en moquait.

— Mais de temps en temps, chuchota-t-elle, j'ai besoin d'un vrai homme. Tu comprends ça, Kevin, n'est-ce pas ? Tu connais Patrick. Il est… (Elle se mit à rire.) … trop sage. Et toi aussi tu as besoin de temps à autre d'une vraie femme. N'est-elle pas trop sage, elle aussi, ta froide beauté des pays chauds ? Elle t'embrasse comme ça, Kevin ?

Ses lèvres s'approchèrent de lui, tentatrices.

— Elle t'aime comme ça ?

Elle enroula ses longues jambes autour des hanches de Kevin. Il capitula, la prit dans ses bras.

7

Quand Kevin rentra chez lui, il trouva Doortje hors d'elle.

— Nandé est partie, lui jeta-t-elle à la figure en guise de bonjour. Regarde ça ! ajouta-t-elle en lui tendant un billet, trouvé sur la table, dans lequel Patrick expliquait en quelques mots sa décision.

— Je n'y peux rien, dit Kevin qui n'avait pas l'intention de se fâcher avec son frère.

Surtout pas après ce qui venait de se passer dans son cabinet et dont il avait déjà honte. Il aurait eu envie de réparer sa tromperie, mais il allait bien plutôt devoir lui détruire un peu plus son monde.

— Nandé ne nous appartient pas, Doortje. Si elle préfère travailler pour Patrick, cela ne nous regarde pas. Je te disais que nous devions lui offrir un salaire. Mais bon, tu vas devoir t'y habituer, Doortje, nous vivons dans un pays de liberté.

— Mais elle est ingrate ! Sa famille vivait sur nos terres depuis des générations. Nous les avons nourris, nous avons pris soin d'eux quand ils étaient malades.

— Avant votre arrivée, c'était déjà leur pays, Doortje, soupira Kevin. Et ils ne souffraient pas de la faim. Leurs guérisseurs n'étaient certainement pas pires que ce que j'ai vu chez vous en matière de remèdes de bonne femme et de superstitions. N'oublie pas que tu n'es plus dans le Transvaal. Et tu n'as pas non plus besoin de

Nandé. Tu ne portes pas de corset, tu sais relever tes cheveux sans l'aide de personne, tu n'as pas besoin de femme de chambre. Bien sûr, tu vas devoir t'occuper d'Abe. Mais bon, nous pouvons envisager d'avoir une bonne, qui te déchargera de lui à l'occasion.

— Une bonne ? De quoi parles-tu ? Où comptes-tu trouver ici une bonne ? Et le jardin, les bêtes ?

— Nous retournerons à Dunedin. Et nous pourrons emmener une bonne maorie, dit Kevin d'un ton apparemment décontracté alors que son cœur battait à se rompre.

Il s'en voulait de ce qu'il venait de dire, mais Vincent avait raison. Jamais elle n'apprendrait, ici, à s'adapter. Et, si elle n'y arrivait pas ? Il savait qu'il risquait de succomber de nouveau aux avances de Juliette. Autre bonne raison de retourner à Dunedin.

— Nous n'emmènerons pas les bêtes, Doortje. Ce n'est pas l'Afrique du Sud ici, et tu n'es plus une *baas*, pas plus qu'une paysanne. Tu es l'épouse du médecin de Dunedin. Et c'est ainsi que tu vas devoir désormais te comporter.

— Mais tu… tu avais promis… Nous allions vivre dans une ferme…

Elle le regardait, abasourdie.

— Je ne peux tenir ma promesse, Doortje, avoua-t-il. Et je ne t'ai pas non plus promis une ferme dans le veld, avec un kraal de nègres et la prière du soir en néerlandais. Tout au plus une ferme en Nouvelle-Zélande, mais tu ne t'es pas plu à Elizabeth Station. Je n'ai qu'une envie, Doortje, c'est que tu sois heureuse. Songe à ta propre promesse : « J'irai où tu iras. » Et tu… tu m'aimes bien un tout petit peu, non ? En Afrique, tu m'aimais un peu.

Il lut dans ses yeux un mélange de désespoir et de haine. Si elle l'avait jamais vraiment aimé et désiré, ces sentiments étaient désormais profondément enfouis en elle.

— Je… je n'ai jamais voulu être avec toi, dit-elle d'une voix sans timbre. Cela a eu lieu, tout simplement.

Mais ce n'a pas été la volonté de Dieu. Même si… même si cela est apparu soudain si simple. Parce qu'un nom pour l'enfant excusait tout. Mais cet enfant est de toute façon maudit. Et moi aussi.

— Tu ne peux pas enfermer ta femme ici !

Michael s'était senti obligé de parler un langage de fermeté à Patrick. Sa sympathie initiale pour Juliette s'était depuis belle lurette dissipée et il partageait l'avis de Lizzie qui en avait par-dessus la tête de sa belle-fille. Mais il comprenait toutefois un peu cette dernière. Elle n'était pas faite pour la campagne, elle devait être malheureuse comme les pierres à Elizabeth Station. Elle n'y tiendrait pas les trente années à venir, c'était sûr et certain.

— Si tu exagères, elle ne tardera pas à te quitter, argumenta finalement Michael, en désespoir de cause.

— Ici, au moins, personne ne la séduira ! Elle n'est pas partie de sa propre décision l'autre fois. S'il n'y avait pas eu ce journaleux, ce…

— Ce type ne l'a pas mise de force sur son cheval avant de s'enfuir au galop. Juliette a fait ses bagages, a déposé l'enfant chez Claire et c'est de son plein gré qu'elle est montée dans la voiture de poste.

— Il lui avait promis un engagement, protesta Patrick, reprenant à son compte l'explication que Juliette lui avait donnée. Le genre d'engagement qui ne se refuse pas.

— La prochaine fois, elle s'en trouvera un elle-même. Patrick, elle ne supporte pas d'être ici. Nous ne le supportons plus nous non plus. Et ne me ressors pas l'argument du piano. Nous n'allons pas en installer un ici, la maison est trop petite.

— Elle semble en tout cas trop petite pour maman et Juliette !

Peu de temps auparavant, il y avait eu une dispute entre les deux femmes, sur quoi Lizzie avait disparu dans ses vignes et Juliette dans la chambre qu'elle partageait avec Patrick. Elle aurait préféré en avoir une pour elle seule, mais Patrick avait refusé.

— Je ne peux prétendre le contraire, Patrick. Elles ne s'entendent pas, et je peux comprendre les raisons de Juliette jusqu'à un certain point. À la longue, il va falloir trouver une solution. Peut-être pourrait-on transformer la cabane en une véritable maison. Mais, avant, tu dois proposer à Juliette des distractions. Elle devient folle ici et ta mère aussi. Pars quelques jours avec elle à Dunedin. Allez à des réceptions, à des concerts, rends-la heureuse, Patrick ! Essaie de la rendre un peu heureuse !

On attendait obéissance de la femme d'un Boer, une obéissance joyeuse. Doortje n'avait rien connu d'autre, chez sa mère comme chez sa grand-mère : une femme boer suivait son mari sans rechigner, l'accompagnait par monts et par vaux, dans la brousse, au combat. Elle chargeait les fusils et tirait, pataugeait dans le sang au besoin. Elle était prête à tuer et à se faire tuer pour la cause de son époux. Elle était derrière lui en toutes circonstances, contre les ennemis extérieurs, mais aussi, en cas de doute, contre sa propre famille, contre ses enfants. Dorothea Van Stout avait intériorisé ce rapport de soumission depuis sa naissance et elle faisait maintenant de son mieux, dans des conditions totalement différentes, pour accomplir son devoir. Sans se plaindre, elle abandonna la cabane de l'Otago, ses bêtes et son jardin. Kevin la ramena dans l'appartement au-dessus de son cabinet, mais se déclara prêt à chercher un domicile un peu plus campagnard.

— À Caversham, peut-être, avait-il réfléchi à haute voix. Il y a là-bas de très jolis petits cottages avec jardin. Or tu aimes bien Kathleen et le révérend qui y vivent. Tu pourrais t'engager dans les bonnes œuvres de celui-ci.

Doortje l'avait regardé avec de grands yeux. Sa société ne connaissait pas l'assistance aux gens tombés dans le besoin. Les familles étaient nombreuses et se serraient les coudes ; la venue d'étrangers dans les villages ou les fermes était chose extrêmement rare. Par ailleurs, l'Église néerlandaise partageait l'opinion de l'Église d'Écosse : celui qui était dans la gêne l'avait mérité et, de toute façon, le destin de chacun était écrit d'avance. Dès son premier souffle, l'individu était damné ou sauvé ! Certes, les événements de l'année écoulée avaient ébranlé chez Doortje les fondements de sa foi, mais pas au point de lui faire prendre du service dans la soupe populaire de l'Église anglicane !

Il lui fallut d'abord trouver sa place à Dunedin, pas à contrecœur comme précédemment, mais pour s'adapter comme le lui avait prescrit son époux. Elle échangea donc sa chère tenue boer pour les robes de réforme que Kevin lui avait achetées lors de leur premier séjour en ville. Elles n'étaient plus à la mode, les habits plus confortables n'avaient pu s'imposer. Le corset était de retour. Kevin ne s'en était pas aperçu mais, de toute façon, personne ne fit de remarque. Doortje était du reste fort séduisante dans ces robes amples et la bonne société s'arrachait ce couple si haut en couleur. Kevin avait décidé d'accepter toutes les invitations, ne serait-ce que pour retrouver sa place en ville. Doortje s'efforçait donc, en vain, de converser avec esprit lors des vernissages et supportait des dîners interminables en s'appliquant à imiter la manière étudiée dont Kevin et Roberta se servaient de leurs couverts. Sa concentration était telle que, parfois, elle n'entendait même pas les tentatives de son voisin de table pour entrer en communication avec elle.

Roberta lui était en tout cas d'une aide inestimable. La jeune institutrice semblait avoir du plaisir à être en leur compagnie et sa gentillesse faisait presque oublier à Doortje sa fraternisation inconvenante avec Nandé sur le bateau. La jeune institutrice l'initia aux secrets des pas de danse si bien qu'elle put danser lors de son premier bal sans commettre trop de faux pas. Elle assistait à des concerts et acceptait des invitations à prendre le thé avec d'autres dames. Mais elle ne s'acquittait de ces obligations qu'à contrecœur. Il arrivait que quelque chose lui plût : l'exposition de portraits de femmes d'Heather l'avait impressionnée au plus haut point, la musique d'un violoniste l'avait un jour bouleversée et elle avait presque pris plaisir à sentir la main de Kevin sur sa hanche ou à accompagner les ondulations rythmées de son corps au cours d'une valse. Mais elle refusait de se l'avouer. Son sourire était toujours contraint et, quand bien même personne ne s'en apercevait, Kevin avait le cœur lourd.

Patrick, suivant les conseils de son père, partit pour la ville avec sa femme. Pour la distraire, il la conduisit au théâtre, aux vernissages et, finalement, le couple reçut aussi de nouveau des invitations de la bonne société. Il était bien entendu inévitable qu'ils rencontrent un jour ou l'autre Kevin et Doortje. Cela se produisit lors d'une soirée chez les Dunloe. Doortje, entrant dans le salon au bras de Kevin avec son habituel sourire contraint sentit tout à coup une tension chez son mari. Suivant son regard, elle fut horrifiée.

— Ils la laissent entrer ? demanda-t-elle, incrédule. Mais c'est une femme de couleur !

— C'est la femme de mon frère, répondit Kevin, qui avait soudain pâli et qui lut dans les yeux de Doortje qu'elle s'en était aperçue. Et, je t'en prie, oublie la couleur de sa peau ! Elle est créole et, si j'ai bien compris, la ferme de son père, dans les environs de La Nouvelle-Orléans, est environ grande deux fois comme le Transvaal. Tu n'es pas obligée d'être son amie, mais, je t'en prie, sois polie.

Doortje aurait été cette fois aussi une épouse obéissante, mais Juliette ne lui facilita pas la tâche. Bien que dépourvue de savoir-faire en société, la jeune Boer remarqua fort bien le regard moqueur que lui lança la créole et la lueur dans ses yeux quand elle regardait Kevin. Patrick accompagna sa femme avec un peu de raideur quand celle-ci se dirigea vers eux. Il aurait certainement préféré se tenir à distance. Un lâche, se dit Doortje, songeant à Cornelis.

— Quel plaisir de te voir, Kevin… et… Dorothy, c'est bien ça, n'est-ce pas ? Comme la petite fille du Kansas que le cyclone a chassée de sa patrie… Comment se sent-on dans la peau d'un cyclone, Kevin Drury ?

Juliette souriait. Un sourire complice ? Séducteur ? Doortje, en tout cas, se sentit idiote. Elle ne comprenait pas l'allusion de cette femme.

— Doortje, dit-elle d'une voix rauque. Ou Dorothea, si vous avez de la peine à prononcer mon nom.

— Oh, mais je finirai bien par y arriver. Si l'envie m'en prend, dit Juliette en riant. Mais vous devriez songer à « Dorothy », c'est un joli nom. Elle aussi porte des robes courtes et amples, ajouta-t-elle, toisant la robe de réforme de Doortje.

Sa propre robe rouge foncé descendait jusqu'au sol. Kevin remarqua que c'était celle dans laquelle elle l'avait séduit à Lawrence. Il tenta de ne pas rougir.

Patrick s'interposa.

— Juliette, mais qu'est-ce que tu fais à plonger ainsi ta belle-sœur dans l'embarras ? Doortje, veuillez l'excuser, je vous prie. Vous êtes ravissante dans votre robe.

Juliette opina et grimaça, Doortje remarquant avec stupéfaction qu'elle se maquillait.

— Oui, excusez-moi. Je suis insupportable quand je suis à sec. Tu pourrais nous apporter une coupe de champagne, Kevin ? Ou bien buvez-vous toujours du lait, Doortje ? demanda-t-elle en prononçant correctement le prénom.

Doortje serra les dents. Elle n'avait encore jamais bu d'alcool. Mais elle n'allait pas baisser pavillon.

— Je… j'en boirai volontiers un verre.

Elle regarda ensuite, l'air malheureux, la boisson pétillante dans la flûte en cristal. Elle but prudemment une gorgée et fut agréablement surprise. Elle s'était toujours figuré que l'alcool brûlait la langue, mais cette boisson ne faisait que picoter un peu et avait un léger goût acidulé, un peu comme du jus de groseille allongé. Peut-être n'était-elle pas du nombre des boissons enivrantes et interdites contre lesquelles le pasteur avait toujours mis en garde ? Triomphante, elle but son verre aussi rapidement que Juliette.

Kevin et Patrick, entre-temps, s'efforçaient de converser poliment.

— Comptes-tu reprendre ton travail pour le ministère de l'Agriculture ? demanda Kevin. Je veux dire… puisque tu es revenu à Dunedin.

— Non, non, je reste dans l'Otago. Nous ne sommes ici que pour quelques jours, afin… euh, eh bien, à la longue, on s'ennuie pas mal dans une ferme, dit son frère avec un sourire qui ressemblait un peu à un sourire d'excuse.

Jamais encore on n'avait entendu dans sa bouche de tels propos. Il aimait Elizabeth Station.

— Et ton cabinet ? Tu n'as pas eu de problèmes avec Folks ? Je veux dire… l'Afrique d'abord, puis tu reviens, ensuite l'Otago, et tu reviens de nouveau.

— Non, Christian est accommodant. Et puis j'ai plus ou moins mes propres patients. Ce sont plutôt les jeunes familles qui viennent voir Christian. Moi, je reçois les hystériques. Il ne s'exprime pas exactement comme ça, mais c'est ce qu'il pense. Et, on ne peut le nier, c'est cette dernière catégorie qui paie le mieux. Donc, de meilleurs revenus. Pour lui aussi.

— Monsieur Patrick ?

Nandé s'approchait timidement, la petite May dans les bras, visiblement gênée de voir son nouvel employeur en conversation avec Kevin, mais elle prit son courage à deux mains :

— Monsieur Patrick, vous avoir dit que moi appeler…

Voyant que Patrick fronçait le sourcil, elle se reprit sur un ton d'excuse :

— Je veux dire : vous avez dit que je dois appeler si May pleure, se corrigea-t-elle. Et elle vient de crier. Alors, j'ai pensé…

— Tu as très bien fait, la félicita Patrick en lui prenant la petite des bras.

May s'était maintenant apaisée, regardant, rayonnante, les gens qui l'entouraient. Elle aimait visiblement la compagnie.

— *Baas*… Monsieur… Docteur Kevin…

Déchargée de l'enfant, Nandé s'inclina poliment devant son ancien employeur qui regarda rapidement derrière lui en direction de Doortje. Mais elle avait disparu avec Juliette, ce qui l'étonna. Il ne s'attendait pas à ce que, parmi tous les gens présents à la soirée, elle s'associât précisément à sa belle-sœur qu'elle méprisait. Mais bon, l'essentiel était qu'elle se mêlât à d'autres personnes sans lui. Il sourit à Nandé.

— Tu as bonne mine, Nandé ! dit-il avec un regard admiratif pour sa tenue de domestique, avec tablier et coiffe. Et tu parles un bon anglais !

— Je… merci, monsieur Kevin. Vous pas fâché ? Je veux dire : vous ne m'en voulez pas ?

Kevin remercia le ciel que Doortje fût occupée ailleurs.

— Parce que tu as trouvé une meilleure place ? Nous avons bien sûr regretté ton départ, surtout miss Doortje, mais tu es libre. Tu te plais chez miss Juliette ?

— Je me plais beaucoup chez M. Patrick ! Et avec la petite miss May… et miss Juliette…

Juliette était manifestement un bémol dans le bonheur de Nandé. Elle était certes habituée à subir des reproches et à être maltraitée, mais, dans la famille Van Stout, personne n'était lunatique. Nandé savait toujours à quoi s'attendre, alors que l'humeur de Juliette changeait d'une minute à l'autre. Un jour, elle lui offrait généreusement ses vieilles robes et ses chapeaux, le lendemain, elle la grondait pour des peccadilles. Nandé trouvait cela aussi désagréable que le temps d'automne dans son nouveau pays. Elle ne savait jamais comment habiller l'enfant pour la promenade. Une pluie battante succédait très rapidement au grand soleil, et réciproquement.

— Non, Nandé ! Ne dis pas « miss May ».

Il batifolait avec sa fille, mais Kevin observa pourtant qu'il ne quittait pas Nandé des yeux, avec le même regard affectueux qu'il avait pour May.

— Ne va pas lui mettre des chimères dans la tête. C'est déjà bien assez que Juliette affuble cette petite comme une princesse.

May portait effectivement une petite robe en dentelle.

Kevin la regarda pour la première fois d'assez près. Elle avait indubitablement un air de famille, ressemblant à Juliette mais aussi à lui et à Michael. Beaucoup moins à Patrick et à Lizzie. Il décida de s'éloigner afin d'éviter que d'autres invités ne s'aperçoivent de cette ressemblance. De toute façon, Patrick était à présent occupé avec la petite et Nandé. Juliette avait, elle, disparu avec Doortje. Kevin s'excusa, prétextant qu'il voulait retrouver sa femme. Mais il tomba en chemin sur le révérend qui s'ennuyait un peu, ne goûtant guère ce genre de manifestations auxquelles il accompagnait son épouse. Il sourit à Kevin qui s'arrêta aussitôt à sa hauteur.

— Auriez-vous un peu de temps à me consacrer, révérend ? Ah, j'aurais peut-être mieux fait de venir vous voir dans votre église, j'ai besoin de vous parler.

— Quoi que tu aies sur le cœur, Kevin, il est plus aisé de parler devant un verre de whisky qu'à la lueur des cierges. Je ne veux pas dire par là que mon église serait retardataire, nous y avons l'électricité depuis quelque temps.

— Mais pas encore de débit de whisky, je présume. Attendez, je vais chercher deux verres, puis nous irons…

— La terrasse nous tend les bras et il ne pleut pas momentanément. Je devrais sans doute réfléchir à donner mes consultations de prêtre en plein air. Cela obligerait mes ouailles à faire court.

Quelques instants plus tard, les deux hommes, dégustant leur whisky à petites gorgées, contemplaient le jardin plongé dans le silence et l'obscurité.

— Alors, que se passe-t-il, Kevin ? Des problèmes familiaux ? Avec ton frère ? Il paraît qu'il y a un peu de tension entre vous.

— Bof, juste de petits malentendus. Ce n'est pas le problème. J'avais une question : que savez-vous du calvinisme ?

— On échange alors la musique de chambre contre un séminaire théologique ? Je ne m'y étais vraiment pas préparé. Mais bon, tout ça remonte à un Suisse, Jean Calvin, qui vivait au XVIe siècle et qui a fondé sa propre théologie. Très originale, si tu veux mon avis. Mais elle a connu un très grand succès. Les presbytériens se réclament de sa doctrine, l'Église d'Écosse aussi et, bien entendu, l'Église néerlandaise à laquelle appartient ou appartenait ta femme. Ce sont les cinq « *solae* » qui en constituent la base, la « *sola scriptura* » qui ne reconnaît que l'Écriture comme fondement de la foi chrétienne, la…

— Allons au plus simple, l'interrompit Kevin. Mon problème porte uniquement sur ce que représentent la damnation, la résurrection et les élus. J'ai entendu prononcer ces mots si souvent !

— … la « *sola gratia* », termina le révérend avec un sourire. Elle dit que l'homme ne peut être sauvé que par la grâce de Dieu et non, comme nous l'enseignons, en raison de nos actes, bons ou mauvais, par le pardon et la pénitence. Calvin pensait que l'humanité était divisée depuis le début des temps en élus et en damnés. C'est bien avant la naissance que l'appartenance à l'un ou l'autre groupe est écrite. C'est intangible. Les uns sont sauvés, les autres voués au feu éternel.

– C'est stupide ! Pourquoi bien se comporter et ne pas commettre de péché, si ça ne sert à rien de toute façon ?

– Tiens, tiens, Kevin, j'espère que les Dix Commandements sont pour toi une valeur en soi et que tu ne les respectes pas seulement parce que tu as peur de l'enfer.

– Le ciel n'est pas sans présenter quelque attrait, plaisanta Kevin à son tour. En revanche, si on peut se conduire comme on l'entend…

– … cela peut parfois faciliter la vie, concéda le révérend en vidant son verre. D'ailleurs, tu as eu une excellente idée d'apporter la bouteille. Même si cela peut signifier que nous ne sommes élus ni l'un ni l'autre. Mais, pour en revenir à nos calvinistes : on leur tient la bride haute, la paroisse peut leur infliger des peines s'ils dépassent les bornes. De plus, le fait de mener une vie pieuse et ascétique est, à leurs yeux, la preuve qu'on est un élu. C'est en quelque sorte un raisonnement *a contrario* : nous, nous partons de l'idée que nous serons sauvés si nous péchons le moins possible. Les calvinistes, eux, de l'idée que l'élection se manifeste par le fait que nous péchons le moins possible.

– Donc, cela revient au même ?

– Bof, il y a bien quelques petites différences. Par exemple la manière dont les élus traitent les non-élus. On décèle là une certaine… disons… arrogance.

– Voyons, voyons, que je devine un peu : vous parlez des Zoulous, des Maoris, des métis, des Indiens qui, par principe, ne sont pas des élus.

– Exactement ! Et la qualité d'élu se prouve aussi par l'aisance économique. Il est donc conseillé de réduire au minimum l'assistance aux pauvres. Nous ne parlerons même pas des esclaves que nos chrétiens de calvinistes exploitent à mort sur leurs plantations. Il plaît à Dieu que la canne à sucre se vende à un bon prix. Je suis navré, Kevin, tu constates que je ne les aime pas. Alors que la plupart sont certainement des gens honnêtes, des gens de bien qui ne feraient de mal à personne, eux exceptés. Dans les cas extrêmes, ces gens s'interdisent tout relâchement, toute joie dans la vie. Cela doit être triste de ne trouver joie et bonheur que dans l'autosatisfaction.

— Et quand l'un d'eux, réfléchit Kevin tout haut en remplissant à nouveau son verre, enfin… je veux dire… quand cette personne a toujours cru être un élu et qu'ensuite il lui arrive quelque chose qui lui laisse entendre qu'elle est pourtant damnée…

— Je ne sais pas exactement, Kevin, soupira Burton. Ce que je t'ai raconté, c'est du savoir livresque. En réalité, je ne connais personne appartenant à cette confession. Du moins personne de stricte observance. Il y en a bien quelques-uns, parmi nous, qui feignent de se réclamer de l'Église d'Écosse, mais qui boivent du champagne et sont clients de Kathleen. Je dirais que, dans le cas que tu évoques, la personne en question, il ou elle, a un sérieux problème. Pour elle, le monde a dû s'écrouler. Kevin, il s'agit de ta femme, n'est-ce pas ? De Doortje ?

— Il… il faut que je rentre, révérend, dit Kevin en reposant son verre. Merci pour vos explications. Je pense y voir plus clair.

— Tu auras besoin de beaucoup de patience, Kevin. Et ta Doortje a besoin d'une confession autre. Mais quand on songe que ces gens, pour leur confession, ont traversé des océans, franchi des montagnes et mené des guerres…

— Mais ils étaient ensemble, en groupes, ils se donnaient de la force les uns aux autres. Et, naturellement, ils étaient tous élus. Et Doortje, dit Kevin d'une voix soudain douce, Doortje est toute seule.

8

Doortje s'amusait follement. Ayant bu son deuxième verre de champagne, elle avait trouvé le courage de se débarrasser de son impossible belle-sœur noire et de se tourner vers d'autres personnes. Sean Coltrane et sa femme Violette étaient par exemple charmants en dépit de leur horrible nom, mais « Coltrane » était sans doute aussi courant en anglais qu'« Hövel » en néerlandais. Violette ne portait pas non plus de corset : ce ne pouvait donc être aussi grave que le prétendait Juliette. Et Sean, dont tout le monde disait qu'il était intelligent, put même lui expliquer cette histoire de Dorothy. Il lui fallut certes un peu de temps pour bien lui faire comprendre pourquoi elle désirait savoir cela si précisément, mais ensuite ce fut assez simple.

— Dorothy et son chien Toto sont les principaux personnages d'un livre américain pour enfants : *Le Magicien d'Oz*. Il est relativement récent, mais Roberta en est enthousiasmée. Je suis sûr qu'elle en possède un exemplaire, demandez-le-lui. En tout cas, Dorothy vit au Kansas, dans le Middle West américain. Un jour, un cyclone l'emporte dans un pays fabuleux où règnent quatre sorcières et un magicien. Elle y vit diverses aventures, avec un lion qui manque de courage, un épouvantail qui n'a pas de raison et un bûcheron de fer-blanc qui n'a pas de cœur.

Doortje pouffa, le champagne lui montait à la tête, ce qu'elle ne trouvait pas désagréable. Au contraire, elle s'était rarement sentie si légère et détendue.

— Un lion peureux ?

— Oui, mais il s'avère, au cours de l'histoire, qu'il peut être extrêmement courageux quand il voit ses amis en danger, que le bûcheron est charitable et l'épouvantail malin. Mais ils croient tous être damnés.

Doortje pâlit.

— Que se passe-t-il, Doortje ? s'inquiéta Violette. Tout cela doit être très fatigant pour vous. Tous ces gens parlant une langue qui vous est étrangère, sans compter ces piques méchantes. Miss Juliette ne devrait pas se moquer de vous, même s'il n'est pas vexant d'être comparée à la Dorothy du *Magicien d'Oz*. C'est une fille merveilleuse.

— Attendez, dit Sean, je vais vous chercher un autre verre de champagne, cela va vous requinquer. Pour toi aussi, Violette, je ne vois ici aucune des sévères représentantes des associations abolitionnistes. Tu peux faire une incartade une fois de temps en temps.

Avec un clin d'œil pour les deux femmes, il se dirigea vers le bar.

— Aboli… Comment dites-vous ?

Doortje ne se souvenait pas d'avoir jamais posé autant de questions et bavardé aussi librement. En tout cas pas depuis que son monde du Transvaal s'était effondré. Et puis, lors des prières collectives et des soirées passées à effectuer des travaux manuels avec les autres femmes boers, on ne parlait évidemment ni de livres pour enfants ni de robes. Tout au plus les femmes s'intéressaient-elles un peu au fait de savoir qui était promis à qui.

— Les abolitionnistes, confirma Violette de bon cœur en décrivant ensuite les actions du mouvement féministe en Nouvelle-Zélande, les manifestations des mères de famille contre l'alcoolisme de leurs maris et enfin la conquête du droit de vote pour les femmes. Et le monde ne s'est pas écroulé pour autant, observa-t-elle enfin gaiement. Vous verrez, un jour nous aurons un Premier ministre femme !

— Oui, quand l'Afrique du Sud aura un président noir ! la taquina Jimmy Dunloe qui les rejoignait avec deux flûtes de champagne, en même temps que Sean, et avait entendu ses derniers mots. Pas de discours, miss Violette, buvez plutôt !

Après avoir mis les flûtes de champagne dans les mains des deux femmes interloquées, il partit de nouveau en direction du bar.

— Notre hôte a tenu à vous apporter lui-même le champagne, remarqua Sean. Toutes mes excuses, Violette, il ne parlait pas sérieusement, bien sûr. En ce qui me concerne, je verrais aussi bien une femme Premier ministre qu'un Noir gouverneur du Cap. Mais les gens n'en sont pas là…

Doortje fronça les sourcils. Le champagne lui paraissait meilleur à chaque verre, mais ses pensées s'obscurcissaient peu à peu.

— Un Cafre zoulou comme gouverneur ? questionna-t-elle, totalement perdue. Mais… mais ils n'ont pas le sens commun.

Violette allait se lancer dans un discours indigné, mais Sean la précéda en souriant.

— C'est ce qu'on disait de l'épouvantail du pays d'Oz. Mais, à la fin, le magicien fait de lui son successeur. Lisez ce livre à votre fils quand il sera plus grand, Doortje. Il donne un courage fou !

Doortje était avec Heather et Chloé quand Kevin finit par la découvrir. Elle riait ! Il eut de la peine à le croire. Avait-il jamais entendu sa femme rire à gorge déployée ? Or elle s'amusait présentement, sans aucune gêne, d'une anecdote que racontait Heather. Il s'agissait d'un malentendu linguistique qu'elle avait vécu à Amsterdam. Et, quand il entra dans le cercle de ces dames, la mine de Doortje ne se durcit pas à sa vue comme si souvent ces derniers temps. Elle lui sourit.

— Miss Heather était aux Pays-Bas, imagine un peu ! À… Amster… dam.

Heather sourit à son tour avec indulgence.

— Je crois que tu devrais songer à ramener ta charmante épouse chez vous. Elle est bien éméchée. Mais ravissante, jamais je ne l'aurais crue si enjouée.

— Parce qu'on peut rencontrer ici des gens comme ce Mijnheer Rembrandt ! dit Doortje, poursuivant joyeusement le récit des voyages d'Heather. Il peint, comme miss Heather. Miss Heather voudrait faire mon portrait. Tu crois que c'est… que c'est permis ?

Kevin passa son bras sous le sien.

— C'est une excellente idée et, naturellement, ce n'est pas interdit. À vrai dire, Mijnheer Rembrandt est déjà mort, dit-il avec un clin d'œil. C'était un grand peintre, un gros travailleur. Il a peint un grand nombre de tableaux. Si tu as un jour l'occasion d'aller chez miss Heather, elle a certainement des copies de certains d'entre eux.

— Oui, dit Chloé, elle a personnellement copié des tableaux de Rembrandt. Mais, quand on les voit, on comprend pourquoi nous ne les accrochons pas : pendant son voyage en Europe, Heather était encore loin du savoir-faire de Rembrandt.

Heather fit mine de lancer le contenu de son verre sur son amie qui pouffa et continua :

— Entre-temps, elle l'a bien entendu largement dépassé, puis, tendant la main à Doortje : Ce fut vraiment un plaisir de faire votre connaissance, madame Drury.

Les deux amies prirent congé, un peu inquiètes quant à la suite de la soirée : le petit coup dans l'aile de Doortje restait encore dans les limites de la bienséance, mais, si la soirée se prolongeait pour elle et Kevin, la situation pouvait devenir pénible. Kevin prit alors galamment sa femme par le bras.

— Puis-je te ramener à la maison, ma chérie ? Tu sais, je dois me lever tôt demain matin.

— Mais pas moi ! triompha Doortje. Je pourrai dormir tout mon saoul. Mais c'est naturellement un péché, ajouta-t-elle, titubant un peu mais se sentant légère comme jamais encore dans son existence tandis qu'ils se dirigeaient vers la sortie.

Ils rencontrèrent en chemin Juliette et Patrick. Nandé, qui avait sans doute mené May se coucher, n'était pas avec eux.

— Eh bien, Kevin, vous partez déjà ? demanda Juliette d'un air un peu suffisant. Tu résistais mieux, autrefois.

Un coup d'œil sur Doortje lui permit de se rendre compte de son état.

— Vous avez aimé le champagne, Dorothy ? poursuivit-elle. Mais je vous préviens, quand vous serez revenue du pays des merveilles, vous aurez mal à la tête.

Puis, se tournant vers Kevin et se pressant contre lui, elle lui chuchota à l'oreille :

— Un éphémère pays des merveilles pour toi, Kevin. Prends garde qu'elle ne t'endorme avant l'heure !

Doortje la regarda, fronçant le sourcil. Elle n'avait pas compris ce qu'elle avait dit, mais elle n'était pas aveugle.

— Je ne suis pas au pays des merveilles, dit-elle d'une petite voix douce, telle une fillette, mais en articulant soigneusement. Il n'y a pas de lion ici, ni d'épouvantail, juste une Cafre sans cœur !

Kevin entraîna ensuite sa femme pour une promenade dans les rues de la ville. Il aurait pu héler une voiture, mais il n'y avait pas très loin du domicile des Dunloe jusqu'à son cabinet. Le grand air ferait certainement du bien à Doortje. La pluie aussi, qui avait repris.

— Il pleut toujours dans ce pays, se plaignit Doortje.

Après un bref temps de réflexion, Kevin lui raconta l'histoire de Papa et de Rangi. Contrairement à son habitude, quand il était question de légendes maories, elle écouta attentivement.

— Chez nous, il ne pleut pas si souvent, finit-elle par dire. Et on ne pleure pas si vite.

— Mais Doortje, lui fit-il observer en souriant, si les dieux ne pleuraient pas, la terre s'assécherait. Crois-moi, il est bon de parfois montrer ses sentiments.

Quand ils arrivèrent au cabinet, il l'attira à lui et la prit dans ses bras. Elle était près de retrouver ses esprits, mais elle préféra demeurer cachée derrière la barrière cotonneuse que le champagne avait dressée devant son esprit critique et ses sentiments de culpabilité. Il était agréable de se laisser embrasser. Elle se souvint vaguement des baisers de Martinus. Elle y avait répondu. Et Martinus lui avait dit, d'un ton presque réprobateur, qu'elle était sensuelle. Or Kevin paraissait ne pas y voir malice. Elle lui rendit donc son baiser avec un rien de provocation et fut heureuse de sentir l'excitation de son mari. Elle accepta sans protester qu'il la soulevât et la portât pour grimper les escaliers menant à leur appartement.

— Et Abe… ? s'inquiéta-t-elle, soudain prise d'un dernier doute quand il franchit le seuil sur la pointe des pieds.

— Il dort depuis longtemps, chuchota-t-il en ouvrant la porte de la chambre de l'enfant.

Abe n'était pas dans son berceau. Mais la Maorie Paika, la bonne de Claire, dormait dans le fauteuil à bascule, Abe dormant lui aussi paisiblement dans ses bras, sa petite tête blottie entre ses seins, son petit corps voluptueusement étalé sur son ventre.

— Mais elle ne doit pas…

Doortje, de nouveau, sentit quelque chose résister en elle : elle avait interdit à Paika de bercer le petit dans ses bras ! Il devait apprendre à s'endormir seul. Mais Kevin referma la porte aussi furtivement qu'il l'avait ouverte.

— Laisse-les tranquilles cette nuit, la calma-t-il. Cette nuit, oublions tout, l'éducation, les dieux, l'Angleterre et l'Afrique du Sud. Cette nuit, il n'y a que nous…

Elle ne se défendit pas quand il ouvrit sa robe et couvrit son cou de baisers. Quand il la pénétra, elle pensa une fraction de seconde qu'elle était damnée. Mais on n'était pas si mal que ça en enfer…

9

Le lendemain, à vrai dire, l'enfer s'était beaucoup rapproché de Doortje. Elle se réveilla avec le pire mal de tête de sa vie et, Kevin l'ayant obligée à boire un thé, elle le vomit sur-le-champ.

— Je suis malade, murmura-t-elle d'un ton de désespoir. J'ai mal partout. Qu'est-ce que j'ai ?

— Ce sont les effets d'un abus de champagne. N'aie pas peur, cela ne tardera pas à passer. Demain au plus tard tu te sentiras de nouveau en pleine forme.

— Tu veux dire que j'étais ivre ? s'écria-t-elle, horrifiée.

Elle se rappela vaguement avoir été dévergondée et d'avoir presque fraternisé avec les Anglais, d'avoir ri avec eux. Elle avait ri avec Heather d'une histoire dans laquelle cette femme se moquait des Néerlandais ! Mais à part ça…

— Non, juste un peu éméchée, Doortje. Tu n'as pas l'habitude de l'alcool. Mais rien de grave, ma chérie. Au contraire. Tu as été… tu as été absolument ravissante, voulut la rassurer son mari qui s'assit à côté d'elle sur le lit et tenta de l'embrasser.

Elle s'y refusa d'un air horrifié.

— Tu ne peux pas. Je suis malade.

Il soupira. Il aurait dû s'y attendre. Ce ne pouvait être aussi simple.

— Mais tu n'es pas malade, tu as juste ce qu'on appelle la gueule de bois. Je ne vais pas te forcer. Je me suis juste dit que… hier… ça t'a tout de même plu.

— Cela ne m'a pas plus du tout, mentit-elle, indignée. J'ai peut-être... cédé à la tentation. M'aurait-elle ensorcelée, cette Cafre, cette Juliette ? Elle m'a poussée à boire ce champagne, elle...

Kevin rit d'un rire contraint. Il ne voulait pas parler de Juliette : dès qu'il était question d'elle en leur présence à tous deux, il se disait que Doortje découvrirait sa tromperie dans ses yeux ou sur ses traits.

— Les deux premiers verres seulement. Et elle n'y a pas versé de poison. Non, Doortje, je ne nierai pas que Juliette a un peu d'une sorcière. Mais tu ne peux la tenir pour responsable de ton état.

— Elle t'a regardé..., dit Doortje, songeuse.

— Oui, c'est exact, c'est ce qu'on fait quand on se parle. Mais oublie donc Juliette, même s'il te faudra bien, un jour ou l'autre, t'excuser auprès d'elle. Ce que tu lui as dit, à la fin... bon... elle a certainement souvent été qualifiée, à Dunedin, de femme sans cœur, mais la traiter de Cafre est inadmissible. Bien, je vais te chercher au cabinet une poudre contre le mal de tête. Tu peux dormir encore un peu.

— Alors qu'il fait grand jour ? C'est...

Doortje se releva mais serra aussitôt entre ses deux mains ses tempes douloureuses.

— Tu es malade, tu le disais toi-même à l'instant ! Reste donc allongée. J'emmène Abe avec moi au cabinet. Non, n'aie pas peur, il ne va pas attraper chez nous une maladie contagieuse. Je n'ai ce matin que des hystériques, comme aime à le dire Christian. Sa présence pourrait même avoir des vertus thérapeutiques. Mes patientes vont toutes le trouver mignon !

En dépit des battements sous son crâne, Doortje essaya de réfléchir. Son ivresse et les complications qui en étaient résultées étaient bien sûr de la faute de cette Juliette ! C'est elle qui l'avait provoquée et l'avait poussée à mal se conduire. Elle était une cible pour cette femme, elle avait quelque chose contre elle. Et elle regardait Kevin comme aucune femme convenable ne devrait regarder le frère de son époux, comme, plus strictement encore, aucune femme convenable ne devrait regarder son époux ! Du moins pas en public. Doortje songea à la Jézabel de la Bible, à la femme de Potiphar et à la mise en garde de Salomon à son fils : « Car les lèvres de l'étrangère distillent le miel et plus onctueux que l'huile est son palais ; mais à la fin elle est amère comme l'absinthe, aiguisée comme une épée à deux tranchants… »

C'est exactement ce qu'était Juliette, un piège enduit de miel ! Et Kevin était peut-être sur le point de s'y laisser attraper. Elle prit une décision. Elle ignorait comment s'y prendre, mais le devoir d'une bonne épouse était sans conteste d'empêcher son mari de commettre un écart de conduite.

L'après-midi même, une fois que son mal de tête se fut un peu dissipé, elle prit le chemin de Lady's Goldmine.

— Je suis navrée, mais Kate est rentrée chez elle, lui déclara la jolie et élégante Claire Dunloe qui l'intimidait toujours. Le cercle de femmes du révérend opère une collecte de vieux habits pour le bazar de la semaine prochaine. Elles tiennent à la présence de Kathleen pour passer en revue les vêtements offerts. Elle les conseille quand il s'agit de les raccommoder ou de les repasser. Ce sont pourtant toutes des mères de famille averties qui n'ignorent rien de l'art de la couture et du repassage. Mais la présence de Kathleen valorise leur travail. Puis-je vous être d'une aide quelconque ?

Doortje refusa de la tête. Non, elle n'allait pas faire part de ses soucis à Claire Dunloe. Cela la gênerait trop. Mais elle ne voulait pas non plus attendre jusqu'au lendemain matin.

— Est-ce que je peux… bon, pensez-vous que je puisse rendre visite à miss Kathleen chez elle ?

— Mais pensez donc, madame Drury ! Je vous l'ai dit, c'est le jour de la réunion des femmes. Elles seront heureuses de vous accueillir ! Il se murmure déjà que vous n'allez pas à la messe. On s'imagine encore que vous êtes catholique, mais certaines personnes vous soupçonnent d'accointance avec l'Église d'Écosse. Si vous ne vous y montrez pas bientôt, on vous suspectera d'être adepte d'une confession zouloue.

Claire se livrait ainsi à une plaisanterie qu'elle voulait anodine, n'ayant jamais entendu parler de l'Église néerlandaise et ne s'étant jamais intéressée au conflit entre les Boers et les Anglais.

Si elle rougit violemment, Doortje renonça à s'emporter. Elle apprenait lentement à déceler, à la tonalité d'une voix, si quelqu'un plaisantait ou pas. Plaisanter était pour elle quelque chose d'insolite : l'ironie, les jeux de mots et les allusions à la littérature étaient inconnus dans la société boer où l'on parlait sans détour, nommant les choses par leur nom.

— Alors, j'y vais !

Claire la suivit des yeux en agitant joyeusement la main.

Donc, c'était bien vrai : elle n'avait pas voulu la vexer. Doortje soupira en se remettant à pousser l'encombrant véhicule qu'on appelait voiture d'enfant. Encore un objet inconnu en Afrique du Sud où l'on se contentait de trimballer les enfants dans une corbeille, les Noirs, eux, utilisant un simple tissu.

Elle pouvait au moins s'estimer heureuse de n'avoir pas à porter Abe à bout de bras. C'était la première fois qu'elle se rendait à Caversham à pied. Elle trouva longs les deux miles, avec ses chaussures fines qui avaient remplacé les solides souliers en cuir qu'elle portait au Transvaal. Pourtant Abe dormait gentiment dans la voiture d'enfant, tandis qu'elle-même sentait l'air frais dissiper ses dernières indispositions. Elle avait retrouvé toute sa vivacité quand elle actionna le heurtoir du presbytère. Personne n'ouvrit. Elle se demandait si elle devrait s'en retourner quand elle aperçut Violette Coltrane venir dans sa direction, portant un gros sac.

— Miss Doortje ! Comme c'est gentil ! Vous venez vous aussi pour le cercle ? Vous savez certainement coudre ! Violette s'interrompit devant le silence de la jeune femme. Oh mais non ! Vous n'êtes pas… Excusez-moi ! Dieu, que je suis bête ! Vous vouliez juste voir Kathleen. Elle est avec les autres dames dans la salle paroissiale. Eh bien, je vous y emmène même si vous n'êtes pas anglicane. Vous aurez peut-être envie de travailler avec nous. Aider les pauvres est une bonne chose et puis, après tout, nous sommes tous des chrétiens !

Violette bavardait en toute candeur et sur un ton amical en accompagnant Doortje à l'église. La salle paroissiale, pas très grande, dans laquelle le révérend animait ses cercles bibliques et enseignait le catéchisme, jouxtait l'édifice religieux.

— J'ai sélectionné quelques habits très jolis, expliqua-t-elle. Cela fait un tel plaisir aux gens. Mon Dieu ! Je me souviens encore de la joie que j'ai éprouvée quand, fillette, j'ai eu une robe d'Heather en cadeau ! Mais vous devez connaître cela aussi. N'étiez-vous pas dans un ces horribles camps de concentration en Afrique du Sud ? C'est un véritable crime que les Anglais ont commis là…

Doortje l'écoutait avec stupéfaction. Jamais elle n'aurait pensé qu'une riche femme d'avocat comme Violette Coltrane eût pu un jour en être réduite à des vêtements donnés et qu'elle l'avouât de surcroît ! Dans son pays, on avait eu honte, même dans les camps, d'accepter des dons. Et cette femme critiquait la politique britannique et se rangeait aux côtés des Boers ! Doortje aurait eu besoin de plus de temps pour réfléchir à tout cela. Mais Violette avait ouvert la porte de la salle : une quinzaine de femmes étaient en train, riant et bavardant, de trier des vêtements étalés sur de grandes tables. Kathleen et le révérend étaient au milieu d'elles. Violette aida Doortje à pousser le landau à l'intérieur.

— Nous pourrions presque organiser un défilé de mode comme vous à Lady's Goldmine, proposa une jeune femme en brandissant une robe en très bon état encore. Ce serait amusant ! Est-ce vrai, madame Burton, que, cette année, une authentique Noire montrera vos robes ?

Doortje resta interdite, tandis que Kathleen répondait en riant.

— Nous l'avons demandé à miss Nandé, la bonne des Drury. Mais elle se fait encore prier. Elle est en effet très belle. De plus, elle n'a pas besoin de corset pour mettre en valeur la ligne S. Nous avons toutes encore bien du travail de ce côté-là, mesdames. Peut-être serait-il opportun de ne plus vendre de gâteaux lors du bazar…

Doortje avait du mal à concevoir que ces femmes trouvent Nandé belle et qu'elles la prient avant de la charger d'un travail. Mais Kathleen, l'apercevant, lui souhaita, radieuse, la bienvenue.

— Encore quelqu'un à qui nos robes vont à merveille, dit-elle. Venez nous aider à trier, Doortje. Ah, mais vous avez amené le petit Abe. Je peux le prendre ?

Doortje hésita avant d'acquiescer : Kathleen Burton semblait avoir le béguin pour le petit qui le lui rendait bien. Il se mit à ronronner dans les bras de Kathleen qui le berçait.

— Il vous a à la bonne ! dit en riant une des femmes. Vous savez quoi ? Il vous ressemble beaucoup !

Doortje nota que Kathleen sursautait.

— Allons donc, bien sûr que non, comment… comment serait-ce possible ? balbutia Kathleen en recouchant le petit dans son landau. Que souhaitez-vous faire, Doortje ? Repasser ou retoucher ? Violette, toi, tu vas retoucher ! Mme Coltrane coud aussi bien que moi ou presque, savez-vous. Fillette, elle a travaillé dans notre boutique. Mais dépêche-toi, Violette, nous avons toutes vu que tu étais en retard. Prends vite du fil et une aiguille.

Violette ne prit pas mal d'être ainsi taquinée et se mit au travail. Doortje, quelques secondes plus tard, était à côté d'elle et retouchait un corsage. Enfin un travail qu'elle maîtrisait aussi bien que les autres femmes ! Celles-ci l'associèrent aussitôt à leurs conversations. Nombre d'entre elles avaient suivi leurs maris en Nouvelle-Zélande lors de la ruée vers l'or et avaient bénéficié des soupes pour les pauvres du révérend. Elles s'intéressaient peu à son pays d'origine, elle était une immigrante comme elles l'avaient été.

Une seule remarqua à un moment qu'il y avait de l'or aussi en Afrique du Sud.

— Mon Herbert l'avait tout de suite noté, quand a eu lieu la découverte. Mon Dieu, s'il avait eu vingt ans de moins, j'aurais eu de la peine à le retenir !

— Chez vous, ça a été aussi sens dessus dessous qu'ici ? demanda une autre à Doortje. Quand nous nous réveillions le matin, les collines étaient toutes blanches, tellement il y avait de tentes ! La moitié des Anglais et des Irlandais sont venus ici gagner de l'argent vite fait…

— Nos gens ne travaillent pas dans les mines, répondit Doortje un peu sèchement. Il n'est pas moral de devenir riche sans travailler.

Les femmes rirent, ce qui la vexa un peu.

— Ma belle, vous n'avez jamais mis les pieds sur une concession, ça se voit, dit la femme d'Herbert. Croyez-moi, personne n'est devenu riche sans travailler, non ! Dieu du ciel, qu'est-ce qu'on a pu trimer ! Du matin au soir, comme des bêtes. Pour parfois ne même pas pouvoir se payer de quoi manger le soir. Il y a eu, bien sûr, quelques veinards. Mais l'argent leur filait entre les doigts. Non, non, ma belle, je préfère mille fois l'ébénisterie que nous avons à présent. Grâce au révérend, d'ailleurs, qui a procuré du travail à mon Herbert quand nous avons quitté Lawrence. Il a repris l'entreprise à son compte plus tard. L'artisanat, ça a du bon !

La tête tournait à Doortje quand les femmes se séparèrent au bout de deux heures, après avoir trié, retouché et repassé un gros tas d'habits en vue du bazar.

— Vous vendez donc les vêtements ? s'enquit Doortje en raccompagnant Kathleen et le révérend chez eux.

Se doutant qu'elle avait quelque chose sur le cœur et qu'elle n'était pas venue si loin dans l'idée de donner un coup de main, Kathleen l'avait invitée.

— Oui, répondit le révérend. Très souvent à bas prix. Quelques cents pour les habits d'enfant. Les gens sont plus à l'aise quand ils paient. Personne n'accepte les aumônes de gaieté de cœur. Mais il y a aussi des pièces qui viennent des collections de ma femme et qui coûtent encore une petite fortune. Les femmes réellement nécessiteuses se trouvent donc placées sur le même plan que des paroissiennes qui s'offrent à relativement bas prix un peu de luxe. Personne n'a à se sentir humilié. D'autant que Kathleen et Claire prodiguent leurs conseils aux unes et aux autres. Vous pouvez imaginer la fierté de certaines quand les propriétaires de Lady's Goldmine prennent leurs mesures !

Doortje ne pouvait se l'imaginer ! Ces considérations lui étaient trop étrangères. Elle pensait parfois que le révérend et les autres parlaient une autre langue qu'elle. Personne, dans son pays, ne se serait soucié de savoir ce que ressentait quelqu'un à qui l'on faisait l'aumône !

— Qu'est-ce qui vous amène ici, Doortje ? demanda Kathleen en préparant le thé. Vous n'êtes pas venue repriser des chaussettes ?

Doortje tourna un peu autour du pot, avant de débiter un flot de paroles que rien ne semblait pouvoir tarir.

— Cette Cafre jette à mon mari des regards indécents ! Et moi, elle me traite comme une enfant stupide, comme si j'ignorais tout. Et elle… elle a raison. Tout ça est un jeu pour elle, elle… elle sait ce qui convient ou non ici. Mais ce n'est pas bien. Dieu ne peut vouloir cela.

– Doortje, dit le révérend en hochant la tête et en souriant, vous pouvez rendre Dieu responsable de maintes choses, mais pas du manque de savoir-vivre de certains. Ce qui est le cas de miss Juliette. Vous avez raison, la dame enfreint en permanence le dixième commandement. Bien que, à strictement parler, il soit juste écrit qu'on ne doit pas convoiter la femme de son prochain.

– Alors, chez les Britanniques, l'adultère avec le mari est autorisé ? s'étouffa Doortje.

– Pas seulement chez les Britanniques, Doortje, s'amusa le révérend. C'est écrit aussi dans votre Bible, j'en suis certain. Mais c'est évidemment une question d'interprétation. À l'époque de Moïse, il était inconcevable qu'une femme montre qu'elle convoitait le mari d'une autre. Les femmes étaient surveillées de trop près, elles ne jouissaient d'aucun droit.

Kathleen, pendant ce temps, avait sorti deux livres d'une armoire. L'un était une bible dont elle eut tôt fait de trouver la page qu'elle recherchait.

– « Tu ne convoiteras pas la femme de ton prochain, tu ne désireras ni sa maison, ni son champ, ni ses esclaves, ni son bœuf ou son âne, ni aucune chose qui appartient à ton prochain », lut-elle à haute voix. Les hommes tombent donc dans le registre des autres choses, si on se permet une telle interprétation. C'est ce que tu devrais prêcher à l'occasion, Peter, dit-elle avec un clin d'œil auquel le révérend répondit en la menaçant du doigt.

– Elle a aussi convoité mon esclave ! fulmina Doortje. Elle l'a même enlevée.

– L'esclavage est aboli, Doortje, il vous faudra bien en prendre votre parti, la reprit Kathleen. Mais revenons à notre Juliette. C'est vrai qu'elle jette sans arrêt des regards indécents aux hommes, pas seulement à votre mari. Mais elle a bénéficié d'une bonne éducation. Et qui ressort, indépendamment de la couleur de sa peau et de son caractère. Si vous ne voulez pas souffrir de la comparaison, vous allez devoir rattraper votre retard. Mais n'ayez crainte : ce n'est pas si difficile que ça. Tenez, regardez un peu ! dit-elle en tendant à la jeune femme le second livre, un ouvrage volumineux.

How to Behave. Doortje feuilleta quelques secondes le manuel de savoir-vivre.

— Tout est là-dedans ? s'émerveilla-t-elle. Comment on doit se tenir à table… se comporter au bal… ?

— Oui, il y a au moins les bases. Quand vous saurez tout ça, vous serez à l'aise dans la bonne société de Dunedin qui n'est pas si distinguée que ça. Les gens aisés sont pour la plupart des nouveaux riches. Pour être reçue à la Cour d'Angleterre, ce serait sans doute un peu juste, mais vous sauriez le compenser par votre charme personnel.

Le révérend se crut autorisé à préciser d'un ton un peu plus sec :

— Vous devrez naturellement éviter des mots tels que « Cafre » ou « esclave ». Ils sont malvenus dans la bouche d'une lady. Ah oui, je vous conseillerai aussi de vous abonner à l'une, mieux encore, à cinq de ces revues de mode de Paris ou de Londres. Vous y apprendrez des phrases comme celles-ci : « Cette jupe droite vous sied à merveille, ma chère… Ne préférerait-on pas plutôt, en cette saison, les formes en cloche ? »

Il avait prononcé ces dernières phrases d'un ton sucré et d'une voix aiguë, ce qui fit rire Kathleen de bon cœur. Doortje sourit elle aussi.

— C'était une… pique ? demanda-t-elle.

— Vous apprenez vite, Doortje, approuva joyeusement le révérend. Ce n'est peut-être pas bon pour le salut de votre âme immortelle, mais, pour le bien-être général, de petites privautés sont parfois bienvenues…

10

Prenant congé de sa dernière patiente cet après-midi-là, Kevin aperçut Juliette assise dans sa salle d'attente.

— Que fais-tu là ? demanda-t-il, mécontent, car il voulait terminer sa journée et voir si Doortje était rentrée.

— Eh bien, qu'est-ce que je pourrais bien faire ici ? Je suis une patiente. Tu ne peux me refuser une consultation.

— Tu n'as pas l'air très malade.

— Ce qui ne doit pas être le cas de ta petite Boer, je présume. Après sa cure de champagne d'hier. Est-ce que cela l'a au moins rendue un peu plus câline ? Ou bien est-elle toujours aussi revêche ? Me traiter de Cafre ! Quand il lui arrive d'ouvrir la bouche, elle a une langue de vipère, ta Dorothy.

— Elle s'appelle Doortje. Et elle n'a pas l'habitude du champagne. Et je me souviens fort bien de certaines nuits où tu avais toi aussi un peu dépassé les bornes dans ce domaine. Bref, ne perdons pas de temps. Qu'est-ce qui ne va pas ? demanda Kevin en ouvrant la porte de la salle de consultation.

Il ne croyait pas une seconde qu'elle fût malade, mais, quoi qu'elle voulût, ils pourraient y parler plus librement, car la salle d'attente était mal insonorisée du côté du couloir.

Juliette ôta sa veste légère et, sans autres préliminaires, ouvrit aussi sa robe et son corselet.

— Tu pourrais peut-être me palper les seins. Ils… ils me tirent un peu. Serais-je enceinte ? Et j'ai le cœur… qui s'affole depuis quelque temps.

La robe de Juliette était munie d'une patte boutonnée, garniture spécialement appropriée pour de pareils moments. Tandis que Kevin tentait de se concentrer sur son stéthoscope, elle acheva de la déboutonner et défit les lacets de son corset.

— En fait, il ne s'affole que lorsque je te vois, susurra-t-elle.

— Je ne constate rien d'inquiétant, dit-il sèchement. Quant à une grossesse… Quand as-tu eu tes règles pour la dernière fois ?

— Il y a juste une semaine de ça, Kevin, dit-elle en s'étirant sur la table de soins. Il n'y a donc pas de risque. Même si tu n'as pas ici de ces petits coquins…

Elle eut aussitôt à la main un préservatif, semblant sorti du néant.

— On ne peut constater de grossesse à ce stade, répliqua-t-il toujours sèchement, malgré l'excitation montant en lui. Par conséquent…

— Kevin…, chuchota-t-elle en libérant ses seins et en passant sa langue sur ses lèvres. Bon, peut-être que tu ne trouves rien pour l'instant. Mais, crois-moi, j'ai du vague à l'âme. Je me languis de toi, Kevin. Et je suis obligée de te voir traîner avec toi une petite sotte qui n'a même pas l'air particulièrement heureuse. Qu'est-ce que tu fiches avec cette Boer, Kevin ? Pourquoi l'as-tu épousée ?

— Pour la même raison, sans doute, que mon frère t'a épousée. Je l'aime. Et il t'aime. S'il ne te rend pas heureuse, j'en suis désolé. Mais moi…

— Tu m'as laissée tomber ! s'emporta-t-elle soudain. Avec un bébé dans le ventre ! Qu'est-ce que je pouvais faire, Kevin ? T'attendre ? Je me serais mise dans de beaux draps… Et ta petite Doortje serait elle aussi dans le pétrin. Qu'aurait-elle dit si une petite fille t'attendait ici ? Et une fiancée plaquée ?

— Tu n'as jamais été ma fiancée, Juliette.

Elle laissa tomber sa robe par terre et défit ses jarretelles.

— Mais je pourrais l'être, Kevin. Allez, rien n'est irréversible. Et tu n'auras même pas à te salir les mains. Il me suffira de parler de May et de Patrick à ta petite Boer…

Il s'efforça de ne pas regarder sa chair palpitante. Il n'avait jamais pu résister quand ses formes opulentes se libéraient sous ses yeux de la contrainte du corset.

— Elle ne serait peut-être pas aussi choquée que tu le crois !

— Ah bon ? Doit-on s'attendre à d'autres révélations encore ? Ta petite ne serait-elle pas aussi pudibonde qu'elle s'en donne l'air ? Si je ne me trompe, le petit Abe ne te ressemble guère…

Kevin s'efforça de cacher son effroi.

— Abraham tient de sa mère, déclara-t-il.

— On peut en discuter, dit Juliette d'un ton apparemment indifférent. May, elle, tient de toi.

Elle ouvrit lentement les cuisses.

Il se persuada qu'il ne cédait à Juliette que pour la faire taire. Mais, à l'instant où il la toucha, il fut perdu. Juliette commença son jeu sur la table de soins, mais ils finirent sous le bureau de Kevin. Elle l'attacha en riant avec des pansements, trouva le brandy qu'il réservait à ses patientes sur le point de s'évanouir, en versa sur sa poitrine et son bas-ventre et le lécha.

— On peut jouer au patient et à l'infirmière, Kevin, souffla-t-elle. N'y aurait-il pas ici un bonnet ou une coiffe ? Peut-être que c'est ça qui t'excite chez ta Boer, cette coiffe ridicule. Nandé m'a raconté que toutes les femmes devaient en porter une à la table des Van Stout. Sinon, le père mettait un mouchoir sur la tête de la fautive. Tu veux que je me mette un mouchoir sur la tête, Kevin ?

Dénouant sa coiffure, elle caressa Kevin du bout de ses mèches. Il finit par céder et s'abandonner à son jeu. Il l'ausculta tout en la pénétrant, et, l'excitant jusqu'à la faire se cabrer sous lui, il prétendit vérifier ses réflexes.

— Nous ne devrions pas jouer à ça, dit-il quand, épuisés, ils reprenaient leur souffle, allongés côte à côte. Patrick, ça va lui briser le cœur.

— Allons, allons, Kevin. Tu es médecin. As-tu déjà vu un cœur brisé ? Et quand bien même ! Nous sommes faits l'un pour l'autre, Kevin. Je n'ai jamais eu autant de plaisir avec personne ! Et toi non plus, n'est-ce pas ? Ne serait-ce pas… pourrait-on dire… voulu par Dieu ?

— Ce serait plutôt la damnation qui nous attend. Je regrette, Juliette, mais ça ne se reproduira pas. Nous ne pouvons pas…

— Ne te fais pas de soucis. Ni demain, ni après-demain. Nous ne reviendrons sans doute à Dunedin que dans deux semaines. Mais alors, Kevin, tiens-toi prêt, je t'attendrai quelque part.

Doortje, rentrant chez elle, crut reconnaître une silhouette dans le fond d'un fiacre qui démarrait. Mais elle le mit sur le compte de la fatigue après cette journée éprouvante succédant à une nuit agitée. Elle espérait que Kevin ne la toucherait pas ce soir. Et pourtant, le souvenir de cette nuit… Elle avait certes honte d'y penser, mais l'enfer lui avait paru plein de délices.

Elle avait en tout cas de quoi raconter à Kevin qui serait heureux de sa visite à Kathleen. Elle espérait qu'il ne serait pas mécontent qu'elle eût acheté deux nouvelles robes et un corset. L'ayant ramenée dans sa chaise, indignée qu'elle eût fait tout ce chemin à pied, à l'aller, Kathleen avait profité de l'occasion pour l'accompagner dans un magasin de lingerie ainsi que dans sa propre boutique.

— Pour être belle en cette saison, il faut hélas souffrir, Doortje, avait-elle expliqué. Je regrette que la robe de réforme ne se soit pas imposée, mais si vous vous obstinez à porter des robes surannées, miss Juliette continuera à vous lancer des piques. Dans cette robe en revanche, vous allez attirer tous les regards, avait-elle conclu en présence de Claire, toutes deux admirant sans réserve la jeune Boer dans une robe de satin d'un bleu chatoyant qu'elle venait d'essayer.

Ce soir-là, en tout cas, Kevin avait plutôt le regard fuyant. Il se montra peu disert à propos de ses achats, ce qui lui donna mauvaise conscience. La note était au demeurant exorbitante. Il mangea peu lors du dîner et se retira aussitôt dans son cabinet.

– J'ai encore un peu de travail, Doortje, ne m'en veux pas.

Elle resta seule, perplexe. Ce matin, il avait pourtant été si attentif. Et, alors que, justement, elle aurait aimé parler avec lui, de Violette par exemple ou des femmes du cercle paroissial. Or il était d'un seul coup comme changé ! Elle se réfugia dans son lit, prenant avec elle le manuel de savoir-vivre.

Elle allait le lire les jours suivants avec son sérieux habituel. Juliette ne la ridiculiserait plus !

Sa rencontre suivante avec Juliette fut pour Doortje un triomphe, Kathleen et Claire ne lui ayant pas fait des promesses en l'air quant à l'effet de sa nouvelle robe. Deux semaines après la réception chez les Dunloe, Patrick et Juliette étaient revenus pour un week-end à Dunedin et, à l'occasion d'un dîner chez Heather et Chloé, le samedi soir, Doortje avait éclipsé toutes les autres jeunes femmes, Juliette et Roberta y comprises. La jeune institutrice avait pourtant créé la surprise en apparaissant, pour la première fois après la mode des robes de réforme, dans une robe à corset couleur chocolat ornée de broderies crème du plus bel effet. Kevin la complimenta, ce qui parut la réjouir jusqu'au moment où elle aperçut Doortje dans sa nouvelle tenue. Elle perdit son assurance. La jeune Boer était si belle et les yeux de Kevin brillaient si fort quand il la regardait que Roberta dut à nouveau s'avouer qu'elle n'avait décidément pas la moindre chance de conquérir un jour son ancien amour. D'autant que Doortje semblait s'adapter à sa nouvelle vie.

Roberta avait fondé quelques espoirs sur l'incapacité de sa rivale à s'intégrer à la société néo-zélandaise, pensant qu'elle lutterait contre son nouveau pays jusqu'au moment où Kevin, lassé, se séparerait d'elle. Il ne semblait pas en prendre le chemin. Elle soupira, mais décida de ne pas en vouloir pour autant à Doortje. Aussi bavarda-t-elle amicalement avec elle, s'enquérant de son existence à Elizabeth Station et à Dunedin, et s'étonnant de la lueur mauvaise qui s'allumait dans ses yeux quand elle évoquait Juliette.

— Patrick habite maintenant à la ferme avec sa femme, il n'y avait pas assez de place pour nous, disait-elle d'un ton de regret. Nous avons ensuite essayé de vivre dans l'ancienne maison des chercheurs d'or, mais Kevin a voulu revenir à Dunedin.

Roberta nota que cela n'était pas du goût de la jeune femme et en conclut que son aversion envers Juliette s'expliquait par là. Mais Patrick et Juliette entrèrent à cet instant dans la pièce et Roberta, experte dans l'art de sonder les plus petits changements d'humeur chez Kevin, fut aussitôt en alerte.

Le couple Drury se figea en effet à l'entrée de Juliette dans une robe du soir rouge foncé. Elle était au bras de Patrick, mais on avait plutôt l'impression qu'elle le traînait. Roberta lut un peu de peur dans les yeux de Doortje, mais aussi de la colère et le désir d'en découdre, alors que Kevin… Roberta n'arriva pas à interpréter son attitude. Lui non plus ne sembla pas particulièrement enthousiasmé par l'apparition de Juliette, mais il y eut dans ses yeux une lueur qui s'allumait habituellement quand il s'abandonnait à une cavalcade périlleuse ou à quelque autre entreprise aventureuse. Son regard reflétait peut-être aussi le désir, mais il n'était pas le seul dans ce cas. La convoitise brillait dans les yeux de la plupart des hommes, dans la pièce, au spectacle du balancement des hanches de Juliette et de ses seins que dévoilait un large décolleté. La robe, décidément, ne venait pas de chez Lady's Goldmine ! Les modèles de Kathleen soulignaient certes la beauté des femmes, mais ils n'étaient pas provocants.

– Ne la regarde donc pas comme ça ! dit Chloé à sa compagne pour la taquiner, ayant remarqué qu'elle aussi avait eu l'air séduite. C'est déjà bien assez que tous les hommes soient à ses pieds !

– Tu as des pensées bien impudiques, Chloé, dis donc ! Mais, au fond, ça me tranquillise. J'ai toujours un peu peur que tu me plaques pour un homme.

Contrairement à Chloé, Heather n'avait jamais manifesté d'intérêt pour les hommes. Le regard complice qu'échangèrent les deux femmes n'échappa certes ni à Roberta ni à Doortje ; elles évitaient cependant de donner en public des signes d'intimité plus flagrants. Leur discrétion était telle que les gens non prévenus les tenaient pour de simples amies.

Pendant le dîner, elles conversèrent d'ailleurs de manière amicale avec leur voisin de table respectif, tandis que Roberta bavardait de manière décontractée avec Patrick. Chloé avait placé Juliette à côté d'un commerçant d'un certain âge, membre de l'Église d'Écosse, qui semblait peu sensible à ses tentatives de séduction. En revanche, la maîtresse de maison n'avait pas osé imposer à Doortje le voisinage d'un inconnu : assise auprès de Kevin, elle paraissait relativement à l'aise. Elle n'avait en tout cas plus de problèmes avec l'ordre d'utilisation des fourchettes, couteaux et cuillères disposés de part et d'autre de son assiette. Kevin s'efforçait de converser avec elle, mais il paraissait distrait. Roberta observa qu'il n'arrêtait pas de regarder Juliette.

Heather, de son côté, remarqua l'intérêt que Roberta portait à Kevin. Après le repas, les dames s'étant retirées dans le salon pour boire le café et des liqueurs, elle aborda sans détour avec celle-ci le sujet de Vincent Taylor.

— Que devient ton vétérinaire, Roberta ? L'heure des fiançailles ne devrait pourtant plus tarder. Tu es revenue d'Afrique depuis plus d'un an.

— Vincent est parti pour Auckland avec les chevaux de course d'Addington, éluda-t-elle en rougissant. Il m'a invitée à l'accompagner mais… ce n'est pas possible.

Heather la vit de nouveau observer de loin Kevin en train, au milieu d'un groupe de messieurs, de plaisanter avec Juliette qui, seule de toutes les dames, était restée avec la gent masculine.

— Ne sois donc pas si prude, Roberta, bien sûr que ce serait possible si tu en avais envie !

— Ce jeune homme est pourtant charmant, ajouta Chloé. Sans compter qu'il aime les chevaux.

Roberta, qui n'aimait pas particulièrement les chevaux et qui était lassée de toujours s'entendre dire que Vincent était un bon garçon, préféra changer de sujet.

— Mais pourquoi n'êtes-vous pas vous-mêmes à Auckland ? demanda-t-elle en se forçant à quitter Juliette et Kevin des yeux.

L'Auckland Cup était une épreuve hippique de premier rang et l'on aurait effectivement pu s'attendre à ce que les deux amies accompagnent Rosie et Diamond, la jument appartenant du reste toujours à Chloé.

— C'est la faute d'Heather, soupira Chloé d'un air théâtral. Nous organisons un festival avec des concerts et des expositions d'art contemporain féminin. Elle a trouvé un titre fantastique : « L'art est féminin » !

— Mais la responsable de l'aspect « folie des grandeurs », c'est Chloé ! Nous avons loué des locaux supplémentaires et, outre les vernissages, il y aura aussi des conférences de Violette et d'autres femmes qui se sont battues pour le droit de vote ainsi que de la musique de chambre avec un groupe de femmes, une pianiste… Même Matariki sera là, avec un groupe de *haka* et deux artistes maories qui exposeront leurs objets d'art, leurs sculptures en jade, leurs tissages… Ce sera une première en la matière ! Et voilà que Chloé, à moins d'un mois de l'événement, évoque l'Auckland Cup ! Il me faudrait tout régler ici, tandis qu'elle s'occuperait de sa jument. Pas question !

— Je ne pouvais pas savoir que Diamond se qualifierait. Sinon, j'aurais tout repoussé de quatre semaines, soupira Chloé.

— Et alors ce serait tombé en même temps que la New Zealand Trotting Cup que viennent de lancer quelques hommes d'affaires de Christchurch, notamment notre ami Bulldog. Nous y assisterons tous, toi aussi, Roberta ! Pas de discussion ! Nous te servirons de chaperon ! Nous emmènerons aussi Sean et Violette. Et peut-être que Kevin et sa jolie Boer et…

Heather s'interrompit en lançant un coup d'œil en direction de Patrick.

Roberta profita de l'occasion pour aborder le sujet qui lui tenait à cœur. Doortje, en train de bavarder avec Chloé, ne l'entendrait pas.

— La manière dont Kevin regarde sa belle-sœur ne me plaît pas.

Heather réagit aussitôt, car elle observait déjà depuis un bon bout de temps le manège entre Juliette et les frères Drury.

— Ça ne plaît à personne. Du moins à aucun de ceux qui le remarquent. Si la plupart des hommes sont aveugles et sourds, ce n'est pas le cas des femmes. Demain, le Tout-Dunedin en jasera. Juliette tente par tous les moyens de prendre Kevin à Doortje. Et Patrick est là, comme un animal blessé, impuissant. Je crois qu'il sera tout content quand, à un moment de la soirée, cette mignonne bonne d'enfants noire apparaîtra avec May. On croirait que c'est arrangé d'avance, mais non, ces deux-là sont innocents. May fait tout simplement son cirque quand elle n'est pas présente à une fête ou un concert. Elle a tout de sa mère. Cette petite sait ce qu'elle veut ! À chaque fois, Patrick commence par faire un petit tour, puis il prétend devoir aller coucher May. Il s'enfuit donc et Juliette a la voie libre. Si elle était ma femme, je la rouerais de coups ! Ou je lui demanderais au moins des comptes. Si elle veut divorcer, qu'elle le dise. Mais elle se contente de piétiner ses sentiments. Quant à Kevin… Je souhaite qu'il n'y ait pas anguille sous roche. Il aime très sincèrement sa Doortje, mais il n'est qu'un homme après tout. Et pas l'homme auquel on puisse le mieux se fier, si j'ose dire.

— On peut absolument se fier à Kevin ! s'emporta Roberta. Si vous l'aviez vu en Afrique !

— Robbie, ma chérie, tu ne l'as donc toujours pas rayé de tes listes ? Dieu du ciel, ne t'a-t-il pas suffi de le suivre jusqu'en Afrique du Sud pour qu'il te remarque enfin ?

Roberta tressaillit. Elle avait espéré que personne ne s'était aperçu de son amour secret.

— Il ne se soucie pas de toi, Robbie ! Bien que tu sois merveilleuse et alors que tu l'aimerais vraiment. Mais tu es trop sage, tu n'es pas un défi pour lui. Kevin cherche des femmes difficiles, crois-moi, je le connais. Autrefois, il s'est entiché de toutes les artistes dont j'exposais les tableaux, surtout quand il apprenait qu'elles ne recherchaient pas la compagnie des hommes. Il s'efforçait de les retourner, si tu vois ce que je veux dire. C'en était gênant. En tout cas, il a besoin de sorcières comme cette Juliette ou des défis comme celui que lui impose Doortje. Il ne te rendrait pas heureuse, Robbie, tu dois t'en convaincre !

Roberta acquiesça, presque avec mauvaise conscience. Elle vit Claire Dunloe aborder fort aimablement Juliette et l'entraîner avec une douce violence vers le groupe des femmes. Doortje, d'abord soulagée, se raidit à son approche.

— Dorothy, quelle joie de vous revoir. Et habillée comme une adulte cette fois. Mais le corset ne serre-t-il pas un peu votre petit cœur, ma chère ?

Doortje haussa les épaules et sa réponse créa la surprise générale.

— Nous, les Boers, nous sommes assez tenaces. Nous avons su surmonter autre chose que quelques lacets de corset et autres piques. Mais, surtout, Juliette, nous ne cédons jamais.

Elle se tut quelques secondes pour donner à ses paroles le temps de faire leur effet, puis elle poursuivit, prouvant qu'elle avait étudié non seulement le manuel de savoir-vivre mais aussi *Le Magicien d'Oz* :

— D'ailleurs Dorothy abat la sorcière de l'est et, plus tard, anéantit aussi la sorcière de l'ouest. Donc, méfiez-vous, Juliette ! Au fait, c'est où, La Nouvelle-Orléans ?

Elle pivota sur ses talons et gagna l'autre côté de la pièce où se tenaient Claire et Kathleen. Juliette resta sur place, interloquée.

Heather, Chloé et Roberta se regardèrent, stupéfaites, puis éclatèrent de rire.

— Et moi qui n'ai jamais cru Kevin quand il disait que la belle l'avait menacé de son fusil ! pouffa Heather en se tournant vers la créole.

— Vous devriez réellement vous méfier, Juliette, elle est une tireuse d'élite !

Chloé suivit des yeux Juliette d'un air songeur quand celle-ci se retira avec un sourire méchant.

— Il y a du louche là-dedans, murmura-t-elle. Ces deux femmes se disputent Kevin, et Juliette donne l'impression d'être drôlement sûre de l'emporter ! La petite

Boer rattrape certes son retard, mais avez-vous vu la manière dont Kevin regarde Juliette ? Je crains fort que Doortje n'ait déjà perdu.

L'ÉVEIL

L'île du Nord
Parihaka, Auckland

L'île du Sud
Dunedin, Christchurch
Temuka

1904

1

— Atamarie, ce n'est plus possible, tu ne peux te terrer ici jusqu'à la fin des temps !

C'était la pleine lune au-dessus de Parihaka, la mer était d'argent et le mont Taranaki émergeait d'une lumière fantomatique. Une prêtresse accomplissait une cérémonie de pleine lune, implorant de la déesse Hine-te-iwaiwa sa bénédiction pour les femmes enceintes du village.

Matariki aurait aimé s'asseoir avec les enfants pour leur parler des phases de la lune, leur donner les explications scientifiques dans la mesure où elle les connaissait, mais aussi leur raconter les mythes maoris à propos du satellite, du rôle qu'il avait joué pour que les Polynésiens s'orientent sur la mer. Mais elle ne pouvait s'abandonner à l'atmosphère de fête et de rêverie de cette nuit de pleine lune. Il lui fallait parler à Atamarie, elle se l'était promis et elle s'y tiendrait.

Le cercle au sein duquel sa fille était assise l'avait renforcée dans sa décision. Elle discutait, avec des étudiants en médecine et d'autres jeunes gens, de l'interprétation à donner à des maladies et autres bizarreries.

— Est-ce que ça peut avoir un rapport avec la lune ? venait-elle de demander. Je n'ai jamais rien remarqué…

— … mais il y a certainement une raison pour qu'en anglais on appelle les fous des « *lunatics* », avait observé Makutu, une guérisseuse traditionnelle. Souvent je n'arrive pas à dormir les nuits de pleine lune.

— Mais chez lui… parfois il dormait à croire qu'il était mort et parfois…, avait repris Atamarie.

Matariki avait soupiré. Quel que fût le sujet d'une conversation, Atamarie cherchait en permanence à se rappeler ce qu'elle avait vécu avec Richard Pearse, dans le détail, et à l'interpréter. Au début, Matariki avait trouvé cela fort compréhensible : il était normal que sa fille gâtée par l'existence, dont c'était la première déception, tentât de gérer cette histoire. Elle vivait cet amour malheureux comme un échec personnel et, depuis des semaines, ruminait sur son sort. Matariki avait donc décidé que cela suffisait.

— Tu te répètes, continua-t-elle après s'être assise auprès de sa fille. Maintenant, tout le monde ici sait à quel point Richard Pearse est étrange. Mais personne n'est capable de l'expliquer.

Atamarie se mordilla la lèvre inférieure comme chaque fois qu'elle tentait de comprendre un problème difficile.

— Omaka a eu une explication tout à fait concluante, un truc avec le *taku* et le *toku*, c'est-à-dire que si on le sort du contexte *pepeha* et qu'on ne prend pas l'importance personnelle qu'a le décrit pour celui qui décrit, mais peut-être de l'inventeur pour l'inventé, et…

— Atamarie, tu cherches depuis une éternité à comprendre la spiritualité de ton peuple, mais avec l'approche d'un ingénieur. Et tu refuses de simplement ressentir l'esprit de Parihaka et de te laisser porter par lui. Tu voudrais en définitive isoler le rouage qui tourne mal dans la tête de Richard et le réparer pour que tout redevienne aussi bien qu'avant. Mais c'est impossible, Atamarie ! Mets un terme à tout ça, tu ne peux pas rester ici jusqu'à la fin de tes jours à remâcher, assise entre deux mondes, un amour perdu.

— Mais je… ce n'est pas du tout ça…, protesta Atamarie qui ne pouvait cependant nier du tout au tout.

Elle était en quête permanente de réponses qu'elle avait jusqu'ici toujours trouvées dans les livres. Or il n'y avait pas de livres concernant le comportement de Richard, même si une conversation avec le professeur Dobbins lui avait d'abord insufflé de l'optimisme.

Dobbins avait en effet été le premier à qui elle avait raconté sa mésaventure du dernier vol de Richard et son algarade avec lui et Shirley. Elle était rentrée à Christchurch le soir même, hors d'elle d'une part, mais intérieurement glacée de l'autre, à la fois furieuse, désespérée, déçue et blessée. N'ayant pas fermé l'œil de la nuit, elle était arrivée à l'université à la première heure du jour, certes en tenue correcte, mais toujours bouleversée. Dobbins avait paru s'en apercevoir. Il avait habituellement en horreur que des étudiants l'ennuient avec de quelconques problèmes émotionnels, mais il avait reçu Atamarie avec bienveillance après avoir fait repousser les examens qu'il devait présider ce jour-là. Elle avait donc, malgré la confusion qui régnait en elle, exposé l'affaire au professeur.

— Je m'en veux tellement, professeur ! C'était pur égoïsme de ma part ! Si nous nous étions livrés à cette démonstration quelques jours plus tôt, si je n'avais pas insisté pour d'abord passer mes examens…

Dobbins avait commencé par poser une tasse de café devant Atamarie.

— Tenez, buvez, mademoiselle, vous êtes dans tous vos états. Et, je vous en prie, n'endossez pas la responsabilité du renoncement de Pearse. Ce n'est pas la première fois que cela lui arrive, non ?

— Bien sûr, il avait eu une première phase analogue après avoir atterri dans une haie. Mais, entre-temps…

— Entre-temps, il est d'humeur plus égale, d'un abord agréable, puis, d'un jour à l'autre, il sombre dans la mélancolie. Comprenez-moi bien, je ne veux pas dire par là qu'il est fou. Richard est incontestablement un génie, je vous l'ai déjà dit. Mais il est aussi… hum… très versatile. J'ai toujours trouvé que votre présence lui était bénéfique, Atamarie.

— Sa famille est d'un avis exactement contraire.

— Peut-être le connaît-elle mieux. Je ne sais pas, Atamarie, je suis un technicien. Si vous me présentez un moteur qui hoquette, je le démonte et je trouve ce qui cloche. Mais quelqu'un atteint de mélancolie ? En tout cas, c'est ce qui explique qu'il n'ait pas conservé ici son poste d'auxiliaire scientifique. J'ignore comment il vous a présenté l'interruption de ses études. En tout cas, il n'y a eu aucune raison financière à cela. Nous aurions trouvé une solution. Un tel talent ! Une intelligence si brillante ! Mais il s'est de lui-même retiré à Temuka et ne s'est plus montré dans un premier temps. Par la suite, il a retrouvé un état normal, a expliqué sa disparition par des problèmes familiaux et financiers et, et, et… C'est alors que je l'ai emmené avec nous au mont Taranaki. Puis il a parlé de cette ferme qu'il avait reçue pour son vingt et unième anniversaire.

— Mais il aurait pu la vendre !

— Richard Pearse aurait pu faire des tas de choses ! s'exclama le professeur en levant les bras, mais il ne les a pas faites. Et vous n'y êtes pour rien, Atamarie. Ne vous rendez pas malade à cause de ces quelques jours de retard. Cet homme a volé un an avant les frères Wright. Il a eu le temps nécessaire pour faire breveter son appareil. Oubliez cela, Atamarie. Vous passerez vos toutes dernières épreuves après-demain. Oui, je sais, les vacances auront commencé, mais je persuaderai mes collègues, n'ayez crainte. Ensuite, vous réfléchirez à la manière de poursuivre votre carrière. Vous bénéficiez d'une certaine aisance financière, n'est-ce pas ? Pourquoi ne pas aller en Europe ? On s'y livre à des recherches en matière de construction aéronautique, vous pourriez y trouver votre place. Ou bien aux États-Unis ? Allez voir les Wright, conclut-il en riant. Vous tomberez peut-être amoureuse de l'un des frères. Encore qu'ils aient l'air difficiles ! On a l'impression qu'ils se suffisent à eux-mêmes.

— Je pourrai difficilement épouser les deux à la fois, répondit-elle sans rire. Et puis l'Europe… Les femmes n'y ont même pas le droit d'y étudier, professeur. Du moins pas les disciplines scientifiques et techniques. Personne ne me prendrait au sérieux.

— Savez-vous ce qu'aurait fait un homme à votre place ? Ou du moins la moitié de vos camarades d'études ? Ils auraient revendiqué la gloire pour leur propre compte. Si vous aviez vous-même volé, Atamarie, quelle sensation ! Vous auriez rendu publique l'invention de votre ami tout en faisant considérablement progresser la cause féministe.

— Mais j'aurais trahi Richard. Son nom serait certes apparu dans les publications. À coup sûr. Il aurait été néanmoins relégué au second rang.

— C'est lui qui vous a trahie, Atamarie. Et il est désormais relégué à l'arrière-plan. On n'y peut rien. Je vous revois après-demain, chère miss Turei !

Atamarie avait donc passé son tout dernier examen avec mention après avoir, deux jours durant, compulsé des livres à la bibliothèque de la faculté de médecine. Elle avait lu tout ce qui concernait la mélancolie, certains symptômes se vérifiant chez Richard, d'autres non. Elle ne trouva rien sur les moyens de traiter cette affection. Le professeur avait raison : on ne pouvait aborder ce problème par le biais d'un raisonnement technique.

Le lendemain de son examen, elle partit pour Parihaka à la recherche de moyens spirituels. Elle interrogea des guérisseurs maoris qui ne purent que lui dire qu'on appelait *kainatu* cet état de tristesse et qu'on laissait en paix les gens qui en étaient atteints. Il y avait naturellement des théories à ce propos. Une guérisseuse dont la renommée s'étendait bien au-delà de Parihaka lui expliqua que les gens malades de *kainatu* ne supportaient plus de regarder le *nga wa o mua*, le futur né du passé. Le principe du *taku* et du *toku* était extrêmement compliqué et resta partiellement obscur pour Atamarie. La *tohunga* conseilla de commencer par tout découvrir au sujet des ancêtres du malade, d'évoquer le canot sur lequel ils étaient venus à Aotearoa et donc de chercher l'origine du mal au-delà des temps pour ainsi dire. Quelques mois plus tôt, Atamarie aurait pris cela pour des bêtises, mais elle n'arrêtait plus d'y penser. Jusqu'à ce que sa mère fît acte d'autorité.

— Tu me sembles toi-même de plus en plus atteinte de *kainatu* ! Mais ça suffit maintenant. Savoir pourquoi ce jeune homme est étrange, c'est l'affaire de cette Shirley. Tu vas m'accompagner à Dunedin, tu reverras Roberta et tu feras la connaissance de la jeune femme de Kevin. Ce qu'en disent ta grand-mère, Kathleen et Violette est assez contradictoire. Les cancans doivent fleurir à Dunedin. Nous participerons aussi à l'exposition d'art féminin d'Heather. Je t'en ai déjà parlé.

— Mais je ne suis pas une artiste, râla Atamarie. Tisser me…

— Pourquoi ne construirais-tu pas un *manu* ?

— Un cerf-volant ? Mais c'est plutôt l'affaire de Rawiri, non ?

— Il n'est toujours pas revenu, répondit Matariki qui soupçonnait depuis quelque temps que c'était cela qui retenait sa fille à Parihaka.

Celle-ci attendait effectivement Rawiri. Le faisait-elle parce qu'elle se souvenait de sa cour obstinée ou pour obtenir des informations de première main sur les frères Wright, elle n'aurait su le dire. Rawiri lui avait entre-temps raconté en détail dans une lettre le vol des frères. Il ne pouvait savoir quelles blessures il rouvrait. Matariki n'avait pas cherché à connaître le contenu de la missive mais avait parlé avec la mère de Rawiri.

— Il ne m'a pas semblé très optimiste, avait avoué celle-ci. L'aspect technique ne lui pose pas de problème de compréhension, mais il ne s'y retrouve pas sur le plan spirituel. Il trouve que les frères Wright manquent d'humilité envers les dieux. Peut-être que tu n'as pas eu entièrement tort, Matariki, d'envoyer ta fille à l'école de Dunedin. Rawiri a, semble-t-il, trop intériorisé l'esprit de Parihaka.

— Viens avec moi, Atamarie, tu sais construire les cerfs-volants, insista Matariki au terme de leur conversation. Tu n'enlèves rien à Rawiri. D'ailleurs, Heather et Chloé n'accepteraient pas sa contribution car il s'agit de l'art féminin. Allez, bouge-toi, Atamarie ! Mets-toi au travail, Rawiri t'a déjà initiée. Et ce serait vraiment bien si nous pouvions faire voler des cerfs-volants à Dunedin.

Atamarie se procura donc du bois de *manuka* et de *kareao*. Pour que les cerfs-volants fussent véritablement conformes à la tradition, il lui fallut aussi des feuilles de *raupo*. Elle alla voir une *tohunga* qui lui indiqua où trouver le tout et la pressa d'accorder tout le respect et la reconnaissance voulus à la plante qui lui confierait ses feuilles. D'abord tentée d'abréger ces préliminaires spirituels, Atamarie, dès le premier jour de son travail, se vit entourée d'une horde d'enfants qui tous voulaient eux aussi construire des cerfs-volants.

— Rawiri le faisait chaque année avec nous, pour la nouvelle année, se plaignit un petit garçon. Mais c'est la deuxième fois qu'il n'est pas là. Nous allons oublier toute la *kitanga*.

Il déclara cela avec tant de gravité qu'Atamarie ne put s'empêcher de rire. Elle s'imaginait mal comment la tradition pourrait se perdre à Parihaka. Mais elle n'y serait pour rien !

Elle demanda aux plus âgés de lui indiquer les chants, les prières et les invocations habituels lors de la construction. Puis elle incita les petits à garder aux cerfs-volants leurs formes traditionnelles, mais également d'en essayer d'autres. Ils construisirent donc aussi des biplans et des appareils ressemblant à des parachutes pour déterminer lesquels volaient le mieux.

— La question n'est pourtant pas tellement de savoir si les *manu* volent correctement, déclara une fillette d'un ton convaincu. L'important, c'est le message porté aux dieux !

— Mais pour porter des messages aux dieux, il faut d'abord que les cerfs-volants s'envolent ! s'amusa Atamarie. Et maintenant dessine un visage rieur sur le tien, Wai, afin de mettre Rangi de bonne humeur et qu'elle ne pleure pas pendant que nous lâcherons nos *manu*, sinon ils ne voleront pas !

Atamarie et ses petits aides ornèrent les cerfs-volants de plumes et de coquillages, des *tohunga* leur expliquèrent les signes qu'ils peignirent en noir et en rouge. Surmontant son dégoût, Atamarie mélangea à la peinture, comme le voulait la tradition, de l'argile à l'huile de requin qui puait terriblement. Pour finir, ils tressèrent des cordons en lin. Ils durent ensuite vérifier si chacun des cerfs-volants tenait l'air.

— Ce serait dommage que l'un de ces petits chefs-d'œuvre retombe par terre, estima Matariki face à un *manu* qui lui semblait trop lourd.

— Mes cerfs-volants ne tombent pas ! répondit Atamarie. Le problème n'est pas le poids, le tout est qu'ils utilisent les courants ascendants. Vous verrez, un de ces jours des avions voleront qui seront aussi gros que des maisons et qui ne s'écraseront pas.

— Mais les dieux auront peur, alors ? s'inquiéta la petite Wai.

— Non, à condition de chanter les *karakia* qu'il faut, la rassura Atamarie. Allez, les enfants ! Comment vole le *turu manu* ?

— *Taku manu, ke turua atu nei*

He Karipiripi, ke kaeaea…, se mirent à chanter les enfants.

Une des chanteuses du groupe *haka* qui partirait aussi pour Dunedin les accompagna et, pour la première fois, Atamarie eut véritablement le sentiment que la mélodie donnait des ailes à son *manu*. Elle s'en voulut de cette pensée, car le vent, ce jour-là, était favorable, chanson ou pas.

Mais elle ne put s'empêcher de se demander : les dieux n'auraient-ils pas placé moins de haies sur le trajet de Richard s'il leur avait envoyé quelques rêves ?

2

— Je me suis vraiment bien amusée avec les enfants ! déclara Atamarie, assise dans le train pour Wellington avec sa mère et les artistes maories de Paihaka.

Une entreprise de transport, chaudement recommandée par Heather et Chloé, s'était chargée des œuvres d'art et des instruments.

— Au début, ils voulaient juste jouer et s'amuser, mais ils ont fini par apprendre beaucoup sur les lois physiques.

— Et sur *tikanga*, sourit Matariki. Les chants de nos ancêtres ne font qu'un avec ta théorie des vents ascendants. Pourquoi les opposer ?

— Ne pourrions-nous pas de temps en temps parler d'autre chose que de l'esprit de Parihaka ? s'énerva Atamarie.

— Mieux vaut parler de l'esprit de Parihaka que de l'esprit de Richard Pearse, rétorqua sa mère.

Atamarie respecta cette remarque de sa mère, se gardant d'évoquer le nom de son ancien ami, mais, deux jours plus tard, elle trouva qu'il était rude de passer par la gare de Timaru et de ne pas descendre.

— Je voudrais juste savoir comment il va, se justifia-t-elle. Le prochain train au départ est dans quelques heures, je vous retrouverai à Dunedin. Et je ne serai pas obligée d'aller à Temuka. Pas du tout, maman, je n'en ai pas envie. Je pourrai me renseigner au magasin du coin, comme si je ne faisais que passer. Cette femme sait tout des Pearse, expliqua-t-elle en faisant mine de descendre sa valise du porte-bagages.

— Que veux-tu savoir, Atamarie ? S'il a déjà épousé Shirley ? Ou s'il a enfin volé ? On en aurait entendu parler. Cela n'aurait sans doute pas valu un titre dans la presse internationale, mais les journaux de Wellington et d'Auckland s'y seraient intéressés, cela aurait tout de même été le premier vol motorisé en Nouvelle-Zélande. Quoi que tu apprennes, cela te fera souffrir. Oublie-le !

Atamarie se rassit.

— Et qu'en est-il du passé qui détermine l'avenir ? demanda-t-elle, provocatrice.

Matariki lui donna un coup sur la tête de l'illustré qu'elle était en train de lire.

— Richard n'est pas le canot dans lequel tes ancêtres sont venus à Aotearoa. Il n'est que ton premier amour. Et il n'a pas fait mine de t'enlever et de t'emmener vers d'autres rivages comme jadis Kupe avec Kura-maro-tini. Il entrera donc difficilement dans l'histoire de ton peuple. Il faut clore le chapitre Richard, Atamie, je ne veux plus entendre parler de lui. Réjouis-toi plutôt à l'idée de revoir Roberta. Elle, au moins, a réussi à cesser de penser à Kevin. Violette m'écrit qu'elle est quasiment fiancée avec un très gentil vétérinaire.

— « Quasiment » ne veut rien dire, maman. Moi aussi j'ai un jour « quasiment »…

Heather et Chloé hébergèrent les artistes et les danseuses maories dans un hôtel, mais Kevin insista pour que Matariki et Atamarie logent chez lui. Matariki était de quelques années leur aînée, à Patrick et à lui, mais ils s'étaient toujours fort bien entendus et s'étaient fortement imprégnés des traditions et du style de vie maoris. Ils considéraient la tribu comme une famille élargie. La complexité de leurs rapports familiaux – Matariki n'étant que leur demi-sœur – n'avait jamais joué le moindre rôle. Il n'était donc pas venu à l'esprit de Kevin d'informer Doortje de cet état de fait, encore moins de l'y préparer. Il ne s'aperçut qu'elle restait comme tétanisée qu'après avoir accueilli chaleureusement sa sœur sur le quai de la gare. Elle fixait avec stupeur son teint basané, ses yeux légèrement bridés et son épaisse chevelure noire. Matariki offrait un tableau impressionnant. Elle portait, comme les femmes de Parihaka, une robe de réforme confectionnée sur place, avec du tissu maison aux couleurs traditionnelles de la tribu, mais dont la longueur et le décolleté n'avaient pas de quoi choquer les *Pakeha*. Une belle femme, mais assurément pas blanche !

— Je… je ne savais pas…, dit Doortje, tour à tour pâle et écarlate.

— Tu dois être Dorothea, lui dit d'un ton joyeux Matariki qui n'avait rien remarqué. Kevin m'a aussi écrit ton prénom usuel, mais je n'ose pas le prononcer avant que tu ne l'aies fait toi-même. Quand j'étais gamine, on m'appelait Martha à l'école. Moi, ça m'était égal mais, pour ma fille Atamarie, j'ai bien veillé à ce que son prénom ne devienne pas Mary.

Matariki voulut la prendre dans ses bras avec autant de spontanéité qu'elle avait étreint Kevin, mais, voyant sa réticence, elle y renonça, se disant que ce ne devait pas être l'usage en Afrique du Sud.

Atamarie lui serra la main amicalement elle aussi, mais elle interpréta autrement l'attitude réservée de Doortje, Roberta, dans ses lettres, lui ayant longuement décrit les préjugés des Boers à l'égard des gens de couleur.

Doortje, effectivement, manifesta moins de réticence envers Atamarie dont les origines maories étaient moins apparentes. Sa ressemblance avec Kathleen – même couleur de cheveux et mêmes traits aristocratiques – fut néanmoins pour elle une énigme. Durant le trajet jusqu'à leur domicile, elle se demanda comment cela était possible. Elle savait que Sean Coltrane était un fils de Michael et de Kathleen. Cette Matariki devait donc être le fruit d'un écart de conduite de Lizzie. Mais alors pourquoi avait-elle à son tour une fille ressemblant à la femme du révérend ? Sean serait-il le père ? Doortje eut de la peine à l'imaginer de la part de cet avocat si distingué.

Puis elle refoula le problème, ayant d'autres chats à fouetter dans l'immédiat. Jamais, au Transvaal, on n'aurait exigé d'elle de s'asseoir à la même table que des parents de couleur. En avoir aurait déjà, à soi seul, été une honte. Mais Matariki était son hôtesse. Elle tenta de se montrer polie mais n'y réussit guère. Elle garda le silence en voiture et, la mère et la fille s'étant retirées dans leur chambre pour se rafraîchir, elle adressa des reproches à Kevin :

– Tu aurais au moins pu me prévenir !

– Mais, Doortje, tu savais bien que Matariki arrive de Parihaka. Avec les artistes maories. Tu ne t'es pas demandé ce qu'elle fait là-bas ?

– Tu m'as dit qu'elle y était institutrice ! J'ai donc tout naturellement pensé…

– … qu'elle apportait un peu de civilisation à ces pauvres Cafres ou Zoulous ? Doortje, tu connais l'histoire de Parihaka. Tu crois vraiment qu'ils ont besoin que des *Pakeha* leur apprennent à lire et à écrire ?

– Mais… mais tu m'as dit que le mari de Mata… riki siégeait au Parlement ! Je ne pouvais pas penser…

Elle ne savait plus si elle devait avoir honte de son ignorance ou étaler ses préjugés racistes. En réalité, elle ne connaissait l'histoire de Parihaka que dans ses grands traits. Violette et Lizzie lui en avaient parlé, mais elle n'avait écouté que d'une oreille. Il lui était difficile de suivre dans tous leurs détails les conversations dans une langue étrangère et parfois donc, quand elle ne s'intéressait pas spécialement au sujet abordé, elle s'abandonnait à ses pensées.

— Kupe Parekura Turei est un avocat de renom et siège au Parlement pour les Maoris, lui signifia sèchement Kevin. Tu le saurais si tu t'intéressais un tant soit peu au pays dans lequel tu vis. Mais tu n'en as cure ! Maintenant, fais-moi le plaisir de te comporter correctement avec ma sœur. C'est une femme très intelligente et adorable. Si tu arrivais enfin à ne plus faire ta tête de mule, elle te plairait !

Sur ce, il quitta la pièce en claquant la porte. Doortje, restée seule, serra les poings, prise d'une rage impuissante. L'accès de colère de Kevin était injuste. Elle s'efforçait réellement de s'adapter, elle portait des corsets qui lui coupaient le souffle, s'informait des usages du pays et lisait des romans pour pouvoir soutenir une conversation en société. Elle l'accompagnait même depuis peu aux offices religieux du révérend et écoutait les prêches de ce dernier qui étaient pourtant à la limite du blasphème pour ses oreilles. Le cercle féminin où Violette l'avait invitée lui plaisait mieux et elle s'habituait peu à peu à la conception anglicane de la charité. Kevin ne pouvait lui en demander davantage, il…

Rarement Doortje avait eu autant envie de pleurer. Elle n'émit pourtant qu'un sanglot sans larmes.

Kevin, peu après son accès de colère, eut honte de sa dureté. Il était bien entendu blessé par l'attitude de Doortje, mais elle avait raison : il aurait dû se montrer prévoyant. Ces derniers temps, on ne pouvait reprocher à sa femme de ne pas essayer de s'intégrer à Dunedin. Non, honnêtement, s'il était irritable, c'était pour d'autres raisons. Depuis des semaines, il était pris en tenaille entre Doortje et Juliette dont il n'arrivait pas à voir en elle la femme de son frère. Juliette était toujours la séductrice qu'elle avait été, mais la relation avec elle n'était plus un jeu. Kevin savait pertinemment ce qu'il risquait quand il lui cédait. Patrick ne lui pardonnerait jamais cette tromperie et il perdrait certainement Doortje par-dessus le marché. Mais il n'arrivait pas à lui résister quand elle le guettait dans son cabinet, qu'elle l'entraînait dans le jardin, tard le soir, lors de réceptions. Une fois, elle l'avait même attendu dans l'écurie. Elle jouait un jeu pervers entre séduction et chantage : quand, au désespoir, il tentait de lui dire non, elle le menaçait de tout révéler de leur histoire.

— Je quitterai de toute façon ton petit frère, Kevin, mon chéri, avait-elle déclaré la dernière fois qu'ils s'étaient vus seule à seul. La vie là-haut est insupportable. La seule chose qui me retienne, c'est toi. C'est en quelque sorte un service que tu rends à ton frère !

Son sang se figeait dans ses veines quand elle se livrait à des allusions à Doortje, à son passé mystérieux, à sa grossesse douteuse. Juliette était tout sauf sotte, elle semblait se douter que quelque chose clochait dans son mariage avec Doortje. Il n'avait probablement pas été trop difficile pour elle de retrouver la date du mariage et de la comparer avec celle de la naissance d'Abraham. Cela n'avait intrigué personne, car il était fréquent que, surtout en temps de guerre, un couple ne pût attendre. Il avait beau nier ses sous-entendus malveillants, il avait peur qu'elle ne lût la crainte dans ses yeux. Elle avait un sixième sens pour détecter les scandales, à moins qu'elle ne fût particulièrement perspicace. Il est vrai que May ressemblait à Kevin, alors qu'Abe, prétendument son fils, n'avait rien de lui !

— Mais quand je parle de filles perdues, ce n'est pas de Doortje que je parle, mon chéri, prétextait-elle alors, c'est de moi que je parle ! Une fille perdue que tu sors sans arrêt de sa déchéance, et qui a de nouveau besoin d'un peu d'amour.

Elle se caressait alors d'un air lascif. Kevin ne voulait pas la regarder, mais il finissait par se retourner. Il se persuadait qu'il lui fallait préserver Doortje d'une éventuelle révélation et il se perdait une nouvelle fois, victime de son désir et de ses sortilèges. Ensuite venait l'heure des sentiments de culpabilité. Cela ne pouvait continuer ainsi, mais, avec la meilleure volonté du monde, il ne voyait pas comment se sortir de ce guêpier.

En tout cas, ce jour-là, il eut besoin d'un peu d'air frais ou du moins de s'éloigner de Doortje. Il décida de travailler à quelques dossiers dans son cabinet.

Il n'aurait jamais avoué qu'il espérait aussi que Patrick et Juliette, en compagnie de Michael et de Lizzie, viennent à Dunedin en cette journée. La visite de Matariki et le retour d'Atamarie seraient l'occasion d'une fête familiale. Lizzie commanderait du vin et du champagne au restaurant de l'hôtel et se griserait un peu, ce qui lui vaudrait des regards réprobateurs de Doortje qui, depuis son écart de la soirée chez les Dunloe, refusait toutes les boissons alcooliques. À cela s'ajouterait la tension entre elle et Juliette. Et voilà qu'en plus il y avait Matariki. Il prit la bouteille de whisky dans sa cachette et, en dépit de toutes ses bonnes résolutions, se prit à espérer que Juliette trouverait une excuse pour échapper à son mari et à ses beaux-parents. Le cabinet était vide, on était un samedi.

Allant prendre son bain, Matariki perçut le sanglot étouffé de sa belle-sœur dans la chambre des Drury. Elle venait d'entendre le claquement de la porte. Elle n'avait pas l'intention de se mêler du conflit conjugal, surtout après l'accueil mitigé que lui avait réservé Doortje. Atamarie s'en était elle aussi aperçue et lui avait exposé avec indignation comment elle s'expliquait les réticences de la jeune femme.

– Robbie dit qu'ils ont eu des esclaves jusqu'à récemment et qu'en réalité cela perdure car les Noirs sont totalement dépendants d'eux et ne sont pas payés. Ils ne vont pas non plus à l'école, et…

— Moi aussi, j'en ai entendu parler, avait tenté de l'apaiser sa mère. À l'origine, tous les Blancs étaient comme ça. Songe à nos difficultés à Parihaka. Mais cela ne mène à rien de seulement les combattre. Il faut leur montrer que ça marche autrement.

— Labourer et construire des haies ? s'était moquée Atamarie.

— La situation s'est tout de même améliorée, avait prudemment répondu sa mère.

À l'époque, la résistance de Parihaka aux confiscations de terres n'avait guère porté de fruits. Mais Sean Coltrane et Kupe Turei avaient entre-temps obtenu des dédommagements pour les Maoris et, en d'autres endroits du pays, la lutte continuait, âpre mais toujours dans la légalité, pour les droits des Maoris. Partout des Maoris et des Maories prouvaient aux *Pakeha* qu'ils ne leur étaient en rien inférieurs.

Matariki se dit toutefois, prise d'un peu de pitié, que consoler valait mieux que dresser des barrières ou les entretenir et renonça donc à sa première idée. Cette femme, quelle que fût son attitude envers les gens appartenant à d'autres peuples que le sien, avait besoin de réconfort. Elle frappa et, bien que n'ayant pas reçu de réponse, entra. La jeune femme, assise au bord du lit et recroquevillée, avait les yeux secs. Elle n'avait donc pas pleuré ?

— Est-ce que je peux vous aider ? demanda Matariki avec douceur, s'asseyant à son tour sur le lit. Kevin est parfois soupe au lait, je le sais. Ma mère dit que c'est son côté irlandais qui ressort. Il tient ça de notre père. Reprenez votre calme et dites-moi ce que vous avez sur le cœur.

Doortje se leva. Elle était sensible à cette marque d'intérêt, mais rester assise à côté d'une femme de couleur… Elle se regarda dans le miroir.

— J'ai une mine épouvantable, chuchota-t-elle. On va s'apercevoir…

— De quoi va-t-on s'apercevoir ? Que vous vous êtes énervée ? Que vous vous êtes disputée avec Kevin ? Si vous vous lavez la figure, si vous vous changez et vous coiffez et, surtout, si vous souriez, personne ne remarquera rien.

— Je ne peux tout de même pas sourire sans arrêt, gémit Doortje. Je ne peux pas… être toujours comme…

Matariki soupira : c'était donc ça ! Quelque chose dans sa manière d'être n'avait pas plu à Kevin. D'emblée, elle avait effectivement senti chez la jeune femme quelque chose d'artificiel ; elle était certes vêtue à la mode, elle était élégante mais elle ne se mouvait pas comme une femme habituée depuis l'enfance à souffrir pour être belle. Peut-être ce fichu corset était-il en cause ?

— Je sais. La société *pakeha* sait se montrer impitoyable. Toujours garder le contrôle de soi, toujours être parfaite… Et ce corset ! Vous êtes du reste ravissante, Doortje. C'est une robe de Kathleen, n'est-ce pas ? Mais aujourd'hui nous sommes en famille, vous n'avez pas à vous mortifier pour nous. Atamarie et moi, nous ne porterons pas de corset. Lizzie certainement pas, elle non plus. Et vous n'avez pas besoin de baleines pour être belle, Doortje. Mon père n'est-il pas fou de vous ? demanda Matariki avec un sourire entendu.

— Mais Michael Drury n'est pas votre père ! ne put s'empêcher de s'exclamer Doortje.

— Le problème n'est donc pas celui de votre apparence, n'est-ce pas ? demanda Matariki, soudain refroidie. Atamarie a donc raison. Vous ne saviez pas que je suis une Maorie !

Doortje eut à nouveau un sanglot étouffé. Matariki se demanda pourquoi elle ne pleurait pas, tout simplement. Mais Doortje gardait un contrôle de soi absolu. Matariki vit pourtant que sa réaction surprenait la jeune Boer. Ce devait être la première fois que sa répulsion à l'égard des gens de couleur ne lui valait pas une condamnation sans appel.

— Mais vous n'en êtes pas une, murmura Doortje. Vous êtes… une métisse. Vous êtes basanée. Comme… cette… Juliette. Et c'est pire que noire, parce que vous portez sur le visage la marque de Caïn.

Matariki éclata de rire.

— Ma foi, jusqu'ici on m'avait toujours dit que j'étais très jolie. Mais savez-vous que je suis une fille de chef ? J'en étais autrefois très fière. Une authentique princesse.

— Mais une métisse ne peut pas… En Afrique, personne ne les accepte, pas même les Cafres…

Doortje semblait fascinée, à son corps défendant. Dans son pays, on attendait des gens de couleur qu'ils se montrent soumis. Ici Juliette était arrogante. Mais jamais encore elle n'était tombée sur quelqu'un qui fût fière de ses origines douteuses.

— Pauvres enfants, soupira Matariki.

Doortje la regarda avec stupeur. Encore une remarque à laquelle elle ne s'attendait pas.

— Repoussés par tout le monde ! Ce doit être terrible pour eux dans votre pays, poursuivit Matariki. Il n'est donc pas étonnant qu'eux aussi voient dans leur apparence la marque de Caïn ! Mais ici, c'est très différent. Les tribus maories acceptent de bon cœur tous les enfants. Autrefois déjà, alors qu'il n'y avait ici que très peu de *Pakeha*, ou plus tôt encore, en Polynésie d'où les Maoris sont originaires, c'était, pour une femme, un honneur de donner le jour à un métis. Les jeunes filles allaient voir les Blancs en cachette et s'offraient à eux. Quand l'une d'elles tombait enceinte, elle avait gagné le gros lot. Autres pays, autres mœurs, comme disent les *Pakeha*. Nous, nous disons : Chaque *iwi* a sa *tikanga*… *Tikanga* vient de *tika*, la vérité. On peut donc traduire au choix par : « À chaque tribu sa tradition » ou bien « À chaque tribu sa vérité ».

— Mais ce n'est pas possible. Il n'y a qu'une vérité, la vérité divine. Et la Bible dit que nous sommes élus.

Doortje fut une nouvelle fois surprise de voir Matariki éclater de rire.

– Excusez-moi, mais j'ai déjà entendu dire ça. Plusieurs fois à vrai dire. Dans la Bible, il est question des Israélites. Les Juifs, donc.

– Les Juifs ? Non, non, la Bible parle des Israélites. Les Juifs sont… plutôt comme les Anglais… cupides… Dieu ne les aime pas ! Il aime les « voortrekkers ». Qui sont comme les Israélites. Les deux peuples ont été chassés de chez eux et ils n'ont atteint la Terre promise qu'en traversant des contrées hostiles.

– Les Israélites de la Bible sont les Juifs d'aujourd'hui. Il vous suffit de vérifier ! Et leur Terre promise leur fut ensuite enlevée par les Romains. Sans que leur Dieu intervienne. Exactement comme maintenant chez vous. Et chez nous. D'après la doctrine d'un certain Te Ua Haumene, les Maoris seraient en effet le peuple élu. Mon père naturel l'a jadis prêchée, entraînant par là de nombreuses personnes dans la mort. Exactement comme vos chefs boers.

– Je suis la fille d'Adrianus Van Stout ! Un de ces chefs boers comme vous dites avec tant de mépris. Dans mon pays, c'est au contraire un honneur…

– Alors vous êtes vous aussi une espèce de princesse, sourit Matariki. Ce n'est pas toujours simple, n'est-ce pas ? Tout ce qu'on attend de vous ! Mais en tout cas, j'ai eu plus de chance que si j'avais été la fille de Michael Drury, sans plus. Il n'est pas un héros et, sans ma mère, il serait allé à la ruine dans ce pays. Mais c'est un brave garçon. Exactement comme Kevin.

– Vous voulez dire que je devrais tout oublier ? Mes origines et ma foi ?

– En tout cas, vous devriez laisser les dieux décider eux-mêmes qui ils aiment et qui ils n'aiment pas. Ou bien croire comme le révérend que Dieu nous aime tous. Les Maoris, eux, pratiquent avec leurs dieux une espèce de coexistence pacifique et ne les rendent pas responsables des problèmes d'ici-bas. Cherchez ce qui vous convient ! Il n'existe de toute façon de preuve pour rien ! Mais il est temps de nous rafraîchir maintenant.

Se levant, Matariki alla à la petite table de toilette, mouilla une serviette qu'elle mit entre les mains de la jeune Boer.

— Préparez-vous, à moins que vous n'ayez pas du tout envie d'aller manger avec Atamarie et moi ? Dans ce cas, nous dirons que vous avez mal à la tête. Les princesses maories n'ont d'ailleurs pas le droit de se commettre avec de simples membres de la tribu. Sur l'île du Nord, vous seriez maudite si mon ombre vous tombait dessus ! Mais je serais bien entendu prête à exécuter avec vous une cérémonie de purification !

Matariki resta bouche bée en constatant que Doortje ne riait pas. Les doigts serrés sur la serviette, elle tremblait de tout son corps.

— Chez vous, on peut… revenir sur une malédiction ?

Matariki comprit que le repas avec Michael et Lizzie devrait attendre. Elle alla fermer de l'intérieur la porte de l'appartement. Kevin n'aurait qu'à frapper quand il serait rasséréné. Elle entendit Atamarie fredonner dans la baignoire. Sa fille paraissait goûter son retour dans la civilisation. Elle n'était sans doute pas sur le point d'interrompre son premier bain après des semaines de vie en plein air… Tant mieux !

Revenue dans la chambre de Doortje, elle se rassit sur le lit.

— Bon, eh bien maintenant, entre princesses, Dorothea, pourquoi croyez-vous que votre Dieu vous a maudite ?

Les deux femmes ne risquaient pas d'être dérangées de sitôt, car Kevin venait lui aussi d'oublier le repas avec ses parents. Pendant que Doortje épanchait son cœur avec sa sœur, lui, un étage plus bas, satisfaisait Juliette Drury-LaBree.

3

— Excusez-moi, Rosie, mais vous vous faites des idées ! Ce cheval n'a rien du tout, vous êtes folle !

À peine eut-il prononcé ces paroles que Vincent Taylor les regretta. Il avait tort de passer sa mauvaise humeur sur Rosie, même si c'était la quatrième fois en trois jours qu'elle le dérangeait pour examiner son cheval Trotting Diamond. Tant qu'elle le payait pour ses services, elle avait tous les droits.

— Je ne suis pas folle, docteur Taylor, absolument pas. Diamond a quelque chose. Elle vient de nouveau de se mettre à trembler. Et ce matin elle a eu l'air de… quand elle m'a regardée, on aurait dit qu'elle avait de la fièvre.

Vincent braqua une nouvelle fois sa lampe de poche sur les yeux de l'animal pour vérifier la réaction des pupilles. Rien que de normal !

— Vous avez pris sa température ? demanda-t-il.

C'était plus une constatation qu'une question. Parce que, primo, il venait de la prendre et que, deuxio, elle aurait hurlé à la mort si, ce matin, le thermomètre avait indiqué plus de 102 degrés Fahrenheit. Elle avait donc repoussé la consultation de quelques heures, jusqu'au moment où il était de toute façon venu dans l'écurie de lord Barrington pour traiter un de ses pur-sang.

— Elle n'avait pas de fièvre, confirma-t-elle. Et elle a bien couru. Elle était même plutôt fofolle à l'entraînement, elle a par deux fois pris le galop, ce qui ne lui arrive jamais ! Ensuite, elle s'est mise à trembler et j'ai eu l'impression qu'elle avait le vertige.

— Je crois que vous perdez un peu votre sang-froid, vous et votre cheval, sourit Vincent. C'est bien normal d'ailleurs, l'Auckland Cup n'est pas une petite affaire. Et la traversée, la piste inconnue… ça a de quoi perturber. Regardez donc les chevaux de lord Barrington : c'est le deuxième que je traite contre la colique en trois jours. Et Diamond est de toute façon nerveuse de nature.

— Diamond n'a jamais été nerveuse ! Et elle n'a pas d'accès de tachycardie parce qu'elle aurait peur de votre stéthoscope, comme vous l'avez prétendu la dernière fois. Diamond n'a peur de rien.

Cette affaire commençait à taper sur les nerfs de Vincent, mais il ne pouvait repousser les arguments de Rosie d'un revers de main. Trotting Diamond était d'ordinaire la sérénité même, elle avait pleine confiance en Rosie et elle avait été la première à monter sagement sur le bac. Elle ne manifestait pas la moindre peur de son nouveau box de la piste d'Ellerslie, pas plus que du revêtement légèrement différent de la piste elle-même. Elle n'avait pas perdu l'appétit et n'était en rien perturbée par ses divers examens.

— Alors, c'est vous qui perdez un peu votre sang-froid, Rosie, conclut-il. Et cela rejaillit sur Diamond. Cela arrive. Si, si. Et le fait que cela aille mieux chaque fois que je viens entre bien dans le tableau. Vous êtes tranquillisée quand le vétérinaire est là et Diamond se tranquillise elle aussi. Donc, essayez de ne pas vous énerver quoi qu'il arrive. Diamond, demain, courra merveilleusement, croyez-moi !

— Je vais quand même dormir auprès d'elle ! dit Rosie, pas vraiment convaincue.

— C'est une bonne idée, tant que ce n'est pas moi qui suis obligé de passer la nuit ici. Je vais prendre le train pour Auckland et visiter la ville. Vous devriez aussi y aller, Rosie, vous n'avez pas encore beaucoup voyagé.

Elle haussa les épaules. Elle était allée, enfant, du pays de Galles à Londres et de Londres en Nouvelle-Zélande, puis sur la côte Ouest, d'où elle était ensuite revenue pour gagner le Fiordland. Elle ne s'était plu que dans les écuries où tout était rassurant, chaud et tranquille et où tout avait son train quotidien. Elle n'était pas prête à abandonner cette sécurité pour admirer un port ou un bâtiment moderne. Provisoirement rassurée, elle s'installa auprès de Diamond.

Vincent n'eut en revanche pas la tranquillité d'esprit nécessaire pour vraiment apprécier la beauté de la ville, de son port et de ses parcs. Il venait à Auckland pour la première fois, mais il avait rêvé la visiter en compagnie de Roberta. L'île du Nord aurait été une destination idéale pour un voyage de noces, avec ses plages discrètes et romantiques. Mais Roberta se faisait rare : elle ne s'était plus montrée à Christchurch depuis que cette Juliette était revenue auprès de son mari. C'était là le seul événement que Vincent réussissait à mettre en rapport avec cette soudaine et nouvelle réserve de la part de Roberta, sans d'ailleurs comprendre en quoi pouvait bien consister ce rapport. Quelque chose devait clocher, les lettres de Kevin s'étant elles aussi espacées depuis le retour à Dunedin de cette vamp créole. Il ne se livrait pas, se contentant d'énumérer les événements et les festivités auxquels il assistait avec Doortje. Celle-ci devait d'ailleurs aller mieux, car il ressortait aussi des lettres de Roberta que la jeune Boer s'acclimatait. Elle semblait même connaître le succès, la page « société » de l'*Otago Daily Times* ayant, paraît-il, évoqué à plusieurs reprises « la jolie femme » du jeune médecin ! Kevin devrait donc être satisfait. Pourtant, s'il parlait d'elle dans ses lettres, c'était pour évoquer avec ironie ses mauvais rapports avec son frère Patrick et la femme de celui-ci.

Vincent n'était pas naïf. Un ancien amour flambait-il à nouveau ? Kevin trompait-il Doortje avec Juliette ? Il ne le souhaitait pas, se souvenant trop bien de l'échec de son propre mariage. Un divorce n'avait rien de réjouissant et il ne voyait pas d'heureuses perspectives à une liaison avec une femme comme Juliette. Sa propre épouse lui ressemblait, d'une beauté éclatante, pétillante, amusante. Il avait tiré la leçon de son échec. Il ne rêvait plus que d'une femme comme Roberta. Mais elle était toujours attirée par Kevin, il en était certain. Mais que pouvait-elle espérer ? Même s'il se séparait de Doortje, Roberta devrait encore supplanter Juliette. Impossible pour une jeune femme innocente et bien élevée, aussi belle et socialement représentative fût-elle.

Il était désormais résolu à bientôt exiger d'elle une décision. Roberta viendrait assister aux courses à Christchurch. Lors de la New Zealand Cup ou peut-être dès les épreuves qualificatives. Elle pourrait venir avec Heather et Chloé ou avec ses parents. Vincent pourrait alors demander sa main.

Si Roberta était d'accord. Si elle abandonnait enfin ses rêves d'enfant.

Mais dans l'immédiat il y avait la course d'Auckland. De toutes les connaissances de Rosie, seul Bulldog s'était déplacé. Il fut très déçu que Rosie refusât de sortir avec lui en soirée.

— Ne pensez-vous pas, miss Rosie, que Diamond aimerait aussi être un peu seule avant la course ? plaisanta-t-il, dernière tentative pour la convaincre. Elle est ici en excellente compagnie.

Diamond s'entendait très bien avec son compagnon d'écurie, un hongre brun de l'écurie de course de lord Barrington. Ils étaient déjà voisins à Addington, si bien qu'ils n'avaient pas été obligés de s'habituer à un autre compagnonnage.

— Il faut aussi que je surveille Triangle. Il vient d'avoir des coliques et son soigneur ne s'occupe pas de lui. Je ne voudrais pas moucharder, mais je me demande si je ne devrais pas néanmoins en parler au lord. Finney se borne à l'indispensable.

Finney, un petit Irlandais, avait été engagé quand Rosie avait demandé au lord de la libérer de ses fonctions de soigneuse. Depuis que Diamond et Dream participaient avec succès à des courses de trot, trois autres propriétaires de chevaux avaient abandonné leurs réticences envers une femme entraîneur. Elle gagnait donc bien sa vie et Bulldog avait proposé de louer une écurie à Addington. Rosie était encore indécise et le lord ne savait que lui conseiller. Il ne doutait certes pas des compétences de la jeune femme mais se demandait si elle réussirait à s'imposer face à la concurrence.

— Ici, je peux veiller sur vous, Rosie. Personne ne peut s'en prendre à vous ou aux chevaux, j'ai toute confiance en mon maître d'écurie et les mesures de sécurité sont strictes. Mais, livrée à vous-même…

Bulldog se montrait décidé à prendre à son compte le rôle de protecteur de Rosie, mais il aurait fallu pour cela que les relations entre elle et lui s'approfondissent. Or Rosie restait sur la réserve. En outre, le lord comme Chloé considéraient que Bulldog était beaucoup trop candide face à des gens comme Joseph Fence et d'autres entraîneurs. Bulldog en riait : il avait déjà eu affaire à des gens plus coriaces. Et il faisait la cour à Rosie avec autant d'obstination qu'il en avait montré à Londres pour se sortir d'embarras que pour s'imposer sur le bateau durant sa traversée ou pour monter son entreprise de transport.

— Mais il faut que vous mangiez, Rosie ! dit-il, patient, en cette soirée précédant la course. Attendez, j'ai une idée ! Je vais chercher du poisson et des frites au pub et nous pique-niquerons ici !

Rassurée, Rosie fut d'accord. Bulldog apporta de plus une bière pour chacun. Rosie était donc de bonne humeur et tout émoustillée quand Finney vint, tard le soir, jeter un dernier coup d'œil aux chevaux. Il se permit une remarque sur la consommation d'alcool dans les écuries :

— Il vaut mieux que nous, garçons d'écurie, ne nous permettions pas une telle chose, mais notre grand entraîneur « Ross » peut faire ici ce qui lui chante, « lui »…

Bulldog voulut répondre mais Rosie lui fit signe de se taire.

— Non, il a raison, nous dérangeons les chevaux. Le mieux, c'est que vous partiez à présent, Bulldog. Vous savez que je vous appelle toujours ainsi quand je pense à vous ? dit-elle en souriant. Je n'arrive pas à dire M. Tibbs.

— Vous pourriez aussi dire « Tom », mais bon, je réponds tout aussi bien à « Bulldog ». Mais il faut alors me tutoyer. En seriez-vous d'accord, Rosie ?

Une fois Finney reparti, Rosie s'enroula dans son sac de couchage et s'excusa :

— Maintenant, il faut que nous nous reposions, Diamond et moi. Demain, nous courons.

Bulldog sourit et étala de son côté une couverture dans la paille, un peu à l'écart d'elle.

— Dormons, Rosie, mais je ne te laisse pas seule ici. Il peut à tout instant entrer ici des types qui pourraient s'en prendre à toi.

Effectivement, le calme fut rompu, une heure plus tard, quand Finney se montra une nouvelle fois.

— En tout cas, ce gars ne me paraît pas si négligent que ça, grommela Bulldog quand Finney, ayant brièvement inspecté le box de Triangle, fut reparti. Personnellement, je préférerais qu'il ne soit pas tant aux petits soins de ce cheval.

— Mais il ne l'a même pas regardé, répondit Rosie. De toute façon, dans l'obscurité, il n'aurait rien pu voir.

Ce qui était exact. Finney ne s'était pas donné la peine de venir avec une lampe. Il était sans doute venu exécuter à contrecœur un travail à la demande du maître d'écurie ou du vétérinaire.

Le matin, Diamond et Triangle se portaient bien et Bulldog emmena Rosie prendre un bon petit-déjeuner au café de la piste. Ensuite, ils rencontrèrent Vincent à l'écurie, lord Barrington étant lui aussi venu, de son côté, rendre visite à ses chevaux. Rosie fut rassurée. Elle fit s'échauffer un peu Diamond et ce fut bientôt l'heure de l'épreuve. Vincent restait en observateur en tribune, tandis que le lord gagnait la loge des propriétaires. Bien que s'intéressant moins au trot qu'au galop, il ne manquerait pas d'assister à l'Auckland Trotting Cup. Bulldog se laissa convaincre de l'accompagner et de boire une coupe de champagne pendant les premières courses. Peu avant la Cup, il revint néanmoins auprès de Rosie qui s'était changée et il l'aida à atteler.

Il fut surpris de constater que Rosie était un vrai paquet de nerfs.

— Elle a de nouveau ce drôle de regard ! déclara-t-elle en montrant Trotting Diamond qui sautillait nerveusement en se dirigeant vers le sulky. Tu ne trouves pas qu'elle a de drôles d'yeux ?

— Elle a des yeux merveilleux, dit-il après avoir examiné la jument d'un air sceptique. Comme sa conductrice. Mais toi aussi tu as les yeux qui brillent en cet instant, Rosie, c'est l'excitation !

— Et elle tremble un peu…

— Elle est nerveuse, Rosie ! Ça lui passera dès qu'elle sera partie. À moins que tu ne veuilles que j'aille chercher le Dr Taylor. Il n'est pas loin. Si tu penses que… Rosie hésita. La veille, le Dr Taylor l'avait encore traitée de folle. Si elle le dérangeait à nouveau pour une maladie imaginaire…

— Non, laisse. Tu as raison, ce doit être l'excitation. Tu nous mènes au paddock ?

Elle prit place sur le sulky d'un bond et Bulldog accompagna l'attelage. Normalement, ni Rosie ni Diamond n'avaient besoin d'aide pour se mêler aux autres concurrents et prendre place sur la ligne. Mais, ce jour-là, Diamond, comme irritée, donnait des coups de tête et piaffait sur place au lieu d'attendre sagement le signal du départ. En outre, elle toussait. Bulldog vit Rosie de nouveau aux prises avec l'inquiétude.

— Elle aura pris froid…

— Non, les chevaux ne prennent pas froid. Cours ces deux mille sept cents mètres et le Dr Taylor l'examinera ensuite.

Il aurait de toute façon été trop tard, car la cloche sonna. Les chevaux s'élancèrent.

Bulldog alla s'asseoir à côté de Vincent. Il se sentait mieux là que dans les loges.

— J'ai complètement oublié de parier sur elle, murmura Bulldog en voyant Trotting Diamond se placer en milieu de peloton.

Rosie la laissa courir tranquillement les mille premiers mètres. Alors seulement elle commença à remonter ses concurrents afin de se placer pour le sprint final. Elle eut plus de mal qu'à l'ordinaire. Un peu rétive, elle refusait la bride et accélérait. Pour la première fois depuis que Vincent voyait la jument en course, elle paraissait sur le point de prendre le galop. Elle avait encore toussé avant la fin du premier kilomètre, et pourtant elle paraissait en pleine forme et débordante d'énergie quand Rosie lui lâcha la bride. Elle dépassa les chevaux de l'écurie de Fence, puis le hongre que Joé présentait pour son propre compte. Il n'y eut finalement plus devant elle qu'un élégant moreau, Rebel Boy, un cheval d'Auckland.

Il régnait dans la tribune un bruit infernal. Bulldog en personne hurlait à pleins poumons, Vincent se bouchant les oreilles en riant. Il ne doutait pas une seconde que Diamond doublerait Rebel Boy. Il se produisit alors une chose étrange. Diamond sembla perturbée un bref instant, prise d'une légère hésitation une fois parvenue à la hauteur du sulky de Rebel Boy. Rosie aurait aisément pu rattraper l'avantage que le moreau en retira, mais elle n'en fit rien. Elle maintint au contraire sa jument en retrait et ne chercha pas à accélérer quand l'étalon de Joé Fence vint à sa hauteur et la dépassa même d'une tête.

Finalement, les trois chevaux franchirent l'arrivée presque sur la même ligne.

— Vainqueur Rebel Boy, suivi de Sundawner, Trotting Diamond…

Déjà Vincent et Bulldog dévalaient les escaliers de la tribune en direction de l'arrivée. Rosie, debout à côté de sa jument, la caressait et pleurait.

— Que s'est-il passé, Rosie ? Cela allait pourtant à merveille. Pourquoi vous êtes-vous laissé décrocher ? s'étonna Vincent tout en examinant Diamond qui, bien entendu, était essoufflée mais ne transpirait même pas. Vous pouviez aisément gagner.

Rosie nia de la tête. À côté d'elle, Joé recevait sa médaille pour sa seconde place. Il avait un sourire triomphant. Il suivit pourtant d'un air attentif le vétérinaire quand il le vit s'approcher de la jument.

— Eh bien, Rosie. Tu ne vas tout de même pas contester le résultat, non ?

Elle ne lui prêta aucune attention, trop occupée à calmer Diamond qui, étrangement, avait peur de l'homme se disposant à lui passer autour du cou le ruban de la troisième place.

— Elle ne voyait plus rien ! expliqua-t-elle à Vincent. Elle a eu peur de l'autre sulky. C'était comme si quelque chose l'aveuglait, mais il n'y avait rien. Et j'ai eu l'impression… j'ai eu l'impression qu'elle chancelait, comme prise de vertige. Je l'ai donc ralentie.

Bulldog leva les yeux au ciel.

— Mais alors on n'a rien vu de tout ça ! Regarde ! Elle n'est même pas fatiguée.

La jument but avidement mais en recracha une grande partie.

— Regardez, docteur Taylor ! s'exclama Rosie, mais les autres chevaux se mirent en route pour effectuer un tour d'honneur, et elle eut du mal à retenir sa jument.

— Je l'examine tout de suite, Rosie.

— Effectivement, ça m'a paru drôle, réfléchit Bulldog tout haut, comme si elle avait avalé de travers.

Une fois le tour d'honneur terminé, Diamond semblait avoir retrouvé son calme. Rosie la nettoya et la ramena à l'écurie pour que Vincent l'examinât. La jument s'était remise à boire normalement.

L'ayant auscultée, le vétérinaire haussa les épaules :

— C'est comme chaque fois, Rosie. Bien sûr, elle a le cœur qui bat plus fort, mais rien que de très normal après la course. En tout cas, je n'ai rien remarqué.

— Pourrait-elle avoir mangé quelque chose qui l'aurait incommodée ? demanda Bulldog.

— En ce cas, elle aurait la colique, dirent Vincent et Rosie d'une seule voix.

Bulldog, entrepreneur de transports, le savait forcément. Il s'enhardit.

— Je pensais juste… peut-être du poison ?

— Mais si quelqu'un avait voulu empoisonner le cheval, celui-ci serait mort, estima lord Barrington un peu plus tard.

Il était venu dans l'écurie féliciter Rosie pour sa troisième place, mais, contrairement à Vincent et Bulldog, il avait lui aussi vu la jument légèrement vaciller après avoir eu peur du sulky de Rebel Boy. La vue était meilleure depuis les loges des propriétaires.

— Peut-être que le type a mal dosé, se demanda Bulldog.

— Allons donc, monsieur Tibbs ! Ces gens ne sont pas des débutants, ils savent ce qu'ils font.

— Peut-être qu'il ne voulait pas la tuer tout de suite, supputa Rosie. Juste l'empêcher de gagner.

— Doser n'est pas une chose facile, déclara le lord, catégorique. En tout cas, je n'ai encore jamais entendu parler d'une telle chose. Qu'en dit notre vétérinaire ?

— Je peux juste répéter que je ne vois aucun indice allant dans ce sens. Il est vrai que le cheval s'est comporté autrement que chez lui. Il était plus nerveux, ce qui explique qu'il ait eu peur, et plus fougueux. Mais cela va en fait à l'encontre de l'idée d'un empoisonnement qui affaiblirait plutôt la bête. Il serait en effet contre-productif, pour un concurrent, de le faire courir plus rapidement.

— Pas s'il prend le galop, observa Rosie.

— Allons, allons, Rosie ! dit en riant le lord. Vous ne pensez tout de même pas sérieusement que quelqu'un aurait essayé d'amener votre cheval à la faute sur la piste, dans l'espoir que vous soyez disqualifiée ? D'autant plus que vous l'avez contrôlé. Si vous n'aviez pas eu peur quand Diamond a bronché, elle aurait trotté jusqu'au bout et aurait gagné.

Rosie ouvrit la porte du box et alla se blottir contre Diamond, qui avait maintenant retrouvé son état normal.

— Justement, ça n'a pas marché jusqu'au bout, chuchota-t-elle. La prochaine fois, il lui donnera un peu plus de ce foutu produit. Nous devrons mieux la surveiller, Bulldog. Comment allons-nous nous y prendre ?

4

La rencontre familiale des Drury était décidément placée sous une mauvaise étoile. C'est du moins ce que trouva Lizzie, quand, trente minutes après l'heure du rendez-vous, Michael et elle ne partageaient la table de l'hôtel-restaurant qu'avec un Patrick très nerveux regardant sans arrêt sa montre. Il s'était à plusieurs reprises excusé pour le retard de Juliette. C'était pourtant la dernière dont Lizzie regrettait l'absence. D'ailleurs les Drury n'avaient guère à raconter ni à elle ni à lui, puisqu'ils étaient contraints de se supporter les uns les autres à Elizabeth Station. Depuis le retour de Juliette, ses rapports avec Lizzie ne s'étaient pas améliorés. Les tentatives de médiation de Patrick renforçaient encore les tensions. Seul, il se serait intégré sans problème dans la vie de la ferme, mais il était déchiré entre ses obligations d'éleveur et le perpétuel besoin d'attention de Juliette. Ne pas terminer un travail avant le dîner le rendait nerveux parce qu'il craignait que Lizzie et Juliette se crêpent une nouvelle fois le chignon à table et que sa femme déversât ensuite sa colère sur lui.

Ses tentatives pour fournir des occupations à sa femme se révélaient aussi touchantes qu'inutiles. Elle n'avait envie ni d'aménager une roseraie, ni d'élever des chiens de compagnie. Elle savait monter à cheval mais n'y prenait pas plaisir. Le cheval élégant qu'il lui avait acheté à Christchurch était source de conflits dans la famille :

Lizzie était furieuse de son prix exorbitant ; Michael, qui aurait aimé le monter, râlait contre la selle de dame qui avait coûté presque aussi cher que l'animal et qui rendait toute autre utilisation impossible. Juliette avait finalement demandé à pouvoir l'installer à Dunedin où elle pourrait plus facilement le monter pour des promenades. Patrick en avait profité pour l'enlever de la vue de ses parents et avait trouvé une écurie de location loin d'être bon marché. En réalité, Juliette ne se servait du cheval que pour ses rendez-vous avec Kevin.

Le piano, perpétuelle source de conflits dans la famille, avait finalement été transporté dans l'Otago. Patrick pensait que Juliette pourrait utiliser la cabane des chercheurs d'or pour y travailler. Elle avait trouvé trop long le chemin pour s'y rendre et jouer sans public ne l'enchantait guère. Haikina ayant proposé que Juliette donnât des leçons de piano à quelques-uns de ses élèves, elle entra dans une fureur folle.

— Elle va arriver d'un instant à l'autre, dit Patrick pour la énième fois à ses parents en ce jour de fête

Michael finit par commander du vin. Cela aurait au moins pour effet de détendre Lizzie. En attendant, celle-ci avait offert à Nandé de prendre place à la table familiale au moment où la jeune femme apportait du lait pour May. À sa vue, son regard, comme celui de Patrick du reste, s'était mis à briller.

— Miss Juliette ne sera pas contente, se défendit Nandé. Et miss Doortje…

— Pour l'instant, il n'y a trace ni de l'une ni de l'autre, insista Lizzie en tendant un verre de vin à la jeune Noire. Allez, Nandé, assieds-toi et raconte-nous ce que tu as fait de beau aujourd'hui avec May ! Je suppose que Juliette ne s'est pas occupée d'elle, n'est-ce pas ?

Nandé fut embarrassée. Le manque de sollicitude maternelle de Juliette n'était pas, en soi, un sujet scabreux, mais elle n'ignorait rien des infidélités de sa maîtresse. Pourquoi, sinon, celle-ci aurait-elle eu besoin de tant de temps pour se préparer et se maquiller avant chacune de ses visites à son beau-frère ? Elle souhaitait seulement que personne ne la questionnât à ce propos. Aussi préféra-t-elle répondre à la question :

— Oh, May a vu aujourd'hui beaucoup de bateaux ! M. Patrick nous a accompagnées jusqu'au port en voiture. Et il nous a acheté du poisson et des frites ! Dans des cornets en papier. Nous avons été autorisées à manger avec les doigts. Comme chez moi dans… dans ma tribu.

Elle eut pour son patron un regard d'infinie reconnaissance, sourire qu'il lui rendit avec fierté. C'était également son mérite que l'anglais de Nandé frisât désormais la perfection. Elle avait entre-temps dévoré tout ce qu'il y avait comme livres dans la maison des Drury, y compris ceux relevant de la viticulture. Elle semblait trouver aussi fascinant que Lizzie ce sujet et aidait volontiers cette dernière dans les vignes. Elle goûta donc avec sérieux, sous le regard bienveillant de Patrick et de sa mère, le vin blanc léger que Michael avait commandé en guise d'apéritif.

— Nandé !

La jeune femme sursauta. Juliette se tenait sur le seuil de la porte du restaurant, essoufflée. Nandé bondit.

— Je dois aider miss Juliette à se rafraîchir !

Juliette indiqua par signe aux Drury qu'elle les rejoindrait très prochainement. Lizzie se demanda pourquoi elle ne venait pas immédiatement, sa robe d'après-midi n'ayant rien d'inconvenant pour ce qui n'était qu'un dîner sans formalités.

— Qu'est-ce qu'elle fabrique si longtemps ? s'irrita-t-elle quand elle en fut à son deuxième verre de vin. Et où sont les autres ? Le train de Matariki aurait-il eu du retard ?

La conversation crispée avec Patrick fut enfin interrompue par le retour dans la salle d'une Juliette radieuse et parfumée qui, durant le quart d'heure qui suivit, les entretint avec entrain des gens qu'elle prétendit avoir croisés en ville. Elle parla d'un air candide des concerts et des soirées qui avaient été récemment donnés et évoqua, avec un regard méprisant pour la robe de réforme de Lizzie, les nouvelles tendances de la mode.

Enfin parurent Kevin, Doortje et les visiteuses de Parihaka. Matariki étreignit longuement ses parents.

— Les Maoris ne le font pas, expliqua-t-elle ensuite à Doortje. Nous, nous échangeons le *hongi*, à ne pas confondre, s'il te plaît, avec un frottement de nez !

Sous le regard stupéfait de Lizzie, de Michael et de Kevin, elle montra à Doortje comment on appuyait son front contre celui de l'autre avant de presser légèrement son nez contre le sien.

— Cela évoque le dieu Tane qui a donné aux humains leur premier souffle. Échanger le *hongi* avec quelqu'un, c'est l'accepter dans sa famille.

— Un rituel tout ce qu'il y a d'archaïque, dit Juliette en riant. Il pourrait tout aussi bien venir de votre pays arriéré, n'est-ce pas, Dorothy ? Il ne manque néanmoins pas de charme, ajouta-t-elle avec un sourire pour Michael, c'est une manière commode de se rapprocher.

Matariki fronça les sourcils. Elle avait appris pas mal de choses sur Juliette dans les lettres qu'elle recevait de Dunedin, notamment qu'elle avait d'abord eu une liaison avec Kevin avant d'épouser Patrick. Lizzie lui avait livré des descriptions colorées de ses affrontements domestiques avec elle au lendemain du mariage. N'ayant quasiment pas reçu de nouvelles de sa mère pendant les trois mois qui avaient précédé la naissance de May, elle avait pressenti qu'il y avait anguille sous roche. Soupçon qui se vérifiait maintenant à ses yeux : la petite May était le portrait de Kevin et Juliette n'avait d'yeux que pour son ancien amant.

Matariki sourit intérieurement : ses deux frères élèveraient donc les enfants d'un autre ! Juliette semblait ne pas s'être encore résignée à sa nouvelle situation, humiliant Doortje et flirtant avec Kevin. Elle était au demeurant si rayonnante ce jour-là que la réaction panique de Doortje en l'apercevant était compréhensible. Ni Doortje ni elle-même n'avait vraiment eu le temps de s'apprêter. Sa femme avait demandé à Kevin de la lacer et elle avait de nouveau failli s'effondrer quand il avait refusé, disparaissant dans la salle de bains. Cela aussi avait étonné Matariki car les hommes *pakeha* aimaient en général aider leurs femmes à se corseter, cachant le corps désiré mais provisoirement interdit, avec la perspective de le libérer plus tard. Matariki pensait que son frère appréciait ce jeu. Il était certes furieux de s'être retrouvé à la porte de chez lui. Il avait cogné pour se faire ouvrir, ce que Doortje, en train de se libérer de son mal-être par un flot de paroles hâtives, n'avait pas remarqué mais qui ne lui avait pas échappé, à elle. Il ne s'était du reste manifesté que bien longtemps après l'heure du rendez-vous avec ses parents. Elle se demandait à présent où il avait bien pu passer tout ce temps…

— Oh, le *hongi* joue aussi un rôle éminemment pratique, répondit Matariki au bout de quelques secondes à Juliette. On le pratique également avec nos ennemis, afin d'apprendre à connaître leurs formes, leur odeur et leurs pensées. La proximité aide aussi à mieux se combattre. Voulez-vous échanger le *hongi* avec moi, Juliette ? J'aimerais vous connaître mieux. Car vous êtes bien Juliette, non ?

Patrick ne savait plus où se mettre, mais Juliette, au prix de quelques plaisanteries, fit celle qui ne comprenait pas et assura Matariki sur un ton aimable qu'elle aussi brûlait de faire la connaissance de la sœur de son mari.

— Tout le monde n'a pas des parents aussi exotiques, dit-elle en souriant tout en laissant son regard filer vers Lizzie.

Matariki observa avec plaisir que sa mère ne rougissait pas. Doortje en revanche, oui. Elle devait avoir honte des propos racistes qu'elle lui avait tenus peu de temps auparavant. Matariki commençait à prendre plaisir à ce dîner. Il y avait certes longtemps qu'elle n'avait plus croisé le fer avec d'autres femmes, mais elle n'avait rien perdu de la technique des joutes oratoires acquise durant ses années à l'Otago Girl's School.

— Là, vous vous trompez, Juliette, remarqua-t-elle, tout miel, la parente exotique, c'est vous. Moi, je me compte au nombre des autochtones. Mais permettez que je fasse aussi la connaissance de ma nièce, dit-elle en se tournant vers May qui lui tendit immédiatement les bras. Puisqu'on ne m'a toujours pas présenté mon neveu.

Elle jeta à Doortje et à Kevin un regard faussement réprobateur, ce qui lui permit de constater que son frère grondait Juliette des yeux. Kevin se sentait donc habilité à chapitrer Juliette. Patrick n'était que gêné par le comportement de sa femme.

— Mais c'est vrai ! s'écria Lizzie, heureuse de pouvoir changer de sujet. Où avez-vous donc laissé Abe ?

— Paika devrait bientôt le ramener chez nous, dit Doortje, soudain prise de remords. Il est déjà tard, nous devrions presque déjà être rentrés.

— Oh, je n'y pensais plus, bafouilla Kevin. Mais comment as-tu pu oublier, Doortje ?

— Paika ? s'étonna Matariki. Mais dis-moi, vous avez une bonne d'enfants maorie ?

Doortje, bien que visiblement blessée par ce nouveau reproche de Kevin, répondit :

— Paika est la bonne des Dunloe. Elle garde parfois Abe quand nous sortons. Or elle a congé aujourd'hui et elle se rendait à un pique-nique sur la plage. Kevin a pensé que je pourrais lui confier Abe, dit-elle d'un ton peu assuré.

— Tu n'as pas de souci à te faire, elle veillera sur lui comme sur son propre enfant, la réconforta Matariki. C'est une chose qui va de soi chez les Maoris, ils aiment les enfants. Et que vous soyez en retard n'est pas grave. Les Dunloe habitent tout près d'ici. Si Paika sait où vous êtes, elle vous l'amènera.

Lizzie parut tout heureuse de cette perspective et Doortje fut soulagée que personne ne trouvât à redire à ce que l'enfant eût été confié à une Maorie. Seul Kevin sembla à nouveau contrarié. Matariki s'en étonna : pourquoi était-il mécontent que Paika amenât ici Abe ?

Le dîner, excellent, avait entre-temps été servi. Lizzie nota avec satisfaction que Doortje s'était familiarisée avec les us et coutumes de la table et qu'elle buvait un peu de vin ! Kevin trouva lui aussi cela extraordinaire. Il regretta d'avoir laissé Doortje et Matariki seules. Il s'était passé quelque chose entre les deux femmes.

Juliette remarqua elle aussi que Doortje, ce soir-là, était plus détendue que d'habitude, comme libérée d'un poids. Si elle n'y prenait garde, cette nouvelle Doortje pourrait se mettre en travers de sa route.

Ayant apporté le cognac et le café, le serveur se tourna vers Kevin et Doortje.

– Monsieur et madame Drury, votre bonne d'enfants vous attend à l'accueil.

Doortje bondit aussitôt, imitée par Atamarie.

– Je t'accompagne, d'accord ? J'ai hâte de voir mon petit neveu.

En réalité, elle s'ennuyait ferme. Elle aimait la compagnie de ses grands-parents et de ses oncles, mais Juliette et Doortje étaient pour elle des étrangères. Les paisibles discussions habituelles n'avaient pas lieu, la conversation restait tendue et cérémonieuse. Elle aurait préféré passer sa soirée avec Roberta. Mais elle ne la rencontrerait que le lendemain lors d'un déjeuner commun.

Matariki vit avec étonnement que Kevin cherchait à retenir Atamarie, mais Doortje n'éleva pas d'objection. Les deux jeunes femmes furent de retour quelques minutes plus tard, Atamarie cajolant le petit Abe qu'elle tenait dans ses bras. Il lui ressemblait comme deux gouttes d'eau !

Matariki resta désemparée. Doortje lui avait parlé du viol et de l'assassinat du criminel. Mais elle n'avait pas cité son nom.

– Kevin ? Kevin, tu peux venir un instant avec moi ? J'ai deux mots à te dire !

Juliette vit avec stupéfaction Kevin quitter la table avec sa sœur aînée. Il a tout du chien battu, se dit-elle.

Matariki ne tourna pas autour du pot quand ils furent seuls dans un salon de la réception :

– Et maintenant la vérité, Kevin ! Ne dis pas le contraire ! Abe est le fils de Colin Coltrane. Doortje est-elle au courant ?

– Elle sait qu'il s'appelait Coltrane, bafouilla Kevin, mais elle ne sait pas…

– Que ce type était le père d'Atamarie ? Le fils de Kathleen ? Kathleen est-elle au moins au courant ?

– L'air de famille ne peut échapper à personne, dit Kevin soudain en colère. Du moins à ceux qui ont connu Atamarie petite, et Colin aussi bien sûr. Seule maman ne se doute de rien.

– Mais ce n'est qu'une question de temps, voyons ! Sans compter qu'elle doit s'illusionner elle-même : on a moins l'esprit critique avec ses propres petits-enfants… Mais la société de Dunedin ? La couleur des cheveux, déjà. Ce reflet métallique ! Personne ne l'a, en dehors de Kathleen. Et quand sa physionomie se sera affirmée… Les gens vont jaser. Tu envoies Doortje dans le mur !

– Les gens vont se dire que cela a à voir avec la famille. Atamarie est après tout la cousine d'Abe.

– Une partie des gens, oui. Mais Doortje n'est pas sotte. Peut-être qu'elle n'a pas encore vraiment découvert qui est apparenté avec qui ici, c'est assez compliqué en effet. Mais dans cinq ou six ans ? Il faut que tu lui parles, Kevin ! Quand elle s'apercevra qu'elle est amie avec la mère de ce type, que c'est sa sœur qui fait son portrait et que sa belle-sœur a eu un enfant de lui… Et quand envisageais-tu d'informer Kathleen, Heather et Atamarie de la mort d'un fils, d'un frère et d'un père ?

Kevin s'était voûté sous l'avalanche de reproches.

— Mais bon Dieu, Riki, ça fait des années qu'ils n'ont plus eu de nouvelles de lui !

— Et alors ? Tu ne crois pas que Kathleen, au moins, aimerait savoir ? C'est sa mère tout de même ! Elle a droit au deuil.

Kevin resta sans voix. Au bout de quelques instants, sa sœur lui porta l'estocade :

— Et qu'y a-t-il au fait entre toi et cette Juliette, Kevin ? Elle a tout d'une chasseuse quand elle te regarde, et toi de la proie désignée, tandis que Patrick a des yeux de chien battu. Il se passe quelque chose. Tu couches avec elle ?

Kevin garda encore le silence, mais enfouit son visage entre ses mains.

— Il ne manquait plus que ça ! soupira Matariki. Tu dois te décider, Kevin ! Tu veux Juliette ou Doortje ?

Il releva la tête.

— Je ne veux pas faire de mal à Doortje, murmura-t-il. J'ignore ce que je possède vraiment d'elle. Mais même ce peu, je ne veux pas le perdre !

Juliette avait observé que la sortie soudaine de Matariki et de Kevin avait provoqué la confusion chez les Drury : Doortje avait l'air malheureuse et blessée, tandis que Lizzie et Michael essayaient en jouant avec Abe de faire diversion à l'embarras général. Patrick, visiblement soulagé, disparut en compagnie de Nandé en prétextant qu'il devait mettre May au lit.

Juliette savourait son cognac à petites gorgées. Drôle d'histoire ! Matariki, à l'instant encore totalement détendue, entrait en grande agitation en voyant son neveu pour la première fois, au lieu de se réjouir de la grande ressemblance entre sa fille et lui. Doortje ne comprenait visiblement rien au comportement de Matariki et de Kevin, elle paraissait intimidée, mais pas inquiète, semblant juste se demander quelle nouvelle boulette elle venait de faire dans ce monde plein de chausse-trappes.

Étrange, étrange… Mais Juliette se doutait depuis longtemps que le mariage entre Kevin et Doortje cachait des secrets. Les découvrir serait sans aucun doute utile à ses fins.

5

Le seul à avoir été informé de la mort de Colin Coltrane ou, du moins, de sa disparition était Joé Fence qui était toujours resté en contact avec lui. On avait retrouvé son adresse dans les affaires de Colin après la fin de la guerre et le rapatriement des derniers régiments néo-zélandais. Plus personne n'espérant que les disparus réapparussent, leurs logements devaient être vidés, leurs affaires mises en ordre. C'est ainsi que l'on trouva dans celles de Colin quelques lettres venues d'Addington. Après la mort violente d'Eric Fence, Colin avait voulu employer le tout jeune Joé comme garçon d'écurie, mais Violette lui avait trouvé une place d'apprenti auprès d'un entraîneur sérieux. Joé avait d'abord transmis à Colin des informations d'initié sur les autres écuries, avant que l'écurie de Coltrane ne fût dissoute et que Colin n'eût choisi la clandestinité pour échapper à la vengeance des bookmakers. Ensuite, durant les quelques années qui précédèrent sa réintégration dans l'armée, Colin était revenu de temps en temps à Invercargill, secrètement bien sûr, mais Joé avait parié pour son compte, l'aidant à se sortir de difficultés financières. Il pleurait maintenant sincèrement Colin Coltrane qui avait été pour lui comme un second père.

Le jeune homme avait grandi sur les pistes de course, observant comment vendre et acheter des chevaux, comment les entraîner et, surtout, comment les faire gagner.

Ni son père ni Colin n'avait eu de scrupules à lui permettre d'assister à des fêtes ou des beuveries d'après victoire, durant lesquelles il buvait chacune de leurs paroles. Il leur avait entendu tenir des propos diffamatoires sur sa mère ou sur Chloé qui tentait de contrôler son mari dans la conduite du haras et à qui les deux comparses dissimulaient leurs manipulations et leurs affaires louches. Quand, d'aventure, elle en subodorait une, elle la faisait échouer et ils pestaient alors de concert contre toutes les femmes du monde. Joé avait très tôt appris à mépriser la gent féminine.

Puis Coltrane avait été trompé par sa femme qui l'avait quitté et Rosie, que tout le monde prenait pour une simple d'esprit, avait provoqué la mort d'Eric. Cela avait servi de leçon à Joé. Il fuyait les femmes, se contentant de visites occasionnelles chez les prostituées. Il préférait au demeurant d'autres plaisirs. Ceux du jeu notamment. Joueur de poker roublard, il excellait au black-jack. Mais il aimait par-dessus tout les paris hippiques. En se fiant à la chance, qui lui était souvent infidèle, ou en « organisant » des succès ou des classements. Là aussi, il y avait parfois des déconvenues, mais beaucoup plus rarement. L'attrait ne résidait pas dans l'excitation, entre espoir et déception, durant la course, mais dans les arrangements qui l'avaient précédée. Il fallait savoir qui mettre dans le coup, qui était corruptible, quel cheval se prêtait à telle ou telle manipulation, quelle course choisir.

Cela lui procurait un fort sentiment de puissance, il était libre, maître de la situation, maître de l'avenir. Les apprentis de son écurie l'admiraient, il était leur dieu : rien d'étonnant à cela, il pouvait favoriser l'avancement de leur carrière ou y mettre fin selon qu'il leur confiait des bêtes prometteuses ou des tocards. Ils étaient suspendus à ses lèvres quand il lâchait quelque tuyau à propos d'une course et l'adulaient quand, grâce à un pari assuré, ils avaient réussi à arrondir leur maigre salaire.

Cela valait aussi, dans une certaine mesure, pour les propriétaires des chevaux qui savaient leurs bêtes entre de bonnes mains, presque chacune d'elles gagnant un jour et, quand cela n'était pas le cas, Joé trouvait un acheteur naïf qui payait cher un cheval peu doué.

Tout avait marché comme sur des roulettes, jusqu'à ce qu'il fourguât à ce novice de Tom Tibbs un canasson peu fiable qui n'avait réservé que des déconvenues à son propriétaire précédent. Spirit's Dream était indubitablement rapide, mais sa tendance à prendre le galop le rendait difficilement utilisable même dans des courses arrangées. Ensuite Tibbs l'avait confié à Rosie et, d'un seul coup, il était devenu un trotteur régulier qui devançait ses propres chevaux. Tibbs encaissait des primes et l'ancien propriétaire, mécontent, venait de prendre Rosie comme entraîneuse. Joé ne savait plus à quel saint se vouer. Bien sûr, il y avait toujours le fait que Rosie était une femme. Joé avait adressé plusieurs recours au Jockey Club, mais en vain : lord Barrington protégeait « Ross Paisley » et il n'existait dans le règlement de la fédération aucun paragraphe excluant de manière catégorique les femmes des professions de conducteur ou d'entraîneur. Personne n'avait encore imaginé qu'une femme tenterait de pénétrer ce domaine réservé des hommes. De plus, les succès remportés par Rosie embarrassaient le club au point qu'il préférait continuer à l'enregistrer comme membre masculin. Chacun savait naturellement ce qu'il en était, mais personne n'abordait ce sujet.

Il ne restait d'autre perspective à Joé que de mener contre sa tante un combat plus ou moins loyal. La nouvelle de la mort de Colin le renforça dans sa détermination à le mener avec brutalité. Il ne pouvait être question que Rosie triomphât. C'était déjà bien assez qu'elle se fût jadis tirée d'affaire à si bon compte après avoir causé la mort de son père. Fence prit donc des dispositions en vue de l'ultime compétition sur la piste d'Addington : la New

Zealand Trotting Cup qui à la longue deviendrait aussi importante que l'Auckland Cup. S'il voulait conserver sa place de leader des entraîneurs du Canterbury, il devait sans tarder marquer son territoire. Il loua donc de nouvelles écuries à proximité immédiate de la piste et, ayant appris de Colin que rien n'était plus important que de se montrer, il ressortit le panneau tape-à-l'œil que Coltrane avait jadis suspendu au-dessus de l'entrée de ses écuries : COLTRANE'S TROTTING JEWELS – STUD AND TRAININGSTABLES. Un peintre rafraîchit les couleurs et remplaça, bien entendu, le nom de Coltrane par celui de Joé Fence.

Si Joé rayonna à la vue de son chef-d'œuvre, Rosie, elle, pâlit en le reconnaissant. Bouleversée, elle raconta à Bulldog l'histoire de ce panneau.

— Il n'est pas mal du tout, dit celui-ci avec détachement, s'attirant un regard mauvais de Rosie. Avec tout ce rouge et cet or. Ça a de l'allure. Fais-t'en faire un plus beau encore. Il suffira de trouver la bonne appellation.

Rosie refusa. La dernière chose qu'elle souhaitait était d'attirer l'attention sur elle et ses chevaux. Elle était d'ailleurs un peu sens dessus dessous depuis l'Auckland Cup. Certes la mystérieuse maladie de Diamond ne s'était plus manifestée, ce qui, à son avis, plaidait en faveur de la thèse de l'empoisonnement. Depuis le retour d'Auckland, la jument était hébergée dans l'écurie de l'entreprise de Bulldog, à Christchurch, où elle était l'objet de toutes les attentions. Elle semblait s'y trouver bien. Cela obligeait néanmoins Rosie à d'incessants allers-retours entre la ville et Addington.

Désireux de lui épargner cet inconvénient, Bulldog lui proposa de louer une écurie d'entraînement sur place qui hébergerait tous les chevaux qu'elle entraînait. Mais elle n'arriva pas à se décider. Elle était poursuivie par la malchance depuis Auckland : l'étalon Dream s'était blessé au pied tout seul dans son box ; un autre cheval, jusqu'ici trotteur fiable, avait pris le galop lors de la dernière course sans qu'elle comprît pourquoi. Un autre avait soudain été saisi de coliques peu avant une épreuve importante. Les conditions n'étaient donc pas réunies pour l'ouverture d'une écurie de course !

La cour de Bulldog pour obtenir les faveurs de Rosie n'avançait guère, elle non plus. Il lui demandait depuis des semaines de sortir au moins une fois avec lui, mais, d'une extrême timidité, elle fuyait les restaurants et les hôtels. Elle tenait par ailleurs les promenades à pied pour inutiles dans la mesure où elle ne manquait pas d'activités physiques. Pour la courtiser, Bulldog en était donc réduit à la zone des écuries. Elle n'avait d'ailleurs plus peur de rester seule avec lui depuis la nuit passée dans l'écurie d'Auckland. Afin de transformer en rituel le pique-nique commun à côté de Diamond, Bulldog avait même installé une table dans ses écuries, se faisant livrer des repas par des restaurants.

Or, deux jours avant les premières épreuves de qualification pour la New Zealand Trotting Cup, alors que Bulldog était justement en train de préparer un de ces fameux rendez-vous dans l'écurie, il se trouva soudain face non à Rosie mais à Violette. Il la reconnut aussitôt en dépit du temps passé. Il l'accueillit avec un large sourire.

— Violette ! Tu n'as absolument pas changé ! Oh mais je dois naturellement vous vouvoyer à présent. Excusez-moi, madame Coltrane. Mais Rosie me parle si souvent de vous que vous me semblez presque être de la famille…

— Ne me flattez pas, monsieur Tibbs. Je suis moi aussi très heureuse de vous revoir et j'espère que nos retrouvailles se passeront bien. Vous avez donc réussi dans votre nouveau pays… Vous n'êtes pas resté chercheur d'or longtemps, donc ?

— Je comprends, madame Coltrane, vous voulez tout savoir de moi. Eh bien voici : j'ai d'abord passé six mois sur les terres aurifères, puis j'ai acheté un mulet pour quelques dollars et, depuis, j'ai investi chaque sou gagné dans mon entreprise de transport. J'ai à présent des dépendances, comme on dit, à Auckland et Wellington, à Blenheim, Queenstown et Christchurch. Je suis un homme riche, madame Coltrane, vous n'avez rien à craindre, Rosie pourra… Oh, mon Dieu ! Je n'ose pas y croire ! Si j'interprète bien votre visite ici, c'est que Rosie a laissé entendre que… Oh mon Dieu, et moi qui pensais qu'elle ne comprenait pas…

— Monsieur Tibbs, Rosie n'est pas une simple d'esprit. J'ai passé la moitié de ma vie à l'affirmer et c'était parfois difficile. Mais si vous vous intéressez véritablement à elle…

— Rosie est intelligente ! déclara Bulldog d'un ton convaincu. La femme la plus intelligente à qui j'aie jamais eu affaire. Elle préfère la compagnie des chevaux à celle des gens. C'est une entraîneuse et une conductrice fabuleuse. Elle a récemment, pour s'amuser, conduit un attelage de pur-sang. Bon Dieu, madame Coltrane, je l'enverrais sans problème dans l'Otago avec un attelage de quatre chevaux !

Violette se radoucit un peu.

— Je pourrais alors peut-être m'asseoir, observa-t-elle.

Bulldog lui offrit une chaise, les joues brûlantes d'embarras.

— Bien entendu, j'ai une maison, madame Coltrane, je n'habite pas ici. C'est juste… c'est juste à cause de Rosie qui n'aime pas sortir. Mais elle a bon appétit. Petite déjà, elle avait toujours faim. Je l'aimais beaucoup, vous savez ?

— Bien sûr que je le sais ! Et c'est bien ça qui me rend la chose suspecte.

— Sus… ? hésita Bulldog, les sourcils froncés.

— Étrange, voire inquiétante, traduisit Violette. Nous ne sommes d'ailleurs pas pressés, Rosie est encore sur la piste, elle montre Diamond et les installations à mon mari.

Bulldog acquiesça d'un air soulagé.

— J'étais inquiet. Elle n'arrive jamais si tard. Elle a des journées très régulières, Rosie, tout ce qu'il y a de régulier !

Violette se dispensa de tout commentaire : elle savait que le moindre changement dans le déroulement de sa journée inquiétait sa sœur.

— Rosie était alors une petite enfant. Vous ne pouvez pas être tombé amoureux d'une enfant, puis de la femme qu'elle est devenue vingt-cinq ans plus tard !

— Mais pourquoi ? demanda Bulldog avec ahurissement. Naturellement, je n'aimais pas la petite Rosie comme j'aime la grande à présent, dit-il en s'asseyant à son tour. Je ne l'aimais pas comme on aime une femme, voyez-vous. Elle me rappelait ma petite sœur qui venait de mourir, à Londres. Elle était elle aussi mignonne et blonde. Et maintenant... je ne me souviens plus très bien de Londres. Juste de son sourire. Elle avait un sourire si doux. Et elle était si... innocente. On aurait dû faire plus attention à elle. Mais j'étais trop jeune. Elle a disparu d'un coup. Les bobbies m'ont dit qu'un client l'avait poignardée... alors, je me suis retrouvé seul. Mais j'ai retrouvé Rosie. Je peux faire attention à Rosie. Et je le ferai volontiers, madame Coltrane, si elle le veut bien.

Stupéfaite, Violette vit des larmes dans les yeux du colosse.

— Vous ne vous êtes jamais marié ?

— Non. J'ai trop bourlingué, une fille par-ci par-là. Vous savez comment sont les choses ici : des femmes, il n'y en a pas beaucoup, surtout pas pour un sans-le-sou venu de Londres qui s'en sort comme il peut. Maintenant ce serait bien sûr différent, je pourrais en avoir beaucoup. Mais je ne veux pas d'une femme qui a déjà tout vu, tout connu, vous comprenez ? D'une femme qui a déjà eu plus d'hommes que moi je n'ai de chevaux dans mes écuries. Ni une de la haute qui a suivi des études et tout ça. Elles sont sans doute gentilles, mais… j'aurais peur d'elles.

— Mais Rosie elle aussi a facilement peur, dit Violette, émue de cet aveu.

— Je sais bien. Mais elle n'aura plus besoin d'avoir peur. Je serai très prudent avec elle, promis ! dit-il, tendant une large patte à Violette.

Elle finit par toper, après avoir hésité. Il rayonna.

— Vous savez quoi, madame Coltrane, je vais envoyer quelqu'un au pub qui nous livre les repas. Qu'ils mettent double portion pour vous et votre mari.

— Nous en serons très honorés, monsieur Tibbs !

— Appelez-moi Bulldog. C'est comme ça que Rosie m'appelle. Ah voilà Rosie et Diamond. Et votre époux…

— Appelez-moi Violette. Et voici Sean, dit-elle à son tour en présentant son mari, un peu vert de peur, qui descendait du sulky où il s'était agrippé de son mieux derrière Rosie.

— Elle a établi un nouveau record, s'exclama cette dernière, rayonnante de fierté, malgré le poids de deux personnes.

Elle avait fait parcourir au trot à Diamond le trajet entre la piste et Christchurch et sans doute doublé plus d'un véhicule.

— Quelle vitesse, confirma Sean toujours un peu ému. Et… elle serre un tantinet les virages. Heureusement que je n'ai pas le vertige.

— Eh oui, rigola Bulldog, pour disputer des courses, faut pas être une femmelette ! Attendez, Sean, j'ai une bière pour vous, après vous vous sentirez mieux. Rosie, dépêche-toi de préparer Diamond pour la nuit. Nous donnons un dîner ici. J'ai invité Violette et Sean pour un vrai repas fin, comme au restaurant.

Rosie rougit, mais Violette lut la joie sur son visage.

— Mais pas ce genre de repas où on mélange les fourchettes ? demanda-t-elle, méfiante.

— Allons donc, Rosie ! Tu me connais… Violette, Sean, j'espère que vous aimez le poisson et les frites ?

6

Il ne fallut pas plus de quelques jours à Juliette pour découvrir l'histoire familiale de Matariki et l'ascendance de sa fille Atamarie. Elle n'eut pas besoin pour cela d'un flair de détective, la vérité s'établit d'elle-même au cours de sa première visite chez Lady's Goldmine. Juliette persistait à y acheter sa garde-robe en dépit des plaintes de Patrick. Mais elle avait cette fois encore vraiment besoin d'une nouvelle robe pour le week-end hippique qui allait se dérouler à Christchurch. Et, si possible, une autre pour les manifestations qui allaient être organisées le soir autour de cet événement. Elle disparut donc dans une cabine d'essayage avec une robe de rêve en mousseline de soie rouge, pendant que, dans le magasin, Atamarie se tournait et se retournait devant le miroir. Juliette se demanda une seconde d'où la petite demi-Maorie tenait l'argent pour de telles robes qu'elle ne semblait pourtant guère apprécier.

— Elle est merveilleuse, mais ce corset… J'aurai de la peine à avaler quoi que ce soit, se plaignait-elle.

— Ne fais donc pas tant de manières ! répondit Kathleen. Les femmes portent des corsets depuis des dizaines d'années et aucune n'est morte de faim pour cela. En plus, c'est à peine si je dois te serrer avec ta taille mince. Il y a de quoi être jalouse.

— Eh bien tu vois comment nous nous sentions, nous pauvres femmes, quand tu avais son âge, Kathleen, dit Claire en riant. Atamie est ton portrait vivant, j'ai presque eu peur quand elle est sortie de la cabine. Avec ses habituelles robes amples et ses longs cheveux, ça ne se voyait pas autant. Mais là… Je me rappelle encore quand nous buvions le thé à White Hart, à Christchurch, et que tous les gens ne te quittaient pas des yeux.

— Tu exagères !

Atamarie protesta aussi.

— Je trouve que je ressemble à ma maman !

Juliette, sortant à cet instant de la cabine, accapara aussitôt l'attention des deux commerçantes. Un regard dans le miroir lui prouva qu'elle éclipsait encore sans peine la jeune Atamarie. Mais Claire avait raison : la ressemblance entre elle et Kathleen était frappante.

— Tu veux la robe oui ou non, Atamie ? demanda Kathleen. Allez, tu ne peux pas aller au concert dans des habits démodés. Tu as une responsabilité envers Lady's Goldmine !

— Vous faire de la publicité ? pouffa Atamarie. Maman a dit qu'elle ne mangeait pas de ce pain-là.

— Elle se promène de toute façon en Maorie, mais toi, tu te feras remarquer. Viens, suis-moi, je vais te faire une pince à la taille. Comme ça tu pourras l'emmener. Vous m'excusez une seconde, Juliette ? Vous êtes ravissante !

Kathleen disparut avec Atamarie dans l'arrière-boutique. Juliette se tourna avec un peu de dépit vers Claire.

— Qui choisit les ladies qui font de la publicité pour vous dans des robes qu'elles ne paient pas ? Il y a un… concours de beauté que j'ignorerais ?

— Mais vous seriez la première que nous recruterions si nous avions vraiment besoin de publicité, répondit Claire dans un éclat de rire. Mais, comme toute la bonne société de Dunedin, vous ne rechignez pas à payer pour avoir l'honneur de montrer nos robes, n'est-ce pas ?

— Et la petite ?

— C'est la petite-fille de Kathleen. Bien entendu, on ne lui demande pas de payer.

— Sa petite-fille ? Mais je croyais que l'époux de Matariki était un Maori ?

Claire, qui n'avait pas jeté un deuxième coup d'œil sur Abraham raconta donc ingénument l'histoire de Matariki et de Chloé.

— Je me sens toujours un peu coupable de n'avoir pas préservé ma fille de ce mariage malheureux. Mais, après la perte de son premier mari, elle a semblé soudain si heureuse. Bon, tout a quand même fini par bien se terminer.

— Et qu'est-il advenu du fils de miss Kathleen ? demanda Juliette comme incidemment.

— Cela fait une éternité qu'elle n'a plus entendu parler de lui, dit Claire en haussant les épaules. Mon mari présume qu'il s'est engagé dans une armée quelconque. Il était soldat, à l'origine. Il est peut-être mort depuis longtemps. Je n'en ai aucune idée.

Juliette continua à essayer des robes et se décida pour la robe du soir et deux robes d'après-midi. Puis elle quitta le magasin avec un sentiment de grande satisfaction. Elle ne s'était pas trompée et pouvait très bien imaginer maintenant où Colin se trouvait deux années plus tôt. Il restait, bien entendu, à mettre les points sur les *i* avec Kevin. Il serait intéressant de le confronter avec ce qu'elle venait d'apprendre.

— Je t'en prie, Juliette, tu n'as aucune idée de la situation qui existait là-bas.

D'abord effrayé, puis furieux, Kevin avait maintenant recours à la supplication. Cela plaisait assez à Juliette, elle aimait jusqu'à un certain point que ses amants se traînent à ses pieds. Si seulement Patrick n'en rajoutait pas tant ! Mais elle ne pensait pas à lui en ce moment, savourant un sentiment de triomphe à voir son amant rétif exactement au point où elle souhaitait le voir.

— Qu'est-ce que je ne comprends pas ? demanda-t-elle en lui caressant le cou, descendant jusqu'à la poitrine et l'obligeant à se détendre après son brusque sursaut d'inquiétude dans le lit.

Ils profitaient de ce que Patrick s'était rendu à une rencontre d'anciens amis du ministère de l'Agriculture pour se retrouver dans la chambre d'hôtel de Juliette. Kevin n'aimait certes guère faire l'amour dans le lit de son frère, mais il était plus confortable que le divan de son cabinet.

— Je ne comprends donc pas que ta petite Boer a couché avec M. Colin Coltrane ? Cela ne me paraît pourtant pas si étrange que ça. Je ne connais pas le frère d'Heather, mais, à regarder ses enfants, il doit être beau garçon, non ?

Kevin parvint à se retenir, à ne pas rétablir les faits. Juliette en savait déjà trop, même si elle interprétait mal les choses. Mieux valait qu'elle n'apprît pas la mort de Colin.

— Il ne manquait pas de charme si j'en crois toutes les femmes qu'il a séduites, ta sœur, Chloé…

— Juliette, tu comprends tout de travers !

Il tenta de se relever, mais elle continua de le caresser.

— La seule chose que je ne comprends pas, c'est la raison pour laquelle tu as donné ton nom à l'enfant. Pourquoi tu as emmené avec toi cette fille et pourquoi tu feins de filer avec elle le grand amour.

— Tu ne comprends rien à rien ! répéta Kevin, puis se ressaisissant : Et je n'ai pas l'intention de te l'expliquer plus exactement, parce que cela ne te regarde pas. Parlons d'autre chose, Juliette ! Parlons de toi et de moi. Nous devons arrêter, Juliette ! Tu es une femme merveilleuse, mais ça ne peut pas continuer ainsi. Accepte enfin le fait que tu es mariée avec Patrick et que Doortje est avec moi.

— Mais elle ne te rend pas heureux, dit Juliette en riant, sa main descendant encore le long de son corps. Je vous regarde depuis des mois : ta Doortje est et reste une bécasse boer. Elle a peut-être été une flingueuse fascinante, et pour une raison ou une autre tu t'es amouraché d'elle. Mais ici elle n'est qu'une péquenaude, jolie mais fade. Tu le sais mieux que personne.

— C'est ma femme !

Kevin se contorsionna sous les doigts experts de Juliette. Il n'était plus en mesure de résister.

— Mais on peut changer tout ça, chuchota-t-elle. Nous avons tous les deux commis des erreurs, Kevin. Corrigeons-les. Renvoie ta Doortje dans sa brousse et moi je me sépare de Patrick. Ce sera bien entendu un petit scandale quand nous annoncerons que May est de toi. Mais cela prouvera aussi à quel point nous sommes faits l'un pour l'autre. Patrick n'a pris ta place que parce que tu étais parti. Noble attitude de sa part ! Mais maintenant… maintenant la nature revendique ses droits.

Elle se pencha sur lui, ses lèvres parcoururent son corps et le transportèrent à un niveau d'extase qu'il n'avait encore jamais connu. Il ne serait plus question, du moins ce jour-là, d'une fin de leur liaison. Et, concernant une éventuelle réorientation, Juliette ne manquait pas d'idées.

Matariki avait le don de ne pas se laisser influencer par l'entêtement et les préjugés de son environnement. Enfant déjà, élève à l'Otago Girls' School, elle laissait passer sur elle sans broncher les avanies et les piques de ses camarades. Plus tard, enlevée sur l'ordre de son père naturel, elle ne s'était pas davantage laissé impressionner par le fanatisme des guerriers hauhau ou par la haine des habitants d'Hamilton envers les Maoris. Si elle avait succombé ensuite à l'esprit de Parihaka, c'était moins pour des raisons spirituelles que parce qu'elle se sentait tout simplement bien dans ce village maori modèle et que le pacifisme pragmatique du fondateur, Te Whiti, lui convenait.

Elle savait aussi quand un combat était perdu. Estimant qu'elle risquait d'être arrêtée, elle s'était enfuie de Parihaka. Son tempérament placide lui avait également permis de s'affirmer dans son travail avec les organisations féministes luttant pour le droit de vote des femmes, sans tomber dans la bigoterie des adhérentes de la Temperance Union. Elle ne perdait jamais patience, ce qui lui était utile dans son activité d'institutrice, après son retour à Parihaka en compagnie de son mari, Kupe. Sans formation didactique, elle enseignait par pure passion, avec enthousiasme.

La demi-sœur de Kevin fut donc une chance extraordinaire pour Doortje, soulagée d'avoir trouvé quelqu'un ne se laissant ni choquer ni blesser par des propos plus ou moins maladroits ou malvenus. Bien que l'étude du manuel de savoir-vivre lui eût permis de gros progrès dans l'art de se comporter dans la bonne société, elle ne savait souvent pas ce qu'elle devait dire ou ne pas dire pour ne pas s'attirer le mécontentement de son interlocuteur. Il ne lui suffisait pas d'observer pour apprendre, le comportement des autochtones différant souvent radicalement des opinions professées.

— Aucun d'entre eux n'adresse la parole à Nandé, expliqua-t-elle à Matariki. Ils la traitent comme une Cafre, exactement comme nous, chez nous. Mais malheur à toi si tu dis qu'elle est sotte et inculte !

— Elle n'est pas si bête et inculte que tu le dis, sourit Matariki. D'après Patrick, elle a déjà lu plus de livres qu'au moins une bonne moitié des dames de la prétendue bonne société. Cela s'appelle l'hypocrisie, Doortje, ou bien la bigoterie. Ne crois pas que nous, les Maoris, nous ne connaissions pas ça ! Officiellement, nous jouissons de l'égalité des droits, nous avons le droit de vote et siégeons au Sénat. Mais Kupe est justement en train de lutter contre une nouvelle loi qui entend nous priver du droit de vendre ou non nos propres terres ! Ou pour ce qui est de nous, les femmes : les hommes politiques rivalisent d'ardeur pour louer notre sensibilité, mais, sous le manteau, ils restent persuadés que nous sommes dénuées de raison.

— Mais Dieu a pourtant créé Ève à partir d'une côte de l'homme. Tandis qu'Adam a reçu le souffle divin…

— Les Maoris disent exactement le contraire. Tu regarderas les anciens qui sont encore tatoués. Les femmes n'ont le *moko* qu'autour de la bouche afin de montrer que les dieux leur ont insufflé la vie. Il faudrait demander à Nandé comment les Zoulous voient la chose.

— Mais…, commença Doortje qui, se reprenant, s'interrompit et risqua un sourire timide. Je sais, il n'y a de preuves pour rien.

En riant, Matariki se tourna vers la bibliothèque de Kevin.

— Doortje, attends un peu, je suis certaine que Kevin possède *L'Origine des espèces*. Il est possible qu'il l'ait dans son cabinet, mais ce ne serait pas prudent de sa part.

— Un livre dangereux ?

— Je savais bien, triompha Matariki en sortant un mince fascicule de derrière une rangée de livres. Tu vois, même mon petit frère est un bigot. Bien que partisan de Darwin, il cache son livre. Cela pourrait bien être la vérité, Doortje. En tout cas, M. Darwin apporte toute une série de preuves convaincantes. Dieu n'a pas créé l'homme à partir d'un bloc d'argile. La vie est le fruit d'un lent développement. Lis-le, mais pas seulement la table des matières. La plupart des gens qui s'en indignent ne l'ont pas lu. Maintenant, allons chez Heather et regardons son exposition. Faut-il vraiment que je te lace ? Je déteste les corsets !

Doortje les détestait aussi, mais elle ne voulait pas attirer les regards. Aussi, avec l'aide de sa belle-sœur devant qui, malgré sa répugnance, elle osa se montrer à demi nue, elle enserra sagement sa taille. À la remarque de Doortje selon qui se montrer nu était réservé aux enfants, aux Cafres et aux singes, Matariki opposa que les femmes maories n'avaient pas d'inhibitions à cet égard et que les singes ne comptaient pas, ne pouvant enlever et remettre leur pelage à leur gré.

— Je crois que, dans les pays chauds, il n'a jamais existé de *tapu* de ce genre, car on n'y porte pas de vêtements recouvrant le corps en entier.

— Des *tapu* ?

Matariki se lança dans un autre exposé.

Les explications de Matariki étaient souvent de l'hébreu pour Doortje, mais elles l'aidaient à comprendre un peu ce monde encore largement inconnu. En tout cas, elles l'aidaient à voir son ancien monde sous un jour nouveau. Elle n'y prenait pas plaisir, mais, c'était plus fort qu'elle, sa raison lui jouait simplement des tours. Elle continuait à se défendre contre ce qu'elle ne comprenait pas, mais Matariki ne lui prescrivait pas ce qu'elle avait à faire ou non. Elle expliquait. Par exemple lors du vernissage de l'exposition principale, elle expliqua à sa belle-sœur les grands aplats de couleurs de certains tableaux et lui montra que, pour bien appréhender un tableau peint selon la technique du pointillisme, il fallait prendre du recul. Doortje n'en remarqua pas moins, d'un air préoccupé, que les paysages ne ressemblaient pas à leurs modèles dans la nature.

— Mais il existe à présent la photographie, Doortje. On ne peut pas faire plus ressemblant. Donc la peinture n'a plus à se soucier de ressemblance, de vérité. On peut la façonner comme on la ressent.

— Mais… mais tout le monde voit le monde de la même façon.

Matariki montra Juliette en train de faire du charme à Jimmy Dunloe tout en s'appliquant à vider les réserves en champagne de Chloé et d'Heather.

— Tu penses vraiment que tu vois cette dame avec les mêmes yeux que Jimmy ?

Doortje apprit tout au long des journées qu'elle passa avec Matariki, allant d'une exposition à une autre, d'un concert à un autre. Elle lut Darwin et en fut révoltée, mais sa raison ne parvint pas à totalement réfuter la théorie de l'évolution : elle venait d'une ferme, elle n'était pas ignare en élevage. Il y avait maintenant des dizaines de sujets dont elle aurait pu discuter avec Kevin. Elle ne lui faisait plus honte en public. Au contraire. Elle acquérait peu à peu une réputation analogue à celle de Matariki : ses propos étaient parfois dérangeants, mais ils étaient toujours réfléchis. Son anglais perdait de sa raideur et les bonnes manières devenaient chez elle toujours plus naturelles. Cela permettait à son charme de s'épanouir. Elle imitait Matariki et son maintien placide et assuré.

— Tu as le droit d'être différente, Doortje, lui disait celle-ci, et tu as aussi le droit de dire ce que tu penses. Mais ne le présente pas comme la vérité absolue !

Kevin aurait donc pu être depuis longtemps fier de sa femme, d'autant que la beauté de Doortje éclipsait celle des autres femmes de son entourage. Il aurait pu se montrer jaloux quand elle bavardait maintenant avec d'autres messieurs qui se l'arrachaient. Mais il semblait aveugle à cette métamorphose. Doortje restait tendue en sa présence, il ne la touchait pas la nuit. Il évitait Matariki de toute évidence.

— Il n'aime pas que nous parlions ensemble, constata Doortje, résignée, au bout de quelques jours. Peut-être devrions-nous moins nous voir ?

— Il n'a rien à t'ordonner, s'énerva Matariki, tu as le droit d'être avec qui tu as envie. Et ce n'est certainement pas vrai, d'ailleurs…

Elle se tut en voyant que Doortje la regardait d'un air interrogateur. La Boer comprenait à présent les nuances dans le ton. Doortje avait dû se rendre compte qu'elle savait pourquoi son frère se comportait d'une manière si étrange. Mais elle ne pouvait lui confier que c'était la mauvaise conscience qui animait Kevin : il n'avait sans doute pas mis un terme à sa liaison avec Juliette et il devait toujours se débattre avec les secrets relatifs à Colin en Afrique du Sud. Matariki avait obtenu de lui la promesse qu'il dirait la vérité à Doortje. Mais elle ne lui avait pas posé d'ultimatum.

Elle le regrettait.

7

— Ils sont vraiment très beaux, dit Roberta, félicitant Atamarie tandis qu'elle l'aidait à disposer ses *manu* en vue de l'exposition. Et qu'est-il advenu de l'homme qui t'a montré comment les construire ?

— Mais personne n'a eu besoin de me montrer, comme tu dis. Quand je vois un objet comme ceux-ci, je sais les confectionner à mon tour. Quant à Rawiri, il a rejoint les rives de la science. Tu ne le croiras pas, mais il est, ou était, auprès des frères Wright.

— Lui en veux-tu d'avoir aidé la concurrence ?

— Je pense qu'ils auraient réussi sans lui, de toute façon. Et Richard, lui, n'y serait d'ailleurs pas arrivé pour autant. Ça n'a donc pas d'importance.

— Le Maori t'est donc indifférent. Et Richard l'est devenu entre-temps.

Si quelqu'un d'autre que Roberta avait posé la question, elle aurait acquiescé, mais il ne fallait pas espérer tromper son amie.

— Eh bien, je me dis que… qu'il aurait au moins pu envoyer une carte durant son voyage de noces, non ?

— Tu crois qu'il a épousé cette Shirley ?

— Le contraire m'étonnerait. Qu'en penses-tu, dois-je vraiment chanter lors de l'exposition ? Les femmes disent que ce serait bien de chanter *karakia*. Pour montrer que les *manu* ne sont pas seulement des cerfs-volants, qu'ils établissent une liaison avec les dieux. Mais je ne sais pas, les dieux et moi nous n'avons pas de rapports particuliers.

Pas dupe de l'art d'Atamarie d'éluder les questions, Roberta sourit.

— Vous n'avez pas de chanteuses avec vous ? Elles pourraient s'en charger.

— Ce n'est pas possible, c'est ce que vient de m'expliquer Waimarama. Elles pourraient m'accompagner, mais c'est le ou la *tohunga* dans l'art de construction des cerfs-volants qui doit débuter et chanter la voix principale. Et, en fait, on doit aussi faire s'envoler un *manu* pendant le chant. Or ici, en ville…

— Sur le toit ?

— Tu veux faire monter tout ce beau monde sur le toit ? Je vois d'ici Juliette grimper les escaliers avec son corset. Et Patrick et Kevin se disputer l'honneur de lui tenir l'échelle.

— Tu es odieuse, dit Roberta soudain sérieuse. Kevin tiendrait tout au plus l'échelle à Doortje. Il est vrai que Juliette s'efforce en permanence de le…

— De le séduire, c'est bien ça ? Il est effectivement impossible de ne pas le voir. Mais il ne m'apparaît pas, en l'occurrence, ferme comme le roc dans la tempête. Il évoque plutôt un roseau.

— Tu es impossible, Atamarie ! Ce n'est pas parce qu'à Parihaka… règnent des mœurs dissolues… que tu peux transposer…

— Les mœurs qui règnent à Parihaka ne sont pas si dissolues que ça. Quand il y a mariage, ça en reste là en général. Kevin en revanche, excuse-moi, Robbie, mais que tes espérances le concernant ne se réalisent pas ne signifie pas que Juliette le laisse froid.

Roberta devint écarlate.

— Ce n'est pas vrai du tout que j'essaie encore avec Kevin. Je…

– Tu nourris les mêmes espoirs que Juliette. Ne te donne pas tant de peine, Robbie, quand on te connaît un peu, on le devine dans tes lettres. À l'instant précis où est apparu qu'il y avait des difficultés entre Kevin et Doortje, tu as cessé de parler de ton vétérinaire. Il n'y a plus eu que Kevin, Kevin, Kevin. Où en es-tu, au fait, avec ton vétérinaire ? Peut-il encore nourrir des espoirs ou bien vas-tu idolâtrer Kevin jusqu'à ses noces d'argent ? Avec Doortje ou avec Juliette, mais certainement pas avec toi.

Roberta se laissa choir sur une chaise.

– Je ne sais pas non plus, murmura-t-elle. Vincent est… il est… il est très gentil. Ce serait un merveilleux époux et un bon père. Mais il est aussi…

– Un peu ennuyeux ? la provoqua Atamarie. L'aventure te manque ? Mais, Robbie, Kevin ne mène pas une vie excitante lui non plus. Médecin ou vétérinaire, ni l'un ni l'autre ne va retourner en Afrique du Sud ou se lancer dans des folies. La seule chose excitante chez Kevin, c'étaient ses aventures féminines. Or il n'est pas particulièrement rocambolesque d'être trompée !

Elle s'assit auprès de son amie.

– Je voudrais vraiment savoir s'il a épousé Shirley, dit-elle alors tout bas. Je saurais au moins à quoi m'en tenir.

– Alors, tu tenterais de nouveau ta chance ? Jusqu'au… ma foi, disons jusqu'au vingt-cinquième anniversaire du vol des frères Wright ? Nous sommes vraiment folles, Atamarie !

Atamarie prit son amie dans ses bras. Roberta avait raison. Elle non plus n'avait pas oublié Richard.

L'ouverture de l'exposition maorie, le même soir, connut un écho inattendu. Caversham n'était pourtant pas en pleine ville et d'autres lieux du festival d'art étaient plus prestigieux qu'une salle paroissiale.

Chloé et Heather s'étaient, elles, souciées de l'aspect financier de la manifestation.

— Il faudra vendre des objets d'art, Matariki, sinon nous en serons de notre poche. La location de toutes ces salles, l'hébergement des artistes, tout cela coûte très cher, ce ne sont pas les recettes des concerts qui couvriront les frais. Et l'art maori ne rencontre pour l'instant qu'un intérêt limité chez les acheteurs. Les gens ont du plaisir à regarder, et c'est en soi déjà réjouissant, mais ils ne croient pas que ces objets d'art prendront de la valeur, c'est pourquoi ils n'investissent pas.

— Ils pourraient acheter ces objets parce qu'ils les trouvent beaux, avait objecté Matariki.

À Parihaka, ils vendaient aux visiteurs pas mal de travaux de tissages, des peintures et surtout des sculptures en jade. Mais c'était surtout au titre de souvenirs, pas en tant qu'objets d'art.

Or la bonne société de Dunedin manifesta au contraire un intérêt qui surprit les artistes et les galeristes. Le public habituel des vernissages s'était effectivement déplacé jusqu'à Caversham et avait apprécié les pièces exposées, notamment les miniatures en jade représentant les dieux, des *heitiki*, qu'on pouvait porter comme des amulettes ou disposer chez soi.

Les *manu* d'Atamarie rencontrèrent un succès certain auprès des hommes.

— Et ils volent ? demanda Jimmy Dunloe. Les cerfs-volants que je fabriquais enfant étaient plus légers et ils avaient une queue.

— Uniquement si on chante en même temps, répondit Atamarie en souriant. Mais je vais l'expliquer dès que les sculptrices auront terminé leurs propres explications.

Ce fut bientôt son tour. Elle raconta avec passion les légendes des Maoris à propos des *manu*, tout en insistant sur leur importance spirituelle et pratique.

— On pouvait, grâce à eux, transmettre des messages aux dieux mais aussi à des tribus éloignées. Ces cerfs-volants devaient donc se voir de loin. Les symboles qui y sont peints jouent bien entendu un rôle, de même que les décorations qui y sont collées. Bien sûr aussi, les *manu* sont d'autant plus estimés qu'ils sont grands, si bien que notre peuple construisait des cerfs-volants gigantesques.

Elle raconta en riant l'histoire de la conquête de Pa Maungaraki grâce à l'homme volant.

— Bien avant les frères Wright, ajouta-t-elle avant de se faire chaleureusement applaudir. Je vais à présent chanter une *karakia*, bien que je n'aie pas une belle voix et que je ne sois pas non plus une *tohunga*. Je ne fais que construire des cerfs-volants. Pour les dieux, d'autres sont plus compétents que moi.

Elle entonna alors d'une voix claire la prière la plus simple qu'elle connût, mais s'arrêta une fraction de seconde en entendant une voix basse et sonore l'accompagner :

Taku manu, ke turua atu nei
He Karipiripi, ke kaeaea…

Monte toujours plus haut, oiseau superbe,
Conquiers les nuages et les ondes,
Vole jusqu'aux étoiles
Jette-toi dans les nuages
Tel un guerrier dans la bataille !

Elle chercha des yeux le chanteur parmi les spectateurs et tomba sur le doux visage de Rawiri, entièrement concentré sur le chant, le regard tourné vers l'immensité du ciel. Quand elle eut terminé, il la contempla, rayonnant.

Elle s'éclaircit la voix et désigna du doigt le jeune homme.

— Je… je cède maintenant ma place à un authentique *tohunga*. Tout ce que je sais sur les *manu*, c'est lui qui me l'a appris.

Elle s'éclipsa pour que personne ne s'aperçût du bouleversement qu'avait provoqué en elle la vue de Rawiri. Dieu qu'il avait changé aux États-Unis ! Il avait les cheveux plus courts, paraissait adulte, plus fort et plus assuré. Bien sûr ! Il avait eu sa part de la gloire des frères Wright… Elle ressentit un brin de jalousie.

Rawiri se mit à expliquer aux visiteurs la forme des cerfs-volants et leurs noms, ajoutant des informations sur l'utilisation des *manu*.

— Parfois, le rôle spirituel et l'utilisation pratique se recoupent. Lorsque, par exemple, nous nous servons des cerfs-volants pour choisir un lieu pour nous installer. On peut, grâce à eux, arpenter un territoire, mais en même temps prier les dieux de le bénir. Mais je vais à présent m'arrêter de vous parler. Les *manu* sont impatients, je les entends chuchoter dans mon dos…

Le public se mit à rire, mais Rawiri garda son sérieux.

— Les oiseaux veulent voler, dit-il d'une voix douce. Atamarie, auquel allons-nous donner son envol ?

— Je suggère le *manu whara*. Il n'y a que très peu de vent ici, en ville.

Le jardin du presbytère, entouré d'un mur élevé, n'était pas l'endroit idéal pour le décollage des cerfs-volants.

— Cela n'ira que sur le toit. Le mieux serait le clocher, proposa Rawiri avec flegme.

Le révérend tiqua. Mais ce fut Kathleen qui protesta, sans doute par instinct de sauvegarde personnelle : elle aimait sa maison et la cure de Peter à Caversham.

— Non mais, qu'est-ce que vous croyez ? s'écria-t-elle d'un ton enjoué, mais déterminé. Vous imaginez la réaction de l'évêque s'il apprenait que vous prenez contact avec vos esprits depuis notre clocher ?

— Ce seraient les ancêtres, rectifia Atamarie. Si nous prenons le *manu whara* qui a justement reçu la forme du canot…

— Ancêtres ou esprits, peu importe, ils n'entreront pas dans l'église, trancha Kathleen. Peter ! Dis quelque chose !

— Je tiens Dieu pour assez accommodant et une prière est une prière, qu'elle monte au ciel en suivant la corde d'un cerf-volant ou bien qu'elle parte de nos cœurs. Mais ma femme a raison : l'évêque pourrait voir cela d'un autre œil, car ses réactions à l'égard du mot « ancêtre » sont assez… épidermiques.

Quelques-unes de ses ouailles éclatèrent de rire car la carrière du révérend avait à plusieurs reprises été bloquée en raison de ses prêches non conventionnels. Il ne cachait pas ses conceptions darwinistes, les tenant pour compatibles avec sa fonction ecclésiastique.

— Alors, nous nous contenterons du toit, chuchota Rawiri à Atamarie. Viens !

Ils constatèrent vite, avec étonnement, que plus personne ne leur prêtait attention, tout le monde discutant avec animation des idées de Peter et de celles de son évêque.

Ils prirent avec eux le *manu whara* et l'homme-oiseau et grimpèrent l'escalier menant au grenier. Pour le *bird-man*, le vent était à peine suffisant.

— Tu n'as pas le vertige, j'espère ? s'assura Rawiri en aidant Atamarie à monter sur le toit.

— Je parie que j'ai déjà volé plus haut que toi ! crâna-t-elle.

— Prends néanmoins garde à ne pas glisser. Assieds-toi sur le faîte !

Peu de temps après, Roberta, qui avait observé du jardin leur ascension téméraire, appela les visiteurs de l'exposition à la rejoindre. La petite foule, fascinée, les écouta chanter tandis que les deux cerfs-volants dansaient dans le ciel du soir.

— As-tu chanté la *karakia* pour les frères Wright ? demanda Atamarie quand ils eurent terminé.

— Non. Ils ne croient pas à ce genre de choses. Et puis il y avait trop de bruit à Kitty Hawk. C'était une exhibition, Atamarie, pas un office divin !

Elle se demanda s'il y avait eu un service divin pour Richard. Mais le mot n'était évidemment pas approprié. Pourtant, elle se souvint de son premier vol avec Tawhaki, le sentiment qui l'avait habitée quand elle avait baptisé l'avion. Rawiri n'avait pas entièrement tort. Pour elle aussi, cela avait eu un côté spirituel : au moins avait-elle apaisé les esprits de la haie. Elle s'apprêtait à lancer une plaisanterie à ce sujet quand Rawiri la regarda.

— Et toi, as-tu chanté la *karakia* pour Richard Pearse ?

— Comment sais-tu que… ?

— Que tu as volé ? Je l'ai lu dans tes yeux. Et puis tu l'as dit.

— Est-ce que tu notes tout ce que je dis sans réfléchir ? éluda-t-elle, ne sachant si elle avait envie de parler de Richard.

— Chacune de tes paroles est un chant dans mon cœur, se contenta-t-il de répondre avant de revenir à Richard : Il a finalement écrit à Wilbur et Orville qu'il avait volé.

— Il a quoi ? s'exclama-t-elle et elle serait tombée du toit si Rawiri ne l'avait retenue. Richard a écrit aux frères Wright ?

— Mais oui. Ils ne l'ont bien entendu pas vraiment pris au sérieux. C'était du reste une drôle de correspondance : parfois il écrivait lettre sur lettre, parfois il se taisait durant des mois. Parfois il s'exprimait en scientifique, parfois il était d'une extrême confusion. Wilbur et Orville le considéraient comme un hurluberlu. Ils étaient néanmoins en contact depuis des années. Tous ces gens se connaissent.

— Il ne m'a jamais parlé de ça, murmura Atamarie. Il leur a vraiment écrit qu'il avait volé ?

— Ils ne me montraient pas ses lettres. Mais, plus tard, il a écrit que cela n'était pas possible, qu'il n'avait pas volé, que Dieu ne voulait pas que les hommes volent. Il a parlé d'une haie.

— Elle était, je le reconnais, bourrée d'esprits. Mais, cela mis à part, s'il a parlé de son avion aux frères Wright et de cette tentative de vol, ils doivent en avoir tiré les bonnes conclusions. Ils ont compris qu'il avait volé ou qu'il était sur le point d'y arriver. Ils ont alors mis leur vol en scène. Mon Dieu, Rawiri, comment a-t-il pu être si bête ?

Elle réfléchit à toute allure. C'était ça ! Les frères Wright avaient accéléré leur premier vol après l'abandon de Richard. Ils le prenaient pour un hurluberlu, mais ils savaient qu'il avait volé et ne voulaient pas courir le risque de ne pas être les premiers.

— Tu as chanté pour lui, constata Rawiri. Mais les esprits ne t'ont pas entendue…

— On ne peut sans doute pas chanter pour soi, murmura-t-elle en haussant les épaules. Tu veux bien chanter encore une fois avec moi ?

Rawiri entonna un chant à l'adresse des dieux, Atamarie fredonnant pour l'accompagner. Les chanteuses maories, dans le jardin, reprirent le thème et, dans le crépuscule, s'instaura entre ciel et terre un chant à deux voix ayant quelque chose d'irréel.

— C'est beau, chuchota Doortje en prenant timidement la main de Kevin.

Elle ignorait si cela était convenable, mais, ces derniers temps, elle avait envie de le toucher. Chose qu'elle ne se serait pas avouée quelques mois plus tôt. Mais pourquoi ne désirerait-elle pas Kevin ? Il était son mari. Kevin ne la repoussa pas, il lui serra au contraire les doigts avec douceur.

Le geste n'échappa pas à Juliette. Elle n'éprouva pas de douleur, mais une rage impuissante.

8

— Ils se sont pris par la main, rapporta le lendemain Roberta à une Atamarie manifestement peu intéressée. Quand vous avez chanté sur le toit. Doortje change du tout au tout ces derniers jours. Ta mère…

— Ma mère l'a invité pour la fête des Pléiades, répondit Atamarie, distraite. Dans notre tribu près d'Elizabeth Station. Quand nous reviendrons, nous fêterons donc Matariki chez les Ngai Tahu. Il a accepté. Il a promis de construire des cerfs-volants avec nos enfants…

— Atamarie, est-ce que tu m'entends seulement ? s'irrita Roberta. Je parlais de Kevin et de Doortje.

— C'est bien, non ? S'ils sont enfin heureux ! Préférerais-tu qu'il choisisse Juliette ? Je te l'ai déjà dit mille fois, Robbie : ce sera une des deux. Pas toi.

— Et pour toi, ce sera maintenant Rawiri ? demanda Roberta, faisant un effort bien qu'elle eût préféré discuter de l'inattendue scène de tendresse entre Kevin et Doortje.

— Il est gentil, concéda Atamarie. Quand je suis avec lui, c'est… c'est bien. Et il m'aime. Mais quand je le compare à Richard… Est-ce que je t'ai dit que celui-ci a écrit à Wilbur et à Orville Wright ?

— Et dire que tu n'arrêtes pas à propos de mon problème avec Kevin ! Et Vincent. Nous avons en fait le même problème, Atamie, est-ce que tu t'en rends compte ?

Les jours suivants, la relation entre Atamarie et Rawiri devint plus étroite encore. Le jeune homme resta à Dunedin : il était venu pour lui faire la cour. Ayant appris à son arrivée à Wellington qu'elle se trouvait sur l'île du Sud, il s'y était rendu sur-le-champ. Il l'accompagnait à chacune des manifestations du festival, se montrant un interlocuteur fort intéressant. Ne l'ayant jusqu'ici connu que dans l'environnement de Parihaka, Atamarie était agréablement surprise. En réalité, il avait lui aussi fréquenté l'université et entre-temps visité pas mal de régions des États-Unis. Il connaissait mieux le monde qu'elle et il en parlait de manière intéressante, évoquant des bâtiments d'une hauteur incroyable à New York, le pont de Brooklyn, le plus long pont suspendu du monde, la multiplication des automobiles qui commençaient à déterminer la physionomie des villes.

— Et l'aviation, expliquait-il, elle va se développer à une vitesse fulgurante. Que nous chantions ou pas.

Atamarie lui parlait de ses examens, de ses projets d'avenir encore assez flous et revenait sans arrêt sur la dernière période de sa relation avec Richard. Elle ne voulait pas lui dévoiler l'histoire dans son intégralité, mais souhaitait à tout prix comparer son avion avec celui des frères Wright. Rawiri, se pliant à ses désirs, lui livra une description minutieuse de leur machine.

— Cela intéresserait le professeur Dobbins, dit-elle alors. Si tu rentres chez toi en passant par Christchurch, tu devrais lui proposer de tenir sur ce sujet un exposé devant ses étudiants.

Il la regarda d'un air incrédule.

— Tu m'en crois capable. Devant tous ces gens instruits ? J'ai toujours eu le sentiment… eh bien, que je n'étais pour toi qu'un jeune Maori stupide se croyant capable de voler en se jetant à la mer tout en chantant.

— Ce n'est pas pire que de se jeter sans rien dire dans une haie. Du reste, Richard n'a pas non plus de diplôme universitaire. Ça ne l'a pas empêché de construire son avion. Un avion qui volait mieux que celui des Wright.

Le visage de Rawiri se rembrunit.

– Pourquoi est-il sans cesse question de Richard Pearse quand nous parlons ? Nous parlions des Wright. Et de moi. Mais tu en reviens toujours à lui. L'aimes-tu encore, Atamarie ? Tu sais que je… Je ne veux pas faire pression sur toi, mais je m'étais dit que nous irions peut-être tous les deux à Christchurch où, d'après ce que tu m'as raconté, le professeur t'a proposé une place à l'Institut. Je pensais que tu l'accepterais et que j'étudierais alors au Canterbury College pour devenir ingénieur. J'aimerais moi aussi construire des avions, faire chanter un moteur. Tu n'as pas eu cette même idée, Atamarie ? Que les moteurs chantent… qu'ils murmurent en chœur avec les esprits ?

Elle sourit. Elle avait souvent écouté le bruit du moteur Otto. Pour elle aussi, c'était une musique quand il tournait rond. Mais un chuchotement en chœur avec les esprits ?

– Tu crois qu'un jour il y aura des moteurs qui murmurent ?

– Pourquoi pas ? J'imagine qu'ils pourraient être plus silencieux. Ne pas couvrir le bruit du vent et ne pas empêcher les gens d'entendre leurs pensées.

– Si on réussissait à diminuer les vibrations, réfléchit tout haut Atamarie, les yeux brillants.

– Oublie un instant le moteur, Atamarie ! Je dois savoir ce qu'il y a entre Richard et toi. Est-ce que tu vas repartir pour être avec lui ? Et revenir quand il ne voudra plus de toi ? Je suis peut-être le deuxième choix, mais il faudra bien que tu finisses par choisir.

Elle s'appuya contre lui. Ils étaient parvenus à la plage où ils comptaient faire voler les cerfs-volants d'Atamarie. Rawiri insistait pour qu'ils ne fussent pas enfermés dans un musée et elle s'était presque rangée à cette idée

Une fois éloignés de leurs *marae* et de leurs *wharenui*, les objets exposés dans la salle paroissiale avaient perdu de leur éclat. Mais, volant sur la plage, les *manu* retrouvaient vie, ils avaient la senteur de la mer et le vent ébouriffait les plumes qui les décoraient. L'homme-oiseau, haut dans les airs, semblait parler d'aventures, l'autour prenait un air féroce et le canoé gardait le silence sur les mystères des ancêtres.

Les *manu* posés sur le sable, entre eux, ils buvaient de la bière les yeux fixés sur le large. Atamarie se sentit soudain attirée vers Rawiri.

– Je ne sais pas si j'ai le choix, Rawiri, soupira-t-elle. Je pourrais t'aimer. Peut-être que je t'aime déjà. Mais j'ai parfois le sentiment qu'il y a de l'*aho tukutuku* entre moi et Richard, une corde de lin. Des cordes qui ne se rompent pas si facilement.

– Roberta dit qu'il s'est certainement marié. Cela n'a-t-il pas rompu la corde ?

– Je la sens encore, Rawiri. Je n'y peux rien. Elle est plus forte que moi.

– En d'autres termes : il n'a qu'à tirer sur la corde, conclut amèrement Rawiri en cherchant à croiser son regard.

Elle détourna les yeux.

– Laisse-moi du temps, murmura-t-elle. Juste du temps.

Roberta arriva décidément trop tôt. Elle se retrouva une demi-heure avant l'heure convenue devant la maison de la Lower Stuart Street. Elle devait assister à un concert avec Atamarie et Matariki et, bien sûr, Kevin et Doortje. Elle se persuada qu'elle devait au seul hasard d'arriver en avance et que c'était par pur caprice qu'elle était venue à pied dans le centre-ville, renonçant à la voiture de Sean et de Violette. Ses parents habitaient dans la banlieue et elle avait donc dû marcher une bonne demi-heure. Mais l'air était frais ce jour-là et Kevin serait certainement encore dans son cabinet pendant que les trois femmes se changeaient. Il laisserait peut-être la porte ouverte. Elle pourrait alors jeter un œil à l'intérieur et éventuellement bavarder un peu avec lui. Mais, naturellement, si le hasard le voulait ainsi. Jamais elle n'aurait prémédité un tel plan !

Elle fut donc déçue de trouver fermée à clé la porte ouvrant sur l'escalier menant à l'appartement. Était-il déjà en haut ? Elle entendit alors du bruit à l'intérieur du cabinet, des bruits inquiétants. Un cri aigu ! Était-ce un effet de son imagination ? Et des gémissements ! Oui, des gémissements ! Elle réfléchit. Kevin devait avoir un patient, un cas urgent sans doute. L'infirmière qui assistait les médecins pendant les consultations devait avoir regagné son domicile. Mais si le cas était grave ? Elle pouvait alors donner un coup de main, ayant eu l'occasion en Afrique du Sud d'intervenir en cas de besoin. Hésitante, elle appuya sur la poignée de la porte. Elle n'était pas fermée à clé. Mais l'autre porte, entre la salle d'attente et la salle de consultation, n'était pas ouverte. Elle entra, indécise, dans la salle d'attente. Devait-elle frapper ou entrer tout simplement pour proposer son aide ? Les gémissements étaient ici beaucoup plus distincts, mais ils étaient… Ce n'était pas des gémissements de souffrance.

Roberta s'approcha de la porte et fut confortée dans son sentiment. Des rires et des pouffements se mêlaient aux râles. Des rires de femme. Et une voix d'homme. La voix de Kevin.

— Non, Juliette ! Non, vraiment ! Tu es une charogne, une vraie diablesse…

— Erreur totale ! Tu sais que je suis un ange. Je te chevaucherai jusqu'à ce que tu le reconnaisses !

Roberta rougit jusqu'au sang quand elle comprit qu'elle était témoin d'un acte sexuel. Une urgence ! Quelle dinde elle avait été ! Atamarie se tordrait de rire si elle lui racontait ça. Mais pouvait-on raconter une chose pareille ? Sa première idée fut de tourner sur ses talons et de s'enfuir. Mais elle resta, comme paralysée, fascinée par les voix.

— Juliette, vraiment, je veux que tu arrêtes.

— Kevin, mon chéri, adresse-toi à ton petit oiseau, c'est lui qui refuse de sortir.

— Petit oiseau ? Tu veux me vexer ? s'écria Kevin, jouant les indignés.

— Oh, excuse-moi, je parlais naturellement de ton membre puissant. Tu es un étalon, chéri ! Ça va comme ça ?

— Comme ça, ça va, oui. Mais tu ne devrais pas… Il faut que je monte chez moi, le concert…

— Tu veux que je chante pour toi ? Mon corps va chanter pour toi. Notre duo dépasse de loin ce que tu vas entendre sur scène. Viens, mon étalon ! À toi maintenant de me chevaucher !

— Non, il ne faut pas !

La voix de Kevin était maintenant suppliante. Roberta se demanda pourquoi il ne se levait pas et ne partait pas, si tout cela se passait contre sa volonté. Et pourquoi il avait ouvert son cabinet à Juliette. Elle voulut de nouveau partir. Ce qu'elle entendait là était répugnant, loin des nuits d'amour qu'elle avait rêvé de passer avec lui, loin des gestes de tendresse et des serments d'amour, et du silence complice et heureux après le paroxysme qu'elle s'était imaginé ressemblant à un lever de soleil ou une pluie d'étoiles. Mais ça, là… Si ce qu'il voulait – ou ne voulait pas, il ne cessait de faire des manières avant de s'abandonner – c'étaient ces chichis entre obscénité et niaiserie… La dernière chose que Roberta aurait souhaitée en cet instant aurait été d'être à la place de Juliette.

Elle n'avait en réalité plus qu'une envie : partir loin d'ici. Elle recula d'un pas en direction de la porte de sortie. Elle l'ouvrirait et la refermerait sans bruit derrière elle. Mais, dans sa hâte, elle renversa, en se retournant, un horrible vase victorien qui se brisa par terre avec fracas.

Elle n'avait pas atteint la sortie que, déjà, Kevin ouvrait la porte de communication entre les deux pièces. Nu, il avait noué une serviette autour de sa taille.

— Ro… Roberta ?

Elle lut dans ses yeux un reste d'effroi puis un certain soulagement de voir qu'il s'agissait d'elle seulement.

— Que… que fais-tu là ? Je suis en train de me laver. Là-haut, avec trois femmes…, dit-il comme sollicitant de la compréhension de sa part.

Roberta se rendit brusquement compte qu'il la prenait pour une enfant demeurée. Comme il l'avait toujours fait, même si elle avait pourtant travaillé dur en Afrique. Il l'avait sans doute trouvée utile, mais il ne la prenait pas au sérieux. Elle sentit un froid monter en elle.

— Ne te donne pas tant de peine, Kevin, j'ai tout entendu, dit-elle avec calme. Où as-tu caché Juliette ? Dis-lui qu'elle peut sortir, je pourrai l'aider à mettre son corset. Elle veut sans doute être présentable avant de se trouver face à Doortje, non ?

Kevin baissa pavillon.

— Roberta, je t'en prie… Ne le dis à personne. Je… je sais que nous sommes en tort, je veux d'ailleurs arrêter, je…, supplia-t-il.

— Alors pourquoi n'arrêtes-tu pas ?

— Je t'en prie, Roberta, j'aime Doortje… Mais je ne peux pas, je…

Ils entendirent rire dans la salle de consultation. Roberta se retourna. Tout mot était ici de trop, et elle ne savait de toute façon plus que dire. Elle partit en courant, claquant la porte derrière elle.

— Roberta ! cria Kevin, mais elle ne se retourna pas.

Il voulait juste s'assurer de son silence. Il avait toujours réussi à se sortir des situations difficiles par des mots, des belles paroles. Mais se tairait-elle ?

Elle ne devait surtout pas rencontrer les autres femmes. Atamarie s'apercevrait aussitôt, en la voyant, qu'il se passait quelque chose. Et elle ne pouvait lui dire qu'elle avait, des années durant, voué amour et respect à un homme qu'elle venait de surprendre dans les bras d'une putain. À un menteur qui prenait un jour Doortje par la main et se livrait le lendemain aux caresses d'une Juliette Drury-LaBree. Et qui osait parler d'amour !

Roberta rentra chez ses parents en fiacre. Violette et Sean seraient étonnés de ne pas la voir au concert, mais elle leur dirait plus tard qu'elle avait eu un malaise. Le corset… Violette lui reprochait de toute façon d'en porter un de nouveau. Et demain… demain, elle prendrait le train pour Christchurch. C'était quelques jours plus tôt que prévu, car elle avait eu l'intention de s'y rendre le week-end, avec sa famille, pour voir Rosie courir, Diamond disputant sa dernière épreuve de qualification pour la New Zealand Trotting Cup. Elle avait aussi l'intention de revoir Vincent. Partagée entre des sentiments contradictoires. Mais à présent tout était changé. Elle avait besoin de son sourire chaleureux et compréhensif, de la douceur de ses yeux, des yeux qui décelaient du premier coup d'œil qui était une Juliette.

Roberta était lasse de vivre un amour non partagé. Un amour pour un homme qui n'en valait pas la peine, de surcroît.

9

Le lendemain matin, ce fut moins simple que prévu.

Violette s'étonna que sa fille, malade la veille au soir, voulût partir en voyage. Aux aurores, de surcroît. Elle ne crut pas une seconde au prétexte de Roberta qui affirma vouloir, avant de rencontrer Vincent, rendre visite à une ancienne camarade d'études qui enseignait maintenant à Christchurch.

— Il s'est passé quelque chose, Roberta ? Je te trouve bien pâle ! Atamarie t'a attendue hier. Tu aurais pu la prévenir !

— Il ne s'est rien passé, maman, j'ai juste… je me suis sentie lasse. Et j'avais des nausées. Mais c'est rentré dans l'ordre. Je peux voyager, maman, ne t'inquiète pas, dit-elle en rangeant ses affaires dans sa valise. Je vais laisser le corset ici.

— Il y a eu quelque chose, insista sa mère. Mais si tu ne veux pas me le dire… Ce n'est rien de véritablement grave, Robbie ? Il y a un homme là derrière ?

Violette avait été violée dans sa jeunesse et la peur se nichait toujours au plus profond d'elle-même. Elle avait beau se dire que Roberta était en sécurité à Dunedin, que les rues étaient animées et que la société fréquentée par Roberta était au-dessus de tout soupçon, elle envisageait toujours le pire et n'aimait pas savoir sa fille seule, comme cela avait été le cas la nuit dernière.

— Il ne m'est rien arrivé, maman. Tout au plus ai-je… j'ai…

— Vu quelque chose, Roberta ? Un homme s'est-il montré impudique ? Il existe des hommes qui prennent plaisir à se montrer à des femmes… tout nus. On les appelle des…, hésita Violette, cherchant le mot rare.

— Maman, je n'ai pas rencontré d'exhibitionniste. Je vais très bien, je veux juste arriver à Christchurch deux jours plus tôt. Cela fera plaisir à Rosie.

— Et ce jeune homme que tu as connu en Afrique du Sud ? S'agirait-il de lui ? Roberta, je ne suis pas d'accord pour que tu t'en ailles ainsi, sans être accompagnée. Nous ne le connaissons même pas.

— Mais vous ferez sa connaissance à la fin de la semaine. Et puis cesse de me questionner ainsi, maman. Ce n'est pas la première fois que je pars seule à Christchurch, tu le sais bien. Personne ne me mangera, Vincent Taylor moins que tout le monde.

— Mais que va-t-il penser, Roberta ? Si tu arrives deux jours plus tôt que prévu ? Cela donne l'impression que tu veux te jeter à son cou.

— Mais je rends d'abord visite à mon amie. Elle… elle a un problème, tu sais, elle m'a écrit, j'ai réfléchi et je crois… je crois qu'elle a vraiment besoin d'assistance. Elle est institutrice, mais elle a eu une histoire avec un homme, et maintenant elle est…

— Enceinte ? Oh, la pauvre enfant ! Il faut supprimer de toute urgence ce célibat des institutrices. Un enseignant peut se marier comme il l'entend, alors qu'une jeune femme doit vivre comme une nonne. Envoie ton amie au bureau de la Women's Christian Temperance Union. Il y aura peut-être un travail pour elle. Dans la garde des enfants pour les familles pauvres, par exemple. C'est sûr et certain !

Roberta feignit d'écouter les diverses solutions proposées par sa mère. Elle détestait la tromper mais quelques bobards simplifiaient quelquefois la vie.

Quand Roberta fut assise dans le train, elle fut prise de doutes. Sa mère avait raison, on allait trouver étrange, à Addington, qu'elle arrivât avec deux jours d'avance. Elle ne pouvait pas, bien entendu, se précipiter chez Vincent, s'excuser pour ses échappatoires des dernières semaines et lui proposer qu'ils se marient ! Le mieux aurait effectivement été d'attendre la fin de la semaine, de se montrer amicale envers lui et, par une attitude ouverte, de l'encourager. Ses dernières lettres avaient plutôt le ton d'un ultimatum. Il évoquerait donc très vraisemblablement des fiançailles. Elle accepterait en expliquant sa versatilité par la crainte de devoir abandonner son métier. À lui de la croire ou non. Il avait en effet à plusieurs reprises laissé entendre qu'il se doutait qu'elle avait le béguin pour Kevin. Plus tard, ils en parleraient certainement ensemble, la dernière chose qu'elle souhaitât était d'avoir des secrets à l'égard de son mari. Mais l'heure n'était pas venue de tels aveux. Il ne fallait pas laisser penser à Vincent qu'il était un deuxième choix.

Mais qu'allait-elle faire de ces deux journées à Christchurch ? Se morfondre dans une chambre d'hôtel ?

L'idée lui vint quand le contrôleur annonça que Timaru était le prochain arrêt. N'était-ce pas la localité proche de l'endroit où vivait Richard Pearse ? Et si elle descendait et s'y livrait à quelques investigations ? Maintenant qu'elle savait ce qu'il en était de Kevin, peut-être apprendrait-elle ce qu'il en était de Richard. Elle pourrait même voir en chair et en os ce fabuleux Richard. Pourquoi pas ?

Elle chercha comment se présenter pour obtenir des renseignements, mais elle était décidément trop timide pour être une bonne investigatrice. Et puis, elle avait tout son temps ! Elle allait prendre une chambre dans une pension et trouverait bien le moyen de se rendre ensuite chez Richard.

— Je voudrais me rendre à Temuka, expliqua-t-elle à la logeuse. Ce n'est pas très loin, n'est-ce pas ?

— Deux heures, si vous faites vite. J'ai logé autrefois une jeune femme qui connaissait quelqu'un là-bas. Elle m'a dit avoir parcouru la distance en un peu plus d'une heure. Mais cette miss Turei conduisait à bride abattue.

— Je sais, répondit Roberta, heureuse de tant de chance, et elle décrivit à grands traits à sa logeuse l'objet de sa venue.

La dame ne put en revanche lui être d'une grande aide.

— Je n'ai jamais vu ce jeune homme. Ce qui est étrange. On aurait pu penser qu'il la ramènerait au train à l'occasion. Dans mon métier, on est plutôt habitué à devoir se méfier des amis de nos clientes. Vous voyez ce que je veux dire. Mais nous n'avons jamais eu de problèmes avec miss Turei. Naturellement, elle passait souvent la nuit à Temuka, mais, je suppose, dans la famille de ce jeune homme.

Laissant ce point en suspens, Roberta alla louer une chaise et parcourut à une allure modérée la route en mauvais état conduisant à Temuka. Le paysage, assez monotone, lui parut sinistre, mais le temps y était pour beaucoup. Il pleuvait à verse et, bien que la voiture fût couverte, les vêtements de Roberta ne tardèrent pas à être humides. Temuka était un village des Plains typique, avec ses coquettes maisons de bois, son école et son église. Elle demanda à un cavalier qu'elle croisa comment se rendre à la ferme de Richard. C'était certainement plus anodin que de s'enquérir de la famille Pearse.

Elle descendit donc la pente le long de laquelle Richard et Atamarie avaient jadis hissé leur planeur. Elle aperçut peu après la fameuse haie de genêts. Elle adressa un clin d'œil effronté aux esprits censés y habiter.

La ferme lui apparut au contraire très différente de la description que lui en avait donnée Atamarie.

Fraîchement repeinte, elle semblait avoir été rénovée. Dans la véranda trônait un fauteuil à bascule, tout respirait un confort familier. Les enclos étaient bien entretenus et, dans le pré devant la maison, il y avait deux chevaux bien nourris. La cour de la ferme était rangée, les machines agricoles garées à côté des granges n'étaient ni rouillées ni déglinguées.

À l'entrée de la chaise dans la cour, un rideau bougea derrière une fenêtre et, deux secondes plus tard, la porte laissa le passage à une femme d'âge moyen, au regard avenant et maternel sous un chapeau à large bord.

Était-ce bien Shirley ? Celle-ci ne devait pourtant guère être plus âgée qu'Atamarie ou qu'elle-même…

— Bonjour ! la salua aimablement la femme. Que puis-je pour vous ? Attachez donc votre cheval devant la grange et entrez vous mettre à l'abri de la pluie. Une visite est toujours la bienvenue !

— Je… je cherche à vrai dire… Shirley et Richard Pearse, dit timidement Roberta en descendant de voiture. C'est… c'est bien la ferme Pearse, n'est-ce pas ?

— Non, je regrette, ma jeune dame. Vous arrivez trop tard. C'était la ferme de Richard Pearse, mais mon mari et moi l'avons achetée il y a cinq mois. Il nous l'a laissée pour un bon prix, un brave jeune homme, bien qu'un peu… dérangé. Mais entrez donc, je viens de faire du café. Je me sens un peu seule ici, je me réjouis d'avoir de la compagnie ! Au fait, je suis Emma Baker.

Roberta serra la main qu'elle lui tendait et entra à sa suite dans la maison, espérant recueillir quelques informations sur Richard.

— Pourquoi a-t-il donc vendu ? demanda-t-elle devant une tasse de café et des biscuits maison. En fait, il voulait… excusez-moi, mais je ne le connais pas personnellement. Mon amie le connaissait très bien et elle pense qu'il n'avait pas l'intention de partir. Encore moins après s'être marié.

— Il s'est marié ? Je l'ignorais. À nous, il a dit qu'il partait pour Milton.

— Milton ? s'étonna Roberta qui faillit avaler de travers son café.

Milton n'était qu'à trente miles de Dunedin et plus près encore de Lawrence, c'est-à-dire d'Elizabeth Station. Il y avait de plus une liaison ferroviaire avec Dunedin. Pearse aurait pu rendre visite à Atamarie à tout moment.

— Il a dit avoir acheté là-bas une autre ferme parce qu'il ne se plaisait plus ici. Il a effectivement une curieuse réputation dans le pays, on comprend qu'il ait eu envie de partir.

— Il était aviateur, précisa Roberta qui se trouvait bien avec cette femme sans méchanceté. Il a volé avant les frères Wright.

— Oui, nous avons encore son drôle d'appareil dans la grange. Il n'a voulu ni l'emporter ni le donner à son père qui allait le mettre à la casse. Mon Rob a décidé qu'il pouvait rester ici. Que ça ne mangeait pas de pain. Et puis – qui sait ? – que ça aurait peut-être un jour de la valeur. Maintenant, ajouta-t-elle en riant, c'est nous que les voisins trouvent un peu drôles. Mais ça finira par passer. À la campagne, il faut du temps pour lier amitié.

Ce à quoi Roberta ne put que souscrire, se rappelant ce qu'avait évoqué Atamarie à propos de ses rapports avec le voisinage.

— Mais dites, il me vient une idée, s'exclama soudain Mme Baker. Si vous voulez en savoir plus sur M. Richard, renseignez-vous donc chez les Hansley, deux fermes plus loin. Ils sont amis avec les Pearse… qui, eux, ne nous aiment pas beaucoup : ils prétendent que nous aurions escroqué leur fils. Alors que, dans l'état où il nous a laissé la ferme, il ne pouvait vraiment pas réclamer plus.

— Richard ne voulait-il pas épouser leur fille ? demanda Roberta en se levant pour prendre congé. Shirley Hansley ?

— Ça, ma chère, avec la meilleure volonté du monde je n'en sais rien. Mais c'est très gentil à vous d'être passée me voir. Tout le monde est si gentil en Nouvelle-Zélande. À part nos voisins… mais ça viendra.

L'abandonnant à son optimisme, Roberta se rendit chez les Hansley en passant devant la ferme des Peterson. Leur propriété était bien plus grande que celle des Baker, tout aussi bien entretenue. L'accueil fut à tous égards moins chaleureux.

— Qu'est-ce que vous voulez ? lança une grande femme blonde en se ruant dans la cour à peine Roberta y avait-elle pénétré.

On aurait pu, en se fiant à sa seule tenue, la prendre pour la sœur de Mme Baker, mais elle n'en avait ni la rondeur, ni la gentillesse, tout au contraire.

— Vous n'êtes pas la bienvenue ici, espèce de…

Roberta sortit la tête de la chaise, ahurie d'un tel accueil, et la femme changea de ton :

— Oh… excusez-moi ! Je vous ai prise pour quelqu'un d'autre… je n'ai vu que le cheval. Mais c'est bien entendu une voiture de location. Veuillez excuser mon impolitesse, j'ai cru que vous étiez cette insolente petite Maorie…

— Vous m'avez prise pour Atamarie Turei ? Mais qu'avez-vous contre elle ? Elle… elle est mon amie.

— Votre amie ? Mais vous êtes une Blanche ! Bon, ça ne me regarde pas, c'est de toute façon du passé. Nous avons pensé à l'époque que c'était elle qui avait tourné la tête du jeune Pearse. Digory et Sarah le croient toujours d'ailleurs. Mais il n'avait pas besoin d'une traînée maorie pour ça. Il a brisé le cœur de notre Shirley.

— Atamarie m'a dit qu'il l'avait épousée, s'étonna Roberta. Elle trouvait qu'ils s'accordaient très bien.

— Ils auraient pu, oui ! Sarah Pearse et moi avions depuis toujours l'intention de les marier. Shirley est si patiente ! Dick avait besoin d'une femme indulgente.

Mais il était réticent. Nous avons pensé qu'il ne s'intéressait pas aux filles. Puis il a amené ici cette Maorie et Sarah a changé soudain d'avis.

— Sarah, c'est la mère de Richard ?

— Bien sûr ! Elle a pensé que cette traînée faisait du bien à son Dick. Mais cette garce a tout chamboulé ici, les gars lui tournaient autour comme des coqs en chaleur, mais elle voulait juste bricoler avec Richard sur cet avion. Alors que Sarah espérait qu'elle l'amènerait à d'autres idées, vous voyez ? Mais, comme je vous l'ai dit, il était maboul, complètement maboul. Quand il a fini par renvoyer cette Maorie, nous avons de nouveau essayé avec Shirley et lui. Une première fois. Puis la traînée est revenue. Il y a eu ensuite une deuxième fois. Les premières semaines, ça paraissait bien parti, il était redevenu docile, il travaillait à la ferme, avait abandonné ses conneries d'inventions.

Elle prononça le mot « inventions » comme s'il n'y avait rien de plus dégoûtant au monde, avant de reprendre sa litanie :

— Puis il est redevenu récalcitrant. C'est toujours la même chose chez lui, sa folie va et vient. Mais Shirley restait chez lui, elle a un cœur d'or, cette petite. Puis il l'a laissée tomber. Maintenant il a une ferme à Loudens Gully, un trou dans l'Otago. Au fin fond du monde, dit son père, le pauvre. Il n'a pas eu de chance avec ce garçon. Et Shirley, nous l'avons mariée à Westport. Elle a pleuré toutes les larmes de son corps, la pauvre petite, de devoir quitter Temuka. Elle tenait beaucoup à la maison !

La ferme de Richard lui plaisait aussi, apparemment. Mais celui-ci ne semblait pas avoir versé beaucoup de larmes en quittant Shirley. La patience de ce cœur d'or avait dû le lasser à la longue, songea Roberta.

— C'était vraiment agréable de bavarder un moment avec vous, dit-elle enfin.

Effectivement, elle avait recueilli beaucoup d'informations, mais la pluie commençait à traverser la capote de la chaise.

— Je ne peux malheureusement rester plus longtemps. Et vous pensez que Richard Pearse a bel et bien acheté une ferme ? Il n'a pas essayé de vivre de ses inventions ?

— Non, non. Richard élève des moutons. Là-bas, dans l'Otago. Qui irait le payer pour ses chimères ?

Roberta partit. Il pleuvait et elle avait besoin de réfléchir. Allait-elle parler de ses découvertes à Atamarie ou valait-il mieux garder pour elle l'histoire de Richard ?

10

Revenue à Timaru, Roberta y passa une journée et, le surlendemain matin, prit le train pour Christchurch. Elle en descendit en banlieue et monta ensuite dans le train dans lequel sa famille voyageait. Cela rendit crédible son histoire et tranquillisa sa mère qui s'enquit aussitôt de son amie enceinte. Roberta, qui avait eu le temps d'y réfléchir, expliqua que celle-ci avait perdu son bébé.

– Un coup de chance dans sa situation, estima Violette qui classa l'affaire, au grand soulagement de sa fille.

Heather et Chloé, tout excitées à l'approche de la course, étaient d'excellente humeur. Leur festival d'art féminin avait connu un succès exceptionnel et elles avaient vendu un grand nombre de tableaux ainsi qu'une partie des objets d'art maoris.

– Les cerfs-volants d'Atamarie, nous aurions pu les vendre trois fois, précisa Heather, mais elle n'a pas voulu s'en séparer. Son nouvel ami semble d'avis qu'ils perdraient un peu de leur âme à se retrouver accrochés dans un salon au lieu de voler. Ma foi, il faut bien accepter aussi ce point de vue.

Si Sean avait la tête d'un vacancier, Violette paraissait partagée : heureuse, bien entendu, à l'idée de revoir Rosie, elle restait sur la réserve, car elle avait gardé le dégoût du monde hippique et des paris. Elle redoutait de plus la rencontre avec son fils. Lors de sa dernière visite à Rosie, elle avait croisé brièvement Joé, dans une atmosphère tendue. La vue du nouveau panneau devant les écuries de son fils lui avait, tout comme à Rosie, remis en mémoire des heures difficiles. De plus, elle était maintenant véritablement repoussée par la ressemblance grandissante entre le jeune homme et son père. Le fils et la mère n'avaient rien à se dire. Ayant toujours regardé sa mère de haut, avant de la détester, Joé s'en moquait. Violette, elle, avait mauvaise conscience.

— Tu as fait de ton mieux, lui disait Sean, même si lui voit les choses autrement. Mais tu devais le préserver de l'influence de Coltrane. Le placer en apprentissage chez un autre entraîneur fut une juste décision.

— Et à quoi cela a-t-il servi ? Il ressemble à Eric et se comporte avec les chevaux comme Coltrane.

— Ton époux a trop tardé à rendre son âme à Dieu et il a trop longtemps influencé Joé, expliqua Sean. Mais ce n'est pas ta faute, Violette !

— J'ai été pour lui une mauvaise mère, insista-t-elle pourtant.

Violette nourrissait cette mauvaise conscience envers son fils depuis sa naissance. Elle avait failli mourir en le mettant au monde et n'avait jamais réussi à l'aimer.

— Nous l'inviterons de toute façon au repas familial, déclara-t-elle alors, sur quoi Sean ne put que hocher la tête.

Faire asseoir Rosie et Joé à la même table lui semblait inconcevable. Mais sans doute que le seul fait de l'annoncer amènerait l'un ou l'autre à s'abstenir.

À la gare, Rosie et Tom Tibbs les attendaient, mais Vincent n'était pas venu.

— Le toubib prie de l'excuser, déclara Tibbs d'un air radieux. Il s'agit d'une surprise, miss Fence.

— Oui, renchérit Rosie. Oui, elle arrivera peut-être aujourd'hui et j'ai déjà…

— Non, Rosie ! c'est une surprise ! Si tu révèles maintenant où tu… où tu la mets…

— Un cadeau de mariage pour Rosie ? demanda Roberta. Maman m'a dit que vous demandiez sa main, monsieur Tibbs. C'est vrai ? Je n'arrive pas à y croire.

Rosie s'empara des valises de Chloé et d'Heather tout en secouant vigoureusement la tête.

— Non ! Le cadeau est pour toi, Robbie ! Ta…

— Rosie ! Tu vas tout gâcher et le toubib… Dis plutôt quand tu comptes m'épouser.

Rosie prit son temps pour réfléchir.

— Après la course, finit-elle par dire. Maintenant, si nous perdons, ou au printemps, ou bien à Noël, en tout cas après la New Zealand Cup. Parce que… parce que, avant, je dois surveiller Diamond et Bulldog ne veut pas emménager dans l'écurie, expliqua-t-elle avec un peu de réprobation dans le regard, déclenchant l'hilarité générale.

— Tu ne veux pas dire que tu dors dans l'écurie, Rosie ! s'exclama Violette.

Rosie fit signe que si.

— Pas comme vous le pensez… comme tu le penses, miss… euh, Violette, tenta d'expliquer Bulldog à qui Violette et Sean avaient imposé le tutoiement entre poisson et frites lors de leur dernier repas en commun.

Rosie avait beau lui expliquer que, propriétaire d'une écurie de course et à la tête d'une fortune longuement amassée, il appartenait désormais à la bonne société, il ne parvenait pas à se sentir à la hauteur.

— Mon maître d'écurie lui a cédé son logement, car, sinon, elle n'arrive pas à dormir tellement elle est inquiète pour Diamond. Mais c'est juste jusqu'à cette course. Après, nous rediscuterons de tout ça. Tu comptes venir chez moi ou retourner dans ta chambre chez le lord, si rien ne se passe cette fois-ci ?

— Les incidents ne se sont tout de même pas répétés, si ? intervint Chloé. Ces tremblements mystérieux, la nervosité ?

Bulldog fit non de la tête, mais Rosie le contredit :

— Une fois ! Elle a de nouveau eu les yeux brillants lors d'un entraînement. Mais le vétérinaire n'avait pas le temps. J'ai tout de même trotté et elle s'est montrée un peu rebelle. Mais sinon…

— Le Dr Taylor l'a ensuite examinée et elle n'avait rien, tu t'affoles pour rien, Rosie, tu verras, demain tout marchera comme sur des roulettes, assura Bulldog à une Rosie toujours sceptique.

L'invitation au dîner de famille au White Hart Hotel connut aussi des rebondissements. Il fut impossible de persuader Rosie de laisser Diamond seule et elle finit par recevoir le soutien de Chloé et d'Heather. La première avait perdu toute envie de participer à ce repas quand Violette avait invité Joé Fence et qu'il avait accepté.

— Il y a une éternité que je n'ai pas mangé de poisson et de frites, annonça Chloé. Et toi, Heather ? Le pub en face de l'entreprise de Bulldog est renommé pour ce plat, n'est-ce pas, monsieur Tibbs ? Qu'en dites-vous ? Pourquoi ne nous inviteriez-vous pas à une espèce de dîner de propriétaires dans votre écurie ? Et demain nous fêterions dignement la victoire au White Hart !

Rosie rayonna de joie.

Roberta n'était pas non plus enchantée de manger avec son frère. Mais Vincent apparut au White Hart peu après elle, s'excusant mille fois de son retard et acceptant l'invitation au dîner. Il semblait fatigué, s'étant donné beaucoup de mal, en vain de surcroît, pour sa surprise.

En le voyant à ce point désappointé et soucieux, Roberta se trouva confirmée dans sa décision : jamais elle ne trouverait d'homme plus digne de confiance que lui qui, pour un léger retard, se rongeait les sangs. Elle décida de lui sauver sa journée. Cette fois, d'ailleurs, son cœur s'était mis à battre plus vite à sa vue. Il était si simple et si naturel d'aimer Vincent ! Pourquoi s'était-elle livrée jusqu'ici à tant de complications ?

— Tu m'offriras quelque chose d'autre, dit-elle. Vu la complexité de cette surprise que tu me réserves, l'achat de deux anneaux ne devrait pas être un exploit… Et je ferai mine d'être surprise !

Tandis que Bulldog, Rosie, Chloé et Heather s'amusaient comme des fous dans l'écurie de Diamond, le dîner des Coltrane et des Fence se déroula dans une étrange atmosphère. Vincent Taylor était radieux et il semblait émaner de la personne de Roberta une lumière nouvelle. Violette ne reconnaissait pas sa fille. Jusqu'à tout récemment, elle lui était apparue juvénile et parfois immature, et voilà qu'elle découvrait une jeune femme ayant enfin réglé ses comptes avec elle-même. Elle se contenta donc de soumettre son futur gendre à une enquête pleine de tact. Sean, de son côté, ménagea lui aussi Vincent. Les deux hommes, d'ailleurs, ayant rapidement nourri une sympathie réciproque, entamèrent une discussion politique, notamment à propos de l'Afrique du Sud. Joé Fence n'ayant pour sa part rien à apporter à ce débat, Roberta et Violette s'efforcèrent de le distraire en lui posant des questions sur sa vie et son travail.

— Tu as ta propre écurie de course, lui dit Roberta en essayant de prendre un ton admiratif.

— Ça date pas d'aujourd'hui, grommela le garçon qui, avec son complet à carreaux et sa casquette de gavroche, déparait quelque peu dans l'élégant restaurant. Maint'nant, j'en ai une toute neuve, parce qu'on a réuni les clubs. Elle est plus grande et ça en jette ! Si tu veux, je te ferai faire un tour. Toi aussi, maman !

— Oui, je verrai avec plaisir ce que tu as monté toi-même, répondit Violette, feignant l'intérêt.

— Et demain tu « drives » toi aussi un cheval dans l'épreuve de qualification ? demanda Roberta.

— On est trois de mon écurie, dit-il fièrement. Le meilleur, c'est moi qui le drive, les autres mes apprentis.

Si tout marche bien, on se tapera les trois premières places.

— Et Rosie ? s'étonna Roberta. Tu penses que Diamond n'a pas sa chance ?

— Une gonzesse et une ponette ? s'exclama-t-il en levant les bras avec un éclat de rire.

Vincent interrompit sa conversation avec Sean.

— Mais dites, Fence, la gonzesse et la ponette vous ont plus d'une fois déjà relégué aux places d'honneur ! Rosie a des chances sérieuses, Roberta. Joé aussi, naturellement. Espérons simplement que le meilleur gagne, dit-il en scrutant le garçon du regard.

— Vous l'avez dit, toubib. Où est-ce que je peux commander une bière ici ? répondit Joé d'un air innocent.

On commença à s'affairer pour la course dès le lendemain matin : il fallut nourrir les chevaux, les brosser et les faire s'échauffer. Diamond, de plus, devait changer d'écurie. L'épreuve de qualification, une des principales courses de la journée, ne serait disputée que l'après-midi et Rosie voulait au préalable présenter deux de ses autres chevaux dans des courses réservées aux jeunes bêtes. Diamond attendrait donc le départ dans son ancienne écurie près de la piste, Rosie ayant demandé à Bulldog de ne pas, si possible, la quitter de l'œil.

— Et nous serons là nous aussi ! avait proclamé Chloé en posant son chapeau et en bichonnant Diamond en dépit de sa robe élégante. Mon Dieu, que j'ai aimé les courses de trot ! avait-elle soupiré. Si seulement Colin n'avait pas été un pareil escroc !

Heather avait soupiré à son tour. Elle aimait les chevaux elle aussi, mais elle ne vouait pas aux pur-sang la même passion que sa compagne.

— Arrangez-vous pour bien la surveiller, tous tant que vous êtes ! lança Rosie à la cantonade en même temps qu'elle menait sur la piste le premier de ses jeunes chevaux.

Bulldog se posta sagement à côté du box de Diamond, alors que Chloé et Heather ne tardèrent pas à manquer à leur parole, attirées par le champagne des loges des propriétaires.

Rosie mena son premier cheval, une jument brune, à la troisième place sous les applaudissements des spectateurs déjà présents à cette heure matinale. La journée s'annonçait prometteuse, le beau temps était de la partie.

Violette, Sean et Roberta, peu pressés d'arriver à la piste de course, s'offrirent un copieux petit-déjeuner à l'hôtel et Roberta fut heureuse de la bonne impression laissée par Vincent.

— La seule chose qui me déplaise, c'est que tu te retrouves de nouveau sur une piste, déclara Violette. Élever des enfants dans un pareil environnement…

— Violette, ma chérie, il y a tout de même une différence entre le travail d'un vétérinaire et celui d'un entraîneur, objecta Sean. Vincent pourra à l'occasion emmener avec lui ses enfants, mais il ne les incitera certainement pas à parier et encore moins à tricher. Il aura plutôt à cœur de les détourner de ce monde des affaires louches. Il ne m'a pas semblé porter une affection particulière à Joé.

— Qui peut aimer ce garçon ? renchérit Roberta.

— C'est tout de même ton frère, Roberta, tiqua Violette. Et il… il a bâti ici quelque chose. Ne devrions-nous pas faire preuve d'un peu plus de respect ?

— Tu es une excellente mère, dirent Sean et Roberta d'une seule voix.

Tandis que Sean et Violette rejoignaient Chloé et Heather dans la loge des propriétaires, Roberta partit à la recherche de Vincent dans les écuries, mais un garçon d'écurie chargé de filtrer les entrées l'arrêta.

— Vous devez le comprendre, nous ne pouvons laisser entrer le premier venu. Il règne déjà à l'intérieur un certain chaos, alors, si des étrangers s'en mêlent, les chevaux s'énervent, et les drivers aussi. Le mieux est de vous asseoir là, sur cette petite tribune réservée aux entraîneurs et au vétérinaire. Je dirai au toubib que vous êtes là. Dès qu'il aura le temps, il viendra vous voir. D'accord ?

Roberta acquiesça. Au fond, elle était heureuse de pouvoir s'asseoir, car elle avait de nouveau sacrifié le confort à la mode, portant un tailleur de velours très élégant, avec un corset, ainsi qu'un petit chapeau. Elle attendit donc et adressa un signe à Rosie qui disputait sa deuxième course. Le sulky était cette fois attelé à un étalon noir. Bulldog se faufila sur la petite tribune, semblant se cacher derrière Roberta.

— Je ne fais que passer, il ne faut pas que Rosie me voie. Je devrais rester avec Diamond. Mais j'ai envie de voir courir Dream. Il m'appartient. Un beau morceau, n'est-ce pas ? Une espèce de porte-bonheur. Si je ne l'avais pas acheté, je n'aurais pas retrouvé Rosie. Il s'appelle Spirit's Dream. Rosie a connu son père et croit en lui. Il a longtemps boité, un miracle qu'il puisse concourir aujourd'hui. Rosie était réticente, mais le toubib a dit qu'il pouvait courir sans problème. Et je voudrais bien voir ça !

L'attelage n'allait pas décevoir son plus fervent admirateur. L'étalon, en excellente disposition, courut la course de sa vie, devançant un cheval de Joé d'une bonne longueur sur le fil.

Bulldog criait de joie comme un petit garçon. Il se rappela soudain ses devoirs.

— Oh, bon Dieu, il faut que je retourne à l'écurie. Si Rosie me trouve ici, elle sera hors d'elle. Et je vais même devoir jouer celui qui ne sait pas qu'elle a gagné… Vous n'allez pas me cafarder, Roberta !

Roberta fit le signe de la victoire quand Rosie, effectuant son tour d'honneur, passa devant elle. Elle ne put s'empêcher d'adresser aussi un signe à Joé qui suivait, l'air renfrogné. Un échec cuisant pour lui sans doute, cette victoire de Dream ! Mais il restait la course principale.

Sur le coup de midi, Vincent se montra brièvement, se confondant en excuses :

— Ce devait être notre week-end, Roberta. Je m'en faisais une telle joie ! Mais aujourd'hui il semble que chaque cheval engagé dans une épreuve ait un bobo. J'ai déjà dû passer chez Joé Fence à trois reprises et Rosie elle-même a tenu à ce que je constate que Dream ne boitait pas ! Mais demain j'aurai du temps pour toi et j'espère que d'ici là…

— Toubib ? Fence vous demande. Des coliques. Je suis navré !

— Oh, il faut que j'y aille sans attendre, pour ne pas louper ensuite la course de Rosie ! Tu me réserves la place, Robbie ?

Il l'embrassa rapidement avant de disparaître aussi vite qu'il était venu.

— Il y a de nouveau quelque chose qui cloche, Bulldog, elle a de nouveau cet éclat dans les yeux…

Rosie avait attelé Diamond avec peine, la jument se montrant nerveuse, se démenant quand Rosie l'avait menée devant le sulky.

Bulldog examina la bête.

— Elle ne transpire pourtant pas. Pas de coliques ni rien d'approchant. Elle est sans doute juste excitée.

Effectivement, le corps de Diamond était chaud, mais sec. Elle avait aussi, apparemment, la bouche sèche.

— Elle a peut-être besoin de boire, dit-il en se précipitant à la recherche d'un seau.

La jument but avidement.

— Regarde, elle est si pressée que l'eau lui coule de la bouche. C'était ça, donc !

— Mais elle avait de l'eau dans son box, objecta Rosie en avisant un seau presque plein. Peut-être qu'elle était sale. Quand as-tu changé l'eau pour la dernière fois ?

— J'étais chargé de quoi, au juste, demanda Bulldog, vexé. De lui charrier de l'eau ou de la surveiller comme la prunelle de mes yeux ? Bon, maintenant qu'elle a bu, elle peut courir. Bonne chance, ma jolie, dit-il en caressant le front de la jument. Et bonne chance aussi, toi, plus jolie encore, dit-il encore, essayant d'embrasser Rosie qui se déroba nerveusement.

— Tom, je sais, je suis folle. Mais si tu trouves le toubib, il vaudrait mieux qu'il l'examine une fois encore. Nous ne pouvons courir le moindre risque. Nous…

— Je pars à sa recherche, se résigna Bulldog. Mais si je ne le trouve pas, ne m'attends pas Rosie. Fais ta course et ne retiens pas ton cheval cette fois.

— Mais si quelqu'un l'a empoisonnée !

— Mais bonsoir, Rosie, nous ne l'avons pas quittée de l'œil une seconde ! Sors-la maintenant, je vais chercher le toubib. Je ferai de mon mieux, Rosie, bonne chance !

Rosie opina, rassurée. Diamond piaffait. La jument ne donnait au moins pas de signe de faiblesse.

11

Vincent ne rejoignit Roberta dans la petite tribune qu'au moment où les chevaux prenaient place pour le départ.

— Ouf, juste à temps ! Je n'ai pas eu une seconde à moi ! Et, en plus, c'était une fausse alerte. Ce qui m'étonne de la part de Fence qui, d'ordinaire, est plutôt radin pour ce qui est du vétérinaire. Et diagnostiquer à tort des coliques, ce n'est pas banal. Enfin, mieux vaut ça que le contraire. En tout cas, son cheval était frais comme un gardon. Rosie est déjà au départ ?

Au même instant, Bulldog surgit sur la tribune.

— Ah, vous voilà, toubib ! Mais vous n'étiez pas là tout ce temps, si ? Harry, dit-il en montrant le garçon d'écurie qui montait la garde, Harry m'a dit tout à l'heure que vous aviez été appelé pour des coliques.

— Oui, j'arrive juste. Que se passe-t-il ?

— Comme d'ordinaire. Vous devriez une nouvelle fois examiner Diamond. Elle est nerveuse, elle a les yeux qui brillent drôlement, elle brûle au toucher…

— … mais n'a pas de fièvre, termina Vincent. Je regrette, Tom, j'aurais volontiers rassuré Rosie, mais…

— Les yeux brillants ? demanda Roberta en plaisantant. On lui met des gouttes de belladone ? Je viens de lire que les dames, autrefois, avaient l'habitude de s'en instiller pour se donner un regard de feu.

Bulldog éclata de rire, et le sourire de Vincent s'évanouit soudain.

— Dieu du ciel ! L'atropine ! L'extrait de cerise du diable ! Tout concorde : le changement d'humeur, la peau chaude mais sèche, les tremblements et l'espèce de vacillement… Elle avait de la difficulté à avaler, Tibbs ?

— Elle avait soif. Et l'eau lui est un peu ressortie de la bouche, elle…

Vincent bondit.

— De l'atropine, à petites doses, sinon, elle serait déjà morte. Venez, Tibbs, vite, il faut retarder la course. Si elle tombe à pleine vitesse…

Vincent et Bulldog descendirent en courant de la tribune, suivis par Roberta.

— Mais nous ne l'avons pas quittée de l'œil de toute la journée, objecta Bulldog. Nous…

— Et qui était auprès d'elle pendant que courait votre étalon ? demanda Roberta. Était-elle seule ?

— Mais non, à quoi allez-vous penser ? répondit Bulldog. Il y avait un garçon d'écurie du lord dans l'écurie. Finney. Je lui ai demandé de veiller sur Diamond.

Vincent s'immobilisa.

— Ce type visqueux que le lord a engagé pour Rosie il y a quelque temps ? Celui dont Rosie affirme qu'il ne travaille pas bien ?

Bulldog haussa les épaules.

— Ça ne m'a pas frappé. Je l'ai même trouvé bosseur, il venait même la nuit !

Vincent se prit la tête à deux mains.

— Écoutez, Tibbs, vous allez descendre sur la piste et tenter de suspendre la course. Moi, je vais m'occuper de ce salopard. Il faut savoir combien il lui en a donné cette fois !

— Vous croyez vraiment qu'elle peut s'effondrer ?

— Foncez, Bulldog ! Avant que je sache la dose qu'elle a avalée, je ne peux rien vous dire. Mais le danger est extrême. Allez, ne traînez pas !

Bulldog prit d'abord le chemin de la direction de la course, puis se ravisa. Vincent, pendant ce temps, suivi de Roberta, fonçait vers les écuries.

Finney s'occupant des galopeurs de lord Barrington dont aucun ne devait courir en ce dimanche voué aux courses de trot, sa présence était étrange.

Roberta prit peur en voyant Vincent saisir le garçon d'écurie par sa veste, le retourner et lui envoyer un direct en pleine face.

— Toutes mes excuses si ce n'est pas vous ! Mais si c'est vous, ça m'épargnera de longs préliminaires. Qu'avez-vous donné à la jument et quelle dose ?

L'homme reprit ses esprits.

— À quelle jument et qu'est-ce qui vous… ?

Vincent lui administra un deuxième coup de poing.

— Peut-être allez-vous même nous confier pour qui vous agissez. Mais d'abord : quoi et combien ?

Vincent ne le lâchait pas, prêt à cogner à nouveau, sous l'œil effaré de Roberta qui, la veille encore, le prenait pour un mou.

— Je… je ne sais pas… cinq gouttes. Je ne sais pas ce que c'est. Un fortifiant…

— Un fortifiant, bien sûr ! Où sont ces gouttes ? Et n'essayez pas de vous tirer ! dit Vincent en lâchant le garçon qui, titubant, heurta une caisse. Et n'essayez pas non plus de jouer au plus malin ! ajouta-t-il en le serrant de près, servant d'écran entre lui et Roberta. N'allez pas sortir une arme !

L'homme leva les mains, effrayé.

— Hé… du calme ! J'ai pas d'arme. Juste les quelques gouttes, là, protesta-t-il en montrant une étagère.

— Tu veux les prendre, Roberta ? Il y a quelque chose d'écrit ?

— Atropine !

— Vous lui avez toujours donné cinq gouttes ?

— Non. Trois les autres fois. Mais aujourd'hui M. Fence a pensé que…

Vincent lui expédia un dernier crochet au menton.

— Disparaissez ! Normalement on devrait vous enfermer, mais pour l'instant j'ai plus important à faire que chercher quelqu'un pour vous surveiller. Donc, fichez le camp ! Mais gare à vous si vous avez menti !

Vincent sortit de l'écurie en courant, Roberta sur ses talons.

— Elle va en mourir ?

— Non, sans doute que non. Mais il faut la ramener au calme. La sollicitation du système cardio-vasculaire sous l'effet de la course… Tout danger n'est pas exclu. Bon Dieu, on aurait pu avoir l'idée plus tôt. Ce Fence est un joueur. Il n'a pas voulu la tuer, juste abaisser ses performances. Et le moyen choisi s'y prêtait idéalement. Par petites doses, l'atropine rend euphorique, en même temps qu'elle trouble la vue. Oh, Dieu, mais qu'est-ce que c'est que ça ?

D'un seul coup s'était élevé des tribunes un cri collectif, un cri de saisissement qui recouvrit le tohu-bohu habituel.

— Il s'est passé quelque chose !

S'efforçant de ne pas se laisser distancer par Vincent, Roberta se jura de ne plus mettre un corset de sa vie.

Ils n'aperçurent nulle trace d'un grave accident en arrivant en vue de la piste. Le peloton se rapprochait d'eux à vive allure, les chevaux sortaient du virage pour entrer dans la ligne droite, un premier tour ayant déjà été accompli.

— Bon, personne ne semble avoir chuté, souffla Vincent qui regardait dans la direction de la course.

— Vincent, là ! cria Roberta qui regardait, elle, dans la direction opposée.

Ayant escaladé la barrière face aux tribunes, Bulldog se lançait à la rencontre des chevaux.

— Il essaie d'arrêter le peloton. La direction de la course n'a sans doute pas accepté d'intervenir.

Vincent s'élança en direction de Bulldog.

— Tibbs, Tibbs, êtes-vous devenu fou ? Jamais ils ne s'arrêteront !

Vincent hurla sa mise en garde, mais Bulldog ne pouvait l'entendre. Lui-même n'arriverait jamais à temps pour l'obliger à revenir en arrière. Quelques spectateurs s'y essayèrent, mais le colosse se débarrassa d'eux comme il aurait chassé des mouches agaçantes.

Roberta détourna les yeux : s'il se mettait en travers de la course, il serait renversé et piétiné. Mais Bulldog s'immobilisa soudain, les yeux rivés sur Rosie qui conduisait son sulky, au pas, sur le gazon du rond central qu'aucune barrière ne séparait de la piste ! Elle avait réussi à sortir de la piste quelque part entre le départ et le premier virage.

On eut l'impression que Bulldog allait malgré tout traverser la piste pour la rejoindre, mais la raison l'emporta et il laissa défiler le peloton en trombe devant lui. Ensuite seulement, il se précipita, riant et pleurant à la fois, sur Rosie et Diamond. Vincent et Roberta le suivaient.

— Tu ne m'en veux pas, dis ? demanda Rosie, angoissée, à son fiancé, alors qu'à la chaleur de son étreinte elle aurait dû s'apercevoir qu'il était tout sauf fâché. Diamond… elle allait très vite, mais j'ai senti que quelque chose n'allait pas…

Vincent était en train d'ausculter la jument qui donnait l'impression de vaciller un peu.

— C'est bon, Rosie, vous avez pris le meilleur parti. Maintenant nous allons dételer et ramener lentement Diamond à l'écurie. Je vais lui donner du charbon actif. Ne pleurez pas, Rosie, elle ne va pas mourir. Elle va récupérer. Mais c'est…

Bulldog avait entre-temps repris ses esprits.

— Qui c'est ? demanda-t-il les dents serrées. Qui est ce porc ? Si je l'attrape…

Vincent lui montra le peloton passant à nouveau devant eux.

— Si vous vous dépêchez, vous le choperez à la remise des médailles. Ne perdez pas de temps. Mais ne le tuez pas non plus. C'est Joseph Fence.

— Qu'est-ce qui va lui arriver ? se lamentait Rosie.

Trois heures après la course, l'état de Diamond s'était nettement amélioré. La dose d'atropine n'avait pas été exceptionnellement forte et, théoriquement, Diamond aurait pu disputer l'épreuve et peut-être la gagner. Mais elle aurait tout aussi bien pu flancher, trébucher et entraîner dans sa chute Rosie et le sulky. Chute pouvant être à elle seule mortelle, mais il était certain que, dans un peloton de cette importance, d'autres chevaux se seraient à leur tour écrasés sur l'attelage accidenté. Fence avait mis en danger la vie d'un grand nombre de conducteurs.

— À qui ? demanda Vincent, visiblement soulagé, après avoir vraiment eu peur pour Diamond. À Tibbs ou à Fence ? Tibbs, ils vont bientôt le relâcher. Sean Coltrane a déjà pris sa défense en charge et il n'y a plus à craindre qu'il continue à créer du désordre. Mais Fence va devoir se promener quelques semaines avec sa mâchoire brisée. Le nez a aussi souffert, n'est-ce pas ? En tout cas, il n'a pas l'occasion de pavoiser aujourd'hui après sa victoire.

— Et il va être incarcéré, non ? demanda Roberta.

Ayant accompagné Vincent et Rosie dans l'écurie, elle n'avait pas assisté à la scène provoquée par Bulldog lors de la cérémonie protocolaire. D'après Chloé et Heather, elle avait été spectaculaire. Le colosse avait administré une leçon à Joé devant le public, la direction de la course et les compétiteurs.

— Si quelqu'un est passible d'une sanction, ce sera plutôt Bulldog, estima Chloé avec réalisme. Il va être difficile d'apporter une preuve contre Joé. Vous n'auriez pas dû laisser s'échapper le garçon d'écurie.

— Nous avons jugé plus important de sauver le cheval, répondit Vincent. Mais j'ai envoyé le petit Harry faire le tour des pubs alentour. Avec un peu de chance, le gaillard ne se sera pas encore envolé, trop occupé à soigner ses blessures dans le whisky. Sinon, si Fence conteste, il sera difficile de le poursuivre en justice. Ici, sur la piste, en revanche, il n'aura plus son mot à dire. Les entraîneurs et les drivers me croiront, moi, et ils vont être furieux. Il a mis la vie de Rosie en péril, mais aussi la leur.

– Alors, on va enfermer Bulldog et pas Joé ? dit Rosie, découragée. Mais ce n'est pas juste !

– Ça va peut-être enfin te dégoûter du sport hippique, lui lança Violette d'une voix énergique depuis l'entrée de l'écurie.

Elle venait de franchir la porte, suivie de Sean. Rosie se jeta dans les bras de sa sœur aînée comme un enfant dans les bras de sa mère, sanglotant à perdre haleine. Elle avait déjà été très inquiète pour Diamond, mais maintenant que Bulldog se retrouvait en prison…

– Arrête de lui faire peur, Violette, intervint Sean. Tom Tibbs est déjà sorti du poste de police, Rosie. Il t'attend. « Chez vous », a-t-il dit. Il était encore un peu trop fatigué pour venir jusqu'ici avec nous.

Il avait fallu trois hommes, costauds eux aussi, pour arracher Joé des mains de Bulldog et la police ne l'avait pas traité avec douceur, à son tour, quand elle l'avait arrêté.

– En tout cas, il veut que tu amènes Diamond dans son écurie si c'est chose déjà possible. Roberta et Vincent sont d'ailleurs eux aussi attendus, à cause de la surprise. Elle est arrivée entre-temps, ajouta Sean avec un clin d'œil en direction de Vincent. Ah oui, et puis si quelqu'un a faim Tom a commandé du poisson et des frites…

Pour quiconque connaissait Rosie, ce dut être une sensation de la voir confier à Vincent et au maître d'écurie le soin de mener Diamond à l'écurie de Bulldog afin de pouvoir se rendre immédiatement auprès de son fiancé. Chloé et Heather s'étaient séparées du groupe, annonçant qu'elles seraient bientôt de retour.

— Nous aimons le poisson et les frites, plaisanta Heather, mais cette fois avec du champagne ! Jamais je ne m'habituerai à la bière de ce pays.

Dans l'espoir de s'y procurer quelques bouteilles, elles prirent un fiacre pour se rendre au White Hart.

Sean retint Violette qui voulait accompagner Roberta et Vincent jusqu'aux écuries de Bulldog.

— Laisse-les découvrir seuls la surprise. Cela devrait se terminer par d'autres fiançailles et tu n'auras pas besoin de chercher de bonnes raisons de boire du champagne. Avec autant d'événements heureux aucune fanatique de l'abstinence ne pourra te le reprocher.

Violette se mit alors à expliquer que la découverte des manigances de Joé était tout sauf un événement heureux. Elle venait en fait de perdre à nouveau son fils, et cette fois définitivement.

— Oublie le passé, la consola Sean en lui passant le bras autour des épaules. Tu as amené ta sœur à bon port. Ta fille aussi. Et tu es toi-même à bon port. Quant au fait que tu n'aies pu en faire autant pour ton fils… Il a eu toutes les chances du monde. Et il retombera sur ses pieds même si sa situation ici sera compliquée. Il passera dans l'île du Nord et repartira de zéro.

Diamond fut accueillie dans l'écurie de Bulldog par les hennissements des pur-sang et des cobs. Mais Roberta perçut néanmoins, dans tout ce brouhaha, un doux gargouillement. Pendant que Vincent donnait au maître d'écurie des instructions concernant les soins à apporter à Diamond, Roberta s'avança, étonnée, dans la direction de ce bruit étrange. Elle n'en crut pas ses yeux en reconnaissant dans le dernier box son ancienne ponette basuto blanc, Lucie ! Amaigrie et fatiguée, la jument reconnut pourtant Roberta et hennit pour l'accueillir, comme elle le faisait en Afrique.

— Vincent ! C'est la surprise ? Mais… mais ce n'est pas possible ! Tu as ramené d'Afrique mon cheval ?

— Je voulais faire de cette surprise quelque chose de plus marquant, au moins lui mettre un beau collier autour du cou. Mais vous vous êtes reconnues ! Tu es heureuse ? demanda-t-il, radieux.

— Mais bien sûr ! Comment… comment cela a-t-il été possible ? Ramener un cheval de si loin ? Ça a dû coûter les yeux de la tête ?

— Eh bien non ! J'ai fait jouer quelques relations. Elle est revenue avec le régiment de cavalerie de Christchurch. Ils ont ramené leurs chevaux…

Roberta s'appuya contre son ami.

— Je ne te l'ai jamais dit, mais j'étais inquiète pour elle, je me demandais ce qu'elle avait bien pu devenir.

— Eh bien, tu le sais. Tu aimes donc les chevaux. Je me suis dit que si tu en avais un de vivant maintenant, tu te séparerais définitivement de celui-ci, dit-il en montrant son sac à main.

Elle rougit. Elle ne s'était en effet toujours pas résolue à se séparer du cheval en peluche offert par Kevin. Il se balançait, accroché à son sac en cuir.

— C'est… c'est un porte-bonheur, murmura-t-elle.

— C'était un fétiche, ma chérie. Ne le nie pas, je sais de qui tu le tiens. Kevin me l'a dit.

Confuse, elle aurait voulu être cent coudées sous terre.

— Kevin le savait ?

— Tout le monde le savait, Robbie. Mais je me disais qu'avec un peu de patience… Tu me raconteras un jour ce qui t'a amenée à changer. Alors, tu le jettes ?

— Non. Il ne l'a pas mérité. J'ai sans doute commis une erreur de jugement. Mais il demeure un porte-bonheur, tu ne crois pas ?

Elle leva le visage vers Vincent et, quand il l'embrassa, il vit une lueur dans ses yeux.

Pendant ce temps, Lucie mordillait la lanière de cuir liant le cheval au sac… jusqu'à l'instant où elle se rompit.

12

— Et que va-t-il advenir de ce Fence et du joyeux fiancé de Rosie ? s'enquit Atamarie.

A posteriori, elle regrettait de n'avoir pas accompagné son amie à Christchurch. L'excursion s'était finalement révélée passionnante. Elle ne se lassait pas d'entendre raconter comment l'aimable vétérinaire de Roberta s'était soudain senti l'âme d'un guerrier furieux.

— Lequel des deux se retrouve en prison ?

— Aucun ! Harry, le garçon d'écurie lancé aux trousses de ce Finney dans les pubs l'a effectivement retrouvé ! Et, naturellement, Finney a balancé Joé auprès de la police et de lord Barrington. Il ne s'était pas contenté de rendre malade Diamond, il avait manipulé tous les chevaux qu'entraînait Rosie. C'était simple, puisqu'ils étaient tous dans les écuries du lord. Ce dernier s'est excusé mille fois, mais il n'y était véritablement pour rien. Joé a fini par avouer. Il a évidemment présenté ses agissements comme s'il s'agissait d'une peccadille. Il ne voulait nuire ni aux hommes ni aux chevaux, son seul but étant de ruiner la réputation de Rosie comme entraîneuse et, à la fin, de pouvoir peut-être acheter Diamond et se retrouver entraîneur des autres chevaux. Il avait pas mal à y gagner.

— Et il ne va pas en prison ?

— Chloé et Rosie ont retiré leur plainte et, en contrepartie, Joé a renoncé à la sienne contre Bulldog.

Ce dernier risquait plus que Joé qu'il a effectivement bien amoché. Quand Joé se sera rétabli, il pourra en principe conserver son écurie. Si quelqu'un est assez stupide pour lui confier des chevaux. Vincent dit qu'à Addington on lui prête l'intention d'émigrer en Australie.

– Le plus loin sera le mieux, dit Atamarie en riant. Rosie aura donc le champ libre !

– Non, c'en est fini de la carrière de Rosie comme entraîneuse. De ce point de vue, Joé a obtenu ce qu'il cherchait. Après un tel scandale, la fiction d'un « Ross Paisley » est naturellement devenue intenable. Tout le monde sait que ce Ross est une femme, cela a déjà été écrit dans les journaux. C'était jusque-là un secret de Polichinelle, mais les plaintes d'autres entraîneurs pleuvent maintenant. Rosie a renoncé à sa licence. Elle n'a d'ailleurs plus envie de ça. L'atmosphère sur les pistes de course est trop rude pour quelqu'un qui aime véritablement les chevaux. Elle conduit désormais des attelages de quatre pur-sang. M. Tibbs dit en plaisantant qu'il est enfin à la tête de l'entreprise de transports la plus rapide de Nouvelle-Zélande.

– Bon, l'essentiel est que tout le monde soit heureux, conclut Atamarie en s'appuyant sur son dossier.

Exceptionnellement, il ne pleuvait pas et les deux jeunes femmes avaient pris place dans le jardin d'hiver d'un petit café proche de la cathédrale, car il faisait encore assez froid.

– Est-ce que tu comptes venir avec moi chez les Ngai Tahu, la tribu voisine d'Elizabeth Station ? demanda finalement Atamarie.

– Pour célébrer Matariki ? Rester assise dehors, regarder le ciel et geler, pendant que tu flirteras avec ton Rawiri, si on peut appeler flirter le fait de parler sans discontinuer de gouvernail de profondeur et de surfaces porteuses ? Non, merci.

– Kevin et Doortje seront là, ajouta Atamarie avec malice.

Une semaine plus tôt, cette nouvelle aurait amené Roberta à changer d'avis, mais elle se contenta de hausser les épaules.

— Ainsi que Patrick et Juliette, ajouta Atamarie.

Roberta tiqua. Elle n'avait encore rien dit à son amie de ce qu'elle avait vu dans le cabinet de Kevin.

— Doortje devrait surveiller Kevin, avança-t-elle prudemment.

Mais, avant qu'elle eût pu continuer, Rawiri entra dans le jardin d'hiver.

— Ah, c'est là que vous êtes ! s'écria-t-il en effleurant du nez et du front le visage d'Atamarie, n'osant visiblement pas l'embrasser.

Tant qu'Atamarie n'aurait pas pris de décision définitive, il resterait sur la réserve.

— Pourquoi restez-vous au froid ?

— Nous nous entraînons en vue de fêter Matariki. Atamarie veut que je vienne, mais je n'ai pas envie.

— Ce sera pourtant exaltant ! Si du moins la nuit est claire. Tous ces chants et toutes ces danses, les cerfs-volants… Vous n'avez pas envie d'envoyer vers le ciel vos salutations aux dieux ? Ou des vœux ?

— Je suis heureuse, comblée, dit Roberta en riant, lui montrant sa bague de fiançailles.

— Moi aussi je pourrais l'être, sourit-il. Atamie, le professeur Dobbins m'a écrit ! Il tient vraiment à ce que je présente un exposé sur les frères Wright et à ce que j'organise un séminaire sur la construction des cerfs-volants maoris. De plus, il serait heureux de me compter au nombre de ses étudiants le semestre prochain. Alors, si tu voulais…

Le visage d'Atamarie se rembrunit. Elle aussi avait reçu une lettre de Dobbins qui lui proposait un poste d'assistante scientifique, geste très généreux de sa part. Les premières demandes d'emploi qu'elle avait envoyées lui avaient montré que les femmes ingénieurs n'étaient pas une denrée très recherchée.

— Je lui ai d'ailleurs... (Rawiri serra sa veste autour de lui comme pour s'y cacher.)... je lui ai écrit que je n'avais rien contre le fait de travailler avec Richard Pearse.

Les deux femmes sursautèrent de concert.

— Quoi ?

Il baissa les yeux.

— Eh bien, je me suis dit qu'il pourrait présenter son appareil et ses essais en vol et moi ceux des frères Wright. C'est loyal, non ? Une espèce de... comparaison.

Atamarie lui adressa un regard chaleureux.

— C'est... c'est très... généreux de ta part, murmura-t-elle.

— Je ne perds rien au change. Je n'ai pas volé, moi.

— Mais tu lui offres une tribune ! s'anima Atamarie, soudain intéressée. Il pourrait présenter ses travaux, attirer un peu l'attention sur lui. Qu'en pense Dobbins ? Il est d'accord ?

Les yeux de Rawiri, toujours pleins d'amour, avaient pourtant perdu de leur éclat.

— L'idée lui plaît. Mais il n'a pas réussi à joindre Pearse. Sa lettre lui est revenue : « Parti sans laisser d'adresse. » Je suis navré, Atamie. J'espérais... je voulais t'aider à te décider. Mais les dieux ne jouent pas franc-jeu. Je vais devoir continuer à lutter contre un esprit.

Roberta poussa un profond soupir. Elle trouvait Rawiri très sympathique, mais elle avait, elle aussi, vu l'éclat dans les yeux d'Atamarie quand celle-ci avait eu soudain l'espoir de revoir Richard.

— L'esprit en question, dit-elle, habite à Loudens Gully, non loin de Milton, dans l'Otago. Environ trente miles d'ici, Atamie. Tu peux prendre le train dès demain.

Atamarie et Roberta oublièrent le froid régnant dans le jardin d'hiver quand Roberta fit le récit de son détour par Temuka, Rawiri feignant l'indifférence, Atamarie gagnée par l'excitation.

— Il n'a pas épousé Shirley ? Il… il a décampé… comme ça ?

Roberta opina.

— Pour te revoir, dit Rawiri d'un ton résigné. Pourquoi choisir l'Otago, sinon ?

— Me revoir ? s'écria Atamarie en bondissant, ses yeux semblant lancer des étincelles. S'il avait voulu me revoir, il n'avait qu'à descendre du train ici ! S'il voulait me revoir, pourquoi est-il allé acheter la première ferme venue dans un fichu trou perdu ? Loudens Gully… Vous connaissez la région ? Rien que des collines ! Si tu décolles avec un avion, tu pars d'une colline pour te heurter à la suivante. Impossible de voler dans un tel pays ! Donc, s'il avait voulu me revoir… s'il avait voulu de moi…

Elle se détourna, luttant contre les larmes.

— Qu'est-ce que tu veux exactement, Atamarie ? demanda Roberta avec sérieux. Lui ou voler ?

— Je ne sais pas, Robbie, répondit son amie, baissant la tête. Je ne sais pas. Mais je me dis que… s'il voulait de moi…

— Réfléchis-y, Atamarie, dit Rawiri en se levant. Si tu veux essayer une nouvelle fois, pars demain, tout simplement. Parle avec lui, essaie de le gagner à un exposé en commun avec moi. Mais ne te demande pas si tu le veux, lui, ou si tu veux voler. Ça ne mène à rien, Atamie. Tu veux voler, et tu peux voler. Qu'il renonce à ses rêves est son affaire. Ne renonce pas aux tiens à cause de lui !

Atamarie réfléchit comme jamais encore. Elle se joignit à Patrick et Juliette qui regagnèrent Elizabeth Station après le week-end. Ce fut un voyage éprouvant, durant lequel Juliette ne cessa de bouder car elle détestait revenir à la ferme. Patrick s'efforça, les premières heures, de s'occuper d'elle, mais finit par abandonner et par se lancer dans une conversation animée avec Nandé. La jeune Noire avait étudié sérieusement les problèmes de la viticulture et bombardait Patrick de questions. Atamarie se demanda si elle s'y intéressait vraiment ou si elle voulait simplement distraire son patron. S'exprimant dans un anglais correct et même choisi, elle paraissait heureuse. Sauf lorsqu'elle jetait des regards en coin, inquiets, sur Juliette.

Atamarie ne pouvait lui en vouloir. Juliette était lunatique et passait sans doute ses humeurs sur sa bonne. Elle se demandait ce que Roberta allait lui dire au sujet de Kevin quand Rawiri les avait interrompues. Puis elle n'y avait plus pensé. Elle s'en voulait maintenant de n'être pas revenue à la charge. Elle eut néanmoins tôt fait d'oublier Juliette quand ils arrivèrent à destination. Ses grands-parents étaient tellement heureux de sa visite ! Michael fut d'accord pour lui prêter un cheval dès le lendemain matin.

— Loudens Gully est à une demi-journée d'ici. Avec une bonne monture. Les chemins sont praticables, car ce fut jadis une région de chercheurs d'or. Mais tu veux vraiment aller voir cet homme ? Excuse-moi, Atamie, mais si tu me permets : tu lui cours après !

Atamarie tiqua, mais Lizzie calma le jeu.

— Certains hommes, on est bien obligées de leur courir après. Si je ne t'avais pas suivi à Golden Gully, jadis, tu serais toujours en train de chercher de l'or.

— Non, ma chérie, rigola Michael, je serais retourné à ma distillerie. De plus, tu n'as pas eu besoin, pour me retrouver, qu'une copine à toi te révèle où j'étais. Tu savais où me trouver. Je ne t'avais pas fuie.

Atamarie fut horrifiée.

— Tu penses que… qu'il me fuit ?

— Je n'en sais rien, je ne le connais pas. Peut-être qu'il fuit autre chose. Mais regarde un peu les choses du point de vue du fermier, Atamie. Que j'exploite une ferme dans les Plains ou dans l'Otago, c'est du pareil au même ou peu s'en faut. Ton jeune homme n'est pas parti chercher de l'or et faire son bonheur. Il a juste voulu changer d'endroit. Ne rien entendre et ne rien voir qui touche à son passé. Pour une raison quelconque.

Atamarie rangea cette leçon parmi les divers sujets auxquels elle devait encore réfléchir et se retira auprès de la cascade. Elle se dit que Rawiri, à sa place, interrogerait sans doute les esprits. Ou qu'il l'avait fait avant de se tourner si totalement vers la science. Totalement ? Ou bien attendait-il lui aussi une décision des dieux ? Sa noble proposition d'inviter Richard à participer à ses côtés à un exposé au Canterbury College n'était-elle rien d'autre qu'un oracle ?

Elle sourit. Pourquoi pas, en effet ?

Le lendemain matin, elle emprunta un cheval à Michael et partit dans la montagne. Fredonnant des chants traditionnels, elle se mit à la recherche d'un arbre *raupo* et pria respectueusement les dieux de lui permettre de couper quelques feuilles. Elle ne construisit pas un grand cerf-volant, mais s'occupa soigneusement de la carcasse en bois de *manuka* et calcula précisément l'envergure nécessaire. Le *manu* devait non seulement pouvoir voler, il devait être bon, tout simplement. La nuit tombée, couchée seule dans son sac de couchage auprès du feu, elle laissa ses pensées vagabonder. *Taku* et *toku*. Le passé et son évaluation. Combien de fois était-elle allée chez Richard, combien de fois l'avait-elle réconforté, encouragé, assisté ? Elle pensait toujours avec horreur à la période de la moisson. Et lui, combien de fois avait-il cherché à renouer le contact ? Combien de fois s'était-il soucié d'elle ? Ils avaient partagé une passion, ils avaient partagé leur couche et cela avait été bien. Il avait touché son cœur. Mais avait-il touché son âme ? Elle se demanda comment il s'inscrirait dans sa *pepeha*, la description de sa vie, si elle devait un jour la présenter. Quelle importance avait-elle pour lui ? L'avait-il appréciée à sa juste valeur ? Le passé pouvait-il être pour lui l'avenir, ou bien n'existaient-ils ni l'un ni l'autre à ses yeux ? Qu'est-ce qui l'ancrait dans le présent ? Atamarie fut incapable de discerner la moindre *maunga*, montagne au sens propre ou figuré, qui fût pour lui un appui, un soutien. Elle ne vit qu'une haie de genêts, le symbole de son échec. C'est entre rire et larmes qu'au bout de trois jours, peu avant la fête de Matariki, elle lança son cerf-volant. Elle l'avait peint, elle trouva qu'il ressemblait un peu à Richard. *Birdman*, c'est ainsi que les maoris l'avaient surnommé, un être entre ciel et terre, entre homme et oiseau, un être qu'on pouvait sans doute adorer, mais qui n'avait pas sa place ici-bas.

Elle suivit le cerf-volant des yeux, elle le tenait par une seule *aho tukutuku*. Il n'était pas dirigeable. C'était aux dieux de le diriger. Le vent, quand il se saisit du cerf-volant, sembla d'abord léger et agréable. Le *birdman* monta très rapidement, accompagné de ses chants. Puis elle se tut et attendit. Le cerf-volant tangua dans le vent qui avait forci, il se mit à tirer sur la corde. Elle le retint, il lui était difficile de le lâcher. Puis un coup de vent le frappa de biais, le *manu* fit une embardée. Atamarie donna une violente secousse à la corde, mais elle savait qu'elle n'empêcherait pas la chute. Le cerf-volant parut se stabiliser à nouveau quand elle laissa la corde filer entre ses doigts. Il reprit une ascension rapide, puis il tangua à nouveau. Elle le vit tomber et disparaître quelque part dans les buissons. Ce n'était pas une haie de genêts. Mais, d'après les croyances de ses ancêtres, les esprits habitaient tous les arbres, tous les arbustes. Ils ne rendraient pas d'autre jugement sur Richard Pearse qu'à Temuka.

Elle ne rechercha pas son cerf-volant. Et elle n'alla pas non plus à Loudens Gully.

LE RETOUR DES ÉTOILES

L'île du Sud,
Lawrence

1904

1

De sa vie, jamais Kevin n'avait eu aussi honte, tant s'en fallait, que le soir où Roberta avait surgi lors de sa petite récréation avec Juliette. Roberta, la jeune fille qui avait rêvé de lui depuis toute petite, qui avait vu en lui un héros et qui lui vouait une grande admiration ! Il préférait ne pas imaginer ce qu'elle pensait à présent de lui ! Il se méprisait depuis longtemps de tromper ainsi Doortje. Surtout qu'il n'avait désormais plus d'excuses, si tant est qu'il en eût jamais eu. Doortje se dégelait à vue d'œil, trouvait peu à peu sa place dans le monde où elle vivait maintenant et semblait prête à l'aimer. Ou à s'avouer qu'elle l'aimait. Déjà, à la ferme des Van Stout, une lueur dans son regard à la vue de Kevin l'avait trahie.

Juliette en revanche… Avant sa fuite en Afrique du Sud, il avait déjà su qu'il n'y avait pas d'amour entre la créole et lui. Au fond, on aurait pu régler l'affaire sans problème émotionnel, si seulement Juliette ne s'était pas mis dans la tête de l'échanger contre Patrick comme elle aurait changé de chaussures ! Et il n'arrêtait pas de se laisser embarquer dans ses machinations. Mais maintenant, il se le jura, c'était fini. Depuis que Roberta les avait surpris, il évitait délibérément de rencontrer Juliette. Or Patrick venait de partir avec elle. La prochaine rencontre aurait lieu à Elizabeth Station, pour la fête des Pléiades qui serait aussi une fête familiale. Lizzie avait envie d'avoir de nouveau chez elle ses trois enfants, la ferme dût-elle craquer aux coutures. Il ne se présenterait à coup sûr aucune occasion de se retrouver seul avec Juliette, du moins pas plus longtemps que deux ou trois minutes. Le temps de lui dire que tout était fini à jamais.

Kevin remuait ces pensées dans sa tête, assis sur le siège du cocher, en route pour Lawrence. Matariki et Doortje, à l'arrière, bavardaient et jouaient avec Abe. Matariki aimait ce petit garçon qui lui rappelait le temps où Atamarie était petite. Elle ne pensait jamais à Colin Coltrane, cette histoire étant définitivement révolue pour elle. Doortje avait eu la chance, elle, de n'avoir jamais vu Colin avant qu'il eût été défiguré. Il en allait de même de Kevin et surtout de Patrick, qui, encore jeunes au moment de la brève liaison entre Matariki et Coltrane, étaient internes à Dunedin. Ils n'avaient vu l'ami de leur sœur qu'une ou deux fois, sans lui prêter grande attention.

Doortje, en tout cas, semblait avoir surmonté le traumatisme qu'avait provoqué chez elle le viol responsable de sa grossesse. Elle n'en ferait pas supporter les conséquences à l'enfant. Elle était une bonne mère, au sens que son peuple donnait à ce terme. Matariki, du reste, s'occupait à assouplir un peu ses principes éducatifs.

— Allons, allons, il ne sera pas un dégonflé parce que tu le prends dans tes bras et que tu le consoles quand il pleure ! Les enfants maoris sont sans cesse cajolés et portés dans les bras du premier venu. Personne ne les frappe ou ne leur fait peur. Ils appartiennent à tout le village. Et pourtant, les garçons deviennent de vaillants guerriers et les filles de fortes femmes. Sais-tu qu'il y a des chefs femmes ? Auparavant, elles étaient plus nombreuses encore, mais, n'ayant pas pris au sérieux les *ariki* femmes, les Anglais ont eu une influence négative : les Maoris, gens pratiques, n'en ont donc plus élu. Mais je pourrais te montrer aujourd'hui encore des massues et d'autres armes confectionnées pour nos femmes.

Nous sommes d'aussi bons combattants que ceux de ton peuple, malgré notre manière de gâter les enfants.

Kevin souriait en entendant les conseils de sa sœur qui tombaient désormais sur un terrain fertile. Doortje n'avait rien objecté à l'idée de célébrer, dans le village des Ngai Tahu, ce qui à ses yeux était une fête païenne. Au contraire, elle semblait impatiente. Et elle s'était également bien entendue avec Lizzie lors du dernier rendez-vous familial. Si elle évitait cette fois de choquer Haikina et les autres membres de la tribu, elle bénéficierait certainement d'une seconde chance à Elizabeth Station.

Kevin était fermement résolu à ne pas anéantir tout cela. Il allait mettre un terme à sa liaison avec Juliette et évoquerait bientôt avec Doortje le problème Coltrane. Il se surprit à siffloter un air joyeux quand Silver attaqua allègrement la montée entre Lawrence et Elizabeth Station. Tout semblait bien engagé, il allait mettre de l'ordre dans sa vie.

Le retour de sa fille soulagea Matariki d'un grand poids. Quand Atamarie avait quitté précipitamment Dunedin, elle avait parlé avec Roberta et Rawiri et partagé leurs craintes d'une autre tentative avec Richard Pearse, d'autres déceptions, d'autres larmes, d'autres doutes. Enfin, Atamarie semblait être revenue à la raison : saluant joyeusement sa mère, elle dit sa joie à l'approche de la fête et s'enquit de Rawiri. Matariki espéra que celui-ci, changeant d'avis, n'était pas reparti pour Parihaka.

Elle réintégra sa chambre d'enfant qu'elle partagea avec sa fille et Nandé. Savoir où logerait la bonne de Juliette avait de nouveau donné lieu à dispute. En temps normal, Nandé dormait dans l'ancienne chambre de Matariki, mais, celle-ci ayant maintenant deux nouvelles occupantes, Juliette voulut expédier la jeune Noire dans la grange ou la faire dormir dans le couloir, devant sa porte. Naturellement, Lizzie refusa.

– Il est hors de question, Juliette, qu'elle dorme devant ton seuil, comme un chien. Tu trouves peut-être cela pratique, mais moi je trouve ça humiliant. Et elle ne peut pas dormir dans la paille en plein hiver. Il est impossible d'y faire du feu, la jeune fille y gèlerait, elle qui vient d'un pays chaud. Et où dormirait alors l'enfant ?

Nandé prenait habituellement May dans sa chambre – où Lizzie avait installé un ancien lit d'enfant descendu du grenier –, prête à intervenir si elle se réveillait dans la nuit. Matariki ne voyait pas d'inconvénient à partager la pièce avec Nandé et la petite, pièce exiguë, bien sûr, mais avec deux lits. Ni elle ni sa fille n'avaient besoin de beaucoup de place. Quand Atamarie revint de son équipée en montagne, elle déroula sa natte sur le plancher comme si de rien n'était. Ce qui choqua Nandé : elle dormait dans un lit, pendant qu'une Blanche dormait par terre !

– Je ne suis pas une Blanche, répondit Atamarie quand la jeune Noire lui exposa son problème. Je suis une Maorie. Et quel rapport y a-t-il entre un lit et la couleur de peau ? C'est le droit de l'occupant qui prévaut : pour le moment, c'est toi qui loges ici !

La proposition rencontra l'assentiment général. Matariki, Atamarie et Nandé s'entendirent à merveille. La petite May ne fut pas en reste, objet des gâteries des trois femmes.

Doortje fit preuve d'un esprit diplomatique fraîchement acquis en se gardant d'intervenir sur le sujet. Peut-être avait-elle assez à faire avec le rejet glacial que Juliette manifestait à son égard. Kevin, elle et Abe occupaient l'ancienne chambre du premier, ce que Juliette avait mal pris. Tacitement, depuis qu'elle habitait Elizabeth Station, elle s'était octroyé cette pièce, l'ajoutant à ses « appartements ». Elle étouffait, prétendait-elle, dans la pièce qu'elle partageait avec Patrick. Il lui fallait absolument un cabinet de toilette ! C'était donc l'ancienne chambre de Kevin qui assumait cette fonction et, très souvent, elle y dormait, « rendant visite » à Patrick dans sa chambre ou l'accueillant à contrecœur. Il y avait belle lurette qu'elle lui avait ôté de la tête le rêve de s'endormir entre ses bras.

— Nous devons nous serrer un peu ici pendant quelques jours, Juliette, avait observé Lizzie, mais ça en vaut la peine, pour une pareille fête de famille ! La chambre sera celle de Kevin et de Doortje qui la partageront avec Abe. Toi, tu jouis déjà du privilège de loger ton enfant chez Nandé. Alors, sois contente et garde la mesure !

Juliette se le tint pour dit, mais persista à gâcher l'atmosphère en prenant un air boudeur et en lançant quelques remarques mordantes à propos du manque de place à Elizabeth Station. Une maison de maître ne disposant que de quatre chambres serait inconcevable en Louisiane.

— À la longue, il faudra réfléchir à la construction d'une annexe ici ou, mieux encore, à tout reconstruire ! lança-t-elle.

Michael et Lizzie s'abstinrent de réagir, résignés aux sautes d'humeur de leur belle-fille.

— J'espère seulement qu'elle repartira un jour, confia Lizzie à Matariki. Elle est malheureuse comme les pierres ici. Je suis certaine qu'elle attend la première occasion. Si un homme à son goût se présente, elle disparaîtra à nouveau.

Matariki ne partageait pas son optimisme. Elle ne pouvait pas prouver que Juliette était plus proche de son but qu'on ne le pensait, mais les regards qu'elle lançait à Kevin lui disaient que Juliette avait déjà en ligne de mire l'homme en question.

Effectivement, dès le soir de son arrivée, Juliette n'avait pas quitté Kevin des yeux, mais lui à part ainsi que Matariki et, peut-être aussi Doortje, personne n'y prêta garde. Grisés par ces retrouvailles et sans doute également par le vin de Lizzie, tous parlaient en même temps, Atamarie racontant les fiançailles de Roberta, Matariki évoquant la réussite du festival d'art et Patrick décrivant une rencontre avec un baron des moutons qui avait un élevage dans les Plains et s'intéressait aux bêtes de Michael. Matariki demanda à Doortje quel livre elle avait lu en dernier. Nandé provoqua un petit scandale en se mêlant à la conversation. Elle aussi venait de dévorer *Les Derniers Jours de Pompéi* et donna donc son avis. Doortje la regarda, visiblement mal à l'aise, mais ne la réprimanda pas, alors que Juliette la rappela à l'ordre avec méchanceté :

– Les domestiques se taisent quand leurs patrons s'entretiennent, Nandé. Cela fait partie des règles de base dans une maison civilisée. N'est-ce pas ainsi qu'on voit les choses en Afrique du Sud, Dorothy ?

Doortje ouvrit la bouche puis se retint. En Afrique du Sud, on aurait tout simplement cru une fille cafre trop stupide pour se mêler de ce genre de conversation, et, de plus, elle n'aurait jamais su lire et écrire. Sans compter qu'on n'aurait pas discuté d'un roman de Bulwer-Lytton[1], tout au plus de la Bible, à propos de laquelle, du reste, il n'aurait pu être question d'opinions différentes.

– Moi, je serais plus prudente, Juliette, observa Matariki. Le livre montre très clairement que les patrons sont parfois tributaires de la gentillesse de la domesticité. Si Nydia n'avait pas accompagné Glaukos et Jone au port, ils auraient péri durant l'éruption. Atamie, tu pourrais parler un peu à Juliette de l'activité volcanique en Nouvelle-Zélande.

Tout le monde éclata de rire. Seule Nandé baissa les yeux, honteuse.

---

1. Edward Bulwer-Lytton (1803-1873), homme politique anglais et auteur de nombreux romans, notamment *Les Derniers Jours de Pompéi*.

— Je ne vous laisserais pas mourir sous la pluie de cendres, monsieur Pat, dit-elle d'un ton très sérieux et tout bas à Patrick, tandis qu'Atamarie évoquait avec un malin plaisir la dernière éruption du Ruapehu. Et pas non plus la petite May !

Patrick lui sourit.

— Je sais, Nandé. Et je regrette d'ailleurs que l'esclave se suicide à la fin du livre. M. Bulwer-Lytton aurait dû trouver le moyen de la rendre heureuse !

— Je peux t'aider à ôter ton corset ? demanda un peu plus tard Kevin en entrant avec Doortje dans leur chambre. Tu étais très belle ce soir, mais tu n'es vraiment pas obligée de te serrer ainsi la taille. Maman ne le fait pas, Matariki et Atamie encore moins.

Elle le laissa ouvrir sa robe bleu clair, un imprimé à fleurs, robe d'après-midi certes mais trop cérémonieuse pour la circonstance. Matariki le lui avait dit aussitôt, mais elle avait eu peur de faire mauvaise figure auprès de Juliette qui, ce soir-là, portait sa robe rouge foncé. Un signal sans équivoque à l'adresse de Kevin. Pour les autres, une entrée en scène dans une robe provocante. La robe de Doortje n'était pas provocante, fermée jusqu'au cou et se contentant, par ses couleurs attrayantes, de souligner sa beauté naturelle. Une robe interdisant le maquillage alors que celle de Juliette l'exigeait quasiment.

— Elle… elle te plaît ? Je… je te plais ? demanda-t-elle avec inquiétude.

Kevin sourit. C'était la première fois qu'elle lui posait cette question. Il s'enhardit au point de l'embrasser sur l'épaule soudain dénudée. Doortje tressaillit sous la caresse, mais ne se déroba pas.

— Tu me plais toujours, mais tout particulièrement dans cette robe. Tu me plairais encore beaucoup plus sans robe du tout.

Il continua à embrasser sa nuque et ses épaules. Autrefois, elle aurait aussitôt reculé. Elle était certes chaque nuit à la disposition de son époux, mais c'était elle qui posait ses conditions, l'attendant revêtue d'une chemise de nuit décente, sous la couverture. Cette fois, la lumière n'était même pas éteinte.

— Et ça… ça te plaît ? chuchota-t-il entre deux baisers.

Elle se retourna timidement vers lui.

— Je ne sais pas, avoua-t-elle. Mais j'ai lu… dans la Bible il est écrit…

Kevin soupira.

— Non, non, s'empressa-t-elle. Ce n'est pas ce que tu penses… j'ai lu… le Cantique des cantiques.

— Ah oui, dit Kevin, je ne me rappelle plus par cœur, mais si je me souviens bien… n'y est-il pas question des deux seins qui sont comme des chevreaux ou quelque chose d'approchant ?

Il baissa sa robe jusque par terre, défit le corset et laissa ses lèvres glisser du cou jusqu'aux seins.

— Comme des faons, murmura Doortje, sa respiration s'accélérant sous ses cajoleries. Et c'est aussi écrit… dans la Bible néerlandaise…

— Pourquoi cela ne serait-il pas écrit ? dit-il avec un rire étouffé. Alors que c'est la plus belle des Bible, ma chérie. C'est du moins ce que tu prétends. Quand nous serons de retour à Dunedin, je chercherai le passage et l'apprendrai par cœur. C'est promis !

Doortje secoua la tête et poussa son corps contre le sien.

— Ce n'est pas la peine. Tu prononcerais de travers. Comme « Mejuffrouw Doortje »…

Kevin la souleva et la posa sur le lit.

— Mevrouw Doortje… c'est mieux comme ça, non ?

— C'est parfait, dit-elle, satisfaite.

Juliette s'aperçut au premier coup d'œil qu'il y avait du nouveau entre Kevin et Doortje, une complicité, quand ils descendirent pour le petit-déjeuner le lendemain matin. Ils riaient ensemble, avaient les yeux brillants et Matariki, qui n'avait rien perdu du spectacle, avait l'air d'une chatte repue. Il fallait faire quelque chose.

— Qu'est-ce… qu'est-ce qu'il y a au programme d'aujourd'hui ? lança-t-elle d'un air joyeux à la cantonade.

Elle était à nouveau corsetée, élégamment vêtue d'une robe d'intérieur lui allant à la perfection. Doortje portait, elle, une robe ample, de Parihaka, un cadeau de Matariki.

— Eh bien, nous montons au village, répondit Matariki. J'ai envie de voir mes amis et Atamarie brûle d'impatience de se perfectionner dans l'art de construire les cerfs-volants. Moi qui croyais qu'elle connaissait déjà tout en ce domaine. Elle voudrait en tout cas vérifier si le *tohunga* spécialisé est déjà arrivé.

— Mamaaaan ! protesta Atamarie en rougissant.

— Et puis tu voulais me montrer le village ! déclara Doortje, surprenant tout le monde. Les… les sculptures des maisons et…

Matariki acquiesça, gardant pour elle que Doortje avait vécu plusieurs semaines à Elizabeth Station sans rendre une seule visite à leurs voisins.

— Tu verras, cela n'a rien à voir avec les kraals africains, ajouta Kevin, un mode de construction différent, qui n'a rien non plus de commun avec les huttes polynésiennes, n'est-ce pas, Riki ?

— Je ne suis encore jamais allée dans les îles d'où sont originaires les Maoris, mais je sais qu'il y fait beaucoup plus chaud qu'ici. On doit donc y construire des huttes mieux aérées, peut-être comme les vôtres en Afrique. Nandé, tu n'as pas envie de venir avec nous ? Juliette surveillerait exceptionnellement sa fille pour l'occasion.

Juliette foudroya Matariki du regard. Mais elle entrevit sa chance. Kevin n'allait pas laisser partir les femmes seules et Patrick avait du travail à la ferme.

– Je vous accompagnerai, déclara-t-elle d'un ton serein.

Lizzie faillit lâcher sa tasse de café. Juliette repoussa de son visage, d'un geste lascif qui n'avait rien de spontané, une mèche qui s'était détachée de sa coiffure.

– Si vous ne voyez pas d'inconvénient à ce que je me joigne à cette visite accompagnée. Je m'intéresse depuis toujours à… aux sculptures. Les statues des dieux grecs par exemple, dit-elle en caressant du regard le corps de Kevin qui ne s'en aperçut même pas.

– Qui ne sont pas des sculptures sur bois, ça, rectifia Atamarie, la bouche pleine. Tu parles là de gens qui donnent des coups de marteau dans du marbre. Or les Maoris sculptent de préférence le bois. Ou le jade. Un matériau très intéressant.

– Mais il y a aussi dans nos *tiki* des caractères sexuels primaires remarquables, observa sèchement Matariki. Juliette y trouvera certainement son compte.

Elle eut la surprise de constater qu'outre Atamarie, Nandé réprimait elle aussi un gloussement. En revanche, Doortje et Lizzie ne comprirent pas l'allusion. Matariki se demanda si la jeune Noire, prenant exemple sur Violette, ne s'était pas mise à étudier les dictionnaires.

Kevin accompagna effectivement les femmes au village. Lizzie, restant à la maison, avait proposé de garder les deux enfants. Il pleuvait, et Matariki et sa fille jetaient des regards indignés sur Juliette qui se faisait protéger par Nandé armée d'un parapluie. Elle ralentissait de plus leur marche en raison de son corset et de ses chaussures élégantes. Ses compagnes, qui ne se protégeaient qu'à l'aide de fichus et de serviettes, commençaient à avoir froid. Doortje, de manière très étonnante, ne s'aperçut pas que, son fichu de laine ayant glissé, la pluie trempait ses cheveux blonds. Elle n'avait d'yeux que pour Kevin. Quelque chose irradiait d'elle.

Juliette se serra contre Kevin pendant que les femmes bavardaient.

— Il faut… il faut que nous parlions, chuchota-t-elle.

— D'accord ! Peut-être se présentera-t-il une occasion au village. Cela ne nous prendra pas de temps, Juliette, je veux arrêter une fois pour toutes.

Juliette sourit.

Le village apparut enfin. Il n'était entouré que d'une haie basse, mais précédé d'enclos à moutons. Les Ngai Tahu étaient éleveurs eux aussi et leurs bêtes n'étaient pas loin de concurrencer celles de Michael.

— Sur l'île du Sud, on bâtit de manière plus précaire qu'ici, expliqua Matariki. Le pays est plus froid, moins fertile, aussi les tribus sont-elles amenées à se déplacer pour trouver des terrains de chasse et des lieux pour pêcher. L'île est donc moins peuplée et les tribus ne se marchaient pas sur les pieds. Les conflits armés étaient rares. Mais notre tribu est riche, grâce notamment à l'élevage. Nous ne connaissons pas de pénurie alimentaire. Si nous nous déplaçons, c'est tout au plus pour le plaisir ou pour apprendre, et toute la tribu ne part pas. Notre *iwi* est donc un habitat fixe. On a construit de belles maisons.

Peu de gens étaient dehors en raison de la pluie, mais la nouvelle de l'arrivée de visiteurs se répandit très vite. Les femmes ne tardèrent pas à être entourées d'habitants du village. Matariki, Atamarie et Kevin échangèrent des *hongi* avec la moitié d'entre eux. Nandé suscita de l'étonnement. Beaucoup, notamment les plus vieux, n'avaient jamais vu de Noir. Ils admirèrent son teint de peau et rirent de Juliette engoncée dans son corset.

— Qu'est-ce qui vous plaît, à vous autres *Pakeha*, chez des femmes aussi minces ? demanda le chef.

— Ce n'est pas nous qui décidons de la mode, plaisanta Kevin. Ce sont ces dames entre elles. Mais crois-moi, *ariki*, c'est un vrai plaisir de défaire un tel paquet, le soir !

Atamarie n'avait d'yeux que pour un jeune homme svelte, au doux regard, assailli par une horde d'enfants :

— Viens, Rawiri ! Les femmes *pakeha* sont trop ennuyeuses. Et il faut achever les cerfs-volants. Sinon, nous ne pourrons pas envoyer de messages aux dieux lors des fêtes !

Les deux jeunes gens se sourirent.

— Ils seraient fâchés, observa Atamarie et seraient fichus de nous mettre des haies sur notre chemin.

— Mieux vaut alors les disposer favorablement à notre égard. Mais, n'aie crainte, les *manu* seront prêts. Surtout si nous avons maintenant de l'aide. À moins que non ?

Elle le rassura de la tête.

— Tu es toi aussi une *tohunga* pour les *manu* ? demanda, sceptique, une petite fille.

Rawiri posa un doigt sur sa bouche.

— Bien plus que ça, chuchota-t-il comme confiant un secret. Atamarie sait voler. Mais venez à présent, continuons avec nos cerfs-volants. Tu viens, Atamarie ?

Elle alla à lui, leva les yeux et appuya son nez et son front contre son visage. Puis ils ouvrirent les lèvres.

Rawiri prouva qu'il maîtrisait aussi le baiser à la manière des *Pakeha*.

2

Juliette profita de la première occasion pour attirer Kevin dans l'un des dortoirs désertés à cette heure, la pluie ayant cessé et les villageois vaquant à leurs occupations. La plupart des hommes étaient partis chasser et pêcher en vue des festivités à venir. Matariki, Doortje et Nandé étaient accaparées par les femmes, certaines voulant entendre parler de Parihaka, les plus âgées assaillant Nandé de questions sur son pays.

Kevin vérifia que la voie était libre avant de s'engouffrer à son tour dans le bâtiment richement décoré, aux murs couverts de statues de dieux à la virilité manifeste, auxquelles Juliette ne s'intéressa pas.

— Ah, que c'est bon d'être enfin seuls ! soupira-t-elle. L'exiguïté de la maison me rend folle. Nous devrons aussi quitter l'appartement de Dunedin. Une belle maison de ville, Kevin, avec des locaux pour le personnel en sous-sol et des chambres d'amis…

Elle s'avança vers lui et voulut lui passer les bras autour du cou. Il la repoussa.

— Juliette, s'il te plaît, je ne veux plus…

— Tu te répètes, dit-elle en riant.

— Je regrette, Juliette, mais je suis sérieux cette fois-ci. Plus jamais je ne… je…

— Tu n'as rien à faire, dit-elle en s'agenouillant devant lui, passant ses mains sous la chemise et ouvrant son pantalon.

— Juliette ! cria-t-il en tentant de lui échapper, manquant, ce faisant, de renverser une statue.

Mais, ayant déjà dénudé son sexe, elle le caressait, se frottant contre lui.

— Juliette, vraiment, c'est fini, tu…

— Ce sera fini quand je le dirai !

Kevin faillit se perdre à nouveau, mais, se ressaisissant, il la prit par les épaules pour la repousser. Ils n'entendirent pas la porte s'ouvrir.

— Kevin !

Doortje et Matariki se tenaient à l'entrée. La seconde, honteuse, se détourna, mais Doortje regardait fixement le couple, sans vraiment avoir conscience de ce qu'ils faisaient, même si leur posture était sans équivoque.

— Kevin, mais… mais qu'est-ce que tu fais ?

Juliette éclata de rire. Avec un flegme apparent, elle se releva lentement.

— À ton avis, il fait quoi, Dorothy ?

Doortje cherchait ses mots, les yeux écarquillés, comme paralysée, sentant le froid et le vide en elle. Juliette remit en ordre sa robe qui lui avait glissé des épaules, rejeta ses cheveux en arrière, pendant que Kevin, effondré, tentait de refermer son pantalon.

— Tu devrais pourtant savoir comment ça marche, ronronna Juliette, tout sourires, toi, une femme mariée. Et tu n'étais pas non plus une oie blanche avant. Tu sais ce que je crois, Dorothy ?

Celle-ci restait sans voix. Kevin et Matariki semblaient tout aussi paralysés. Juliette continua, impitoyable :

— Je crois que tu ne sais tout simplement pas partager, Dorothy. Et pourtant tu devrais avoir de l'expérience en la matière. Pour ne parler que de Colin, ce cher Colin Coltrane.

Doortje pâlit.

— Avant toi, il a rendu Chloé heureuse, et avant encore, la délicieuse Matariki. Tu ne lui as rien dit à ce sujet, Matariki ? Tu ne lui as pas parlé du père de ta fille ?

Doortje se mit à trembler.

— Ce n'est pas vrai ! parvint-elle à dire. Jamais, avec Colin, je… Personne ici n'est au courant de Coltrane, je…

Juliette eut un sourire de satisfaction. Elle avait mis dans le mille. Elle retourna le couteau dans la plaie.

— Et cette bonne Kathleen, l'épouse du curaillon ? Elle ignore elle aussi que tu l'as rendue grand-mère ? Mais elle devrait le savoir, Dorothy. Ton fils lui ressemble comme deux gouttes d'eau. Une grande ressemblance familiale apparemment. Tu n'as jamais dévisagé ton ancien amant ?

La scène que Doortje avait sous les yeux s'évanouit. Elle revit le visage de Coltrane, un visage défiguré, couturé de cicatrices, un visage de cauchemar au-dessus d'elle, un visage fou de désir. Il n'avait rien de commun avec les traits réguliers de Kathleen et d'Atamarie. Les cheveux pourtant, blonds, avec un éclat métallique comme Atamarie et Abe. Elle l'avait déjà remarqué. Et voilà que Juliette disait que tout le monde savait. Tous étaient au courant de sa honte ! Plus encore : Juliette pensait qu'elle s'était donnée à cet homme !

Elle émit un son étouffé, pas un cri, elle n'en aurait pas eu la force. Elle lança à Kevin un regard éperdu, désespéré. Puis, pivotant sur ses talons, elle sortit en courant. Elle n'en pouvait plus, elle ne pouvait vivre avec une telle honte.

Kevin vit le visage satisfait de Juliette. Pris d'une fureur désespérée, il la frappa.

— Kevin ! cria Matariki, retrouvant ses esprits et se jetant dans ses bras. Laisse-la, c'est trop tard. Pars à la recherche de Doortje. Tu… nous devons tout lui expliquer. Bon Dieu, mais comment as-tu pu être con à ce point ?

La pluie avait repris. Les femmes étaient rentrées chez elles ou bien dans la cuisine centrale afin de préparer le repas de midi. Les hommes n'étaient pas encore revenus de la chasse… Et nulle trace de Doortje !

Kevin et Matariki parcoururent le village à la recherche de signes ou de témoins. En vain. Atamarie et Nandé étaient accroupies dans la cuisine où les femmes, curieuses de ce qui se mangeait en Afrique, se demandaient quel goût pouvait bien avoir le millet, l'aliment de base des Noirs, inconnu des Maoris. Absorbées dans leurs conversations et leurs occupations culinaires, aucune d'elles n'avait aperçu Doortje depuis qu'elle était partie avec Matariki pour un tour dans le village.

Atamarie ne comprit pas pourquoi sa mère était aussi émue.

— Elle ne peut pas être bien loin. Elle a dû aller vider toutes les larmes de son corps quelque part. Il faut dire que c'est un drôle de coup ! Kevin devrait avoir honte. Mais elle reviendra.

Matariki retourna sous la pluie pour retrouver Kevin. Il était toujours à la même place. Le sol du village était en terre battue et tellement de gens l'avaient foulé devant la maison commune qu'il était impossible de distinguer les traces qu'aurait pu y laisser Doortje. Impossible du moins pour Kevin qui n'avait rien d'un pisteur, même en état normal.

— Riki, si elle attente à ses jours…, dit-il, ne retenant pas ses larmes.

Matariki le prit par la taille.

— Calme-toi, ça prend plus de temps que ça ! Tu l'en penses capable ? Croyante comme elle est ?

Il haussa les épaules, revoyant le visage blême de Johanna, ses longs cheveux trempés, une fois sortie de la rivière. Elle était aussi croyante que sa sœur mais n'avait pu continuer à vivre avec sa honte. Doortje en avait été capable, mais y parviendrait-elle cette fois ?

— Oui, dit-il.

Matariki fit une nouvelle fois le tour du village, se demandant où elle-même serait allée, mais c'était bien entendu une question sans réponse. Elle était ici comme chez elle et savait exactement où trouver un lac ou une falaise d'où se jeter. Doortje, en revanche, avait dû entrer en courant dans la forêt, à l'aveuglette.

— Nous avons besoin de pisteurs, dit-elle. Hemi, Rewi, Tamari. Mais ils ne sont pas revenus de la chasse.

Ils ne tarderaient pas, bien sûr, car, par temps de pluie, les oiseaux et les lapins se cachaient. En attendant, il n'y avait guère à faire.

Matariki retourna dans la maison commune pour dire deux mots à Juliette. Cela ne servirait à rien, mais elle avait besoin d'un exutoire à sa colère et à son impuissance.

Juliette avait elle aussi disparu.

Il fallut attendre plus d'une heure le retour des chasseurs. En revanche, il ne fallut à ceux-ci que peu de temps pour découvrir la trace de Doortje. La jeune femme était partie en courant en direction des montagnes, évitant les chemins. Les sous-bois l'avaient rapidement obligée à ralentir. La pente était d'ailleurs raide. Kevin grimpait, opiniâtre, sur les talons des pisteurs. Il savait parfaitement par quoi se terminait cette côte. Guidée par le hasard sans doute, Doortje se dirigeait vers une crête en surplomb au-dessus d'une vallée. La vue depuis le sommet de cette falaise était à couper le souffle et le lieu était *tapu* chez les Maoris. Ils venaient y méditer, fondre leur âme dans le paysage.

Kevin n'était venu qu'une fois jusqu'ici, gamin, en compagnie de Patrick. Venant de lire des récits de spectaculaires ascensions en montagne, ils avaient envisagé de descendre encordés dans l'abîme, afin de s'entraîner et de vaincre un jour l'Everest. Hainga, la sage du village, les avait découverts avant qu'il fût trop tard. Ils avaient subi une double remontrance : l'une de leurs parents en raison de leur inconscience, l'autre de leurs amis maoris pour avoir violé une zone taboue.

— On ne peut aller plus loin, dit enfin Heimi quand, au bout d'une heure, la forêt s'éclaircit, libérant la vue sur le ravin.

La vue était impressionnante en dépit de la pluie. Loin au-dessous d'eux un ruisseau cheminait, au-delà s'étirait une vallée, bordée de collines couvertes d'herbages ou de forêts. À l'arrière-plan, presque à l'horizon, on devinait les Alpes du Sud enneigées.

— Elle peut être partie sur sa gauche ou sur sa droite, estima un autre Maori. Mais je ne vois plus de traces.

Le sol était rocheux, piétiné par les innombrables *tohunga* et leurs adeptes venus ici à la recherche de leurs dieux.

— Elle a peut-être tout simplement pris le sentier du retour, ajouta-t-il.

Doortje avait coupé droit à travers la forêt, mais il existait bien entendu un chemin jusqu'au village. Il aboutissait un peu sur la droite. Doortje l'avait donc nécessairement vu.

— Ce serait vraisemblable, par un temps pareil. Elle devait être trempée jusqu'aux os.

L'homme suivit le sentier sur plusieurs dizaines de mètres, cherchant en vain des traces de pas. Hemi et Kevin exploraient des yeux le fond du ravin.

— Qu'est-ce qu'elle avait sur elle ? demanda Hemi soudain, la voix oppressée.

— Une robe tissée avec les couleurs de la tribu de Matariki.

Kevin revit sa femme, assise ce matin en face de lui, rayonnante, à la table du petit-déjeuner. Ils avaient enfin réussi à se trouver. Tout avait enfin été bien. Jamais Kevin ne s'était senti aussi misérable, aussi coupable qu'en cet instant.

— Et, par-dessus, un châle en laine. Le vieux châle bleu de Lizzie.

Presque recouverte des pieds à la tête de cet ample châle, elle avait une allure magnifique !

— Le châle est là, au-dessous de nous, dit Hemi.

Kevin crut recevoir un coup de poignard.

— Le châle ? Rien d'autre ?

— Je n'arrive pas à bien voir, mais regarde, toi ! Là, devant cet éperon rocheux. Tu vois ? Elle peut…

Tremblant de tous ses membres, Kevin acquiesça. Elle pouvait être sous le châle. Ou bien son corps pouvait être caché par l'éperon.

— Est-ce qu'on peut descendre ici ? demanda-t-il à voix basse.

— Non, ce serait *tapu*, répondit Hemi avec hésitation. Nous pourrions toutefois le faire. C'est juste que… il nous faudrait des cordes, des pitons. Nous devrions nous assurer les uns les autres. Descendre là à mains libres serait… Cela ne servirait à rien, Kevin, que nous chutions à notre tour.

Hemi posa la main sur le bras de son ami.

Kevin eut envie de le contredire, objecter que Doortje méritait qu'on prît tous les risques du monde, qu'il préférait mourir que… Puis il se reprit. Si elle avait sauté de là, ou était simplement tombée, elle ne pouvait plus être en vie. Descendre ne servirait alors qu'à s'assurer de sa mort et à récupérer le cadavre. Hemi avait raison, il n'y avait aucune raison de se précipiter et de prendre ce risque.

— Alors, dit Kevin d'une voix rauque, vous devriez aller chercher des cordes et tout ce qu'il faut…

Il pensait à un brancard. Hemi fut d'accord.

— Allez-y vous autres, moi je reste avec lui.

Kevin n'avait pas eu à lui dire qu'il avait l'intention de ne pas bouger de là avant qu'on eût retrouvé Doortje. Quand les hommes furent partis, il se laissa glisser par terre, Hemi s'assit à côté de lui.

— C'est ma faute, murmura Kevin.

Hemi ne dit rien. Il était inutile de le contredire ou de le consoler. Il ne pouvait que rester auprès de lui et, à la manière de ses ancêtres depuis la nuit des temps, ne plus faire qu'un avec le monde et le ciel, la montagne et la vallée, le passé et le futur.

Peut-être la femme de Kevin y était-elle parvenue. Bien que sa *maunga* fût sans doute fort loin, dans son étrange pays, avec sa chaleur, ses animaux gigantesques et ses habitants belliqueux. Hemi essaya de deviner par les sens quelle était l'âme de cette femme, espérant réussir à entraîner Kevin dans son union avec le pays, le monde et les dieux au-delà du ciel…

Kevin souffrait le martyre. Il fallut à Hemi toute sa patience pour tenir le coup sur la falaise en cette fin de journée. Kevin, ne supportant pas de rester inactif, ne cessait de se relever et de sonder le vide du regard, en direction du châle bleu. Il sursauta quand, lors d'une éclaircie, un coup de vent vint sécher le tissu qui se souleva. Doortje pouvait-elle être encore en vie ? Bougeait-elle sous le châle ?

Il trouvait que les secours tardaient, mais une telle expédition ne s'organisait pas en moins de quelques heures. En effet, le village maori ne possédait pas les cordes nécessaires. La nouvelle de la disparition de Doortje parvint néanmoins rapidement à Elizabeth Station. Michael et Patrick rassemblèrent tout ce qu'ils trouvèrent dans les granges et les écuries. Michael procura également des chevaux. Hainga et l'*ariki* eurent la gentillesse de ne rien dire à propos de l'inévitable profanation de leur lieu sacré. Haikina évoqua l'idée de contourner la falaise, Patrick connaissant effectivement un chemin menant dans la vallée.

— Mais cela prendrait au moins une journée, objecta-t-il. Idée que je ne rejetterais pourtant pas *a priori* : aussi triste que cela puisse être, si quelqu'un est vraiment tombé de là-haut, personne n'y peut plus rien. Alors nous aurions devant nous tout le temps du monde.

— Et les bêtes ? s'écria Nandé qui, depuis qu'elle avait entendu parler du châle au fond de l'abîme, pleurait à chaudes larmes. Les bêtes sauvages l'auront dévorée d'ici là ou l'auront transportée ailleurs. Il n'y aura alors pas de tombe… S'il vous plaît, monsieur Patrick, s'il vous plaît…

Patrick s'apprêtait à répondre qu'il n'y avait pas, dans la région d'animal sauvage assez gros pour transporter un cadavre humain, mais il fut ému par l'expression de désespoir de la jeune femme.

Il n'avait du reste pas vraiment saisi ce qui s'était passé. Il avait entendu parler d'une dispute et de la disparition de Doortje et de Juliette. Depuis, Juliette, revenue à Elizabeth Station, s'était barricadée dans sa chambre. Il ressentait à son égard une vague culpabilité, car il ne pouvait ni ne voulait plus se soucier d'elle, aussi blessée et bouleversée qu'elle pût être. Ces dernières semaines, elle avait répondu à toutes ses tentatives d'approche par des accès de colère. Or, qui sait ce qu'il devrait de nouveau s'entendre dire ? Quelles plaintes à propos de ce que Doortje, Kevin ou Matariki avaient encore inventé pour la mettre hors de ses gonds ?

— Nous nous en occuperons, Nandé. Nous ferons pour elle tout ce qui est en notre pouvoir, je te le promets. Mais tu devrais retourner à la ferme. Quelqu'un doit veiller sur miss Juliette.

Il y eut un éclair dans les yeux de Nandé, une étincelle de colère ou de répulsion, sentiments qu'elle s'interdisait habituellement. Le visage, lui, resta impassible. Personne, à part Patrick, ne lisait ses pensées.

— Je sais, Nandé, c'est difficile. Mais elle… Pour elle aussi tout n'est pas simple. Avec un peu de patience…

La jeune Noire faillit se regimber :

— Elle est… elle a…

Mais elle se tut.

Ce n'était pas à elle de tout lui apprendre. Quelqu'un d'autre s'en chargerait, la moitié du village se doutant déjà de ce qui s'était passé dans la maison de réunion. Matariki n'avait pas été d'une grande discrétion. Il lui avait de toute façon fallu raconter à Haikina et Hainga ce qu'elle avait vu, ne serait-ce que pour activer l'opération de secours et justifier le non-respect du *tapu*. Nandé n'avait pas eu besoin d'explications, elle avait lu dans les yeux de Juliette ce qu'elle tramait.

— Bon, alors j'y vais, se résigna-t-elle. Vous rapporterez miss Doortje à la maison ?

— Nous allons essayer, Nandé. Pour le moment, nous ne pouvons rien faire d'autre que prier.

Le soir tomba avant que la totalité du matériel fût en haut, sur la falaise, et que les hommes se fussent préparés. Michael et Hemi, avec des précautions, expliquèrent à Kevin qu'il fallait repousser au lendemain l'opération de sauvetage.

— Il est impossible de descendre en pleine nuit, tu ne verrais rien en bas, de toute façon. D'ailleurs le ciel se couvre de nouveau, nous n'aurions même pas la lueur de la lune ou des étoiles. Mais nous allons rester ici et demain, dès le point du jour, nous descendrons.

— On pourrait faire descendre un grand miroir, observa Atamarie qui, en compagnie de Rawiri, s'était jointe à l'expédition.

Elle campait avec lui, un peu à l'écart du groupe d'hommes et de femmes, et envisageait divers moyens de s'assurer de la présence ou non de Doortje au fond de ce ravin.

— Cela permettrait de voir au-dessous de l'éperon. Elle ne peut être plus bas encore. On peut aussi penser à un crochet pour remuer le châle au cas où elle serait dessous. Descendre ici me paraît périlleux.

— Y descendre en volant ne te ferait pas peur ? sourit Rawiri.

— Moins qu'en m'agrippant au rocher. Mais il nous faudrait un planeur et nous n'avons pas le temps de le construire. D'ailleurs, je ne pense pas qu'elle soit là, au fond, du moins pas sous le châle. Regarde donc l'angle de chute ! Un angle impossible pour un objet plus lourd qu'un châle que le vent entraîne. Personne n'a eu l'idée de lancer, à titre d'essai, une grosse pierre ?

Rawiri lui ôta les cheveux du visage. C'était la première fois qu'elle était couchée entre ses bras et, en dépit de la tragédie qui les avait conduits ici, il se sentait infiniment heureux.

— Atamie, remets-t'en aux dieux ! Personne ici ne voudra entendre parler d'angle de chute ou descendre un miroir au bout d'une corde. Kevin moins que tout autre. Il veut voir de ses propres yeux ce qu'il y a en bas. Il faut que cela devienne pour lui la réalité. Ce n'est qu'ainsi qu'il pourra continuer à vivre. Ce qui est déjà bien difficile. Je ne voudrais pas, en plus, si jamais tu…

— Mais tu me construirais tout de même un cerf-volant pour que je descende en volant, dit-elle en se blottissant dans ses bras. Je t'aime, Rawiri.

Il l'embrassa.

— Je le ferais pour toi, chuchota-t-il. Mais commençons par nous rendre à Christchurch. Et je remercie les dieux de ce que les Canterbury Plains soient si plates.

3

Torturée par l'incertitude, Lizzie passa une nuit épouvantable. Elle aurait volontiers donné sa place, chez elle à l'abri du froid et de la pluie, pour être au côté de son mari et de ses fils. Elle avait vécu chez les Ngai Tahu qui l'avaient initiée à leurs secrets. Elle connaissait bien ces falaises et l'idée de devoir les descendre lui donnait des frissons. Elle était donc également inquiète pour les siens. Elle avait eu l'idée de monter là-haut à cheval pour les dissuader de commettre une bêtise, mais elle avait les enfants sur les bras. Ce soir, elle avait mis May au lit, sa mère ne s'occupant jamais de la petite. Nandé, de son côté, déjà anéantie par la perte de Doortje, était harcelée par Juliette qui passait sa méchante humeur sur sa bonne. Lizzie avait fini par en avoir assez et avait envoyé Nandé dans sa chambre.

— Nandé a terminé son service, Juliette, avait-elle assené à sa belle-fille qui, une nouvelle fois, appelait Nandé à la rescousse. Couche-toi et dors ! Et j'espère bien apprendre demain ce qui a provoqué ce drame ! Telle que je te connais, Juliette, tu ne dois pas être totalement innocente. Alors, réfléchis bien à tout cela et laisse Nandé tranquille !

Juliette obtempéra, mais Nandé pleura jusque tard dans la nuit. Lizzie n'arrivait pas à comprendre que la jeune Noire fût à ce point touchée par la mort de son ancienne maîtresse. Ces Boers devaient entretenir de bien étranges rapports avec les indigènes de leur pays ! Pour Doortje, Nandé n'était guère qu'une esclave, mais elle avait insisté pour qu'elle ne restât pas seule en Afrique, elle se sentait responsable d'elle. Et Nandé, si elle avait saisi la première occasion de la quitter, la pleurait à présent comme elle aurait pleuré un membre de sa famille.

Quand le silence fut revenu dans la maison, Lizzie s'offrit un verre de vin dans l'espoir de s'endormir. Elle se sentait coupable de ne pas être elle-même aux quatre cents coups, mais elle n'arrivait pas véritablement à croire à la mort de Doortje. Dans les premiers temps, Doortje n'avait pas plu à Lizzie, son obstination et sa bigoterie l'avaient mise hors d'elle. Pourtant, d'une certaine manière, elle l'avait impressionnée. Elle avait de la peine à se l'avouer, mais il lui arrivait de penser que Doortje lui ressemblait, ne serait-ce qu'un tout petit peu. Elle-même n'en serait pas où elle en était si elle n'avait pas poursuivi avec acharnement ses projets, si elle n'était pas restée fidèle à ses objectifs. Elle avait eu une existence dure et mouvementée. Lizzie savait ce que signifiaient la faim et l'humiliation.

Elle n'avait cependant jamais songé à abandonner et elle ne parvenait pas à s'imaginer Doortje abandonner. La jeune Boer n'avait peut-être pas pour son fils Abe une affection très profonde, mais Lizzie ne croyait pas qu'elle le laisserait seul. Surtout s'il était arrivé quelque chose qui l'avait amenée à douter du père de l'enfant. Ce qu'imaginait Lizzie des événements dans la salle de réunion n'était pas loin de la réalité. Doortje était habituée aux piques et aux méchancetés de Juliette : pour que Kevin redoutât un suicide, il s'était obligatoirement produit plus qu'une altercation.

Lizzie rumina ces pensées la moitié de la nuit, avant de sombrer dans un sommeil agité. Elle se réveilla au petit matin. Les hommes s'apprêtaient sans doute déjà à descendre, accrochés à une corde et Lizzie remercia Dieu que la pluie eût cessé. Elle resta allongée un moment encore, songeuse, puis, s'étant levée, regarda par la fenêtre. Elle ne pouvait rester plus longtemps enfermée. Enfilant une robe d'intérieur et se couvrant d'une cape, elle se dirigea vers la cascade, sa *maunga*. C'est ici qu'elle venait quand elle avait des soucis ou devait réfléchir. Et bien qu'anglicane convaincue, bien que portant le révérend Burton aux nues, c'est ici qu'elle rencontrait ses dieux.

La silhouette affaissée qui avait cherché dans un creux de rocher une protection contre le froid de la nuit ne relevait manifestement pas du divin. Trompée par la pâle lumière du petit jour, Lizzie crut d'abord qu'il s'agissait d'un animal égaré et effrayé, avant de reconnaître les cheveux blonds de Doortje. La jeune femme, accroupie contre la pierre, le visage pressé contre ses genoux qu'elle entourait de ses bras, ne l'avait pas encore aperçue. Sa robe légère était trempée, sale et déchirée. Elle avait erré des heures dans la forêt.

— Doortje !

Lizzie courut jusqu'à sa belle-fille, enlevant sa cape pour en couvrir la jeune femme.

— Mon Dieu, mon enfant, pourquoi n'es-tu pas venue à la maison ? Kevin te croit morte ! Les hommes te recherchent au pied de la falaise. Tu y es allée, n'est-ce pas ? Dieu du ciel, Doortje, tu es morte de froid !

Inquiète, furieuse et infiniment soulagée, Lizzie l'enveloppa dans la cape. Doortje tremblait, c'était au moins un signe de vie. Le premier soleil lui fit cligner des yeux. Un regard infiniment triste frappa Lizzie de plein fouet.

— J'ai perdu ton châle, murmura-t-elle. Sur les falaises. J'ai voulu… Je regrette…

Elle se recroquevilla à nouveau. On aurait dit un animal blessé. Lizzie s'agenouilla à côté d'elle et la prit tendrement dans ses bras.

— Que s'est-il passé ? Mais qu'est-il donc arrivé ?

S'abandonnant une brève seconde à l'étreinte, la Boer recula brusquement.

— Colin Coltrane, parvint-elle à dire. Tu… tu le savais toi aussi ?

Lizzie lut dans les yeux de la jeune femme le désespoir et le besoin vital de lui faire confiance.

— Quoi donc, ma chérie ? Qu'est-ce que j'aurais su ? Nous devrions rentrer à la maison, nous serions mieux pour parler.

— Non ! Pas tant qu'elle est là ! Je ne veux pas la revoir. Elle… elle le savait, mais… elle… Ça s'est passé tout autrement !

Lizzie essaya de décrypter ses propos.

— Tu parles de Juliette, c'est ça ? Tu ne veux pas rentrer tant que Juliette est là. Je peux comprendre… Mais qu'est-ce qu'elle savait, Doortje ? Et qu'est-ce que tu as à voir avec Colin Coltrane ?

— Alors, tu le connais ? Tu le savais aussi ? C'est donc vrai ce qu'elle a dit ? Avec Matariki…

Lizzie respira à fond.

— Oui. J'ignore certes de quel secret il s'agit ici, mais j'ai connu Colin Coltrane. Il a séduit ma fille, puis Chloé. Matariki a eu relativement de la chance : il ne lui a laissé qu'une fille ravissante, alors qu'il a failli détruire la vie de Chloé. C'est un escroc et un salopard, Doortje, quoi qu'on ait pu te dire à son sujet. Bien que je… en réalité, je ne peux me permettre de le juger, je…

Elle s'interrompit, puis quelque chose en elle lui dit qu'elle devait donner à cette jeune femme une marque de confiance, partager avec elle le plus lourd secret de son existence.

— J'ai détruit son existence car j'ai tué son père. Personne ne le sait, Doortje, à part Michael, le révérend et moi. J'étais en situation de légitime défense, je n'ai rien à me reprocher. Mais c'est à cause de moi que Colin a été élevé comme un demi-orphelin. Kathleen a pourtant fait pour lui tout ce qui était en son pouvoir. Elle a toujours été une bonne mère pour tous ses enfants, elle…

– C'est vrai que Kathleen… ? demanda Doortje d'une voix éteinte.

Elle avait aimé Kathleen, lui avait fait confiance, mais cette femme l'avait trompée, elle aussi. Kathleen qu'elle avait crue son amie était la mère de son bourreau. Elle aussi devait être au courant de l'ascendance d'Abraham…

Entre-temps, le soleil s'était levé. Lizzie espéra qu'il ferait un peu plus chaud. Sinon, Doortje allait attraper la crève dans ses vêtements mouillés. Mais elle n'y pouvait rien. Caressant doucement l'épaule de la jeune femme, elle commença à raconter. Elle parla de l'amour de jeunesse entre Kathleen et Michael, de leur fils Sean et de la tentative désespérée de Kathleen pour donner un nom honorable à l'enfant en épousant le maquignon Ian Coltrane dont elle avait eu deux autres enfants, Colin et Heather.

– Mais Colin tenait de son père et, quand Kathleen finit par s'enfuir, il n'a pas voulu la suivre. Il est devenu un escroc comme son père. Et lorsque j'ai ensuite tué Ian…

– Tu as tué le père de Colin ? demanda Doortje incrédule bien que commençant à comprendre.

– Oui, c'était de la légitime défense, répéta Lizzie. Il… il allait…

Elle dut se forcer pour poursuivre. Ian l'avait violée et s'apprêtait à la tuer, voulant s'approprier le filon d'or au-dessous de la cascade sur lequel veillait à présent Elizabeth Station.

– … il allait m'assassiner. Par méchanceté et cupidité. Je l'ai assommé avec une massue de guerre maorie.

Doortje se remit à trembler, mais plus de froid.

– Colin a…, chuchota-t-elle, il m'a fait violence. À ma sœur aussi. Ma sœur est morte. Et moi… moi, j'ai survécu, mais j'étais enceinte. Et maintenant… maintenant tout le monde sait qu'Abe n'est pas le fils de Kevin, et on croit que j'ai trompé Kevin avec Coltrane.

Elle éclata en sanglots. Lizzie la serra plus fort encore contre elle, la berçant comme une enfant. Elle venait enfin de comprendre.

— Oh mon Dieu, j'aurais dû m'en apercevoir. Abe a la même couleur de cheveux qu'Atamarie, et il lui ressemble de plus en plus à mesure que le temps passe. Il a fallu que je sois aveugle. Mais je te le jure, Doortje, je ne savais rien !

— Moi non plus. Jamais je ne serais venue ici si j'avais su que tout le monde le verrait… Cette honte…

— Non, Doortje ! Je n'avais rien remarqué jusqu'ici. Michael non plus. C'est pourquoi je pense qu'on ne s'en aperçoit que si on a connu Colin bébé. Et peut-être aussi quand on a vu Atamarie à l'âge d'Abe. Michael et moi ne l'avons connue qu'une fois devenue fillette, car Riki vivait alors à Wellington. Donc, « tout le monde » n'est assurément pas au courant. N'entrent en ligne de compte, à strictement parler, que Kathleen et Matariki, éventuellement aussi Claire Dunloe. Je n'arrive pas à m'imaginer, avec la meilleure volonté du monde, comment Juliette a découvert… Sans doute a-t-elle pressenti plus qu'elle ne sait.

Lizzie réfléchit. Son visage devint dur.

— Ou bien crois-tu que Kevin…

— Non, non ! Il ne peut pas être stupide à ce point, il se mettrait entre ses mains.

— À cause de la paternité ? ne put s'empêcher de rire Lizzie. Ma foi, tu sais…

— Non, non, l'interrompit Doortje avec véhémence. Non, à cause… à cause du… de l'assassinat. Je me suis vengée, Lizzie. J'ai tué Colin Coltrane. Avec un couteau. Je… j'épluchais des pommes de terre… et…

Lizzie écouta l'histoire, abasourdie. Doortje ne lui passa aucun détail : la mort de Colin, la participation involontaire de Kevin et l'idée de Roberta de faire disparaître le corps.

— Et puis Kevin m'a proposé de m'épouser. J'avais besoin… j'avais besoin d'un père pour mon enfant.

— Kevin doit beaucoup t'aimer, dit simplement Lizzie quand Doortje eut terminé. Et puis non, je ne crois pas qu'il ait parlé de tout ça avec Juliette. Il…

— Mais pourquoi parle-t-il avec Juliette ? s'emporta Doortje. S'il m'aime tant, pourquoi me trompe-t-il avec elle ?

Lizzie soupira. Doortje lui faisait souvent penser à un enfant innocent du pays d'Oz.

— Doortje, ton Kevin… et c'est vrai aussi de mon Michael. Ce sont au fond de braves garçons. Des hommes séduisants, charmants, d'une grande vivacité. Michael a toujours été un merveilleux amant et je présume que Kevin a hérité de lui aussi sur ce plan. Mais Michael a toujours eu besoin d'une femme pour veiller sur lui. Kathleen était trop jeune à l'époque, en Irlande. J'ai mis la moitié de mon existence à le comprendre. Sans moi, Michael était comme une feuille au vent. Il en va de même avec Kevin. Juliette l'a compris d'une certaine manière. Elle le domine, mais ce n'est pas bon pour lui. Par chance, il le sait, même s'il s'est une nouvelle fois laissé séduire. Il… l'a déjà fuie une fois.

Lizzie prit les mains froides et tremblantes de Doortje entre les siennes. Lui parlant de May, elle savait qu'elle continuait à détruire le monde de la jeune femme. Il lui fut également plus difficile de révéler le mensonge existentiel de Patrick que son propre secret. Mais il n'y avait pas d'alternative, en cet instant, à une franchise totale. L'enfant de Kevin serait sinon l'arme que Juliette utiliserait maintenant contre Doortje. Lizzie fut étonnée par la réaction presque amusée de Doortje à cette révélation.

— Kevin n'est pas le père d'Abe et Patrick n'est pas celui de May ? Et moi qui trouvais exagérés ces drôles de romans que publient les journaux féminins ! Mais… tu es bien, toi, la mère de Kevin, au fait ?

— Je te le jure, dit Lizzie en souriant. Et, pour ce qui est des secrets : Kathleen sait se taire, Matariki plus encore. Et je suis certaine que l'une et l'autre ont parlé avec Kevin dès que la ressemblance entre Abe et Atamarie les a frappées. Kevin ne leur aura rien dit de la mort de Colin, mais très certainement des conditions dans lesquelles Abe a été conçu. Si tu considères comme une honte pour toi le fait d'avoir été violée, tu devras vivre avec l'idée que quelques-uns de tes amis sont au courant. Mais personne, Doortje, ne croit que tu as trompé ton mari !

Doortje s'essuya les yeux avec détermination.

— Je crois que je peux vivre maintenant avec à peu près tout. Mais pas avec Juliette. Tu estimes que je dois pardonner à Kevin, Lizzie… maman… mais ce n'est possible que si… que si… Comment vais-je réussir à la chasser ?

— Oublie les massues et les couteaux de cuisine. Il existe des moyens bien plus simples de se débarrasser de gens comme Juliette. Et nous allons d'ailleurs profiter de cette heure matinale. Je vais te montrer comment laver de l'or, Dorothea Drury. Et, ce faisant, je t'admets définitivement et sans réserve dans notre famille. Car seuls les Drury et les Ngai Tahu connaissent ce secret.

Juliette venait de se lever quand Lizzie et Doortje rentrèrent dans la maison, Doortje avec hésitation, tant elle redoutait se retrouver face à cette femme. Mais Lizzie avait tenu à ce qu'elle fût présente.

— Nous allons surmonter ensemble cette épreuve, Doortje. Il y a sans doute longtemps que j'aurais dû le faire, mais je voulais… je ne voulais pas infliger cette blessure à Patrick. Nous allons détruire ses rêves, Doortje, et lui briser le cœur, on ne peut faire autrement. Mais ne me laisse pas agir seule !

— Les cœurs ne se brisent pas aussi aisément, répliqua Doortje avec, dans les yeux, la dureté retrouvée de la Boer qu'elle avait été.

Lizzie soupira mais ne répondit pas.

Elles trouvèrent Juliette attablée devant son petit-déjeuner, Nandé, le visage ravagé par les pleurs et l'insomnie, s'affairant près du fourneau à préparer des crêpes. Apercevant Doortje, elle poussa un cri, laissant tomber la poêle. De l'huile chaude éclaboussa la robe de chambre de Juliette.

— *Baas !* Mejuffrouw Doortje ! s'écria-t-elle sans se soucier de sa maîtresse.

Bredouillant des mots en mauvais afrikaans, elle se jeta aux pieds de Doortje pour lui baiser la main. Celle-ci l'aida à se relever et l'étreignit comme une sœur.

— Lizzie nous a interdit de prononcer le mot « *baas* », murmura-t-elle avec gêne.

Lizzie sourit avant de se tourner vers Juliette en train de s'en prendre à Nandé pour avoir abîmé sa robe de chambre. Elle se borna à lever la main pour la faire taire, d'un geste impérieux que ne démentait pas sa physionomie.

— À toi maintenant, Juliette, dit-elle sans élever la voix. Nous en avons assez, Doortje et moi, désormais. Quant à Kevin… je pense aussi parler en son nom. Patrick ne sera peut-être pas d'accord immédiatement, mais à lui aussi il ne peut rien arriver de mieux que ta disparition. Donc, soyons brèves. Combien ?

Si Doortje eut l'air effarée, Juliette parut, elle, quelque peu décontenancée.

— Je ne comprends pas. Comment ça, je dois m'en aller ? Je suis la femme de Patrick, vous l'avez déjà oublié ? Et la mère de May. J'ai le droit de vivre ici.

Lizzie acquiesça avec flegme.

— Combien ? répéta-t-elle.

— Combien de quoi ? demanda hypocritement Juliette.

— D'argent, Juliette. Là, tu t'y connais. Bien! Jusqu'ici tu as plutôt reçu pour venir que pour partir. Mais, ce coup-ci, nous procédons autrement. Alors, combien ?

— Tu me crois vénale ?

— Ne perdons pas de temps, Juliette. J'ai vraiment autre chose à faire. Mais bon, mettons tout sur la table. Combien réclames-tu pour disparaître d'ici dès aujourd'hui ?

— Pour aller où ?

— En Amérique, en Europe ou aux îles Fidji. Mais loin de la Nouvelle-Zélande. Et vite !

— On ne peut pas aller plus vite que la musique, sourit Juliette. Ou bien comptes-tu m'acheter un bateau ?

— Si nécessaire. Mais je te préviens, il ne tiendrait pas forcément bien la mer. Je répète : combien ?

Juliette croisa les bras et entreprit de réfléchir à la manière d'engager les négociations. Il fallait partir d'une très haute somme.

— Dix mille livres, finit-elle par lâcher.

— Ah, enfin, répondit Lizzie, impassible. Alors, prépare-toi, Juliette, tu devras avoir quitté la maison d'ici à midi. Tu sais conduire une chaise, prends celle qui est couverte. Comme ça tu ne te mouilleras pas s'il se remet à pleuvoir.

Ce fut au tour de Juliette d'ouvrir de grands yeux.

— Tu… tu dis bien… dix mille livres ?

Elle ne savait plus bien où elle en était. D'où Lizzie détenait-elle pareille somme ? Mais Lizzie n'en avait pas terminé.

— Va jusqu'à Dunedin et laisse le cheval dans l'écurie de location. Puis prends le train pour Christchurch. Tu as le temps d'y arriver aujourd'hui encore. Prends une chambre au White Hart. D'ici à trois jours, dès demain peut-être, un avocat te contactera. Tu signeras un consentement à un divorce d'avec Patrick ainsi qu'à ton renoncement définitif à tous tes droits sur ta fille May.

— Il n'était pas question de May jusqu'ici ! Si je renonce à mes droits sur elle, il me faut alors… cinq mille de plus !

Le visage de Lizzie ne refléta plus que le mépris.

— Intéressant de mesurer ton attachement ! Tu renonceras donc par écrit et expressément à tes droits sur ta fille. L'avocat te versera alors cinq mille livres en liquide. Et tu partiras par le prochain bateau.

— Et si je ne pars pas ?

— Il y a dans ce pays, dit Lizzie d'une voix dure, des hommes qui me débarrasseraient de toi pour beaucoup moins que cinq mille livres. Ne t'y avise pas !

Puis elle se retourna.

— Viens, Doortje, maintenant. Nous allons monter au village maori, puis à la falaise. Nandé pourra aider Juliette à faire ses bagages, nous emmenons la petite avec nous. On va peut-être réussir à empêcher les hommes de s'encorder, une folie. Même si je serais heureuse de retrouver mon châle. Et ce n'est pas le moment de gaspiller de l'argent, termina-t-elle avec un sourire complice pour Doortje.

Celle-ci songea à l'or que Lizzie avait caché dans le jardin. On devait incontestablement s'acheter beaucoup de châles avec ça !

Sans compter l'achat de sa liberté…

4

Les femmes du village maori explosèrent de joie et de surprise à la vue de Lizzie accompagnée des enfants et de Doortje. Matariki les embrassa entre rires et larmes et entreprit aussitôt cette dernière :

— Kevin m'a tout raconté. Tu te rappelles que je me suis mise à l'écart avec lui la première fois que j'ai vu Abraham ? Abe est le portrait vivant d'Atamie et je me suis tout de suite rendu compte que quelque chose clochait. Kathleen s'en est aussi aperçue au premier coup d'œil, mais elle n'est au courant que de la… paternité. Elle ne sait rien de la mort de Colin, mieux vaut qu'elle ne l'apprenne pas. Et il faut que tu me croies : je voulais amener Kevin à te le raconter. Tout aurait été mieux que cette histoire. Mais il… il ne voulait pas te faire du mal, Doortje, et je savais qu'il t'en faisait. Cette maudite Juliette…

— C'est de l'histoire ancienne, annonça Lizzie avec placidité. Tu aurais dû me mettre au courant, Riki, j'ignorais tout. Mais maintenant montons à la falaise. Les hommes sont déjà partis, n'est-ce pas ?

— Oui, ils ont campé là-haut. Kevin ne voulait pas perdre une seconde. Ils voulaient descendre dès le point du jour. En fait, poursuivit-elle après avoir regardé où était le soleil, ils ne devraient pas tarder. Tenez, voilà déjà Haraki !

Haraki, un gamin svelte d'une dizaine d'années, arrivait en courant sur la place du village.

— Des nouvelles ! fanfaronna-t-il. J'ai des nouvelles des hommes. La *wahine* de Kevin n'est pas tombée de la falaise ! Mais Kevin…

Doortje ne saisit pas un mot de ce qu'il annonçait en maori, mais elle lut sur les visages de Lizzie et de Matariki qu'il était arrivé quelque chose.

— Que se passe-t-il ? s'inquiéta-t-elle, tournée vers Lizzie, mais celle-ci avait besoin de toute sa concentration pour comprendre le garçonnet.

Ce fut finalement Haikina qui traduisit à l'intention de Doortje :

— Kevin a chuté. Il était pressé et, vers la fin de sa descente encordée, il a mal apprécié sa hauteur par rapport au sol. J'ignore la gravité de ses blessures, mais il est incapable de remonter par ses seuls moyens. Ils doivent donc, d'une manière ou d'une autre, le secourir. Nous… nous devrions nous mettre en route avec Hainga.

Hainga était la guérisseuse du village.

— Kiri n'est pas ici ? demanda Lizzie à voix basse.

Kiri, la petite-fille d'Hainga, après avoir appris la médecine traditionnelle, poursuivait pour l'heure des études de médecine à Dunedin. Lizzie ne savait à laquelle des deux elle ferait davantage confiance.

— Non, elle voulait venir pour la fête, mais…, répondit Haikina.

— Il ne va pas mourir ? chuchota Doortje. Il ne peut pas… pas maintenant que…

Matariki posa rapidement d'autres questions à Haraki qui répondit par un flot de paroles. Doortje aurait aimé une traduction mais Matariki s'y opposa.

— Le petit ne sait pas grand-chose. Sauf que Kevin bouge encore, on le voit d'en haut, et qu'il parle. Du moins le croit-il. Hemi est en bas avec son ami, les autres tentent une opération de secours à l'aide de ce brancard qu'ils ont eu la chance d'emporter. C'est tout ce qu'il sait.

Ce n'est pas la peine de lui en demander plus, il se mettrait à broder.

— Il peut chuter à nouveau, s'ils essaient de le remonter sur la civière, murmura Doortje. Est-ce qu'ils sont tous des… alpinistes, Matariki ? Sont-ils expérimentés ?

— Non, nous ne grimpons pas sur les montagnes pour la seule raison qu'elles sont là. Mais je ne me fais pas trop de soucis. Atamarie et Rawiri sont là-haut eux aussi, ce sont des techniciens. Atamarie calculera le moindre des détails avant qu'ils accrochent une corde quelque part. Ne sois pas inquiète, Doortje, s'il est en vie, ils le remonteront.

— Il ne doit pas mourir, sanglota la jeune Boer. Lui, en plus de tous les autres ! Non ! Et ce serait ma faute…

— J'ai entendu Kevin dire la même chose hier. Et tu n'es pas morte ! Ne perds pas courage. Allons plutôt voir ce qui s'est passé.

Malgré leur hâte à gravir la pente, les femmes ne parvinrent pas jusqu'à la falaise. Elles rencontrèrent les hommes à mi-chemin. Un frisson glacé parcourut Doortje en entendant leurs pas et leurs voix. Tout était allé plus rapidement que prévu : le temps n'avait à coup sûr pas suffi pour secourir à l'aide d'une civière improvisée quelqu'un de grièvement blessé. Donc, ce n'avait pas été si grave que ça… À moins que… À moins que… On n'avait pas besoin de se montrer particulièrement prévenant quand on hissait un cadavre le long d'une falaise.

Lizzie et Matariki nourrissaient les mêmes pensées, mais elles se tranquillisèrent quand elles furent assez près pour entendre des bribes de mots. Hemi et deux ou trois de ses camarades discutaient avec véhémence, se demandant où pouvait bien se trouver Doortje, ce qu'ils n'auraient certainement pas fait s'il y avait eu mort d'homme. Doortje, elle, ne vit que la civière que deux hommes portaient entre eux. Quelqu'un y était allongé, recouvert du châle de Lizzie.

— Kevin ! cria-t-elle en se précipitant. Kevin…

Écartant le châle, elle demeura en arrêt devant le cordage que les hommes avaient jeté sur le brancard, sans l'enrouler. Stupéfaite, elle regarda autour d'elle mais sans apercevoir Kevin parmi les hommes.

— Doortje ! Oh mon Dieu, Doortje !

La voix de Kevin venait de plus haut et Doortje ne découvrit qu'alors les deux chevaux que Michael avait emmenés à la falaise. Kevin, recroquevillé sur la selle de l'un des deux, paraissait mal en point. Le visage plein d'éraflures, il avait un bras en écharpe. Doortje courut jusqu'au cheval et se cramponna à sa jambe.

— Tu es vivant, Kevin, tu es…

— Je n'étais pas en danger ! protesta-t-il, déclenchant un rire homérique chez les hommes.

C'étaient Patrick et Michael qui menaient les chevaux. Kevin, seul, aurait eu de la peine à monter.

— Il est tombé d'une hauteur de dix mètres dans un buisson épineux et s'est sans doute juste cassé la jambe, celle à laquelle tu ne te cramponnes pas, Doortje, expliqua Atamarie. Sinon, il crierait au lieu de débiter des âneries. Il n'a peut-être qu'une foulure, d'ailleurs. Ces haies jouent le rôle d'amortisseurs.

Kevin et Doortje ne l'écoutaient pas. Michael ne réussit qu'à grand-peine à empêcher Kevin de descendre de selle pour étreindre sa femme. Se penchant le plus bas possible, il toucha ses cheveux et son visage de sa main valide, comme pour s'assurer qu'il s'agissait bien d'elle.

— J'ai tellement eu peur pour toi, chuchota-t-il. Quand nous avons vu le châle tout en bas… et tout était ma faute.

— Je n'aurais pas dû m'enfuir. Tu ne serais pas descendu le long de cette falaise.

— Vous ne pourriez pas poursuivre cette discussion plus tard ? demanda Matariki. Au village par exemple. Au sec.

Lizzie rendit son châle à Doortje.

— Tiens, reprends-le. Mais, la prochaine fois, essaie de le perdre en un endroit plus accessible ! Michael, ramenons Kevin directement à la maison ! Je n'ai rien contre Hainga, mais il a sans doute besoin d'un médecin.

— Maman, il vaudrait peut-être mieux que Doortje et moi rentrions directement à Dunedin. Ou que nous restions chez les Ngai Tahu, le temps qu'Hainga finisse de me panser. Ma jambe n'est pas cassée, n'aie pas peur, tout sera bientôt en ordre. Mais je ne voudrais pas que Doortje et Juliette…

— Mais que s'est-il donc passé entre Doortje et Juliette ? s'inquiéta Patrick.

Kevin implora Doortje du regard. Elle lutta avec elle-même. Patrick avait lui aussi été trompé. Ne devait-il pas l'apprendre ? Mais alors il haïrait son frère le reste de sa vie…

— Rien, répondit-elle. Rien, nous nous sommes juste disputées. Elle… elle a été odieuse avec moi.

— Je vais faire en sorte que cela ne se reproduise plus, affirma Patrick d'un ton résolu. Crois-moi, Doortje, cela ne peut continuer ainsi, elle ne peut pas…

Doortje s'apprêtait à parler, mais Lizzie secoua la tête de manière presque imperceptible. Patrick apprendrait bien assez tôt que Juliette était partie.

Le soir, tous furent enfin rentrés à Elizabeth Station. Les femmes du village avaient restauré les membres de l'expédition qui avaient d'abord été soumis à diverses procédures de purification. Un *tapu* ayant été violé, les prêtresses de la tribu devaient implorer le pardon des dieux et apaiser leur courroux. Hainga en fut occupée des heures durant, abandonnant à Lizzie et Doortje le soin de soigner les blessures de Kevin.

Doortje fit preuve d'une étonnante habileté.

— Il n'y a pas de médecins chez nous, expliqua-t-elle à Lizzie. Nous, les femmes, nous faisons tout par nous-mêmes, et, contrairement à ce que prétendent les Anglais, tous nos patients ne meurent pas !

— Tu fais ça très bien, concéda Kevin avec un regard enamouré.

Se prolongeant, le repas s'était transformé en fête avec musique, bouteilles de whisky et pichets de bière circulant de main en main, chacun des participants à l'expédition racontant en long et en large ses exploits dans la falaise. On attendait aussi, bien entendu, l'apparition, durant la nuit, des Pléiades, mais le ciel resta couvert.

Lizzie était à bout de forces quand ils rentrèrent. Elle et Doortje avaient porté Abe à tour de rôle. Kevin était toujours juché sur un cheval, mais il allait déjà mieux si bien qu'il put prendre May en selle. Celle-ci, d'ordinaire fort sociable, s'était mise à pleurnicher au terme de cette longue journée. Elle finit par s'endormir en chemin. Kevin la posa avec précaution dans les bras de Patrick quand ils arrivèrent.

— Je vais la mettre au lit. Nandé doit déjà dormir, mais…

Tandis que Michael aidait Kevin à descendre de selle et lui présentait une paire de béquilles, Lizzie entra chez elle à la suite de son fils cadet, inquiète à l'idée de sa réaction. Elle le vit frapper doucement à la porte de la chambre de Nandé.

— Pourquoi n'ouvre-t-elle pas ? Elle a pourtant le sommeil léger.

Bien que redoutant de devoir affronter ce problème dès cette nuit, Lizzie ouvrit la porte et découvrit avec stupeur qu'elle était vide à l'exception des affaires de Matariki et d'Atamarie.

— Elle est partie, Patrick, déclara Lizzie. Je suis navrée.

Patrick la regarda, épouvanté.

— Elle est… partie ? Elle s'est enfuie ? Nandé est partie ?

Posant sa fille dans les bras de Lizzie il se précipita comme un fou dans la chambre qu'il partageait avec Juliette.

— Juliette ! Juliette, espèce de garce, qu'as-tu fait d'elle ?

Lizzie lança un regard de stupéfaction à Michael qui entrait avec Kevin, Doortje et Abe. Michael était au courant, Lizzie l'ayant informé, à la fête des Maoris, du départ contraint de Juliette. Tout au moins à grands traits, car elle préférait taire provisoirement le problème de l'argent. Michael n'en avait pas parlé mais, ce qui la surprit, il avait aussitôt abordé le sujet Nandé :

— Et qu'en est-il de la jeune fille noire ? Elle l'emmène ?

Lizzie avait tiqué. Ni elle ni Doortje n'y avaient réfléchi.

— Non, pourquoi l'emmènerait-elle ? Nandé l'a aidée à faire ses bagages. Elle ne voudra pas partir.

— Lizzie, avait objecté Michael, jamais encore on n'a demandé à Nandé si elle voulait partir ou pas. Doortje l'a traînée d'Afrique jusqu'ici. Puis Patrick l'a engagée. Mais depuis, Juliette, pour qui elle n'est rien de plus qu'une esclave, lui inspire une sainte terreur.

Lizzie s'était alors rendu compte que cela avait été une erreur de laisser Nandé avec Juliette. Et voilà que Nandé avait disparu avec sa maîtresse !

— Juliette est aussi partie, annonça Patrick. Elle est… qu'est-ce qui lui a pris soudain ?

Il y avait de l'étonnement dans sa voix, mais ni l'émotion ni l'épouvante qui avaient marqué sa réaction à la découverte de la chambre vide de Nandé.

— C'est moi qui l'ai renvoyée, Patrick, avoua Lizzie d'une voix douce. Je regrette pour toi, mais elle n'était pas faite pour rester ici. Elle le savait elle-même. Elle…

Patrick parut ne pas l'entendre. Il avait regagné la chambre de Nandé. Il ouvrit les armoires comme à la recherche d'un indice prouvant que la jeune fille était sortie pour quelques instants seulement.

— Elle n'a pas pu partir comme ça, tout simplement ! Et May. Je… croyais qu'elle l'aimait. Et même si… je croyais qu'elle m'aimait peut-être moi aussi. Je… je me disais que nous avions le temps…

Lizzie hocha la tête. Elle se demanda combien de fois il lui faudrait le répéter :

— Juliette ne t'a jamais aimé. Et elle ne s'est jamais souciée de May. Elle…

— Mais qui parle de Juliette ? demanda Patrick d'une voix glaciale. Ne te donne pas cette peine, maman, je sais cela depuis longtemps. Mais Nandé… je n'aurais jamais cru qu'elle puisse laisser May seule.

— May ? se moqua Michael.

Lizzie le poussa sans ménagement dans sa chambre à coucher.

— Ne mets pas ça sur le tapis ! le gronda-t-elle. L'affaire semble plus compliquée que je ne le pensais. Je vais partir demain pour Dunedin, Michael, pour discuter de ça avec Sean. Je n'y arriverai pas avec un avocat normal. À ce qu'il paraît, il va nous falloir, en plus du reste, racheter maintenant une esclave.

— Allez, viens, toi aussi !

La nuit tombait sur Elizabeth Station et il était temps de partir pour assister à l'apparition des Pléiades en compagnie des Maoris. Atamarie et sa mère avaient revêtu leurs habits de fête et Doortje, rayonnante de bonheur, portait, elle aussi, une des robes fabriquées à Parihaka. Kevin n'était pas moins heureux en dépit du malaise qu'il éprouvait au souvenir de son aventure de la veille. Lizzie et Michael n'étaient toujours pas rentrés de Dunedin, mais pousseraient sans aucun doute jusqu'au village dès leur retour. Seul Patrick s'était retranché dans sa chambre avec May. Matariki et Atamarie essayaient de le convaincre depuis une heure.

— Te morfondre n'arrangera rien, poursuivit Matariki.

— Et May va vouloir contempler les cerfs-volants ! ajouta Atamarie qui était d'excellente humeur.

Elle n'était revenue à la ferme que pour se changer, passant les nuits avec Rawiri sous une tente depuis qu'elle l'avait retrouvé au village. Elle avait décliné son offre de coucher ensemble dans la maison commune et d'ainsi conclure leur union.

— Je suis trop *pakeha* pour ça ! Je rêve d'un mariage à l'église, avec une robe de chez Lady's Goldmine.

Devant l'air ahuri de Rawiri, Matariki avait joué les conciliatrices :

— Vous passerez plus tard une nuit dans la maison commune afin de satisfaire à la tradition. Peut-être à Parihaka.

Pour l'heure, Patrick refusait toutes les offres pourtant bien intentionnées.

— Je ne suis pas d'humeur à faire la fête, Atamie. Du moins pas en public. May et moi, nous attendrons l'apparition des étoiles à la cascade. Seuls ! Quant à envoyer ensuite un message aux dieux… je ne suis pas sûr qu'ils aient envie d'entendre ce que j'ai à leur dire !

Sur ce, il prit May dans ses bras et sortit. Matariki et sa fille, n'entendant pas le laisser seul, le suivirent. Il n'y avait pas encore d'étoiles mais le ciel était découvert. On verrait se lever les Pléiades. Un heureux présage pour l'année nouvelle. Tout aussi heureux que le départ de Juliette.

— Nous sommes tous contents d'être débarrassés de Juliette. Toi aussi, Patrick, si tu es sincère, non ? dit

Matariki en passant le bras autour des épaules de son frère. Il y a longtemps que vous n'étiez plus un couple… son insatisfaction perpétuelle, les querelles…

— Pour ce qui est de savoir ce qu'est pour moi un couple, permettez-moi d'en décider moi-même ! dit Patrick, furieux, en faisant lâcher prise à sa sœur. Crois-moi, j'y aurais mis un terme. Mais pas comme ça ! Il y aurait eu quelques problèmes à régler au préalable.

— Entre Juliette et toi ? demanda Matariki, toujours hochant la tête. Si tu veux mon avis, tout était déjà dit.

Patrick se retourna vers elle.

— Qui parle de Juliette, Matariki ? Vous… vous ignorez tout, vous…

Les deux femmes descendirent sur ses talons le chemin qui menait à l'étang et non à la cascade. Il n'avait qu'un but : leur échapper.

— Il s'agit de Nandé, hein ? dit Matariki en souriant. Je n'arrêtais pas de me demander s'il n'y avait pas anguille sous roche… Mais je ne perdrais pas espoir à ta place, Patrick. Maman a parlé de quelque chose… elle va sans doute ramener Nandé.

— J'en ai eu vent moi aussi. Et je m'y suis refusé. Je vois bien que ma mère a quelque chose à voir avec la disparition de Juliette ! En soi, c'est déjà infâme. Mais, en plus, lui « racheter » Nandé, ce serait… ce serait…

Patrick s'interrompit brusquement. Il y avait devant eux le petit lac alimenté par la cascade au bord duquel une jeune fille était agenouillée, ses cheveux noirs et frisés lui tombant sur le dos, puisant de l'eau à deux mains et buvant.

— Nandy ! cria May en tendant les bras à la jeune femme. Papa, May veut Nandy ! ajouta-t-elle, réclamant que son père la posât à terre.

La jeune Noire se releva avec un large sourire pour Patrick. Elle était pieds nus, sa robe de domestique était sale et trempée de sueur. Patrick resta sans voix.

— Monsieur Patrick… je… j'ai bien eu le droit de m'enfuir, n'est-ce pas ?

— Tu peux aller où tu as envie d'aller, Nandé, murmura Patrick, levant les bras dans un geste d'impuissance et en s'approchant d'elle. Tu le sais bien. Mais je… eh bien, j'ai été triste quand j'ai vu que tu étais partie.

Il lui tendit les deux mains qu'elle prit avec hésitation.

— Ce n'est pas vous que j'ai fui, dit-elle. Je suis revenue vers vous…

— Mais d'où viens-tu, Nandé ? Et pourquoi es-tu alors… ? Mais ça n'a pas d'importance pour le moment. Viens, tu dois avoir faim. Tu es venue à pied ? Depuis où ?

— De Dunedin, monsieur Patrick. Miss Juliette a voulu que je vienne avec elle. À Christchurch, puis en Amérique. Mais je ne veux pas aller là-bas. Et j'ai longuement réfléchi à ce que miss Doortje lisait toujours dans la Bible, qu'on doit être un bon serviteur. Mais aussi à ce que vous avez dit, que j'étais libre. Et à ce qu'a dit miss Violette sur les femmes et les… syndicats…

À l'occasion du festival d'art, Violette avait tenu un discours sur la lutte des femmes pour obtenir le droit de vote.

— Et alors, j'ai échappé à miss Juliette. Elle m'a envoyée chercher de quoi manger avant le départ du train, mais je me suis sauvée. Avec l'argent. Mais je l'ai encore sur moi, monsieur Patrick. Je ne voulais pas le voler.

Nandé adressa un clin d'œil à Patrick. Ils donnaient plus l'impression de deux complices que du maître et du serviteur. De deux êtres s'aimant, en réalité.

Atamarie avait, quant à elle, d'autres interrogations.

— Tu as effectué tout ce trajet à pied ? Depuis Dunedin ? Presque quarante miles ?

— Nous sommes tous de bons marcheurs dans mon peuple ! Mais maintenant je suis un peu fatiguée. Est-ce que je peux rester ici ?

— Nandy ! répéta May, puis, à la surprise générale, elle s'écria : Maman !

— Ne s'était-elle pas jusqu'ici contentée de dire « papa » ? s'étonna Matariki.

Personne n'avait jamais entendu Juliette et sa fille s'entretenir.

— Elle veut peut-être juste dire qu'elle aimerait bien avoir une maman, supposa Patrick qui avait retrouvé le sourire.

— Et elle fait son choix sans barguigner ! s'amusa Atamarie. Elle n'est pas bête, cette enfant. Mais nous devons à présent aller au village. La nuit tombe et Rawiri va m'attendre.

— Regardez ! s'écria Matariki, montrant le ciel.

Les premières étoiles apparaissaient au firmament, les plus brillantes étant les yeux du dieu Tawhirimatea, l'étoile Whanui suivie de ses six filles moins resplendissantes. Matariki salua la constellation à laquelle elle devait son nom en entonnant le chant ancien :

Ka puta Matariki ka rere Whanui.
Ko te tohu tena o te tau e !

Atamarie se joignit à elle, toutes deux enserrant dans leurs bras Patrick, Nandé et la petite May piaillant à l'unisson.

— Bonne et heureuse année !

Les gens riaient, dansaient et s'embrassaient aussi dans le village maori. Rawiri et ses élèves lancèrent leurs premiers cerfs-volants, les enfants commençant par les *karakia* qu'ils guidaient en direction des étoiles afin de les saluer. Seules les personnes âgées pleuraient et se lamentaient comme chaque année.

— Pourquoi pleurent-elles ? demanda Doortje à son époux, de la même manière qu'Atamarie, petite fille, avait interrogé sa mère. Je croyais que Matariki était une fête joyeuse.

— Matariki est la fête de l'an nouveau. Un début et une fin, expliqua Kevin. Les Pléiades se montrent, les yeux du dieu se posent sur nous après sa longue absence. Les anciens de la tribu lui racontent ce qui s'est passé entre-temps. Ils pleurent une nouvelle fois les morts de l'année écoulée et déplorent tous les malheurs que la tribu a subis durant tous ces mois. Le deuil est alors terminé, les morts rejoignent les ancêtres et appartiennent désormais eux aussi au passé. Au terme de cette nuit, on ne se souvient plus d'eux avec des larmes et de la colère. Ils font partie du souvenir et déterminent donc aussi l'avenir.

— Une… une belle tradition. Tu crois… tu crois que ce… que ce dieu maori… m'écouterait moi aussi ?

— Bien entendu. Va vers les anciens. Chante avec eux… Parle-leur de ta famille, de ce que tu as perdu, parle-leur de ton pays… Ils te comprendront. Les gens et les étoiles…

— Et si je pleure ?

— Alors, tu pleureras, Doortje. Comme les autres. Aujourd'hui, il est encore temps de pleurer. Demain commence l'avenir.

Kevin la prit par les épaules et l'introduisit dans le groupe des anciens. Hainga lui fit signe de s'asseoir, lui assignant ainsi une place dans le cercle du deuil et des chants anciens.

Cette nuit-là, Doortje Drury-Van Stout pleura pour la première fois depuis que, petite fille, son père l'avait grondée. Dans un flot de larmes, elle invoqua ses morts, appela ses parents et ses frères et sœur par leur nom et fit le deuil de sa maison perdue et de son pays meurtri.

Mais Kevin la tenait dans ses bras et le vent de la nuit sécha ses larmes. Le matin, ils furent réveillés par les chants des enfants. Atamarie et Rawiri lançaient en direction des dieux leurs cerfs-volants et leurs rêves, les *manu* multicolores emmenant le deuil et la tristesse sur leurs ailes.

Note de l'auteure

L'île du Sud de la Nouvelle-Zélande aurait donc été le pays natal d'un pionnier de l'aviation qui, avant les frères Wright, aurait accompli le premier vol motorisé !

Je suis moi aussi restée interdite quand j'ai cherché pourquoi l'aéroport de Timaru portait le nom de Richard Pearse. Mais telle est pourtant la vérité : Richard Pearse a effectivement été l'un des premiers hommes à effectuer un vol motorisé et de nombreux indices tendent à prouver qu'il a survolé la plaine de Waitohi plusieurs mois avant l'exploit des frères Wright, avant de s'écraser dans une haie de genêts. Wilbur et Orville Wright n'ont à vrai dire guère été plus brillants car leurs premiers décollages se sont terminés dans des dunes, avec autant de douceur mais moins d'épines. La date de leur premier vol fait également l'objet de contestations, de même qu'il n'y eut pas de témoins officiels des premières tentatives de Pearse, car des représentants de la presse ou des spécialistes n'ont jamais été invités à assister à l'un de ses vols. Pearse ne s'est d'ailleurs pas soucié de laisser des traces tangibles de ses essais. Il n'a en revanche jamais manqué de témoins occasionnels et fortuits, voisins ou parents.

On trouve encore, sur Internet, des interviews radio ou télé de témoins de l'époque. On explique par le « simplisme de la structure intellectuelle des ruraux » qui ne se souciaient alors guère de dates précises le fait qu'aucun de ces témoins ne se souvient si Pearse a quitté le sol pour la première fois début 1903 ou en 1904 seulement. Explication qui, personnellement, me semble peu crédible : un cultivateur ayant vu pour la première fois un avion survoler ses champs se souviendra à coup sûr si ces derniers avaient été moissonnés ou non. Et même si on n'a pas le souvenir d'une date précise, on dispose en général de suffisamment de circonstances personnelles permettant de la retrouver *a posteriori*. Personne n'a pris la peine de pousser ces témoins dans leurs retranchements, Dieu seul sait pourquoi, si bien que Richard Pearse restera dans l'histoire au deuxième ou troisième rang des pionniers de l'aviation. Il semble, au demeurant, qu'il ait effectivement correspondu avec les frères Wright, sans qu'on puisse tirer au clair si ce fut avant ou après son premier vol, voire avant ou après le leur. Ce que j'écris à ce propos dans mon livre relève de la fiction, tout comme son activité d'assistant au Canterbury College et sa participation à une expédition scientifique sur le mont Taranaki, sans parler, bien entendu, de ses amours avec Atamarie et Shirley. Il est certain que Pearse a toujours été célibataire. On ne lui connaît pas non plus de liaison avec une femme.

En revanche, la plupart des informations que je livre sur sa vie, son itinéraire et son arrière-plan familial correspondent à la réalité. Diverses sources attestent certains détails, par exemple le nombre de chevaux du moteur qu'il utilisa. Je n'ai pas pris la peine de les vérifier, les reprenant à mon compte dans la mesure où ils me paraissaient fiables. Je ne suis pas experte en aéronautique et, en dépit de mes efforts pour m'y initier, je ne contesterai pas que quelque spécialiste puisse trouver à redire dans ce que j'écris. Je voudrais d'emblée m'excuser pour toute éventuelle erreur.

Je n'ai falsifié délibérément l'histoire de Pearse qu'une seule fois : l'inventeur n'a quitté sa ferme pour une autre, dans l'Otago, qu'en 1911 et non en 1904. Les raisons de ce déménagement doivent en gros être celles que j'expose dans le livre, mais il intervint aux termes d'atermoiements difficilement explicables. Son parcours, tel qu'il a pu être restitué, présente nombre de taches blanches ou d'étranges incohérences, telle son affirmation de n'avoir pas volé. C'est ce qui m'a amenée à formuler mon hypothèse quant au psychisme de Richard Pearse : l'homme que rencontre Atamarie souffrirait de psychose maniaco-dépressive, maladie encore inconnue au début du XXe siècle, alors généralement décrite comme un état mélancolique. À mes yeux, elle expliquerait bien des points obscurs du parcours de Pearse, y compris la crainte de son entourage de voir le fragile voisin, ami, fils et frère, davantage encore perturbé par l'exposition publique et la célébrité. Cette hypothèse reste, bien sûr, purement fictive. Le seul indice fiable d'un trouble psychique de Richard Pearse ne date que de sa fin de vie : il fut interné en 1951 pour une sévère paranoïa dans une clinique psychiatrique de Christchurch où il mourut deux ans plus tard.

CHEZ LE MÊME ÉDITEUR

SARAH LARK

A L'OMBRE DE L'ARBRE KAURI

Traduction : Jean-Marie Argelès.

Nouvelle-Zélande, 1875. Lizzie et Michael cultivent l'espoir d'un jour posséder leur propre domaine. Mais ces perspectives heureuses sont soudain assombries par la disparition de leur fille adoptive, kidnappée par un chef maori…

Pendant que Michael se démène pour retrouver sa fille, Kathleen – son ancienne fiancée – apprend une bonne nouvelle : son fils Colin rentre au pays. Mais nul ne mesure les conséquences de ce retour pour les deux familles…

Prenant pour toile de fond les paysages grandioses de la Nouvelle-Zélande, Sarah Lark fait la part belle à ses héroïnes, et au combat qu'elles mènent pour conquérir liberté et indépendance.

ISBN 978-2-37735-356-9 / H 86-7329-6 / 744 pages / 9,80 €

Cet ouvrage a été composé
par Atlant'Communication au Bernard (Vendée)

Impression réalisée par
CPI France
en mai 2019
pour le compte des Éditions Archipoche

Imprimé en France
N° d'édition : 567
N° d'impression : 3033463
Dépôt légal : juin 2019